HEYNE <

W0224728

Das Buch

Dank ihrer mächtigen Greifen-Garde sind die Sabiner fast unbesiegbar. Aber nur fast, denn es gibt ein Geschöpf, das noch tödlicher ist als Greifen, und das sind Drachen. Einzig die Barbaren aus dem hohen Norden kennen das Geheimnis, wie man einen Drachen zähmt, und gegen ihre Armee von Drachenreitern haben selbst die Sabiner keine Chance. Deshalb soll Titus, der arrogante Sohn des Kaisers, die schöne Tochter des Barbarenkönigs heiraten. Doch dann überschlagen sich die Ereignisse am Hof, und ausgerechnet Jai, ein Sklavenjunge aus der Steppe, kommt einem Komplott Titus' auf die Spur. Jai muss aus dem Palast fliehen. Als er dabei ein Drachenei findet, steht er vor der größten Entscheidung seines Lebens: Will er weiter davonlaufen oder nimmt er sein Schicksal an und wird zum größten Drachenreiter aller Zeiten?

Der Autor

Taran Matharu wurde 1990 in London geboren und entdeckte schon früh seine Leidenschaft für Geschichten. Nach seinem BWL-Studium und einem Praktikum bei Random House UK schrieb er 2013 seinen ersten Roman Die Dämonenakademie, der auf der Leserplattform Wattpad innerhalb kürzester Zeit zum Publikumsliebling avancierte. Seither widmet sich Taran Matharu ganz dem Schreiben. Der Autor lebt und arbeitet in London.

TARAN
MATHARU

DER FLUG DER DRACHENREITER

ROMAN

Aus dem Englischen
von Bernhard Stäber

WILHELM HEYNE VERLAG
MÜNCHEN

Titel der Originalausgabe:
DRAGON RIDER

FSC www.fsc.org
MIX
Papier | Fördert gute Waldnutzung
FSC® C083411

Penguin Random House Verlagsgruppe FSC® N001967

Deutsche Erstausgabe 11/2024

in der Penguin Random House Verlagsgruppe GmbH,
Neumarkter Str. 28, 81673 München
Redaktion: Joern Rauser
Umschlaggestaltung: Das Illustrat, München,
nach einem Design von Holly Macdonald
© HarperCollinsPublishers Ltd. 2024
Umschlagillustration: Gaspar Costa/shutterstock.com
Satz: satz-bau Leingärtner, Nabburg
Druck und Bindung: CPI books GmbH, Leck
Printed in the EU
ISBN: 978-3-453-32271-4

www.heyne.de

Für meine Mutter Liege,
mit all der Liebe und Dankbarkeit,
die mein Herz fassen kann

1

Bevor die Schlacht begann, servierten sie Süßigkeiten. Männer schwitzten unter ihren Rüstungen auf den Schlachtfeldern, während sich die Adligen des sabinischen Reichs – lachend und von ihren erhöhten Thronen aus auf sie zeigend – gezuckerte Kirschen in die Münder stopften.

Der pappsüße Geruch, der durch den großen Pavillon strich, ließ Jais Magen knurren. Das offene Zelt hatte man auf einer Plattform errichtet, die so groß war, dass er die gesamte sabinische Legion sogar auf den Knien an seiner Vorderseite überblicken konnte – und natürlich auch den Feind, der sich auf dem niedrigen, grasbewachsenen Bergrücken am Horizont sammelte.

Jai senkte den Kopf und fuhr damit fort, die Füße des Mannes zu massieren, der seinen Vater getötet hatte. Es waren die Füße des alten Kaisers. Die runzelige Hülle eines ehemals großen Machthabers, die in Seide und Kaschmir eingehüllt war. Der Mann, der die sabinische Dynastie und ein Reich gegründet hatte, das sich von den Silbernen Meeren bis zur Großen Steppe erstreckte.

Leonid der Große. Der Löwe der Sabiner. Er hatte die Herrschaft schon vor Jahren seinem Sohn übertragen, denn er, der Alte, war mittlerweile halb blind und senil. Leonid saß hier abseits von seinen Nachkommen und war inzwischen nicht viel mehr als ein Anhängsel, das man nur noch aus Pflichtgefühl zur Schlacht gebracht hatte.

Seine Abkömmlinge verdankten ihm alles, und dennoch behandelten sie den Mann wie ein Relikt. Wenn Jai den Alten nicht so gehasst hätte, dann hätte er womöglich Mitleid mit ihm gehabt.

»Jai.«

Er blickte auf und sah, wie sich ein skelettartiger Finger krümmte. Er ließ den runzeligen Fuß in das parfümierte Wasser der Schüssel fallen und senkte den Kopf, als er sich neben den kleinsten der drei Throne stellte.

Der alte Mann saß dort gebeugt und starrte mit blinden Augen vor sich hin. Die einst großen Hände waren inzwischen so stark von Arthritis verknotet, dass sie kaum noch das dünne Haar aus seinem tief gefurchten Gesicht streichen konnten.

»Sag mir, was deine jungen Augen sehen«, forderte ihn Leonid mit diesem halben Krächzen auf, das Jai inzwischen so gut kannte.

Es war auch dieses Krächzen, das ihn anwies, wenn er den Rücken des Mannes wusch. Und das ihn tadelte, wenn er zu langsam war. Oder das eintönig weiter und weiter vor sich hin faselte, wenn der alte Mann von seinen ruhmreichen Taten aus früheren Zeiten erzählte. Jai war Leonids ständiger Begleiter, und er war das beinahe in den letzten zehn seiner insgesamt siebzehn Lebensjahre gewesen.

»Jetzt sammeln sie sich«, flüsterte Jai, der über die aufmarschierte Legion hinwegblickte. »Sie können nirgendwohin mehr fliehen.«

Zur Bestätigung stieß der alte Mann ein Grunzen aus, das sich bald in ein trockenes Husten verwandelte. Schnell kauerte Jai sich hin und rieb Leonids Rücken. Er fühlte die Rückgratwirbel des alten Mannes unter dem weichen Kaschmir seines Gewands.

Lange würde es nicht mehr dauern, bis der alte Mann ins Jenseits überging. Bis dahin würde Jai ein pflichtbewusster Diener sein. Nicht dass er in dieser Angelegenheit irgendeine Wahl gehabt hätte.

»Diese Barbaren waren Narren, sich nicht zu ergeben«, seufzte Leonid, nachdem er sich wieder beruhigt hatte. »Wir treten ihnen heute mit nur einer unserer acht Legionen entgegen, und sie haben trotzdem keine Chance.«

»Was wäre ihre Alternative gewesen?«, fragte Jai, der jedes Wort mit Bedacht wählte. »Ihre angestammten Länder zu verlieren und Untertanen eines ausländischen Reichs zu werden?«

Er hatte seine Frage keineswegs in unverschämtem Ton gestellt, sondern auf die Art, wie ein Student seinen Lehrer befragen mochte.

»Zu leben«, erwiderte Leonid. »Und frei zu leben. Jetzt …«

Ein Horn ertönte. Sein Klang hallte in dem großen Zelt nach und brachte selbst die Stimmen des Kaisers und seines Sohnes, die oben auf ihren Thronen wie im Amphitheater geplaudert hatten, zum Verstummen. Es war das Horn des Feindes auf dem Berghang. Dies waren die letzten der Hudditen.

Selbst aus meilenweiter Entfernung war der Tag klar genug, dass Jai sie dabei beobachten konnte, wie sie sich hastig auf die Schlacht vorbereiteten. Kinder klammerten sich an die Beine ihrer Eltern, auch dann noch, als man sie, wie Jai wusste, zurück in die zugreifenden Hände der Älteren und Schwachen stieß. Dunkelhäutige Männer und Frauen sammelten sich in den vorderen Reihen und umklammerten die Waffen – welche auch immer sie besaßen. Darunter gab es genügend Klingen, aber auch vereinzelte Heugabeln, Sensen, sogar selbstgemachte Knüppel. Das waren die Werkzeuge von Bauern. Kein einziges Stück Rüstung war zu sehen. Das war gar kein Heer, sondern der Überrest einer Zivilisation. Eine, die von ihrer Heimat bis zum äußersten Rand der Silbernen Meere vertrieben worden war; die See befand sich gerade außer Sichtweite jenseits des Hangs. Nur einen Monat zuvor war das Heer der Hudditen im Kampf geschlagen worden, und die Überlebenden hatte man, wie es Brauch war, als Gefesselte fortgeführt.

Die einfache Bevölkerung war alles, was jetzt noch übrig blieb. Diejenigen, die sich geweigert hatten, von dem Reich der Sabiner vereinnahmt zu werden, und es lieber vorzogen, fortzuziehen, als sich unter das Joch zu beugen. Doch die Sabiner waren unersättlich und würden es ihnen nicht erlauben zu entfliehen.

Dies war das letzte Aufgebot der Hudditen. Das Ende einer Kultur, einer ganzen Lebensweise. In ihrer Verweigerung, die Niederlage anzuerkennen, lag etwas so Tapferes. Tapfer war es zwar, aber auch vollkommen närrisch, denn alle, die gegen die Sabiner zu den Waffen griffen, waren Freiwild und konnten als Beute behandelt werden.

Narren waren das, ebenso wie Jais Vater.

»Sprich«, krächzte Leonid.

»Sie sammeln sich für einen Angriff«, flüsterte Jai. »Sie bilden eine große Menge. Mehr als die fünftausend der Legion. Vielleicht sogar zehnmal so viele.«

Mit einer Hand, die von blauen Venen durchzogen war, wischte Leonid Jais Worte fort. »Keine Armee kann eine sabinische Legion schlagen, schon gar nicht dieses unausgebildete Gesindel.«

Jai widerstand dem Drang zu erwidern, dass das Heer seines Vaters genau dies vor einiger Zeit getan hatte. Stattdessen beobachtete er die königliche Familie, die sich in gespannter Erwartung der bevorstehenden Unterhaltung vorlehnte. Eine Lässigkeit lag in der Art, wie sie sich auf ihren Thronen ausgebreitet hatten, mit Dienern, die sie umgaben, ihren Stirnen Luft zufächelten und ihre juwelenbesetzten Finger massierten. Für sie bedeutete es nicht mehr als ein Schauspiel. So wie das Hetzen eines Höhlenbären oder der Vortrag eines Barden.

Dann kamen noch das Brüllen des Angriffs und der Donner dazu, den eine Menge Füße verursachte. Jai wollte es nicht mitansehen, aber seine Augen gehörten nun einmal Leonid, also richtete er den Blick auf die Schlacht.

Die sabinische Legion schien sich kaum zu bewegen. Eine dunkle, zersplitterte Welle von Hudditen brach gegen das Bollwerk ihrer Frontlinie. Selbst aus beinahe einer Meile Entfernung konnte er das Klirren von Stahl und das Geheul aus Schmerz und Wut hören. Der Klang erhob sich und fiel mit dem Wind, erstarb aber nie.

Jenseits des Schlagabtauschs an der Frontlinie vermochte Jai allerdings kaum etwas von dem Schrecken zu erkennen, sondern konnte nur die Rücken von Männern sehen, die in diesem Augenblick vorwärts drängten. Er war ausschließlich dann in der Lage, ihn sich vorzustellen, wenn er sich auf das stützte, was er in Leonids Tagebüchern gelesen oder von betrunkenen Soldaten gehört hatte, sobald das Prahlen geendet und die Klagen über verlorene Freunde sich erhoben hatten.

Im Inneren des Pavillons war es eigenartig still, und eine ganze Minute verging, während der alle dem Schlachtlärm lauschten, ehe die Unterhaltungen der kaiserlichen Familie und der Adligen wieder einsetzten. Die ganze Zeit über wünschte sich Jai, die Hudditen mochten die Schlachtlinie brechen.

Schließlich brachte ein ungeduldiges Zucken von Leonids Hand Jai dazu, auch den Mund zu öffnen.

»Sie kämpfen«, war jedoch alles, was er sagte. »Die Erste Legion hält mit Stärke aus.«

»Armselige Taktik«, knurrte Leonid. »Wo bleibt die Einkesselung? Warum keine Reitertruppen? Mein Sohn ist selbstzufrieden geworden.«

Er lehnte sich vor, als könnten seine Augen, die von Katarakten durchzogen waren, dann aus irgendeinem Grund besser sehen.

»Kämpfen die Männer gut?«

Jai hatte keine Antwort für ihn. Sein Blick wurde von etwas anderem angezogen. Ein großer Schatten schwebte nun über die versammelte Legion hinweg, sodass Tausende beinahe wie ein einziger Mann innehielten und ihre Gesichter zum Himmel emporhoben.

Und dann folgte ein Brüllen. Tief und guttural hallte es in Jais Magen wider. Angst überkam ihn, ein tief sitzender, animalischer Instinkt, der seinen Körper erstarren und sein Herz hämmern ließ, obwohl jeder seiner Gedanken ihm sagte, dass er davonrennen sollte.

Doch irgendwie zeigte der alte Leonid keinerlei Furcht. Stattdessen sprach er sanft, kaum vernehmbar vor einem Hintergrund aus aufgeregten Rufen, die von der Anwesenden im Pavillon herrührten.

»Ah. Meine zukünftige Enkeltochter ist da.«

2

Er landete am Vordereingang des Pavillons, und das nicht mit einem dumpfen Aufschlag, sondern mit solcher Anmut, dass Jai kaum etwas hörte. Trotzdem fühlte er den Windstoß seiner großen Schwingen, der die Decke aus Stoffbahnen aufbauschte und Staub aufwirbeln ließ.

Dies war der erste Drache, den er je gesehen hatte. Tatsächlich war es wahrscheinlich sogar der erste Drache, den ein Sabiner überhaupt in seinem Leben zu Gesicht bekommen hatte, auch Leonid selbst. Wenn die Geschichten zutrafen, musste dieser einer der letzten seiner Art sein.

Zuerst sah er nur dessen Gestalt, umgeben von einem Dunst aus Staub, den das Wesen selbst hervorgerufen hatte. Man erkannte einen schlangenartigen Hals und träge Schwingen, die sich wie ein Umhang an seinem Rücken falteten. Einen Schwanz, der sich unter ihm zusammenrollte, in dem engen Raum zwischen den hinteren Rängen der Legion und der Plattform des Zelts. Der Drache war von seiner Nase bis zum Schwanz so groß wie drei Schlachtrösser.

Jai nahm seinen Farbton in sich auf. Die smaragdenen Schuppen, die wie eine polierte Rüstung glänzten, waren glatt, bis auf die Reihe von Zacken, mit denen sein Rücken bis zum Sporn an seiner Schwanzspitze besetzt war. Und dann vervollständigte den Anblick noch ein gehörnter Schädel. Er hatte eine lange Schnauze, und an den

Rändern seines Mauls, das seine Lippen wölfisch kräuselte, deuteten sich scharfe Zähne an.

Da war so viel zu verkraften, dass Jai kaum den Reiter beachtete, der rittlings auf dem Rücken des Tieres saß. Erst als er auf die Plattform des Zelts sprang, riss er seinen Blick von dem Drachen los.

Die Gestalt wirkte geschmeidig und war in ein weißes Gewand aus Musselin gekleidet, das sich an ihre Beine schmiegte, während sie näher an die Throne heranschritt. Ihr Gesicht und ihr Haar waren mit einem Schleier bedeckt. Obwohl Jai aufgrund der Anmut ihrer Bewegungen vielleicht schon erraten hätte, dass der Besucher weiblich war, bestätigte es schließlich eine goldene Locke, die bis zur Taille reichte und von dem Haar herrührte, das sich hinter dem dünnen Stoff gelöst haben musste.

Mit einer juwelenbesetzten Hand strich sie die Strähne fort, während sie sich dem Thron des Kaisers näherte – dem Sitz von Constantin, dem Gesegneten. Oder von Constantin, dem Grausamen, als den ihn die meisten kannten.

Sie hielt vor den beiden Thronen des Kaisers und des Prinzen an und schwieg, während die Schreie der Schlacht im Wind dahintrieben.

Neben dem Kaiser zuckten die Hände der Wachen näher zu ihren Schwertknäufen, und ein Gemurmel erhob sich, als sie nicht niederkniete. Sogar Prinz Titus musste sich vor seinem eigenen Vater verbeugen, doch dieses Mädchen stand weiter unerschrocken aufrecht. Ganz langsam wandte sich ihr Kopf neugierig angesichts des Schauspiels der erhöhten Throne vor ihr von einem zum anderen.

»Wir bringen Euch ein Geschenk, Kaiser Constantin«, rief sie aus. Dabei erklang ihre Stimme laut und hart, mit einem Akzent, in dem Jai sofort den Tonfall der Dansken erkannte. So hieß das Volk der Nördlichen Tundra, ein Königreich, das nicht von den Sabinern erobert worden war. Offenbar hatten sie beschlossen, lieber in die Dynastie einzuheiraten, statt sie zu bekämpfen.

Constantin gab seinen Wachen zu beiden Seiten mit den Händen ein Zeichen, und die Spannung im Zelt lockerte sich mit dem plötzlichen Lächeln des Kaisers.

»Was für ein Geschenk mag das sein, Prinzessin Erica?«, fragte er und lehnte sich dabei vor, um sie genauer zu betrachten. »Vielleicht die frühzeitige Freude deiner Gesellschaft? Wir hatten dich nämlich erst in einigen Wochen erwartet.«

»Wir bringen den Sieg«, erwiderte das Mädchen.

Wie auf ein unsichtbares Kommando hin hob der Drache seinen Kopf zum Himmel. Das große Maul öffnete sich und offenbarte einen mit Zähnen gespickten Rachen, der leicht einen Mann im Ganzen verschlingen konnte. Der Anblick ließ Jai den Atem stocken.

Dann … ein Aufbrüllen.

Der Laut fuhr durch das Zelt und stieg zum Himmel empor. Sogar noch über den Schlachtlärm hinweg hallte er in der Ebene wider. Und er setzte sich weiter und weiter fort, während sich die Brust des großen Tiers vor Anstrengung hob. Mit jeder verstreichenden Sekunde musste Jai den Drang unterdrücken davonzurennen.

Dann folgte eine Stille im Zelt, bis der ferne Zusammenstoß von Waffen und die Schreie der Sterbenden auf dem Schlachtfeld hörbar wurden. Und schließlich kam eine Antwort: ein weiteres Brüllen, aber weit entfernt. Jetzt konnte Jai noch einen Drachen am Himmel sehen, der über dem Höhenrücken segelte. Doch nicht von ihm wurde sein Blick angezogen, sondern von der dunklen Welle, die sich formte, wo der Hügelkamm auf den Horizont traf. Sie glitzerte im Sonnenlicht über dem Morast der Hudditenhorde.

Ein Heer war eingetroffen, nur einhundert Fuß hinter den rückwärtigen Reihen der Hudditen. Tausende Männer, die Äxte gegen Schilde schlugen im Einklang mit dem Rhythmus einen kehligen Kriegsgesang anstimmten. Jetzt wandten sich die erschöpften Hudditen der neuen Bedrohung zu. Ihre Schreckensschreie waren gerade noch über dem Schlachtlärm hörbar.

Constantin stand auf, um von seinem Thron aus besser sehen zu können, und dann klatschte er begeistert in die Hände.

»Du wirst es wirklich nicht leicht haben, mein Junge«, lachte er. »Deine Frau wird dich zum Frühstück verspeisen, wenn du nicht aufpasst. Und wenn ihr Drache dich nicht zuerst frisst.«

Erneut lachte Constantin über seinen eigenen Witz, während er sich wieder hinsetzte, wie es auch sein Gefolge tat, das hinter ihm gestanden hatte. Titus, der neben seinem Vater auf seinem eigenen Thron saß, machte bei dessen Worten nur ein mürrisches Gesicht und wandte sich seiner Leibwache zu, um ihr etwas zuzuflüstern.

Wie immer staunte Jai darüber, wie unscheinbar der Kaiser mit seinem gestutzten Kinnbart und dem dünnen Schnurrbart aussah. Er wies die gleiche aufwärts gerichtete Nase auf, die auch im Gesicht seines Sohnes zu sehen war, der den Vater unter einem dicken Schopf blonden Haars finster anstarrte. Die scharfen Gesichtszüge des Prinzen verzogen sich, und er kräuselte die Lippen. Seine zukünftige Braut begrüßte er nicht.

Neben Jai mokierte sich Leonid leise über die Szene, die sich vor seinen trüben Augen abspielte. Mit dem Abstand von einem Dutzend Schritten konnte der alte Mann die Interaktion zwischen der Drachenreiterin und dem Kaiser gerade so ausmachen. Jai war erleichtert, dass er keine Beschreibung verlangte, denn er wollte die relative Stille im Zelt nicht unterbrechen. Wenn Constantin sprach, wagten wenige, etwas anderes zu tun als zuzuhören.

Das Mädchen stand beinahe linkisch in ihrer Haltung für sich, bis sie der königlichen Familie den Rücken zuwandte. Ihr Drache gab ein leises Grollen von sich. Von der Stelle, an der er neben der Plattform Platz genommen hatte, streckte er seinen anmutigen Hals nach ihr aus.

Angesichts dieser Unhöflichkeit runzelte sogar Constantin die Stirn, aber der Grund für die Bewegung des Mädchens wurde bald deutlich. Jai konnte kaum glauben, mit welcher Geschwindigkeit der andere Drache den Malstrom der Schlacht überquerte, aber binnen Augenblicken landete das zweite Tier neben dem ersten, und Jai zog den Kopf ein, als abermals Staub aufgewirbelt wurde.

Dieser Drache sah älter aus als Ericas, denn seine schwarzen Schuppen strahlten nicht mit dem gleichen Glanz, und außerdem fehlten einige seiner Zähne. Narben überzogen kreuz und quer seinen Rücken, das Zeugnis eines Lebens voller Kämpfe gegen die Greifen des Kaiserreichs. Inzwischen wusste Jai, wer gleich auf die Plattform springen würde, gekleidet in all der Pracht, die die Nördliche Tundra zu bieten hatte.

Das war König Ivar, Ericas Vater. Er trug das weiße Fell eines Höhlenbären so um seine Schultern, dass dessen Unterkiefer auf seinem Kopf ruhte. Auf seiner zerfurchten Stirn war ein Reif aus Silber zu sehen, und Ringe klirrten an seinen Armen, die trotz des fortgeschrittenen Alters des Königs noch immer muskulös wirkten.

Der danskische König hob sein Kinn. Sein Gesicht war ebenso undurchschaubar wie das von Erica unter ihrem Schleier. Nur seine Blicke, die zwischen den Gesichtern des Kaisers und seines Sohns hin und her zuckten, deuteten an, dass er Gedanken folgte.

Verglichen mit dem Kaiser erschien Ivar in seinem Auftreten beinahe wie ein Barbar. Der Eindruck wurde durch die gelbe Farbe seiner Zähne und die Tätowierungen, die sich in Wirbeln über seine entblößte Brust und den Hals entlang zogen, noch verstärkt – obwohl letztere von einem dunkelblonden Bart halb verdeckt wurden. Im Gegensatz zu ihm machte Constantin in einer faltenlosen purpurnen Robe und einer aufwendigen goldenen Krone einen prächtigen Eindruck.

Ivar breitete seine Arme weit aus, und ein Lächeln erschien auf seinem wettergegerbten Gesicht.

»Wir bitten für unsere frühe Ankunft um Verzeihung, Constantin«, sagte er, und Jai konnte dabei, wenn er auch einen Steinwurf weit entfernt stand, das Bier in Ivars Atem riechen. »Die Winde über den Silbernen Meeren sind unseren Schiffen freundlich gesinnt gewesen, als wir die Küste hinab reisten.«

Er weigerte sich ebenfalls, sich zu verbeugen, stattdessen nickte er dem Kaiser und dessen Sohn zu. Leonid gegenüber erwies er die meiste Hochachtung, wobei sein verschmitztes Lächeln verblasste, als er sich vor dem alten Mann verneigte. Dann legte er einen Arm um seine Tochter und zwinkerte Titus zu. Wieder verzog der Prinz das Gesicht und rückte auf seinem Thron unbehaglich hin und her. Erica zog am Arm ihres Vaters, bis er sie mit einem Knurren losließ.

»Wie könnten wir deine vorzeitige Ankunft nicht verzeihen?«, fragte Constantin. »Wenn du uns ein so großzügiges Geschenk machst.«

Er deutete auf das danskische Heer.

»Unsere Legion braucht deine Hilfe zwar nicht, aber wir begrüßen sie dennoch. Allerdings muss ich darauf hinweisen, dass du das Überraschungselement so ziemlich verschenkt hast.«

Ivar stieß ein tiefes, dröhnendes Lachen aus.

»Wir haben keinen Ärger mit den Hudditen«, bemerkte er kopfschüttelnd. »Es ist ... wie soll ich es sagen ... eine Vorführung von dem, was unser neues Bündnis bringen könnte. Für heute sollte das ausreichen. Denn noch sind wir keine Verbündeten. Jedenfalls nicht, bevor das Hochzeitsbett blutig ist, stimmt's, Titus?«

Der bärenartige König stieß seine Tochter an und lachte wieder. Das Mädchen blieb hinter ihrem Schleier still, aber Jai entging nicht, wie sich ihre behandschuhten Finger zu einer Faust ballten.

Constantin schürzte die Lippen, aber falls Ivar dies bemerkte, ließ er es sich nicht anmerken. Stattdessen strich er sich über seinen nicht unbedeutenden Bauch und deutete auf die Schlacht hinter sich.

»Kommt jetzt, lasst uns feiern«, sagte er. »Erlaubt diesem Pack, sich zu ergeben. Schaut, sie haben schon angefangen, ihre Waffen niederzulegen.«

Ein Schnippen von Leonids Fingern in die Richtung von Jais Ohr brachte ihn dazu, seinen Kopf zurück zur Schlacht zu wenden. Tatsächlich, der Kampflärm nahm so weit ab, dass nur noch das Klirren und Skandieren der danskischen Krieger verblieb. Die Hudditen hatten sich von den in Reih und Glied stehenden Rängen der Legion zurückgezogen. Zehntausende liefen zwischen dem Hammer der Dansken und dem Amboss der Sabiner hin und her.

»Er hat recht«, war alles, was Jai in Leonids Ohr zu flüstern wagte.

Zwar waren nicht alle Waffen zu Boden gefallen, aber die Hudditen mussten längst wissen, dass es jetzt kein ruhmreiches letztes Gefecht geben würde. Nur ein Gemetzel, oder Unterwerfung als Gefesselte – gezwungen, bis ans Ende ihrer Tage für das Reich zu arbeiten. Kriegsgefangene waren nach dem Gesetz des Reichs Freiwild.

Selbst aus der Ferne sah Jai, wie Männer und Frauen flehend auf die Knie fielen. Ein paar Hundert blieben aber widerspenstig und rissen an denen, die knieten, und versuchten sie davon zu überzeugen, doch lieber standzuhalten. Diese wenigen würden bis zum bitteren Ende kämpfen, aber der Rest würde womöglich verschont bleiben, um als Gefesselte weiterzuleben. Wenn man so etwas überhaupt noch ein Leben nennen konnte.

Constantin räusperte sich und erhob sich von seinem Thron. Er näherte sich Ivar. Der behäbige kleine Mann blickte zu dem sechs Fuß großen, kampferprobten König auf. Bis zu diesem Augenblick waren die beiden Männer Rivalen gewesen. Feinde sogar, wenn auch selten in unmittelbarem Konflikt.

Dann öffnete Constantin weit seine Arme und umschlang Ivar. »Gesegnete Gnade also!«, verkündigte er, während er zurücktrat. »Um die Vereinigung zweier großer Dynastien zu feiern. Gnade!«

Leonid grunzte zustimmend und zog Jais Ohr nahe an seinen Mund.

»Behalt diese Dansken im Auge«, zischte er. »Dieses Bündnis ist noch nicht besiegelt.«

3

Die Reise zurück zum imperialen Palast war von Gerempel auf den Kissen und von Peitschenknallen geprägt, als Jai und Leonid in der Kutsche des alten Imperators die Kaschmirstraße entlangfuhren. Zu Jais Bestürzung hatte Leonid wieder beschlossen, die Vorhänge ihres gepolsterten Innenraums zugezogen zu halten, und er konnte kaum etwas anderes tun, als den alten Mann während der zwei Tage langen Reise von der Küste zurück nach Latium beim Schnarchen zuzusehen.

Jai sehnte sich nach seinen Büchern. Nach richtigem Essen anstatt dem dünnen, aber leicht hinunter zu bekommenden Haferbrei, von dem sich Leonid auf Reisen ernährte und den Jai mit ihm teilen musste. Aber mehr als alles andere ersehnte Jai einen Blick nach draußen.

Beinahe sein gesamtes Leben hatte er am sabinischen Hof verbracht. In dem Jahrzehnt, seitdem er dort angekommen war, hatte er das Gelände des kaiserlichen Palastes kaum verlassen. Es war, als wäre er dort ein Gefangener. Und auf eine gewisse Art stimmte das ja auch, wie er vermutete.

Jai war eine Art bessere Geisel.

Als er ein Kind gewesen war, hatte sich sein Vater Rohan, der König des Kidara-Stamms, mit den anderen Stämmen der Großen Steppe gegen das sabinische Kaiserreich verbündet. Rohan war der Hohe Khan des Steppenvolks geworden. Er hatte sein Volk in einen blutigen

Feldzug des Widerstands geführt, der in einer Pattsituation mit großem Leid auf beiden Seiten geendet hatte. Schließlich war es zu einer letzten Schlacht gekommen, die Jais Vater verloren hatte. Nach seiner Gefangennahme hatte Leonid den Hohen Khan persönlich hingerichtet.

Aber damals war Leonid bereits ein alter Mann gewesen, und das umso mehr wegen des jahrelangen Krieges. Noch an dem Tag von Rohans Hinrichtung hatte er seinem Sohn Constantin erschöpft die Kaiserkrone ausgehändigt. Constantin hegte kein Verlangen danach, in die schier endlosen Graslande einzufallen – nicht mit der Unruhe, die, inspiriert durch das Beispiel von Jais Vater, in den vielen Kulturen aufkeimte, die sein Imperium vereint hatte.

Also kam es zu einem Friedensabkommen. Und zwar zu einem, bei dem die Anführer der Stämme den Sabinern einen jährlichen Tribut zahlten und die bereits gefangen genommenen Krieger Gefesselte blieben.

Die Anführer sandten also ihre Kinder aus, damit sie am sabinischen Hof aufwuchsen, bis sie das zwanzigste Lebensjahr erreicht hatten. Sollten die Khans der verschiedenen Stämme den Frieden brechen oder sich weigern, ihren Tribut zu zahlen, dann würden ihre Kinder getötet werden.

Als der dritte Sohn in der Erblinie seines Vaters und von einer namenlosen Kurtisane geboren, war Jai am Hof so bedeutungslos, wie er es auch zu Hause gewesen wäre. Während seine beiden älteren Brüder, die Prinz Titus als Jagdführer und Begleiter dienten, mit einem Anflug von Respekt behandelt wurden, bestand Jais Los darin, Sabber von Leonids dünnem Bart zu streifen, und in anderen noch unwürdigeren Aufgaben. Sein Spitzname, »Arschwischer«, mochte zwar grausam sein, war aber nicht unzutreffend.

Er hatte keine Bestimmung, weder an diesem Hof noch zu Hause in der Großen Steppe. Er war nichts als eine Fußnote in den Annalen der Geschichte. Und Jai war das ganz recht so. Er wollte einfach nur ein friedliches Dasein an einem Ort, den er als seine Heimat bezeichnen konnte … obwohl er sich manchmal schon fragte, ob er die Große Steppe noch sein Heimatland nennen konnte, wenn er sich doch nicht mehr an sie erinnerte.

»Sind wir bald zu Hause?«

Leonids Frage riss ihn aus seinen Gedanken. Der alte Mann hob den Kopf, und Jai stützte schnell dessen Nacken und führte eine Kürbisflasche voll Wasser an Leonids Lippen.

»Ich hoffe, bald«, antwortete Jai. »Wenn ich nach draußen schauen könnte, wäre ich vielleicht imstande, Euch eine bessere Antwort zu geben.«

Leonid schaute zu Jai hoch und suchte sein Gesicht ab. Erblickte er Jais gemischtes Erbe darin, die blassere Haut seiner Mutter, die ihn von den anderen Steppenvölkern abgrenzte? Oder sah Leonid in dem Schwarz seines schulterlangen Haars und der Haselnussfarbe seiner Augen einfach den Steppenmann, also jemanden wie seinen Vater? Bestimmt sahen ihn alle anderen so.

Nach einem Augenblick knurrte er seine Zustimmung, und Jai grinste, als er vorsichtig einen Spalt in den Vorhängen öffnete, um den Alten nicht mit dem zusätzlichen Licht zu blenden.

Er presste sein Gesicht gegen das Glas und betrachtete die sanften Hügel des sabinischen Herzlands. Auf jemand anderen hätten sie vielleicht langweilig wirken können, denn außer dichten Feldern mit Weizenhalmen, die in der Nachmittagssonne wogten, gab es wenig zu sehen. Aber für Jai war es eine unbekannte Aussicht, eine nämlich, über die er nur in Leonids umfangreicher Bibliothek gelesen oder von der er immer dann etwas zu hören bekam, wenn der alte Mann in Erinnerungen schwelgte. Er fragte sich, wie sehr sich seine Heimat wohl von diesen Hügeln unterscheiden mochte, und suchte in seinem Gedächtnis.

All seine Erinnerungen an die Landschaft, wo er herkam, waren verschwommen. Schließlich war er nur vier Jahre alt gewesen und kaum von der Brust seiner Amme entwöhnt, als man ihn fortgeschickt hatte. Obwohl er noch ein paar Erinnerungsfetzen besaß.

Von Männern und Frauen, die in Kreisen saßen, wobei sie einander das Haar einölten und flochten. Von Essen, das ihm im Mund brannte, aber ein Gefühl von Wärme hinterließ, und davon, einfach am Leben zu sein. Und besonders ärgerlich: von Gerüchen, die er nicht benennen konnte, und von Geschmacksvarianten, die er nur in Träumen auszukosten vermochte.

Armselige Wurzeln für einen Prinz der Steppe.

Wäre Balbir nicht gewesen, die Frau, die man mitgeschickt hatte, damit sie sich um ihn und seine Brüder kümmerte, hätte er womöglich überhaupt niemals Wissen über sein Volk angesammelt.

Aber sogar sie wurde inzwischen von ihm ferngehalten. Sie arbeitete für eine adlige Familie in Latiums Handelsbezirk. Zu den seltenen Anlässen, an denen es Jai erlaubt war, den Palast zu verlassen, gab er sein Bestes, sie zu sehen. Aber Balbir war nur selten zu viel mehr in der Lage, als ein paar Worte mit ihm zu tauschen, während sie die Vorderstufen des Hauses schrubbte, ehe sie von ihrer Herrin nach drinnen gescheucht wurde.

»Na?«, fragte Leonid.

Jai seufzte und ließ den Vorhang zurückfallen.

»Ich sehe nur Felder.«

Mit säuerlicher Miene nickte Leonid und machte es sich tiefer in den Kissen gemütlich.

»Wir sind nahe«, sagte er. »Die Stadt war immer von Feldern umgehen. Alle Angreifer konnten schon lange gesehen werden, bevor sie die Mauern erreichten.«

»Angreifer?«, fragte Jai. »So weit im Süden?«

Leise lachte Leonid.

»In den alten Tagen hatten wir viele Feinde. Und Rebellionen, Aufstände. Aber das ist kein Problem mehr. Jetzt sind nur noch die Dansken übrig.«

Jai schob sich näher.

»Immer noch? Ihr habt mir aufgetragen, sie für Euch zu beobachten. Warum?«

Leonid seufzte und rieb sich die Augen.

»Seit Jahrzehnten haben sie unsere Küsten und die nördlichen Bereiche unseres Imperiums überfallen. Frag mich, Jai: Warum habe ich sie nicht vernichtet, so wie all meine anderen Feinde?«

»Natürlich wegen der Drachen«, sagte Jai.

Leonid kicherte, und das Lachen verwandelte sich in ein trockenes Husten. Jai setzte ihn aufrecht und rieb den Rücken des alten Mannes, bis es vorbei war.

Drachen. Selbst in einem Land wie dem sabinischen Reich, in dem die Wildnis von vielen gefährlichen Kreaturen bevölkert war, erfüllte schon das bloße Wort alle, die es hörten, mit Furcht und Schrecken. Legenden erzählten davon, wie diese Raubtiere jeden Himmel auf der ganzen Welt heimgesucht hatten. Jetzt waren nur noch ein paar Dutzend von ihnen übrig, die flogen, wo sie wollten, aber jedes Jahr für ihre Nachkommenschaft zu den eisigen Bergen der Nördlichen Tundra zurückkehrten, wo sie Narwale und Robben in den Silbernen Meeren jagten.

Leonids Husten endete bebend, und er stürzte etwas mehr Wasser die Kehle hinunter.

»Drachen. Pah! Das würden die Dansken gerne glauben«, krächzte er. »Aber unsere Greifengarde nähme es mit ihren Drachen auf, sofern es dazu käme. Zahlen, mein Junge. Wir haben einhundert oder mehr Greifen, um ihr Dutzend Drachen zu bekämpfen. Das ist ein fairer Kampf.«

Bei dem Gedanken an die persönlichen Beschützer des Kaisers, die Reiter ihrer eigenen großen Tiere, schlug Jais Herz ein wenig schneller. Es stimmte schon, Greifen waren kleiner und schwächer als Drachen, aber Leonid hatte damit recht, dass es mehr von ihnen gab – und sie waren alle mit einer militärischen Wache verbunden. Soweit er wusste, waren Drachen nur mit den oberen Rängen der danskischen Gesellschaft eine Seelenverbindung eingegangen.

»Warum dann also?«, fragte Jai.

Leonid zog ein Fell über seine Beine und zuckte zusammen, als seine Schulterknochen bei der Bewegung knackten.

»Die Kälte«, sagte er schlicht. »Die Dansken leben in einem beinahe ständigen Winter, und ihr Königreich erstreckt sich über Hunderte von abgelegenen Dörfern. Von ihren Kriegern, die sich in Hinterhalten auszeichnen, gar nicht erst zu sprechen – frag nur irgendeine unserer Grenztruppen. Um da einzumarschieren, würden wir unsere Heere und Versorgungslinien ausbluten und dann ein Pfund eigenes Fleisch bezahlen, um den eroberten Grund zu halten. Und wofür? Für ein ärmliches Land, auf dem kaum Feldfrüchte wachsen? Pah!«

Einmal mehr spuckte er vor Verärgerung aus.

Wie immer hörte Jai aufmerksam zu und lernte alles, was ihm erreichbar war. Es erstaunte ihn immer noch, dass sich Leonid dazu herabließ, überhaupt auf diese Art mit ihm zu sprechen. Es erstaunte ihn noch mehr, dass Leonids Verwandte und tatsächlich sogar die Adligen des sabinischen Hofs ihren Ältesten ignorierten. Der alte Mann hatte schon alle seine Zeitgenossen überlebt. Er hatte beinahe einhundert Ernten gesehen.

Leonids Sohn Constantin sah seinen eigenen Vater kaum. Er bevorzugte es, mit seiner Gefolgschaft von Speichelleckern Gelage abzuhalten. Was seinen Enkel betraf, so empfand Titus eine Faszination für das Erbe des früheren Kaisers, besuchte ihn aber kaum jemals, sondern ähnelte da eher seinem Vater. Der Palast war gewaltig genug, dass Monate vergehen konnten, ohne dass irgendjemand aus der kaiserlichen Familie einem anderen begegnete.

»Stimmt Ihr dieser Heirat zu?«, fragte Jai. »Ich wusste nicht einmal, dass sie stattfinden wird.«

Leonid kicherte.

»Ich bin zwar nicht um Rat gefragt worden, aber ich wusste doch, dass es passieren würde. Es ist ein kluger Zug von Constantin. Er ist ein Kaiser für Friedenszeiten, aber nicht ohne seine eigenen Schliche. Die Heirat wird es uns erlauben, unsere Legionen von den nördlichen Grenzen abzuziehen, was wiederum unsere Kassen stärkt. Aber am wichtigsten von allem ist: Wenn Titus' zukünftiger Sohn den Thron besteigt, wird die Nördliche Tundra zu einem Teil unseres Imperiums werden.«

Jai nickte zustimmend, aber er kannte den alten Mann lange genug, um zu wissen, dass Leonid nicht die ganze Wahrheit aussprach. Er ließ seine Stimme leichthin klingen. »Aber man kann ihnen nicht trauen?«

Leonid zog eine Augenbraue hoch. Dies war mehr an Unterhaltung, als Leonid Jai normalerweise gönnte, denn der abgedankte Kaiser war viel häufiger daran interessiert, vergangenen Ruhm zu schildern. Jetzt schweifte Jai in die Politik des gegenwärtigen Hofs ab. Aber endlich neigte der alte Mann seinen Kopf.

»Sie landeten hundert Langschiffe an unserer Küste und ließen ein Heer über unsere hoheitlichen Länder marschieren. Hätte die Greifengarde ihr Herankommen nicht gesehen und unsere Küstenverteidigung gewarnt, sie nicht anzugreifen, wäre bei ihrer Ankunft vielleicht sogar ein Kampf ausgebrochen. Es war leichtsinnig von ihnen – und all das nur für ein belangloses Schauspiel. Ein leichtsinniger Feind ist gefährlich. Unberechenbar. Deswegen hat auch Rohan mir so viel Ärger bereitet.«

Leonid bemerkte Jais niedergeschlagenen Ausdruck angesichts der Erwähnung seines Vaters und räusperte sich. Selbst nach einem Jahrzehnt war sein Vater ein Thema, das sie lieber vermieden.

Zum Glück unterbrach jetzt der dumpfe Schlag, mit dem ihr Kutscher seine Faust auf das Dach hieb, die unbehagliche Stille.

»Fünf Minuten!«, rief die gedämpfte Stimme.

Jai zog die Fenstervorhänge ein weiteres Mal zurück, was Leonid ein missfallendes Brummen entlockte. Er war bereit, dessen Unmut dafür zu riskieren. Nun sah er Latium zum ersten Mal von außerhalb.

Eine Felsklippe ragte aus der Landschaft heraus – eine riesige schräge Steigung, die auf ihrer gegenüberliegenden Seite in einem steilen Abhang endete. Aber diese Kuriosität der Geographie wurde von dem ausgedehnten Marmorpalast überschattet, der an ihrem Hang erbaut worden war, durchbrochen von mit Bronze bedeckten Kuppeln und Zikkuraten. Überall in den weißen Gebäuden waren Lustgärten eingestreut, aber Jais Augen wurden eher von der hohen Turmspitze des Horstes der Greifengarde angezogen. Er wollte einen flüchtigen Blick auf die größten Krieger des Reichs erhaschen, die zu ihren Schlafplätzen zurückkehrten. Niemand war zu sehen. Wahrscheinlich befanden sie sich hinter ihnen in der Luft und hatten ein Auge auf die danskische Armee, die ein paar Meilen hinter dem königlichen Zug marschierte.

»Genug gesehen?«, fragte Leonid scharf.

Jai ließ den Vorhang fallen, und erneut kehrte die Dunkelheit zurück.

»Ihr erwartet von mir, die Dansken zu beobachten, aber ich weiß nicht, wie«, murmelte Jai. »Ihr verlasst doch kaum jemals Eure Unterkunft.«

Leonid lachte trocken in sich hinein.

»Titus und seine neue Braut Erica werden am Morgen jagen gehen. Ich werde mich ihnen anschließen … und du ebenfalls.«

4

Bei ihrer Ankunft hatte Jai Leonid eilig durch den Palast geschoben und war dabei hektischen Dienern ausgewichen, die sich beeilten, ein Fest zu arrangieren, das wegen der frühen Ankunft der Dansken noch nicht geplant gewesen war. Obwohl sie die ganze Nacht über und auch während des folgenden Tages Zeit hatten, würden sie unter Druck stehen, um alles rechtzeitig fertig zu haben.

Leonid brummte jedes Mal ungeduldig, wenn Jai seinen Rollstuhl verlangsamte, damit er um einen gehetzten Diener herum steuern konnte, bis sie endlich die großen Türen zu Leonids Gemach durchquert hatten.

Schnell zog Jai an einem kleinen Seil neben Leonids Bett, um Bedienstete mit Eimern voll von heißem Wasser herbeizurufen. Der alte Mann wollte den Straßenstaub abwaschen, bevor er sich schlafen legte, und so fand sich Jai dabei wieder, dass er die Abläufe seiner Morgenroutine durchging, obwohl schon die Abenddämmerung einsetzte.

Jeden Morgen musste der alte Mann gewaschen, zurechtgemacht und angezogen werden, was bedeutete, ihm ein Bad einzulassen, sein Haar zu waschen und sich dem langen Ablauf zu widmen, solche Gewänder auszusuchen, die er akzeptabel finden würde. Dass Leonid beinahe nie seine Gemächer verließ und ihn auch kaum jemand aufsuchte, spielte keine Rolle.

Als Nächstes entzündete Jai im Kamin ein prasselndes Feuer, um das er sich oft zu jeder Stunde kümmern musste – Leonid mochte es warm, damit er sich an die Jahre seiner Feldzüge im tropischen Süden erinnerte, wo er sich den Großteil seines Imperiums erkämpft hatte.

Nach so vielen Jahren des Schleppens von Feuerholz aus den Palastküchen hatte sich Jai inzwischen eine sehnige Stärke angeeignet. Dies war ein Lichtblick, denn sonst hätte er vielleicht schon vor Langem Fett angesetzt.

Das ständige Herumschleppen und Umorganisieren trugen ebenfalls zu Jais Statur bei: Leonids Gemach hätte man für eine Bibliothek halten können, hätte nicht das enorme Bett mitten im Raum gestanden. Jede Wand war voll von Büchern, und der bevorzugte Zeitvertreib des alten Mannes bestand darin, am Feuer zu sitzen und durch seine alten Tagebücher zu blättern, wobei er an den Rändern oftmals Abänderungen und Ergänzungen vornahm.

Obwohl Jai es niemals zugegeben hätte, war dies ebenfalls eine seiner liebsten Beschäftigungen. Dieser Raum beinhaltete nicht nur die Erzählung von Leonids Leben, sondern auch die von jedem militärischen Denker im Lauf der Geschichte. Die Texte waren, wie Leonid ihm erzählt hatte, die Quelle seines Erfolgs.

In vielen Nächten hatte Jai darüber Fantasien gesponnen, wie er seine eigenen Männer in die Schlacht führte, wie er sogar an ihrer Spitze auf einem Greifen ritt. Es machte Spaß, sich Tagträumen hinzugeben, wenn man innerhalb der Grenzen dieses staubigen Raums gefangen war. Während er blieb, konnte sich sein Verstand zu jedem gedanklichen Höhenflug aufschwingen, der ihn erfasste.

Die meisten Bücher in diesen Gemächern hatte er mindestens einmal gelesen, aber eines blieb seit jeher unberührt und sammelte auf einem niedrigen Regalbrett in der Ecke Staub an. Es war das zerfledderte Tagebuch von Leonids Kriegen gegen Jais Vater. Er konnte es einfach nicht über sich bringen, diesen Band zu lesen.

Es lag nicht daran, dass Jai eine tiefe Liebe für seinen Vater gehegt hätte – obwohl Rohan allen Berichten zufolge ein guter Herrscher gewesen war, der sein Volk geliebt und ehrenhaft gekämpft hatte. Tatsächlich war das alles, was er für Jai gewesen war, denn dieser erinnerte sich nicht einmal mehr richtig an das Aussehen des Vaters. Auch seine Mutter war nur noch eine flüchtige Erinnerung – eine Frau mit bleichem Gesicht, die über sein Haar gestrichen und Wiegenlieder gesummt hatte. Selbst Balbir wusste nicht, was aus ihr geworden war.

Nein, es lag an der Schande. Denn innerhalb dieser Seiten lag der Grund dafür, weshalb die Menschen ihn auf der Straße anspuckten oder seine Hautfarbe verfluchten. Er benötigte keine Erinnerung an die angebliche Minderwertigkeit seines Volkes – über die Tatsache hinaus, dass das Steppenvolk beinahe die Hälfte der Gefesselten im Reich ausmachte. Er brauchte nicht einmal einen weiteren Grund, um den alten Kaiser zu hassen. Es war auch so schon schwer genug, ihm zu dienen.

»Eine Partie Tablus«, rief Leonid und klatschte in seine dünnen Hände. »Während ich bade.«

Jai verzog das Gesicht. Nicht, dass ihm das Spiel keinen Spaß gemacht hätte. Tatsächlich pflegte er zu den seltenen Gelegenheiten, bei denen er den Palast verlassen konnte, immer auf dem Hauptplatz der Stadt vorbeizuschauen und ein paar Partien mit den alten Männern dort zu spielen, wobei er die meisten gewann.

Nein, er mochte das Spiel durchaus. Nur hatte er keine Lust dazu, Leonid gegenüber zu verlieren, den er nie geschlagen hatte. Die Augen des Mannes mochten umwölkt sein, sein Verstand war es allerdings nicht.

Jai wünschte sich bloß, es würde jemand anderen im Palast geben, der mit ihm spielte. Aber nur wenige Diener blickten ihm überhaupt in die Augen, geschweige denn, dass sie ein Gespräch mit ihm angefangen hätten. Er war eine barbarische Kuriosität. Ein Angehöriger eines Königshauses und ein Diener. Ein sabinischer Steppenmann. Ein Feind – und zugleich ein Verbündeter. Das war ein Widerspruch, dem man am besten aus dem Weg ging. Er bedeutete Ärger, und bestimmt dachten die meisten, dass es seine Freundschaft nicht wert war, den Ärger von vielen zu riskieren, die das Steppenvolk hassten. Rohans Überfälle auf ihre Grenzstädte waren noch lange nicht vergeben.

Die Diener, die Eimer herbeischafften, um die Badewanne mit den goldenen Klauen in der Mitte des Gemachs zu füllen, machten diese Wahrheit nur noch offensichtlicher. Sie vermieden es sogar, ihn anzusehen, und Jai seufzte.

»Danke«, sagte er.

Sie erwiderten kaum seinen Blick und waren bald verschwunden. Es blieb Jai überlassen, Leonids Gewand abzulegen und seinen schwachen Körper aus dem Rollstuhl und in das dampfende Wasser zu heben.

Der alte Mann stöhnte, und Jai setzte das karierte Spielbrett und einen Stuhl neben der Badewanne auf. Er starrte auf die Spielfiguren. Ihre Anordnung war dem Schlachtfeld, das sie an diesem Morgen gesehen hatten, gar nicht unähnlich. Figuren von Fußtruppen in der vorderen Reihe, mit Reiterei an den Rändern. Und dahinter die nützlicheren Figuren in Form von seltenen Tieren, je nachdem aus welchem Land das Spielbrett stammte. Da es sich um ein sabinisches Brett handelte, waren die Figuren Greifen, Chamroschen, Mantikore und dergleichen. Jai wusste, dass zu den Figuren in der Nördlichen Tundra Höhlenbären und Drachen gehörten, während sein eigenes Volk Mammute und Khiroi verwendete. Dennoch wurden die Figuren unabhängig von der Kreatur auf die gleiche Weise bewegt.

»Komm jetzt, ich lass dich auch den ersten Zug machen«, schnaufte Leonid, während er sich tiefer in das dampfende Wasser schob.

Jai zuckte mit den Schultern und bewegte die erste Figur. Ein üblicher Eröffnungszug: ein tastender Vorstoß von einem beschützten Legionär. Dennoch schaffte es Leonid, darin eine Schwäche zu finden, und schnaubte flüsternd.

»Sag mir, Jai«, sagte Leonid, während er einen Greifen vorwärts auf den Legionär zubewegte, »was hätten die Generäle meines Sohns mit den Hudditen in der Schlacht tun sollen?«

Jai musste nicht einmal über eine Antwort nachdenken. Er hatte eine Menge Zeit gehabt, während ihrer langen Reise darüber nachzudenken. Er hatte ausreichend viele von Leonids Tagebüchern gelesen, um zu wissen, dass er bei den Hudditen die Taktiken eines Kindes wahrgenommen hatte.

Jai legte den Kopf schief und brachte einen zweiten Legionär voran, um den ersten zu decken, den der Greif bedrohte.

»Sie haben es dem Feind erlaubt, das Schlachtfeld zu wählen«, erklärte Jai. »Der Hang gab den Hudditen eine überlegene Position und ihren Anführern einen Blick über die Umgebung.«

»Umgebung«, murmelte Leonid. »Das ist ein gutes Wort.«

Über eine Diagonale brachte er seine nächste Figur voran, einen Chamrosch. Die aus einem Knochen geschnitzte Kreatur war eine gut gearbeitete Replik des realen Wesens, ein falkenköpfiger und geflügelter Hund. Die angehenden Krieger, die Knappen der Greifengarde, bevorzugten sie als seelenverbundenes Tier. Jai konnte seinen Fehler bereits erkennen, seine beiden Legionäre standen verwundbar und eingekreist in der Mitte des Spielfelds. Umgeben, tatsächlich.

»Wie werden Schlachten gewonnen?«, fragte Leonid leichthin.

»Die Schlacht ist nicht gewonnen, wenn der letzte Gegner tot ist, sondern wenn der erste Gegner besiegt ist«, sagte Jai, indem er die Worte wiederholte, die ihm Leonid über die Jahre hinweg eingebläut hatte.

Mit einem ironischen Lächeln rückte Jai den vordersten Legionär wieder zurück und stellte ihn hinter den ersten. Leonid war immer ein aggressiver Spieler gewesen, und Jais defensive Position hielt den Attacken des alten Mannes selten lange stand.

»Ich habe in Schlachten gekämpft, in denen der Gegner davonrannte, noch bevor er auch nur einen einzigen Mann verloren hatte. Eine Schlacht ist kein Fleischwolf, auch wenn mein Sohn das zu glauben scheint. Was hätten wir heute tun sollen, Jai?«

Jai wählte seine Worte mit Bedacht. Leonid liebte seinen Sohn, auch wenn der Kaiser grausam sein konnte.

»Majestät, eine einzelne Legion hätte zahlenmäßig unterlegen gewirkt und dem Gegner die Zuversicht gegeben, eine Chance zu haben. Drei dagegen hätten die Zwecklosigkeit des Widerstands demonstriert und eine Kapitulation erzwungen.«

Er erwähnte nicht, dass eine Kapitulation mehr Gefesselte ergeben hätte, obwohl dies zweifellos einer der Gründe war, weshalb Constantin die Horde der Hudditen überhaupt gejagt hatte. Da sich das ausgedehnte Ackerland der Hudditen plötzlich in seinem Besitz befand, brauchten die Sabiner neue Gefesselte für die Feldarbeit.

Leonid hob einen Finger.

»Was noch?«

Jai überlegte einen Augenblick lang, dann sagte er: »Mit der See im Rücken konnten sie nirgendwohin fliehen. Also waren ihre Alternativen, bis zum Tod zu kämpfen oder aufzugeben. Aber wenn sie einen Ausweg gehabt hätten …«

Leonid unterbrach ihn, als Jai an Schwung verlor.

»Eine Schlacht wird im Herzen des gewöhnlichen Soldaten gewonnen«, erklärte er. »Es bedeutet, deine eigenen Soldaten davon zu überzeugen, dass es besser ist zu kämpfen als davonzulaufen, und die Soldaten deiner Gegner müssen glauben, dass das Gegenteil stimmt. Kessle niemals einen Gegner ein, ohne ihm einen Weg für den Rückzug zu geben. Auf dem Rückzug wurden mehr meiner Feinde erschlagen oder gefangen genommen als je in einer offenen Schlacht.«

Leonid rückte einen Reiterkrieger heraus, und damit hatte Jai keine andere Wahl, als seinen Legionär wieder zurückzubewegen. Das Spielbrett bildete bereits eine Katastrophe ab. Leonid hatte viele seiner besten Truppen nach vorn gebracht und bedrohte nun seine gesamte Schlachtreihe. Inzwischen war Jai wieder so gut wie zurück am Anfang, mit einem einzigen Legionär, der allein in der Mitte des Spielbretts stand.

»Dein Vater …«, murmelte Leonid, während er den einsamen Legionär mit seinem Greifen umstieß, »er wusste das ganz gut. Verpasste mir meine erste echte Niederlage.«

Jai runzelte die Stirn. Das war heute das zweite Mal, dass Leonid seinen Vater erwähnt hatte. Also zweimal mehr als im letzten Jahr. Offensichtlich beschäftigte den alten Mann etwas.

»Oh?«, war alles, was Jai einräumte. Es war das Einzige, was er sagen konnte, ohne zu verraten, wie sich ihm die Kehle zusammenschnürte.

Leonid betrachtete das Spielbrett, seine Backen hingen ihm bis zum Hals. »In unserer ersten Schlacht hat er mir eine Falle gestellt. Schickte seine Armee nach vorn und ließ sie dann innerhalb von Minuten in angeblicher Panik davonrennen. Und als meine Männer ihre Formation brachen, um sie zu verfolgen, und meine Reitertruppen den Reihen der Fußsoldaten voranstürmten, um sie niederzuhauen … da formierten sie sich neu. Wandten sich um und trafen uns frontal, eine perfekte Linie von hundert Khiroi, die meine verstreuten Reiter verschlangen, als wären sie nichts. Ich konnte nur noch das einsammeln, was von meiner Infanterie übrig war, und dann zu unserem Lager zurückkehren. Das Heer deines Vaters schlachtete an einem Tag mehr Sabiner ab als jeder Feind in meinem ganzen Leben.«

Jai starrte Leonid an. Er wusste über diese Schlacht Bescheid. Wirklich jeder tat das. Aber die Einzelheiten, wie Jais Vater Leonid besiegt hatte, waren durch Gerüchte von Verrat schlammig gemacht worden, um das Gesicht der Sabiner zu wahren.

Jai empfand etwas Seltenes, vor allem wenn es sich um seine Familie und sein Volk handelte. Stolz.

Er bemerkte, dass er lächelte, und wischte den Ausdruck schnell von seinem Gesicht. Falls Leonid die Veränderung in Jais Stimmung bemerkt hatte, ließ er es sich nicht anmerken. Stattdessen wurde er still und grübelte eine Weile über das Spiel nach. Dann rümpfte er die Nase.

»Vier oder fünf Züge, und ich hab dich.«

Leonid nickte auf die Kaiserfigur in der Mitte von Jais Formation zu – sie wies eine verblüffende Ähnlichkeit zu einem jüngeren Constantin auf. Und Jai stieß sie pflichtschuldig um, womit er seine Niederlage eingestand.

Leonid schnaubte und verteilte die Figuren mit einem Wischen seiner knorrigen Hand auf dem Boden.

»Du bist zu furchtsam. Hast zu sehr Angst, einen Fehler zu machen, ein Risiko einzugehen. Du bist der Sohn deines Vaters. Benimm dich so.«

5

Jai lag auf dem Rücken und lauschte den morgendlichen Rufen der Pfauen in den Lustgärten. In seinem Zimmer war es dunkel, denn es hatte kein Fenster. Tatsächlich konnte er es kaum ein Zimmer nennen, sondern eher eine Garderobe, die sich als seine Stube verkleidete, seitdem er in den Dienst des früheren Kaisers getreten war. Es befand sich in einer Ecke von Leonids eigenem Schlafgemach, damit der alte Mann nach ihm rufen konnte, wenn er ihn brauchte.

Aber heute war es anders. Heute war kein Tag für Körperpflege oder etwa einer, an dem er Leonids Diktate aufschrieb, ein Tag der kratzenden Schreibfeder und der trocknenden Tinte. Und auch war es keiner, an dem er dem alten Mann laut Bücher vorlas oder seinen schmerzenden Rücken rieb.

Heute ... würde er jagen.

Oder genauer gesagt, er würde eine Jagd beobachten, falls die Einladung, die an dem vorherigen Abend für Leonid eingetroffen war, irgendeinen Hinweis darauf gab. Er hoffte, dass es nur darum ging, zu beobachten – auf Pferden zu reiten hatte ihn immer nervös gemacht.

Jais Name hatte, aus welchem Grund auch immer, ebenfalls auf der Einladung gestanden. Vielleicht wollte man auf die Dansken damit gastfreundlicher wirken, da sie die sabinische Strategie, die Kinder ihrer besiegten Feinde als Geiseln zu halten, womöglich missbilligten und tatsächlich keine eigenen Gefesselten hatten.

So oder so war Jai überglücklich, dass er die umfriedete Stadt Latium schon wieder verlassen durfte. Und so bald seit dem letzten Mal – ein seltenes Vergnügen, das sein Herz schneller schlagen ließ.

Tatsächlich würde er zum ersten Mal, seitdem er ein Kind gewesen war, die Vororte der Stadt sehen, seit jener Zeit, als Balbir ihn und seine Brüder noch über die Stadtmauern hinaus hatte bringen dürfen. Sie hatte ihm auch die Namen beigebracht, die das Steppenvolk für die dort wachsenden Pflanzen gefunden hatte, sowie ihren Gebrauch.

Balbir. Bei dem Gedanken an ihr wettergegerbtes Gesicht und ihre sanften braunen Augen zog sich sein Herz ein wenig zusammen. Es war so viele Jahre her, seitdem er mehr als nur ein paar Worte mit ihr ausgetauscht hatte. Und sie – abgearbeitet bis auf die Knochen. Er sollte bald wieder einmal bei ihr vorbeischauen. Sich vergewissern, dass man sich gut um sie kümmerte.

Und wenn er erwachsen sein würde … dann würde er sie mit sich nach Hause nehmen. Das … das war es, worauf er wartete. Dann nämlich wäre sie endlich die Knochenarbeit los und würde ihm auf ihrer langen Reise nach Hause erzählen, wie er ein Mann der Steppe werden könnte. Sie würde ihm ihre Art zu leben beibringen, damit er unter ihnen nicht mehr ein Fremder sein müsste, so wie er es bei seiner Ankunft hier gewesen war.

Sie würden von dem leben, was ihnen das Land in Fülle zu bieten hatte, willkommen geheißen von seinem Stamm. Er würde eine Frau und eine Rolle innerhalb des Stamms finden. Vielleicht würde er sich dann endlich willkommen fühlen. Er würde dazugehören.

Jai seufzte und zwang sich aufzustehen.

Normalerweise trug er Leonids alte Gewänder, während er im staubigen Inneren von Leonids Ankleidezimmer herumwerkelte, aber zu diesem Anlass würden sie nicht passen. Das galt auch für die alltägliche Uniform der Küchenjungen, die er immer dann trug, wenn er Aufträge erledigte.

Irgendwo im Chaos seines Raums zog die zeremonielle Kleidung eines Palastdieners Flusen an. Er entdeckte sie unter seinem Feldbett, bürstete den Staub ab und zwängte sich mit einer Grimasse hinein. Sie war zu klein – zu kurz an den Beinen wie auch den Armen und eng um die Brust. Aber sie würde ausreichen müssen.

Ein gesprungener Spiegel ließ ihn seine reisemüde Erscheinung begutachten, während er seinen dichten dunklen Haarschopf hektisch in kaltes Wasser tauchte und sein Gesicht mit einem eingeseiften Lappen abschrubbte. Ein altes Rasiermesser, das er draußen an den Pflastersteinen geschärft hatte, erlaubte es ihm, den ersten Anflug von Barthaaren über seiner Oberlippe wegzuschaben. Er wünschte sich nur, er hätte auch etwas gegen die dunklen Ringe unter seinen ein wenig tief liegenden Augen tun können.

Zumindest war er dankbar für die hervorstechenden Wangenknochen, die ihm seine Mutter mitgegeben haben musste, und für das starke Kinn, das von seinem Vater stammte. Seine Haut, dunkler als die olivfarbene Haut der Sabiner, aber von einem helleren Ton als die braunen Schattierungen des Steppenvolks, stammte von beiden Eltern. Von seiner Mutter wusste er nur, dass sie schön gewesen war, aber davon abgesehen hatte er beinahe keine Ahnung von ihr. Selbst Balbir hatte sie nie getroffen, wenn sie sie auch von ferne gesehen hatte.

An diesem Tag war ihm seine Erscheinung wichtiger als sonst, nicht zuletzt, weil er sich in einem formellen Rahmen bewegen würde … aus den Räumlichkeiten des früheren Kaisers in der Öffentlichkeit aufzutauchen kam selten genug vor. Und obwohl er es hasste, das zuzugeben, war es auch deswegen, weil er in Ericas Gegenwart sein würde. Der auf einem Drachen reitenden Prinzessin der Nördlichen Tundra.

Wenn er auch kaum eine Vorstellung davon hatte, wie sie aussah, hatte ihn der Mut, den sie im Angesicht der Sabiner gezeigt hatte, bereits für sie eingenommen.

Wie er auch schon, würde nun sie im Namen des Friedens aus ihrem Heimatland an den Hof der Sabiner gezerrt werden. Es traf zu, dass ihr Schicksal wahrscheinlich um einiges angenehmer als das Seine war. Aber irgendwie konnte er sich nicht vorstellen, dass sie an den kleinlichen Gerüchten und Intrigen des Palastlebens viel Gefallen finden würde. Sie schien ihm ein Mädchen voller Tatendrang zu sein, das geradezu auf dem Wind dahinglitt.

Er wünschte nur, er hätte von sich dasselbe sagen können. Obwohl er darüber fantasierte, eines Tages eine Seelenverbindung mit einem Greifen einzugehen, vielleicht sogar der Greifengarde beizutreten, war er für ein solches Abenteuer gar nicht gemacht – und höchstwahrscheinlich war er nicht einmal dazu fähig, eine Seelenverbindung mit mehr als einem Floh einzugehen.

Er würde dabei bleiben müssen, über ihre Heldentaten in Leonids Tagebüchern zu lesen, und zwar im stillen Frieden seiner Kammer.

»Junge, wenn du nicht in den nächsten zehn Sekunden hier draußen bist, dann wird meine Reitgerte einen neuen Zweck finden.«

Leonids Stimme riss ihn vom Spiegel weg, und er tauchte auf, um den früheren Kaiser allein in seinem Rollstuhl dabei vorzufinden, wie er an der Ausgehuniform herumfummelte, die Jai ihm am Vorabend herausgesucht hatte.

»Ich bezweifle, dass Ihr heute viel zum Reiten kommen werdet, Majestät«, gab Jai zurück. »Sagtet Ihr nicht, dass Euer … Sitz … damit nicht mehr klarkommt?«

Leonid warf Jai einen finsteren Blick zu, der ihm deutlich machte, dass der Hintern des Ex-Kaisers an diesem Morgen keineswegs ein akzeptables Thema war.

Es dauerte nur ein paar Minuten, bis Jai Leonids Rollstuhl den langen Korridor entlang schob, der an den Haupthof des kaiserlichen Palastes grenzte. Der Korridor wurde kaum von jemand anderem als Jai und gelegentlich von Leonid benutzt. Der Mann war im Alter ein Einsiedler geworden, der die Bequemlichkeit seines Gemachs nur selten verließ.

Heute war das allerdings etwas anders. Es stimmte, der Palast wirkte in der Erwartung des Fests geschäftiger als zuvor, aber das war nicht alles, was sich verändert hatte. Nein … es lag auch an den Legionären, die an jedem Türdurchgang stationiert waren, und an den anderen, die im Innenhof darunter auf und ab marschierten. Die Palastsoldaten trugen ihre Paradeuniformen, ganz mit Umhängen, Troddeln und Helmen mit Rosshaar, aber die Klingen, die sie bei sich hatten, waren so tödlich wie immer. Was aber noch merkwürdiger schien: Viele von ihnen waren mit bedrohlich aussehenden Armbrüsten bewaffnet, die nicht oft zur Bewaffnung der Legion gehörten.

»Eine Machtdemonstration«, brummte Leonid, der zu den aufgereihten Soldaten hinübernickte. »Für den Fall, dass diese Hochzeit nur ein Vorwand war, um ihr Heer in unsere Hauptstadt zu schaffen.«

Wenn man bedachte, dass das danskische Heer so kampierte, dass eine Legion zwischen ihm und dem Palast lag, erschien diese Zurschaustellung unnötig. Aber Jai vermutete, dass wenn die Dansken an jenem Morgen ihre Stärke hatten zeigen wollen, Constantin nun die Absicht hatte, sich gleich mehrfach zu revanchieren.

Als sie sich dem Eingang zum Palast näherten, kamen zwei Bedienstete vorbei, die eine große Amphore aus Zinn trugen. Keiner der beiden warf ihm auch nur einen Blick zu. Eine von ihnen erkannte er – Ava. Ein junges Mädchen mit großen Augen, die ihn in einer Nacht nach dem letzten Erntefest gegen die Palastmauer gedrückt und ihm zwischen die Beine gefasst hatte. Sie hatte ihn mit einem Lachen von der Halle fort und zu einer im Schatten liegenden Ecke geführt, wo er seinen ersten Kuss bekommen hatte. Er erinnerte sich noch an ihren Atem in seinem Ohr, an den Geschmack von Wein auf ihren Lippen und auch an ihr zufriedenes Seufzen. Aber dann hatte eine Stimme aus der Küche nach ihr gerufen, und schnell war sie mit einem Grinsen über die Schulter zurückgeflitzt.

Jai versuchte, Ava in die Augen zu sehen. Es war nun schon Monate her. Er suchte nach einer Möglichkeit, mit ihr zu sprechen, ihr etwas mitzuteilen und sie dazu zu bringen, ihn anzusehen. Stattdessen wandte sie ihren Blick ab, und den Kopf senkte sie in Ehrerbietung vor dem alten Mann.

Jai schluckte seine Enttäuschung herunter, während sie die Vorderstufen des Palasts erreichten, und schob den Rollstuhl die lange schräge Rampe hinab, die dort extra für Leonid verlegt worden war.

Jai nahm den Platz in sich auf, wo ein halbes Dutzend Kutschen warteten, die von Pferden gezogen worden waren. Inmitten von ihnen konnte er sowohl Dansken als auch Sabiner erkennen, wobei die beiden Gruppen einander demonstrativ aus dem Weg gingen.

Es war merkwürdig, die farbenfrohen Gewänder der sabinischen Diener und Adligen neben denen der Dansken zu sehen. Selbst der geringste Küchenjunge schien im Vergleich zu dem gedämpften Grau, Weiß und Hellbraun der Dansken besser gekleidet. Sie trugen ausschließlich grob gesponnenen Flachsstoff, Felle und Leder, wenn auch ihr Schmuck, soweit vorhanden, deutlich gezeigt wurde.

Es waren aber nicht die zierlichen Filigranarbeiten und geschliffenen Juwelen, die die Finger der Sabiner schmückten. Stattdessen glänzten einfachere Broschen mit eingravierten Runen und gewundene Ringe aus Gold und Silber auf Dekolletés und Hälsen. Selbst Ivar, der hoch über dem Rest aufragte, sah eher wie ein wilder und magischer Eremit aus, den man aus dem Wald ausgegraben hatte, und nicht wie der König eines unbezwingbaren Landes.

Beim Anblick von Leonids Ankunft eilten Diener vorwärts, hoben seinen Rollstuhl in die Luft, als wöge er gar nichts, und setzten ihn in die vorderste Kutsche, wo Jai vermutete, dass Constantin und Titus bereits auf ihn warteten.

Irgendwie verloren stand Jai da. Erst als eine Trompete erklang und die wartenden Rivalen in ihre Kutschen stiegen, wurde ihm klar, dass er drauf und dran war, zurückgelassen zu werden.

Die Kutscher ließen bereits ihre Peitschen knallen, und Jai blieb nichts anderes übrig, als auf das Trittbrett des letzten danskischen Gefährts zu springen, ehe sie schon die Hauptstraße entlang ratterten, die die Stadt in zwei Bereiche teilte.

Jai atmete tief ein und genoss den offenen Himmel über sich und das geschäftige Treiben einer lebendigen Stadt. Er lehnte sich über die vorbeirauschenden Pflastersteine hinaus und reckte sein Gesicht nach oben, um die Brise einzufangen. Die Sonne war hell und klar, und es schien, als würden seine Pflichten gegenüber Leonid an diesem Tag von Constantins Bediensteten übernommen werden. Jai grinste sogar, als hinter den Scheiben ergraute danskische Gesichter auf ihren seltsamen Passagier hinausstarrten.

Jai winkte und kletterte auf den Kutschbock, um sich neben den grauhaarigen Kutscher zu setzen. So süß hatte die frische Luft noch nie gerochen.

6

Jai brachte einen großen Teil der Fahrt damit zu, den Mut zu sammeln, sich dem Kutscher vorzustellen, der problemlos hinzunehmen schien, dass Jai sich ihm angeschlossen hatte. Aber es machte den Eindruck, dass der Wagenzug kaum außerhalb der Stadttore und eine Straße entlanggerollt war, als die Kutschen schon wieder zu einem Halt kamen. Sie waren keine Meile weit gefahren.

Tatsächlich lag ihr Reiseziel so nahe, dass man bereits einen Bereich für Erfrischungen aufgebaut hatte, zusammen mit einem kalten Festmahl auf langen, rustikalen Tischen.

Bei diesem Anblick knurrte Jai der Magen, denn er hatte den ganzen Morgen über nichts gegessen, und die Sonne stand nun hoch am Himmel. Aber der Gedanke an Essen war vergessen, als er sah, wie seine Brüder von ihren Kutschen sprangen und brüllend über irgendeinen von Titus' Witzen lachten.

Der junge zukünftige Kaiser war in volles militärisches Ornat gekleidet, obwohl er niemals an irgendeiner Schlacht teilgenommen hatte. Dem Vernehmen nach war er ein ausgezeichneter Schwertkämpfer, ausgebildet von den Besten der Besten, und er hatte sogar an Fechtturnieren in Latiums Colosseum teilgenommen. Aber auch Jai wusste, dass die verzierte Brustplatte, die Titus trug, mit definierten Muskeln versehen war, die darunter nicht vorhanden waren.

Jais Brüder hatten seit Jahren keine Uniformen für Bedienstete getragen, und beide hatten sich nun für feine Jagdhosen aus grün gefärbtem, gestepptem Maulwurfsfell entschieden. Ihre Blicke schienen an ihm vorbeizuwandern, selbst als Jai winkte.

»Arjun!«, rief Jai. »Samar!«

Arjun blickte überrascht auf, und wie üblich erschütterte Jai der Anblick seines Gesichts mit Wärme und einem kurzen, unangenehmen Aufblitzen von Eifersucht. Auf beinahe jede Weise war er Rohans Sohn, das besagten jedenfalls die Gerüchte. Hochgewachsen, gut aussehend und Thronfolger. Er würde bald in die Große Steppe zurückkehren, um über den Stamm ihres Vaters zu herrschen. Selbst Titus' Speichellecker waren neidisch auf Arjuns lange dunkle Wimpern und sein ausgeprägtes Kinn.

Obwohl man ihm unterstellte, ein Barbar zu sein, war seine Beliebtheit bei den jungen Damen der Oberschicht gut bekannt – ein gewisser Hauch des Exotischen, nach dem sie sich verzehrten, ehe sie sich mit ihren von den Eltern gebilligten Ehemännern häuslich niederließen.

Doch es war hart, Arjun zu hassen. Die Bürde der zukünftigen Herrschaft lastete schwer auf seinen Schultern, und eher rannte er auf sie zu, als vor ihr zurückzuschrecken. Dieses Gewicht glich er mit einer mühelosen Herzlichkeit aus, und in den wenigen Momenten, die sie jedes Jahr gemeinsam verbrachten, neckte er Jai liebevoll, wie es jeder Bruder zu tun pflegte.

»Jai?«, rief Samar, der an Arjuns Seite trat. Ein Lächeln erhellte sein rundes Gesicht. »Was machst du denn hier? Es ist so lange her!«

Samar war ein sanfterer Junge als sein älterer Bruder, sowohl was seine Statur, als auch was seine Seele betraf. Ruhig, selbst verglichen mit Jai, und vielleicht ein wenig langsam. Aber was Samar an Wildheit fehlte, machte er mit einer unschuldigen, versöhnlichen Natur wieder wett, die es erschwerte, ihm zu widerstehen.

Jai liebte und bewunderte seine beiden Brüder. Er fragte sich: Wäre er ihnen ohne Leonids Zurückgezogenheit ebenbürtig geworden?

»Jagen wir heute?«, fragte er mit so viel Wagemut, wie er aufbringen konnte.

Arjun, der Jai sofort durchschaute, trat vor und zog ihn in eine ungestüme Umarmung. Jais Kopf reichte gerade bis zu den Schultern seines Bruders.

»Hat dich der alte Mann also endlich mal aus deiner Höhle rausgelassen«, lachte er und schlug Jai auf die Schulter. »Du reitest heute mit uns. Ich kümmere mich darum.«

Jai beäugte die gesattelten Pferde, die an Zweigen der umstehenden Bäume festgebunden waren, und grinste unsicher. Seine Angst vor den großen Tieren war ihm peinlich, und er verfluchte die eigene Schwäche. Wie konnte er Tagträume davon haben, auf einem Greifen in die Schlacht zu reiten, wenn er noch nicht einmal den Mut aufzubringen vermochte, ein Pferd zu besteigen?

Gedanklich schüttelte er die Scham ab und nahm stattdessen das Wunder seiner Umgebung in sich auf. Das Kaiserreich war mehr damit beschäftigt, die Wildnis ihrer Länder zu zähmen, als sie zu bewahren. Dieses Jagdgebiet, das Leonid schon lange vor Constantins Geburt geschont hatte, stellte die Ausnahme dar.

Es war ein merkwürdiger Ort – eine Art Savanne mit gelbem Gras und über sie hinweg verstreuten Baumgruppen. Am Horizont waren die winzigen Punkte der Herden zu sehen, und Jai bewunderte die Menagerie von Tieren, die hier freigelassen und gejagt wurden. Über die meisten Kreaturen dort draußen hatte er bis zu diesem Augenblick nur gelesen.

Der Kontrast zu den endlos vielen gleichförmigen Feldern mit Weizen und Mais war enorm. So hatte das westliche Reich früher einmal ausgesehen, bevor die Sabiner es in die Kornkammer der Welt verwandelt hatten. Nun aber, da die Hudditen fort waren, besaßen die Sabiner die Getreidereserven, die das heißhungrige Phöniximperium im fernen Osten ernährten. Und selbstverständlich hatten sie jetzt ausreichend viele in Fesseln liegende Hudditen, die für sie arbeiteten. Sie verstärkten die Zahlen der alt gewordenen Gefesselten, die noch aus dem Steppenkrieg in all den Jahren zuvor übrig waren. Das war der wirkliche Grund für den Krieg gewesen, jedenfalls wurde das behauptet. Die erfundene Entschuldigung für die Invasion war so dürftig, dass sich die meisten nicht einmal mehr daran erinnern konnten.

Mit angehaltenem Atem beobachtete Jai, wie Constantin, der Mann, der den heutigen Tag inszeniert hatte, aus seiner Kutsche hervorkam und den Rollstuhl seines Vaters schob. Einen winzigen Moment lang erhaschte Jai Leonids trüben Blick, und der Exkaiser nickte kaum wahrnehmbar. Für heute war Jai vom Haken, und wenn auch nur, um während der Jagd die Dansken auszuspionieren.

»Alles ist so aufregend, nicht wahr?«, murmelte Samar. »Hast du gesehen, wie …« Mit offenem Mund verstummte er, dann stieß er Jai an, als ein in Felle gekleidetes danskisches Mädchen von einer Kutsche in der Nähe stieg und ihre Augen beschattete. Wenn Jai sich nicht irrte, war das Ericas Zofe, denn ihre Füße hatten kaum den Boden berührt, als sie schon an die Seite der Prinzessin eilte.

Einmal mehr konnte Jai nicht anders, als die Prinzessin anzustarren, während ihre Dienerin ihr in den Sattel half. In Hermelin und Seide gekleidet, wirkte sie zwischen dem Leder und den Gamaschen der umhereilenden Jagdgesellschaft fehl am Platz. Dennoch war sie wie ein weißer Felsen in einem schlammigen Fluss.

Abgesehen von ihrer Haltung konnte Jai wenig von ihr erfassen, denn immer noch bedeckte der Schleier ihr Gesicht. Sie saß aufrecht und strich – trotz allem offenbar entspannt – über die Ohren ihres Pferdes.

Da es so wenig über die Prinzessin herauszubekommen gab, fand sich Jai dabei wieder, wie sein Blick über ihre Dienerin glitt. Er konnte durchaus verstehen, warum sein Bruder dermaßen von ihr eingenommen war: Schließlich gehörte sie zu den jüngeren Frauen, die die Jagdgesellschaft begleitet hatten, und sie besaß langes, helles Haar, das in Latium ein so seltener Anblick war wie ein freier Steppenbewohner, ja noch mehr als das.

Sie war bis in die Knochen danskisch. Sogar ihre Art zu laufen war danskisch – ein stolzierender Gang, der beinahe theatralisch wirkte. Ihr Heimatland drückte sich in allem aus, was sie darstellte, vom Eis in ihren Augen bis zu den sonnenverwöhnten Sommersprossen über ihren blassen Wangenknochen, die einen Anflug von Rosa aufwiesen. Dies war nicht die weiche, blumige Vornehmheit der Adligen am Hof … mit ihren bemalten Gesichtern … und auch nicht der herzliche Charme der wenigen Mädchen, die im Palast arbeiteten. Es war eine raue und scharfe Schönheit, die Jais Blick länger festhielt, als er es sich selbst gegenüber zugeben wollte. Samar brauchte einen schnellen Stoß, um seinen eigenen zu senken.

»Sind das hier die Jagdgründe?«, fragte Jai, der den Anblick des Mädchens gedanklich abschüttelte. »Du hast so oft von ihnen erzählt, dass es mir vorkommt, als wäre ich schon hier gewesen.«

Arjun grinste und schnalzte leise mit der Zunge, als ihm ein Diener ein Pferd brachte. Es war eine schwarze Stute, deren wilder Blick Jai einen Schritt zurücktreten ließ. Arjun schwang sich in den Sattel und streckte eine Hand aus.

»Reite mit mir«, sagte er und nickte über seine Schulter hinweg dem hinteren Teil seines Sattels zu. »Titus ist jede Woche zweimal mit uns hier, seit … seit ich zurückdenken kann. Wird schön sein, es zum ersten Mal durch deine Augen zu sehen.«

»Ein Fluch auf deine heidnischen Augen«, stieß eine Stimme hervor. »Nicht heute, du Arschwischer.«

Jai fuhr herum. Ein unliebsames Gesicht starrte ihn aus dem Morast zwischen herumeilenden Dienern und stampfenden Pferden an. Es war Corinth, der sich durch das Gewühl von Bediensteten und Pferden stieß.

Er war der Mann, den Jai vor über einem Jahrzehnt ersetzt hatte. Tatsächlich war es Corinth gewesen, der ihm seine ersten Buchstaben beigebracht hatte, wenn Leonid ihn auch viel mehr gelehrt hatte, nachdem Jai über die Grundkenntnisse hinausgekommen war.

Für seinen langen Dienst war er mit dem Aufstieg zu einem von

Constantins verhätscheltsten Bediensteten belohnt worden. Dennoch wurde dann, wenn Jai krank war, von ihm verlangt, sich um Leonid zu kümmern. Diese seltenen Erinnerungen an seinen früheren Status warf er Jai nachdrücklich vor.

»Du ziehst hier durch die Gegend, und ich weiß genau, wer übrig bleibt, um sich um den alten Leonid zu kümmern«, grollte Corinth, dessen Bulldoggengesicht rot anlief. »Damit bin ich fertig. Du …«

»Komm schon, Corinth«, unterbrach ihn eine leise Stimme. »Erinnerst du dich nicht liebevoll daran, wie du meinen Großvater mit einem Schwamm gebadet hast?«

Angst ergriff Jai, obwohl dies nichts im Vergleich zu dem Ausdruck auf Corinths Gesicht war. Wie besessen fuhr der Mann herum und stammelte ungereimte Entschuldigungen, bis ein einziges missfallendes Schnalzen von Titus' Seite ihn zum Schweigen brachte.

Langsam drehte sich der Prinz um und warf Jai einen abschätzenden Blick zu, dann nickte er mit dem Kopf in die Richtung der schwarzen Stute. Jais Furcht vor dem Prinzen überwog die vor dem Pferd bei Weitem, und schon bald kletterte er unbeholfen seitlich an dem Tier empor. Er umschlang Arjuns Bauch, wobei er sich plötzlich dessen bewusst wurde, dass er dem Prinzen den Rücken zugekehrt hatte.

Er fuhr im Sattel herum, bis er fühlte, dass sein Rückgrat ächzte.

»Du erweist mir einen großen Gefallen damit, Jai zu erlauben, dass er mit uns reiten darf«, bemerkte Arjun, der das Pferd mit einem Ruck an den Zügeln herumriss und dankbar seinen Kopf neigte.

»Überhaupt nicht, Arjun«, verkündete Titus mit einer wegwerfenden Handbewegung. »Dein Bruder hier war schließlich offiziell eingeladen, oder etwa nicht?«

Und dann, zu Jais großem Schock, zwinkerte der Prinz ihm zu, ehe er sein Pferd mit einem Hochschnellen seiner Zügel davontrotten ließ.

Ganz zu schweigen davon, dass Titus Jais Name innerhalb von Momenten, nachdem er ihn gehört hatte, wieder entfallen war, hatte Jai in seinem ganzen Leben vielleicht ein halbes Dutzend Worte mit dem zukünftigen Kaiser gewechselt, und jedes Mal als jemand, der sich nur im äußeren Umfeld seiner Brüder aufhielt. Er fühlte ein Glühen, weil er wiedererkannt worden war. Das … das war gut.

Vielleicht würde sich die Stellung seiner Familie am Hof mit der Ankunft der Dansken verbessern. Konnte es sein, dass Frieden und Vergebung der ausgegebene Tagesbefehl war?

Oder Arjun hatte für Jai einen Gefallen eingefordert, um ihn aus Leonids Gemächern herauszubekommen, wie er es schon so oft getan hatte.

Arjun und Samar hatten beinahe so lange, wie Jai am Leben war, Titus als Jagdgefährten gedient und als seine Bediensteten zur Verfügung gestanden, wann immer er das Palastgelände verlassen hatte.

In Wahrheit war Arjun, der es irgendwie schaffte, Titus' häufige Wutausbrüche durch eine Mischung aus Demut und Schmeichelei zu beschwichtigen, dessen meist begünstigter Diener. Er hatte Titus nur dazu bringen können, ihm zu gestatten, einen seiner beiden Brüder als Jagdgefährten an seine Seite zu bekommen. Jai nahm ihm das trotz seiner Angst davor, zu reiten, nicht übel. Samar war zu empfindlich, um das auszuhalten, was Jai tun musste.

In vielerlei Hinsicht war es Arjuns Stellung als Geisel, die ihn dem Prinzen so nahe gebracht hatte. Titus war für seine eifersüchtigen Wutausbrüche bekannt. Aber es schien, dass er es schwer fand, auf jemanden, der so unerschütterlich als sein Untergebener etabliert war, neidisch zu sein. Arjuns bescheidener Charme erledigte den Rest.

Jai hatte immer geglaubt, Arjuns gutes Aussehen würde ihm den Zorn des Prinzen einbringen, denn wenn auch der blonde, blauäugige Prinz einen Ruf als stürmischer Liebhaber pflegte, mangelte es ihm sehr an einem Kinn. Zum Glück betrachtete der Prinz das Steppenvolk als von Natur aus hässlich.

Das Pferd verlagerte sich unter Jais Hüften, und Samar strahlte ihn mit einem breiten Lächeln an, während er neben ihnen sein eigenes, kleineres Pony bestieg.

»Hier«, sagte Arjun, der ihm ein Stoffbündel reichte. »Wir sind schon seit Tagesanbruch auf gewesen und haben uns für diese Jagd vorbereitet. Am besten schaffen wir etwas Essen in uns hinein.«

Jai lehnte sich im Sattel zurück und wickelte das Bündel aus. Er fand ein Messer … und auch ein großes Stück Brot und Käse. Er schnitt sich etwas davon ab, und die drei Jungen saßen unter den umhereilenden Dienern und kauten die bescheidene Kost.

In diesem Augenblick glaubte Jai nicht, sich jemals so zufrieden gefühlt zu haben.

»Willst du nicht über Nacht bleiben?«, fragte Samar. »Wir vermissen dich.«

Aber Jai hatte keine Zeit, ihm zu antworten, da ein Diener gerade in ein Jagdhorn stieß. Auf einen Tritt von Arjuns Absätzen hin stürmte die schwarze Stute vorwärts, und plötzlich war die Welt ein verschwommener Fleck aus Wind und offener Savanne.

Gleich würde die Jagd beginnen.

7

Sie ritten nicht weit. Zu Jais Überraschung waren sie kaum außer Sichtweite der restlichen Jagdgemeinschaft, als Arjun sein Pferd verlangsamte.

»Jai«, sagte Arjun mit leiser und beinahe drängender Stimme. »Ist dir Leonid in der letzten Zeit irgendwie anders vorgekommen?«

Jai runzelte die Stirn. Sonst war es nicht Arjuns Art, so zu sprechen. Selbst wenn sie etwas Ernsthaftes zu bereden hatten, pflegte er es immer herunterzuspielen. Er hörte sich so ernst an wie noch nie zuvor.

»Nein«, flüsterte Jai zurück. »Warum?«

Arjun zuckte mit den Schultern, dann hielt er inne und starrte über die Ebene hinweg. »Titus hat weniger Zeit mit der Jagd verbracht. Und … er ist uns gegenüber irgendwie kälter geworden.«

»Leonid behandelt mich gut. Mehr als gut«, antwortete Jai. »Vielleicht ist Titus wegen der Hochzeit nervös.«

Samars Pony war nicht weit hinter ihnen, und Jai sah das Aufblitzen von Sorge in Arjuns Gesicht, als er sich beim Klang der Hufe umdrehte. Offensichtlich wollte er nicht, dass Samar dies hörte. Das war in der Tat seltsam.

»Er verbringt eine Menge Zeit mit Magnus«, sagte Arjun leise und zuckte wieder die Achseln. »Nur wenige hassen unser Volk mehr als dieser Bastard. Vielleicht ist das alles.«

»Nur noch ein Jahr«, sagte Jai, der sich ein Lächeln aufs Gesicht zwang, als Samar zu ihnen aufschloss. »Und dann musst du nie wieder etwas mit ihm zu tun haben.«

Arjun nickte, während seine typische sorglose Miene wie eine Maske zurückkehrte.

»Vielleicht lassen sie dich ja dieses Mal ran«, sagte er laut, als Samar mit ihnen gleichzog. Die anderen Reiter waren nicht weit hinter ihnen.

Die Jagdgesellschaft war kleiner, als Jai sie sich zuerst vorgestellt hatte, nicht mehr als ein halbes Dutzend Dansken, die Prinzessin und ihre Zofe eingeschlossen, und Titus' Begleitung von drei Adligen, sowie Samar, Jai und Arjun, um ihnen beim Laden der Armbrüste zu helfen.

Constantin und Ivar hatten es offenbar vorgezogen, sich den kalten Braten unter freiem Himmel schmecken zu lassen, obwohl Jai sich fragte, ob der Furcht einflößende danskische König es gemocht hätte, sich ihnen anzuschließen.

»Heute ist ein besonderer Tag«, verkündete Titus. »Wir jagen ein neues Tier, eines, das nie zuvor in diesen Jagdgründen gesehen wurde. Eines, das von der Greifengarde gefangen wurde und das man erst vor ein paar Tagen extra für uns aus dem Osten eingeflogen hat.«

Die Adligen murmelten beifällig, aber Jai hörte ihm kaum zu. Er beobachtete die Dansken, wie es ihm befohlen worden war.

Das fand er merkwürdig. Zweifellos musste Titus seiner zukünftigen Braut auf ihrer Reise von der Küste zum Palast ordentlich vorgestellt worden sein. Trotzdem grüßte er sie nicht, als sie heranritt, und er widmete ihr auch keine besondere Aufmerksamkeit. Tatsächlich schien er mehr auf seine Freunde konzentriert zu sein als auf irgendjemand anderen.

»Wir haben diese Jagdarmbrüste mitgebracht, und unsere loyalen Führer«, fuhr Titus fort. »Bolzen so dick wie ein Daumen – die können sogar die Haut eines Drachen durchdringen.«

Er zwinkerte den Dansken zu und wendete sein Pferd herum, um über die Savanne hinwegzublicken. Jai nahm an, dass dies ein versteckter Hinweis auf die neuen Palastwachen war, die die gleichen Waffen führten.

Der Schleier, der Ericas Gesicht verbarg, machte es unmöglich zu sagen, ob sie sich peinlich berührt fühlte. Ihre Begleiter wirkten nichtsahnend, da sie Titus' Sprache – das Hochkaiserliche – offenbar nicht verstanden. Sie schienen sich mehr für die Pferde der Sabiner zu interessieren als für irgendeine eigens importierte Kreatur. Ihre eigenen Pferde waren dagegen klein: haarige, zähe Dinger, die sich besser dafür eigneten, im Inneren eines Langschiffs zu reisen.

Stattdessen schätzte Jai den Gesichtsausdruck von Ericas Zofe ein. Verachtung. Sie unternahm kaum einen Versuch, dies zu verbergen, sie blähte sogar die Nasenlöcher ihrer ausgeprägten, aufwärts weisenden Nase auf. Jai stellte sich vor, dass die grasfressenden Tiere auf einer sorgfältig gepflegten Savanne im Vergleich zu den großen Drachen, Bären und Wölfen, die die Wildnis der Nördlichen Tundra durchstreiften, ziemlich armselig wirkten. Wenn man Leonids Tagebüchern glauben durfte, wurden die letzteren beiden regelmäßig für ihre Felle gejagt, und außerdem, um sie davon abzuhalten, die danskischen Kühe zu fressen. Die Ersteren … nun, es war besser, ein paar Ochsen zu verlieren als ein paar Gliedmaßen.

Alle drei Tiere allerdings gehörten zu den Favoriten unter den Seelenverbundenen der Dansken. Jai hatte sogar von Bärenreitern gehört, die durch die Stadttore der Grenzstädte brachen, um den danskischen Angreifern das Eindringen für ihre Gemetzel zu ermöglichen.

»Worauf warten wir?«, flüsterte Jai, der plötzlich darauf erpicht war zu sehen, was für ein Tier Titus hatte herbringen lassen, um seine Gäste zu beeindrucken.

Samar zischte ihm zu, still zu sein, was ziemlich untypisch für ihn war. Offensichtlich war dies keine ihrer üblichen Jagden. Titus blickte in Richtung Latium zurück. Und Jai konnte einen Fleck am Horizont sehen. Nein … eher oberhalb davon.

Schon bald nahm Jai eine Silhouette wahr, die in einer flachen, trägen Spirale auf sie zugesegelt kam. War dies Ericas Drache?

Sein Atem beschleunigte sich, als das Wesen näher und näher kam, und sogar Arjun unterdrückte ein Keuchen, als das große Tier nahe genug an sie heranschlitterte, dass sie sich hätten vorlehnen und es berühren können.

Ein Greif.

Es war ein enormes Exemplar, das eifersüchtig nach Arjuns Pferd schnappte, während es seine großen Schwingen an den Körper legte. Nur ein Ausruf seines Reiters und ein Riss an den Zügeln bezwang seine Aggression.

Gelbe Augen schnellten über einem gebogenen Schnabel hin und her. Ein paar Schritte weiter hinten erschreckte sein Blick sehr zur Belustigung der Adligen ein wieherndes danskisches Pferd.

Es war ein älteres Tier, eines, das, wenn sich Jai nicht irrte, im Krieg gekämpft hatte, denn ihm fehlte eine Klaue an seinem Vorderfuß, und über seinen Rumpf zog sich eine halbmondförmige Narbe. Über die Jahre hinweg hatte er Greifen mit dunklen Federn gesehen, scheckige und alles Mögliche dazwischen.

Dies war das Tier, das überall in Latium eingemeißelt war, gefeiert in der ganzen Hauptstadt, von Statuen bis zu den Eingravierungen auf der Rüstung jedes Legionärs im Imperium. Nur Leonids rotes Löwenmotiv war von gleichem Rang wie die Wichtigkeit des Greifen, aber seit Constantin die Macht übernommen hatte, war es von dem inzwischen faktischen Reichssymbol ersetzt worden.

Jai beäugte ihn, als er eine erhobene Klaue durch die trockene Erde zog. Er war sogar größer als Arjuns Stute, und er hätte seinen Schnabel zwischen die Ohren des großen Pferdes legen können, ohne seinen Kopf dabei zu senken. Sein Kopf wurde von sich drehenden Pinselohren verziert. Jai wusste, dass sie sogar besser hörten als die weiterentwickelten Ohren des mit dem Greifen seelenverbundenen Reiters.

Er wollte die Hand ausstrecken und die Stelle berühren, wo sich Fell und Federn unter dem Sattel vermischten und den riesigen Adlerkopf und dessen Schultern von einem löwenartigen Hinterteil trennten. Jai war keineswegs überrascht, dass Leonid so stark von dem Tier angezogen worden war, als er sich all diese Jahrzehnte zuvor erstmals mit der damals kaum bekannten Sekte verbündet hatte, die gelernt hatte, wie man sich mit Greifen verband. Aus der kleinen Gruppe von Seelenverbundenen, die gemeinsam trainierten und ihr Wissen austauschten, war schließlich die Greifengarde geworden.

Bei dem Anblick des seltenen Tiers machte sein Herz einen Sprung, und er wollte, sein Blick möge auf ihm ruhen. Wie sehr er sich wünschte, er könnte in die Lüfte steigen – genauso wie es die Greifengarde tat, wenn sie ihn auch hassten. Manchmal fühlte es sich so an, als träumte er beinahe jede Nacht von der Kühle der Wolken und dem Anblick der Welt, die sich zu seinen Füßen ausbreitete: Alles schien in Reichweite zu sein.

Was für ein Blödsinn, dass jemand, der Angst davor hatte, ein Pferd zu reiten, vom Fliegen träumte. Er brauchte keine Greifengarde, die ihn verhöhnte, um sich unzureichend und beschämt zu fühlen. So fühlte er sich nämlich jedes Mal, wenn er die großen Tiere leibhaftig zu Gesicht bekam.

»Genau im richtigen Augenblick«, lachte Titus. Sein Händeklatschen riss Jai aus der Bewunderung. »Magnus enttäuscht niemals.«

Jais Magen zog sich ein wenig zusammen, als der große Rohling von einem Mann, der der Oberbefehlshaber der Greifengarde war, sich von seinem Reittier herabließ. Der Greif musste sein Totem sein, wie man seelenverbundene Tiere nannte.

Der Kommandant war ein rothaariger Titan mit stahlblauen Augen, einem vorspringenden Kinn und einer Brandwunde, die ihn vom Wangenknochen bis zum Kiefer zeichnete.

Magnus befand sich in der Stadt und war darüber hinaus gut bekannt für seine Grausamkeit und die schreckliche Gewalt, die er den Feinden des Kaiserreichs schon zugefügt hatte – nicht zuletzt dem Steppenvolk. Für Magnus war es eine Frage von Stolz, dass er die Wilden an Wildheit noch übertroffen hatte.

Zu Jais Überraschung war Magnus auf seinem Reittier nicht allein gewesen. Ein Junge, der ein paar Jahre jünger war als Jai, wartete hinter der Masse des größeren Mannes. Es war ein dünner, blässlicher Junge, doch seine Haltung besaß das Selbstvertrauen von jemandem, dessen Stand seine Bedeutung übertraf.

Allem Anschein nach war es ein Adliger, aber das war dann doch nicht überraschend. Die Greifengarde rekrutierte die meisten ihrer Akolythen aus den adligen Familien des Kaiserreichs. Natürlich nur zweit- oder drittgeborene Söhne, diejenigen, die nichts Besseres zu tun hatten, als ihre Leben der Sekte zu widmen – wenige adlige Häuser opferten für solche Risiken ihre Erben. Denjenigen, die das Training aushielten, wurde für gewöhnlich der Versuch einer Verbindung mit einem Chamrosch gestattet, sofern sie dreizehn Jahre alt waren. Jai wusste nur wenig über die geheimen Methoden der Garde, wenn es darum ging, eine Seelenverbindung einzugehen, von den Tränken und Pillen, die den Akolythen bis an die Schwelle des Todes bringen sollten. Er wusste auch, dass die meisten, denen die Verbindung nicht gelang, bei dem Versuch starben. Die Überlebenden blieben für immer im Dienst der Garde, damit sie nicht preisgaben, was sie wussten.

Die neuen Seelenverbundenen dienten als Knappen, bis sie sich die Gelegenheit verdient hatten, eine Verbindung mit einem jungen Greifen einzugehen. Hierbei starben wiederum viele. Jai hatte gehört, dass die Trennung einer existierenden Verbindung gefährlich und schmerzvoll genug war, umso dramatischer wurde es, wenn auf einmal eine neue eingegangen werden sollte. Aber die Überlebenden … wurden zu Rittern. Zu vollwertigen Mitgliedern der Greifengarde.

»Wie du siehst, habe ich für uns keine Kosten gescheut, Prinzessin Erica«, verkündete Titus. »Unsere Greifengarde hat einen Spurensucher ausgesandt, um die Dinge zu beschleunigen – sein Totem sucht in diesem Augenblick nach unserer Beute. Man hat mir gesagt, Silas hier sei so begabt, dass er ein Jahr mit der Gilde verbringen wird …«

Titus fuhr zu sprechen fort, aber Jai war schon wieder abgelenkt. Denn Silas wischte sich eine schwarze Haarsträhne, die ihm über die Augen gefallen war, aus dem Gesicht und kniete sich auf dem

Erdboden nieder. Jai lehnte sich weiter vor, als der Junge seine Augen verengte und einen tiefen, schnaubenden Atemzug nahm.

Silas' Finger verkrampften sich, und eine Linie schnitt durch den Sand, als hätte jemand eine Klinge genommen und die Erde geritzt. Seine Iriden … glühten.

Fasziniert starrte Jai ihn an. Egal wie oft er es sah, selbst kleine Akte, die die Seelenverbundenen ausführten, kamen ihm wie ein erstaunliches Wunder vor.

Magick.

Alle Seelenverbundenen hatten diese Macht inne, obwohl nur diejenigen, die auch darin ausgebildet waren, um ihre richtige Anwendung wussten. Und noch seltener waren diejenigen, die weit genug fortgeschritten waren, um mehr auszurichten, als nur ein paar Körner zu bewegen oder ein Feuer zu entflammen.

»… ihr könnt den letzten Bolzen abschießen, wenn wir das Tier erledigt haben«, fuhr Titus fort, und Jai sah mit an, wie Silas seine Augen schloss und sein Gesicht leer wurde. Er fühlte seinen eigenen seelenverbundenen Chamrosch. Sah mit seinen Augen.

Plötzlich sehnte sich Jai mit jeder Faser seines Seins danach, seelenverbunden zu sein. Die Fähigkeit zu haben, jenseits der Mauern von Leonids Gemach zu blicken, oder sogar jenseits der Mauern, die Latium umschlossen. Er sehnte sich nach dem Gefühl, mit etwas anderem verbunden zu sein.

Verdammt, er hätte sich selbst mit einer bescheuerten Taube verbunden, wenn das möglich gewesen wäre – doch nur wenige Tiere waren zu einer Seelenverbindung überhaupt fähig. Allerdings gab es für jede Sekte und für jedes Tier eine unterschiedliche Art, die Verbindung einzugehen – und immer war es gefährlich.

Ein weiterer Traum. Eine weitere Unmöglichkeit.

Es war besser, sich auf die anstehende Aufgabe zu konzentrieren. Die verdammten Dansken zu beobachten.

8

Da die Aufmerksamkeit der Gruppe auf den goldenen Greif gerichtet war, beendete Titus seine Ansprache nur wenig mitreißend.

»Silas«, sagte er, während sein Gesicht finster wurde. »Hat dein Totem den Geruch unserer Beute aufgenommen?«

»Jawohl, Eure Exzellenz«, erwiderte Silas, der einen Finger entlang der Linie im Sand führte. »Wir folgen dieser Linie – mein Chamrosch kreist darüber, aber sie ist zu weit entfernt, um sie von hier aus zu sehen.«

Titus trat näher und inspizierte die Richtung, in die Silas' Zeichnung wies.

»Wir reiten!«, schrie er. »Kommt, Dansken, wenn eure Maultiere mithalten können!«

Er gab seinem Pferd die Sporen, und Jai hatte kaum eine Sekunde, um sich an seinem Bruder festzuhalten, ehe sie schon über den Boden donnerten. Er wagte es nicht einmal, zurückzublicken.

Plötzlich sah Jai Titus' kindische Inkompetenz. Seine Gäste und seine zukünftige Ehefrau zu beleidigen, diente keinem Ziel. Der Junge war grausam, kontrollierend, und obwohl er Klugheit besaß, rührte sie mehr von einer gebildeten Art her als von natürlicher Begabung. In der verächtlichen Weise, in der er hier seine Gäste behandelte, sah Jai nichts weiter als die Angeberei eines Raufbolds. Er war einschüchternd und selbstherrlich in dem kindischen Versuch, auf die einzige Weise Eindruck zu machen, die er kannte. Der Prinz war ... ein Produkt seiner Erziehung. Und offensichtlich jemand, der seine Furcht vor der ersten Frau verbarg, die seinem Stand gleichkam. Er schien nicht einmal fähig zu sein, sie direkt anzusprechen.

Sich auf die Dynamik des Paars zu konzentrieren, konnte Jai nur eine Weile lang dabei helfen, sich von den schlingernden und ruckelnden Bewegungen des Pferdes abzulenken. Er starrte auf den Horizont und hoffte, Silas' kreisenden Chamrosch darüber zu erblicken. Jedoch ohne Erfolg.

Es würde ein langer, schmerzvoller Tag werden.

Als die Pferde tief in der Savanne langsamer wurden, hatte Jai längst den dürftigen Inhalt seines Magens zurückgelassen – für die Vögel hinter ihnen. Endlich war der kreisende Chamrosch hoch am Himmel zu sehen, und der geflüsterte Befehl zum Halt wurde ausgegeben.

Jetzt landete das Tier neben seinem Herrn, der anscheinend ohne in Schweiß auszubrechen nebenher gelaufen war. Jais Bewunderung für die offensichtliche Stärke und Ausdauer des Jungen wetteiferte allein mit dem Anblick des Chamrosch.

In all seinen Jahren hatte Jai nie einen aus der Nähe gesehen. Den Knappen der Greifengarde war es nur selten erlaubt, den Palast zu betreten, und sie bekamen auch nicht frei, um durch die Straßen von Latium zu laufen. Stattdessen wurden sie Tag und Nacht auf dem Greifenhorst ausgebildet. Oder wenn sie darin versagten, beim Eintreten ins Erwachsenenalter den Rang eines Greifenritters zu erlangen, wurden sie an Latiums nördlichen und an der Küste gelegenen Garnisonen eingesetzt, um nach danskischen Plünderern Ausschau zu halten.

Diejenigen, die mit einem Chamrosch verbunden waren, konnten sie wegen deren kleinerer Statur nicht reiten. Dennoch war ein gut ausgebildeter Knappe dazu in der Lage, die Welt vom Himmel aus zu sehen, sofern er durch die Augen seines Totems blickte. Der Geruchssinn eines Chamrosch war ebenfalls beinahe so gut wie der seiner hundeartigen Vettern, was sie sogar noch nützlicher machte.

Jai nahm sich einen Augenblick Zeit, um die wunderschöne Kreatur zu betrachten und sich zu fragen, wie es wohl sein mochte, seine eigene Seele mit diesem wild dreinblickenden Tier zu verbinden. Silas schien es gewiss nicht geschadet zu haben.

Der Chamrosch war, ebenso wie seine Tablusfigur, eine prachtvolle Mischung aus einem Falken und einem Hund, der – im Großen und Ganzen auf die gleiche Art wie ein Greif – wie eine Mischung aus Löwe und Adler wirkte. Oder wohl wie ein Schnabeltier, das aus Ente und Biber bestand – wenn er auch nur Leonids Tagebücher hatte, um sich eines von ihnen überhaupt vorzustellen. Der alte Kaiser hatte eines auf seinen Reisen gegessen.

Chamroschen waren schlanke, hellbraune Kreaturen, kaum größer als ein Jagdhund. Sie besaßen auch nicht die Vorderkrallen ihrer Vogelhälften, so wie es die Greifen taten. Stattdessen hatten sie vier Hundepfoten. Jai konnte nicht anders, als darüber zu staunen, wie der Schwanz des Tiers wackelte, selbst während sein Kopf mit dem Hakenschnabel ganz und gar still blieb, ehe er herumfuhr, um ihr Näherkommen zu beobachten.

Arjun ritt neben dem Prinzen her und neigte sich ihm zu, um etwas in Titus' Ohr zu flüstern. Der Prinz erhob eine Faust und hielt die Jagdgruppe an.

»Still jetzt«, sagte Titus und legte zugunsten der Dansken einen Finger an die Lippen. »Steigt in diese Richtung ab. Wir nähern uns zu Fuß.«

Sie befanden sich in einer niedrigen Furche, tief im Herzen der Savanne. Die Umgebung war von dürrem Gebüsch übersät und trocken wie Pergament. Sie war karg und zugleich voller Lärm, denn die Luft wurde vom Zirpen der Zikaden bewegt, die sich in dem kniehohen Gras verbargen.

»Warum hier?«, fragte Jai. Der Boden war weich und roch penetrant.

Dornbüsche sprangen an den Böschungen so sehr in die Höhe, dass sie sich in ihnen verfingen.

»Wir befinden uns windwärts«, flüsterte Samar. »Es wird uns nicht riechen, aber wir können es riechen.«

Tief sog er die Luft durch die Nase ein, dann rümpfte er sie und zwinkerte.

»Und Geräusche werden in einer Senke nicht weit getragen«, fügte Arjun hinzu, während er auf die Vegetation deutete.

Aber Jai hörte kaum zu. Stattdessen runzelte er die Stirn und starrte in die Ferne. Dort hinten lag ihr Ziel. Ein dunkler Haufen aus Zotteln, halb verdeckt von Gebüsch mit silberfarbenem Laub – weit genug, dass Jai ihn mit einem Daumen seinem Blick entziehen konnte.

Als die danskischen Männer von ihren Pferden abstiegen, sah Jai, wie sie ihr Leder und ihre Felle abstreiften und barbrüstig ihre Muskeln streckten. Erica und ihre Dienerin dagegen blieben auf ihren Pferden und sahen von einem nahen Grasflecken aus zu, wobei sie ihre Augen vor der schnell sinkenden Sonne beschatteten. Offenbar hatten sie keine Lust, aktiv an der Jagd teilzunehmen.

Ein geflüsterter Befehl von Arjun ließ Jai auf den nächsten sabinischen Adligen zukriechen, der, obwohl er größer als Jai war, die Armbrust nicht selbst spannen konnte. Stattdessen saß er bloß da, rieb sich seine offensichtlich verletzten Handflächen und stieß Flüche aus.

Jai beeilte sich, die Armbrust für ihn zu spannen, da der junge Adlige ihm zuknurrte, sich zu beeilen. Arjun und Samar schlichen bereits durch das Gras voraus, zeigten ihren Schützlingen den leisesten, einfachsten Pfad … und agierten für ihren Lehnsherrn als Schilde, für den Fall, dass eine Schlange zubeißen sollte.

Jahrelang hatte sich Jai gefragt, was seine Brüder taten, wenn sie den Prinzen in die Savanne begleiteten. Jetzt wusste er es.

Es erforderte große Anstrengung, an dem Hebel der Armbrust zu ziehen. Die Schnur knarrte zurück, bis er einrastete. Der Adlige wartete nicht einmal auf Jai, damit er einen Bolzen einlegte, sondern riss stattdessen die Armbrust an sich und versuchte es selbst. Dabei löste sich der Abzug, und die Schnur schnappte mit einem so lauten Knacken vorwärts, dass Jai befürchten musste, ihre Beute würde gleich in diesem Augenblick flüchten. In der Stille, die nun folgte, bekam das Paar einen tödlichen Blick von Titus ab.

»Steppendrecksack!«, spie der Möchtegern-Mann aus, und Jai drehte sich weg, als Speichel sein Gesicht befeuchtete.

Der Adlige machte sich allein auf den Weg, und Jai saß starr vor Schreck da.

Vor sich hörte er ein schrilles Kreischen und einen Triumphschrei, der von Titus kam. Er konnte kaum etwas erkennen, weil seine Sicht von dem Gebüsch vor ihm verdeckt wurde.

»Führer«, zischte eine Stimme.

Jai drehte sich um und sah, dass Ericas Zofe von ihrem Pferd gesprungen war und sich dicht an ihn herangeschlichen hatte.

»Ich will sehen«, sagte sie. Ihr Akzent war nicht ausgeprägter als der der Königsfamilie, der sie diente. Jai war zwar ein wenig überrascht, dass sie die sabinische Sprache so sicher beherrschte, doch er war alles andere als schockiert.

Die Hohe Reichssprache war zu einem gewissen Grad schon lange an vielen Höfen verwendet worden, ehe Leonid die halbe bekannte Welt erobert hatte. Manche sagten, dass der sogenannte Phönixkönig im fernen Osten sie beherrschte. Schließlich war es die Sprache der Kaschmirstraße geworden, und daher auch die eines jeden erwähnenswerten Händlers oder Abgesandten.

»Die Männer ebenso«, sagte die Zofe und nickte über ihre Schulter hinweg. Jai starrte sie an. Ihre fremdartige Schönheit ließ ihn für einen Augenblick sprachlos werden. Sie war ihm so nahe, dass es ihn beinahe nervös machte. Sie starrte zurück, bis Jai begriff, dass sie etwas von ihm erwartete.

»Meine Herrin sagt mir, dass … Vipern im Gras sind«, half sie ihm auf die Sprünge.

»Ganz genau«, flüsterte Jai. »Tut mir leid. Ich gehe voraus.«

Irgendwie schien es ihm nicht richtig, ihr zu erzählen, dass er nur eine vage Vorstellung davon hatte, was er tat. Sie würde ihn mit seinen Brüdern in einen Topf werfen. Aber er wiederum hatte ja genau dasselbe mit ihren Begleitern gemacht, von denen er angenommen hatte, sie könnten seine Sprache nicht sprechen. Oder jedenfalls diejenige, die er sprach.

»Folg mir«, sagte Jai und versuchte, den gebückten, schleichenden Gang zu imitieren, den er an seinen Brüdern gesehen hatte, als sie sich durchs Gras bewegt hatten.

Das Lachen hinter ihm ließ ihn anhalten, und er fühlte die Hitze, als sein Nacken rot wurde.

»Wir gehen schnell«, sagte Jai mit so viel Wagemut, wie er sich zutraute. »Beeil dich.«

9

Beinahe zufällig stieß Jai auf Samar, einen Steinwurf entfernt von Titus, der weiter vorne jagte. Fast wäre Jai über ihn gestolpert, denn sein Bruder steckte tief im hohen Gras.

Samar saß in der Hocke und blickte stumpf zu ihnen zurück – und damit in Richtung der sinkenden Sonne. Auf seinem Gesicht waren Tränen zu sehen.

»Samar«, rief Jai, ohne sich darum zu kümmern, dass er Lärm machte. »Was ist denn passiert? Warum bist du nicht bei …«

Doch er verstummte, als sein Bruder einmal aufschluchzte. Samar schüttelte den Kopf, sagte aber nichts. Älter als Jai … und doch so kindlich, sogar jetzt.

Etwas voraus konnte Jai ein tiefes, grunzendes Brüllen hören, und dann lautere Triumphschreie.

»Arjun!«, schrie Jai. »Bist du verletzt?«

Er drehte sich zu seinem Bruder um, der ihn mit leerem Blick anstarrte. Da er keine Verletzung an ihm wahrnehmen konnte, ließ Jai die Dansken zurück und rannte los. Jetzt konnte er das tiefe Stöhnen eines verwundeten Tiers und das Jauchzen der Jäger vor sich hören.

Jai stürzte sich durch das Gebüsch, das seine Sicht behinderte, ohne sich um die Dornen zu kümmern, die an ihm rissen.

Erleichterung durchflutete ihn, denn dort hockte Arjun. Unverletzt. Merkwürdigerweise mit dem Rücken zu dem Prinzen und dem Nahkampf, sein Gesicht schien unlesbar.

»Arjun«, sagte Jai.

Sein Bruder erwiderte den Blick. Dann senkte er ihn.

Und Jai sah es.

Er sah das Tier, das Blut als rosafarbenen Dampf aus seinen Lungen herausschnaubte und dabei zitterte, als ein weiterer Bolzen mit einem satten Schlag in seinem Fell verschwand. Sein majestätischer Kopf schwang vor und zurück. Es stöhnte, während es auf seinen zotteligen Bauch zusammenbrach.

Ein großes Fellnashorn, um die Hälfte größer als ein Hengst und doppelt so breit, dunkel und riesig vor dem Horizont. Enorm und echt. Seine beiden Hörner wankten wie die Masten eines sinkenden Schiffes, bis es reglos dalag. Jai hätte es beinahe für tot gehalten, wäre da nicht das Blasen schlagende Blut an den Rändern seiner ergrauten Lippen gewesen, und außerdem noch die leisen, nassen Atemzüge, die das Gras rot trübten.

Es war ein Khiro – das hochgeschätzte Tier des Steppenvolks. Die Herkunft ihrer Milch, ihres Fleischs – und außerdem ihr Transportmittel. Aber noch mehr als das, es war das Wahrzeichen von Jais Vater. Das Wahrzeichen ihrer ganzen Familie. Und Titus schlachtete es hier vor ihren Augen ab. Ließ sie dabei zusehen. Ließ sie sogar dabei helfen.

Dass Titus Jai eingeladen hatte, zeugte nicht davon, dass er ihn und seine Brüder anerkannte. Ganz im Gegenteil. Es sollte sie daran erinnern, wo ihr Platz war. Dass selbst wenn die sogenannten Barbaren des Nordens am Hof willkommen geheißen wurden, das Steppenvolk ein besiegter Feind blieb. Ihre gefangen genommenen Krieger sollten für immer Gefesselte bleiben, und nichts an dieser Heirat würde das ändern.

»Arjun«, herrschte Titus ihn an und hielt ihm seine Armbrust hin. »Lad noch einen.«

Jai sah, wie sein Bruder den Kopf schüttelte.

»Verflucht noch mal, Arjun. Blamierst du mich vor meiner Braut, werden deine Brüder es ausbaden.«

Jai wusste nicht, was seine Beine vorantrieb. Vielleicht war es der Ausdruck auf Arjuns Gesicht. Sein Bruder, der ihren Feind niemals seine Schwäche sehen ließ. Gebrochen in seiner Schande.

Das Khiro stöhnte, als Jai es erreichte. Es erbebte unter seiner Berührung, bewegte sich aber nicht, als er sich niederließ, um seinem Blick zu begegnen. Er konnte den Schmerz in seinen tiefen, dunklen Augen erkennen, und auch die Verwirrung.

Jai zog das Käsemesser aus seiner Tasche und presste es an dessen Nacken. Für einen Reiterkrieger war es die beste Methode, um ein Pferd mit einem gebrochenen Bein zu töten – er vermutete, dass es bei einem Khiro nicht anders war.

»Bitte um die Erlaubnis, das Tier von seinem Leid zu erlösen, Hoheit«, rief Jai.

Er wagte es nicht, den Prinzen anzusehen. Hatte er sich damit zu viel herausgenommen? Oder würden die Jäger einen zweiten Bolzen verschießen, ohne sich darum zu kümmern, dass sie Jai trafen?

Inzwischen waren die Dansken zu ihnen aufgeschlossen und beobachteten neugierig die Szene. Falls sie die Bedeutung des Tieres begriffen, ließen sie es sich nicht anmerken. Dann ergriff die Zofe das Wort.

»Meine Herrin bittet darum, dass Ihr Euch nicht die Hände mit der Abschlachtung beschmutzt, Hoheit«, rief sie. »Dass Ihr sie von ihrem Pferd herunterheben möget. Aber was für eine Ehre ist es, mitansehen zu dürfen, wie Ihr das Tier erlegt habt. Ein edles Wild, gut erjagt.«

Sogar Titus war überrascht, wie flüssig das Mädchen seine Sprache beherrschte. Der Prinz hielt inne und dachte über ihre Worte nach.

»Vielleicht ist es passend«, sagte Titus, plötzlich angetan von der Idee. »Ja … warum nicht?«

Er spuckte in Jais Richtung und schritt näher, ging in die Hocke, um es mit anzusehen. Er machte eine Bewegung mit seiner Hand, sah zu, als sei es eine Art Schauspiel.

»Mach schon«, forderte er Jai auf und lächelte ihn an. »Tu es.«

»Es tut mir leid«, flüsterte Jai.

Er trieb das Messer mit einem Faustschlag tief in das Tier hinein und fühlte, wie bittere Tränen in seinen Augen brannten, als sich das Tier erst versteifte und dann schlaff wurde.

Als dessen letzter Atemzug rasselnd seiner Brust entwich, konnte er schon das Summen von Fliegen hören, die die gerinnende Lache aus Blut in einen wimmelnden schwarzen Morast verwandelten. Das war keine Jagd. Das war nicht einmal ein Sport.

»Samar! Schaff deinen fetten Hintern hierher!«, brüllte Titus. »Du, Arschwischer, geh zu deinem Idioten von einem Bruder.«

Jai erreichte Arjun, als sein tränenüberströmter anderer Bruder aus dem Gebüsch stolperte, und die drei standen da und beobachteten den Prinzen. Titus schlenderte näher an das Khiro heran und versetzte dem Tier einen Tritt.

In gespielter Furcht sprang er zurück, dann kicherte er leise in sich hinein. Er wandte ihnen den Rücken zu, und Jai hörte, wie die Knöpfe seiner Reithose aufgingen.

Titus stellte sich breitbeinig hin, dann war das Spritzen von Urin vernehmbar.

»Ihr Jungs werdet dieses Tier jetzt aufschneiden«, verkündete Titus. »Bringt es für die Hunde morgen zurück. Und seht zu, dass der Kopf unverletzt bleibt – ich werde ihn an die Wand hängen.«

Er federte ein wenig auf den Fersen, ehe er seine Hose wieder zuknöpfte.

Als er sich umdrehte, fühlte Jai, wie der Prinz ihn anstarrte. Doch obwohl seine Brüder ihre Köpfe hängen ließen, erwiderte Jai dessen Blick.

»Ich habe mich immer gefragt, wie das Essen meines Volkes wohl schmeckt, Hoheit«, sagte er. »Ich danke euch für die Gelegenheit, es auszuprobieren.«

Titus sah ihn an, als sei er geschlagen worden. Doch er schien in Jais Antwort weder eine Beleidigung noch eine Respektlosigkeit finden zu können. Und in der Anwesenheit der Zofe, die zusah, blieb ihm nur, das Kinn zu heben und zu entgegnen:

»Du missverstehst mich.«

Der Prinz schwang sich in den Sattel, und Jai starrte an ihm vorbei, während sich die Jagdgesellschaft auf den Weg zurück zur Senke machte und die Brüder allein auf der Lichtung zurückließ.

Sie brauchten lange, um überhaupt miteinander zu sprechen oder sich zu bewegen, selbst als der Hufdonner der Jagdgesellschaft in der Ferne verklungen war. Die tiefen Strahlen der Abendsonne verliehen dem Körper des Khiro einen langen Schatten. Jai saß in der Hocke und atmete aus. Erst jetzt merkte er, dass er die Luft angehalten hatte.

»Der … der Bastard«, schluchzte Samar.

Arjun schlang seinen Arm um die Schultern seines Bruders und zog ihn zu sich heran.

»Der arrogante kleine Scheißkerl denkt, er hat uns hier unglücklich zurückgelassen. Stattdessen hat er uns den ganzen Abend und die Nacht gegeben, um sie gemeinsam zu verbringen. Lasst uns das Beste daraus machen.«

10

Nicht in Kummer ritten sie durch die Tore von Latium, sondern vergnügt. Sie waren müde und blutig bis an die Ellbogen. Dennoch fühlten sie sich siegreich, als sie die Morgensonne auskosteten.

Gemeinsam hatten sie eine Nacht unter den Sternen verbracht. Hatten es sich an der gebratenen Delikatesse ihres Volkes gutgehen lassen, die, wie Arjun Jai erzählte, normalerweise gegessen wurde, wenn ein Khiro nicht mehr länger Milch geben oder Junge bekommen konnte. Und dann wurde es nur innerhalb eines Rituals getötet, mit Respekt und Würde. Als ein Grund zum Feiern, für ein gut gelebtes Leben, wobei man Geschichten erzählte und lachte.

Sie waren sich einig, dass die Muttergöttin der Steppe gewollt hätte, dass sie trotz allem aßen. Sie, von der sie aus Balbirs Mund beinahe wie von einem Märchen gehört hatten.

Es war Balbir, die sie nun aufsuchen wollten.

Die gefesselte Steppenfrau, die man all diese Jahre zuvor hergeschickt hatte, damit sie sich um ihn und seine Brüder kümmerte. Sie hatten nur ein paar armselige Jahre miteinander verbracht. Damals hatten sie in den Quartieren der Bediensteten gelebt, ehe man Jai beauftragt hatte, sich um Leonid zu kümmern, und seine Brüder fortgeschickt worden waren, um das Jagdhandwerk zu erlernen.

Sie, die ihnen das Wenige beigebracht hatte, das sie über ihr Volk wussten. Nur Arjun, der Älteste, besaß mehr als nur die nebelhaftesten

Erinnerungen an ihr Heimatland. Mittlerweile arbeitete Balbir im Haus einer Frau von geringerem Adel, wohin sie versetzt worden war, als ihr Alter sie eingeholt hatte.

Balbir verdiente es, von dem Khiro zu kosten. Sie alle lebten Leben, die nicht ihre eigenen waren – aber die drei fühlten sich schuldig dafür, sie im Lauf der Jahre nicht öfter aufgesucht zu haben.

Die drei Jungen boten einen seltsamen Anblick, mit ihren blutbesudelten Körpern und Pferden, von dem behelfsmäßigen Schlitten aus Fell und Ästen, den sie hinter sich herzogen und der einen Haufen Schlachtfleisch trug, ganz zu schweigen. Zu jeder anderen Zeit hätten die Wachen sie schon lange angehalten, bevor sie das Zuhause von Balbirs Herrin erreicht hätten. Aber da das Verlobungsfest schnellstens stattfinden sollte, gab es Dutzende solcher Anblicke, als Speisen aus dem ganzen Kaiserreich zu den Küchen beordert wurden.

Latium war eine seltsame Stadt, eine einsame Siedlung, einen Tagesritt entfernt von den Silbernen Meeren, an der Westküste des ausgedehnten Reichs. Sie lag inmitten von Feldern, Wäldern und Savannen, als wäre es nur eine kleine Insel in einer See aus Wildnis und verstreutem Ackerland, mit der langen, sich windenden Brücke der Kaschmirstraße als der einzigen Verbindung.

Tatsächlich war es mehr eine Ortschaft als eine Stadt. Sie behielt den letzteren Titel nur, um sie größer erscheinen zu lassen. Der gesamte Ort war der Versorgung des sabinischen Hofs gewidmet.

Tuchmacher, Schneider, Schuster, Hutmacher und Juweliere, sogar Waffen- und Hufschmiede waren zu Dutzenden verstreut und schufen Güter, allesamt zur Zierde des Adels, der Beamten und der Militäroffiziere, die in der Nähe des Palastes lebten. Die höfische Mode änderte sich mit dem Wind, und in den Läden herrschte ständig geschäftiges Treiben.

Diese vermieden die drei Brüder, denn patrouillierende Wachen vertrieben Bettler und Arme, indem sie sie mit ihren Schlagstöcken bekannt machten.

Sie vermieden auch die überfüllten Märkte. Lebensmittel waren natürlich ein weiteres begehrtes Handelsgut, und die Stände mit exotischen Früchten, Fleisch und Gewürzen galten in Latium als eine feste Größe. Zu den seltenen Gelegenheiten, bei denen Jai ausreichend viele Münzen zusammenkratzen konnte, probierte er die billigen, beiseitegelegten Früchte, die gequetscht oder unförmig waren. Eine der wenigen Freuden, die er an diesem Ort hatte finden können.

Selbst entlang der Seitenstraßen konnten sie nicht der ständigen Erinnerung entgehen, dass der kaiserlichen Familie alles gehörte. Das weiße, importierte Gestein, das die Straßen pflasterte, war vorherrschend, und die Gebäude waren – wo auch immer möglich – mit Gesimsen, Schnitzereien und anderen derartig kunstvollen Darstellungen verziert. Überall schmückte die Ikonografie von Greifen, Chamroschen und Löwen Mosaike, Wasserspeier und selbst die Graffitis an den Wänden. Jeder Zentimeter war der Verehrung der Sabiner und ihrer Schützlinge gewidmet. Die einzige Ausnahme, versteckt in einer finsteren Seitengasse, war ein Monument für die Opfer des Purpurnen Todes. Es ehrte die Toten dieser Seuche, die vor mehr als einem Jahrzehnt so viele mit sich gerissen hatte.

Wo auch immer sie sich hinwandten, wogten Menschenmengen durch die Straßen. Denn mit der anstehenden Hochzeit und dem Zusammenschluss der Adelshäuser von zwei großen Zivilisationen war in der Stadt Geld zu verdienen.

Sie waren erleichtert, als sie den Dienstboteneingang des Hauses der Adligen erreichten. Inzwischen war der Morgen schon weit vorangeschritten. Bald würden sie auf ihren Posten erwartet werden, und Jai begann bereits, nervös zu werden.

Arjun klopfte an die Tür, bis sie sich einen Spalt öffnete und ein misstrauisches Auge herausblickte. Bei ihrem Anblick trat eine Matrone von einer Frau ins Freie. Ihre Arme waren bis zu den Handgelenken bemehlt.

»Ist ja ne schöne Zeit für einen Besuch, wenn die Herrin gerade auf ihr Essen wartet«, beschwerte sie sich mit dem schweren samarischen Akzent, der in den nördlichen Ausläufern des Reichs gesprochen wurde. »Wenn's Balbir ist, die ihr sehen wollt, also die arbeitet.«

Arjun rollte die Augen.

»Lüg uns nicht an. Nicht einmal die Gefesselten fangen so früh an.«

Die Matrone schürzte die Lippen.

»Nennst du mich eine Lügnerin?«

Sie hob eine Hand und riss ihre Bluse hoch, um eine Tätowierung darunter zu zeigen.

»Weißt schon, was das ist, Dummkopf? Ich kann nicht lügen. So mag's die Herrin.«

Angesichts der Tollpatschigkeit seines Bruders verzog Jai das Gesicht. Samarier waren sowohl ein Volk als auch eine Religion, mit ihrem Heimatland im Norden des Reichs. Nach samarischem Glauben war es eine Sünde zu lügen, und die wog schwer genug, um einen Menschen zu ewigem Höllenfeuer zu verdammen. Nur noch wenige praktizierten das strikte Erzählen der Wahrheit religiös, aber diese trugen die Tätowierung ihrer Vorschrift.

»Jetzt schaut, dass ihr weiterkommt«, spie die Matrone aus. »Fröhliche Wilde könnt ihr ein anderes Mal spielen.«

Jai sah, wie Arjun bei ihren Worten eine gereizte Miene aufsetzte. Er kletterte vom Pferd herunter und eilte zu ihr hin, bevor sein Bruder im Ärger sprechen konnte. Seit letzter Nacht lagen bei Arjun die Nerven blank.

»Meine liebe Dame«, sagte Jai und verneigte sich tief, »wir entschuldigen uns vielmals für unseren zügigen Besuch. Wir wollten nur Euer Heim mit einem Geschenk in Form von feinem Fleisch beehren, zum Dank dafür, dass Ihr euch so gut um unsere liebe Balbir kümmert.«

Schockiert über Jais blumige Rede in der Art der Hochgeborenen klappte der Matrone der Mund auf. Da er nur ein halber Steppenmann war, war er der Blasseste von den dreien. Sie konnte nicht genau sagen, was er war. Er fuhr fort, ehe ihr Gehirn ihren Mund einzuholen vermochte.

»Ein Geschenk für Eurer Haus. Das Fleisch eines Khiros. Wir bitten nur darum, dass alle Diener davon probieren dürfen, die Gefesselten eingeschlossen. Und erzählt ihnen auch, wer es ihnen gab. Wo das herkommt, gibt es nämlich noch mehr.«

Er eilte zum Schlitten und wählte das Feinste von dem Aufschnitt, ein gelb marmoriertes Stück Hinterteil.

Die Matrone beäugte es hungrig. Dunkles Fleisch war selbst für eine wohlhabende Bürgerin ein Leckerbissen, und wie viel mehr noch für eine Dienerin wie sie.

»Von einem Khiro, sagst du?«, murmelte sie. »Ist das nicht eins von euren dreckigen Tieren?«

»Nicht dreckiger als ein Schwein«, sagte Jai strahlend.

Er zog das Tuch hervor, in das der Käse und das Brot eingewickelt gewesen waren, und verpackte das Fleisch, bevor er es der Matrone aushändigte. »Bitteschön«, sagte Jai und verbeugte sich erneut. »Wir Steppenvolk schulden unseren Gastgebern Dank, ob Gefesselten oder freien Bürgern.«

Die Matrone stieß ein Grunzen aus.

»Gut zu wissen, dass wenigstens einer von euch weiß, wo euer Platz ist.«

Die Tür wurde zugeschlagen. Es war auch gut so, sonst hätte die Bedienstete womöglich den Fluch gehört, den Arjun ihr hinterherschickte.

Jai holte tief Luft und machte sich für einen Tadel bereit. Stattdessen grinste Arjun ihn an.

»Du hast schon immer einen kühleren Kopf zwischen deinen Schultern gehabt, Jai«, sagte er und schüttelte reumütig den seinen. »Ich habe ihr längst den ihren abreißen wollen. Und was hätte uns das schon eingebracht? Balbir eine Auspeitschung und das Fleisch im Schmortopf dieses Hausdrachen.«

Jai zuckte mit den Achseln.

»Ungefähr hundert von denen kümmern sich um die Palastküchen.«

Samar sprang vom Pferd herunter, und Jai wurde von ihm in eine Umarmung gezogen.

»Es tut mir so leid, dass du dich mit sowas herumschlagen musst«, sagte er.

»Du hast Glück, dass ich vor Pferden Angst hatte«, scherzte er und zog seinen Bruder fest an sich. »Hätte dir auch passieren können.«

Einen langen Augenblick hielten sie einander fest. Schließlich wusste keiner von ihnen, wann sie sich das nächste Mal sehen würden. Sie, die im Prinzenflügel des Palastes lebten und die Hälfte ihrer Zeit draußen in der Savanne verbrachten. Und er, für den ein Ausflug zu den Palastgärten eine Seltenheit war.

»Mach schon, Samar«, sagte Arjun. »Deck besser das Fleisch zu, bevor sich die Fliegen daran machen. Wir bringen es zu den Küchen, und dann lassen wir Jai von dort aus zu Fuß nach Hause gehen.«

Während ihr Bruder pflichtschuldig gehorchte, stellte sich Arjun neben Jai. Einen Augenblick lang sahen die beiden Samar schweigend zu. Zwischen dem ältesten und dem jüngsten der Brüder hatte es immer eine … Art von Distanz gegeben, und in dieser Pause nach ihrer Nacht der Verbundenheit empfand Jai sie mehr denn je. Sie waren so verschieden, dass es schwerfiel, sie sich in einem anderen Leben als Freunde vorzustellen.

»Es waren nicht die Pferde, weswegen man dich zu Leonid geschickt hat«, sagte Arjun eilig, als hätte er die Worte nur zurückgehalten. »Verdammt, es hat nicht mehr als einen Tag gedauert, und du reitest wie ein Naturtalent. Du bist ein Steppenmann, ob du es glaubst oder nicht.«

Überrascht blickte Jai ihn an.

»Warum dann?«

Arjun seufzte und schenkte Jai ein Lächeln.

»Um Leonid zu dienen, mussten sie dir eine Ausbildung ermöglichen. Die Gelegenheit, das Lesen zu erlernen. Und auch das Schreiben. Die Sitten ihres Hofs. Was glaubst du eigentlich, warum wir dem Prinzen nur dienen dürfen, wenn er jagen geht oder feiert. Warum aber nie, wenn er am Rat seines Vaters teilnimmt oder sich mit den Statthaltern der Kolonien trifft?«

Jai starrte ihn an. Er hatte sich immer gewundert, warum man gerade ihn ausgewählt hatte. Er hatte gedacht, man hätte ihn übersehen. Dass es aus Versehen passiert war. Dass er ein Versehen war.

»Warum überhäufen sie uns mit Alkohol und gutem Essen«, fuhr Arjun fort, »und zwingen uns dazu, unsere Tage fernab vom Hof zu verbringen? Leonid hat ausdrücklich nach dir verlangt, weil du der Dritte in der Thronlinie bist, Jai – und weil du womöglich noch weniger Anspruch auf ihn hast als unser Onkel, falls es je dazu kommen sollte. Sie konnten nicht zulassen, dass jemand, der vielleicht eines Tages den Kidara-Stamm regieren wird, dein Wissen besitzt. Sie hätten uns lieber weich und verwöhnt und dumm.«

Er beugte sich so dicht zu ihm vor, dass Jai dem Blick aus seinen weit aufgerissenen Augen nicht länger standhalten konnte.

»Sie halten uns absichtlich auseinander. Verdammt, wenn die Nummer mit dem Khiro nicht gewesen wäre, dann hätten sie dich an diesem Tag auch von der Jagd ferngehalten. Aber sie unterschätzen unsere Liebe zueinander. Unsere Loyalität.«

Jai kämpfte Tränen nieder. Zum ersten Mal seit langer Zeit hatte Arjun ihm gesagt, dass er ihn liebte.

»In einem Jahr, wenn ich erwachsen sein werde, kehre ich zu unserem Volk zurück und nehme den Platz unseres Vaters ein. Du hältst dich für einen Arschwischer. Nein, das stimmt nicht. Du bist meine Geheimwaffe. In drei Jahren wirst du ebenfalls zwanzig sein, Jai, und der Friedensvertrag besagt, dass wir dann zurück nach Hause dürfen. Warte nur noch ein klein wenig länger. Danach werde ich dich und Samar an meiner Seite haben. Denk nur daran, was wir dann tun können … gemeinsam.«

Er zog Jai in eine unbeholfene Umarmung. Jai umarmte ihn seinerseits und fühlte, wie die Tränen ungehindert flossen.

»Ich hab dich auch lieb, Bruder«, flüsterte er. »Drei Jahre, und wir werden es ihnen allen zeigen.«

11

Schweren Herzens kehrte Jai zum Palast zurück. Es war eigenartig, sich nach dieser guten Zeit erneut so traurig zu fühlen. Aber ein Blick darauf, wie das Leben sein könnte … hinterher ließ es ihn mit einer solchen Leere zurück.

Es war eine gewisse Erleichterung, dass er beim Zurückschleichen in seine Räumlichkeiten Leonid bereits schlafend im Bett vorfand. Der alte Mann schnarchte laut genug, um die Toten zu wecken, und zweifellos war das die Folge einer durchzechten Nacht, die auf Titus' triumphale Heimkehr gefolgt sein musste.

Er fragte sich, ob der alte Mann wusste, dass man ihn gezwungen hatte, das Wappentier seines Vaters zu töten. Ob er es für grausam … oder für notwendig hielt. Wie auch immer man ihn bezeichnen wollte, Leonid war immer ein Pragmatiker gewesen. Verdammt, Leonid war sogar ganz und gar dagegen gewesen, seine Gefangenen zu Gefesselten zu machen, bis er mit den besiegten Heeren von einem Dutzend feindlicher Staaten hatte fertig werden müssen. Auf das Drängen seines Sohnes hin hatte Leonid die Gefangenenlager bauen lassen, damit die Gefesselten auf den Feldern, in den Wäldern und Minen arbeiteten. Erst als Constantin die Macht übernommen hatte, war diese Praxis auch gesetzlich festgelegt worden, was den gefesselten Status legalisiert hatte. Es war einer der zahlreichen Gründe, weshalb Leonids Sohn als »der Grausame« bekannt war.

»Du bist zurück.«

Jai zuckte heftig zusammen. Dann erkannte er, dass das Schnarchen aufgehört hatte. Leonid hatte mit geschlossenen Augen gesprochen.

»Das bin ich«, erwiderte Jai. »Majestät«, fügte er hinzu.

Leonid nickte langsam, als hätte ihm Jais Antwort mehr als nur dies verraten. Vielleicht hatte sie das auch wirklich.

»Mein Enkel. Er ist … jung.«

Ah. Der alte Mann wusste also Bescheid.

»Nicht jünger als ich, Majestät«, sagte Jai.

Er hielt seinen Ton neutral und seine Worte sachlich.

Leonid seufzte. Verzog das Gesicht.

»Meine Familie schuldet dir eine Entschuldigung, aber ich fühle, dass es nicht das ist, wonach du suchst. Sag es, Jai. Was kann ich tun?«

Jetzt öffnete er seine Augen, und Jai bemerkte Mitleid ihn ihnen. Es war ein seltenes Gefühl für den alten Mann, und die angebotene Gunst war noch seltener. Er kämpfte seine Rührung nieder und ging in Gedanken seine Wünsche durch, einen nach dem anderen.

»Balbir«, sagte er und hob sein Kinn.

Er würde nichts für sich selbst verlangen. Seine Vergebung war nicht durch kleine Gefälligkeiten zu erkaufen. Leonid sagte kein Wort. Natürlich, er erinnerte sich nicht an sie.

»Sie ist eine Gefesselte. Wurde geschickt, um sich um uns zu kümmern, als wir Kinder waren.«

»Oh?«, fragte Leonid. »Und was ist aus ihr geworden?«

Jai konnte ein verächtliches Schnauben nicht unterdrücken.

»Ihr Vertrag ist weiterverkauft worden«, antwortete er. »An irgendeine adlige Witwe am Stadtrand. Ich bitte darum, dass Ihr ihren Vertrag kauft und sie mir in meine Obhut übergebt.«

Leonid dachte über Jais Worte nach, dann legte er den Kopf schief.

»Und wo würde sie unterkommen? Hier bei uns?«

Jai zuckte mit den Schultern.

»Sie kann in der Küche mit den Küchenmägden arbeiten. Und

auch bei ihnen leben. Aber wenn uns mein Bruder verlässt, geht sie mit ihm.«

Leonid brummte leise.

»Sie kann mit deinem Bruder nach Hause zurückkehren. Aber ich nehme einer alten Witwe keine gute Gefesselte weg. Bis dahin bleibt Balbir, wo sie ist.«

Da fühlte Jai Zorn in sich. Es wären nur ein paar Anweisungen an einen der ranghöheren Bediensteten im Palast nötig gewesen, aber der alte Mann mochte sich nicht die Mühe machen. Trotzdem wusste er es besser, als sein Glück herauszufordern. Am Ende war ihre Freiheit der bei Weitem größere Preis.

»Fein«, sagte Jai.

»Gut«, erwiderte Leonid, klatschte in die Hände und richtete sich in seinen Kissen auf. »Jetzt noch eine Partie Tablus?«

Der Abend schien heranzukommen, ehe Jai Zeit zum Verschnaufen hatte. Tatsächlich war er begeistert darüber, dass er letztlich Balbirs Freiheit arrangiert hatte. Er war über seinen eigenen Wagemut überrascht gewesen und hatte einen großen Teil des Nachmittags damit zugebracht herauszufinden, wie er seinen Brüdern eine Nachricht über das Geschehene zukommen lassen konnte.

Aber sabinische Feste begannen immer bei Tageslicht, und es dauerte nicht lange, bis Jai den alten Mann in sein schönstes Ornat kleidete und das wenige Haar kämmte, das der alte Kaiser noch besaß.

Als Leonid beinahe fertig war, tauchten die Parfümeure auf, um den alten Mann zurechtzumachen. Das ließ Jai ein wenig Zeit, seine eigene Erscheinung in Ordnung zu bringen, wenn ihm auch nur ein kleines Handtuch, Leonids alte Seife und der Eimer mit Wasser, den er in seinem Zimmer aufbewahrte, zur Verfügung standen.

»Mach schon!«, rief Leonid. »Ich bin seit einer Ewigkeit fertig!«

Jai stöhnte, während er immer noch versuchte, sein feuchtes Haar in eine annähernde Ordnung zu bringen.

Der überwältigende Blumenduft des Parfüms, das die sabinische

Königsfamilie bevorzugte, brannte ihm in der Nase, als er seinen Platz hinter dem alten Mann einnahm. Er unterdrückte den Drang zu würgen.

»Soll ich den Nachttopf holen?«, murmelte Jai, der bemerkte, dass er erneut die Bücher anstarrte. »Sonst sind wir wieder hier zurück, sobald Ihr Euren ersten Kelch geleert habt.«

»Egal«, sagte Leonid mit plötzlicher Ungeduld. »Beweg deine faulen Knochen.«

Jai lehnte sich vor, und der Stuhl rollte über die dicken Teppiche und durch die Doppeltüren, die zum eigentlichen Palast führten.

»Heute Abend werde ich die Unterhaltung gut genug hören«, wies Leonid ihn an. »Aber achte auf Ivars Augen. Sieh, was ihn interessiert. Das kann ich nämlich nicht tun.«

»Das werde ich, o Großer«, sagte Jai, der bereits in die formelle Form der Anrede verfiel, die an diesem Abend von ihm verlangt werden würde.

»Und glaub nicht, ich hätte nicht gesehen, wie du diese Prinzessin gestern angegafft hast. Kümmer dich um deine anstehende Aufgabe, oder ich kümmere mich mit meiner Rückhand um dich.«

Es war eine leere Drohung – Leonid war kaum dazu fähig, seinen Pimmel zum Pissen anzuheben. Aber Jai wusste, dass man schon größere Männer für weit weniger hingerichtet hatte, als königlichen Familienmitgliedern schöne Augen zu machen. Es schien ganz so, als ob der kurze morgendliche Augenblick der Friedensstiftung wieder vorbei war. Und sein Status – als der Sohn seines Vaters – hatte offenbar nur eine begrenzte Bedeutung.

Die Festhalle war nicht weit von Leonids Gemach entfernt, ein Ergebnis aus der Zeit, als der Ex-Kaiser noch reichhaltiges Essen hatte vertragen können. Ihre Doppeltüren standen offen, und jenseits von ihnen konnte Jai sehen, dass sie mehr als nur die danskische Königsfamilie zu Gast hatten.

Danskische Männer und Frauen, die mit Trinkkrügen in den Händen an den langen Tischen saßen, füllten beinahe den halben Raum aus. Selbst so früh am Abend waren viele von ihnen längst schon betrunken, stürzten Bier hinunter und lachten brüllend. Trotz der Hitze, die von dem prasselnden Feuer im Kamin der großen Halle ausging, waren sie in schöne Felle gekleidet, wie es auch bei der danskischen Jagdgesellschaft der Fall gewesen war.

»Ihre Adligen«, murmelte Leonid. »Und ihre Generäle.«

Jai schob den alten Mann in den Raum und einen breiten Gang entlang, der den Raum in zwei Hälften teilte. Den Dansken gegenüber war auch der sabinische Adel anwesend und erstrahlte in all der Pracht, die das sabinische Kaiserreich zu bieten hatte. Jede Kultur, die von den Sabinern eingegliedert worden war, war an ihrer Kleidung zu erkennen.

Feine Seidenstoffe aus den südöstlichen Kolonien und kostbare Steine aus den Wüstenprovinzen wurden zur Schau gestellt. An der Hüfte eines jeden sabinischen Generals prangten Klingen aus blauem Stahl. Sogar die üppigen und gewürzten Speisen stammten aus den entlegensten Gebieten des Reichs und füllten den Raum mit dem Duft von Kardamom und Paprika.

Es war eine prächtige Machtdemonstration, und Jai freute sich schon jetzt auf die Reste, die er später würde essen dürfen, selbst wenn sie kalt waren.

»Leonid!«, brüllte eine Stimme.

Verwirrt sah Jai mit an, wie sich Ivar ungefähr fünfzig Fuß von ihnen entfernt am Ende des Raums von dem erhöhten Tisch erhob, an dem er mit seiner Tochter saß. Er winkte den früheren Kaiser heran, und Jai merkte, dass seine Füße der Aufforderung des ausländischen Königs nachkamen.

»Du sitzt neben mir«, bestimmte Ivar und klopfte auf einen Platz zwischen sich und seiner Tochter auf der Bank. Jai schob Leonid eine kleine Rampe empor und brachte ihn hinter die Sitzgelegenheit.

Leonid grunzte zustimmend und schlug Jais helfende Hände weg, als er sich zögernd erhob und seinen Platz einnahm.

»Dein Sohn und dein Enkel sind spät dran«, sagte Ivar, der Leonid

Rotwein einschenkte. »Aber das stört mich nicht. Du bist es, mit dem ich essen will.«

Er lehnte sich näher, und Leonid hob sein Kinn, um dem Blick des Königs zu begegnen.

»Wie oft haben wir schon gegeneinander gekämpft?«, fragte Ivar.

Leonid bedeutete Jai, ihm seinen Kelch an den Mund zu setzen. Der Ex-Kaiser nahm einen tiefen Schluck und schmatzte mit den Lippen, ehe er antwortete.

»Nur einmal«, sagte er. »Das war vor langer Zeit. Damals bist du gerade mal ein Welpe gewesen. Und wie ich mich erinnere, hast du verloren.«

Ivar verengte die Augen, aber das Funkeln in ihnen verriet Jai, dass ihn der Wortwechsel amüsierte. Dennoch beobachtete er, wie Ericas Arm zur Seite glitt und sie eine Hand beruhigend auf die ihres Vaters legte. Hier war ein Mann, der Wutausbrüchen keineswegs abgeneigt war.

Ivar entspannte sich und lachte leise.

»Ein taktischer Rückzug. Natürlich warst du damals nicht mehr als ein Emporkömmling mit einem armen Streifen Ackerland. Jetzt schau dir nur mal diesen Ort an.«

Er deutete auf das schwere Silberbesteck.

»Wir haben seitdem nicht mehr gegeneinander Krieg geführt, und zwar aus gutem Grund. Ihr Sabiner seid zu kräftig für mein Blut. Ein wenig so wie dieser Wein. Wen muss ich hier verprügeln, um eine Flasche Met zu bekommen?«

Er schrie diese letzte Frage geradezu heraus, und ein Diener eilte davon, um eine für ihn aufzutreiben. Jetzt war es an Leonid zu lächeln.

»Met. Also das war ein Getränk, das mich auf Feldzügen warm gehalten hat.«

Ivar neigte den Kopf.

»Ich lass dir ein Fass von meinem besten zukommen. Nicht dass du ihn brauchen wirst – es sind nicht mehr viele Feldzüge zu führen! Außer in der Großen Steppe natürlich.«

Und dann richtete sich zu Jais Überraschung der eindringliche Blick des Königs auf ihn.

»Du, Junge. Du siehst wie ein Steppenmann aus. Aus welchem Wurf bist du der Kümmerling?«

»Ich bin Jai, der Sohn von Rohan, Eure Majestät«, antwortete Jai und verbeugte sich tief.

Ivar machte ein langes Gesicht. Er hielte inne, und Jai vermutete, dass es ein seltener Moment war, in dem er sich seine nächsten Worte gut überlegte.

»Dein Vater und ich haben viele Male an unserer Grenze gegeneinander gekämpft. Ein großer Krieger und ein guter Mann. Ich war traurig, als ich von seinem Tod hörte.«

Er nickte weise und in Gedanken versunken.

»Er war auch einer von den Großen«, sagte er schließlich. »Wir sind eine aussterbende Art, Leonid. Das Zeitalter des Kriegs ist vorbei. Und mit dieser Heirat beginnt das Zeitalter des Friedens.«

Leonid seufzte nur und nahm einen weiteren Schluck Wein zu sich.

»Ich bedauere nicht, dass es so kommt, Ivar. Dafür habe ich gekämpft. Erinnerst du dich noch, wie es früher einmal gewesen ist? Von allen Seiten die kleinlichen Streitigkeiten, die Länder, die endlos Krieg führten. Ein Bauer konnte kaum länger als eine Jahreszeit die Früchte seiner Ernte behalten, ehe sie ihm von dem eigenen Herrscher für seine Soldaten gestohlen wurde, oder von Eindringlingen bei einem Überfall.«

Halb zustimmend grunzte Ivar.

»Ich habe mein Königreich erweitert, und du hast ein Kaiserreich gegründet. Wir haben unsere Arbeit erledigt. Wir haben den Frieden geschaffen, heute mehr denn je. Soll ihn die nächste Generation doch behalten.«

Er blickte zu Jai hoch, der an seinem Platz hinter Leonid stehen geblieben war.

»Setz dich hin, Junge, du machst mich ganz nervös.«

Jai zögerte, und Ivars Gesicht verfinsterte sich jäh.

»Ich möchte nicht, dass du mir über der Schulter hängst. Setz dich und leiste meiner Tochter Gesellschaft. So oder so wirst du nicht viel länger stehen.«

Trotz seiner Drohung wartete Jai weiterhin ab und hoffte, dass Leonid ihm zuerst eine Anweisung gab. Erica rückte zur Seite, um Platz zu machen, und er fühlte, wie ihre Hand ihn auf die Bank hinunterzog.

»Setz dich«, flüsterte sie. »Bevor er wütend wird.«

12

Als Jai sich hinsetzte, kam es ihm vor, als wären alle Augen auf ihn gerichtet, aber er wusste, dass er in dieser Angelegenheit keine Wahl hatte. Er griff sich eine Serviette vom Tisch und hielt sie wie einen Schild, in der Hoffnung, dass jeder, der von ihm Notiz nahm, denken würde, er hätte nur Platz genommen, um Leonid den Mund abzuwischen. Beim ersten Anzeichen von Constantin oder Titus würde er sofort wieder aufstehen. Er bezweifelte, dass Ivar ihn gerade dann zu Brei schlagen würde, wenn die sabinische Königsfamilie auftauchte.

Dabei achtete er darauf, den Kopf gesenkt zu halten, selbst als er sich vorlehnte, um Ivar aus dem Augenwinkel zu beobachten. Aber da gab es keine Informationen zu sammeln, denn der Große König war ganz auf Leonid konzentriert. Die beiden steckten ihre Köpfe zusammen und waren mit einer Unterredung im Flüsterton beschäftigt.

»Ist es immer so … schwer?«

Jai, dem das Herz bis zum Hals schlug, wandte sich um. Erica blickte geradeaus. Ihr Gesicht unter dem Schleier erschien ihm unergründlich. Er wartete und fragte sich, ob sie ihre Frage an Leonid gerichtet hatte.

»Du heißt Jai, nicht wahr?«

Sie sprach tatsächlich mit ihm.

»Ja, Prinzessin«, flüsterte Jai.

Er warf einen Blick nach links und sah, dass sie sich ihm noch nicht zugewandt hatte. Aber ihre Stimme drang aufs Neue unter dem Schleier hervor.

»Du bist ein Prinz?«, fragte sie ihn. »Warum hast du die Kleidung der Diener an, wenn du Rohans Sohn bist? Ich habe dich auch bei der Jagd gesehen. Hat Titus das getan, um dich zu beschämen?«

Bei der Frage schluckte Jai und betete die Antwort nach, die er im Lauf der Jahre in Leonids Dienst auf viele solcher Fragen gegeben hatte.

»Als Geisel diene ich den Sabinern. Meine älteren Brüder sind echte Prinzen, daher sind sie nur dem Namen nach Diener – sie halten mit Titus Gelage ab, jagen mit ihm, und doch dienen sie ihm genau so, wie das alle seine Untertanen tun. Aber meine Mutter war eine Konkubine, und ich bin der Letzte in Rohans Linie. Ich zähle kaum als Prinz. Also diene ich Leonid.«

Erica schwieg einen Augenblick.

»Das ist sabinische Feigheit«, sagte sie schließlich. Aus ihren Worten triefte geradezu Verachtung. »Wenn ich Kaiserin bin, werden wir unsere Grenzen durch die Stärke unserer Heere sichern, und nicht, indem wir Klingen an die Hälse von Kindern halten.«

Jai hatte Mühe, ein Lächeln zu unterdrücken, obwohl ein Kind genannt zu werden, ihm das Blut in die Wangen steigen ließ. Erica konnte kaum viel älter sein als er selbst.

»Was kann ich dir über den sabinischen Hof sagen?«, fragte er in der Hoffnung, das Thema zu ändern. »Du wirst bald in dessen Mittelpunkt stehen.«

Erica schnaubte.

»Die Frauen hier sehen wie Puppen aus. Ihre Gesichter sind bemalt, und in den Kleidern, die sie tragen, würde ich ersticken. Wo sind die Schildmaiden? Warum trägt niemand Schwerter?«

Jai senkte den Kopf. »Das kann ich nicht beantworten. Es ist eben so, wie es immer gewesen ist. Man hat mir erzählt, dass die Frauen der Flachländer an der Seite ihrer Männer kämpfen, so wie es auch die Dansken tun. Aber so etwas habe ich hier nie gesehen. Und eine Frau kann nicht ihr Haus anführen.«

Erica legte ihre Hände auf den Tisch. Es waren nicht die Hände einer höfischen Dame. Keine schön manikürten Fingernägel, sondern abgeplatzte Stummel, die ganz kurz gebissen waren. Sogar ihre Finger, die sich jetzt zu Fäusten ballten, waren so schwielig wie seine eigenen.

»Ich werde nicht in dem Palast herumstolzieren wie ein Pfau in einem sabinischen Lustgarten. Und ich werde auch nicht …«

Ihre Worte wurden unterbrochen, als die großen Türen zum Gang aufschwangen. Beinahe wäre Jai auf die Füße gesprungen, aber der Anblick, der sich ihm jetzt bot, ließ ihn wie erstarrt sitzen bleiben.

An der Spitze eines Aufgebots von danskischen Adligen kam ein Drache in den Raum getrottet. Es musste ein junges Tier sein, kaum größer als ein Pony, und zwar ein kleines Pony. Aber es war die schönste Kreatur, die er je gesehen hatte. Im Licht der Fackeln glänzten seine Schuppen wie polierte Bronze, und seine großen dunkeln Augen glichen beinahe denen eines Welpen.

»Ah!«, stieß Ivar hervor und sprang in einem einzigen Satz über den Tisch. »Die Mitgift meiner Tochter ist angekommen.«

Er stolzierte zur Mitte des Raums. Zu Jais Überraschung streckte er die Hand aus, um das Tier an der Unterseite seiner Schnauze zu kratzen. Der Drache stieß ein tiefes, anerkennendes Grollen aus, hielt dann inne und hob den Kopf, damit Ivar ihn besser erreichen konnte.

»Der Kleine hier stammt vom Drachen meiner verstorbenen Frau und meinem eigenen. Das erste Neugeborene seit einer Generation. Wenn Titus keine Seelenverbindung mit ihm eingehen kann, dann soll er eben meinem Enkelkind gehören.«

Seine Worte riefen bei Erica ein Schnauben hervor, obwohl Jai nicht sagen konnte, ob aus Ärger oder Ekel. Der Drache folgte Ivar zurück auf die erhöhte Plattform mit dem langen Tisch, die er mit einer lässigen Anmut erklomm. Wie ein junger Hund, der ihn verehrte, ließ er sich unter dessen Platz nieder.

Der König zog einen Brocken Trockenfleisch aus seiner Tasche hervor, und das Tier schnappte danach, schlang es hinunter und stieß dann ein leises, erfreutes Schnurren aus. Jai fragte sich, ob die Legenden über Drachen, die Feuer spieen, wohl wahr sein mochten. Für alle Fälle zog er aber seine Beine zurück.

»Gold«, erklang Titus' verschlagene Stimme von hinten. »Das ist doch eine passende Farbe für den ersten Drachen der sabinischen Dynastie. Vielleicht werden wir unser Wappen ändern – von einem Greifen zu einem Drachen. Was hältst du davon, Vater?«

Jai blickte sich um und sah mit Entsetzen, dass der Kaiser und sein Erbe gerade aus einer Seitentür hinter ihm gekommen waren. Er beeilte sich aufzustehen und wäre in seiner Eile beinahe über die Bank gefallen. Schnell nahm er seine Stellung hinter Leonids Schulter ein, während Titus sich auf seinem Platz niederließ.

Titus war prachtvoll in den vollen Ornat seines Standes gekleidet. Er trug eine purpurfarbene Robe mit goldenem Filigranschmuck an den Säumen. Wie gewöhnlich war sein Haar nach der Tracht des Hofadels zurückgekämmt und eingeölt, was das Gold seiner Haarfarbe in ein dunkleres Gelb verwandelte.

Sogar seine Augen waren mit dunklem Kajal geschmückt, wodurch sich das Blau seiner Augen von seiner blassen Haut abhob. Aber er konnte nichts tun, um sein fliehendes Kinn zu verbergen, und auch dagegen nichts, dass seine Nase wie die eines Schweinchens nach oben wies.

Bevor sich der Prinz hinsetzte, machte er ein Gewese darum, seinen Platz aus Hartholz penibel mit einer Serviette abzuwischen, ehe er sie Jai vor die Füße fallen ließ. Ein eisiger Blick vervollständigte die Vorstellung, dann konnte Jai entspannt atmen, als Ivar von Leonid wegrückte und Constantin den Platz des Königs an der Seite seines Vaters einnahm.

Mit klopfendem Herzen wartete Jai auf Titus' erste Worte, die er an Erica richten würde. Aber es kamen keine. Stattdessen beugte sich der Prinz vor und richtete das Wort an seinen Vater.

»Sollen wir morgen wieder auf die Jagd gehen?«

Daraufhin hob Constantin eine perfekt geformte Braue, dann wandte er sich ab und murmelte Ivar leise etwas zu.

»Grüß deine Braut, Junge«, knurrte Leonid. »Du bist doch nicht als Wilder erzogen worden.«

Bei diesen Worten lief Titus rot an, und ein Anflug von Wut blitzte in seinem Gesicht auf. Erst jetzt wagte es der zukünftige Kaiser, Erica anzusprechen, deren Gesicht jedoch unergründlich blieb.

»Wo ist dein Drache?«, fragte er.

Es war eine unverblümte Frage, keine Begrüßung, aber Erica neigte höflich den Kopf.

»Sie jagt, Majestät«, erwiderte sie. »Ihr habt das mit ihr gemeinsam. Im Augenblick frisst sie einen feisten Hirsch, den sie in einem Wald östlich von hier gefangen hat.«

Bei ihren Worten erstarrte Titus und runzelte tief die Stirn. Dann beugte er sich vor, und Erica wich zurück. Dies war keine Liebe auf den ersten Blick.

»Du kannst das spüren? Durch die Seelenverbindung?«

Erica nickte, aber sie hatte kaum Atem für eine Antwort geholt, als Titus sie schon unterbrach. Sein scharfer Blick zuckte zu Jai.

»Hol Magnus, Arschwischer!«, schnappte er. »Ich brauche ihn.«

Jai starrte ihn eine Sekunde lang dumpf an. Magnus? Wozu brauchte Titus den Kommandanten der Greifengarde? Durch die Pause zog er weiteren Zorn auf sich.

»Jetzt! Bevor ich dich prügeln lasse, bis du kaum noch am Leben bist.«

Jai hastete ein paar Schritte zurück, wenn auch nur um aus Titus' unmittelbarer Nähe zu kommen.

»Ich selbst habe noch keine Seelenverbindung versucht«, fuhr Titus fort. »Mit Drachen ist es ebenfalls gefährlich, nicht wahr? Viele sterben doch bei dem Versuch, ist das genauso wie mit anderen Tieren?«

Jai wartete nicht darauf, Ericas Antwort zu hören. Er wusste, dass er Titus' Anweisung schon lange genug aufgeschoben hatte. Etwas weiter hinten am Tisch hatte Magnus gerade Platz genommen, zusammen mit den anderen wichtigen Generälen und der erweiterten Familie der sabinischen Dynastie.

Der Gedanke, sich dem Mann auch nur zu nähern, versetzte Jai bereits in Angst. Dennoch eilte er hinüber und durchbrach das brütende Schweigen des Mannes.

»Lord Kommandant«, flüsterte Jai. »Der Prinz … äh … wünscht Eure Anwesenheit.«

Magnus grunzte zur Erwiderung, und Jai konnte nur auf den dicken rötlichen Nacken des Mannes starren, als er sich langsam zu ihm umdrehte.

»Aus dem Weg, du kleiner Köter«, grollte er, wobei er sich sein langes rotes Haar zurückstrich.

Als sich der riesige Mann von der Bank freimachte, trat Jai zur Seite und blieb ein paar Schritte hinter ihm, während Magnus sich Titus näherte.

Der Kommandant beugte sich vor. Aufgrund seiner Größe klappte er sich beinahe zusammen, um seinen Kopf auf die gleiche Höhe mit dem des Prinzen zu bringen.

Was folgte, war ein geflüstertes Gespräch, das Jai nicht ganz verstehen konnte. Magnus seufzte, dann verneigte er sich und trat zurück.

»Wie Ihr befehlt, mein Prinz.«

Er drehte sich zu Jai um und stieß einen wurstartigen Finger in dessen Richtung.

»Folg mir«, knurrte Magnus und ging auf die Türen zur Küche zu.

Jai nahm an, dass er etwas holen sollte, und folgte schweigend, wobei er nur einen kurzen Blick auf Erica erhaschte, die sich ihnen zuwandte und aufstand. Er hatte kaum ein paar Schritte hinter sich gebracht, als er durch den Türeingang gerissen wurde und in die plötzliche Hitze stolperte, die von dem Ofen ausging.

Eine Hand hob ihm an seinem Kragen hoch und hielt ihn gegen die Steinmauer, als sei er nicht mehr als ein Hündchen.

»Du wagst es, auf dem Platz des Prinzen zu sitzen?«, knurrte

Magnus, dessen Gesicht Jais Blickfeld ausfüllte. »Denkst du vielleicht, du kannst ihn vor den Augen seiner Braut beschämen?«

»Ich …«, brachte Jai heraus, ehe ein schraubstockartiger Griff seine Kehle packte.

»Es ist schon eine ganze Weile her, seit ich einen Steppenmann getötet habe«, zischte Magnus. Er brachte sein Gesicht so nahe wie ein Liebhaber an das von Jai, nahe genug, dass Jai dessen Parfum riechen konnte. »Dich werde ich auskosten.«

13

Ein Schlag von Magnus' fleischiger Hand brachte Jais Ohren zum Klingen und zerriss ihm fast das Trommelfell. Schmerz begleitete das Verdunkeln seiner Sehkraft, als Jais Verstand versuchte, sich der Plötzlichkeit von allem, was gerade geschah, zu entziehen. Seine Beine wollten ihn nicht tragen, als er nicht mehr an die Mauer gepresst wurde, und eine Hand packte ihm am Kragen.

Benommen, wie er war, wurde er durch die Hitze der Küche geschleift, und dann war er draußen in der Kälte, wo seine Füße versuchten, auf den Pflastersteinen einen Halt zu finden, während er über den Hof gezogen wurde.

Sein Kragen, der in Magnus' großer Faust verdreht war, würgte ihn. Er tastete nach seiner Kehle und rang kaum bei Bewusstsein nach Luft.

»Bitte«, krächzte er, »ich kann nicht …«

»Spar dir dein Betteln für später, Junge«, lachte Magnus. Er schüttelte ihn wie ein Huhn, dem er halb den Hals umgedreht hatte. »Dann wirst du es mehr brauchen.«

Der Himmel war bedeckt, und schwarze Sturmwolken sammelten sich über ihnen. Irgendwie drang der seltene Anblick durch den Nebel aus Schmerz und Verwirrung, der Jais Sicht beschirmte.

Dann kam die große Spitze des Greifenhorsts in Sicht, eine sanduhrförmige Säule, die sich über allen anderen Gebäuden auftürmte, sogar über den luftigen Höhen des kaiserlichen Palastes. Es war ein beeindruckendes Bauwerk, das sich bereits durch die Klippe, auf der Latium stand, oberhalb des umliegenden Flachlands befand. Es war so hoch, dass man die oberste Spitze nur an den klarsten Tagen ausmachen konnte, denn oft war sie von Wolken verhüllt.

Selbst jetzt, als Jai immer näher geschleift wurde, konnte er dessen Spitze nicht sehen. Nur die große Aushöhlung, die in seiner Mitte klaffte, mit einer einzelnen, von Ketten getragenen Plattform.

Jai hatte von einem Besuch des ehrwürdigen Trainingsgeländes auf der Spitze des Turms geträumt. Davon, Constantin irgendeinen großen Gefallen zu tun und damit das Recht gewährt zu bekommen, eine Seelenverbindung mit einem jungen Greifen einzugehen.

Aber in diesem Augenblick fürchtete er sich schon vor dem bloßen Anblick des Gebäudes. Denn er erinnerte sich an die Hinrichtung der sogenannten verräterischen Ritter, wenn er damals auch kaum mehr als ein kleiner Junge gewesen war. Zehn namentlich nicht genannte Reiter waren das gewesen, die man angeklagt hatte, einen Plan geschmiedet zu haben, um die Macht an sich zu reißen, so hieß es zumindest. Hinter geschlossenen Türen war ein schnelles Gerichtsverfahren abgehalten worden. Dann hatte man sie noch am gleichen Tag gemeinsam von der Spitze des Turms hinabgeworfen.

Natürlich wusste niemand außer der Greifengarde, wer sie gewesen waren, oder hatte dabei zugesehen, wie man sie an ihre abgeschlachteten Tiere gebunden hatte. Nur ihre Kameraden hatten dem Augenblick beigewohnt, als man sie vom Rand stieß. Aber Jai hatte ihre Schreie vernommen, als sie in die Tiefe gestürzt waren. Und er hatte das rote Aufspritzen gesehen, als sie am Boden aufgetroffen waren. Nach dem ersten der Reiter hatte Jai weggeschaut.

Solche Anblicke bildeten einen grotesken Kontrast zur Schönheit des Palastes mit seinen Gärten, Springbrunnen und den herumstolzierenden Pfauen. Aber ein Kaiser blieb nicht lange Kaiser, wenn seine Untertanen nicht ab und zu daran erinnert wurden, wo ihr Platz war, und an die tödlichen Folgen, die es haben konnte, sobald sie sich von ihm entfernten.

Nun wusste Jai, dass er als ein weiteres Beispiel dienen würde. Ein Körper mehr, der von dem Platz gekratzt werden würde, der den Turm umgab. Und zugleich eine Erinnerung an das Steppenvolk, wer sie tatsächlich regierte. Er taumelte in den Schatten des Turms, seine hervortretenden Augen erhaschten Blicke von Außenstehenden, ihre Gesichter wirkten voller Mitleid. Er bemerkte es kaum, als sich die hölzerne Plattform zu erheben begann. Inzwischen war sein Gesichtsfeld kaum mehr als eine mit Tränen gefüllte Schliere, und nur das Rattern und Klirren der riesigen schwarzen Ketten verriet, dass sie sich aufwärtsbewegten.

»Dein Bruder hat mir einmal erzählt, dass du vom Fliegen träumst, Junge«, flüsterte ihm Magnus ins Ohr. »Ich hab gesehen, wie du um unsere Tische herumgelungert hast. Keine Sorge, du fliegst bald weit genug, und so trittsicher wie eine Ziege.«

Selbst als Kind hatte Jai gern mehr über das Allerheiligste der Greifengarde wissen wollen, das so geheimnisvoll war, dass selbst Titus keinen Fuß dort hinaufsetzen konnte, solange er nicht Kaiser war. In seiner raren Freizeit hatte Jai freiwillig im Speisesaal serviert, die Ohren gespitzt, um vielleicht irgendwelche halb gehörten Einzelheiten zu vernehmen. Offensichtlich war er dabei nicht unbemerkt geblieben.

Der Druck auf seinen Hals ließ nach. Jetzt, da er nirgendwo hin fliehen konnte als über den Rand der sich immer höher hebenden Plattform, entspannte Magnus den Griff seiner Finger, was Jai den ersten ungehinderten Atemzug seit gefühlten Stunden ermöglichte.

»Lasst mich gehen«, würgte Jai, der sich die Augen wischte. »Bitte. Ich habe doch nur getan, was mir befohlen wurde.«

Magnus lachte leise, und der sanfte, joviale Klang stand in völligem Kontrast zu der Grausamkeit, die Jai in den Augen des Mannes gesehen hatte.

»Oh, ich lass dich gehen«, flüsterte er. Sein Atem in Jais Ohr war heiß. »Wenn ich dich an deinem Kropf über den Rand hängen lasse.«

Darauf wusste Jai nichts zu erwidern. Selbst während sein Herz noch raste und die Übelkeit in seinem Magen kochte, war sein Verstand beim Anblick von Latium wie überwältigt. Seine Augen weiteten sich, als er die große abfallende Fläche sah, die sich vor ihm ausbreitete. Inzwischen überragte die Plattform sogar die höchsten der großen Türme und Kuppeln der Stadt.

Er befand sich höher, als er jemals in seinem Leben gewesen war. Der kühle Wind über der Stadt verschaffte ihm eine Gänsehaut. Seine Träume waren mit solchen Fantasien angefüllt gewesen, davon, nur ein einziges Mal die Welt weit unter sich zu sehen. Selbst in diesem Augenblick seiner größten Verzweiflung verschlang er den Anblick noch mit seinen Augen. Da sein Tod unausweichlich schien, schmeckte selbst die Luft süßer, und die Farben der Welt wirkten irgendwie lebendiger.

Er atmete noch einmal ungehindert ein, dann ein weiteres Mal und noch ein weiteres Mal. Jeden Augenblick erwartete er, dass die Plattform anhielt und Magnus' Hand seinen Hals erneut zusammendrücken würde. Aber sie stiegen immer noch höher. Die nahen Türme des Palastes wirkten wie junge Bäume, die sich im Schatten einer großen Eiche abmühten, und er saß in ihrer Krone.

Dann erfasste ihn eine jähe Kälte, und die Aussicht wurde weiß. Sie waren in die Wolkenlandschaft eingetaucht, und der Nebel beruhigte ihn wie eine Salbe, die seinen Körper bedeckte und das Grauen in Staunen verwandelte.

Doch auch dieser Dunst begann zu verblassen, und die Welt wurde wieder hell und blau, und seinen Blick auf Latium verdeckte jetzt allein noch die riesige Wolkenbank. Es war, als ob die Greifengarde auf einer anderen Welt lebte, die sich näher an den sabinischen Göttinnen der Sonne und des Mondes befand.

Inzwischen konnte er das rasselnde Geräusch vernehmen, das von dem Mechanismus der Plattform über ihm ausging, wenn Magnus auch keine Anstalten machte, sich ihm zu nähern. Er vermutete, dass es hier oben nichts gab, wohin er hätte flüchten können.

Für einen Augenblick war er versucht, auf den Rand loszustürzen und Magnus damit seine Befriedigung zu stehlen. Er verwarf den Gedanken, kaum dass er ihm gekommen war. Nein, er würde bis zum letzten Atemzug kämpfen.

Schließlich endete das Rasseln, und Magnus' fleischiger Arm wirbelte Jai in die andere Richtung. Und dort, genau vor ihm … befand sich das Heiligtum der Greifengarde. Das war der Greifenhorst.

14

Der Greifenhorst besaß die Form einer gewaltigen Vogeltränke. Den größten Teil davon machte der dicke Stamm aus, in dem die aufsteigende Plattform untergebracht war. Er war aus großen Granitsäulen errichtet, von denen die schalenförmige Terrasse an seiner Spitze getragen wurde.

Es war diese Terrasse, auf die Jai jetzt zustolperte. Der eiserne Griff von Magnus' Arm war verschwunden und von dessen Hand ersetzt worden, die einen Teil seines Haars gepackt hatte.

Jais Augen tränten vor Schmerz. Es fühlte sich an, als würde ihm die gesamte Kopfhaut abgerissen werden, aber selbst das konnte ihn nicht davon abhalten, den vor ihm liegenden Anblick in sich aufzunehmen.

Die Terrasse ähnelte in jeder Hinsicht den Thermalbädern des Palastes, die Leonid früher manchmal besucht hatte, ehe er zu dem Schluss gekommen war, dass ihm die Hitze in den Knochen schmerzte.

Stark geäderte Marmorfliesen in Weiß, Gelb und Schwarz erstreckten sich von Kante zu Kante der eindrucksvollen kreisrunden Plattform. Pflanzengrün ergoss sich aus Reihen von Töpfen und Hängekörben. Die Luft war zwar kalt, aber als Magnus ihn zu Boden stieß, fühlte sich das Gestein, das ungehindert von der Sonne berührt wurde, warm auf seiner Haut an.

Der Mittelpunkt des Ortes war ein Wasserbecken im Zentrum der abfallenden Schale der Terrasse, ein ganz unwahrscheinlicher See, der Hunderte Fuß breit zu sein schien. In seiner Mitte befand sich ein Gebäude, das wie ein schwebender Tempel aussah. Das war ein Ort, der ein streng bewachtes Geheimnis sein musste, da Jai bis zu diesem Augenblick nichts von seiner Existenz gewusst hatte.

Ein harter Stoß von Magnus' Fuß schob ihn in die Richtung der langen Marmorbrücke, die über das Gewässer und auf das Gebäude zu führte. Dabei bestaunte er die vielen Säulen der Struktur, die Gesimse und komplizierten Reliefe von herabstürzenden Greifen und Männern in Rüstung.

Aber selbst dieser Tempel war noch nicht einmal das Ungewöhnlichste, das sich seinem Auge darbot. Denn um den See herum – in ihm – war die Greifengarde. Männer gingen dort ungeniert nackt oder trugen nur Lendenschurze, um dem Anstand Genüge zu tun. Sie badeten in dem seichten Wasser eines Strands aus Marmor und wuschen sich darin.

Jai sah hauptsächlich alte Männer und junge Akolythen, die noch am Anfang ihres Trainings standen. Um diese Zeit pflegten die Ritter und Knappen auf Patrouille zu sein, besonders mit einem ausländischen Heer an den Toren der Stadt. Was die Greifen und Chamroschen betraf, so würden sie sich in ihren Schlafplätzen aufhalten, die in die Basis des Turms selbst eingelassen waren. Er hatte gehofft, ein Junges zu sehen, denn sie waren ein ungewöhnlicher Anblick, aber es sah so aus, als sollte es nicht sein. Das einzige Anzeichen für irgendwelche fliegenden Tiere waren ferne Silhouetten, die über dem Horizont kreisten.

Es war nur ein kurzer Augenblick des Staunens, bevor die Angst sein Herz wie in einer Faust umklammerte. Er versuchte, seinen Atem zu beruhigen, und blinzelte die Tränen aus seinen Augen.

Die Geheimhaltung dessen, was er hier zu sehen bekam, war sowohl ein Segen als auch ein Fluch. Jetzt wusste Jai, dass er diesen Ort nicht lebend verlassen würde. Er musste verhandeln.

»Magnus, bitte, ich könnte hier so nützlich sein, ich kann …«

Ein Fuß trat ihm zwischen die Beine, und eine Welle von Übelkeit erregendem Schmerz rollte durch Jais Bauch. Nur mit größter Mühe schaffte er es, sich nicht zu erbrechen, wenn ihm das auch ein paar Sekunden Galgenfrist verschaffte, während er sich auf dem Marmor zusammenkrümmte.

»Hier oben gibt es keine Gefesselten, Junge«, knurrte Magnus, der einem vorbeikommenden Ältesten zunickte. »Und auch nicht solche schäbigen Diener wie dich.«

Während er noch sprach, sah Jai, wie ein paar der jüngsten Akolythen, Jungen, die nicht älter als sieben Jahre alt sein mochten, Eimer zu den Pflanzen trugen und sie wässerten. Andere schrubbten die Rücken der älteren Männer, deren abblätternde Haut das Wasser grau färbte. Diese Jungen waren die Arbeiter des Greifenhorstes, deren Los noch nicht entschieden war.

Magnus packte Jai einmal mehr bei seinem Haarschopf und zerrte ihn auf die Beine. Er stieß ihn vorwärts, und Jais Füße trotteten über den Marmor der Brücke.

Erst jetzt sah Jai die Fische, die in dem trüben Wasser schwammen. Erst waren es nur orangefarbene und gelbe Schatten. Dann sah er aber, wie sie sich mit ihren langen Bartfäden und aufgerissenen Mündern durch den Schutt am Grund des großen Teichs bewegten.

Der Schatten des Tempeleingangs reichte über ihn hinweg, und Magnus' Hand legte sich über seine Augen. Dies war nur eine Abkürzung über das Wasser, und der grausame Mann hatte eindeutig nicht die Absicht, Jai mehr erblicken zu lassen, als ihm erlaubt war.

Dennoch konnte Jai durch einen Spalt zwischen den Fingern des Mannes sehen. Es war nur ein flüchtiger Blick, ehe sich ihm dieser Ausschnitt ebenfalls verschloss. Da waren Jugendliche, diesmal älter, die im Schneidersitz in großen leeren Räumen saßen. Allen schmiegten sich Chamroschen um die gekreuzten Beine, ihre Falkenköpfe ruhten in den Schößen ihrer Herren.

Die Jugendlichen, vermutlich Knappen, taten, was alle seelenverbundenen Männer und Frauen mit ihren Totems taten. Seelenatmung.

Was sie machten, war für das bloße Auge zwar nicht sichtbar, doch Jai wusste um die unsichtbaren Kräfte, die sie umschwebten. Sie absorbierten das Mana der Welt, verfeinerten es, um es in sich zu speichern und für ihre eigenen Zwecke zu nutzen. Dies war die Quelle der Macht hinter der Magick.

Schon das Wort selbst war eines, das er niemals hätte hören sollen, denn die Greifengarde hielt ihre Methoden streng geheim. Nur eine mit heimlichem Belauschen vergeudete Jugend hatte ihm einen kleinen Einblick in diese Dinge verschafft.

Natürlich gab es auch andere seelenverbundene Leute auf der Welt. Aber nur wenige durchliefen eine Art von Ausbildung, wie sie bei der Greifengarde üblich war. Und niemand hatte Zugang zu einer Generation an Wissen, Schriftrollen und Büchern, die die Sekte seit ihrer Gründung vor all diesen Jahren angehäuft hatte.

Jai fragte sich, ob Erica oder sogar ihr Vater wohl in dieses Wissen eingeweiht waren.

Es fühlte sich merkwürdig an, um seinen drohenden Tod zu wissen und … dennoch über solche Dinge nachzudenken. Sein Herz raste noch immer, seine Handflächen trieften vor Schweiß, aber es war schwer, wirklich zu glauben, dass ihm die Welt gleich entrissen werden würde.

Irgendein verrückter Kern aus Hoffnung, der im Hintergrund seines Verstands existierte, hatte ihn in die fantastische Vorstellung versetzt, dass man ihn hier und jetzt in die Sekte einführen würde, anstatt ihn auf Titus' Geheiß von der Turmspitze zu werfen.

Sich an diese selbst erzählte Lüge zu klammern war sein einziger Trost, während er durch etwas stolperte, was ihm wie ein langer mittiger Korridor vorkam. Er atmete den Duft von brennendem Weihrauch ein und vernahm das Echo tiefer, im Einklang summender Atemzüge.

Jetzt fühlte er abermals die Sonne auf seinem Gesicht, doch die Hand blieb dort. Schweigend gingen sie weiter, ein kühler Wind rüttelte an Jai, bis sie anhielten.

Licht durchbrach sein Blickfeld, hell und ungefiltert. Einen Augenblick lang war Jai geblendet, während Magnus ihn so hart festhielt, dass er keinen weiteren Schritt gehen konnte.

Dann sah er. Er sah seinen Fuß, der über dem Nichts schwebte, und Latium, das unter ihm gähnte. Dies war der schicksalshafte Ort, von dem aus man die zehn verräterischen Reiter vom Turm geworfen hatte. Ein Vorsprung von dem vollendeten Kreis der Turmspitze, ein Abflug- und Landeplatz für Reiter auf ihren ersten Flügen.

»Wenn da nicht ein Essen auf mich warten würde, dann würde ich erst noch etwas Spaß mit dir haben«, flüsterte Magnus ihm ins Ohr. »Verdammt, ich hätte dich sofort an Ort und Stelle getötet, hätte der Prinz nicht für seine neuen Gäste ein Exempel statuieren wollen. Die werden von dem Scheißefleck hören, den du dort unten machen wirst. Genau da werden die Adligen auf dem Weg zurück in ihr Heerlager vorbeikommen.«

Jai wand sich Magnus' Griff, wobei er sich das eigene Haar ausriss, aber es nützte nichts. Genauso gut hätte er an die Hand des Mannes gekettet sein können.

»Das eine sollst du wissen, Junge: Dein Tod ist nur eine lästige Pflicht. Für mich ist dein Leben nicht erinnerungswürdiger als ein Furz. Und für alle anderen auch nicht.«

Aber Jai war mehr als das, zumindest für einen Mann.

»Mein ganzes Leben lang … habe ich Leonid gedient«, würgte Jai hervor, dem das jähe Entsetzen die Worte entstellte. »Ich kenne jedes seiner Bedürfnisse, jede seiner Launen. Ohne mich ist er verloren. Lasst mich am Leben, Lord Kommandant. Bestraft mich auf eine andere Art, ich flehe Euch an.«

Magnus lachte leise. »Soll der alte Mann eben einen neuen Arschwischer ausbilden. Darüber verliere ich gewiss keinen Schlaf.«

»Ihr werdet mehr als nur Euren Schlaf verlieren«, erwiderte Jai, der so viel an fester Überzeugung in seine Stimme legte, wie er aufbringen konnte.

Auf seine Worte hin hielt Magnus inne. Ein Schatten zog über sie hinweg, aber Jais Augen waren fest auf den Boden weit unter ihm gerichtet. Dort liefen Leute umher, klein wie Insekten auf einem Pflasterstein, ohne das Drama zu bemerken, das sich über ihnen abspielte. Und bald würde er selbst wie ein Insekt unter einem Stiefel sein, die Sauerei seiner Innereien wären auf dem Boden verschmiert.

»Der Mann ließ genau den Turm erbauen, auf dem wir stehen«, fuhr Jai fort, doch wegen der Verletzung seiner Kehle rasselte sein Atem. »Verdammt, er hat dieses Reich aufgebaut. Ärgert Ihn auf … Eure eigene …«

»Sein Ärger wird bald kaum noch eine Rolle spielen«, sagte Magnus, der leise auflachte, als er seinen Griff verstärkte. »Eine Schande, dass du es nicht mehr erleben wirst.«

Jai versuchte etwas zu erwidern, aber er hatte keinen Atem mehr übrig. Die Zeit dehnte sich aus.

Er hing mit strampelnden Füßen über der Welt. Immer noch hing er da. Eine Sekunde nach der anderen. Beinahe eine Minute reinen, ungetrübten Grauens. Es schien, als wollte Magnus doch noch seinen Spaß haben.

Und dann kam es.

Ein Brüllen und ein Windstoß, so stark, dass sowohl er als auch Magnus zurückprallten. Zwei große Schwingen verdunkelten die Sonne, und Jai konnte den Gestank von Blut riechen, als der offene Schlund des Tieres zu brüllen fortfuhr.

Jai hatte keine andere Möglichkeit, als sich in Magnus' Griff zu winden, als dieser im Gegenzug brüllte. Die freie Hand des Mannes streckte sich aus, seine Finger tanzten. Ein Glühen formte sich dort, und die Luft selbst schien um sie herum zu vibrieren.

Dann … senkte sich die Hand.

»Nimm ihn«, ächzte Magnus.

Die eiserne Stange – der Unterarm des Kommandanten – sank herab. Jai fiel auf den Marmorvorsprung zurück. Er zuckte zusammen, als die Klauen des Drachen mit klackenden Geräuschen näher kamen und sein Kopf sich senkte, um ihm in die Augen zu starren.

Seine Pupillen waren schwarze Ovale in Teichen aus Honig, und sie erweiterten sich, während der Kopf sich näherte. Irgendwie war es so, als erkenne ihn das Tier wieder.

»Junge!«, bellte Magnus.

Jai drehte sich um.

Er sah die Faust nicht kommen.

15

In der sich zurückziehenden Dunkelheit in Jais Geist klang ein Lied nach. Es war eines, das er kannte, wenn er auch nicht wusste, woher. Eine melancholische Melodie, und dazu Worte, die von Verlust sprachen, von der Sehnsucht nach einem Zuhause. Worte seines Volkes. Eine Sprache, die er zwar halb vergessen hatte, und doch immer noch verstand.

Dann kam eine Erinnerung. Von runzeligen Händen, die über seine Stirn strichen. Nur lullten sie ihn jetzt wach. Das Wiegenlied, denn das war es gewesen, verstummte.

Finger berührten seine Nase und seine Augenlider. Wasser rann zwischen seinen Lippen hindurch, und er streckte die Zunge aus, um es aufzulecken. Er war durstig. So durstig.

»Er wacht auf«, sagte die Stimme. »Ich wusste, dass du überleben würdest. So einfach stirbt Rohans Blutlinie nicht.«

Sie sprach mit einem Akzent. Demselben, den auch er einst gehabt hatte, all die Jahre zuvor. Und er kannte diese Stimme.

Jai öffnete die Augen. Und er erkannte das Gesicht, das in sein Blickfeld schwamm. Balbir.

Aber das Merkwürdigste von allem war nicht ihre Anwesenheit, sondern der Raum, in dem er lag. Er war in einem Bett anstatt auf einer mit Stroh ausgelegten Pritsche. Das Zimmer wirkte nicht luxuriös, aber da waren Teppiche auf dem Boden und Vorhänge an den Fenstern. Dass überhaupt Fenster da waren, war überraschend genug.

»Wo sind wir?«, krächzte er, nachdem Balbir ihm mehr Wasser in den Mund geträufelt hatte. Es schmerzte ihn zu sprechen, denn seine Kehle fühlte sich an, als bestünde sie aus Glasscherben.

Balbir lächelte. Sie war schon alt gewesen, als er sie kennengelernt hatte, doch heute sah sie nicht einen Tag anders aus. Das gleiche verschrumpelte Walnussgesicht. Dieselben warmen dunklen Augen, tief in den Höhlen liegend und unergründlich.

»Du kannst dich bei deiner neuen Freundin für das Zimmer bedanken. Sie hat selbst dafür bezahlt. Man kann über diese Prinzessin sagen, was man will, aber sie scheint ein Gewissen zu haben.«

Erst jetzt erinnerte er sich. Der Drache … und Magnus' Faust. Instinktiv führte er eine Hand an seinen Kiefer und befühlte die Schwellung dort.

»Ihr Drache hat dich selbst hinuntergebracht. Hat dich in seinen eigenen Klauen getragen und auf den Stufen zum Palast zurückgelassen.«

»Dann schulde ich ihr mein Leben«, flüsterte Jai.

»Sie hat noch mehr getan«, sagte sie. »Ihre Zofe hat dich in jeder Nacht besucht, um dich zu pflegen. Ich vermute, die kleine Prinzessin hat lernen müssen, sich ihr eigenes Haar zu bürsten.«

Sie stieß ein Kichern aus, wenn sich ihr Lachen auch bald in einen trockenen Husten verwandelte.

»Jede Nacht?«, fragte Jai. »Wie lange bin ich denn hier gewesen?«

»Eine Woche«, sagte Balbir, nachdem ihr Hustenanfall nachgelassen hatte. »Ein Schlag von jemandem, der so mächtig ist wie Magnus, würde die meisten töten, wenn ich auch den Verdacht habe, dass das gar nicht seine Absicht war. Ein seelenverbundener Krieger, und umso mehr einer, der aufgestiegen ist, kann eine Steinplatte aus einer Mauer schlagen, ohne sich auch nur einen Knöchel abzuschürfen. Du hast Glück gehabt, dass du überlebt hast.«

Jai wusste zwar nicht, was sie mit »aufgestiegen« meinen mochte, aber jedenfalls war es nicht das, was seine Aufmerksamkeit erregt hatte. Wenn er eine ganze Woche überlebt hatte, dann bedeutete das, dass er vor Magnus' Zorn mittlerweile sicher war. Oder noch eher vor dem von Titus. Zumindest bis jetzt.

»Keine Sorge, der danskische König und Constantin haben über viel wichtigere Dinge zu reden als über das Leben eines einfachen Steppenmanns«, erklärte Balbir, als könnte sie seine Gedanken lesen. »Mir wurde gesagt, dass die jungen Erben einander verziehen haben und die Pläne für die Hochzeit weitergehen. Wenn die Gerüchte stimmen, ist es jetzt nur noch ein paar Tage bis dorthin.«

Jai lag still. Er war überrascht, wie sehr der Klang ihrer Stimme ihn einlullte.

»Du hast recht. Alles, worauf du dich konzentrieren solltest, ist Ruhe. Als dein Gönner nach mir schickte, wurde mir gesagt, dass du wieder zur Arbeit zurückkehren solltest, sobald du aufgewacht seist. Und das wirst du auch tun, denn ich traue mich nicht, zu lügen.«

Jai verzog das Gesicht.

»Ich dachte, die Prinzessin habe ein Gewissen.«

Balbir kicherte und schlurfte in Richtung Tür.

»Es war nicht die Prinzessin, die nach mir geschickt hat«, lachte sie leise. »Es ist Leonid gewesen. Du hast Freunde in hohen Stellungen, mein Junge. Halt sie dir warm – ich vermute, sie sind alles, was Magnus' Hände von deiner Kehle fernhalten wird.«

Sie schnaubte, und Jai betrachtete sie, als sich seine Augen an das dürftige Licht gewöhnten, das durch die Vorhänge drang. Er sah die gekrümmten Schultern und diese schwieligen Hände. Sie trug die Tracht einer gefesselten Dienerin, zusammen mit der symbolischen Kette, die um ihr Handgelenk befestigt war. Ihre Kleidung wirkte gut gepflegt, aber dennoch so abgetragen, dass sie wahrscheinlich die Einzige war, die sie besaß.

Doch nach all dieser Zeit trug sie noch immer ihre Zöpfe, wie es die unverheirateten Frauen ihres Volkes taten. Dieser Ort hatte sie also nicht gebrochen.

Natürlich hatte Leonid nach ihr geschickt. Wer sonst? Es war nur eine Schande, dass er dafür sein Gesicht verlieren würde.

»Ich habe zu lange damit gewartet, um deine Freilassung zu bitten, Balbir«, flüsterte Jai, der entsetzt über ihren Zustand war.

»Pah«, sagte sie und wischte seine Worte mit einer Handbewegung fort. »Dein Onkel hat mich an diese Sabiner verkauft, als seine Neffen ein Kindermädchen brauchten. Hat dich und deine Brüder ebenfalls verkauft, wenn ihr es auch nicht wusstet. Nicht, dass das jetzt noch eine Rolle spielt.«

Jai nahm ihre Hand und erfühlte das Leder eines Jahrzehnts an harter Arbeit.

»Du gehörst keine weitere Sekunde mehr an diesen Ort«, flüsterte er.

Da lächelte sie, und in diesem Lächeln fielen die Jahre von ihr ab. Ihre Hände ergriffen seine eigenen.

»Ich rieche die Luft meines Landes an jedem Tag. Jeden Morgen fühle ich die Erde unter meinen Füßen und sehe, wie die Sonne aufgeht. Mach dir um mich keine Sorgen, mein Junge. Mein Körper ist hier, aber mein Geist … mein Geist ist es nicht.«

Jai fühlte, wie ihm Tränen in die Augen stiegen, und wandte den Kopf ab, um sie zu verbergen.

»Wie auch immer, ich werde diese Stadt bald verlassen«, sagte sie. »Meine Herrin hat meinen Vertrag weiterverkauft.«

»Was?«, wollte Jai wissen und zuckte zusammen, als er sich zu schnell aufsetzte. »Leonid sagte, du würdest mit Arjun zurückkehren, wenn er erwachsen ist!«

Balbir lachte grimmig.

»Oh, das hat er also gesagt? Tatsächlich hat sein Bote genau die gleichen Worte gewählt, als er nach mir geschickt hat. Nur hat er nie etwas von Bezahlung gesagt. Was glaubst du, warum mich meine Herrin so schnell weiterverkauft hat?«

Jai versuchte die Wut ersticken, die in ihm aufstieg. Natürlich. Er hatte alles nur noch schlimmer gemacht.

»Ich werde jedenfalls froh sein, diese Dansken von hinten zu sehen«, murmelte Balbir, ohne Jais Schwermut zu bemerken. »Wir hatten zwei von ihnen bei uns wohnen, und ich hab mir die Hände roh geschrubbt, als ich ihnen hinterher geputzt habe. Sie schmeißen ihre Knochen auf den Boden, wenn sie fertig sind, als wären da Hunde, die nur darauf warten würden, sie zu kauen. Und egal ob Mann oder Frau, sie vergießen mehr Bier, als sie in sich hineinschütten. Und trotzdem nennen die Sabiner uns Sythianer Heiden – und jetzt heiraten sie eine.«

Jai grinste, denn es war schon eine ganze Weile her, seit er dieses Wort zum letzten Mal gehört hatte. Sythianer war der Name, den das Steppenvolk für sich selbst benutzte, wenn sie sich auch in erster Linie mit ihrem Stamm identifizierten.

Balbir erhob sich und zuckte zusammen, als ihre Knie bei der Bewegung knackten.

Beinahe sprachlos vor Zorn begann Jai zu stottern.

»Ich werde mit Leonid sprechen … er kann nicht …«

Sie hob einen Finger.

»Du nutzt all die Gefälligkeiten, die du erhalten kannst, um dich zu schützen, Kind. Jetzt mach dich sauber, bevor der Wirt uns wegen des Gestanks rauswirft. Neben der Tür steht ein Eimer. Ich hab Besseres zu tun, als dir dabei zuzusehen, wie du dir deine Eier wäschst.«

Sie stürmte aus dem Raum und schloss die Tür hinter sich, ehe Jai die Kontrolle über seine Zunge wiedererlangen konnte. Neben ihm stand eine Schüssel mit kalter Gemüsebrühe, deren Oberfläche zu einem Film glasiert war. Er lehnte sich vor und nahm sie.

Gewiss würde er wieder gesund werden. Und sich auch bei Leonid einschmeicheln. Er musste sich um alle verfügbaren Gefälligkeiten bemühen, wenn er den alten Kaiser davon überzeugen wollte, Balbirs Freiheit zu erkaufen. Nach dem, was Jai durchgemacht hatte, würde der alte Kaiser zuhören müssen.

Als er den ersten Bissen löffelte und hinunterschluckte, konnte er nicht anders, als daran zu denken, wie nahe er dem Tod gekommen war. Es war so seltsam, wie lange Magnus Jai über den Rand des Vorsprungs gehalten hatte. Und seine Worte … sie zerrten an den Schlupfwinkeln von Jais Gedanken. Dass Leonids Ärger bald keine Rolle mehr spielen würde … und dass Jai dies nicht erleben würde.

16

Jais Füße waren stark genug, um ihn aufrecht zu halten, wenn er auch nur einen kurzen Gang zu dem Eimer neben der Tür schaffte, ehe er außer Atem und unsicher auf den Beinen war. Eine Woche an Genesung hatte ihren Tribut gefordert, denn er hatte nicht viel mehr als das dürftige Essen und etwas Wasser abbekommen, das Balbir ihm eingeflößt hatte, während er halb bewusstlos gewesen war.

Als er sein Gesicht gegen das kühle Holz presste, hörte er, wie sich Schritte näherten. Schritte, die zu sicher und schnell auftraten, um von Balbir herzurühren.

In diesem Augenblick erinnerte sich Jai daran, dass er nicht sicher war. Jai wusste, dass er in seinem Zustand keinen Attentäter überwältigen konnte, noch nicht einmal ein Kind, das mit einem Holzlöffel bewaffnet war. Für einen Kampf war er viel zu schwach.

Nein, es war besser, Bewusstlosigkeit vorzutäuschen und zu versuchen, sie zu überraschen. Zusammenzuckend schwankte er zurück zu seinem Bett und legte sich erneut in der abgedunkelten Düsternis nieder. Gerade als er hörte, wie sich die Tür öffnete und wieder schloss, kniff er die Augen zu. Hatte er das Klappern gehört, als die Tür abgeschlossen wurde, oder hatte er sich das nur eingebildet?

Ein Seufzen war zu vernehmen. Das Knarren des Weidenstuhls nahe neben seinem Bett. Die weiche Berührung eines Fingers unter seinem Kinn, der schmerzhaft in das weiche Fleisch dort drückte. Sollte das ein Test sein, ob er wach war? Oder … etwas anderes?

Der Finger zog sich etwas zurück, streifte leicht über seine Haut. Und … dann war da ein Glühen. Er konnte es durch seine geschlossenen Lider sehen, wie die rötliche Dunkelheit erst orange, dann gelb wurde.

Er fühlte, wie der Finger gleichzeitig heiß und kalt über seine Haut fuhr, während er ein Muster nachzog.

Eine Erinnerung blitzte in Jai auf. Magnus' ausgestreckter Finger, und das Glühen, als er sich darauf vorbereitete, den Drachen anzugreifen. Der Attentäter war dabei, ihm den Kopf abzureißen. Mit Magick.

Er schrie auf und schlug um sich, wobei sich seine Hand im Haar seines Angreifers verfing. Doch er hatte sich kaum erhoben, als ihn eine Handfläche abermals aufs Bett drückte, und das mit solcher Kraft, dass ihm die Luft wegblieb.

Einen Augenblick lang keuchte er mit tränenden Augen und erwartete den Kuss einer Klinge unter seinem Kinn. Stattdessen vernahm er gemurmelte Flüche in einer Sprache, die er nicht verstehen konnte. Doch dann erkannte er den Akzent, und als er sich die Augen rieb, sah er, wer sein angeblicher Angreifer war.

Sie war in ein einfaches Gewand gekleidet, nicht in die modischen Pelze, die er zuvor an ihr gesehen hatte, aber dennoch erschien ihr scharf geschnittenes, elfenhaftes Gesicht unverkennbar.

Die Zofe der Prinzessin.

»Was hast du gemacht?«, schnaufte Jai.

»Dir geholfen«, schnappte das Mädchen und brachte ihr Haar in Ordnung, wo seine Hand sich in ihm verfangen hatte. Trotz ihres niedrigen Standes lag es ihr eindeutig am Herzen. Es schimmerte sogar in der Düsternis. Aber er fühlte sich zu einem anderen Schimmern hingezogen. Das verblassende Licht ihrer Finger … und in den Iriden ihrer Augen.

»Du bist seelenverbunden«, sagte er stirnrunzelnd. »Du hast Magick gewirkt.«

Bei seinen Worten erstarrte das Mädchen, dann sprach sie in einem beiläufigen Ton.

»Du irrst dich.«

Jai schüttelte den Kopf und zuckte bei der Bewegung zusammen. Das erklärte ihre Stärke, wenn es in Wahrheit auch keine große Leistung sein mochte, ihn in seinem geschwächten Zustand zurück auf sein Bett zu stoßen.

»Ich erkenne das Glühen wieder«, sagte er, hob eine Hand und wedelte mit den Fingern.

Das Mädchen seufzte und kaute auf ihrer Unterlippe, während sie ihn misstrauisch musterte.

»Fein«, sagte sie. »Aber das nimmst du mit ins Grab, verstanden? Ich riskiere nämlich viel hierherzukommen. Aber meine Herrin hat darauf bestanden.«

Langsam nickte Jai.

»Bitte«, sagte er, »mach weiter.«

Das Mädchen hob eine Hand und näherte sie einmal mehr seinem Kinn. Jetzt konnte er das Glühen richtig sehen. Ein weiches, weißes Licht. Es war anders als der goldene Glanz, den Magnus geschaffen hatte.

Er blickte an die Decke und fühlte sich unbehaglich, als sie konzentriert die Augen schloss.

Das gleichzeitig kalte und heiße Gefühl kehrte zurück, aber diesmal ließ er sie ihre Fürsorge fortsetzen. Langsam breitete sich das Gefühl in seinem Kinn aus. Es fühlte sich wie kühles Wasser an, das den Schmerz wegwusch. Dennoch war trotz der Platzierung ihres Fingers nur die Seite betroffen, an der er verletzt war, so als suchte das Licht die Wunden im Inneren.

Dann riss das Mädchen mir nichts, dir nichts ihre Hand weg. Ihr Gesicht war abgespannt und bleich, die Augen leicht ausdruckslos. Sie lehnte sich im Stuhl zurück und holte tief und schaudernd Luft.

»Danke«, flüsterte Jai, der sein Kinn berührte. Der Schmerz war zwar noch immer vorhanden, aber weit geringer als zuvor.

Das Mädchen zuckte mit den Achseln und stand auf, um zu gehen.

»Warte«, bat Jai sie. »Wie heißt du?«

Sie ignorierte ihn beinahe, und dann wandte sie sich um.

Ihr scharfes, ovales Gesicht erschien wegen einer Stupsnase und der großen blauen Augen, die unter ihrem Volk so verbreitet waren, etwas weicher. Dazu blickte sie aus argwöhnischen, tiefen Augen, die seinen Blick einfingen und ihn nicht loslassen wollten.

Sie war schön, aber es war eine raue, wilde Schönheit, anders als der kultivierte Glanz der Frauen am Hof. Nie zuvor hatte er ein Mädchen wie dieses gekannt.

»Frida«, sagte sie.

»Du bist die Zofe der Prinzessin?«, fragte er.

Frida erwiderte seinen Blick und nickte, wenn auch alles an ihrer Miene ihm verriet, dass sie gehen wollte. Sogar ihre Füße wiesen zur Tür. Er hatte kein Recht dazu, sie länger aufzuhalten. Aber er brauchte noch etwas von ihr.

»Richte deiner Herrin bitte meinen Dank aus«, bat er sie. »Und sag ihr noch etwas.«

Er hielt inne, als er merkte, dass er sich seine nächsten Worte kaum überlegt hatte.

»Also raus damit«, forderte sie ihn auf. »Aber denk gut nach. Denen, die sie ausnutzen, ist sie eine launische Freundin.«

Jai holte tief Luft, um Zeit zu gewinnen. Dann sagte er zögernd: »Ich glaube, Magnus wollte, dass ihr Drache mich rettete. Es war, als ob … es war, als ob er darauf wartete, dass er auftauchen würde.«

Frida kaute auf ihrer Lippe.

»Was für einen Grund könnte er dafür gehabt haben?«

Jai hatte keine Antwort für sie. Er hatte keine Ahnung, was Titus zu Magnus gesagt hatte.

»Ich weiß nicht. Aber er hat etwas Seltsames gesagt. Dass Leonids Zorn bald kaum noch eine Rolle spielen werde, und dass er sich wünschen würde, ich wäre noch am Leben, um es zu sehen.«

Frida lachte.

»Also jetzt glaube ich, du leidest an Verfolgungswahn. Der Mann ist doch uralt. Bestimmt ist es das, was Magnus gemeint hat – dass Leonid ohnehin bald sterben wird.«

Jetzt war die Reihe an Jai, sich zu sträuben.

»Du bist doch gar nicht dabei gewesen«, sagte er. »Es war die Art, wie er es gesagt hat. Und wer bist du, um zu entscheiden, ob die zukünftige Kaiserin es wissen sollte oder nicht. Ich schulde es ihr. Das ist meine Art, diese Schuld zu bezahlen.«

Frida starrte ihn einen Augenblick lang finster an, dann gab sie nach.

»Na gut. Ich werde es ihr von dir ausrichten.«

Mit diesen Abschiedsworten schritt sie aus dem Zimmer und ließ die Tür hinter sich leicht offen.

Einen Augenblick lang dachte Jai daran, im Bett zu bleiben. Bis zum Abend zu warten, ehe er sich zurück zum Palast begab. Doch er durfte es nicht riskieren zu warten. Wer konnte wissen, wo Balbir morgen enden würde, wenn er Leonid nicht dazu brachte einzuschreiten.

Jai seufzte. Das Waschen konnte noch warten. Vorher musste er mit Leonid sprechen.

17

Fridas Heilung hatte eine starke Wirkung gezeitigt, und er fragte sich, ob sie wohl noch mehrere Male zurückgekehrt war, in der Hoffnung, ihn allein anzutreffen, um sie auszuüben.

Seelenverbindungen kamen selten vor, teilweise wegen des tödlichen Risikos. Dennoch hatten sie Vorteile. Zum einen gehörten erhöhte Körperkraft und geschärfte Sinne dazu. Was wurde noch einmal über die Ritter der Greifengarde gesagt? Dass sie den Furz einer Jungfrau auf hundert Schritte hören und ihn riechen könnten, noch ehe sie ihre Röcke gelüftet hätte.

Jai fragte sich, mit welchem Tier die Zofe wohl verbunden war. Heilungskraft war eine der schwierigeren Formen der Magick, daher vermutete Jai, dass es ein Höhlenbär war. Es waren die selteneren, größeren und mehr raubtierartigen Wesen, die die größten seelenverbundenen Krieger hervorbrachten, mit der Fähigkeit, bedeutende Magick zu vollbringen.

Drachen und Greifen galten als die geeignetsten Wesen, um mit ihnen eine Verbindung einzugehen, dann folgten Mantikoren, Chimären und weitere seltene Raubtiere der Wildnis. Für die Dansken waren ihre großen Bären und Schreckenswölfe am häufigsten. Was die Kreaturen der Steppe betraf – Khiroi und Mammute waren beides Pflanzenfresser … Jai hatte eine Ahnung, dass sie weniger begehrenswert waren.

So oder so, die Heilung hatte jedenfalls geholfen. Entweder sie – oder die Suppe hatte Wunder gewirkt. Er schaffte es in der Hälfte der Zeit bis zur Tür und musste nur ein paar Atemzüge verschnaufen, bevor er in den Korridor stolperte.

Anhand eines Blicks aus dem Fenster konnte Jai schließen, wo er sich befand. Er war in einem Gasthaus, das als »Zum Roten Löwen« bekannt war. Es war nach Leonid und seinem Wappen benannt. Der Legende nach hatte Leonid einen Höhlenlöwen mit nichts anderem als einem Jagdmesser getötet und war blutverschmiert und mit einem tiefroten Fell, das er sich über die Schulter geworfen hatte, nach Hause zurückgekehrt.

Jai wusste aus den Geschichten des alten Mannes, dass er ihn mit einem Bogen getötet hatte, und dass das Blut von seinem amateurhaften Versuch hergestammt hatte, den Löwen mit dem erwähnten Messer zu häuten. Trotzdem war der alte Mann niemand, der sich eine gute Geschichte entgehen ließ, und er hatte es den Vermutungen seiner Freunde erlaubt, zur Legende zu werden.

Die kläglichen Überreste des armen Löwen lagen immer noch vor dem Bett des alten Kaisers. Jai hatte oft genug auf ihnen geschlafen, wenn Leonid krank gewesen war und genau beobachtet werden musste.

Jedenfalls war der Gasthof nicht weit vom Palast entfernt. Er schlich sich an dem Eigentümer vorbei, ohne bemerkt zu werden, denn der beleibte Mann schnarchte hinter seinem Tisch nahe des Eingangs. Dann musste er nur noch ein paar Seitenstraßen entlanghuschen, bevor er sein Ziel erreichte: Das war der Hintereingang zum Palast und der Zugang zu den Küchen.

Wie immer waren sie ein emsiger Bienenstock. Der Eingang gähnte weit offen, seine schweren Türen waren nicht verriegelt, und er konnte beinahe die Hitze von drinnen spüren, als handele es sich um einen offenen Mund. Wenn er richtig riet, nutzte der danskische Adel noch immer die Gastfreundschaft der Sabiner aus.

Zu einer Zeit wie dieser waren die Sabiner in höchste Alarmbereitschaft versetzt. Viele Wachen beaufsichtigten das Entladen verschiedener Fleisch-, Obst- und Gemüsesorten, die wahrscheinlich durch das halbe Reich gereist waren, um die königlichen Teller zu schmücken. Jai war nur froh, dass er noch immer die Uniform eines Palastdieners trug – wenn sie auch schweißfleckig war. Es schien ihm besser, wenn niemand mitbekam, dass er gerade erst aufgewacht war.

Er näherte sich dem nächsten Wagen, wo ein dickbäuchiger Mann mehrere Küchenjungen beschimpfte, die enorme Melonen abluden. Bei ihrem Anblick knurrte Jai der Magen, aber dann ergriff er schnell eine der gelben Früchte.

Ehe er sich damit auch nur in Richtung der Küche bewegen konnte, hatte ihn der Mann schon am Genick gepackt und zwang ihn, sich umzudrehen.

»Dich hab ich hier noch nie gesehen«, knurrte der Mann. »Du schaffst das da besser rasch in die Küche. Wenn ich sehe, dass du dich damit verziehst, endet dein Fell als mein Teppich.«

Jai versuchte zu tun, was er sagte, aber seine Hand blieb an Ort und Stelle.

»Ich soll hier heute aushelfen«, erklärte er, während er bereits mit dem Gewicht der enormen Frucht kämpfte. »Eigentlich bin ich Hausdiener, aber man hat mich geschickt, um zu helfen.«

Die Augenbraue des Mannes hob sich ungläubig, als er Jais ungepflegte Erscheinung musterte, vor allem aber etwas betrachtete, das Jais Ansicht nach ein übler Bluterguss an seinem Kinn war.

»Ich musste mir diese Uniform ausleihen. Schau, ich trage das hier jetzt nach drinnen, du kannst mir zusehen.«

Langsam ließ der Mann Jai los, schickte ihn aber noch nicht weg.

»Du wirst im ganzen Kaiserreich nicht viele Melonen wie diese hier finden«, knurrte er. »Noch nicht mal welche, die in Leonids berühmtem Hurenhaus ein Mieder anspannen. Die hier hab ich durch Sturm und Schnee getragen, über von Banditen verseuchte Straßen und durch die Nambische Wüste. Wenn ich also rausfinde, dass auch nur eine einzige fehlt, wenn der Quartiermeister seine Kasse aufmacht, dann verlierst du deinen Kopf. Kapiert?«

»Kapiert«, murmelte Jai.

»Dein Name?«, fragte der Mann.

»Rohan«, sagte er, nachdem er eine halbe Sekunde zu lange gezögert hatte.

Der Mann verengte seine Augen, dann nickte er.

»Gibt nicht viele, die zu einem Namen wie dem stehen würden«, sagte er. »Jetzt verzieh dich.«

Endlich war Jai frei, wenn er sich auch für seine Mühe einige neugierige Blicke von den Wachen eingehandelt hatte. Dennoch konnte er nichts anderes tun, als durch die Türen zu gehen und sich erbärmlich mit der Melone abzukämpfen, nachdem er eine Woche lang nichts gegessen hatte.

Wie der Zufall es wollte, erfüllte seine Uniform ihren Zweck, und die Wachen kicherten nur amüsiert, als er die Melone zweimal auf dem Boden absetzen musste und sie anschließend – nach einem entrüsteten Schrei des Früchtehändlers – auch zweimal wieder aufnahm. Ein schöner Attentäter wäre er gewesen.

Kaum hatte Jai die Schwelle zu den eigentlichen Küchen überschritten, als ein ungeduldiger Quartiermeister ihn anwies, seine Melone zu den anderen zu legen, während er Posten von einer Liste auf seinem Pergament abhakte. Innerhalb von Minuten hatte Jai die Küchen durchquert und eilte den Speisesaal entlang. Es war seltsam, an dem Ort vorbeizukommen, von dem Magnus ihn entführt hatte. Trotz des Tumults der Küchen herrschte um ihn herum eine Normalität vor, die ganz im Widerspruch zu der Gefahr stand, in der er sich gerade befand.

Er bewegte sich so schnell voran, wie er es nur wagen durfte. Es war immer möglich, dass Magnus oder eine seiner Greifenwachen ein verspätetes Mittagessen zu sich nahmen.

Jai war froh, als er Leonids Räumlichkeiten erreichte, und nickte den Wachen zu, als er sie betrat. Er hoffte nur, sie erzählten niemandem, dass sie ihn gesehen hatten.

Doch als er Leonids Zimmer betrat, traf er den alten Mann nicht an. Das war besorgniserregend. Leonid würde seine Gemächer niemals ohne guten Grund verlassen.

In dem Raum war eindeutig zusammengepackt worden. Die Kleider des alten Mannes fehlten, ebenso wie eine der großen Truhen, die gewöhnlich am Fußende seines Betts standen. Nein, wahrscheinlich war er schon seit einer Weile fort.

Jai eilte zu seinem Zimmer, um seine Sachen einzusammeln, denn er wusste, dass er hier nicht unbeaufsichtigt bleiben konnte. Aber als er seinen Raum betrat, wurde ihm klar, dass er beinahe nichts mitzunehmen hatte. Keine Kleider, die besser oder nützlicher waren als diejenigen, die er gerade trug. Für die wenigen Tage, von denen er hoffte, fort zu sein, gab es auch keine Andenken, die es wert waren, sie mitzunehmen. Kein Essen, keine Schmuckstücke. Innerhalb einer Minute war er alles durchgegangen, was ihm gehörte.

Er saß auf der Pritsche und legte seine Beute aus.

Abgesehen von ein paar Münzen hatte er eigentlich nur Leonids altes Rasiermesser gefunden, das er für seine eigene Bartpflege aufbewahrt hatte. Wenn es auch rostig war, eine geringe Chance gegenüber einer möglichen Bedrohung mochte es ihm doch verleihen. Und wenn er ehrlich zu sich selbst war, würde er es möglicherweise benutzen, um die ersten Schnurrbarthaare von seinem Gesicht zu schaben, bevor Frida zurückkehrte, und zwar über dem Waschbecken, das er in seinem Zimmer in dem Gasthof gesehen hatte.

Er fühlte sich nur ein wenig schuldig, dass er so viel an die danskische Zofe dachte, obwohl er doch ganz auf Balbir konzentriert sein sollte. Mit einem Mal war er sich seines Aussehens ungewöhnlich bewusst.

Aber dann war es für ihn wiederum ein seltener Fall, mit einer solchen Schönheit zu sprechen. Oder generell mit Mädchen.

Die meisten Diener im Palast waren männlich, denn bei zahlreichen handelte es sich um in den Ruhestand versetzte Legionäre aus Constantins Kriegen. Und davon gab es wieder viele, wenn ihre Schlachten auch nicht annähernd so blutig gewesen waren wie die von Leonid. Diese kürzlichen Kriege drehten sich hauptsächlich darum,

Rebellionen niederzuschlagen und die wenigen nomadischen Stämme auszulöschen, die in der Bergregion zwischen der nördlichen Tundra und der Großen Steppe sichere Schlupfwinkel gefunden hatten.

Und selbst wenn es nicht so viele Veteranen gegeben hätte, die Arbeit suchten: Da Titus' Mutter im Kindbett gestorben war, lebten keine Frauen im königlichen Haushalt, die Dienerinnen und weibliche Gesellschaft benötigt hätten. Was die wenigen Küchenmägde betraf, die den Palast gelegentlich aufsuchten, so schienen die meisten in Jai nicht mehr als eine Kuriosität zu sehen, den seltsamen Prinzen eines barbarischen Volks und zugleich den Diener eines sterbenden alten Mannes, der so gut wie nie sein Gemach verließ.

Als er durch die offene Tür in Leonids Räumlichkeiten schaute, seufzte Jai. Er blickte über seine Bücher, die Trophäen und das Schreibwerkzeug hinweg. Sein ganzes Leben lang war er sich hier wie ein Gefangener vorgekommen. Wie ein Rüsselkäfer im vergoldeten Käfig eines alternden Singvogels, der in dessen Dreck lebte. Wenn Leonid nicht hier war, um ein wachsames Auge auf ihn zu haben … würde es überhaupt irgendjemand bemerken, wenn er verschwand?

Er durfte von Frida einen Gefallen erbitten. Balbir konnte sagen, dass er in der Nacht verstorben war. Er bezweifelte, dass Leonid einen Beweis dafür verlangen würde, und wenn er es tat, konnte sie sagen, dass man seinen Körper zu den Seuchengruben gebracht hatte, dem fauligen, stinkenden Massengrab am Fuß von Latiums Klippe, wo sich nur Grabräuber hintrauten.

Verdammt, er konnte sogar alle Schmuckstücke stehlen, die hier zu finden waren, und sie dazu benutzen, um Balbirs Freiheit zu erkaufen. Oder Fridas Schweigen. Bestimmt würde über ein Jahrzehnt an Arbeit das, was er sich nehmen würde, mehr als wettmachen – für den Diebstahl würde er sich nicht einmal schämen.

Doch als seine Gedanken sich den vielen Überresten von Leonids Siegen zuwandten, hörte er zunächst, wie die Vordertür aufschwang, und dann das Geräusch von gedämpften Stimmen. Sofort wurde ihm durch das jähe Hämmern seines Herzens schwindlig.

Jai streckte die Hand aus und schwang die Tür beinahe zu. Er war froh über die dünne hölzerne Trennwand zwischen ihm und demjenigen, der da gerade hereingekommen war. Einen Augenblick lang fragte er sich, ob Leonid zurückgekehrt war, aber die Stimmen erklangen zu laut, als dass eine davon dem alten Mann hätte gehören können, und eine war zu tief.

Daher beruhigte er seinen Atem und ließ die sich um ihn drehende Welt zum Stillstand kommen. Dann kroch er ganz langsam zur Tür hinüber und spähte durch den Spalt ihres Rahmens. Sofort begann sein Herz erneut zu hämmern.

Denn da war Magnus. Und Titus ebenfalls.

18

Jai presste sich eine Hand auf den Mund und beobachtete, wie die beiden ihre Blicke durch den Raum schweifen ließen, ehe sie sich auf zwei Liegestühle vor dem Kamin fallen ließen. Es bestand kein Zweifel daran, dass die zwei wegen der Privatsphäre hier waren, denn ihr Gespräch verstummte, bis sich Leonids große Eichentüren hinter ihnen geschlossen hatten.

»Und bist du sicher, dass wir hier gefahrlos sprechen können?«, fragte Titus. Seine Stimme war so leise, dass Jai sich konzentrieren musste, um die Worte überhaupt verstehen zu können. »Warum reden wir nicht an unserem üblichen Ort?«

Neugierig sah sich Titus im Raum um. Es war schon ein paar Jahre her, seitdem der junge Mann hier zu Besuch gewesen war.

»Die Dansken sind jetzt hier«, sagte Magnus, »und unter ihnen gibt es eine Menge Seelenverbundene. Sie könnten uns belauschen.«

Titus schnaubte verächtlich.

»Du traust ihnen zu viel zu. Diese Barbaren wischen sich die Ärsche mit Schnee ab.«

»Trotzdem«, sagte Magnus, der sich ein leises Kichern erlaubte, »der alte Mann hat diesen Ort von meinen eigenen Männern verzaubern lassen, falls Ihr Euch erinnert. Wollte verhindern, dass irgendein uneingeladenes Totem die Schwelle überquert. Nicht einmal das Nagetier eines hudditischen Mausspions könnte sich hier reinzwängen. Verfolgungswahn und Altersschwachsinn gehen Hand in Hand.«

»Fein«, sagte Titus. »Also erzähl.«

Magnus gab leise Antwort. Seine Worte waren so lange nicht zu verstehen, bis ein ungeduldiges Stöhnen von Titus den großen Mann erneut veranlasste, die Stimme zu erheben.

»… Bäumen. Keine Feuer, wie vereinbart. Aber etwas länger, und man wird sie entdecken.«

Titus knurrte.

»Hätte die Schlampe nicht ihren Drachen da jagen lassen, dann hätte ich nicht mit dem Steppenbengel für eine Ablenkung sorgen müssen. Hast du überhaupt eine Ahnung, wie viel von ihrer Mitgift ich zurückgeben musste, um die Vergebung ihrer Familie zu erlangen? Sie hält mich jetzt für ein Ungeheuer.«

Bei den Worten des jungen Prinzen verkrampfte sich Jai der Magen. Titus mochte sich über seine erzwungene Heirat ärgern, aber seine zukünftige Frau eine Schlampe zu nennen, das war … schon etwas anderes. Und er wusste genau, wer der »Steppenbengel« war. Es schien ganz so, als wäre seine Beinahe-Hinrichtung inszeniert worden.

»Spielt es denn eine Rolle?«, lachte Magnus leise. »Das Drachenjunge ist der echte Preis, und es ist ja nicht so, als ob sie irgendwas von dem Gold mit sich nach Hause nehmen werden. Ihr habt nur Glück gehabt, dass die Prinzessin sich ausreichend große Sorgen gemacht hat, um einzuschreiten.«

Titus begutachtete seine Fingernägel.

»Wahrscheinlich hast du recht. Obwohl, nach allem was ich höre, ist der Bengel so unwichtig, dass sein Onkel Teji nicht mal eine förmliche Beschwerde geschickt hat. Nicht dass das eine Rolle spielen würde. Ich könnte auf Rohans Grab pissen, und er würde nicht viel mehr machen als sich aufzuspielen. In dem steckt kein Hunger nach Krieg.«

Magnus grunzte zur Erwiderung.

»Ich hätte das kleine Stück Scheiße gleich an Ort und Stelle umbringen sollen. Wenn ich daran denke, dass er zwar unser inneres Heiligtum betreten hat, aber immer noch atmet.«

»Geduld, mein Freund – nur noch ein paar Stunden. Bald kommt die Zeit, in der wir tun können, was wir wollen. Ist doch schließlich das Einzige, worum es hier wirklich geht, nicht wahr?«

Magnus grunzte erneut, aber Jai konnte sehen, wie sich seine großen Fäuste in heimlicher Wut ballten.

»Bei Einbruch der Dunkelheit werden meine Männer ihn zu mir bringen. Meine Spione haben ihn gefunden. Er und irgendeine alte Steppenschlampe verstecken sich im Roten Löwen. Oh, und die Dienerin der Prinzessin hat ihn ebenfalls aufgesucht.«

»Gut«, erwiderte Titus. »Soll sich das danskische Miststück ruhig auf den kleinen Dreckskerl konzentrieren. Wie sich rausstellt, hat er sich als äußerst nützlich erwiesen. Halt ihn am Leben, bis alles erledigt ist.«

»Majestät, bitte. Ich kann unmöglich so lange warten. Eine Nacht zu früh wird nicht schaden«, drängte Magnus. »Wie Ihr gesagt habt, der Bengel ist doch ein Niemand. Ich werde es so aussehen lassen, als sei er an seinen Verletzungen gestorben.«

Titus seufzte, widersprach ihm aber nicht.

Das Schweigen des Prinzen brachte Jais Gedanken erneut zum Rasen. Nicht wegen seiner eigenen Sicherheit, sondern wegen Balbirs. Sie wussten, wo sie war. Er musste sie warnen.

Tatsächlich musste er jetzt noch mehr Warnungen aussprechen. Aber die beiden redeten zu kryptisch, als dass er hätte verstehen können, wovor er die Dansken warnen musste. Es ergab keinen Sinn.

»Ist also alles vorbereitet?«, fragte Titus, als die lange Pause schließlich endete. »Ihre frühe Ankunft hat unsere Pläne über den Haufen geworfen. Wir werden jeden loyalen Diener und Knappen brauchen, der dir zur Verfügung steht. Ich traue den Palastwachen nicht zu, dass sie mit der nötigen Geschwindigkeit reagieren, auch wenn sie inzwischen richtig ausgerüstet sind.«

»Sie wissen, was sie tun müssen«, entgegnete Magnus. »Die Frage ist: Wird es planmäßig passieren?«

Titus schnaubte.

»Da bin ich mir sicher. Mein Mann in den Küchen hat seine Lerchen seit Wochen mit nichts anderem als Schierlingssamen gefüttert. Sie mögen zwar immun sein, aber ihr Fleisch ist so stark mit dem Gift angereichert, dass schon ein paar ihrer Zungen ausreichen werden. Ich serviere ihm persönlich eine ganze Schüssel davon. Der Test beim Fest hat seine Wirksamkeit bewiesen.«

Jai konnte nichts anderes tun, als seinen Atem zu beruhigen. Er wusste, dass die mächtigeren Seelenverbundenen weit bessere Sinne als jeder gewöhnliche Mensch besaßen, und ein heiserer Atemzug würde ausreichen, dass Magnus ihn entdeckte. Jai hatte Glück, dass der Mann momentan unvorsichtig war.

»Wenn Ihr mich dann nicht weiter braucht, werde ich mich verabschieden«, sagte Magnus. Jai hörte, wie der große Mann aufstand. »Wollt Ihr meinen Rat hören? Führt die Hochzeit durch und probiert die Fotze dieser königlichen Schlampe aus. Wir können es uns leisten, bis dahin zu warten.«

Titus kicherte trocken.

»Ich hatte in dieser Woche schon genügend danskische Huren, um eine kriegsmüde Legion satt zu machen. Sie wird nicht viel anders sein. Und es gibt nichts, was mich davon abhalten kann, sie hinterher zu haben. Du kannst sie behalten, wenn ich genug von ihr habe.«

Magnus, der bereits auf dem Weg nach draußen war, lachte.

»Tut das, und ich führe hundert Kriege für Euch.«

Gerade außer Sichtweite, klopfte er mit seinen Knöcheln an die Tür, und die Wachen zogen sie auf. Schon bald war nur noch Titus im Raum.

Jetzt saß der zukünftige Kaiser alleine da. Der junge Mann war kaum älter als Jai, doch in dem trüben Licht machte er beinahe einen ausgezehrten Eindruck. Fern von seinem Publikum wirkte er zusammengesackt, und die Haut unter seinen Augen war dunkel.

Jai beobachtete, wie Titus aufstand und mit den Händen über die Artefakte fuhr, die auf den Bücherregalen verstreut waren, das Schild eines gefallenen Königs hier, eine blutbefleckte Flagge dort. Jai begriff, dass er und seine Brüder für den jungen Erben genau dasselbe waren – eine Erinnerung an vergangene Siege, Versatzstücke, mit denen man handelte. Kaum mehr als die Trophäen an Leonids Wänden. Jetzt wollte Titus eigene Trophäen. Nicht die Dinge aus zweiter Hand – aus einer vergangenen Ära.

Offensichtlich hatte er genug davon, neben einem alten Mann die zweite Geige zu spielen. Nein, sogar die dritte, nach seinem Vater. Er wollte sich einen Namen machen.

Jai konnte nicht hierbleiben. Nicht nach dem, was er gehört hatte. Es würde einen blutigen Umsturz geben, und daran wollte er nicht teilhaben. Er hatte keine andere Wahl, als diesem Ort endgültig zu entfliehen.

»Ihr werdet schon sehen«, murmelte Titus. »Ihr werdet alle schon sehen.«

Jai sah. Und er hatte genug gesehen.

19

Schnell ging Jai zu den großen Türen. Als der Gegenstand, den er in seine abgewetzten Hosen gesteckt hatte, sich an seiner Haut scheuerte, zuckte er zusammen. Von all den Wertsachen in Leonids Gemach waren die meisten zu groß oder zu auffällig, um sie unbemerkt aus dem Palast zu tragen.

Da er Titus' Rückkehr befürchtet hatte und den Raum wie seine Westentasche kannte, hatte er bei seiner Suche schnell vorgehen wollen. Es waren keine Münzen zu finden, denn wozu hätte ein Mitglied der Königsfamilie sie denn gebrauchen sollen?

Allerdings gab es einen Gegenstand, den er hatte mitnehmen können. Einer, der seinem Vater gehört hatte, sodass er immer noch verrostet vom Blut seiner Hinrichtung war. Wenn das Diebstahl sein sollte, dann empfand er deswegen aber keine Schuld.

Es war eine Halsberge aus feinem blauem Damantinerstahl. Wenn er es wagte, sie zu tragen, würde sie hoch auf seiner Brust sitzen, mit einem Rand, der den unteren Teil seines Halses schützte. Hätte sie nur den Hals seines Vaters besser beschützt, als Leonid seine Axt geschwungen hatte.

Auf ihrer Vorderseite befand sich gerade über dem Herzen das Wahrzeichen für das Haus seines Vaters und seines Stammes – das Kidara. Es war ein männliches Khiro, das große gehörnte Tier, das er hatte töten müssen.

Es passte, dass seine Vorfahren dieses Symbol ausgewählt hatten. Die Khiroi waren das Lebensblut der Großen Steppe. Diese riesigen Lasttiere, die die Städte der Stämme auf ihren Rücken trugen, während die Herden mit den Jahreszeiten wanderten.

Sie waren es, sowohl wild als auch zahm, die das lange Gras der endlosen Steppe kürzten – und sie waren es auch, von denen sich die großen Raubtiere ernährten, die seine Heimat selbst während der besten Zeiten zu einem gefährlichen Ort machten.

Jai brachte sich ein letztes Mal in Ordnung, dann trat er mit all dem Selbstvertrauen des Prinzen selbst durch die Türen.

»Wo ist Leonid?«

Die Wachen an den Türen starrten geradeaus und ignorierten ihn.

»Ich habe seine Medizin«, sagte Jai und hielt den kleinen Beutel hoch, der sein Rasiermesser und ein paar Münzen enthielt. »Ich bin derjenige, der sich um ihn kümmert – ihr habt mich schon gesehen.« Er verlagerte sein Gewicht auf eine Hüfte, während die beiden Wachen weiter geradeaus starrten. »Wenn er krank wird und stirbt, werden sie natürlich mir zuerst die Schuld geben. Aber wenn sie mir die Fingernägel ausreißen, dann habe ich noch zwei andere Namen, die ich ihnen geben kann. Eure nämlich.«

Der ältere der beiden schnaubte auf Jais Worte hin verächtlich, aber der andere erbleichte leicht. Er war es, auf den Jai seine Aufmerksamkeit richtete.

»Was haben sie noch mal vor all den Jahren mit dem Hudditen-Spion gemacht? War das derjenige, den sie lebend an die Greifen verfüttert haben? Oder war es der Hofnarr, der sich über Constantins Bart lustig gemacht hat?«

»Der Bärenscheiße fressende danskische König ist krank«, murrte der junge Mann, was ihm ein Augenrollen seines Kameraden einbrachte. »Die Kaiserfamilie und ihre Gäste haben sich zu den kaiserlichen Räumen bei den Bädern zurückgezogen.«

»Krank?«, fragte Jai, der hellhörig geworden war. »Woran ist er erkrankt?«

Aber seine Fragen hatten ihm schon den Ärger des älteren Wachmanns eingetragen. Er versetzte Jai einen solchen Tritt, dass er der Länge nach auf den roten Plüschteppich des großen Korridors fiel.

»Verpiss dich jetzt«, sagte der Mann schlicht.

Jai verpisste sich.

Sein Verstand raste, während er durch die Palastkorridore zurücklief, die Hand um das rostige Rasiermesser in der Tasche geklammert. Gegen einen seelenverbundenen Attentäter würde es ihm nur wenig nutzen, aber es verlieh ihm zumindest ein wenig Mut.

Magnus wusste, wo er schlief. Und bald schon würde Balbir zurück in das Zimmer gehen. Ob Jai dort war oder nicht, ein Mörder würde kaum Bedenken haben, der alten Frau die Kehle durchzuschneiden, während er auf Jais Rückkehr wartete.

Aber bestimmt schuldete er auch Erica eine Warnung. Jetzt wusste er, was der sogenannte »Test« gewesen war. Sie hatten das Gift an Ivar ausprobiert. Der seelenverbundene König hatte ihren ersten Versuch offenbar überlebt. Doch jetzt behauptete Titus, dass er eine komplette Schüssel mit vergifteten Lerchenzungen hatte. Genug, um ihn endgültig zu töten.

Wie auch immer, Jai wusste, dass er niemals nahe genug an irgendjemanden aus der Königsfamilie herankommen würde. Seine beste Chance bestand darin, zu seinem Zimmer zurückzukehren und auf diese Art Frida eine weitere Botschaft zukommen zu lassen. Wenn Balbir zuerst auftauchte, dann waren die Dansken auf sich gestellt.

Den Palast zu verlassen war leichter, als ihn zu betreten, und mit jedem Schritt wuchs seine Entschlossenheit. Sein Plan, gemeinsam mit Balbir zu entkommen, war während der tausend Schritte, die er gebraucht hatte, um den Gasthof wieder zu erreichen, von einer Fantasie zu einer Realität geworden.

Als er dort ankommen war, schlich er an dem immer noch schlafenden Gastwirt vorbei und kehrte auf sein Zimmer zurück. Er betete, dass Balbir bald wieder auftauchen möge, ehe ein Attentäter sie beide erwischte. Er wusch sich, so gut er konnte, und benutzte einen Eimer mit Wasser und das Rasiermesser, um sich präsentabel zu machen.

Es gab sogar ein Stück Seife in dem Zimmer, duftlos zwar, aber brauchbar. Nachdem er sich gewaschen hatte, hängte er seine Kleider am Fenster zum Lüften auf und legte die Halsberge an. Seine Finger fuhren das Wahrzeichen an seiner Vorderseite nach. Er hatte sich seinem Vater vielleicht noch nie so nahe gefühlt. In vieler Hinsicht sogar im wahrsten Sinne des Wortes, denn die Gravur des Wahrzeichens war durch das schwarze Blut, das in seinen Ritzen getrocknet war, umso sichtbarer.

Das Rüstungsteil saß schwer auf seinen Schultern, sein halbmondförmiger Abschluss befand sich gerade über seinem Brustbein, und oben endete es – dort, wo sein Hals begann – in einem losen Kragen.

»Es steht dir«, sagte Balbir.

Jai fuhr herum und sah, dass die alte Frau auf dem Bett saß. Ihre buschigen Augenbrauen hatte sie bei seinem Anblick zusammengezogen. Wie mochte sie sich so schnell hierher bewegt haben?

Eilig bedeckte sich Jai, was ihm ein Lachen von Balbir eintrug.

»Ist nichts, was ich nicht schon zu Gesicht bekommen hätte, Jai«, kicherte sie. »Ich hab deinen Zweig und deine Beeren längst gesehen, bevor dir überhaupt klar war, dass du sie hattest.«

Jai, der unsicher darüber war, was er eigentlich sagen sollte, lief rot an. »Wir müssen hier verschwinden«, flüsterte er, während er seine Hose vom Fensterbrett nahm und sie anzog. »Ich bin zurück zum Palast gegangen, um Leonid zu bitten, deinen Vertrag zu kaufen. Aber er war nicht da. Magnus war da … und …«

Er suchte nach Worten, um zu erklären, was er gehört hatte, aber sie gerieten in seinem Kopf durcheinander. Er wusste nicht, was genau er überhaupt wusste.

»Etwas wird passieren, sehr bald schon. Wenn wir Frida eine Botschaft zukommen lassen können, dann sollten wir das tun, aber zunächst einmal müsstest du deine Sachen packen. Wir …«

Eine knochige Hand legte sich auf Jais Gesicht und drückte ihn zurück gegen die Wand. Jai brauchte einen Moment, um zu begreifen, dass es Balbir war. Sie hatte sich mit einer solchen Geschwindigkeit bewegt, dass sie ihn völlig überrumpelt hatte.

Sie starrte ihn mit ihren dunklen Augen an, und deutete mit einem Finger an die Decke. Jais eigene Augen richteten sich dorthin und sahen ein Rinnsal aus Staub, das durch den Lichtstrahl zwischen den Vorhängen fiel.

Er blickte zur Tür, aber Balbir schüttelte den Kopf. Dann beugte sie sich so dicht zu ihm vor wie eine Liebhaberin.

»Wenn wir wegrennen, bringen sie uns zur Strecke, bevor wir die Vordertore erreichen. Wenn wir ihn jetzt umbringen, verschaffen wir uns wenigstens ein wenig Zeit.«

Jais Augen weiteten sich, und er schüttelte den Kopf. Aber Balbir hatte sich bereits in Bewegung gesetzt. Tief gebeugt huschte sie in die Schatten neben das Fenster. Sie wies Jai an, in die dunkelste Ecke des Raums zu treten.

Es war ein verrückter Plan. Eine alte Frau und ein noch feuchter, halb nackter Junge, die sich einen seelenverbundenen Attentäter vornahmen. Sie hatte nicht einmal eine Waffe in den Händen, und er nur ein rostiges Rasiermesser.

Die Klinge lag schlüpfrig in seiner Handfläche, in der sich trotz seines Mangels an Kleidung bereits Schweiß zu sammeln begann. Es war eine einfache Waffe, eine auf Pflastersteinen geschärfte Metallscherbe, eingebettet in einen Griff aus Korkeiche. Er verbarg sie hinter seinem Rücken. Das Überraschungsmoment war alles, was sie zu ihrem Vorteil besaßen.

Jetzt sah er den Schatten am Fenster. Sah, wie der lange Lichtstrahl, der den Raum zweiteilte, erst flackerte und sich dann verdunkelte. Ein plötzliches Leuchten entstand, nicht von außerhalb, sondern im Inneren des Raums.

Eine Explosion aus Glas. Ein Mann, der sich unglaublich schnell mit ausgestreckter Klinge bewegte. Abrupt blieb er stehen, während Jai losschrie und dann wild durch die Luft schlug.

Nur erreichte ihn der Mann nie.

Jai stand wie angewurzelt mit bebendem Rasiermesser. Doch der Mann stand genauso bewegungslos wie er, abgesehen von einem zuckenden Gesicht und Augen, die ruckartig von Jai zu dem Rasiermesser blickten. Einen Moment lang fragte sich Jai, ob dies eine Art Herausforderung war, ob der Mann darauf wartete, dass er sich als Erster bewegte.

Dann glitt Balbir in sein Blickfeld, als hätten Jais Augen sich an die Düsternis gewöhnt. Er sah, wie ihre Finger den Nacken des Mannes so packten, dass er wie von den Klauen eines Adlers eingeklemmt war. Ihr Gesicht schien verzerrt, als litte sie heftige Schmerzen, und das Glühen, das von ihren Fingern und Augen ausging, war von einem dunklen, tiefen Rot. Ein Rot, das zu verblassen begann.

»Jetzt«, krächzte Balbir. »Bevor ich ihn verliere.«

20

Jai hatte nie zuvor einen Mann getötet. Er war noch nicht mal an einer Schlägerei beteiligt gewesen, es sei denn, man zählte die Prügel von Wachen oder anderen Dienern dazu. Er starrte die alte Frau an seiner Seite an. Hier gab es keine andere Wahl. Und es blieb keine Zeit. Er blickte den Mann nicht an, während er ihm die Kehle durchschnitt. Er fühlte nur das sanfte Zerren von Fleisch, als er die Klinge durchzog, und spürte, wie sich das heiße Blut beinahe brennend über seine Hände und Füße ergoss. Jai fühlte sich taub.

Dennoch hielt Balbir den Mann fest, bis sein Gurgeln verklang. Ihre Finger bewegten sich nicht, und hinterher hing sein Körper wie der einer Marionette. Tot, und doch regungslos dastehend.

Dann ließ Balbir ihn mit einem tiefen Seufzen fallen. Sie brach zusammen und kniete im Blut. Ihr Atem rasselte in den Lungen, und ihre Augen rollten in ihre Höhlen zurück.

Sanft schloss Jai sie in die Arme, ohne Rücksicht auf das Blut zu nehmen, das sie nun beide durchweichte. Er legte sie auf sein Bett. Sie war so leicht, sogar noch leichter als Leonid.

Angesichts der Entdeckung ihrer Fähigkeiten rasten seine Gedanken. Schon wieder hatte ihm eine der Seelenverbundenen geholfen. Frida hatte ihn bereits überrascht. Aber Balbir hatte ihn schockiert.

»Wasser«, krächzte sie.

Jai fand schnell den Wasserkürbis und setzte ihn an ihre Lippen.

Gierig trank sie. Ihr Gesicht wirkte irgendwie gezeichneter, als hätten sich die schraffierten Linien tiefer eingegraben. Auf ihrer Stirn waren Schweißperlen ausgebrochen, und sie zuckte eine Weile, während sich weiße Blasen an ihren Mundwinkeln bildeten. Aber nach ein paar langen Atemzügen beruhigte sie sich.

Jai hatte in seinem Leben bisher kaum auch nur mit einer seelenverbundenen Person gesprochen. Jetzt schienen sie überall zu sein. Er strich ihr über den Kopf und fühlte dann, wie sich ihm der Magen umdrehte, als er Blut über ihre Stirn verschmierte. Er fuhr herum und erbrach sich über den Boden. Dann ein weiteres Mal und noch einmal, bis ihm Tränen kamen und der Rotz ihm aus der Nase rann.

»Ich hab ihn umgebracht«, würgte er hervor. »Als hätt-ooh ... ich ein Schwein geschlachtet.«

Balbirs Finger umschlossen sein Handgelenk. Ihre Hand war überraschend stark.

»Es ist gut, den Tod deines Feindes zu betrauern, besonders, wenn du ihn nicht gekannt hast«, flüsterte sie. »Aber erst nach der Schlacht. Wir stecken ... hier ... aber immer noch mittendrin.«

Jai schluckte und wischte sich das Gesicht mit dem Bettlaken ab. Er räusperte sich und setzte sich neben sie. Balbir lächelte und hob eine Hand, um ihm über das Gesicht zu streichen.

»Von allen Söhnen, die Rohan hatte, siehst du ihm am ähnlichsten«, flüsterte sie.

Jai lächelte und schüttelte den Kopf.

»Dabei bin ich nur ein halber Steppenmann. Wie kann das sein?«

Balbir schnaubte erst und versetzte ihm schließlich einen leichten Schlag.

»Widersprichst du mir, dann auf eigene Gefahr. Wenn ich sage, dass es so ist, dann ist es so.«

»Und trotzdem hast du mich angelogen«, brummte Jai, der zusammengezuckt war und sich die Wange rieb.

Balbir stöhnte und machte eine wegwerfende Handbewegung, während sie sich ein wenig aufsetzte.

»Bring mir die Suppe dort«, bat sie und vermied die verschleierte Frage. »Ich muss wieder zu Kräften kommen.«

Auf dem Tisch entdeckte Jai eine frische Schüssel mit Suppe, die immer noch dampfte. Sie musste sie bei ihrer kürzlichen Rückkehr mitgebracht haben. Sein Magen knurrte, als ihr Duft selbst den metallischen Anflug von Blut in der Luft überstieg. Doch er brachte sie pflichtschuldig zu ihr und gab ihr ein paar Löffel davon zu essen.

»Ich bin eine Spionin, mein Junge«, sagte Balbir, die nach einem großen Mundvoll aufseufzte. »Oder zumindest war ich mal eine. Dein Großvater hat deinen Onkel überzeugt, mich auszuschicken, damit ich mich um euch Jungs kümmerte. Alt und gebeugt, wie ich bin, dachte er, dass mir niemand misstrauen würde – einfach noch eine Gefangene aus dem Krieg. Ich ließ mein Totem Botschaften für ihn in die Erde ritzen. Natürlich konnte ich kaum mehr tun, als ihn wissen zu lassen, wie es seinen Enkeln erging … und nach ein paar Jahren nicht mal mehr das. Mit dem Tod eures Großvaters bin ich dann vergessen worden. Und das war mir auch ganz recht so.«

Sie seufzte und schloss die Augen.

»Meine Sagara lebt noch immer, wenn ihre Augen auch trüber sind als meine. Ich sehe ihre Welt durch einen Schleier. Aber durch sie fühle ich noch immer mein altes Land. Ich bin jetzt dort. Ich spüre die Erde unter den Ballen ihrer Füße. Ich kann das frisch geschnittene Gras riechen, und die Lieder unseres Volkes höre ich, wenn sie die Herde für die Nacht hereinbringen.«

»Sagara ist ein Khiro?«, fragte Jai.

Die alte Frau nickte, und Jai sah eine Trauer in ihren Augen. Sie ergriff die Schüssel und schlürfte den Rest der Suppe. Er bewunderte den Mut der alten Frau. Die Tode von Spionen, die von den Sabinern gefangen genommen wurden, waren in ihrer Grausamkeit legendär und immer öffentlich. Ein paar hudditische Spione waren gefasst worden, zwar noch kurz bevor man Jai nach Latium geschickt hatte, doch er kannte die Geschichte gut. Es war eine von Constantins ersten Amtshandlungen gewesen. Einige behaupteten, dass es gar keine

Spione gewesen waren, sondern Sündenböcke, damit sich der neue Kaiser profilieren konnte.

Die fünf Männer und Frauen waren in Fässer gesteckt und auf dem Marktplatz ausgestellt worden. Ihre Köpfe hatte man für jeden, der ihnen Schmerzen zufügen wollte, entblößt. Nasen, Ohren, Augen – die verschwanden zuerst, denn die Straßenkinder waren ebenso grausam, wie sie verbittert waren.

Aber das war es nicht, was ihre Tode so schrecklich machte. Es war das, was zusammen mit ihnen in die Fässer gesteckt worden war. Bevor man sie nämlich versiegelt hatte, waren Fäkalien, Milch und Innereien hineingefüllt worden, und die Flüssigkeit darin verfaulte. Maden wanden und gruben sich in das Fleisch der Spione, Körper verrotteten von außen nach innen, und ihr Wehklagen zerriss die Luft.

Schließlich schnitt ihnen jemand, der Mitleid mit ihnen hatte, nachts die Kehlen durch. Oder wahrscheinlicher war es ein benachbarter Händler, dem klar geworden war, dass der Gestank und der Lärm schlecht fürs Geschäft waren.

»Ich danke dir, Jai, dass du nicht gezögert hast«, sagte Balbir mit nun etwas ruhigerer Stimme. »Mein Mana war beinahe verbraucht. Ein paar Sekunden länger, und er hätte uns beide abgeschlachtet.«

Erst jetzt konnte Jai den Mann ansehen. Er hatte gedacht, er würde bei dem Anblick wieder Übelkeit empfinden, stattdessen aber fühlte er sich seltsam leer.

Der Mann trug keine Rüstung und auch keine Abzeichen. Sein Gesicht war so durchschnittlich wie alle anderen, die er je gesehen hatte, weder gut aussehend noch hässlich. Sogar sein Schwert war ein einfaches Ding aus rohem Eisen. Jai staunte über die Sorgfalt, mit der Magnus die Herkunft des Attentäters verborgen hatte.

»Was ist mit seinem Tier geschehen?«, flüsterte Jai. »Wird es nicht seine Brüder warnen, dass er tot ist?«

Balbir schüttelte den Kopf.

»Manche sagen, ein Teil der Seele des Mannes wohne jetzt in seinem Tier. Aber es ist ein Tier, und es verliert die Scharfsinnigkeit, die so viele Totems erhalten, wenn sich die Verbindung bildet. Ohne ihn, der es leitet, wird es nicht in der Lage sein, irgendeine Nachricht weiterzugeben. Wenn wir Glück haben, ist es bekümmert davongeflogen, ohne dass überhaupt jemand mitbekommen hat, dass es fort ist. Ich konnte es zuvor noch auf dem Dach riechen, aber jetzt schon nicht mehr.«

Jai atmete tief durch. »Was nun?«, fragte er.

Balbir zuckte mit den Achseln und legte sich auf dem Bett zurück.

»Wenn wir sofort weglaufen, haben wir eine Chance. Aber nur eine geringe. Besser wäre, wenn sie überhaupt nicht nach uns suchen. Davon abgesehen, weiß ich es aber nicht. Bis vor ein paar Minuten bist du noch dabei gewesen, zu Leonid zurückzugehen, und ich sollte für einen neuen Herrn Fußböden schrubben. Wenn du einen Plan hast, bin ich ganz Ohr.«

Jai zog seine Knie an die Brust.

»In meinem Plan kam kein toter Attentäter in unserem Zimmer vor.«

Balbir versetzte ihm einen Schlag.

»Jetzt schon.«

21

Bereit?«, fragte Jai.

Ihm war schlecht. Ihr Plan schien gewagt und verließ sich mehr auf Zufall als auf alles andere. Aber es war der einzige Plan, den es gab.

Balbir nickte, dann rollten sie den Körper des Mannes angestrengt auf die Decke und wickelten ihn bis zum Hals darin ein. Da lag er, die Augen halb offen und der Mund weit aufgerissen. Balbir schloss sie ihm sanft.

Jetzt trug der Attentäter Jais Kleidung – und Jai die seine. Da sie Blutflecken aufwies, war er auffällig … aber das war ein Problem für später.

»Bist du sicher?«, fragte Jai.

»Er ist inzwischen nicht mehr als ein leeres Gefäß«, flüsterte Balbir. »Und ehe die Nacht um ist, werde ich ihn entehren müssen, um uns zu retten. Aber erst muss ich seelenatmen.«

Fasziniert legte Jai den Kopf schräg. Balbir lehnte sich im Schneidersitz zurück, wie er es bei den Akolythen des Greifenhorstes gesehen hatte.

»Ich kann das allein tun«, sagte sie. »Es wird Stunden dauern, denn ich bin nicht mehr die Kultivatorin, die ich einmal war, und mein Totem ist weit weg. Wenn sie kommen, während du hier bist, sterben wir beide.«

Jai murrte.

»Der Attentäter hat auf deine Rückkehr gewartet, da bin ich mir sicher. Also könnte derjenige, der ihn geschickt hat, annehmen, dass er immer noch wartet.«

»Trotzdem«, murmelte Balbir.

»Denkst du, ich möchte diese Reise ohne dich antreten? Ich habe kaum einen Fuß jenseits der Mauern von Latium gesetzt. Wenn noch ein Attentäter kommt, dann wecke ich dich auf, und wir kümmern uns zusammen um ihn.«

»Auf deine Verantwortung.«

Sie atmete langsam ein, dann wieder aus.

»Die Lungen, der Blasebalg«, flüsterte Balbir. »Das Herz, der Herd. Der Magen, der Kessel. Das Blut, der Filter. Der Kern, die Form.«

Ihre Stimme war kaum hörbar, aber die Ausmaße ihrer Brust schienen sich zu verdoppeln, während sie tief Luft holte.

Jai wünschte, er könnte das sehen, was seines Wissens nach gerade geschah. Das Mana ihrer Umgebung sickerte wie feiner Staub in ihren Körper ein. Von dem, was darüber hinaus passierte, wusste er wenig.

Eine Weile beobachtete er sie. Dann schrubbte er die Vorderseite seines Hemds und seine Mokassins, bis das Waschwasser rosa wurde und die Flecken so verblasst waren, dass es aussah, als hätte er nicht viel mehr als ein starkes Nasenbluten gehabt.

Die Kleidung des Mörders war um einiges weicher und sauberer als die kratzige Dienstbotenuniform. Jai fühlte sich unerwartet bequem und döste mehrmals ein, während Balbir dasaß. Nur ihre Brust bewegte sich, während sie tief ein- und ausatmete.

Erst als er aufwachte, vielleicht Stunden später, falls der Einfallswinkel des Sonnenlichts ein Anzeichen dafür war, bemerkte er es. Etwas befand sich in seiner Tasche, etwas Kleines und Weiches, aber er konnte es dort fühlten.

Er zog es heraus. Es war ein Zettel.

Ob es erledigt ist oder nicht, übernimm vor der achten Stunde eine Schicht.
Alle vertrauenswürdigen Hände werden gebraucht.

Die Notiz trug keine Signatur oder ein Siegel. Wahrscheinlich war es eine Botschaft, die Magnus über einen Hauptmann an den Attentäter weitergegeben hatte. Der Mann sah jung aus, kaum mehr als ein Junge. Vermutlich war dies ein Test seiner Loyalität gewesen, oder ein ähnlicher Unsinn.

Die Nachricht verriet ihm, wie viel Zeit sie noch hatten, bevor man den Attentäter vermissen würde. Und er hatte gerade erst vor ein paar Minuten den siebten Glockenschlag gehört. Er musste den Mund aufmachen.

»Balbir«, sagte er.

»Ich weiß, Junge«, murmelte Balbir und stand auf. »Es wird schon spät, aber ich habe immer noch nur ein wenig Kraft. Hoffen wir, dass es reicht.«

Die alte Frau beugte sich bereits über den Körper des Attentäters. Sie streckte eine Hand über seinem Gesicht aus.

»Vergib mir«, flüsterte sie, als ihren Augen zu glühen begannen.

Als ihre Finger vor den geschlossenen Augen des Mannes tanzten, begann ihre Hand orange aufzuflammen. Dann strömten Flammen hervor, materialisierten sich wie aus dem Nichts. Jai wandte sich ab, als ihn der Gestank von brennendem Haar und Fleisch erneut würgen ließ. Wenigstens war dieses Mal sein Magen beinahe leer.

Das orangefarbene Licht begann zu verblassen, aber der Gestank blieb. Balbir seufzte, und endlich drehte sich Jai um. Er wandte die Augen ab, aber nicht ohne einen Blick auf die Verwüstung zu werfen, die die Flammen zurückgelassen hatten.

»Du hast Glück, dass er schwarze Haare hat und sonnengebräunt ist«, murmelte Balbir. »Sonst hätte ich mir auch noch seine Hände und Füße vornehmen müssen.«

Einmal mehr fühlte Jai, wie sich ihm der Magen umdrehen wollte, aber er kämpfte dagegen an. Ein weiterer Blick verriet ihm, dass das Gesicht entstellt war. Es hätte Titus selbst sein können, und Jai hätte ihn nicht erkannt.

»Jetzt musst du verschwinden – und zwar auf dem Weg, auf dem er gekommen ist«, sagte Balbir und nickte zum Fenster hinüber.

»Sag mir nochmal den Plan«, flüsterte Jai.

»Ich wecke den Gastwirt auf, als wäre ich gerade erst angekommen, dann komme ich in Panik zurück, lasse ihn die Stadtwache rufen und erzähle denen von deinem Tod. Ich warte, bis sie den Körper zu den Seuchengruben schaffen und treffe dich bei den vorderen Stadttoren.«

Jai nickte.

»Gut«, sagte er. »Sie werden denken, dass es der Attentäter leid wurde, auf dich zu warten, und mich getötet hat – und ich vermute, du bist für sie nicht so wichtig, um eine zu große Suche auf die Beine zu stellen … nichts für ungut. Man erwartet ihn für die achte Stunde zurück. Hoffen wir, dass bei allem, was heute Nacht passiert, genug Chaos entsteht, dass sie denken, er wäre bei dem Kampf ums Leben gekommen … wenn es überhaupt einen Kampf gibt.«

Er stand auf, um zum Fenster zu gehen, aber Balbir zog ihn am Ärmel.

»Es ist gut möglich, dass die Stadtwachen bei Magnus in Lohn stehen«, flüsterte Balbir. »Vielleicht bringen sie mich so oder so um.«

Jai fühlte, wie sich sein Herz bei ihren Worten zusammenzog, in dem Wissen, dass dies sein Plan war.

»Ich kann das nicht für dich tun«, sagte er und drückte ihre Hand. »Ich wünschte, ich könnte es.«

»Nein, das kümmert mich auch wenig. Es geht vor allem darum, dass ich Wissen habe. Eine Geste, die von meinen Vorfahren an mich weitergegeben wurde, und die mit meinem Tod vergessen werden könnte. Ich bin die Letzte meiner Familie – ich habe mitangesehen, wie alle meine Enkelkinder begraben wurden, eines nach dem anderen, durch Sagaras Augen. Ich möchte, dass du diese Geste an die Seelenverbundenen des Steppenvolks weitergibst.«

Jai zögerte noch, da packte ihn Balbir am Kragen und zwang ihn dazu, ihren Blick zu erwidern. In dem trüben Licht wirkte sie so zerbrechlich. Ihre Augen waren von einem Gefühl erfüllt, das er nicht begreifen konnte. War es Bedauern? Sehnsucht?

»Tu einer alten Frau diesen Gefallen. Schließlich könnten es ihre letzten Augenblicke sein. Und es ist nicht mehr als eine Geste. Wegen der anderen muss ich hoffen, dass sie bereits bekannt sind.«

Jai nickte und setzte sich noch einmal.

»Schnell jetzt«, sagte er. »Die achte Stunde nähert sich, und wer weiß, ob sie die Tore schließen, wenn … es passiert, was auch immer es sein mag.«

Sie hob ihre Hände und verbog eine von ihnen in eine seltsame Form, wobei sie ihren Daumen unter den zweiten Knöchel ihres Mittelfingers steckte, und bog dann die anderen Finger in schiefen Winkeln. Es war dem, was Magnus getan hatte, nicht einmal unähnlich.

»Das ist ein Zauber, Magick, die man auf einen Gegenstand oder eine Person wirken lässt, um sie zu verändern. Dieser hier macht es schwer, dich zu sehen. Der Schattenzauber. Du kannst ihn auf dich selbst anwenden, aber er wirkt nur bei schwachem Licht. Meine Familie hat ihn jahrelang benutzt, wenn sie im hohen Gras auf der Jagd war, aber wie du vorhin gesehen hast, gibt es auch andere Möglichkeiten, ihn zu verwenden. Es war einer der Gründe, warum ich als Spionin ausgewählt wurde. Die Maus-Spione der Hudditen kennen diese Fähigkeit auch.«

Jai versuchte, sich die Geste einzuprägen, indem er ihre gekrümmte Fingerstellung nachahmte, während sie missbilligend schnalzte und seine Hände nach ihren genauen Vorgaben bewegte. Dann verzog sie das Gesicht.

»Pah. Es wird reichen müssen«, sagte sie und schob ihn auf das Fenster zu. »Geh jetzt, mein Junge. Wenn ich beim achten Glockenschlag nicht da bin, mach dich auf deine Reise. Ich werde auf der Kaschmirstraße zu dir aufschließen.«

Jai wollte sie umarmen. Ihr danken. Irgendetwas. Seine Kehle fühlte sich wund an, als er sie beobachtete. Von all den Menschen in seinem Leben kam sie einem Freund am nächsten, einer Mutter sogar.

Doch sie hatte sich schon wieder von ihm abgewandt und war auf dem Weg zu Tür. Also wappnete sich Jai und kletterte auf das Fenstersims. Es gab jetzt keine Möglichkeit, Frida eine Nachricht zukommen zu lassen – es war Zeit, diesen Ort zu verlassen.

Die Welt außerhalb von Latium wartete.

22

Während er über das Kopfsteinpflaster humpelte, fluchte Jai. Er wünschte sich, er wäre vorsichtiger gewesen, als er sich zu Boden fallen ließ. Er wusste nicht, wie bald die achte Stunde kommen würde. Aber die Plätze mit den Sonnenuhren waren viel zu überfüllt, und er wagte es nicht, sich sehen zu lassen.

Das Steppenvolk war ein ungewöhnlicher Anblick in Latium, hauptsächlich wegen der Feindseligkeit der Veteranen, aus denen die Palast- und Stadtwache bestand. Darüber hinaus sah er mit seinem zerschrammten Gesicht merkwürdig genug aus, von seiner blutverschmierten Tunika, die im Licht der untergehenden Sonne noch viel auffälliger war, ganz zu schweigen.

Also hielt er sich im Schatten und ging durch Seitengassen, wobei er den Greifenhorst als Bezugspunkt für den Weg zum Haupttor nahm.

Zum Glück gab es Gegenden, in denen die Unterschicht lebte – die Diener und sogar die wenigen Gefesselten, die man hinter Türen festhielt. Hier fügte er sich gut ein, wenn er auch einen Umweg um die Innenstadt herum machen musste.

Er war länger unterwegs, als er es gewollt hatte, und während er mit gesenktem Kopf voraneilte, fragte er sich, ob Balbir wohl schon vor ihm eingetroffen war. Doch nichts war von ihr zu sehen, als er endlich bei den großen schwarzen Toren angekommen war. Seit beinahe einem halben Jahrhundert waren sie in eine hohe Mauer eingelassen, die den Fuß der vorspringenden Klippe halbierte.

Es war nicht überraschend, dass die Tore noch offen standen, denn trotz der hektischen Energie, die an diesem Morgen außerhalb der Küchen vorgeherrscht hatte, wurde immer noch mehr Essen hindurchgebracht, neben Kutschen mit wohlhabenden Gästen von überallher aus dem großen Reich.

Wachen beobachteten das Treiben von den Türmen in den Mauern aus, während noch mehr von ihnen am Boden patrouillierten. Aber sie kümmerten sich nur um das, was hereinkam. Es würde so leicht sein, nach draußen zu schlüpfen und mit der langen Reise zu Fuß zu beginnen. Doch von Balbir war nichts zu sehen.

Während er herumlungerte, begannen ihn die Wachen zu beäugen. Latium war voller Taschendiebe, trotz der Strafe, eine Hand zu verlieren. Jai wusste, dass die Wachen nicht besonders übereifrig waren, wenn es um ein faires Verfahren ging, und dass sie das Recht ebenso schnell in einer Seitengasse durchsetzen würden wie auf einer sauberen medizinischen Arbeitsplatte in einem Gefängnis.

Das war der Moment, in dem er sie sah. Das Aufblitzen von hellem Haar, und die Köpfe, die sich nach ihr umwandten, als sie vorüberging. Ein danskisches Mädchen war für sich allein genommen schon ein seltener Anblick in Latium, und umso mehr eines, das so schön war wie Frida. Sie musste es sein.

Das Mädchen kam schnell voran. Sie rannte beinahe, während sie sich duckte und der Menge auswich. Aber sie war schließlich seelenverbunden. Wenn sie es wollte, konnte sie wahrscheinlich durch die Menge pflügen, ohne auch nur ihren Schritt zu verlangsamen.

Seine Überraschung, sie zu sehen, ließ ihn beinahe vergessen, dass sie genau die Person war, die er sehen wollte. Jetzt konnte er zwei Fliegen mit einer Klappe schlagen. Oder zumindest Titus davon abhalten, dasselbe mit den danskischen Drachen zu tun.

»Frida!«, schrie er.

Falls sie ihn gehört hatte, ließ sie es sich nicht anmerken. Wenn sich überhaupt etwas veränderte, dann schien sie sogar schneller zu werden. In ein paar Sekunden würde er sie verlieren. Eine Glocke erklang. Der Ton rührte von Constantins großer Kathedrale her, die sich noch im Bau befand.

Der messingartige Klang hallte in der Stadt wider und echote durch die Straßen. Einige Leute hielten sogar an, um ihm zu lauschen. Es war die große Glocke der Hudditen, die man bei einem der ersten Feldzüge aus ihrem heiligsten Tempel gestohlen hatte. Das Instrument war für die Reinheit seines Klangs berühmt, aber Jai ließ es nur das Herz schneller schlagen.

Der achte Glockenschlag. Man ließ den Klang vor dem nächsten Schlag verstummen, und so hing er beinahe eine volle Minute in der Luft.

Ein zweites Läuten ertönte.

Er dachte nicht nach. Er musste sie vor dem warnen, was jetzt kommen würde. Er wusste nicht, ob es Rache war, die ihn antrieb, oder eher ein Gefühl für Dankbarkeit. Die Tore befanden sich genau vor ihm. Balbir hatte ihm aufgetragen, jetzt zu verschwinden.

Drei Schläge.

Jais Füße trugen ihn Frida hinterher. Zuerst, um zu sehen, wohin sie unterwegs war. Dann, um zu schauen, in welche Straße sie abgebogen war. Bald rannte er ebenfalls und stöhnte vor Schmerz, als ihm bei seinen Bewegungen die Kiefer aufeinanderschlugen.

Ein vierter Glockenschlag.

»Frida!«, brüllte er noch einmal.

Vorübergehende sprangen ihm jetzt aus dem Weg, als sie den hektischen, blutbeschmierten Jungen sahen, der durch die Straßen hetzte. Er wusste, dass er sich dumm verhielt. Dass er für weit weniger verhaftet werden konnte als für den Aufruhr, den er da gerade verursachte.

Aber mit einem einzigen Atemzug vermochte er Magnus und Titus bis ins Mark zu verletzen. Er konnte den Lauf der Geschichte ändern. Niemand im ganzen Reich durfte das von sich sagen.

Frida bewegte sich nun sogar noch schneller. Sie rannte, darüber bestand kein Zweifel. Aber sie hatte ihn natürlich schreien gehört. Sie war seelenverbunden.

»Ich muss dich warnen!«, brüllte er. »Halt an!«

Fünf Glockenschläge.

Inzwischen war sie außer Sichtweite. Doch längst wusste er, wohin sie unterwegs war. Latiums Bäder, die von den Reichen der Stadt aufgesucht wurden. Die natürlichen heißen Quellen waren einer der vielen Gründe gewesen, aus denen Leonid diese seltsame Landzunge zu seiner Hauptstadt gemacht hatte.

Erschöpft erlaubte sich Jai, seinen Sprint in einen Trab abzuwandeln. Er blieb bei dem von Säulen getragenen Zugang zu den Bädern stehen. Es war eine eigenartige Struktur, ein von Menschenhand geschaffener Höhleneingang, der tief unter die Erde führte – das Ergebnis der Launen eines jüngeren Leonid. Von Frida war jedoch nichts zu sehen – aber sicher war sie im Inneren?

Ein sechster Glockenschlag ertönte ... und jetzt endlich entdeckte er sie.

Nun wurde ihm auch klar, dass er sich verrechnet hatte. Der Ort war von einem Dutzend Greifenwachen umgeben, die prächtig in voller Rüstung gekleidet waren. Mit der gegossenen Bronze über ihrer Stahlpanzerung schimmerten sie im Licht der untergehenden Sonne beinahe golden. Scharlachrote Umhänge setzten sie von der sie umgebenden Menschenmenge ab, die darauf wartete, nur einen winzigen Blick auf die sie besuchende Braut zu werfen.

Ein siebter Glockenschlag ließ ihr Murmeln verstummen, gerade als Schatten über den Himmel huschten. Jai blickte auf und sah die Silhouetten von Greifen, die über ihnen kreisten und nach Zeichen für Gefahr Ausschau hielten.

Wie würde es aussehen, wenn sich ein blutiger Steppenmann seinen Weg durch eine Menschenmenge auf den Ort zu bahnte, an den sich die Mitglieder der Kaiserfamilie zurückgezogen hatten? Viele Wahnsinnige hatten schon zuvor versucht, das sabinische Kaiserhaus zu töten, und sie alle waren abgeschlachtet worden, bevor die Adligen überhaupt von ihnen Notiz genommen hatten.

Er hätte leicht als einer von ihnen verdächtigt werden können. Er drehte sich bereits um, weil er sich einen Weg zurück zu den Stadttoren bahnen wollte. Die Menge hinter ihm bewegte sich, und eine Frau stieß einen Schrei aus, als sie zur Seite geschoben wurde.

Jai machte nur einen kurzen Schritt, bevor eine schwere Hand auf seine Schulter niederfiel. Der achte Glockenschlag ertönte so laut, dass er ihn geradezu in seiner Brust spüren konnte.

Ein Totengeläut.

23

Du bist spät dran.«

Jai wurde herumgewirbelt und blickte in die zornigen Augen eines Mannes, in dem er keineswegs einen Greifenreiter erkannte, sondern Leonids alten Diener. Corinth war für Jai eingesprungen, wenn dieser krank gewesen war.

»Wohin rennst du?«, wollte er wissen. »Du hast genügend freie Zeit gehabt. Wenn ich Leonids Arsch noch ein einziges Mal wischen muss …«

Die Erleichterung, die Jai verspürte, nahm schnell wieder ab.

»Ich brauche Leonids Medizin«, sagte Jai geistesgegenwärtig. »Ich hab sie im Palast vergessen.«

Corinth packte seine Schulter und zog ihn in die Richtung der Bäder. »Man hat mich schon in der letzten Woche geschickt, um all seine Medizin mitzunehmen«, sagte Corinth. »Und seitdem jeden Tag ein Buch. Seit Ivar krank wurde, hält er sich beim Kaiser auf.«

Er hielt einen staubigen Folianten hoch, und Jai begriff, dass der Mann ihn auf seinem Weg zurück vom Palast entdeckt hatte. Das war zwar Pech, doch um einiges besser, als wenn es eine Greifenwache gewesen wäre.

»Er ist bei guter Gesundheit, aber jemand muss die Pisseflecken aus seinem Kaschmir rauswaschen, und das bin bestimmt nicht ich.«

Jai versuchte es noch einmal.

»Ich meine es ernst, es ist eine Medizin, die er nicht …«

Ein Schlag mit dem Handrücken, der seine Ohren zum Klingen brachte, ließ ihn verstummen.

»Du faules kleines Stück Scheiße«, knurrte Corinth. »Ich hab gehört, dass du schon seit heute Morgen auf bist. Du warst sogar in Leonids Räumen. Warum hast du so lange gebraucht, um zurückzukommen?«

Jai war benommen, sein Kiefer schmerzte von dem Schlag. Es war ein Fehler gewesen, die Türwächter zu fragen, wo er Leonid finden konnte – was hatte ihm die Information schon eingebracht? Sie mussten Corinth Bescheid gegeben haben. Zweifellos hatte er sich bei ihnen über seine neue Rolle beschwert.

»Ich …«

Glücklicherweise war Corinth nicht an der Antwort interessiert.

Inzwischen war Jai für die Greifengarde gut sichtbar. Jeder Kampf würde nur noch mehr Aufmerksamkeit auf sich ziehen. Und selbst wenn sie keine Notiz von ihm nahmen, so außer Atem wie er war, würde er bestenfalls zehn Schritte weit kommen, bis Corinth ihn sich schnappte.

Keine der Alternativen, die er hatte, war gut. Wenn er Glück hatte, würde er Corinth entwischen können, sobald sie drinnen waren. Eines war nämlich sicher: Seine einzige Chance, Balbir zu treffen, war auf der Straße.

Am schlimmsten von allem schien ihm, dass der Plan, seinen eigenen Tod vorzutäuschen, nun beinahe ruiniert war. Seine einzige Hoffnung war, dass über seinen angeblichen Todeszeitpunkt Verwirrung bestehen könnte. Wer wusste schon, wie genau Magnus nachforschte?

In jedem Fall hielt Jai den Kopf unten, während er in Corinths Griff zwischen den Teilen der Greifengarde hindurchgeführt wurde. Zum Glück hatten diese vollständig ausgebildeten Krieger die danskische Armee im Auge gehabt, als Magnus ihn zum Turm gebracht hatte. Das Schlimmste konnte passieren, wenn einer von ihnen ihn wiedererkannte.

Es war eine Erleichterung für ihn, als er in die Schatten des Eingangs zu den Bädern trat. Er ging zwischen zwei großen Säulen hindurch und auf die von Fackeln erhellte Treppe, die tief in den Bauch der Erde führte. Schon viele Male zuvor war Jai mit Leonid hier gewesen. Er vermutete, dass der alte Mann nicht glücklich darüber war, an diesem Ort eingesperrt zu sein. Heißes Wasser ließ die Knochen des alten Kaisers schmerzen, so wie ihm offenbar beinahe alles in diesen Tagen wehtat. Seine Anwesenheit bedeutete, dass die Gerüchte über Ivars Erkrankung schlimmer sein mochten, als man ihm erzählt hatte. Die königliche Familie hatte sich abgeriegelt. Das hier sah nach einer Attentatswache aus, an einem Ort mit nur einem Weg nach drinnen und einem nach draußen.

Als sie tiefer hinabstiegen, waren noch mehr Wachen zu sehen, die die Treppe säumten. Zu Jais Überraschung waren es beinahe so viele danskische Wachen wie solche, die zum Palast gehörten. Offensichtlich hatte sich die königliche Wache hier jedoch schon seit einer ganzen Weile aufgehalten, denn Corinth bewegte sich ungehindert fort.

Es war ein prächtiger, wiederhallender Ort, und als sie endlich das Ende der Treppe erreichten, wurden sie von zwei Wachen gründlich durchsucht, ehe man sie passieren ließ. Jais Rasiermesser wurde beschlagnahmt, und er war froh, dass er es von dem Blut gereinigt hatte, ehe er seine Räumlichkeiten verlassen hatte.

Für gewöhnlich war er überglücklich über die Gelegenheit, in die heißen Bäder einzutauchen – jedes Mal, wenn Leonid sie besuchte, durfte er die Einrichtungen selbst nutzen, während der alte Mann von wunderschönen Masseusen verwöhnt wurde. Diesen Teil der Bäder mochte der alte Mann durchaus, wenn Jai auch vermutete, dass er nicht mehr länger hierherkam, weil sein … kleiner General (wie er Leonid ihn einmal hatte nennen hören) … sich der Situation nicht mehr länger gewachsen zeigte.

Als ihnen endlich erlaubt wurde zu passieren, ging Jai über die Mosaikböden, auf denen jeder Zentimeter akribisch genau einen sabinischen Sieg in einer Schlacht darstellte. Beim Anblick von totem Steppenvolk, hoch aufgetürmt auf einem Schlachtfeld als offenbare Dekoration hinter strahlenden Rittern der Greifengarde und jubelnden Legionären, drehte sich ihm der Magen um.

Die Luft war heiß und wärmte ihm den Kopf, Fackeln flackerten an den Granitwänden – ihr Rauch vermischte sich mit dem berauschenden Dampf, der die Gänge füllte und durch raffinierte Zuglöcher in der Decke nach oben stieg. Corinth zog ihn unerbittlich weiter. Sie kamen erst an den Bereichen der Bäder vorbei, die gewöhnlich für die wohlhabende Allgemeinheit zugänglich waren, und dann an denen des Adels und schließlich erreichten sie das private Areal der kaiserlichen Familie.

Der kaiserliche Eingang war ein gewaltiger, in Stein gemeißelter Torbogen, und Jai musste regelrecht über seine Schwelle gezogen werden, bevor er erneut von einer Palastwache abgetastet wurde. Flucht schien nun unmöglich. Der einzige Lichtblick war, dass Titus und Magnus vermutlich nicht hier waren. Aber Leonid würde da sein. Und wenn der alte Mann auch halb taub und halb blind war, so war sein Verstand doch so scharf wie eh und je. Wenn jemand seinen dürftigen Plan, die Körper zu tauschen, durchschauen oder überhaupt entschlossen genug sein würde, Nachforschungen anzustellen, dann war er es.

Es schien ihm besser, von dem alten Mann überhaupt nicht gesehen zu werden.

»Das ist Leonids persönlicher Diener«, sagte Corinth zu den Wache stehenden Männern und händigte Jai das Buch aus. »Er übernimmt für mich.«

Die Wachen schienen kein Interesse zu zeigen, nickten aber zur Bestätigung.

»Also gut, Arschwischer«, knurrte Corinth, der Jai mit dem Fuß gegen dessen Steißbein vorwärts schob. »Ich lass dich hier. Nächstes Mal, wenn du krank bist, arbeite durch, oder ich sorge dafür, dass du dir wünschst, du wärst am Fieber gestorben. Wenn Leonid mich braucht, halte ich wieder am Eingang Wache. Bring mich nicht dazu, nochmal hierherzukommen.«

Jai antwortete nicht, sondern starrte stattdessen dem Rücken des Mannes hinterher, der sich schon wieder zurückzog. Seine versuchte Hinrichtung war also nicht allgemein bekannt. Das war sicher Leonids Werk.

»Ausziehen«, befahl der Wachmann, der ihn abgetastet hatte.

»Ich … was?«, fragte Jai.

»Anordnung des Kaisers«, erwiderte der Wachmann.

»Warum?«, wollte Jai wissen. War die Vergiftung allgemein bekannt?

»Soll ich dich erst verprügeln?«, knurrte der Wachmann. »Niemand hat mit auch nur einem Faden Stoff am Körper Zugang. Lass das Buch auch hier – wir überprüfen es und lassen es dann von einem gefesselten Mädchen bringen.«

Jai zögerte. Langsam knöpfte er das Oberteil seiner Tunika auf, um sich Zeit zu verschaffen. Noch konnte er umkehren. Es war ja nicht so, dass sie ihn aufhalten würden – schließlich wussten sie nicht, weshalb er hier war.

Er konnte warten, bis Corinth die Treppe hochgegangen war, und dann wegrennen, in der Hoffnung, dass der Leibwächter ihn nicht bemerkte, während er die Stufen entlanglief. Aber wenn er ihn doch sah, würden die Sabiner Jagd auf ihn machen, noch bevor er die Stadt verlassen hatte, toter Körper hin oder her.

Selbst wenn sie ihn nicht fingen, würde er die Bedingungen des Friedensabkommens zwischen dem Steppenvolk und den Sabinern gebrochen haben. Er würde sich sogar glücklich schätzen können, wenn sein Onkel nicht selbst Jagd auf ihn machte.

Und … er war jetzt hier. Der Schaden war bereits angerichtet. Warum nicht weitermachen?

Der Anblick, der sich ihm jenseits der Wachmänner bot, ließ ihn seine Entscheidung treffen. Vor ihm lagen zwei Durchgänge – einer für die Männer und ein weiterer für die Frauen. Da sich jenseits dieser

Stelle nur Angehörige der kaiserlichen Familie und ihre persönlichen Diener aufhalten durften, wusste er, dass Erica und Frida wahrscheinlich im Bereich für die Frauen alleine waren.

Er konnte sie warnen. Sie um ihre Hilfe bitten.

»Also?«, forderte der Wachmann ihn auf.

Zum scheinbar hundertsten Mal an diesem Tag zog Jai sein Hemd über den Kopf.

»In Ordnung«, sagte er. »Ich zieh mich aus.«

24

Es war recht einfach, in den Bereich für die Frauen zu schlüpfen, denn der duftende Nebel hing hier so schwer, dass die Wachmänner von der Stelle aus, an der sich der Gang zweiteilte, nur noch als verschwommene Silhouetten sichtbar waren.

Seitdem er das letzte Mal hierhergekommen war, waren die Böden gereinigt worden. Als Titus' Mutter gestorben war, hatte man den Bereich für die Frauen aufgegeben und verschimmeln lassen. Jetzt glänzten die Bodenplatten wieder, wenn er auch immer noch sehen konnte, wo man den Dreck mit einem Wischlappen schnell an die Mauerränder geschoben hatte.

Er tappte weiter den Gang entlang und wünschte sich, er hätte diesen Bereich schon zuvor in Augenschein genommen. Er wusste nur, dass das Areal wegen seiner einzigen verstorbenen Inhaberin aus der Vergangenheit viel kleiner als sein Gegenstück für die Männer war.

Während er voranschritt, konnte er nicht anders, als ein Ziehen in seinem Unterleib und das Schwingen seiner Kronjuwelen zu fühlen. Er hatte nichts überzuziehen, daher bedeckte er sich im Gehen mit beiden Händen.

Die Verlegenheit bei dem Gedanken, nackt gesehen zu werden, war nur ein vorübergehendes Gefühl. Bald wurde sie von Angst überwältigt, denn erst jetzt begriff er, dass der Ausrutscher, auf Titus' Platz zu sitzen, nichts im Vergleich zu der Verletzung der Privatsphäre einer königlichen Dame war. Wenn Titus ihn nicht tötete, weil er das seiner Verlobten angetan hatte, dann würde Erica ihn vielleicht selbst töten, Warnung hin oder her.

Als sich die Passage endlich zu einem einzigen Raum erweiterte, war er erleichtert, das leise Murmeln von weiblichen Stimmen zu hören. Sie war also tatsächlich hier. Sie musste es einfach sein.

Er trat einen zögernden Schritt tiefer in den Raum hinein und bemerkte das dampfende Wasserbecken in seiner Mitte. Bevor er noch einen weiteren Schritt tun konnte, fühlte er einen scharfen Stich an seinem Hals … und den Druck von weicher Haut gegen seinen Rücken.

»Geh noch einen Schritt, und es ist dein letzter.«

Die Stimme war so nah, dass er ihren heißen Atem an seinem Ohr fühlen konnte, Dampf auf Dampf. Danskisch. Weiblich. Das war alles, woran er jetzt mit seinem leeren Verstand denken konnte.

Der Schmerz nahm zu, und Jai wusste, dass eine Waffe gegen seine Halsschlagader gedrückt wurde.

»Bitte«, flüsterte er. »Ich bin Jai, Sohn von Rohan. Ich bin gekommen, um die Prinzessin zu warnen. Lass mich das tun, und ich werde mich sofort zurückziehen. Ich muss nicht noch weiter gehen.«

Der Druck auf seinen Hals nahm ein klein wenig ab, wenn sich die Person, die ihn bedrohte, jetzt auch näher an ihn presste. Er versuchte, nicht an die weichen Rundungen zu denken, die sich gegen seinen Rücken pressten … oder an das dichte Haar ihrer Vulva, das über seinen Hintern strich.

»Ich hab dir gesagt, dass ich ihr Bescheid geben würde«, zischte die Stimme. »Was glaubst du, warum wir hier sind, du Dummkopf?«

Frida. Natürlich war sie es.

Jai, dessen Verstand immer noch mit halber Geschwindigkeit arbeitete, schloss die Augen. Ehrlichkeit war seine einzige Option, aber seine Erinnerung dessen, was er belauscht hatte, schien sich in den vielen vergangenen Stunden seither zu vermischen und zu verändern.

»Ich bin zu Leonids Gemächern zurückgegangen und hab mit

angehört, wie Titus sich mit dem Hauptmann der Greifengarde unterhalten hat. Sie planen, euch heute Nacht zu verraten. Sie haben von … unaussprechlichen Dingen geredet, die sie der Prinzessin Erica antun wollen. Und esst nicht die Lerchenzungen. Hat ihr Vater in der letzten Nacht welche gegessen?«

Seine Worte stürzten in einem verwirrten Durcheinander heraus, in einem Bewusstseinsstrom, der sich zumindest in seinen eigenen Ohren wahr anhörte. Aber immer noch rührte sich Frida nicht. Er hoffte nur, dass seine Lenden ihrem Beispiel folgen mochten.

»Ich hab dich gesehen«, flüsterte Jai, der bemüht war, sich nicht zu bewegen. »Draußen, bei den Toren. Ich bin dir bis hierher gefolgt, weil du mich nicht beachtet hast. Ich hätte fortgehen können, aber ich habe mich entschieden, hierherzukommen und euch zu warnen. Bitte. Lass nicht zu, dass ich das umsonst getan habe.«

Endlich wurde die Waffe von seinem Hals fortgenommen, und Jai sah eine lange, scharfe Haarnadel, ehe sie wieder aus seinem Blickfeld verschwand.

»Schließ die Augen«, flüsterte Frida, die ihn zur Seite schob. »Und dann geh ins Becken. Ich gewähre dir eine Audienz.«

Jai tat wie ihm geheißen und presste seine Augen so fest zusammen, dass violette Schatten vor seinem Gesichtsfeld tanzten. Zuvor aber erhaschte er noch einen unbeabsichtigten Blick auf ihre schlanke Gestalt, die quer durch den Raum verschwand, und dann auf ihr langes goldenes Haar, das über die sanfte Rundung ihrer Pobacken strich.

Das Bild brannte sich in seinem Verstand ein wie das Brandzeichen auf einem Stier, und er war froh, dass er auf Fridas letzte Aufforderung hin in das Wasser des Beckens eintauchen konnte – wenn auch kaltes Wasser weit hilfreicher gewesen wäre.

Dennoch überwog, als er voran watete, die Gefahr, die der Situation innewohnte, bald seinen Moment der Lust. Er würde sich glücklich schätzen können, diesen Ort lebend zu verlassen, geschweige denn die nächsten Stunden zu überstehen. Etwas Großes war am Kommen.

»Erzähl mir mehr«, rief eine herrische Stimme. »Ich habe jedes Wort gehört, das du mit Frida gewechselt hast. Verdammt, ich habe sogar hören können, wie du mit den Wachen gesprochen hast. Du hast Glück, dass mein Vater krank ist, sonst hätte auch er dich gehört.«

An den freundlichen Ton ihrer letzten Unterhaltung mit ihm bei dem Fest erinnerte jetzt nichts mehr. Ihre Stimme klang irgendwie härter. Wenn sie ihm zuvor vertraut hatte, tat sie das inzwischen bestimmt nicht. Jai schluckte und kam näher.

Es stimmte. Jeder konnte sie belauschen.

»Krank? Was hat er denn?«, fragte Jai. »Sie haben über Gift gesprochen. Darüber, es … auszuprobieren.«

Er hörte ein scharfes Einatmen.

»Vergiftung mit Schierling«, bemerkte Erica. »Wir kennen die Anzeichen – es ist ja noch nicht so viele Jahre her, dass meine Mutter an einem Becher davon starb, der für meinen Vater bestimmt war.«

Jais Kopf ruckte bei dieser Bemerkung hoch. Hätte Constantin es gewagt …

»War es …?«

»Ein Vetter, der den Thron für sich selbst haben wollte.« Sie sprach das so nüchtern aus. Dies war eine Frau, die an Verlust gewöhnt war. »Man hat sich um ihn gekümmert.«

Jai blieb still.

»In geringen Mengen hemmt es die Macht eines Seelenverbundenen nur – es braucht aber einiges, um einen von uns zu töten. In ein paar Tagen wird es meinem Vater wieder gut gehen. Du sagst mir, dass dieser Versuch eines Attentats nicht von einem unzufriedenen sabinischen Adligen aus den Grenzprovinzen ausging, sondern … von Titus?«

»Jawohl«, sagte Jai. »Das Gift hat sich in den Lerchenzungen befunden.«

Eine Pause entstand, und Jai dachte, er könne hören, wie nun die eine der beiden etwas ins Ohr der anderen flüsterte.

»Frida sagt mir, dass mein Vater gestern Abend gar keine angeboten bekam«, sagte Erica schließlich. »Eher muss es in seinem Fleisch gewesen sein. Aber das spielt keine Rolle. Wir werden kein Essen mehr aus euren Küchen zu uns nehmen, gleichgültig, ob du heute hierhergekommen bist oder nicht. Sag mir doch dies eine, mein angeblicher Verbündeter: Warum es ausprobieren? Wieso diese Vorwarnung riskieren, anstatt ihn gleich zu töten?«

Darauf hatte Jai keine Antwort.

»Ich kann nur sagen, was ich gehört habe«, erwiderte er mit wachsender Panik in seiner Brust. »Aber da ist noch mehr. Hat Titus Euch erzählt, wohin Magnus mich gebracht hat?«

Eine weitere Pause.

»Das hat er«, sagte Erica. »Und ich habe ihm gesagt, er solle es sein lassen. Er hat geantwortet, bis ein Bote einträfe, seist du längst tot. Also … habe ich wegen dir meinen Drachen ausgesandt.«

»Da ist etwas in den Wäldern, das Ihr nicht sehen sollt. Indem er mich an einen Ort geschickt hat, an dem nur Euer Drache eingreifen konnte, lenkte er ihn vom Wald ab.«

»Lenkte er sie vom Wald ab«, korrigierte Erica.

»Verzeihung«, flüsterte Jai.

Er stand in dem heißen Wasser, und der Schweiß lief ihm die Stirn hinab. Erica hatte recht – dieser Plan ergab kaum Sinn. Ivar zu vergiften, nur damit er noch mehr auf der Hut war … was sollte das nur?

Was hatte Constantin noch einmal gesagt, als die Spione der Hudditen hingerichtet wurden?

Wenn du mit einem Pfeil auf einen Kaiser zielst, dann solltest du beten, dass du dein Ziel nicht verfehlst.

»Es ist wahr«, erwiderte Erica schließlich. »Er hat mir die Erlaubnis gegeben, dich zurückzubringen. Bot sogar an, mir etwas von dem Gold meiner Mitgift zu erstatten, wenn ich ihm seine Grausamkeit vergeben würde. Aber erst, als ich meinem Ekel Ausdruck gab, wohlgemerkt.«

»Und dafür danke ich Euch«, sagte Jai. »Aber kommt Euch das nicht eigenartig vor? Die Sabiner können grausam sein. Aber eine Geisel in Friedenszeiten hinzurichten, und das wegen einer so geringen

Übertretung wie der … auf Geheiß ihres baldigen Schwiegervaters auf einem ihrer Plätze beim Festmahl zu sitzen? Das spricht doch von völliger Hybris und Dummheit. Titus mag beidem nicht fremd sein, aber das ist sogar noch jenseits seiner kleinlichen Unsicherheiten.«

Eine weitere lange Pause entstand nun, und Jai fühlte jede Sekunde. Es schien, als würde gleich ein Urteil gesprochen werden. Es wäre so einfach für Erica, Frida anzuweisen, ihn zu töten, wenn sie es nicht sogar selbst tat. Er könnte einfach irgendein Vergewaltiger sein, getötet von einer seelenverbundenen Frau, um ihre Ehre zu verteidigen.

»Mein Königreich«, sagte Erica, deren Stimme nun sanfter klang, »befindet sich seit beinahe einem Jahrhundert im Zustand des Kriegs. Männer werden von ihren Bauernhöfen und Fischerbooten geholt, um unsere Grenzen zu verteidigen. Unsere Kassen werden geleert, um Kriegsschiffe, Waffen und Rüstung herzustellen, anstatt Straßen, Brücken und Getreide. Tote Jungen werden in Säcken nach Hause geschickt, auf Viehraubzügen getötet, um unser hungerndes Volk zu ernähren. Wie sonst hat ein Königreich wie meines der Macht eines ganzen Kaiserreichs so lange widerstehen können?«

Jai blieb still.

»Ich gebe mich gern diesem engherzigen Rohling von einem Prinzen hin«, fuhr Erica fort. »Damit ich mein Kind dazu erziehen kann, ein gütiger Herrscher zu sein. Damit jeder gefangene danskische Krieger, der ein Gefesselter wurde, seine Freiheit finden mag. Damit meine Heere nach Hause zurückkehren und sich um ihre Familien kümmern können, wie sie es früher schon taten.«

Erica stieß ein langes Seufzen aus, und Jai konnte im Dampf gerade noch ihren Umriss ausmachen. Ohne ihren Drachen schien sie so klein auszusehen.

»Für mich bist du ein Fremder. Du magst mir dein Leben verdanken, aber deine Geschichte klingt wirr. Erst soll es Leonid sein, der in Gefahr schwebt, dann ist es meine Familie. Du sprichst von im Wald verborgenen Dingen, aber mein Drache hat seitdem dort gejagt und nichts anderes gesehen als die Tiere der Erde. Vielleicht wurde, was auch immer sich dort befunden hat, abgezogen und wird heute Nacht zurückgebracht. Vielleicht auch nicht.«

Jai begriff nun, dass er nichts davon durchdacht hatte. Er hatte Frida gesehen und war einfach losgerannt. Kein einziges Mal hatte er darüber nachgedacht, wie irrsinnig seine Geschichte klang.

»Was soll ich deiner Meinung nach denn tun, Steppenmann?«, fragte Erica. »Die Heirat zurückweisen, nach all dem Aufwand, mit dem man uns überhäuft hat? Sollen wir zu unseren Schiffen zurückmarschieren und den endlosen Zustand des Kriegs weiter fortsetzen?«

»Nutzt die Vergiftung Eures Vaters als Entschuldigung«, platzte Jai heraus.

Erica stieß ein bitteres Lachen aus.

»Wer würde uns denn glauben? Wem sollten wir es eigentlich erzählen? Verstehst du nicht? Wenn ich von dieser Hochzeit zurücktrete, dann hat dein Reich die geeignete Entschuldigung, um uns alle umzubringen, bevor wir auch nur eine Meile weit gegangen sind. Es wäre eine unentschuldbare Beleidigung. Kriege sind schon für weit weniger begonnen worden. Auch Völkermorde.«

Jai wurde übel.

»Das alles war nichts als eine Falle«, sagte er so leise, dass er sich selbst kaum hören konnte.

»Oder du liegst falsch«, sagte Erica.

Halb beeindruckt, halb enttäuscht schüttelte Jai den Kopf.

»Ihr sprecht von den Gefahren bei dem Versuch, der Falle zu entkommen«, sagte er, wobei er seine Stimme erhob. »Aber Ihr sprecht nicht von den Konsequenzen, blind in sie hineinzulaufen.«

»Gar nicht blind«, sagte Erica, deren Stimme dieses Mal ruhig blieb. »Dank dir. Aber ich habe keine andere Wahl.«

Jai wollte seinen Ohren nicht trauen. Er begriff, dass sie wenige Alternativen hatte, aber gar nichts zu tun … das war undenkbar.

»Ihr müsst aber weg von hier«, sagte Jai. »Geht doch fort.«

»Du verlangst von mir, die einzige Chance meines Königreichs auf

Frieden wegen der konfusen Anschuldigungen eines Fremden … einfach wegzuwerfen.«

Zum ersten Mal verspürte Jai Wut, dick und beißend, die ihn mit rechtschaffener Energie anfüllte. Er wollte brüllen und mit den Fäusten aufs Wasser schlagen. Stattdessen senkte er den Kopf.

»Beinahe hätte ich meine letzte Chance auf Freiheit verloren, indem ich hierhergekommen bin. Und das könnte immer noch geschehen. Also ist es mir egal, was Ihr tut. Ich jedenfalls gehe.«

Er drehte sich um. Beinahe erwartete er, dass sie ihn zurückrufen würde. Stattdessen war nur das Zischen des Dampfs und das Tropfen des Kondenswassers von den Wänden zu vernehmen.

Es gab nichts weiter zu tun … als zu fliehen.

25

Die Wachen waren hin- und hergerissen, als Jai sich seine Kleidung anzog, und überrascht stellte er fest, dass seine Münzen in seinem Geldbeutel geblieben waren. Sogar seine Halsberge wurde ihm zurückgegeben, wenn auch der Wachmann, der sie ihm aushändigte, eine Augenbraue hochzog.

Und dann … ertönten einige leise und ruhige Worte hinter ihm.

»Mein Vater hat während deiner Abwesenheit gelitten.«

Jais ganzer Körper verkrampfte sich bei diesen Worten. Die Stimme war unverkennbar. Er hatte sie schon viele Male vernommen, doch dies war das erste Mal, dass sie ihn jemals direkt angesprochen hatte.

Constantin.

Jai drehte sich langsam um und sah den Kaiser in all seiner nackten Pracht. Der Mann stand ungeniert mit einem verärgerten Ausdruck vor ihm.

Dies war ein Mann, der zu schrecklicher Grausamkeit fähig war. Ein Mann, dessen Reich auf den Rücken der Gefesselten erbaut war. Doch das Wissen darum war schwer zu fassen, als er hier vor Jai stand, die Eichel seines Penis beinahe verloren in einem Nest aus Schamhaar und mit Armen, die über seiner eingesunkenen Brust verschränkt waren.

»Vergebt mir, Eure kaiserliche Hoheit«, sagte Jai und verbeugte sich, so tief er nur konnte. »Bis heute war ich ohne Bewusstsein. Dann bin ich sofort hierhergekommen.«

Der Kaiser schnaubte, sein gut gestutzter Kinnbart zitterte.

»Krankheit ist die Entschuldigung der Faulen. Sieh zu, dass das nicht noch einmal vorkommt. Typisches barbarisches Faultier …«

Der Kaiser murrte weiter vor sich hin und schnippte mit den Fingern einen Wachmann zu sich her, der ihm mit gebeugtem Knie seine Kleidung aushändigte. Schnell begann sich Jai seine Tunika auszuziehen und war froh, dass die Wachen klug genug waren, um nicht zu erwähnen, dass er sie gerade erst angezogen hatte. Constantins Ärger galt als legendär, und er war sogar dafür bekannt, dass er Boten dafür hatte auspeitschen lassen, dass sie ihm Nachrichten von schlechten Ernten gebracht hatten.

Es war noch nicht zu spät. Noch immer konnte er entkommen – Constantin war ohne Zweifel dabei, die Bäder zu verlassen. Wenn er sich nur für ein paar Minuten versteckte, bis der Kaiser fort war …

»Warte, Junge.«

Leonids zitternde Stimme drang aus dem Nebel. Erst jetzt erblickte ihn Jai. Sein Rollstuhl wurde von einem nackten Mädchen geschoben, deren Körper ockerfarben bemalt war, um ihre Figur zu betonen. Sie trug nichts anderes als die Handschelle der Gefesselten am Handgelenk. Jai wandte seinen Blick ab, um nicht das Elend in ihrem zu sehen. Es war eine erst kürzlich im Krieg gefangen genommene Hudditin, daran bestand kein Zweifel.

»Ich bin froh, dass Balbir dich zu mir geschickt hat. Zieh mich an und bring mich zu meinen Gemächern zurück«, befahl er. »Wir müssen uns auf heute Abend vorbereiten.«

Sie reisten in Sänften, wie es für die Kaiserfamilie üblich war, wenn sie die Straßen der Stadt benutzten. Sie hatten sogar jede von ihnen die Treppen hinuntergebracht, damit Leonids Stuhl sie nicht erklimmen musste.

Dafür war Jai dankbar, denn die kaiserliche Prozession wurde von der Greifengarde flankiert, deren scharlachrote Mäntel wehten, während Greifen über ihnen kreisten. Constantin reiste mit seinem Sohn und einem mitgenommen wirkenden Ivar, und hinter ihnen benutzten Erica und Frida Titus' Sänfte.

Leonid wirkte ganz und gar entspannt, er hatte die Augen geschlossen, und wie immer war er schweigsam.

Für Jai war es eine Erleichterung – und gleichzeitig eine Katastrophe. Er hatte immer noch eine Chance, ein schneller Abstecher zu den Küchen für Leonids Abendessen, und er konnte sich davonmachen.

Wer mochte wissen, wie chaotisch die Nacht werden würde – er könnte nur ein weiterer Toter in einer Nacht voll Gemetzel sein. Bestimmt war das die Entschuldigung, die Magnus verwenden wollte. Für Jai bestand der Trick darin, sicherzugehen, dass er nicht tatsächlich als einer von ihnen endete. Sein einziger Vorteil war der, dass Jai, soweit es Magnus betraf, bereits tot war – vorausgesetzt, dass die Stadtwache es ihm berichtet hatte.

»Wenn wir zurück sind, wirst du mich in mein volles Ornat kleiden«, murmelte Leonid mit immer noch geschlossenen Augen. »Aber die Parfümeure sind nicht notwendig.«

Jai, dessen Fluchtplanung unterbrochen worden war, zuckte zusammen.

»Warum nicht?«, fragte er und verfluchte innerlich, wie erstickt seine Stimme klang.

»Mit dem Verdacht auf Ivars Vergiftung habe ich die geeignete Ausrede, nicht teilzunehmen«, sagte Leonid. Er machte eine wegwerfende Handbewegung, als würde es sich kaum lohnen, das zu wiederholen. »Wer braucht schon Parfüm, wenn keiner es riechen kann.«

Bei dieser Bemerkung spitzte Jai die Ohren. Wenn alle Augen auf die Zeremonie gerichtet waren, wäre es die richtige Zeit, um zu verschwinden.

»Selbstverständlich, Eure Hoheit«, bestätigte Jai.

»Keine von diesen Formalitäten, Junge«, sagte Leonid, der ihn mit einem Wink zum Schweigen brachte. »Ich habe schon genug Unterwürfigkeit von diesem Narren Corinth gezeigt bekommen, dass es für ein ganzes Leben reicht.«

Missbilligend schnaubte er und ließ sich tiefer auf seiner Liege nieder. Dann hob er einen skelettartigen Finger, als erinnerte er sich an etwas.

»Ich habe mit Titus gesprochen«, sagte er mit immer noch geschlossenen Augen.

Jais Herz begann zu hämmern. Leonid machte eine Pause, als wartete er darauf, dass dieser etwas sagen würde.

»Ja, Eure Hoheit?«, fragte Jai lahm. In seiner Angst war er unfähig, in die formlose Anrede zu verfallen. Leonid verzog das Gesicht und sprach weiter.

»Du wirst am Leben bleiben«, sagte er schlicht und kratzte sich mit einer von Leberflecken übersäten Hand seinen juckenden Bart.

Jai wusste nicht, was er sagen sollte. Nach ein paar Momenten des Schweigens meldete er sich wieder zu Wort.

»Ich danke Euch. Ich hoffe …«

Er verstummte, da er nicht die richtigen Worte fand.

»Magnus«, stieß er schließlich hervor, als die Stille sich zu lange ausdehnte. »Für ihn ist mein Leben verwirkt. Ich habe ihren heiligen Tempel gesehen.«

»Pah!«, spie Leonid aus, der Jais Worte kopfschüttelnd abtat. »Ich habe das verdammte Ding für diese undankbare Bande gebaut. Habe dafür auch meine halbe Schatzkammer geleert. Das war der Preis ihrer fortgesetzten Treue.«

Jai spitzte die Ohren. Das war eine Neuigkeit. Leonid war in seinen Geschichten immer offen damit umgegangen, dass sie ihm beim Erreichen seiner Siege geholfen hatten – so anmaßend war er nämlich nicht. Doch was die Details betraf, war er immer ausweichend geblieben.

Jai wusste, dass eine von Corinths hauptsächlichen Aufgaben beim Abschreiben von Leonids alten Tagebüchern darin bestanden hatte, die Namen der Greifenritter nur mit ihrem Rang und Titel zu ersetzen. Jai vermutete, dass der alte Mann auf diese Art alle Verdienste für sich selbst beanspruchte, damit man sich noch lange nach seinem Tod an seine Leistungen als ausschließlich seine eigenen erinnerte.

»Sind sie Euch so viel wert?«, fragte Jai, den Leonids offenbare Verachtung für sie jäh ermutigt hatte.

Leonid seufzte.

»Augen am Himmel, mein Junge. Jede Münze wert, und noch mehr. Aber als Rufinus …«

Oft versank der alte Mann in Träumereien, und Jai unterbrach ihn nicht, sondern blickte stattdessen zwischen den Vorhängen hindurch, um zu sehen, wo sie gerade waren. Die armen Männer, die die Sänfte auf ihren Schultern trugen, erklommen bereits die Stufen des Palasts. Diejenigen an ihrer Hinterseite waren gezwungen, sie über ihre Köpfe zu heben, um ihre Fracht waagrecht zu halten.

Ob Leonid die Bedrohung einer Vergiftung ernst nahm oder nicht, ihre Leibwache ging jedenfalls kein Risiko ein. Schon bald wurden sie bis zur Tür von Leonids Räumlichkeiten gebracht.

Einen Augenblick lang fragte sich Jai, ob der alte Mann ihn wohl vor Magnus beschützen konnte. Bestimmt war Leonids Gemach der sicherste Ort im gesamten Palast – tief innerhalb der Anlage und so weit im rückwärtigen Teil gelegen, dass seine hinteren Fenster über den höchsten Punkt der Felswand hinaus und auf den Schwarzen Wald jenseits davon blickten.

In ein paar Jahren würde Jai ohnehin die Freiheit haben, nach Hause zurückzukehren. Wenn er Magnus lange genug überlebte …

»Wenn du so viel Angst vor Magnus hast, dann musst du an meiner Seite bleiben, bis ich mit ihm sprechen kann«, schnappte Leonid, der Jai damit aus seiner inneren Debatte riss.

Jai stieß einen leisen Fluch aus. So viel zu der Flucht während der Zeremonie. Wenn er nicht eine Entschuldigung finden konnte … es blieb keine Zeit mehr, weiter darüber nachzudenken, denn ein dumpfes Geräusch entstand, als ihre Sänfte auf dem Boden abgesetzt wurde. Einmal mehr waren sie zurück in Leonids Gemach.

26

Während Jai ihn ankleidete, schwieg Leonid. Wie es schien, war er mit anderen Dingen beschäftigt. Es machte den Eindruck, als wüsste der alte Löwe instinktiv, dass hier etwas im Gange war.

Jai war nicht bei der Sache. Er wusste einfach nicht, was er tun sollte. Was für eine Verschwörung auch immer Titus und Magnus ausgeheckt hatten, sie richtete sich eindeutig gegen die Dansken. Wenn sich Jai nicht vom Fleck rührte und sich an einem Ort versteckte, der von einigen der stärksten Zauber im Reich beschützt wurde, würde er wahrscheinlich die Nacht überleben.

Dann würden sie sich auf den unausweichlichen Krieg konzentrieren. Womöglich würde Jai sogar noch gut drei Jahre aushalten, wenn er niemals von Leonids Seite wich.

Jai warf dem Gesicht seines Herrn einen Blick zu, während er seine Robe für ihn zuknöpfte. Vielleicht sollte er Leonid von der Verschwörung erzählen. Andererseits, was konnte der in Vergessenheit geratene alte Mann schon tun, um sie zu verhindern?

Und würde Leonid sie überhaupt verhindern wollen? Jai glaubte, dass er das täte.

Vielleicht würde er mit seinem Wissen zu seinem Sohn gehen, dem Kaiser selbst. Constantin schien nichts davon zu wissen, dass Jai fast umgebracht worden war, oder von dessen Verletzungen. Was verschwieg man dem Mann womöglich sonst noch? Titus wollte Krieg, während sein Vater ihn satthatte. Zwang der junge Prinz den Kaiser zum Handeln? Oder war all das von seinem Abscheu vor dem Gedanken angetrieben, eine »danskische Hure« zu heiraten?

Aber das war ein allzu großes Risiko. Ein einziges Wort davon zu Leonid, und er würde keine Möglichkeit mehr haben, zu entkommen.

Er hatte die Dansken gewarnt – das war genug. Er schuldete niemandem etwas. Außer vielleicht Balbir. Mit etwas Glück war sie inzwischen weit fort von hier. Er hoffte nur, dass er sie finden würde, wenn er flüchtete.

Jai konzentrierte sich darauf, einen Vorwand zu finden, um die Gemächer zu verlassen. Leonid anzukleiden nahm kaum Zeit in Anspruch, denn die übliche Sorgfalt des Mannes hatte inzwischen nachgelassen, da man ihn ohnehin nur vom Balkon aus sehen würde.

»Möchtet Ihr heute Abend Eure Krone tragen, Eure Hoheit?«, fragte Jai.

Leonid grunzte ablehnend.

»Spar sie für die echte Zeremonie auf«, sagte er. »Sie schmerzt mir im Nacken, wenn ich sie zu lange trage.«

Jai runzelte die Stirn.

»Für die … wofür richten wir uns denn her?«, fragte er.

Leonid richtete seinen milchigen Blick auf ihn und schnaubte leicht amüsiert.

»Die haben nicht übertrieben, als sie gesagt haben, du seist bewusstlos gewesen«, sagte er nachdenklich. »Die Hochzeit findet morgen statt. Heute Abend ist lediglich der Probedurchlauf.«

Jai war noch verwirrter.

»Probedurchlauf? Warum das denn?«

Leonid schnalzte verdrießlich, aber er antwortete ihm. Offenbar war Jai an diesem Tag gut bei ihm angeschrieben. Vielleicht hatte der alte Kerl ihn vermisst.

»Wir haben tausend Würdenträger, die von überall her aus dem Reich kommen, selbst aus Königreichen von jenseits der Silbernen Meere. Alle sehen sich die Vereinigung unserer großen Häuser an.

Es ist üblich, für die Zeremonie zu proben, um zufällige Peinlichkeiten zu vermeiden – und es ist eine Ausrede für ein weiteres Fest. Das war schon vor dem Kaiserreich so üblich.«

In gewisser Weise fühlte sich Jai nun erleichtert. Alle Hauptakteure würden beschäftigt sein, und wenn er eine Ausrede fand, um während etwas zu gehen, das scheinbar so banal wie ein Probedurchlauf war, mochte Leonid eher dazu geneigt sein, es ihm zu erlauben.

»Werden wir der Zeremonie denn beiwohnen?«, fragte Jai.

Leonid sah zu dem Balkon hinüber, von dem aus der Innenhof im Blick blieb. Er musste nichts sagen – es war nicht das erste Mal, dass sie die Zeremonien, die darunter stattfanden, mit angesehen und sogar an ihnen teilgenommen hatten.

Dem alten Mann waren einige wenige Verantwortlichkeiten geblieben, diejenigen nämlich, an denen Constantin und Titus kein Interesse hatten. Zu den wichtigsten von ihnen gehörte das Verleihen von Ritterwürden und Herrschaftstiteln, und sogar die Graduierung von Akolythen der Greifengarde zu Knappen.

Leonid pflegte eine kurze Rede zu halten und ihnen dann mit einem Winken seiner Hand den Aufstieg auf der sabinischen Leiter der Aristokratie zu gewähren. Natürlich war Jais Anwesenheit an Leonids Seite zu solchen Gelegenheiten unangemessen. Daher hatte er es sich angewöhnt, hinter dem Balkon zu Leonids Füßen zu sitzen, um sich zu erheben, falls der alte Mann gestützt werden musste, oder ihm eine vergessene Zeile oder Phrase zuzuflüstern. Er konnte die Zeremonien, so langweilig sie auch sein mochten, immer noch durch eine der kunstvollen Lücken in der Balustrade des Balkons verfolgen.

Dieser Anlass würde keineswegs anders ablaufen. Innerhalb von Minuten war Jai in Position zu Leonids Füßen und spähte durch die Lücken, um den Prunk und die Pracht aus dem wahrscheinlich besten Blickwinkel zu betrachten, den es überhaupt gab. Er stellte sicher, dass er seinen Kopf unten behielt, als er Leonid an seinen Platz schob, damit niemand bei einem Blick nach oben erkennen konnte, dass er noch am Leben war.

Der rechtwinklige Innenhof war so weitläufig wie ein kleines Amphitheater und war tatsächlich für das Zuschauen auf ähnliche Art konzipiert worden, denn er war über mehrere Stockwerke hinweg von langen, dicht mit Säulen besetzten Gängen und eigenen Balkonen umgeben. In der Tat war Constantin nicht abgeneigt, große Theater- und Opernveranstaltungen für die Adligen des Kaiserreichs abhalten zu lassen, und bis zu tausend Menschen waren in der Lage, das Spektakel unten zu verfolgen.

Heute gab es keine dicht gedrängten Zuschauer, die ihre Hälse reckten, um über diejenigen vor ihnen hinwegzublicken – denn dies war bloß die Probeveranstaltung, mit einer weitaus intimeren Gästeliste. Stattdessen hatten sich die vielen Wachen, die er in voller Rüstung gesehen hatte, in ihrer Anzahl scheinbar verdoppelt. Darüber hinaus waren die tödlichen Armbrüste, die er schon bemerkt hatte und die für Legionäre ungewöhnlich waren, geladen worden und lagen in ihren Händen.

Die offenbare Bedrohung für Ivars Leben musste der passende Vorwand gewesen dafür gewesen sein, die Wache zu verdoppeln. Und als er genauer hinsah, entdeckte er nichts, was darauf hindeutete, dass die Prinzessin kalte Füße bekommen hatte. Die Diener machten noch immer ihre Runden, fegten hier ein zu Boden gefallenes Blütenblatt auf und polierten da einen Spiegel.

In all seinen Jahren am Hof hatte Jai noch nie einen solchen Aufwand beobachtet. Girlanden aus Rosen wanden sich um jede Säule und jeden Balkon, während auf den Sockeln von Kerzen erleuchtete Kristalllampen glänzten – wie Juwelen. Jede Fackel in dem Gebäude schien angezündet zu sein, sogar schon, als die letzten Strahlen der Sonne den Horizont noch wärmten.

Diener huschten nach wie vor zu den Küchen und wieder heraus und platzierten mit exotischen Getränken gefüllte Gläser und Platten mit Früchten in Abständen entlang den angeordneten Sitzgelegenheiten.

Selbst von hier aus konnte Jai die Aromen riechen, sobald die

Küchentüren aufschwangen. Ihr würziger Duft trieb verlockend mit dem leichten Wind und mischte sich mit dem Rosenwasser, das man in die vier schäumenden Springbrunnen an den Ecken des Hofs gegossen hatte.

Die zarten, messingartigen Töne der bronzenen Hörner erklangen von einem kleinen militärischen Orchester, unterbrochen von den exotischen Trommeln und den melodischen Tönen einer Leierspielerin in einem fließenden Kleid.

Die neunte Glocke ertönte, doch so weit entfernt von der Kathedrale wirkte das Läuten leiser. Allein der Klang machte Jai nervös. Konnte dies das Signal für den Beginn des Gemetzels sein?

Bei dem Läuten zogen sich die Diener, angetrieben von ihren Anleitern, abermals in den Palast zurück. Bald befanden sich nur noch die Wachen, Musiker und Servierer an dem Ort.

Dann veränderte die Musik ihren Klang zu etwas munter Triumphierendem. Töne hoben und senkten sich, während sich die großen Türen gegenüber des Balkons öffneten. Überrascht sah Jai, wie die Gäste, sowohl Dansken als auch Sabiner, in all ihrer Pracht in den Innenhof schritten.

Die Anspannung wich aus seinen Schultern, und nun atmete er tief aus. Wie konnte Titus inmitten all dessen einen Verrat inszenieren? Oder waren die Soldaten und die Greifengarde eine Notlösung – falls die Dansken im Fall von Ivars Tod gewalttätig wurden? Vielleicht war der Tod des Königs der Preis dieser Vereinigung. Vielleicht hatte Erica akzeptiert, dass sie ihn bezahlen musste.

Leonid murmelte etwas vor sich hin.

»Kann ich Euch helfen, Eure Hoheit?«, fragte Jai.

»Etwas stimmt hier nicht«, flüsterte Leonid. »Das ist doch vollkommen falsch.«

27

Jai starrte den alten Mann an, dann sah er ein weiteres Mal in den Innenhof hinunter. Was hatte der beinahe blinde Mann gesehen, das ihm entgangen sein sollte?

»Was ist es?«, fragte Jai.

Leonid schlurfte zum Rand des Balkons und starrte über ihn hinweg, während die Gäste ihre Plätze einnahmen und das Tempo in der Musik immer mehr zunahm.

»Schau dir die Farben der Gäste an. Was fällt dir auf?«

»Viele tragen Orange, mit goldenen Borten. Wieder andere tragen Hellblau mit weißer Spitze. Ich kann ihre Abzeichen nicht erkennen.«

Er fühlte, wie sich die Schatten des Begreifens zu formen begannen.

»Die Farben ... es müssen die Trachten von zwei Familien sein. Warum so viele?«

»Du siehst keine anderen Farben, oder? Junge? Kein Rot oder Grün?«

Jai schwieg.

Leonid fluchte leise. »Die Corvins und die Blacktrees. Adlige Familien, aus den fernsten Winkeln unseres Reichs, deren Landbesitz und Reichtum früher einmal mit unserem mithalten konnte. Ihre Territorien sind beinahe eigene Königreiche – aber sie beugen vor uns das Knie. Unser Militär ist zu mächtig für sie, um es herauszufordern, aber nicht so stark, um zu verhindern, dass sie uns jedes Jahr zu wenig Steuern zahlen.«

Jai legte den Kopf schief.

»Und?«, fragte er.

»Ihre Familien so zahlreich für den Probedurchlauf einzuladen, das ehrt sie, weil es ihnen erlaubt, zweimal mit uns zu feiern und ein Gelage abzuhalten, obwohl sie doch diejenigen sind, die es am wenigsten verdienen. Es ist eine schlechte Entscheidung. Titus hat seine Gäste ausgewählt – also muss er einen anderen Grund dafür haben, warum er sie hierhergebracht hat, und warum er diejenigen brüskiert, die man an ihrer Stelle hätte einladen können.«

Jai schloss fest die Augen und versuchte, die Windungen von Titus' Plan auszumachen. Hatte er vor, diese Adligen ebenfalls niederzumetzeln? Er konnte Leonids Intuition nur bewundern. Obwohl dieser nicht mehr als verschwommene Farben ausmachen konnte, sah der Mann so viel deutlicher als er selbst.

Nun schaute er genauer hin. Sein Blick huschte von Gesicht zu Gesicht. Unter den Familien, die zu Besuch waren, gab es andere, die Jai als niedere Adlige aus dem ganzen Reich kannte – er hatte Leonids Audienzen mit ihnen beobachtet, als der alte Mann noch die lästige Pflicht erfüllt hatte, Würdenträger zu empfangen, die ihn aufsuchten. Die meisten von denen, die er sehen konnte, hatten ihre Ländereien an den Grenzen des Reichs, so wie die Corvins und die Blacktrees.

»Der idiotische Milchbart glaubt, diese Einladung für den Probedurchlauf würde sie dazu zwingen, aufwendige Geschenke zu machen«, murmelte Leonid. »Begreift er denn nicht, dass er damit die Gunst von jedem unserer engsten Verbündeten verspielt?« Er fuhr fort zu fluchen, während Jai jetzt die Diener betrachtete.

Zu Zeiten der Kriege waren viele Soldaten des Steppenvolks vom Kaiserreich gefangen genommen worden. Als Gefesselte hatte man sie in Lagern überall im Reich zu Tode arbeiten lassen. Im Zuge des Friedensabkommens hatte man diejenigen, die die Dauer des Kriegs überlebt hatten, aus den Lagern entlassen, um als gefesselte Bedienstete zu dienen oder um in den von Leonid gerade erst eroberten Ländern Feldarbeit zu verrichten.

Das war das Abkommen, dem sich die Hudditen nach der ersten Niederlage ihrer Armee verweigert hatten. Hätten sie sich ergeben, nachdem man ihnen den Krieg erklärt hatte, so wie es die Königreiche der Corvins und Blacktrees getan hatten, dann hätten sie natürlich nur beträchtliche Steuern zahlen müssen. Fortgesetzter Widerstand … nun, Tod oder Fesselung waren die einzigen verbleibenden Möglichkeiten für diejenigen, die zu den Waffen griffen.

Es war also gar nicht ungewöhnlich, überall im Reich Steppenmänner als Gefesselte arbeiten zu sehen. Normalerweise gingen sie der Feldarbeit nach, da sie nicht dazu in der Lage waren, sich an ein Leben in geschlossenen Räumen zu gewöhnen. Aber heute schien es, als ob jeder anwesende Diener ein gefesselter Steppenmann war. Doch warum? Nichts davon ergab einen Sinn.

Schließlich sah er sich die Wachen an. Nicht ihre schönen Uniformen und Rüstungen, auch nicht die hässlichen Armbrüste, die sie in ihren Händen hielten. Sondern ihre Gesichter.

Sie waren jung. Das waren nicht die üblichen Veteranen des Palastes, sondern junge Männer. Die meisten sahen so jung aus wie er selbst, manche sogar noch jünger. Auch von ihnen erkannte er keinen wieder, und er hatte lange genug im Palast gelebt, um die üblichen Wachen zu kennen. Oft genug war er von ihnen geschlagen worden.

Diese hier waren Greifengardisten – jeder von ihnen wahrscheinlich ein Akolyth oder ein Knappe, der auf seinen Ritterschlag wartete. Jungen, die seit Jahren in die Lebensweise der Greifengarde indoktriniert waren. Was die älteren Mitglieder betraf, so waren sie nirgendwo zu sehen. Auch kreisten keine Greifen über ihnen. Was mochte so wichtig sein, dass sie jetzt woanders waren? Jai konnte sich nur vorstellen, dass sie das danskische Heer im Auge behielten.

Es passierte also wirklich. Irgendetwas musste heute Abend geschehen.

»Eure Hoheit«, flüsterte Jai, »ich muss jetzt etwas essen, oder ich kippe gleich um. Lasst mich Euch etwas aus den Küchen holen.«

»Bleib hier!«, schnappte Leonid. »Ich brauche deine Augen. Sag mir, welche anderen Adligen mein Idiot von einem Enkel eingeladen hat.«

Jai wusste, dass er bald verschwinden sollte. Innerhalb von Minuten würde der ganze Ort abgeriegelt sein. Wen kümmerte es denn, ob Leonid wusste, dass er ihm nicht gehorchte. Solange er nicht glaubte, dass Jai entwischte, würde er annehmen, dass er in dem unausweichlichen Gemetzel dort unten umgekommen war.

»Ich komme zurück«, sagte Jai. »Ich hole Euch Euer Abendessen und …«

»Meine Türen sind versiegelt«, sagte Leonid verhalten. »Magnus hat sie gerade an diesem Nachmittag verzaubert. Zu dem jetzigen Zeitpunkt kann sie nur einer meiner Blutsverwandten öffnen. Das ist eine Vorsichtsmaßnahme, nach der Bedrohung für Ivar.«

»Ihr könntet sie auch öffnen, oder nicht?«, fragte Jai.

Leonid blickte scharf auf ihn herab.

»Ja. Aber wenn du denkst, ich riskiere meine Sicherheit auch nur ein wenig, damit du deinen gierigen Bauch sättigen kannst, dann hast du dich geschnitten, Junge.«

Jai fluchte innerlich. Seine nächstbeste Option war, sich selbst vom Balkon zu stürzen. Doch irgendwie bezweifelte er, dass er weiter als auch nur ein paar Schritte kommen würde, ehe die Wachen über ihn herfielen.

Also musste er warten. Warten, bis all dies hier vorüber war, und dann einen anderen Weg heraus finden. An Leonids Seite bleiben, bis Magnus und Titus sich Meilen weit weg befanden und er nichts weiter als eine vergessene Fußnote am Tag ihres größten Triumphs war.

Die Musik nahm weiter an Fahrt auf. Die Gäste hatten alle auf ihren Sitzen Platz genommen – Dansken saßen in Reihen links von Jai und Sabiner auf der rechten Seite. Durch die Mitte verlief ein prächtiger roter Teppich, und an seinem Ende stand ein altersschwacher Hohepriester mit zitternden Händen.

Die Sabiner hatten der kaiserlichen Bevölkerung seit Langem ihre eigene Religion aufgezwungen und sogar ihre toten Vorfahren in das Pantheon von Göttern aufgenommen. Jai war überrascht, dass kein Mitglied des danskischen Klerus, ein Gothi, da war, um ebenfalls die Zeremonie abzuhalten. Vielleicht gab es morgen einen … für die vermeintliche echte Hochzeit.

Da kamen sie. Die großen Türen schwangen auf, und dort schritt Titus einher, begleitet von seinem Vater. Das Paar ging langsam, um sich von dem Applaus überfluten zu lassen. Zu Jais Überraschung sah Titus wie ein Bild guter Laune aus – es war das Gesicht des Kaisers, das wächsern wirkte. Als wüsste er, was nun kommen würde.

Hinter ihnen lief Titus' Gefolge, ein Dutzend Männer und Jungen, die im Gleichschritt mit den Orchestertrommeln marschierten. Dies war seine übliche Truppe an Kumpanen – die Erben der verschiedenen Königreiche, die das Kaiserreich ausmachten, ebenso wie die Geiseln derjenigen, die das nicht taten.

Unter ihnen waren Jais Brüder und mehrere seiner Vettern. Er konnte Arjuns hochgewachsene Gestalt deutlich erkennen.

»Sprich, Junge. Erzähl mir mehr.«

Als Jai erklärte, dass sich auch seine Brüder zu der Hochzeitsgesellschaft gesellt hatten, knurrte Leonid wieder verärgert.

»Der Dummkopf hat keinen Sinn für Politik«, grollte er. »Ein Probedurchlauf für eine Hochzeit ist eine Möglichkeit, um diejenigen zu belohnen, die …«

Jai blendete ihn aus, denn jetzt waren seine Augen zum Himmel gerichtet. Nur noch Mondlicht erleuchtete den Himmel, aber selbst in der Dunkelheit konnte er nicht das Glänzen von Schuppen übersehen, als zwei enorme Tiere in spiralförmigen Bewegungen zu Boden glitten.

Drachen. Einer schwarz, der andere grün, die sich mit solcher Geschwindigkeit niederließen, dass sie Keuchen und sogar einen einzelnen unterdrückten Schrei von einem etwas sensibleren Gast hervorriefen. Aber sie landeten mit einer solchen Anmut, dass dem Schrei kein weiterer folgte. Unbehaglich rutschten sie hin und her, gefangen zwischen Stühlen und der Hofmauer, ehe sie ihre Schwingen anlegten und sich auf ihren Bäuchen niederließen.

Erst dann öffneten sich die großen Tore ein letztes Mal, und der Anblick der verschleierten Prinzessin entlockte den Zuschauern ein bewunderndes Murmeln.

Die Scheinzeremonie war dabei zu beginnen.

28

Sie kamen, Schritt für Schritt, allerdings stockend. Selbst Jai konnte sehen, dass es Ivar nicht gut ging. Der bullige Mann war bleich, Schweiß tropfte ihm von der Stirn. Er trug dieselbe Kleidung wie an dem Tag, als Jai ihn zum ersten Mal gesehen hatte – das gleiche Bärenfell, bloße Brust und lederne Stulpen. Verdammt, er sah wirklich aus, als wäre er gar nicht in den Bädern gewesen.

Erica dagegen wirkte strahlend, wenn ihr Gesicht auch wie zuvor verschleiert schien. Ihr Kleid war aus reinstem Hermelinfell gefertigt und mit Rüschen aus weißer Spitze und silbernem Filigranschmuck um ihren schlanken Körper drapiert. Trotz des Gewichts ihres Vaters, das auf ihrer Schulter lastete, hielt sie den Kopf hoch und den Rücken stocksteif aufrecht.

Ivar sah zwar schlimmer aus, als Jai gedacht hatte, aber der Mann schaffte es dennoch, zu lächeln und Titus zuzuzwinkern, als er seine Tochter neben ihn ließ und die Musik verstummte.

Der Priester hob an zu sprechen. Sein Adamsapfel hüpfte nervös.

»Lasset uns beten«, stieß er mit hoher, klagender Stimme hervor. »So dass dieses Paar von unserem großen Pantheon gesegnet werde.«

Köpfe senkten sich, selbst die auf der danskischen Seite des Publikums.

»Heliana, unsere große Göttin der Sonne, segne dieses Paar mit deinem Licht. Lass es so sein.«

Gedämpfte Stimmen murmelten.

»Lass es so sein.«

Es war ganz typisch, jedenfalls soweit Jai dies wusste, die Segnungen der Götter gemeinsam zu erbitten. Die Entscheidung, sie alle einzeln zu benennen, schien ihm allerdings merkwürdig, denn es würde die Zeremonie um mindestens eine halbe Stunde verlängern. Aber es war ja ein verheißungsvoller Anlass.

»Silene, unsere große Göttin des Mondes ...«, fuhr der Priester auf seine einschläfernde Art fort, und Jai konnte nicht anders als abzuschalten. Seine Religion, wenn sie auch nichts Besonderes sein mochte, hatte wenig mit der riesigen Menge an Göttern zu tun, die der Priester namentlich nennen würde.

Stattdessen hielt er nach Frida Ausschau. Er fand sie auch, wie sie mit gesenktem Kopf nahe bei den Drachen stand. Es gab kein Anzeichen für irgendeinen Plan, ihre Prinzessin oder ihren König zu retten. Sie waren einfach so ins Maul des Löwen geschritten. Und jetzt würde er fressen.

Doch in genau diesem Augenblick, in dem jeder Gast seinen Kopf gesenkt und die Augen im Gebet oder aus Respekt geschlossen hatte, bewegten sich die Soldaten auf den Balkonen nicht. Wenn es jemals einen Moment gegeben hatte zuzuschlagen, dann war es dieser.

Aber nichts geschah. Nur ein junger Mann in Gelb ganz hinten erbrach sich in seinen Hut – zu viel Alkohol und zu wenig Verstand, vermutete Jai.

Ein paar Sekunden lang erlaubte er es sich zu glauben, dass alles gut ausgehen werde. Dass Titus von seinem Plan Abstand genommen hatte – dass es nur eine kindische Fantasie gewesen war, der sich Magnus hingegeben hatte.

Dann ... passierte es aber doch.

Constantin trat vor. Fiel auf die Knie.

Einen Moment lang dachte Jai, der Kaiser sei trotz der langweiligen Rede des Priesters von religiöser Inbrunst ergriffen worden. Erst als er nach vorn kippte und der Länge nach auf den Marmor fiel, wusste Jai, dass hier etwas schrecklich verkehrt lief.

»Göttin der … Kaiser!«, stieß der Hohepriester verwirrt hervor, aber seine Worte konnten über das Keuchen der Gäste kaum gehört werden.

»Was hat das zu bedeuten?«, brüllte Titus, der sich neben seinem Vater hinkniete. »Holt einen Arzt!«

Ein danskischer Adliger sprang auf, als wollte er Hilfe holen. Aber er hatte bereits gesehen, was auch Jai schon bemerkt hatte – die großen Doppeltüren waren durch einen Einmarsch von Wachen mit Magnus an ihrer Spitze blockiert. Wachen, die sich mit gezogenen Klingen näherten.

Der Kaiser war keineswegs der Einzige, dem es schlecht ging. Jetzt sackten noch weitere Leute auf ihren Stühlen zusammen – und noch mehr erbrachen sich. Genau wie der junge Mann …

Jai blickte erst Ivar, dann Frida an, um nach einem Anzeichen dafür zu suchen, dass dies hier von ihnen ausging. Ihre von Entsetzen erfüllten Gesichter sagten ihm alles, was er wissen musste. Noch mehr Gäste kollabierten – nicht alle zwar, aber ausreichend viele. Und keiner von ihnen war ein Danske.

Dies wurde mehr und mehr offensichtlich, und Titus deutete mit einem zitternden Finger auf Ivar.

»Du hast das getan!«, schrie er.

Eine meisterliche Vorstellung.

»Nach drinnen«, zischte Leonid. »Bring mich nach drinnen.«

Jai hörte ihn kaum.

Erica packte Titus am Ärmel, während Ivar vom Gefolge des Prinzen, darunter Arjun, umringt wurde. Titus hielt seiner Braut eine Klinge an die Kehle. Und auf den Balkonen traten die Armbrustschützen vor.

»Armbrüste!«, schrie Jai und sprang auf die Füße.

Er wusste nicht, ob Ivar ihn hören konnte. Bestimmt war in der Halle genug Geschrei, um ihn zu übertönen.

Doch die Drachen breiteten ihre Flügel aus, noch während die grausamen Armbrüste ihre Bolzen abzufeuern begannen. Ivars schwarzer

Drache schlang seine großen Schwingen und seinen Körper um seinen kleineren Gegenpart und beschützte dessen Fleisch mit seinem eigenen. Ein paar Sekunden lang hielt er durch und zuckte bei jedem Bolzen, der in seiner geschuppten Haut einschlug.

Dann brach der grüne Drache hervor und schoss in den Himmel empor. Jai sah eine Gestalt, die ihren Rücken umklammert hatte, er sah die Flanken des Drachen in dem Augenblick zittern, als er getroffen wurde. Dann war er in der Nacht verschwunden.

Ivar brüllte, seine Fäuste schlugen Jais Brüder trotz seiner Schwäche zurück. Dann durchbohrte eine Klinge seine Kehle und brachte ihn für immer zum Schweigen. Es war Magnus' Waffe.

Kaum hatte der brutale Mann Ivar erledigt, als er schon mit hoch erhobener Klinge auf den sterbenden schwarzen Drachen zuschritt. Sie glühte weiß, und die Luft um sie herum schimmerte vor Hitze. Er zog die Klinge über den ungeschützten weißen Bauch des Tiers und ließ mit einem einzigen Hieb dessen Eingeweide herausquellen.

Bis zu den Ellbogen mit Blut beschmiert grinste er mit wilder Hemmungslosigkeit und ging zu den anderen Wachen. Das waren Wachen, die den Gestalten, die mit Schaum vor den Mündern am Boden zuckten, keine Beachtung schenkten. Die selbst den Kaiser ignorierten, der tot dalag.

Nein, es waren die Dansken, die von ihnen umringt wurden. Männer, Frauen und Kinder. Ob alt oder jung, das spielte keine Rolle. Sie wurden alle von sich überlappenden Schilden und erhobenen Klingen eingekreist. Eine Armbrust spie einen Bolzen in die Mitte der Menge. Ein blondes Kind stieß einen wehklagenden Schrei aus, ein gefiederter Schaft steckte in seinem Bauch.

Jai konnte nicht wegsehen, als die Schreie begannen. Nicht ehe er die Klingen sich heben und herabfahren sah und das Trommeln verzweifelter Fäuste auf Schilden hörte. Nicht ehe er das Blut roch.

Tränen ließen seine Sicht verschwimmen, und er wandte den Blick ab. Leonid sagte kein Wort. Er saß bloß da und starrte. Sein Gesicht war undurchdringlich.

Es dauerte nicht lange, bis das Gemetzel endete. Eine Seite war bewaffnet, die andere nicht. Und die meisten Dansken waren nicht seelenverbunden. Nur ein einziger Gast, eine Frau, machte ihnen Schwierigkeiten. Sie befreite sich in einem Ausbruch aus Wut und Flammen und legte die Hälfte des Weges bis zu den Türen zurück, ehe ihr ein Bolzen das Rückgrat durchbohrte. Ihr Baby, das um ihre Brust gewickelt war, jammerte und weinte, bis ein genagelter Stiefel es endgültig zum Schweigen brachte.

Und dann war alles vorbei. Die Dansken waren tot. Ihre Prinzessin gefangen genommen. Ihr König ermordet. Und unten, inmitten des Bluts und der Schreie der Sterbenden und der Trauernden … lächelte Titus.

29

Jai schickte sich an, Leonids Rollstuhl zu bewegen. Es war nicht gut, noch länger hier zu bleiben. Ein Blick auf ihren Balkon, und er wäre der Nächste.

»Nein, Junge«, grollte Leonid. Mit seinen Händen, deren Knöchel weiß waren, griff er nach den Rädern. »Ich muss das alles sehen.«

Da war vor allem Wut. Aber auf wen sie sich richtete, wusste Jai nicht. Also kauerte er sich abermals zusammen und sah mit an, wie Titus Erica bei der Schulter packte und sie auf die Knie drückte. Sein Vater lag vergessen, bewegungslos. Der Prinz hatte nicht einmal nachgesehen, ob der Kaiser am Leben war.

Stille trat auf dem Platz ein, selbst unter den wenigen kaiserlichen Gästen, die das Gift überlebt hatten. Nur gelegentliches Schluchzen oder erstickte Atemgeräusche störten den Hof, der sich inzwischen in ein Gebeinhaus verwandelt hatte.

Mit einem Finger deutete Titus auf den Priester. »Beende die Zeremonie!«, herrschte er ihn an. »Als ob es morgen wäre.«

Der Hohepriester formte lautlos Worte, ohne sprechen zu können. Er war mit Ivars Blut bespritzt, und er wischte sich das Gesicht, als die Worte frei aus ihm herausflossen.

»Rhea, große Göttin der Fruchtbarkeit, segne dieses Paar mit derselben Fruchtbarkeit, die du unserem Land verleihst …«

Dieses Mal hob Titus seine Klinge.

»Ich sagte doch, beende die Zeremonie. Vermähl uns. Jetzt sofort.«

Der Hohepriester würgte eine Sekunde länger, dann sprach er die Worte in wirrer Hektik.

»Ich erkläre Euch zu Mann und Weib, in diesem Leben und in Ewigkeit.«

Titus lachte laut und fuhr sich mit blutbefleckten Fingern durch sein helles Haar.

»Dann wollen wir doch mal sehen«, sagte er. Er riss Erica den Schleier vom Gesicht.

Jai sah das Mädchen, so wie alle anderen, die zusahen. Doch sie war nicht das, was er erwartet hatte – ihr Gesicht wirkte rund, die Augen geweitet vor Angst. Er schämte sich beinahe, sie auch nur anzusehen. Und er wusste nur eines: Falls sie es wagte, ihre Kräfte zu benutzen, hing Magnus direkt hinter ihr, mit einer schimmernden Klinge, die auf sie gerichtet war.

»Ausreichend hübsch«, verkündete Titus, der ihr das Haar zurückriss und ihr bloßes Gesicht für alle zur Schau stellte. »Aber wer kann schon sagen, wie eine Mörderin aussieht.«

Magnus trat vor und flüsterte dem Prinzen etwas ins Ohr.

»Ah ja«, rief er aus und richtete seine Klinge auf die übrigen Gäste. »Unser uneingeladener Gast. Bringt sie her!«

Er schrie diese letzten Worte, und die Türen öffneten sich erneut.

Sie schleiften die Frau herein, denn sie konnte nicht aus eigener Kraft stehen. Sie ließ eine blutige Spur hinter sich zurück, da man ihr die Nägel von den bloßen Füßen gerissen hatte.

Zuerst erkannte Jai sie gar nicht wieder, denn sie befand sich weit entfernt auf der anderen Seite des Hofes. Aber dann sah er den Kittel und hörte die Worte, die Titus sprach.

»Eine Flachlandschlampe, die geschickt wurde, um meinen Vater zu ermorden. Wir wussten, dass sie ihm etwas verabreicht hatte, wir wussten nur nicht, was es gewesen ist. Sie hat für das Gift gesorgt. Sie hatte das schon seit Jahren geplant, hat mit dem danskischen Abschaum zusammengearbeitet.«

Es war Balbir. Sollte sie noch am Leben sein, so deutete dies kein Zeichen an. Offensichtlich hatte man sie gefoltert und so übel geschlagen, dass ihr Gesicht beinahe nicht wiederzuerkennen war. Die Gesichter von Samar und Arjun erschienen bei diesem Anblick voller Entsetzen.

»Habt ihr nicht alle Ivars Krankheit gesehen?«, schrie Titus gellend, wobei er langsam im Kreis ging, während er das Wort an alle im Hof richtete. »Er hat sich das selbst angetan, als er versucht hat, das Gift bei ihrem ersten gemeinsamen Essen zu verabreichen. Leugnet einer von euch den Plan zwischen diesen Heiden aus der Steppe und dem fetten Miststück da?«

Er unterstrich die Frage mit einem Tritt gegen Balbirs Körper. Als er das tat, sah Jai, wie Arjun eine drohende Haltung einnahm. Der junge Mann setzte sich ein wenig vom Rest ab, wie um Titus an ihre Freundschaft zu erinnern. Aber er sprach kein Wort.

»Sie hat gestanden«, knurrte Magnus. »Am Ende.«

»Bring sie näher«, wies Titus ihn an und ignorierte die Darstellung.

Magnus schritt vor, packte sie am Haarschopf und hob sie so weit an, dass ihre blutigen Füße über dem Boden baumelten.

Jai fühlte sich wie taub. Er wollte sich bewegen, und wenn auch nur, um seine Fäuste zu ballen, aber seine Gliedmaßen reagierten nicht.

Es war auch gut so. Er konnte ohnehin nichts tun, was etwas geändert hätte. Selbst wenn er bei dem Versuch sein Leben wegwarf, es würde kaum mehr als eine Ablenkung sein.

»Lebt sie?«

Magnus schüttelte sie wie eine Flickenpuppe, und Jai hörte ein schwaches, gurgelndes Stöhnen.

»Sprich, du Dreckstück!«, schrie Titus und schlug ihr ins Gesicht.

»Sie hat keine Zähne«, knurrte Magnus. »Nicht mehr.«

Jai fühlte, wie ihm das Essen hochkam, als Titus ein Glucksen ausstieß, aber er zwang es wieder nach unten. Er sah den jähen Schrecken in Arjuns Miene, als sein gebräuntes Gesicht unnatürlich bleich wurde. Sie hatten Balbir wiedererkannt.

Balbirs Hand erhob sich. Gerade genug, um bemerkt zu werden. Sie krümmte einen Finger und stieß ein Krächzen aus.

»Oh, du hast also was zu sagen?«, lachte Titus, hob ihr Kinn an und starrte in ihr Gesicht. Wieder krümmte sie ihren Finger, und er beugte sich vor. Ihre Hand hob sich noch mehr, und Jai hielt den Atem an.

Es gab einen Lichtblitz, und Titus flog zurück, so dass er über den Marmor schlitterte. Stöhnend lag er da.

Ein paar Herzschläge lang herrschte Stille. Schlaff von der Anstrengung fiel Balbir zurück. Magnus hob sie hoch, dann schlug er ihren Kopf auf das Pflaster. Seine große Hand zermalmte ihren Schädel zu Brei. Er schnaubte verächtlich und wischte sich dann die Hand an ihrem Kittel ab.

Jetzt erbrach sich Jai. Sie hatte ihre letzte Kraft verbraucht, um ihm bei seiner Flucht zu helfen. Wenn sie das nicht getan hätte … wäre Titus jetzt derjenige, der tot war. Wenn sie Jai nicht bewacht hätte, dann hätte man sie niemals gefangen genommen.

Aus brennenden Augen sah er mit an, wie Titus sich auf die Beine kämpfte und zu Balbirs Leichnam zurück humpelte, den er anspuckte – dann blickte er auf. Seine Augen flammten vor Wut.

»Packt sie!«, brüllte er. »Packt sie jetzt!«

Es geschah so schnell, dass Jai einen Moment brauchte, um überhaupt zu begreifen, was passierte. Klingen wurden an die Kehlen seiner Brüder gehalten, und immer noch mehr Diener fanden sich umzingelt von erhobenen Schwertern. Alle gehörten zum Steppenvolk. Die Soldaten gingen methodisch vor, als hätten sie den Befehl erwartet.

Jeder Vorwand, dies alles sei spontan geschehen, schien vergessen zu sein. Aber wer war denn noch im Innenhof übrig, außer denen, die Titus loyal ergeben waren? Nur die wenigen kaiserlichen Gäste, die überlebt hatten, und die Palastwachen. Jai bezweifelte, dass sie die Nacht überstehen würden.

Die Steppenbewohner wurden vor Titus aufgereiht und auf die Knie gezwungen. Ihre Proteste fielen jedoch auf taube Ohren. Hinter jedem von ihnen stand eine Wache und hielt ihre Klinge direkt über dem Schlüsselbein.

Arjun und Samar blieben bewegungslos, bis auf die Tränen, die Samar übers Gesicht strömten. Nur Arjun wirkte widerspenstig. Sein Rücken war gerade, sein Blick brannte vor Zorn und wandte sich keinen Augenblick vom Gesicht des Prinzen ab. Jai schlug sich eine Hand vor den Mund, als könnte ihn das davon abhalten aufzuschreien, wenn auch jede Faser seines Seins genau dies tun wollte.

Titus wartete, bis seine Männer die kreischenden Diener mit Schlägen zum Schweigen gebracht hatten.

»Bring mich nach drinnen«, krächzte Leonid.

Jai ignorierte ihn.

Als Titus seine Hand hob, um das Signal für ihre Hinrichtung zu geben, begann Arjun zu sprechen. Seine Stimme klang deutlich und ruhig, sein Kinn war erhoben.

»Ist es möglich, dass du unsere Jahre des Dienstes und der Freundschaft vergessen kannst?«, fragte er.

»Du bist es, der sie vergessen hat, du Verräter«, sagte Titus schlicht. »Du kannst froh sein, dass ich dir einen schnellen Tod gewähre. Das ist deine Belohnung. Rohans Linie stirbt mit dir.«

Trotz der Großtuerei hörte Jai ein Stocken in seiner Stimme.

Arjun blickte zum Balkon hinauf – und nickte Leonid zu. Nein … nicht Leonid.

Jai.

Ihre Blicke trafen sich. Arjuns Lippen bebten. Er wandte den Blick wieder ab, doch seine Lippen formten noch immer ein Wort, eines, das Jai nicht hören konnte, wenn er auch seine Bedeutung verstand. Und er fühlte die Liebe und die Unterstützung, die darin lagen.

»Geh.«

Plötzlich breitete sich Stolz in Jais Herz aus. Stolz auf den Mut seines Bruders. Stolz darauf, ein Steppenmann und Rohans Sohn zu sein. Aber es trug wenig dazu bei, den Schrecken zu lindern, der ihn aller Sinne beraubt und ihn wie erstarrt zurückgelassen hatte, während sein

Verstand raste und sich dennoch irgendwie leer anfühlte. Das war der Schrecken angesichts des Wissens, was nun kommen würde.

»Bist du wirklich so dumm?«, fragte Arjun, der seine Stimme so erhob, dass alle sie hören konnten. »Das wird Krieg bedeuten. Einen zweiten Krieg. Dein Volk hat ihn schon das letzte Mal beinahe verloren.«

Er nickte in Richtung von Ivars Leiche, obwohl sein Blick Erica fixierte, als würde er sie auffordern zu sprechen. Oder zu handeln. Aber sie blieb still, und ihre Blicke waren wie in einem Schock oder in etwas gefangen, das dem nahekam, und auf das Pflaster gerichtet. Sie schien kaum die vielen Armbrüste zu bemerken, die auf sie gerichtet waren.

»Ich heiße den Krieg willkommen«, sagte Titus lachend. »Ich bin für ihn geboren worden.«

Seine Heiterkeit klang gespielt – sein Kichern ein wenig zu lang, die Tonlage ein wenig zu hoch. Es schien, als hätte Arjun es bemerkt, denn er sprach mit langsamer Sorgfalt.

»Vielleicht hast du recht«, sagte Arjun. »Vielleicht hat diese Spionin dabei geholfen, deinen Vater zu töten. Aber wer kann sagen, dass unsere Anführer ihren Verrat gebilligt haben?«

Seine Stimme stockte. Er war doch ebenfalls von Balbir aufgezogen worden. Auch er trauerte um ihren Verlust.

»Es ist nicht zu spät, alter Freund«, sagte er. Plötzlich war seine Stimme voller Wärme. »Ich kann nach Hause zurückkehren und meinen Platz als König meines Stamms einnehmen. Wir werden uns mit dir verbünden und von Osten aus in die Nördliche Tundra einfallen. Gemeinsam können wir diese große Ungerechtigkeit rächen.«

Titus schwieg. Überlegte.

Dann trat er vor und schnitt Arjun die Kehle durch.

30

Jai zwang sich hinzuschauen. Sagte sich, er sei wie betäubt und könne nicht wegsehen.

Es war Samars Schrei, von dem er wusste, dass er ihn immer in Erinnerung behalten würde. Und wie dieser Schrei sich durch den Kuss einer kaiserlichen Klinge in ein Gurgeln verwandelt hatte.

Erst als der Letzte des Steppenvolks fiel, wandte er sich ab. Er hätte Leonid beinahe dort auf dem Balkon zurückgelassen, so abwesend war er. In seinem Verstand konnten sich keine Gedanken festsetzen, es waren flüchtige, schwer fassbare Dinge, und seine Gliedmaßen arbeiteten beinahe wie von selbst, als er den alten Mann zu seinem Zimmer zurückschob.

Jai saß am Ende von Leonids Bett. Auch von hier aus konnte er noch das Blut riechen. Die Luft selbst war dick und wirkte kupfern, klumpig in seiner Kehle und auf der Zunge.

Ihm wurde schlecht, und er erbrach sich erneut. Spuckte Galle auf den Teppich, ohne sich um die Sauerei zu kümmern. Bald genug würden sie sein Blut von ihm waschen.

Er setzte sich. Starrte.

Flucht war unmöglich. Selbst wenn Leonid aufgrund irgendeines Wunders beschloss, ihn gehen zu lassen, gab es keine Möglichkeit für ihn, den Palast unbemerkt zu verlassen. Den Schreien da draußen nach zu schließen waren die Wachen mit ihrer Arbeit noch nicht fertig.

Dies war eine Nacht des Abschlachtens. Bei Tagesanbruch würde kein einziger Danske oder Steppenmann mehr in Latium am Leben sein. Er eingeschlossen.

Dumpf fragte er sich, ob die übrigen kaiserlichen Gäste – die Zeugen – gehen durften. Die wenigen, die nicht die Lerchenzungen gegessen haben mussten, so wie Constantin. Er bezweifelte es.

»Jai?«

Er blickte auf. Leonid hatte seinen Stuhl herumgedreht und den Kopf gesenkt, um Jais Blick zu begegnen.

»Ich werde doch am Leben bleiben, oder?«, murmelte Jai, der ausnahmsweise einmal nicht die Bitterkeit in seiner Stimme verbarg. »War es nicht das, was Ihr gesagt habt?«

Leonid schürzte die Lippen und stieß einen tiefen Seufzer aus.

»Mein Sohn ist tot«, krächzte er. »Mein Reich ist im Krieg. Was sollte es mich kümmern, ob du am Leben bleibst?«

Er sprach halb zu sich selbst, oder jedenfalls schien es Jai so. Beinahe als ob er sich seiner eigenen Worte unsicher wäre.

Einen Augenblick lang wollte Jai den alten Mann packen und verprügeln, bis der Tyrann die Tür öffnete. Jais Leben war ohnehin verwirkt. Warum sollte er nicht sich selbst diese dünne Chance auf ein Entkommen geben? Warum nicht ein wenig Rache üben?

Aber irgendwie hasste er den alten Mann immer noch nicht. Nicht, als Tränen die Furchen in Leonids Gesicht hinabliefen und auf seine leberfleckigen Hände fielen. Auf Hände, die zitterten.

Jai war kein Ungeheuer. Bis zu diesem Tag hatte er seine Hand noch kein einziges Mal im Zorn erhoben, um jemanden zu verletzen. Leonid dagegen war zahlloser Vergehen schuldig. Aber Jai war weder sein Richter noch sein Henker. Nur die Götter, wenn sie denn existierten, konnten diese Rollen ausfüllen.

»Ich werde diese Nacht nicht überleben«, sagte Leonid.

Da blickte Jai auf.

»Oh?«, fragte er.

Leonid schüttelte den Kopf, als befänden sich seine Worte jenseits dessen, was Jai begreifen konnte, dann kratzte er sich am Kinn. Überrascht blickte er seine Knöchel an, schließlich lächelte er reumütig.

»Stoppel. Zum ersten Mal in … was? In einem Jahrzehnt?«

Jai schnaubte. Corinth war sicher kein besonders guter Friseur.

»Du hast dich um mich gekümmert, Junge. Auf deine eigene Art«, murmelte Leonid. »Ein Mann wird von den Taten seiner Jugend geprägt. Und wegen seiner Taten als Erwachsener erinnert man sich später an ihn. Aber was ist mit seinem Alter? Dann wird er doch gar nicht mehr als Mann betrachtet, sondern nur noch als eine Art Hülle, die bloß darauf wartet, zur Erinnerung an den Mann zu werden, der er einmal gewesen ist.«

Seine Stimme klang jetzt ruhig, beinahe bedauernd. Es war eine neue Farbe an dem zänkischen alten Mann.

»Ich habe schreckliche Dinge getan. Ich sitze hier in einem Gefängnis, das ich mir selbst geschaffen habe, und für das ich mit dem Blut von tausend mal tausend Unschuldigen bezahlt habe. Und wofür?«

Jai hätte beinahe lachen können. Hier war der Mann, der einst die halbe bekannte Welt regiert hatte. Ein Mann, dem es an nichts mangelte. Und er badete in Selbstmitleid.

»Du hast …«

»Still«, zischte Jai.

Er hatte etwas gehört. Ein Rütteln an den Doppeltüren des Raums. Und ein Leuchten an ihren vier Ecken.

»Verschwinde«, zischte Leonid. »In dein Schlafzimmer.«

Jai tat, wie ihm befohlen, wenn auch nur, weil er kein Rasiermesser mehr besaß, um es dem alten Mann an die Kehle zu halten.

Wieder einmal fand er sich in der kleinen Kammer wieder, die er beinahe ein Jahrzehnt lang sein Zuhause genannt hatte. Plötzlich empfand er eine Gleichgültigkeit, die Welt um ihn herum erschien ihm traumähnlich. Wieder einmal belauschte er Titus.

»Großvater«, rief Titus, sobald sich die Türen öffneten. Mit ausgebreiteten Armen eilte er in den Raum. Sein Gesicht war verzerrt, und er heulte wie ein kleines Kind. Aber es flossen keine Tränen, als er sich dem alten Mann vor die Füße warf und dessen dünne Beine an seine Brust zog.

Leonid streckte eine Hand aus und legte sie dem Jungen auf den Kopf. Sein Gesicht war dunkel und sorgenvoll.

»Ich konnte ihn nicht retten«, jammerte Titus. »Aber ich habe uns gerächt. Gerade jetzt fliegt unsere Greifengarde aus, um die Statthalter unserer Städte anzuweisen, dass wir im Kriegszustand sind und sie beginnen müssen, Wehrpflichtige einzuziehen, noch bevor morgen die Sonne untergeht.«

Er blickte zu Leonid hoch, und für einen Augenblick entglitt ihm die Maske seiner angeblichen Trauer, als er Leonids Gesicht betrachtete.

Der alte Mann gab dem Jungen ein Zeichen, sich zu erheben. Titus tat es, wobei er über seinen zerknitterten Ornat strich, doch es gelang ihm nur, seine Hände mit Blut zu beschmieren. Arjuns Blut.

Einen Augenblick lang war Jai versucht, aus der Kammer zu stürzen, Titus zu erwürgen und die sabinische Dynastie ein für alle Mal zu beenden. Nur die blutige Klinge an Titus' Hüfte hielt ihn noch auf.

»Ich habe eine Legion im Wald, die bereit ist, das danskische Heer zu überfallen«, sagte Titus, der mit seinen Worten eine sich immer weiter ausdehnende Stille ausfüllte, während der Leonid ihn betrachtete. »Bei Sonnenaufgang …«

»Wo ist diese Legion hergekommen?«, fragte Leonid. Seine Stimme war ernst wie ein Grab. »Die Vereinbarung war, dass nur eine Legion sie begleiten würde.«

»Sie – ich habe sie hergerufen«, stammelte Titus. »Als Ivar krank wurde … dachte ich …«

Er verstummte und ließ den Kopf hängen. Es war eine schwache Darbietung, die Prahlerei des Jungen schrumpfte unter dem strengen Blick seines Patriarchen zusammen. Ein armseliges Nachspiel der Vorführung, deren Zeuge Jai im Hof geworden war.

»Ich konnte sie nicht heiraten, Großvater«, brach es aus Titus heraus, der plötzlich wieder wie zum Kind geworden schien. »Nicht eine danskische Hure. Vater hat mich nicht einmal gefragt.«

Leonid schwieg. Seine wie durchscheinenden Augen blinzelten nicht, und Titus fuhr fort, wobei ihm die Worte in einer unkontrollierten Flut aus dem Mund strömten.

»Mein Plan war, sie zu verraten. Ich hatte Magnus' Männer mit der Palastwache stationiert. Unsere Rivalen als Gäste eingeladen, um unsere Verbündeten nicht in Gefahr zu bringen.«

»Und das Steppenvolk?«, fragte Leonid.

Titus' Schultern sackten herab, aber sein Mund redete weiter.

»Als mir Magnus' Männer diese Flachlandschlampe brachten und mir das Gift zeigten, das sie vorbereitet hatte, da wusste ich, dass sie das seit Jahren geplant hatten. Ich musste Stärke zeigen, Großvater. Von allen Leuten wirst du das doch verstehen.«

Wieder sagte Leonid nichts.

»Da wusste ich noch nicht, dass sie mit den Dansken zusammenarbeitete. Ich dachte, Ivar und Erica seien ihr Ziel gewesen. Ohne die Dansken, die unsere Legionen beschäftigen, könnte das Steppenvolk niemals gegen uns bestehen.«

Es war eine durchaus plausible Geschichte. Jai hätte Leonid beinahe vergeben, hätte er sie geglaubt.

»Aber ich hatte recht, sie zu verraten, nicht wahr?«, fuhr Titus fort. »Ivar hat Vater vergiftet. Hat unsere Gäste vergiftet …«

»Hat sich selbst vergiftet?«, fragte Leonid. »Durch Zufall, hast du das nicht gesagt?«

Darauf hatte Titus keine Antwort, und Leonid stieß ein leises, verächtliches Schnauben aus.

Es geschah vielleicht erst in diesem Augenblick, dass Jai ganz und gar die Tiefen begriff, in die Titus herabgesunken war. Denn jetzt wusste er, dass es nicht Ivar gewesen war, für den die Lerchenzungen bestimmt gewesen waren. Oder zumindest nicht in erster Linie. Sie hatten Ivar nur vergiftet, um sich seiner Wirksamkeit zu vergewissern … und um den seelenverbundenen König für seine Ermordung zu schwächen. Deswegen, und um eine Entschuldigung zu haben, um die Wache zu verdoppeln und die Akolythen der Greifengarde in den Palast zu bringen.

Dennoch konnte Jai immer noch nicht glauben, dass dieser Junge dort seinen eigenen Vater ermordet hatte. Die Gäste aus den rivalisierenden Königreichen, ja. Es war eine Art kranker Geniestreich gewesen, der einen Gruppe von Feinden den Mord einer anderen Gruppe in die Schuhe zu schieben und die Ersteren im Gegenzug abzuschlachten. Aber seinen eigenen Vater zu töten? Das war doch Wahnsinn. Jai hätte es für einen Unfall gehalten, wenn er nicht das vernommen hätte, was er in eben diesem Raum nur ein paar Stunden zuvor belauscht hatte.

»Großvater«, flüsterte Titus drängend, »lass uns das beenden, was du begonnen hast. Erobern wir diesen Kontinent, von den Silbernen Meeren bis zu den Ozeanen des Sonnenaufgangs an der Küste des Phöniximperiums. Unsere Männer werden den Reichtum in Besitz nehmen, den die geschwächten Corvins und Blacktrees uns schulden. Wir werden unsere wiederaufgefüllten Kassen nutzen, um einen Feldzug auf die Beine zu stellen, den man seit deiner Vorherrschaft nicht gesehen hat.«

Leonid hob den Kopf und begegnete dem Blick seines Enkels. So viel lag in diesem Blick. Jai sah, dass beide Sabiner wussten, was an diesem Abend geschehen war. Es war etwas Ungesagtes.

Beinahe eine volle Minute verstrich, ehe Leonid endlich sprach.

»Ruf die Generäle zusammen, Junge«, sagte er. »Wenn es Krieg gibt, dann müssen wir gewinnen.«

Jai sah die Erleichterung in Titus' Miene, als der Junge zustimmend nickte. Erleichterung … und Scham.

»Das ist bereits erledigt«, sagte Titus, der sich zum Gehen wandte. »Ich habe auch die Oberhäupter all der großen Familien aufgerufen, uns in unserer Stunde der Bedrängnis zu unterstützen. Und sie werden natürlich hier sein müssen, um Zeugen meiner Krönung zu sein.«

Er war schon beinahe an der Tür, als Leonid ihn anrief.

»Es wird keine Krönung geben«, sagte er. »Jedenfalls nicht deine.«

Titus hielt an. Er drehte sich nicht um, sondern sprach bloß ein Wort.

»Warum?«

Jetzt konnte Jai Titus' Gesichtsausdruck nicht sehen. Er nahm nur wahr, wie der Nacken des Jungen rot wurde.

»Ich habe meinen Thron deinem Vater überlassen«, fuhr Leonid fort, »denn ich hatte das Recht, ihn herzugeben. Jetzt, da er tot ist, kehrt der Thron wieder zu mir zurück. Und ich entscheide mich, ihn zu behalten.«

Diesmal war es Titus, der schwieg.

»Du hast nie eine Schlacht geschlagen, Junge, vom Führen eines Kriegs ganz zu schweigen.« Tiefe Traurigkeit lag in Leonids Stimme, als er dies sprach. »Ich werde uns durch diesen Sturm führen, bis du bereit bist. Vielleicht wird es soweit sein, ehe alles erledigt ist. Aber jetzt … das kann ich nicht zulassen.«

Titus ging weiter, sein Rücken war so gerade wie ein Stock. Seine Hand verharrte über dem Türknauf. Dann rutschte sie nach unten zum Schlüssel im Türschloss.

Er drehte ihn, bis ein lautes Klicken ertönte. Die Schultern des Jungen bebten und seine Hand bewegte sich erneut, glitt zu der Klinge an seiner Hüfte.

»Dann soll es so sein«, sagte Titus.

31

Leonid hielt eine Hand hoch, als Titus sich ihm näherte, und zu Jais Überraschung hielt der Junge tatsächlich inne. Der alte Mann stöhnte wegen der jähen Anstrengung, seine Knöchel wurden weiß, als er sich aus dem Stuhl erhob. Mit erhobenem Kinn und einem verächtlichen Zug um die Lippen stand er auf zitternden Beinen.

»Der Löwe der Sabiner wird nicht mit gebeugten Knien sterben«, knurrte er. »Ich habe den Tag verflucht, an dem du geboren wurdest und uns deine Mutter genommen hast. Jetzt verfluche ich ihn erneut, an diesem Tag heute, an dem du uns auch noch deinen Vater genommen hast. Wenn deine Mutter sehen könnte, was ich sehe. Wenn die Welt es sehen könnte. Einen winselnden Welpen. Einen Verräter.«

Titus' Gesicht wurde dunkel vor Wut, und er machte drei kurze Schritte. Die Klinge blitzte auf, als sie sich tief in den alten Mann bohrte und aus dessen Rücken wieder austrat. Die Wucht des Stoßes ließ Leonid in seinen Stuhl zurückstürzen, und sein schmerzerfülltes Stöhnen übertönte Jais eigenes Keuchen.

»Du wirst einen langsamen Tod sterben«, zischte Titus, der sich hinabbeugte und Leonids Gesicht an seine Brust zog. »Mit Pisse in deiner Hose und deinen Eingeweiden im Schoß.«

Angestrengt ächzte er, während die Klinge zur Seite sägte, und Leonid keuchte, als seine Gedärme aus dem weiten Schlitz hervorquollen.

Die Augen des alten Mannes waren leer, sein lautloser Mund öffnete und schloss sich wie der eines gestrandeten Fischs.

»Ich hatte gehofft, du würdest dankbar sein«, sagte Titus, der seine Klinge an Leonids Wams abwischte. »Ich habe deine großartige Vision doch erst möglich gemacht. Ein geeintes Land, alles unter dem sabinischen Banner. Aber du hast zugelassen, dass Feigheit dich verraten hat.«

Bedauernd schüttelte er den Kopf.

»Und dann mein Vater, der sich damit begnügte, an den Krümeln des Ruhms zu knabbern, die du übrig gelassen hattest. Der die Reichtümer im Osten ignorierte und mich mit einer Barbarin verheiratete. War das sein Plan? Einen halb danskischen Wicht auf unseren Thron zu setzen? Er ist es, der ein Verräter ist. Und du … du bist auch nicht besser.«

Er spuckte den alten Mann an, doch es glückte ihm nur, sein eigenes Kinn zu befeuchten. Ein zweiter Versuch befleckte dann erst das Gesicht des alten Mannes. Trotz allem fühlte Jai, wie ihm dabei der Kamm schwoll.

»Magnus sagte mir schon, wir würden dich töten müssen, aber ich kam allein, um dir wenigstens noch eine Chance zu geben. Ich hätte es besser wissen müssen.«

Leonid zuckte mit ins Leere starrenden Augen.

»Wenn ich mit Zeugen zurückkomme, um deinen Leichnam zu ›entdecken‹, werde ich die Schuld dem Flachlandbengel geben, den du so magst. Seinen Körper haben wir bereits. Ich werde eine große Vorführung daraus machen, seine Leiche auf den Straßen zur Schau stellen, bis sie verrottet ist. Stell dir das vor. Die Dansken haben meinen Vater getötet, das Steppenvolk hat dich getötet. Der geeignete Grund für meine heutigen Taten. So treffend, als würden die Götter selbst mein Schicksal leiten. Aber dann wiederum sind meine Vorfahren unter ihnen, nicht wahr? Du wirst bald genug auch unter ihnen sein.«

Er lachte darüber, während Leonid stark zu zittern begann.

»Deine Vorfahren … pissen auf dich«, krächzte der alte Mann.

»Nicht bevor ich auf dich pisse, du alter Scheißkerl. Jeden Morgen, wenn du nur nahe genug begraben liegst.«

Das Schloss klickte, und Titus öffnete die Tür gerade weit genug, um sich hindurchzuzwängen. Die vier Ecken glühten erneut auf, als sie sich wieder schloss.

Dann war Jai allein … allein mit einem sterbenden Kaiser.

◆ ◆ ◆

Jai wusste nicht, was ihn dazu brachte, zu Leonid zu gehen. Ihm fiel nicht viel ein, womit er ihm dessen letzte Momente erleichtern konnte.

Aber was hätte er denn sonst tun können? Durch die Tür war nicht möglich zu verschwinden, und der Innenhof war ein Beinhaus. Sein bester Plan bestand darin, sich irgendwie zu bewaffnen und Titus zu überfallen, wenn er zurückkehrte. Womöglich konnte er ein paar Treffer landen, ehe Magnus ihn zu Asche verwandelte.

Jai zog sein Hemd aus und presste es auf Leonids Bauch. Der alte Mann verzog zwar das Gesicht, nickte aber seinen Dank. Blut drang bereits durch Jais Hände. Nun würde es nicht mehr lange dauern.

»Wasser«, krächzte Leonid, als er seine Hände neben Jais legte.

Jai holte etwas. Es war noch von letzter Woche übrig und abgestanden, aber Leonid schluckte es gierig hinunter. Schließlich lehnte er sich mit einem Seufzen zurück.

»Du … bist der einzige Freund, den ich noch auf dieser Welt habe«, flüsterte Leonid. »Der Sohn meines größten Feindes. Die Götter … haben Sinn für Humor.«

Jai wischte dem alten Mann den Speichel aus dem Bart.

»Gibt es ein Gebet, das ich sagen kann?«, fragte er. »Wenn Ihr …«

Jai verstummte. Er wusste nicht, was er sonst sagen sollte. Leonid stieß ein bitteres Lachen aus.

»Ich bin nicht für die Himmel im Jenseits bestimmt, mein Junge«, sagte er. Seine Stimme war nun ganz schwach geworden. »Ich weiß aber, wohin ich gehe. Die Meinung der Götter wird sich durch keine letzte Fürbitte ändern lassen. Wenn diese Schmach mein Ende sein soll, dann haben sie mir meine Sünden nicht vergeben.«

Jai hob den Krug an Leonids Lippen, aber der alte Mann drehte den Kopf weg. Seine Augen wurden bereits glasig, und die Adern auf seinem Gesicht waren wie blaue Spinnweben, die seine erbleichende Haut sichtbar machte.

»Ich werde mit Euch warten«, murmelte Jai. »Bis die Zeit kommt.«

Nicht dass er irgendeine andere Wahl gehabt hätte. Aber die Worte brachten ein Lächeln auf Leonids Gesicht.

»Such den Suffkopf im Phönix«, sagte er. »Bitte ihn um einen Gefallen … und darum, dass er mir vergibt.«

»Still jetzt«, sagte Jai, als er dem alten Mann über die Stirn strich. »Jetzt ist es an der Zeit für das Gebet.«

Aber Leonid redete mit in die Ferne gerichtetem Blick weiter.

»Du hast beinahe alles in diesem Raum gelesen«, sagte er. »Vielleicht ist es jetzt Zeit, damit aufzuhören. Das war immer der Schlüssel zu deiner Freiheit.«

Er lachte, und Jai wollte ihn einmal mehr zum Schweigen bringen. Leonid packte ihn am Handgelenk und richtete seinen Blick auf ihn.

»Doch, warum nicht?«, lachte Leonid mit einem seltsamen Ausdruck auf dem Gesicht. »Wenn meine Familie zu meinem Feind wird … zu was wird dann mein Feind?«

Sein letzter Atemzug ging zu Ende, unterstrichen von einem abschließenden Freudenausbruch.

Der Löwe der Sabiner mochte nicht auf seinen Füßen gestorben sein, aber er starb lachend.

32

Jai saß noch eine ganze Weile bei dem toten Kaiser. Dann schloss er die Augen des alten Mannes. Bedeckte ihn mit einer Decke.

Er wusste, dass er Leonid geliebt hatte. Es war eine Liebe, die von den langen Jahren der Kameradschaft herrührte. Und auch davon, den alten Mann wirklich zu kennen. Wenn Balbir einer Mutter am nächsten gekommen war, dann Leonid einem Vater.

Allerdings auf keinen Fall einem guten. Auch keinem liebenswürdigen. Aber nichtsdestotrotz einem Vater.

Er war sein Gefängniswärter und Vormund gewesen. Es kam Jai vor, als sei er sein ganzes Leben lang dagewesen. Er trauerte um das Ungeheuer. Oder um das, was aus diesem Ungeheuer geworden war.

In seinen letzten Augenblicken jedoch schien Leonid den Verstand verloren zu haben. Hatte von Plätzen und Dingen gesprochen, die alle keinen Sinn ergaben – und von einer Aufgabe, der Jai sich unmöglich stellen konnte, selbst wenn dem doch so war. Er konnte sich glücklich schätzen, wenn er noch die nächste Stunde überlebte, geschweige denn wenn er eine Gelegenheit bekam, nach … einem Suffkopf im Inneren eines seltenen Tiers zu suchen.

Aber Leonids letzte Worte hatten Jai auch an die Kluft erinnert, die zwischen dem Mann und dem Jungen existiert hatte. An die unausgesprochene Sache. Das war Jais Vater.

In den über zehn Jahren, die Jais Vormundschaft angedauert hatte, war Rohans Name kaum über die Lippen von einem der beiden gekommen. Auch Leonids Tagebuch aus dieser Zeit hatte Jai nicht angerührt. Einige Jahre nach Jais Ankunft hatte Leonid den Band – vielleicht aus Respekt – in das niedrigste Regal in der hintersten Ecke des Gemachs gestellt.

Die vielen anderen Tagebücher waren erweitert und dann von den Mönchen der Kathedrale sorgfältig übertragen worden. Bestimmt hatte Jai genug Zeit damit verbracht, Leonids Gedanken aufzuschreiben – ach, wahrscheinlich hatte er sogar die Hälfte des Inhalts geschrieben, der sich auf diesen Regalen sammelte.

Diese Bücher besaßen vergoldete Buchstaben und waren in edles Pergament gebunden. Jai kannte einige von ihnen beinahe auswendig, besonders diejenigen, in denen die Greifengarde in die Schlacht zog. Aber jenes eine Buch, das den Steppenkrieg dokumentierte, war in seiner ursprünglichen Form verblieben.

Dieses Buch bestand aus vergilbenden losen Blättern, die grob mit einem Faden zusammengehalten wurden. Es war die Niederschrift eines Mannes während eines Feldzugs gewesen, gekritzelt auf dem Rücken eines Schlachtrosses, oder während der Tage im Halbschlaf notiert, die voller sich hinschleppender Kämpfe gewesen waren.

Darüber hatte sich Jai immer gewundert. War es aus Verlegenheit gewesen, dass Leonid diese Jahre nicht verewigt hatte? Sicher, es war ein Krieg gewesen, der das sabinische Reich beinahe in die Knie gezwungen hätte. Hätte es keine Entscheidungsschlacht gegeben, beide Völker hätten einander womöglich bis zum Zusammenbruch aufgerieben.

Doch was auch immer der Grund gewesen sein mochte – Jai wusste, dass er dieses Buch lesen sollte. Wenn dies tatsächlich das Ende von Rohans Linie war, dann konnte er zumindest ein wenig mehr über den Mann lernen, der damit in Verbindung stand.

Ehe er sich hinsetzte, um zu lesen und auf seinen Tod zu warten, nahm er sich die Zeit, die Regale nach einer Waffe abzusuchen. Vielleicht bekam er die Gelegenheit, seine Brüder zu rächen, wenn die Zeit kam, oder er konnte sich wenigstens bei dem Versuch einen schnellen Tod verdienen. Wenn Titus ohne Magnus oder einen Leibwächter als Begleitung zurückkehrte, würde Jai es möglicherweise gerade so hinbekommen, ihn zu töten.

Aber jede Klinge auf den Regalbrettern, ob nun ein zeremonielles Artefakt oder eine blutgetränkte Trophäe, war abgestumpft worden. Jai vermutete, dass man dies schon vor Jahren getan hatte, für den Fall, dass sich ein Diener gegen Leonid wandte.

Da er kaum eine andere Wahl hatte, bewaffnete er sich mit der schwersten und auch mächtigsten Klinge, die er hier überhaupt finden konnte, und das war ein wuchtiger Falchion. Er plante, es wie einen Metallknüppel zu handhaben. Abgestumpft oder nicht, es würde Titus den Kopf einschlagen. Er ignorierte die Rüstung, denn er wusste, dass sie ihn bei seinem Überfall nur belasten und ihn nicht vor Magnus' Magick beschützen würde.

Erst dann erlaubte er es sich, in die dunkelste Ecke des Raums zu schlurfen und sich dort im Schneidersitz hinzusetzen, wie er es schon als Kind getan hatte, nämlich zu Leonids Füßen, wenn er dessen Geschichten von Ruhm und Plünderung gelauscht hatte.

Er nahm das Tagebuch. Es war ein einzelner, eingerissener Band, kaum dicker als zwei Finger. Er wischte Staub von der ersten Seite, die als Umschlag diente.

Die Schrift war schräg hingeschmiert, wie in Eile hingeworfen:

Heiden. Volk der Hochebene. Steppenvolk.

Sie tragen viele Namen. Und doch kann ich mich nicht erinnern, einen von ihnen gehört zu haben, ehe mein Reich ihre Grenzen berührte. Früher einmal führten sie untereinander Krieg. Eine fragmentierte Kultur, bestehend aus einem Dutzend größerer Stämme. Doch etwas ist jetzt anders.

Zweimal haben meine Generäle eine Kohorte jenseits unserer Grenzen ausgesandt, um ihre Plünderer zu verfolgen. Zweimal ist kein Mann zurückgekehrt.

1200 Männer. Einfach fort.

Zu lange bin ich in diesem Palast versauert und habe geringere Männer das Kriegshandwerk führen lassen. Es ist Zeit, den Rost von meiner Klinge zu scheuern.

Jai versuchte, das erste Wort nicht an sich heranzulassen, Heiden. Es war eine Beleidigung, die mittlerweile so austauschbar mit Steppenvolk verwendet wurde, dass sie im ganzen Reich in den allgemeinen Sprachgebrauch übergegangen war.

Sein ganzes Leben lang hatte man ihm gesagt, er sei ein Heide. Dass sein Volk Wilde seien. Bluttrinker, Kopfjäger. Nicht Sesshafte. Landstreicher.

Doch er wusste so wenig von seinem eigenen Volk, dass er es nicht leugnen konnte. Da er als Sabiner aufgezogen worden war, fühlte auch er, wie sich ihm bei Gerüchten über ihre Traditionen der Magen umdrehte.

Er gab zu, es war seltsam für ihn, dass das Steppenvolk keine Ortschaften, Städte, ja nicht einmal Dörfer besaß. Dass sie jeden Tag ihre Jurten zusammenpackten und zu neuem Weideland zogen. Dass sie kein Metall schürften und auch kein Getreide anbauten.

Selbst die Dinge, die ihm Balbir beigebracht hatte, waren inzwischen halb vergessen. Und seine eigenen Erinnerungen galten ihm kaum mehr als Träume.

Wollte er denn wirklich, dass seine letzten Gedanken an seine Vorfahren vom Geist dieses einen Mannes beeinflusst wurden, der Grund dafür gehabt hatte, sie am meisten zu hassen?

Jai wusste, dass er sich selbst belog. Er kannte den wahren Grund, warum er nicht weiterlesen wollte. Aber er erlaubte sich, das Buch zurückzustellen.

Nur … als er gerade dabei war, das zu tun, sah er etwas. Es war ein rostiger Hebel, der in das Regal dahinter eingelassen war.

All die Jahre über hatte er sich dort direkt in Sichtweite befunden haben müssen. Leonid hatte gewusst, dass Jai niemals in die Nähe des Tagebuchs gehen würde. Es war ja auch kein Wunder.

Jai beugte sich vor. Er zog daran, dann zog er härter, strengte sich an, als ein verrosteter Mechanismus protestierend aufkreischte.

Erst ertönte ein Rumpeln, und dann folgte das Klack-Klack-Klack von Ketten. Jai hielt den Atem an und fuhr herum, um zu sehen, was jetzt passieren mochte. So, wie er die Exzesse aus Leonids Jugend kannte, war schlichtweg alles möglich. Die Decke selbst konnte sich zur Seite bewegen, falls der noch jüngere Kaiser den Wunsch verspürt hatte, unter den Sternen zu schlafen.

Stattdessen ertönte ein letztes, leises Klicken … und hinter ihm das Knarren von Holz. Jai fühlte einen Luftzug und drehte sich noch einmal langsam um.

»Das ist der Schlüssel … zu meiner Rettung«, flüsterte er.

Das Regal war zurückgeschwungen und ließ an seinem Rand eine dunkle Lücke offen, die gerade weit genug war, um sich hindurchzuzwängen. Es gab kein Licht … nur diesen sanften Luftzug, der ihm sagte, dass es irgendwo jenseits von dieser Stelle einen Weg nach draußen geben mochte.

In diesem Augenblick wurde an der Tür gerüttelt. Einen kurzen, panischen Moment lang zögerte Jai. Dies war seine einzige Gelegenheit, einen Kaiser zu töten. Und damit seine Familie zu rächen.

Aber schuldete er es nicht seiner Familie, dass er weiterlebte? Dass er Rohans Erbe fortsetzte?

Es mochte durchaus Feigheit gewesen sein, die ihn durch die Lücke treten ließ. Oder vielleicht war es auch die Loyalität gegenüber seinem Vater, die ihn dazu brachte, das Tagebuch zu ergreifen und das Schwert zurückzulassen, um den Hebel an seinem Platz zu verbergen.

Nichts davon spielte eine Rolle, als Jai das Regal mit einem letzten lauten Rasseln wieder hinter sich zuschob. Denn jetzt, zum vermutlich ersten Mal in seinem ganzen Leben … war Jai frei.

33

Er stand allein im Dunkeln und presste sein Ohr ans Holz, lauschte auf Titus' vorgetäuschtes Weinen aus Verzweiflung.

Aber er hörte nichts. Sah nichts.

Es gab nicht einmal mehr einen Luftzug, der ihn leiten konnte. Ihm war, als hätte er sich plötzlich in einer feuchten Höhle tief in der Erde wiedergefunden.

Er hätte es womöglich auch geglaubt, hätte er nicht die Wahrheit gewusst. Er befand sich tatsächlich hunderte Fuß über den Hügeln und Tälern, die den Palast umgaben – irgendwo in der hervorspringenden Felswand, auf der Latium erbaut war.

Jai stieß einen langen Atemzug aus. Er hatte gar nicht bemerkt, dass er die Luft angehalten hatte. Für den Augenblick war er sicher. Tatsächlich … war er sogar mehr als sicher. Von all den Menschen, die ihn gesehen hatten, seitdem er aufgewacht war, waren beinahe alle tot.

Constantin. Leonid. Sogar Arjun.

Und Balbir. Die arme Balbir, die ihr Geheimnis bis zum Schluss bewahrt hatte. Denn hatte Titus nicht gesagt, dass sie Jais Körper hatten? Ihr Schweigen bedeutete doch, dass sogar Magnus ihn für tot halten musste.

Aber das hieß trotzdem nicht, dass die Dinge einfach sein würden. Alle Steppenbewohner, ob Mann oder Frau, und alle Dansken in der

Stadt würden jetzt gejagt werden. Selbst wenn er einen Weg aus dem Palast fand, war die Gefahr noch nicht vorbei.

Um alles noch schwieriger zu machen, musste er das größte Reich der Geschichte in seiner ganzen Länge durchqueren. Nur wenige Gasthöfe würden ihn einlassen. Noch weniger Karren würden ihn mitfahren lassen.

Er, der kaum einen Fuß jenseits der Mauern von Latium gesetzt hatte, würde allein von dem leben müssen, was das Land ihm zu bieten hatte. Aber – sagte er sich – ein Problem nach dem anderen.

Für den Augenblick brauchte er nur Licht.

Zum Glück fanden seine Hände, nachdem er das Tagebuch zusammengerollt und in seine Tasche gesteckt und eine Weile die roh behauenen Wände abgetastet hatte, eine Kerze und ein Zunderkästchen. Offensichtlich hatte Leonid diesen Weg schon früher benutzt.

Der Zunder war trocken und flammte leicht genug auf. Schon bald konnte er seine Umgebung sehen, eine Höhle, die in feuchten, unebenen Stein gehauen war.

Innerhalb von Augenblicken ging er einen steilen Gang hinab. Es hätte auch eine Wendeltreppe sein können, der die Stufen fehlten. Irgendwie bezweifelte Jai, dass diese Schräge für einen Rollstuhl gedacht war. Hier war es mehr um die Geschwindigkeit gegangen, in der ein so geheimer Ort hatte angelegt werden müssen. Wenn der Staub, der den Kerzenhalter bedeckte, irgendein Hinweis war, dann hatte Leonids letzter Besuch lange stattgefunden, ehe er an den Rollstuhl gefesselt worden war.

Jai war tatsächlich überrascht, dass dieser Durchgang nicht von Magnus' Zauber beeinflusst war. Aber es war ihm ja wiederum auch möglich gewesen, über den Balkon hinauszugehen. Es musste der Haupteingang gewesen sein, der mit einem Zauber versehen war, und nur der.

Während er weiter hinabstieg, wurde die Luft so viel kühler, dass er eine Gänsehaut bekam. Wasser tropfte von der Decke, und er konnte an den ersten Beulen von Stalaktiten sehen, dass man diesen Ort vor vielen, vielen Jahren geschaffen hatte. Vielleicht sogar in Leonids Jugend, als der Palast zum ersten Mal erbaut worden war.

Der Gang erschien ihm endlos und still, abgesehen von dem Tropfen des Wassers und dem Echo seiner Schritte. Alle paar Sekunden klatschte ein Tropfen auf sein Haar oder seine Schultern, der ihm die Wärme aus den Knochen zog.

Was war das hier? Ein geheimer Fluchtweg – für den Fall eines Umsturzes oder eines versuchten Attentats? Bestimmt bahnte er auf diese Art einen Ausweg.

Und dann gab es endlich eine Unterbrechung in dieser tiefen, spiralförmigen Schlange von einem Durchgang.

In der Seitenwand gähnte ein Eingang. Keine Tür, kein Vorhang. Der Raum dahinter hätte eine natürliche Höhle sein können, hätte Jai nicht die Spuren von Spitzhacken an den Rändern gesehen.

Er fragte sich, ob er seinen Weg fortsetzen sollte – seine oberste Priorität war es schließlich, von Latium wegzukommen. Doch er wusste, dass Soldaten in den Straßen der Stadt nach Steppenvolk jagten. Vielleicht war es also besser zu warten. Bestimmt würden sie in den frühen Morgenstunden von dem Gemetzel ermüdet sein.

Also trat er durch die Dunkelheit hindurch. Und nun sah er Anzeichen dafür, was dieser Ort früher einmal gewesen sein musste.

Mottenzerfressene Vorhänge unterteilten ein gewaltiges Gemach, zusammen mit den verschiedensten Fellen und Teppichen. In seiner Mitte stand ein derart riesiges Bett, dass zehn Menschen darauf gepasst hätten. Es gab sogar eine kleine Feuerstelle, die tief in die Mauer eingelassen war.

Augenblicklich wusste Jai, was dies hier für ein Ort war. Einer nämlich, über den man in Tavernen Witze machte, oder bei dessen Nennung man mit derben Ausrufen schwor.

Leonids sagenhaftes Hurenhaus. Oder, so wie es aussah, war es eher eine Hurenstube.

Keinem Kaiser konnte es recht sein, dass er dafür bekannt war, mit Prostituierten zu schlafen. Es galt als unziemlich, ganz abgesehen von der Möglichkeit für leicht identifizierbare Bastardnachkömmlinge, die vielleicht später Anspruch auf den Thron erheben würden. Gewiss nicht, während er verheiratet war – und schon gar nicht in seinem eigenen Schlafzimmer.

Dieser Ort musste Leonids Lösung gewesen sein. Jai fürchtete sich nur vor dem Gedanken, wo sich der Eingang befinden mochte. Dieser geheime Durchgang würde ihm herzlich wenig nützen, wenn er in einen Raum in einem tatsächlichen Bordell mündete.

Viel wahrscheinlicher jedoch würde es irgendein diskreter Ort sein, den die Kurtisanen betreten konnten, ohne Verdacht zu erregen. Also setzte sich Jai auf das Bett und ignorierte den Staub, den er aufwirbelte, während er sich zurückfallen ließ.

Bloß eine oder zwei Stunden Schlaf würden helfen, aber er hatte keine Möglichkeit, hier die Zeit abzuschätzen. Nein, er würde wach bleiben müssen – je eher er weiterkam, desto besser.

Wenn es nur eine Möglichkeit gäbe, sich die Zeit zu vertreiben.

Leider gab es an diesem Ort nichts von Wert – wer auch immer sich um Leonids Besucherinnen gekümmert hatte, musste alles mitgenommen haben. Einmal musste es hier Möbel gegeben haben, sowie Getränke, wenn die Scherben von Weinflaschen und die staubigen Umrisse auf den abgenutzten Teppichen Anzeichen dafür waren.

Jetzt war alles fort. Dennoch, als Jai die Wände des Raums betrachtete, fiel ihm zwischen den zerfetzten Überresten Farbe auf. Eine Blume, die an die Wand gemalt worden war. Und drei Strichmännchen.

Das waren kindliche Darstellungen. Tatsächlich sah er jetzt das Spielzeug, das in dieser Ecke des Raums lag. Ein geschnitztes Pferd, dem ein Bein fehlte. Eine Puppe mit klaffenden leeren Augen, die so zerlumpt war, dass sie aussah, als hätten sich Ratten in ihr eingenistet. Der Anblick ließ ihn schaudern.

Dann untersuchte er die gezeichneten Figuren genauer. Es waren ein Mann, eine Frau und ein Kind, die sich an den Händen hielten. Und der Mann trug … Purpur. Das Gewand eines Kaisers.

34

Zweifellos musste dieser Raum einmal ein Bordell gewesen sein – die Anzeichen dafür waren überall um ihn herum zu erkennen. Es gab sogar Ishtore, also Darstellungen der Göttin der Kurtisanen, die man in den Stein über den Türen geprägt hatte. Aber es ging auch noch um etwas anderes – oder war zu etwas anderem geworden.

Jai hielt es für möglich, dass Leonids bevorzugte Liebhaberin ein Kind gehabt hatte, eine Tochter, wenn er hätte raten müssen. Dass sie immer in der Ecke gespielt hatte, während sie … ihr Geschäft abwickelten.

Das waren nicht gerade die wilden Orgien, von denen die Geschichten erzählten, wenn dieser Ort auch zweifellos so angefangen hatte. Es gab sogar längst von Schimmel und Fäulnis überdeckte Malereien an den Wänden, die einst solche Dinge dargestellt zu haben schienen.

Aber er stellte sich etwas anderes vor. Er hatte vor Augen, dass Leonid Vater eines Kindes geworden war. Eines Kindes, das hierher zu Besuch kam, damit er sowohl Zeit mit der Mutter als auch mit der Tochter verbringen konnte. Vielleicht hatten sie sich dann irgendwann auseinandergelebt.

Er untersuchte den Raum weiter, fuhr mit der Hand über die rauen, feuchten Wände. Sah sich das Bordell an, das sich in ein Kinderzimmer verwandelt hatte. Betrachtete die Markierungen für die

Körpergröße des Kindes an der Wand – sie war beinahe bis zur Höhe seines Bauchs gewachsen, ehe die Markierungen endeten.

Doch nirgendwo gab es aufgeschriebene Datierungen, die darauf hätten hindeuten können, wann all dies sich ereignet hatte. Jai wusste, dass dieser Ort unberührt war, seitdem er in Latium angekommen war. Bestimmt war Leonid nicht in die Nacht davongeschlichen, als Jai in seine Gemächer eingezogen war.

Wer auch immer sich hier früher aufgehalten hatte, dieser Mensch war schon lange fort.

Als Jai jeden Zentimeter des Raums untersucht hatte, bekam er den Eindruck, dass es langsam spät wurde – wenn er auch in Wahrheit sein Zeitgefühl verloren hatte. Er war nur so lange geblieben, um zuzulassen, dass sich die Stadtwachen von ihrer Suche nach Dansken und Steppenvolk mehr und mehr langweilen ließen.

Er wünschte sich, dass hier etwas von Wert gewesen wäre – etwas, das er gegen Münzen oder gegen eine sichere Reise hätte eintauschen können. Aber er hatte kein Glück. Es gab nichts, das nicht von der Fäulnis und der Feuchtigkeit des Orts zerstört worden war.

Also setzte er seinen Weg fort, weiter den sich windenden Durchgang hinab. Je tiefer er kam, desto feuchter wurde es, sodass er überall um sich herum Rinnsale und das Tröpfeln von Wasser vernehmen konnte. Gleichzeitig kam ihm die Luft weniger abgestanden und schwer vor.

Er dachte, er könnte die Anfänge einer Brise auf seinem Gesicht spüren. Aber … da war ein Gestank in der Luft. Erst dachte er noch, dass er ihn sich einbildete. Oder vielleicht, dass der Geruch seines eigenen Angstschweißes seine Nasenlöcher erreicht hatte.

Bald jedoch war er zu stark, um ihn ignorieren zu können. Es war ein Gestank, der Jai nur allzu bekannt vorkam. Zuvor hatte er ihn als Kind gerochen – damals, als der Purpurne Tod Latium erreicht hatte. Als sich die kaiserliche Familie in ihrem verlassenen Palast verbarrikadiert hatte, um kalten Aufschnitt und Früchte zu essen und in dreckigen Laken zu schlafen, während draußen die Pest die Straßen heimsuchte.

Wochenlang hatte man die Leichen, deren Haut mit dem verräterischen roten Ausschlag der Krankheit übersät war, dort verwesen lassen, wo sie gelegen hatten. Erst als die Greifenwachen, die als Seelenverbundene immun gegen die Erkrankung waren, die Leichen wegschafften, hatte auch der Gestank den Palast verlassen.

Dies hier war derselbe Gestank. Tod. Verwesung.

Erst als Jai das Ende des Durchgangs erreichte, wo die übel riechende Luft beinahe unerträglich wurde, begriff er, wo er zu sein schien. Er hatte befürchtet, heute Nacht an diesem Ort enden zu müssen. Oder … dass zumindest sein Körper zerstört wurde.

Die Pestgruben. So wurden sie genannt, seitdem man sie zum ersten Mal in Gebrauch genommen hatte, als die Greifengarde Hunderte von Pest befallene Leichen zum Rand der Palastklippe geschafft hatte. Sie hatten sie hinabgestoßen, damit sie in der natürlichen Senke am Fuß der Felswand verrotteten.

Wenige gingen inzwischen dorthin. Denn es war der Ort, an dem alle Leichen der Unerwünschten und Vergessenen landeten. Die toten Gefesselten und Diener, die Landstreicher und Waisen. Es war billiger, eine Wache zu bezahlen, damit sie deren Körper dort loswurde. Durch die Gnade des Himmels war der Gestank dort in der Tiefe zu weit entfernt, um den Palast zu erreichen.

Aber es war ganz in der Nähe dieser fauligen Gruben, wo Jai herauskam, nachdem er sich durch einen mit Ranken und Brombeersträuchern überwucherten Spalt gezwängt hatte. Es überraschte kaum, dass niemand den geheimen Eingang zu Leonids Bordell gefunden hatte, denn das Gelände war zu einer verseuchten Begräbnisstätte geworden.

Hier draußen ließ ihm der Gestank beinahe die Augen tränen. Im Licht des neuen Mondes blies er die Kerze aus und steckte sie ein. Es schien besser, keine Aufmerksamkeit auf sich zu ziehen. Er ließ sich Zeit, seine Augen an die Dunkelheit zu gewöhnen, und betete darum, dass er alleine war, während er in der Kälte der Winternacht zitterte.

Jai hatte sich diesen Platz ausgemalt. Er hatte sogar Alpträume gehabt, dass er einmal hier enden könnte. Er hatte sich immer ein großes

Loch im Boden vorgestellt, wo Tausende von Leichen in einen Schlamm aus Maden und flüssiger Verwesung trieben.

Stattdessen war dies eher ein flaches, mit hohem Gras, Wildblumen und jungen Bäumen bewachsenes Tal. Hier und da konnte Jai noch die alten Knochen der Toten sehen. Sie wirkten nicht deplatziert, sondern mehr wie Treibholz oder herabgefallene Äste.

Die Natur hatte diese Hügel zurückerobert.

Und dann gab es da auch noch die Leichen. Er versuchte, sie nicht anzusehen, wie sie in den unterschiedlichen Stadien der Verwesung überall verstreut lagen. Einige waren eingehüllt, aber die meisten nicht. Ihre Augen schienen ihn anklagend anzustarren. Sie hatten die Augen des Attentäters.

Wummp.

Ganz in der Nähe hörte Jai einen nassen Aufschlag. Zuerst dachte er, es sei ein loser Fels gewesen. Aber dann sah er, wie erneut etwas von oben herabfiel.

Es war ein nackter Körper, der in die tödliche Stille herabstürzte. Dann ein weiterer, und bald noch einer. Jai eilte zum Eingang des Geheimgangs zurück und kauerte sich in seinem Unterschlupf zusammen. Er bedeckte erst seine Augen, dann auch seine Ohren. Es war das Geräusch am Ende eines jeden Falls. Der feuchte Aufschlag, unterstrichen vom Knacken der Knochen.

Die Greifengarde warf Körper von den Klippen. Zuerst zogen sie ihnen selbstverständlich ihre feinen Gewänder aus, entfernten ihre Juwelen und Schmuckstücke. Unter diesen … toten Körpern würden auch die seiner Brüder sein. Jai wollte es nicht mitansehen. Er wollte sie nicht mit seinen bloßen Händen begraben müssen.

Er hörte einen Aufschlag. Einen, der so laut war, dass er beinahe fühlte, wie der Boden erzitterte. Unwillkürlich riss er die Augen auf.

Ivars Drache war ebenfalls herabgefallen, beinahe einen Steinwurf von der Stelle entfernt, wo Jai gerade kauerte. Seine riesige schwarze Form lag ausgebreitet wie ein gestrandeter Wal.

Und dann endete der grausige Hagel. Offensichtlich war der Drache der letzte Körper gewesen, den man vom Innenhof zum Rand der Klippe geschleppt hatte.

Erst jetzt, als ihm die Erinnerung an die Gefahr, in der er sich befand, beinahe in den Schoß fiel, begann Jai seine Flucht zu planen. Er konnte nicht zu den Stadttoren gehen und seine Reise auf der Kaschmirstraße beginnen. Sie war die am häufigsten genutzte Route, und dort patrouillierten Hunderte kaiserlicher Legionäre.

Nein, er würde sich zum Schwarzen Wald aufmachen müssen, der nicht mehr als eine halbe Meile zu Fuß von hier entfernt war. Wenn er ihn erst einmal durchquert hatte, konnte er sich in Kornfeldern verbergen und auf den ausgetretenen Wegen gehen, die von denjenigen genutzt wurden, die sich den Wegzoll auf der großen Straße nicht leisten konnten. Das Risiko, von Banditen überfallen zu werden, war zwar größer, aber er musste die geeignete Wahl treffen. Er hoffte nur, dass was auch immer Titus dort verborgen haben mochte, inzwischen den Wald verlassen hatte.

Nach Osten. Das war alles, was er wusste. Oh, er hatte Karten des Kontinents gesehen. Er wusste, dass er der langen gewundenen Linie der Kaschmirstraße durch die vielen Gebiete des Kaiserreichs zu folgen hatte, und dann weiter über das Rückgrat des Petrusgebirges, das an seinem Rand entlang verlief.

Wenn er Glück hatte, würde er einer anderen Gruppe von Flüchtlingen begegnen, ein paar von Latiums Steppenvolk waren doch auf der Flucht, oder er traf auf untertauchende danskische Händler, und konnte vielleicht auf einer Kutsche oder einem Wagen mitfahren.

Vorläufig trugen ihn seine Füße noch näher zu dem toten Drachen, und sei es nur, um einen Blick auf ihn zu werfen, während er sich zum Waldrand nicht weit in der Ferne aufmachte. Aber etwas ließ ihn doch innehalten.

Der Drache hatte seinen Sturz recht gut überstanden, wenn der Aufprall auch dafür gesorgt hatte, dass sich seine großen Eingeweide auf einem Haufen neben ihm ergossen hatten. Ein Schwarm summender Fliegen hielt bereits ein Festgelage.

Es war aber nicht das, was Jais Aufmerksamkeit erregte. Vielmehr ging es ihm um die Brust des Tiers. Über dem großen Schnitt, wo Magnus seinen Bauch durchtrennt hatte, war ein zweites, gezacktes Loch in sein Brustbein geschnitten worden. Jemand … oder etwas … musste dem Tier das Herz herausgerissen haben.

Und nicht nur das, auch seine herausragende, geschwollene Zunge und der offene Mund offenbarten, dass jemand alle Zähne herausgebrochen hatte. Die Männer dort oben waren doch Geier der schlimmsten Sorte.

»Ist bestimmt ganz nah«, erklang eine Stimme. »Schau, da drüben ist der Drache.«

Jais Magen krampfte sich zusammen. Hinter dem mit Armbrustbolzen gespickten Hügel des Bauchs und der Brust des Drachen kam jemand … und sie waren nah. Zu nah für ihn, um sich zum Eingang des Geheimgangs zurückzuziehen.

Das Knacken von Dornenzweigen … und dann Schritte, die sich näherten. Es war nur noch ein einziger Ort übrig, an dem er sich verstecken konnte.

35

Warum hast du ihn nicht genommen, bevor du sie die Klippe runtergeschmissen hast?«, fragte eine zweite, weinerliche Stimme.

Sie klang zwar gedämpft, aber Jai wusste sicher, dass sie dort draußen waren. Außerhalb des immer noch warmen Bauchs des Drachen. Mit langsamen, bedachten Bewegungen grub er sich tiefer in die Eingeweide. Wenn er immer noch Mondlicht sehen konnte, dann würde ein Blick dort hinein wahrscheinlich seine Anwesenheit verraten.

»Hast doch das Prinzchen gehört«, sagte der Erste. »Willst du anhalten, um einer danskischen Hure den Ring von Fickfinger zu schneiden, während der irre Bastard zuschaut?«

»Für dich immer noch kaiserlicher Bastard, mein Herr«, kicherte der Zweite in einer Verspottung des Akzents der Oberschicht. »Der wird sicher bald gekrönt werden, das sag ich dir.«

»Alles, was ich weiß ist, die Adlige war eine von denen, die wir gleich am Anfang runtergeschmissen haben«, sagte der Erste, der seinen Begleiter jetzt ignorierte. »Bevor der Kaiser weggerannt ist und sie die anderen Toten ordentlich filzen konnten. Wir halten uns besser ran – wir sind bestimmt nicht die Ersten, die auf die Idee kommen.«

»Ein guter Tag für uns«, sagte der Zweite.

»Da wird nichts Gutes bei rauskommen«, murmelte der Erste. »Krieg kommt, da gibt's nichts zu drehen und zu wenden.«

»Krieg kommt?«

Für Jai war es nicht schwer zu erkennen, wer der beiden das Hirn der Handlung war, aber er fand es schwierig, sich zu konzentrieren, denn er musste wieder und wieder schlucken, um seinen Magen unten zu behalten. In dem warmen Bauch des Tiers stank es nach Blut und Kot, und er konnte auch das Brennen von verspritzter Magensäure entlang seiner Hüfte spüren. Jeden Atemzug sog er langsam zwischen seinen Zähnen hindurch, als würde das irgendwie helfen, die übel riechende Luft zu ertragen.

»Na, den halben danskischen Adel abzuschlachten, das wird schon dafür sorgen. Wach auf und riech die Eingeweide, du dämlicher Arsch.«

»Dann lass uns diesen Scheißring finden, bevor wir uns noch den Purpurnen Tod holen.«

Ein gemurmelter Fluch war zu vernehmen, und dann ein angewidertes Stöhnen.

»Es ist eine von denen«, sagte der Erste. »Schau, das muss die da sein. Hat ein ganz schönes Paar gehabt, da erinner ich mich noch dran.«

Jai hörte das Schaben einer Klinge, die gezogen wurde. Dann Sägegeräusche und Würgen.

»Halt die Augen offen, oder du kriegst nichts von deinem Anteil«, knurrte der Erste.

»Die Eingeweide riechen wie irgendwas Verfaultes«, stöhnte der Zweite, dessen Stimme sich anhörte, als wäre ihm schlecht geworden. »Hast du gesehen, wie Magnus das Ding aufgeschlitzt hat?«

Als Antwort ertönte nur ein Siegesschrei.

»Hab den Dreckskerl!«, trumpfte der Erste auf. »Der verdammte Knochen war scheißschwer durchzusägen.«

»Wir sollten dem Drachen die Klauen abschneiden«, sagte der Zweite, und Jai fühlte, wie der Drache erbebte, als er getreten wurde. »Und ein Halsband draus machen. Wär doch bestimmt was wert, oder?«

»Wir sind schon lange genug hier gewesen, und die Klinge da richtet nix gegen Drachenknochen aus«, grollte der Erste. »Bald werden noch mehr Bastarde kommen, und nicht bloß die üblichen Grabräuber. Die von der Greifengarde sind ein gieriger Haufen. Wenn die nicht damit zu tun hätten, in der Stadt Heiden zu schänden und abzuschlachten, dann wären sie schon …«

Ihre Stimmen begannen nun zu verklingen, aber Jai zwang sich zu bleiben. Reines Entsetzen überkam seine Unbehaglichkeit. Allein die Art, wie die Männer redeten, sagte ihm, dass ihn diese üblen Bastarde umbringen würden – einfach nur aus Spaß.

Erst als er es wirklich nicht mehr länger aushalten konnte, begann er hinauszuklettern und scharrte mit den Fingernägeln über die schleimigen Falten, um sich vorwärtszuziehen.

Er konnte in der Dunkelheit kaum sehen, sondern nur das Gewicht der Eingeweide des Drachen spüren, während er einen stinkenden Atemzug nach dem anderen keuchte.

Da war etwas Hartes, das ihm den Weg versperrte. Er stieß es in dem verzweifelten Bemühen weg, der feuchten Umarmung des fleischigen Gefängnisses zu entkommen, das ihn umgab. Es bewegte sich aber, und er schloss seine Hand um einen gebrochenen Rippenbogen, um Halt zu finden, dann hievte er sich hoch, bis sich die Blockade löste und er einen einzigen Atemzug in der Luft dahinter tun konnte.

Die Luft war zwar von dem gleichen Gestank erfüllt, wie auch schon von dem, den die verrottenden Leichen verströmten. Aber in dem eisigen Mondlicht fühlte sie sich in seinen Lungen so frisch wie ein Bergbach an. Er keuchte wieder, wobei er darauf achtete, durch den Mund zu atmen, und tauchte aus dem aufgeschlitzten Bauch des Tieres wie ein Neugeborenes auf, das schlüpfte und glitt, bis es auf dem Gras entbunden worden war.

Einen Augenblick lang lag er zitternd in seinen vor Blut nassen Kleidern und ließ den Schrecken abklingen.

Erst als das Mondlicht von einer Wolke verborgen wurde, erhob sich Jai und schlang seine Arme um die Brust. Die Temperatur sank rasch, und die tropfnassen Kleider machten alles nur noch schlimmer. Er konnte geradezu sehen, wie die Hitze von ihm abdampfte.

Er musste sich auf den Weg machen, denn andere Plünderer würden auch schon unterwegs sein. Er hatte gehört, dass es jede Menge Landstreicher gab, die ihren Lebensunterhalt bestritten, indem sie die Toten entkleideten und sogar die grausige Arbeit erledigten, ihnen die Zähne für künstliche Gebisse herauszubrechen. Die Nachricht von dem Gemetzel im Palast würde sie bald genug erreichen.

Was war ein weiterer toter Körper – und noch dazu der eines Steppenmanns – wert? Sie würden ihn wegen der Schuhe an seinen Füßen ausrauben und umbringen, von der Handvoll Münzen in seiner Tasche und dem damantinischen Stahl, den er unter seiner Tunika verborgen hatte, ganz zu schweigen.

Er konnte bereits zerlumpte Gestalten sehen, die langsam näher kamen, wenn sie jetzt auch noch etwas entfernt schienen. Offenbar zögerten sie, und Jai konnte ihnen dies nicht verdenken. Der Anblick von etwas, das wie ein ruhender Drache aussah, der sich den Bauch mit menschlichen Leichen vollgeschlagen hatte, verleitete dazu.

Er machte einen Schritt und stolperte über etwas Schweres, das sich da vor ihm befand. Er runzelte die Stirn. Ihm war hier vorher kein Fels aufgefallen. Hatten die Wachen etwas zurückgelassen?

In der Hoffnung, es könnte etwas Nützliches sein, kniete er sich nieder und fuhr mit den Fingern darüber. Es war … schuppig. Und gefurcht, wie die Krokodilhaut von Leonids Schwertscheide.

Aber am merkwürdigsten von allem: Es fühlte sich warm an. Warm von den dampfenden Eingeweiden des Drachen. Es war mit ihm dort drin gewesen.

Er hielt ein Drachenei.

36

Er rannte.

Rannte wie ein Verrückter, angetrieben gleichermaßen von Angst wie Aufregung. Er stolperte und schlitterte durchs hohe Gras, das Ei dicht an seine Brust gepresst. Wenn die Zähne eines Drachen schon einen so hohen Preis erzielten, dann war ihm klar, dass dies hier ein Vermögen wert sein musste. Hatte schließlich nicht das goldene Drachenjunge einen großen Teil von Ericas Mitgift ausmachen sollen?

Bestimmt würde das Ei ausreichen, um ihm eine Fahrt zur Großen Steppe zu erkaufen. Wenn er seine Karten richtig ausspielte. Oder eher, seine eine Karte … denn das Ei war alles, was er hatte.

Er blickte zurück und sah mit Erleichterung, dass keiner der Plünderer ihm gefolgt war. Wenigstens einmal schien er also Glück gehabt zu haben.

Nachdem er sich einen Weg durch das Unterholz bis zum Waldrand gekämpft hatte, waren seine dünnen Kleider zerrissen und verdreckt, aber das schien ihm kaum das Schlimmste zu sein. Es gab keinen Zentimeter an ihm, der nicht mit einer dicken Schicht von blutigen Eingeweiden, Drachengalle und halb verdauten Exkrementen bedeckt war. Er zitterte nun ernsthaft, denn die Nässe seiner Kleidung entzog seiner Haut alle Wärme.

Die einzige Wärme rührte von dem Drachenei her, das immer noch von der Hitze im Inneren seiner Mutter dampfte. Er drückte den runden Ball, dessen Form einer Pampelmuse ähnelte, und zwar einer schweren, an seine Haut.

Was aber noch schlimmer war: Die Schuhe des Attentäters waren weich und dünn, damit ihr Träger die Beschaffenheit des Bodens erspüren konnte. Also würden sie kaum ein paar Tage in rauem Terrain überstehen, wenn sich seine Füße nicht zuerst zu Stümpfen abrieben. Schon jetzt begann er Blasen zu bekommen.

Seine Brust, die all diese Anstrengung nicht gewohnt war, hob und senkte sich. Wann war er das letzte Mal gerannt?

So völlig verdreckt, wie er inzwischen war, konnte er sich nicht an jemanden mit genügend Vermögen wenden, um einen angemessenen Preis für das Ei anzubieten. Oder wirklich überhaupt an jemanden. Er würde Glück haben, wenn er nicht schon in dieser Nacht erfror.

Einen Moment lang blickte er zurück und fragte sich, ob er die Schuhe von einem der wenigen Toten stehlen sollte, denen man ihre Kleidung noch nicht ausgezogen hatte. Aber die Grabräuber waren bereits am Ausschwärmen, um ihrer grausigen Arbeit nachzugehen. Wie für die Fliegen war dies ein echtes Fest für sie.

Der Wald wirkte bedrohlich. Er war alt und bestand zum größten Teil aus Eisenholz, einer Baumart, deren Holz zu dicht war, um es für Möbel in Form zu bringen, und zu schwer für den Schiffsbau. Dies war der hauptsächliche Grund, weshalb der Wald unversehrt geblieben war.

Noch nie zuvor hatte Jai auch nur einen Fuß in einen Wald gesetzt. Verdammt, selbst der Anblick dieser wilden Bäume war ein ganz neuartiger für ihn, standen sie doch in starkem Kontrast zu den gepflegten Obsthainen in den Lustgärten des Palastes.

Er hatte den Wald oft genug aus der Ferne gesehen – diese enorme dunkle Schneise inmitten der flachsfarbenen Flickendecke der Felder. Aber noch nie hatte er sich einen so schreckenerregenden Anblick vorgestellt. Und noch weniger hatte er sich diesen Ort bei Nacht ausgemalt.

Im Freien hatte genug Mondlicht geschienen, um ein gutes Stück weit sehen zu können, wenn sich die Wolken teilten. Aber bereits nach einem Schritt in den Wald hinein fühlte er sich wie von Düsternis verschluckt. Noch ein paar Schritte mehr, und er würde kaum die Hand vor den Augen ausmachen können.

Dies war die einzige Wahl, die er hatte. Es gab nichts, wohin er sonst hätte gehen können. Am liebsten wollte er sich nur noch zu einem Ball zusammenrollen und schlafen, die Kälte vergessen, die ihn so heftig zittern ließ, dass ihm die Zähne klapperten. Er widerstand der Versuchung mit jeder Faser seines Seins. Selbst ein Stubenhocker wie er wusste, dass das seinen Tod bedeuten würde – schließlich hatte er genug Geschichten von Soldaten gelesen, die auf kaltem Boden liegend im Schlaf erfroren waren.

Also zündete er die Kerze an. Seine Hände zitterten, als er Feuerstein und Stahl aus Leonids Geheimgang gegeneinanderschlug. Die kleine Flamme war seine einzige Quelle an Wärme und Licht.

Es war eine dürftige Beleuchtung im Dunkeln, gerade genug, um seine Füße nicht stolpern zu lassen und zwischen den großen Stämmen zu wanken.

Im tiefsten Schatten ging er weiter. Ging so lange, bis sich seine von Blasen überzogenen Füße zum Glück ganz taub anfühlten.

Jai ging nicht, um irgendwo anzukommen. In seiner Benommenheit hätte er genauso gut auch im Kreis laufen können. Er ging, um warm zu bleiben. Um Zeit zu gewinnen, bis der Wald am Morgen der Sonne ausgesetzt sein würde. Um überhaupt irgendetwas zu tun, während ihm seine zitternden Atemzüge in kurzen Stößen kamen und die Welt zu kippen begann. Während die Dunkelheit gähnte und ihn immer weiter voran lockte.

Als er hinfiel, brauchte er ein paar Momente, um es zu bemerken, so taub fühlte sich sein Körper an, so lethargisch arbeitete sein Verstand. Die Kerze flackerte vor seinem Gesicht, dann aber, als ein trockenes Blatt Feuer fing, flammte sie auf.

Feuer. Warum hatte er daran nicht gedacht? Jai schob mehr Blätter zusammen, froh darüber, dass seine Hände dank der Wärme des Eis noch nicht vollkommen taub waren. Er war gerade noch dazu in der Lage, mit zitternden Fingern Zweige aufzuheben.

Die Blätter schwelten und knisterten, und Jai achtete darauf, das Feuer langsam zu schüren. Er hatte auch zuvor schon im großen Kamin von Leonids Gemächern mal ein Feuer angefacht, aber mit zuvor vorbereitetem Zunder und knochentrockenen Scheiten.

Diese Zweige hier waren feucht. Er fügte mehr Blätter hinzu, aber Jais frisch entzündetes Feuer verlosch bereits wieder. Er konnte fühlen, wie ihm die Hitze aus dem Körper sickerte, als er auf dem kalten, nassen Boden saß. Er hatte keine Zeit für einen weiteren Versuch, falls dieses Feuer erlosch.

Die Ränder seines Gesichtsfelds wurden dunkel, die Welt um ihn herum verzerrte sich.

Jetzt hatte er all den Zunder in der Büchse mit der Kerze geopfert. Er flammte hell auf, und nun konnte er die großen knarrenden Äste der Bäume über ihm erkennen.

Erst da fingen die ersten Zweige Feuer. Die Hitze war ein Segen. Er häufte immer noch mehr Zweige und jedes weitere tote Holz darauf, das er in der Nähe finden konnte.

Erst als Jai alles Holz, das er hatte finden können, auf das Feuer geschichtet hatte, zog er seine stinkenden, von Blut vollgesogenen Kleider aus und hängte sie zum Trocknen auf einen niedrigen Ast.

Zitternd rollte er sich nackt wie ein Neugeborenes auf dem feuchten Mulch des Waldbodens so dicht am Feuer zusammen, dass es ihm die Haare auf den Handgelenken versengte. Das Ei hatte er ganz in der Nähe abgelegt, und nun hielt er es dicht an seine Brust geklammert.

Es war ledrig und rau, und dabei schwer wie ein Stein. Seltsamerweise war die Oberfläche immer noch so warm wie in dem Augenblick, als er es zuerst aufgehoben hatte. Wärmer, als es eigentlich hätte sein dürfen.

Aber das Feuer … das Feuer starb. Und er ebenfalls.

37

Es dauerte nicht lange, bis Jai sich in völliger Dunkelheit befand, nackt und zusammengerollt neben einem Haufen von rauchendem, modrigem Holz lag. Er hatte keinen Zunder mehr, um eine weitere Flamme zu entzünden. Nur Feuerstein und Stahl, mit denen er Funken auf mehr feuchte Blätter hätte schlagen können, wenn er nur die Kraft besessen hätte, sie zu holen.

Aber Jai konnte inzwischen kaum noch seinen Köper fühlen, geschweige denn ihn bewegen. Die kurze Verschnaufpause von der Kälte hatte ihm ein paar weitere Minuten erkauft, und nun würde ihn die Winternacht endgültig erledigen.

Er empfand Scham. Scham darüber, dass er so völlig versagt hatte, selbst mit dem Glück, das ihm die Götter gewährt hatten. So weit gekommen zu sein, nur um hier zitternd im Dunkeln zu sterben. Um allein und vergessen in der Düsternis der Wälder zu verrotten.

Er wünschte sich, er hätte länger in dieser Kammer gewartet – wünschte sich, er hätte versucht, seine Familie zu rächen. Sein Volk zu rächen, ja sogar die Menschheit. Der kommende Krieg würde den gesamten Kontinent in Brand stecken.

Aber Jai konnte nicht zurückgehen. Er konnte nicht weitermachen. Er konnte nur das Ei dicht an seine Brust drücken. Die Hitze unter seinem ledrigen Äußeren fühlen. Er konnte … Bewegung spüren.

Sie war kaum wahrnehmbar. Ein schwacher Widerhall im Inneren, als hätte da gerade eine winzige Faust gegen seine Brust geklopft. Irgendwo da drin befand sich eine lebendige Kreatur – und auch nur ein weiteres Wesen, das er im Stich gelassen hatte.

Würde das Ei überleben, umklammert von seinem nassen, gefrorenen Körper, so tief im Wald? Er stellte sich vor, wie das kleine Tier eines Tages schlüpfte. Keine Mutter war da, die sich um es kümmerte. Kein Futter, außer Jais verrotteten Überresten.

Er bemitleidete die ungeborene Kreatur, sie hatte doch nichts getan, um … das zu verdienen.

Jai konnte die letzten schwachen Schläge seines Herzens spüren und presste das Ei nur noch dichter an sich. Als ob dessen Wärme sein eigenes Herz anspornen und ihn nur ein paar Minuten länger am Leben halten könnte.

Und irgendwo in dem Ei konnte er einen weiteren Herzschlag spüren, konnte ihn sogar fast hören. Schnell und stark. Jai sehnte sich danach, dass sein eigenes Herz ihm nachhallte.

Doch stattdessen wurde es noch langsamer. Zugleich vertiefte sich die Dunkelheit.

Vor seinem geistigen Auge sah Jai, wie sein Körper verblich. Fleisch, Haut, Knochen und Sehnen, sie alle schmolzen dahin. So war es auch mit dem Wald und allem anderen, bis nur noch zwei pulsierende Lichter blieben.

Eines davon war sein eigenes Herz. Ein schwaches, flackerndes Ding, so wie das Feuer nur ein paar Minuten zuvor. Das andere blitzte so schnell und hell auf, dass es ihn hätte blenden können, wenn er nicht geträumt hätte.

Jai wünschte sich das Licht näher. Er sehnte sich danach, dicht bei dem anderen zu sein, hier nicht allein sterben zu müssen.

Und dann sah er, wie sich sein Licht durch reine Willenskraft bewegte. Jai legte alles von sich hinein, selbst als er fühlte, wie er sich auf dem Boden verkrampfte und zuckte. Das spielte keine Rolle. Gar nichts anderes war jetzt wichtig. Er brauchte nur dieses prächtige, reine Licht zu berühren.

Aber seine Bewegung war so langsam wie das Wenden eines steuerlosen Schiffes in flachem Hafenwasser. So langsam, dass sie kaum wahrzunehmen war.

Jais Licht schwand, bis es kaum noch vorhanden war. Und dann, als sein Licht beinahe zu Nichts verblasste … zuckte das andere auf seines zu.

Die beiden Lichter trafen aufeinander.

Ein Ruck ging durch Jais Körper. Schmerz, wie er ihn noch nie zuvor empfunden hatte. Agonie in ihrer reinsten Form. Als würde ihm die Seele selbst herausgerissen, um dem Ruf einer anderen zu antworten.

Er fühlte diese andere Seele als ein flüssiges Feuer, das ihm ein Loch in die Brust brannte. Aber Jai hieß den Schmerz willkommen. Schließlich bedeutete er, dass er am Leben war.

Er bewegte sich zu ihr hin, öffnete sich ihr. Er konnte fühlen, wie sie sich in seinem Inneren ansammelte, einen Pfad durch die Finsternis sengte, dann sich zusammenfügte. Etwas formte, tief in ihm. Ein Staubkorn aus festem, konzentriertem Licht.

Ein Kern. Eine Saat.

Es war in seinem Herzen. Trieb es an. Wärmte es.

Erneut bewegte sich gekühltes Blut durch seine Venen. Langsam kam er wieder ins Leben zurück. Das Wrack seines Körpers begann sich immer noch krampfend und zuckend vom Rand des Todes zurückzukämpfen.

Jai öffnete die Augen.

Die Welt war nun heller, selbst in der Nacht, und die Helligkeit nahm noch mit jeder verstreichenden Sekunde zu. Er konnte mit kristallener Klarheit sehen, wie das trübe Blätterdach über ihm plötzlich von Mondstrahlen durchzogen wurde – das waren silberfarbene Spiere, die Jai beinahe berühren konnte.

Ihm war nicht mehr länger kalt … er fühlte sich fiebrig und energiegeladen. Sein ganzer Körper dampfte, lief so rot an, wie er es noch nie zuvor gesehen hatte. Und das Ei. Das Ei brannte ebenfalls heiß.

Es zuckte.

Er ließ es fallen und kroch rückwärts. Etwas rührte sich in ihm.

Er hörte einen Schlag. Dann noch einen und noch einen. Die ledrige Oberfläche des Balls dehnte sich mit jedem Schlag weiter aus, bis auf einmal ein Knacken ertönte und die Schale platzte.

Ein bleiches, glänzendes Etwas glitt aus dem Ei und auf die Erde, landete dort in einer Lache aus Flüssigkeit.

Jai fühlte es.

Es war ein Gefühl, das nicht sein eigenes zu sein schien – ein plötzliches Hochgefühl. Freude darüber, Kälte zu empfinden. Das Gefühl kam von irgendwoher ganz in der Nähe … aber gleichzeitig aus seinem Inneren.

Die katzengroße Kreatur hob einen langen, schlanken Hals und blickte ihn über die zerdrückten Überreste seines Eis hinweg an. Lapislazuliaugen starrten daraus hervor und bohrten sich in ihn. Und eine schuppige Schnauze wie aus Porzellan beschnüffelte die Luft zwischen ihnen.

Was er empfand, war … Liebe. Es gab kein anderes Wort dafür.

Eine tiefe Zuwendung, warm und eingefasst von Sorge in seiner Brust. Und ohne zu wissen wie, nahm Jai wahr, dass dieser Drache sein schwindendes Licht gespürt haben musste. Seine Seele, die am Ausbrennen gewesen war.

Er hatte ihn gerettet, indem er ihm sein eigenes helles Licht geliehen hatte. Ihn für würdig erachtet und seine Seele mit ihm geteilt hatte. Er war … verbunden mit diesem … Wesen. Taub vor Staunen und Kälte traf ihn die Erkenntnis wie ein heißer Schlag. Jetzt war er seelenverbunden.

Das alles fühlte sich an, als passierte es jemand anderem. Seelenverbunden. Alles, was er fühlen konnte, war Erleichterung darüber, am Leben zu sein.

Eine Schnauze schubste sich näher, schnüffelte über den Boden auf ihn zu. Der Drache hielt zwischen seinen Beinen an und starrte mit großen, runden Augen zu ihm auf. Sie waren türkisblau, so reich an

Farbe, dass sie beinahe zu glühen schienen. Ein starker Kontrast zu den milchig trüben Schuppen, die das Äußere der Kreatur bedeckten.

Er legte den Kopf schief und schnurrte, leise und tief. Kroch näher und schmiegte sich an seinen Oberschenkel. Mit zitternder Hand strich ihm Jai über die Flanke.

Da war ein Aufblitzen von Freude, er spürte es tief in seiner Brust. Aber auch wieder dieses Gefühl von Andersartigkeit. Er konnte spüren, was diese Kreatur empfand. Seine Gefühle … selbst die Berührung eines anderen.

Das musste es sein, was sie die Verschmelzung nannten. Jene Verbindung, die manche Seelenverbundenen in den Wahnsinn trieb. Diese Invasion des eigenen Verstands – und zugleich die Besitzergreifung von dem eines anderen.

Es gab einen Grund, warum man mit manchen Tieren niemals eine Verbindung einging. Kein Mensch konnte mit den fremdartigen Gedanken eines Insekts im eigenen Kopf leben. Selbst die berühmten Mäusespione der Hudditen hielten kaum ein paar Jahre durch, ehe sie zu Kauderwelsch stammelnden Wracks wurden.

Jai schloss die Augen und fühlte, wie das Tier lässig auf seinen Schoß sprang. Es war so leicht. So klein. Nicht größer als eine Hauskatze.

Das Tier vertraute ihm vollkommen. Und er ihm.

38

Jai erwachte.

Er erinnerte sich gar nicht daran, eingeschlafen zu sein. Erschöpfung musste ihn übermannt haben. Das, oder das dösende Bewusstsein, das er teilte, hatte ihn mit sich in den Schlummer gezogen.

Er verspürte Hunger – oder der Drache? Es war schwer zu sagen, wo ein Gefühl begann und das andere aufhörte.

Jai erhob sich und betrachtete seine Umgebung. Aber das Tier war nirgendwo zu sehen. Dennoch machte sich Jai keine Sorgen. Er konnte es fühlen. Es war irgendwo zu seiner Rechten, tiefer im Wald.

Und bewegte sich, jagte.

Da war auch noch der Geruch von etwas anderem. Etwas Kleinem und Quiekendem. Er stellte sich das sich windende Wesen zwischen seinen Kiefern vor, drückte sie zusammen, um –

Doch Jai schüttelte den Kopf und schlug sich leicht auf die Wangen. Jenseits von ihm ertönte ein Schnappen … und was er empfand, war Freude. Da war der Geschmack von Blut, üppig und schwer.

Doch der Drache befand sich in keiner unmittelbaren Gefahr. Es war am besten, sich auf sich selbst zu konzentrieren. Viele Dinge gab es zu tun. Wirklich zu viele. Aber das Wichtigste zuerst.

Feuer.

Jai brauchte nicht lange, um in dem kalten Licht des Tages ein neues Feuer zu entzünden, wenn er es auch in Wahrheit nicht nötig hatte. Er empfand zwar die Kälte, doch sie hatte keinen Einfluss auf seinen feuchten, nackten Körper. Kein Zittern, keine Gänsehaut. Und auch überhaupt keine Taubheit.

Stattdessen nutzte er das Feuer, um seine immer noch feuchte Kleidung zu trocknen.

Die Welt war jetzt so anders. Die Ränder der Dinge schienen mehr im Fokus zu sein. Lebendiger, farbenfroher. Er konnte zertretene Beeren am Boden aus hundert Fuß Entfernung ausmachen. Konnte sie auch riechen und das Zirpen der Insekten in den Bäumen hören, das Knacken der Äste in der rauschenden Brise über ihm.

So war es also, wenn man seelenverbunden war. Die Welt mochte noch dieselbe sein, aber es gab mehr von ihr. Die Intensität all dessen verwirrte Jais Verstand. Er versuchte, die miteinander ringenden Geräusche, Gerüche und Anblicke zu erfassen … doch er brauchte all seine Konzentration, um nicht die Hände auf seine Ohren zu pressen und die Augen fest zu schließen.

Er stellte fest, dass er barfuß über die Dornen und zu Boden gefallenen Äste gelaufen war, ohne Unbehagen zu verspüren, und zerbrach mit wenig Anstrengung trockene Zweige fürs Feuer.

Wegen seiner Jahre, in denen er die Greifengarde belauscht hatte, wusste Jai bereits ein wenig über Seelenverbindung. Er hatte von den verschiedenen Tränken und Pillen gehört, die ihre Akolythen einnahmen, um den Versuch zu unterstützen, und auch von dem zuckenden Erstickungstod, der folgte, wenn sie versagten.

Wie hatte er es geschafft, ohne ihre Anleitung … ohne die Lektionen von hundert Generationen? Und dazu noch mit einem Drachen.

Viele hatten schon versucht, eine Verbindung mit diesen sagenhaften Tieren, die in den Bergen wohnten, einzugehen. Aber nur den Dansken war es gelungen.

Es war ein Geheimnis, das sie seit Jahrhunderten eifersüchtig hüteten. Jai freute sich ein wenig darüber, dass Titus es nicht kannte, obwohl er sich um Erica und was ihr zustoßen mochte, wenn sie das

Geheimnis nicht verriet, Sorgen machte. Er vermutete, dass dies der einzige Grund war, weshalb sie noch am Leben war.

Seelenverbunden.

Er? Unmöglich.

Als seine gefrorenen Kleider zu tropfen begannen, rückte er näher ans Feuer und rümpfte die Nase. Der Geruch war kein angenehmer, der Anblick auch nicht.

Er fragte sich, was für diejenigen, denen er auf seinen Reisen begegnen mochte, ein angenehmerer Anblick wäre: ein dreckiger, nackter und wilder Mann aus dem Wald? Oder ein noch dreckigerer, wenn auch angezogener Mann, bedeckt mit Blut und Scheiße.

Keine der beiden Möglichkeiten verhieß gute Aussichten. Aber letztere ließ ihn sich zumindest wie ein Mensch fühlen.

Er war nur froh, dass Leonids Tagebuch die Erfahrung überstanden hatte … nun, hauptsächlich – es war gut, dass er bereits die Titelseite gelesen hatte. Fest zusammengerollt blieb es in seiner Tasche stecken.

Jai nahm sich einen Moment, um durchzuatmen. Um nachzudenken. Er schloss die Augen.

Konzentriert sog er tief Luft ein, hielt den Atem an, dann stieß er sie langsam aus, beinahe so, als würde er eine Pfeife rauchen. Das hatte er Balbir auch tun sehen, als sie im Roten Löwen seelengeatmet hatte. Irgendwie fühlte sich das richtig an. Und zumindest beruhigend.

Natürlich hate Jai keine Ahnung, wie er das Seelenatmen anfangen sollte. Für den Augenblick wollte er nur seinen neuen Körper verstehen. Was aus ihm geworden war.

Er fühlte sich merkwürdig. Nicht nur wegen der Veränderungen in seinem Fleisch und seinem Wohlbefinden, sondern auch wegen dem Gefühl von etwas … Neuem in ihm. Er suchte danach, erforschte die Tiefen seines Verstandes wie eine Zunge, die Zähnen nachspürte.

Beinahe instinktiv geschah es, dass sein Geist in den Traumzustand der vorigen Nacht wechselte. Es machte den Eindruck, als hätte sich in seinem Verstand eine Tür geöffnet, oder vielmehr, als sei sie aus ihren Angeln gesprengt worden. Man konnte sie nicht wieder schließen.

Er konnte dort eine Hülle sehen – eine hohle, kristallförmige Struktur, die in dem dunklen Zentrum seines innersten Wesens trieb. Und darin war etwas … Flüssiges. Rein, hell und reinigend. Wie geschmolzenes Licht.

Außerdem gab es da einen Faden. Eine Nabelschnur beinahe, die in die Richtung eines zweiten Lichts führte. Sie zog sich in die Finsternis hinaus, hin zu einem fernen Stern. Der Faden pulsierte mit Helligkeit. Mit Gedanken.

Dies geschah jenseits seiner Vorstellungskraft, und das magere Wissen, das er halb mitgehörten Gesprächen der Akolythen aus der Greifengarde entnommen hatte, half ihm wenig. Er kannte nur den Namen der seltsamen Hülle.

Ein Kern.

Es war schwer für ihn, sich von diesem himmlischen ätherischen Zustand fortzuziehen. Stundenlang hätte er diese goldenen Lichter anstarren und außerhalb seines Körpers in jenem dunklen, gewichtlosen Ozean dahintreiben können.

In den langen Nächten, die vor ihm lagen, würde es viel Zeit dafür geben.

Jai stand auf. Er musste seinen Drachen finden.

Er konnte ihn fühlen. Da draußen, zwischen den Bäumen. Er kaute an Knorpeln, schwelgte in dem salzig-kupferartigen Geschmack. Und als er sich auf dieses Gefühl konzentrierte … wurde es nur noch stärker.

Jai fühlte seinen Blick auf sich, noch ehe er ihn hörte. Er spürte sogar den Schock des Wiedererkennens und Bedauerns dafür, dass er ihn vergessen hatte, während er am Jagen gewesen war.

Dieser Verstand … er war intelligent. Scharf und hell, und gelenkt von Gefühlen. Auf tausend Arten anders als sein eigener, aber auf noch viele mehr ihm ähnlich.

Er war ein Teil von ihm. Das war das Seltsamste. Er kannte ihn, so wie Jai ihn kannte. Nicht seine Erinnerungen, oder die Details seines Lebens. Aber alles andere, das es wert war zu wissen.

Er kannte seine kleinlichen Eifersüchte. Seine Scham. Seine finstersten Ängste. Er wusste, wie er sich selbst sah, und wie er war. Und für nichts davon urteilte er über ihn. Beinahe … liebte er ihn dafür.

Er wusste das auf dieselbe Art, auf die er wusste, dass sein Drache freundlich war. Dass er geliebt werden wollte. Dass das Wimmern, das er von sich gab, daher rührte, dass er die Mutter vermisste, die er nie gekannt hatte.

Der Kleine wusste, dass sie gestorben war. Er musste gefühlt haben, wie ihr Körper kälter geworden war.

»Na, komm her«, flüsterte Jai.

Er hätte gar nicht sprechen müssen. Der Drache fühlte sein Willkommen. Er raste zu ihm herüber, dass Erde und Blätter aufwirbelten, und ließ etwas in seinen Schoß fallen.

»Was ist …!«

Jai sprang weg, und der Drache zirpte betroffen. Ein geköpftes Eichhörnchen lag verloren zu den Füßen des Tiers, und der Drache stieß den blutigen Bissen mit der Schnauze näher zu ihm hin.

Runde, türkisfarbene Augen blickten zu ihm auf, als wollten sie ihn fragen, was er falsch gemacht hatte. Der Blick des Tiers war … wunderschön. Als starrte man in Zwillingslagunen in einem Meer aus Schnee.

»Tut mir leid, Kleiner«, flüsterte Jai.

Er setzte sich wieder hin und streckte die Hand aus, um den Kopf des Drachen zu berühren. Strich über seine Nüstern und die stumpfe Schnauze und staunte darüber, dass er einem Drachen so nahe sein konnte. Fühlte, wie ihm die Hitze seines Atems das Gesicht befeuchtete.

Das Tier zirpte tadelnd und machte es sich erneut in seinem Schoß gemütlich.

»Was sollen wir bloß machen, kleiner …«

Er lehnte sich zur Seite und untersuchte die Genitalien des Schlüpflings.

»… kleine Dame.«

Jai rieb die kühlen, schimmernden Schuppen und krümmte einen Finger, den er über die gesamte Länge ihres Rückens laufen ließ. Zur Erwiderung hob sich ihr träger Schwanz, der am Ende in einem Sporn auslief, und er kratzte die Haut um jeden hervorstehenden knöchernen Knoten entlang ihrer Rückenwirbel. Sie wirkten vollkommen anders als die langen Dornen ihrer älteren Artgenossen.

Er hob jedes ihrer vier Beine an, die in scharfen Klauen endeten. Sie wurden ausgefahren, als er seinen Finger in ihre Fußsohle drückte. Sie wand sich, weil es sie kitzelte, und schubste seine Hand mit ihrer kurzen Schnauze fort, dann erschnüffelte sie abermals die Luft, begierig, die Fülle an Düften zu kosten, die den Wald ausmachten.

Er fuhr die Haut ihrer Schwingen mit Vorsicht nach, denn sie lagen so dicht an ihrem Rücken an, dass sie beinahe unsichtbar waren. Selbst der sanfte Druck seines Fingers konnte sie nicht anheben, obwohl das kleine Tier es zu schätzen schien, dass er sie gut kratzte.

Vielleicht würden sie sich mit der Zeit entfalten. Aber er vermutete, dass ein frisch geschlüpfter Drache so wie ein Vogel nicht in der Lage war zu fliegen.

Es wurde beinahe zu einer Schwelgerei, das kleine Tier zu streicheln. Er wusste, wo er kratzen, wo er reiben musste. Sein eigener Körper war vor Behagen mit Gänsehaut überzogen.

Erst als es zu dösen anfing, hörte Jai auf. Er saß still, um es nicht zu stören, und benutzte einen Stock, um das Eichhörnchen in die Glut des Feuers zu stoßen. Das Geschenk des Drachen zu verweigern, wäre unhöflich gewesen, besonders da er gespürt hatte, dass das kleine Ding noch Platz für mehr im Magen hatte. Darüber hinaus bedeutete sein Plan, anderen auf seiner Reise aus dem Weg zu gehen, dass er sich auch weiterhin vom Land ernähren musste. In ein paar Tagen würde ihm ein solches Eichhörnchen wahrscheinlich wie ein Luxus vorkommen.

Er war kein Koch, aber der anfängliche Gestank von brennendem Fell wurde bald von dem Sengen und Knistern von Bratenfett ersetzt. Schon bald konnte Jai an den Gliedmaßen nagen, aber der Bissen

Fleisch, den er von den winzigen Knochen schälte, war nicht annähernd genug, um seinen Magen zu füllen.

Jai hatte Legenden gehört, dass einige der mächtigeren Seelenverbundenen gar nichts essen mussten, sondern es vorzogen, allein von dem Mana zu leben, das sie entwickelten. Er hatte das für ein trauriges Dasein gehalten, aber nach dem Eichhörnchen verstand er es irgendwie.

39

Flatternd öffnete Jai die Lider. Er war eingedöst und hatte sich von der Wärme der aufgehenden Sonne in den Schlaf lullen und aufwecken lassen. Er kauerte sich nah an die Wärme des Feuers. Eines Feuers, das jetzt nur schwelte.

Mit einem Seufzen hob er vorsichtig den Drachen von seinem Schoß und zupfte an einer Kante seiner hängenden Kleider. Sie waren zwar verkrustet, aber trocken genug.

Angeekelt stöhnte er, zog die Kleider aber an und schrak bei den Teilen zusammen, die noch ein wenig schleimig waren. Der Gestank war noch schlimmer als zuvor schon. Aber er vermutete, dass dies mit seinen neuen Sinnen zu erwarten gewesen war.

Der Drache zuckte erst, dann wurde sie ruckartig wach, und ihr rasender Herzschlag ließ seines sofort schneller schlagen.

Er wusste augenblicklich, warum. Wiedererkennen hatte ihren Verstand ergriffen. Ein bekannter Geruch, wenn es auch keiner war, den Jai inmitten des Wirrwarrs an Gedanken, der ihre Verbindung flutete, deuten konnte.

Und dann war der Drache schon im Unterholz und raste fort von ihm.

»Komm zurück!«, stöhnte Jai, der stolpernd auf die Beine kam.

Sie hörte ihn zwar, ignorierte ihn aber.

»Willst du's so haben?«, rief Jai.

Nichts. Nicht einmal eine emotionale Antwort auf etwas, von dem Jai wusste, dass der Drache Jais Verärgerung darin erkennen würde.

Er stöhnte und steckte das Tagebuch, den Feuerstein und den Stahl in seine Tasche. Er sah sich nach dem Rest seiner Dinge um, dann merkte er, dass es sonst nichts mitzunehmen gab. Also zog er erneut seine weichen Schuhe an und lief los.

»Verdammt, Kleine«, schnaufte er. »Wir werden dir eine Leine oder sowas besorgen müssen.«

Es war seltsam, die Entfernung zwischen ihnen zu fühlen. Er konnte erkennen, dass der Drache viel schneller als er selbst war. Es fühlte sich an, als würde sie sich mit jedem Augenblick weiter von ihm entfernen.

Die Kreatur war verzweifelt. Sogar beinahe rasend. Jai konnte den Grund dafür nicht erfassen, aber die Trauer, die sie fühlte, war so greifbar, dass sie ihn zum Schluchzen brachte.

Jai zwang sich dazu, ihre Verbindung zu ignorieren, indem er sich auf seine eigene Emotion konzentrierte. Das war wunderbar, er platzte beinahe vor Hochgefühl.

Denn er konnte rennen.

Es war beinahe, wie zu fliegen. Zweimal warf er sich zu weit vom Boden weg, stolperte und rollte in einer Wolke aus Erde und abgefallenen Blättern. Seine Füße schmerzten wegen der Blasen der vergangenen Nacht nicht mehr, und sein Atem beschleunigte sich erst nach der ersten Minute Rennen mit voller Geschwindigkeit. Jetzt begriff er die Freude der kaiserlichen Hunde, wenn sie während einer Jagd frei laufen durften. Er war frei.

Frei.

Jai wäre noch schneller gerannt, wäre die Stärke seiner Beine nicht so ungewohnt für ihn gewesen. Und obwohl er dachte, dass er es überleben würde, mit voller Geschwindigkeit gegen einen Eisenholzbaum zu rennen … so war er sich doch nicht ganz sicher, dass es seine Zähne auch tun würden.

Und dann … hielt sein Drache an.

Sie hatte etwas Neues entdeckt – etwas Unerwartetes.

Furcht pulsierte wie eine Droge durch sie hindurch, sodass Jai damit kämpfte, ihren Schrecken von seinem eigenen zu trennen. Als er langsamer wurde und zu dem kleinen Tier aufschloss, war bereits kalter Schweiß auf seiner Stirn ausgebrochen.

Sie war stehen geblieben, während sie sich einem Hohlweg genähert hatte, der aus einem Felsvorsprung zu ihrer Linken und einem gestürzten Baum zu ihrer Rechten bestand. Eine Mulde im Waldboden, schlammig, wobei Huf-, Pfoten- und Klauenabdrücke zu sehen waren. Auf beiden Seiten wuchs dichte Vegetation.

Jetzt konnte Jai riechen, was auch schon der Schlüpfling gerochen hatte. Einen schweren Tiergestank und Gerüche von Blut und Eingeweiden, die dem des toten Khiros nicht unähnlich waren, nachdem er und seine Brüder es geschlachtet hatten. Aber dieser Gestank war noch stärker und mit einem Hauch von Aasgeruch.

Die geschmeidige Form des Drachen erklomm einen wackeligen Felsen, um in den schattigen Hohlweg zu blicken. Jai kroch neben sie und starrte in die Dunkelheit.

Er legte eine Hand auf ihren Rücken und strich über ihre glatten, kühlen Schuppen. Die Behaglichkeit, die es ihr gab, hallte in seinem Verstand wider.

Dann krümmte sie ihren Rücken und stieß ein tiefes Knurren aus.

Da war etwas, das dort in den Schatten wartete. Schnaubte und schnüffelte.

Jagte.

Jai scharrte im Dreck, und seine Hände fanden einen toten Ast, der von dem gestürzten Baum abgefault war. Ein dünnes Ding, voller Zweige und halb abgestorbener Blätter.

Und dann sah er sie. Rote Augen, in Dunkelheit gehüllt, tief in der Klamm.

»Komm, Kleine«, flüsterte Jai, dessen Herz in der Brust hämmerte. »Wir finden einen anderen Weg.«

Als eine struppige Gestalt aus der Düsternis trat, zerbrach ein Zweig. Ein pelziges, löwenartiges Wesen mit rechteckigem Kopf und stumpfer Nase. Es hatte eine kurze Mähne und war von der Schnauze bis zum Schwanz gefleckt.

Aber es waren die Reißzähne, von denen Jai seine Augen nicht losreißen konnte, diese langen, gelben Säbel zu beiden Seiten seines Mauls, die dem Tier seinen Namen gaben.

Ein Säbelzahn. Sein Gesicht war so rot wie seine Augen, verklebt mit getrocknetem Blut, das herrührte … von was auch immer es gefressen haben mochte. Jai sah den pelzigen Buckel am Boden, eine verrottete Beute, die bis zur Unkenntlichkeit zerfleischt war.

Dies war kein Löwe, kein faules verwöhntes Tier, das gut von der kultivierten Beute der kaiserlichen Jagdgründe lebte. Es war ein Tiger. Ein einsames Raubtier, das aus dem Hinterhalt angriff, überall im Reich und jenseits davon gefürchtet.

Ein tiefes Grollen ertönte aus der Senke und schien Jais Brust zum Beben zu bringen.

Jais Brüder hatten ihm schon von ihren Sichtungen in der Savanne erzählt. Selbst Titus mit seinem Aufgebot und einem Dutzend Armbrüsten pflegte einen weiten Bogen um diese Tiere zu machen.

»Kleine«, flüsterte Jai, der wünschte, er hätte seinem Totem einen Namen gegeben, als er zurückwich.

Er wusste nicht, wo die Emotionen des Drachen begannen und seine eigenen aufhörten. Furcht, Ärger und ein wilder Beschützerinstinkt verwirrten Jais Verstand so sehr, dass er zu kaum mehr in der Lage war, als zurückzustolpern, als etwas Verschwommenes mit Reißzähnen aus dem Hohlweg hervorsprang und dabei Blätter und Erde verstreute.

Ein rosa Rachen blitzte auf, und Jai konnte nur seinen Ast schwingen, als ein großes Gewicht gegen seine Brust krachte und er zurückgeschleudert wurde.

Er fühlte, wie sich die Kiefer des Tiers um seinen Hals schlossen, und hörte, wie das Metall seiner Halsberge bereits kreischte. Der Säbelzahntiger wiederholte das Geräusch, als einer seiner Zähne sauber abbrach, ehe er vor Schmerzen zurückfuhr.

Jai stieß einen erstickten Schrei aus und rammte den dünnen Knüppel vorwärts, gerade als Kiefer zuschnappten und sich um ihn schlossen. Heißer Atem, stinkend und kupfern, traf sein Gesicht. Der Ast war alles, was die gelben Fangzähne davon abhielt, sich um seinen Hals zu schließen. Der Säbelzahntiger knurrte und warf sich unersättlich hin und her.

Splitter regneten auf Jais Gesicht herab, als er stieß und austrat und dabei rückwärtskroch. Das Tier folgte ihm, seine Fänge waren nur Zentimeter von seinen Augen entfernt. Sie füllten sein Blickfeld und schlitzten ihm die Stirn auf. Er fühlte das Kratzen von Zahn auf Knochen.

Blut spritzte, und Jai durchfuhr Panik. Er schrie, ohne zu überlegen, während er mit aller Kraft zustieß und sich ein paar weitere Zentimeter Abstand verschaffte.

Schrecken. Reiner, unverfälschter Schrecken. Und dann … ein Aufblitzen von Mut. Von Liebe.

Ein weißer Schemen flammte über ihm auf, und der Druck hob sich. Die Bestie bäumte sich auf und hob seine Pfoten lange genug von Jais Schultern, dass er sehen konnte, wie der Drache sich an seine Mähne klammerte. Ihr Schwanz zuckte und stieß zu, als sei dies der Stachel eines Skorpions.

Jai trat aus, als sich der Tiger erneut aufbäumte. Er kauerte sich wie ein Klappmesser zusammen und nutzte die Hebelwirkung, um den Ast zusammen mit dem geifernden Tiger zur Seite zu ziehen.

Dies reichte aus, um zurückspringen zu können, gerade als der Ast zerbrach und ihn mit einem gezackten Holzstück zurückließ.

Der Tiger rollte herum, und der Schlüpfling krabbelte davon und huschte an Jais Seite. Gemeinsam stellte sich das Paar der Bestie. Jai hatte seinen zerbrochenen Ast wie einen Kurzspeer gepackt.

Ein keuchender Atemzug. Dann noch einer und noch einer. Jeder hatte eine weitere Überraschung parat, während der Säbelzahntiger brüllte, herumfuhr und in die Luft schnappte.

Da sah Jai es, er sah dessen blinde, gelierte Augen, wo der Schlüpfling ihn blind gestochen hatte. Das Paar wartete erstarrt, und Jai konnte seinen Herzschlag so gut wie hören. Sein Puls ließ seine Hände zucken.

Doch der Kampf war noch nicht gewonnen. Der Tiger strich herum, schnaubte und scharrte mit den Pfoten nach seinem Gesicht, wobei Blut auf die Erde tropfte. Er schnaufte am Boden, und erst jetzt sah Jai die enormen Muskeln seines dicken Halses und seiner Vorderpranken. Wäre er nicht seelenverbunden gewesen, er hätte niemals die Kraftprobe zwischen ihnen gewinnen können.

Jai trat einen Schritt rückwärts, und ein Zweig zerbrach. Sofort wirbelte der Tiger auf sie zu und senkte den Kopf zu Boden. Schnüffelte.

Und Jai erinnerte sich. Er dachte daran zurück, als Leonid ihm einmal erzählt hatte, wie er vor all diesen Jahren den Löwen erlegt hatte. Aber das war ein Jagdspeer gewesen. Und er … er hatte nur einen zerbrochenen Ast in der Hand.

Jai kümmerte sich nicht um den Lärm und ging in die Hocke. Er pflanzte das untere Ende des Astes in den Boden, grub ihn so tief hinein, wie er konnte … und schrie. Schrie seine Angst, seine Erschöpfung und seinen Selbstzweifel heraus.

Der Tiger sprang so schnell, dass Jai es kaum glauben konnte. Ein Satz. Zwei …

Jai warf sich seitwärts und packte das Jungtier an seiner Brust. Er hörte das Knacken des Astes und rollte, rollte und rollte, bis er an dem Stamm des gestürzten Baums zum Halten kam.

Einen Moment lang wagte er es nicht, die Augen zu öffnen. Dann hörte er das Wimmern von der anderen Seite.

Der Säbelzahntiger machte einen Schritt auf ihn zu. Dann noch einen, und noch einen. Schließlich hielt er aber an, denn seine Eingeweide hatten sich um seine Beine verheddert. Die Bestie hatte sich an dem gezackten Holzstück vom Bauch bis zum Schwanz aufgerissen und dabei selbst ausgeweidet. Der Ast baumelte vergraben und halb zerbrochen unter seinem Schwanz.

Der Tiger stieß ein tiefes Stöhnen aus, ehe er auf dem Boden zusammenbrach. Blind starrte er Jai an, wimmernd und bebend.

Jai wartete nicht, um mitanzusehen, wie er starb. Er nahm nur den Schlüpfling in seine Arme … und rannte los.

40

Jai wusste nicht, wie lange er gerannt war. Erst als sich das Jungtier in seinem Griff wand, wurde er langsamer. Er keuchte vor Entsetzen über das, was sie erlebt hatten.

Er lehnte sich gegen einen Baum, seine Brust hob und senkte sich. Ihm selbst war schon klar, dass die Gefahr vorüber war, aber seinem Körper noch nicht. Nur ein besorgter Pulsschlag des Drachen verlangsamte seinen Atem. Er schloss die Augen und glitt an dem Baumstamm herab, ohne die Feuchtigkeit des Bodens zu bemerken, die in seinen Hosenboden sickerte.

Der Schlüpfling schleckte an seiner Stirn, und Jai hob eine Hand. Er zuckte zusammen, denn der Säbelzahntiger hatte ihn bis auf den Knochen aufgeschlitzt.

»Danke dir«, flüsterte Jai. »Mein Herz.«

Er fühlte etwas Hartes und Kaltes, das sich unter seinem Hemd verfangen hatte. Er zog es heraus und fand den langen, gelben Eckzahn der Bestie, der unten abgebrochen war. Jai stieß ein erleichtertes Keuchen aus, dann steckte er die Trophäe ein.

Der Drache maunzte, und so nahm er das Jungtier erneut in seine Arme. Eine Weile saßen beide nur da und genossen ihr Überleben.

Jai hatte sich nie lebendiger gefühlt.

Damals im Palast hatte er schon einmal gedacht, er wüsste, was Entsetzen war. Aber nein, das war bloß Furcht gewesen. Eine schwere

Wolke aus Angst und Erwartung, unterbrochen von Momenten des Elends und Grauens. Dies hier dagegen … das war eine blindwütige, gedankenlose Sache gewesen. Und es hatte seine Seele in Flammen gesetzt. Mehr als alles andere empfand er Liebe, die von der kleinen Brust wie ein Herzschlag ausging.

Liebe.

Sein ganzes Leben lang hatte er sich niemals geliebt gefühlt. Nicht richtig.

Es stimmte, seine Brüder hatten ihn geliebt. Aber es war eine aus Pflichterfüllung geborene Liebe gewesen, unausgesprochen und kaum gefühlt.

Doch als das kleine Tier an seiner Brust schnüffelte und besorgt maunzte, da kannte er sie. Sie war wie ein Umhang, der ihn wärmte und sein rasendes Herz beruhigte.

»Ich wünschte, du könntest sprechen«, flüsterte Jai, hob den Schlüpfling wie ein Baby in die Höhe und starrte in seine Saphiraugen. »Denn ich würde dir gern sagen, wie lieb du mir bist.«

Sie schleckte sein Gesicht ab und stieß ein wonniges Schnurren aus.

Sie wusste es. Natürlich wusste sie es. Genauso wie er es … wusste.

Er kratzte unter ihrem glatten Kinn und fühlte, wie ihr Genuss in seiner Seele widerhallte.

In diesem Augenblick hatte er keine Ahnung, wo er begann und sie aufhörte. Das war die Verschmelzung, von der so viele in der Greifengarde als von einer Bürde sprachen, ein tierisches Eindringen in den Verstand. Was für Dummköpfe sie waren!

Erst als er sich beruhigt hatte, entzog sich das Jungtier seinem eisernen Griff. Sie zwickte ihm in die Hand, und Jai ließ sie ein wenig überrascht los.

»Wozu die Eile, Kleine?«, flüsterte er.

Und er begriff, dass er ihre Erwiderung nicht hören musste, um die Antwort zu kennen.

Er schloss die Augen.

Da draußen war etwas. Es schien etwas … Vertrautes zu sein. Es rief nach ihr. Ein ursprüngliches, unbegreifliches Wesen, das selbst sie nicht erkannte.

Er nahm es mehr wahr, als dass er es spürte, wie sie davonhuschte. Er starrte ihr nach und bemerkte, wie sie innehielt und zu ihm zurückblickte.

Sie stieß ein Jaulen aus. Und dann flitzte sie in den Wald hinein.

Jai stöhnte und rappelte sich auf. Er gestattete sich ein Lächeln.

Sein Totem war ein mutiges, stures kleines Ding.

Es war eine Erleichterung, als der Drache langsamer zu werden schien und Jai fühlte, wie er sich ihm näherte. In Wahrheit wurde er selbst langsamer. Er war stärker, das stimmte. Aber nicht unermüdlich.

Und er konnte spüren, dass etwas Eigenartiges in seinem Verstand vor sich ging. Eine langsame Entleerung … als wenn seine Stärke irgendwie gestohlen wurde.

Stolpernd kam er in einem Schwall aus Erde und Kieseln zum Halten. Die kleine Kreatur bewegte sich nun langsam. Er konnte sie vor sich fühlen, wie sie sich an etwas jenseits von ihr anpirschte. Und Jai vermochte etwas riechen. Etwas allzu Vertrautes.

Den Geruch von Blut. In seinen eigenen Nasenlöchern war er schwächer, aber weitaus intensiver in denen seiner kleinen Gefährtin. Sie schien verwirrt. Sie war auf etwas zugerannt … einen Freund? Ein Geschwisterteil?

Die Gedanken waren so fremdartig in seinem Verstand, dass es schwer zu sagen war.

Doch es spielte auch keine Rolle. So lange Jai lebte, wollte er nicht mehr in der Nähe von etwas sein, das auch nur annähernd blutig oder tot war. Was auch immer der Drache gefunden haben mochte … am besten machten sie einen Bogen darum.

»Komm schon …«, zischte er leise. »Wir haben keine Zeit dafür.«

Langsam kroch das noch immer kleine Jungtier auf dem Bauch weiter. Es näherte sich etwas in einer Lichtung vor ihm und ignorierte ganz und gar seine geistigen Rufe, doch lieber zurückzukehren.

»Freche kleine …«

Erst fühlte er die Klinge an seiner Haut. Dann das Zerren von Fingern in seinem Haar, die seinen Kopf zurückrissen, um seinen Hals zu entblößen.

»Sag mir, wie du mich gefunden hast, oder ich bring dich auf der Stelle um.«

Jai erkannte die Stimme wieder. Den Akzent.

Die Klinge presste sich fester an seinen Hals.

»Frida«, brachte er heraus. »Ich … bin's.«

Ein scharfes Luftholen ertönte, und die Klinge wurde zurückgezogen.

»Jai?«

Er wurde vorwärts gestoßen und ließ sich auf die Knie fallen. Am besten offenbarte er ihr seine neu gefundene Stärke nicht.

»Frida«, flüsterte er halb zu sich selbst. »Du hast es hinaus … geschafft.«

Er drehte sich nicht um, sondern hob stattdessen flehend die Hände. Nach letzter Nacht … wer mochte wissen, was sie von ihm hielt.

»Du bist … bist du verletzt?«, fragte sie. »Du siehst aus, als ob …«

Erst jetzt wurde Jai klar, wie entsetzlich er aussehen musste.

»Oh«, sagte er, »ich bin ganz in Ordnung. Es ist nicht mein Blut.«

Er wurde an seinem Haar zurück auf die Füße gerissen und erneut vorwärts geschubst. Offenbar war ihre Sympathie kurzlebig.

»Dreh dich nicht um«, zischte sie dazu. »Ich trau dir nicht.«

Jai seufzte und tat wie befohlen. Irgendwo vor ihm musste auch der Drache ihre Worte vernommen haben und kam jetzt zurück. Jai versuchte sie zu überzeugen, dass er nach wie vor sicher war. Er schloss die Augen und visualisierte das ferne Licht … aber ein Stoß von Frida riss ihn aus seinen Gedanken.

»Halt hier an«, sagte Frida. »Dreh dich um.«

Jai hielt an und drehte sich um.

Das Mädchen sah vollkommen erledigt aus. Ihr Gesicht war noch bleicher als sonst, und ihr Blick wirkte unstet. Sie hatte eindeutig geweint, obwohl er es angesichts der Wut in ihren Augen kaum glauben konnte.

Es war seltsam, jemanden mit einem schönen grünen Kleid und hochgestecktem und geflochtenem Haar blutbefleckt und dreckig im Unterholz stehen zu sehen. Allerdings vermutete er, dass er selbst noch bizarrer aussah als sie.

»Wessen Blut ist es denn?«, wollte sie wissen. Jai begriff sofort, dass er wie ein lebendiger Dämon aussehen musste, so blutbesudelt und dreckig, wie er war.

Er wollte sie nicht anlügen, aber er wollte ihr auch nicht von dem Drachen erzählen, solange er nicht musste. Und er brauchte sie auf seiner Seite.

»Nicht meines«, flüsterte Jai und zuckte bei der Halbwahrheit zusammen. »Leonids, und das von anderen. Ich hab mich unter den Leichen versteckt.«

»Ist er tot?«, fragte Frida.

Jai, der nicht in der Lage war, ihr in die Augen zu sehen, nickte.

»Zwei sabinische Kaiser für einen danskischen König«, zischte sie mit bitteren Tränen in den Augen. »Titus hat mehr bezahlt, als er gewonnen hat.«

Jai schüttelte den Kopf.

»Erica hat man auch gefangen genommen.«

Er erwähnte die vielen anderen Tode nicht – die seiner Brüder und ihres Adelsstands. Frida hörte nicht mehr länger zu.

»Meine … sie lebt?«, fragte sie.

Jai nickte, und sie fluchte bitter im Flüsterton.

»Sie werden Lösegeld verlangen«, knurrte sie. »Und sie wird unter der Folter zerbrechen, daran zweifle ich überhaupt nicht. Sie kennt das Geheimnis, wie man mit Drachen eine Seelenverbindung eingeht. Titus wird sich bald genug mit dem Jungtier verbinden, sobald er die Stärke hat, es zu überleben.«

Jai schloss die Augen und fühlte, wie sich sein eigenes Jungtier näherte. Es war noch in den Büschen geblieben, nur ein paar Schritte von ihnen entfernt.

»Mach schon«, knurrte Frida, während sie ihn vorwärts stieß. »Du wirst mir sofort erzählen, wie du es geschafft hast, einen sabinischen Kaiser umzubringen und dann auch noch zu entkommen. Genauso gut könnte das auch eine weitere ihrer Listen sein.«

Da verspürte Jai Ärger. Alles, was er tun konnte, war, das Gefühl wegzuschieben, denn der Drache sprang – als Reaktion darauf – beinahe in die Höhe.

Aber für den Augenblick blieb die winzige Kreatur an Ort und Stelle. Vor allem aber aus Furcht. Vor sich schien sie etwas gesehen, das ihr Angst vor Frida einjagte.

»Meine Brüder sind tot«, erklärte Jai mit zusammengebissenen Zähnen. »Und ich bin durch die Hölle gegangen. Entschuldige also, wenn ich nicht hierbleibe und dich darum anbettle, mir zu vertrauen. Wenn du willst, kannst du mir folgen. Aber ich bleibe hier nicht stehen, um mich beleidigen zu lassen.«

Er hielt den Atem an und lief außerhalb der Reichweite ihrer Klinge. Dann hielt er an.

Denn dort, unmittelbar vor ihm … befand sich ein zweiter Drache.

41

Jai war wie erstarrt. Er konnte sich nicht bewegen. Nicht im Angesicht dieses bedauernswerten Anblicks, der sich ihm dort bot.

Der Drache der Prinzessin war von mehr als einem Dutzend Armbrustbolzen getroffen worden, deren gefiederte Enden noch immer in seinem smaragdfarbenen Körper steckten. Die Wunden waren nach wie vor offen, und das Blut am Boden war gefroren. Das schmerzhafte Winden des Tiers hatte es zu rotem Brei aufgewühlt.

So nahe an ihm konnte er seine Größe nicht fassen, denn sein Körper erstreckte sich außerhalb seiner Sichtweite bis in die Düsternis des Waldes hinein. Selbst das Khiro von der Jagd damals wäre im Vergleich zu dem enormen Tier klein erschienen, denn es war von der Schnauze bis zum Schwanz so lang und breit wie zwei Kutschen.

Wie es so weit in die Wälder gekommen war, wusste Jai nicht. Er merkte nur, dass es im Sterben lag.

Seine smaragdfarbene Brust hob und senkte sich so unmerklich, dass Jai zuerst dachte, das Tier sei bereits tot. Nur die Bewegung seiner gelben Augen und das Blut, das an den Nüstern am Ende seiner langen Schnauze Blasen warf, verrieten ihm, dass es doch noch am Leben war. Jetzt wusste er, wer auf dem Rücken des Drachen entkommen war.

»Jormun ist so weit geflogen, wie er konnte«, flüsterte Frida hinter ihm. »Aber noch weiter konnte er mich nicht tragen. Wegen ihm werden sie bald kommen.«

Sie schluchzte und fiel neben dem Tier auf die Knie.

»Kannst du ihn heilen?«, fragte Jai.

Frida strich mit ihren Fingern über die Seite des Tiers und stieß ein leises, bekümmertes Knurren aus.

»Ich hab es versucht, aber er ist jenseits dessen, was ich noch in Ordnung bringen könnte. Ich habe kaum genügend Mana übrig, um seine Schmerzen zu lindern.«

Jai empfand einen Anflug von Schuldgefühl. Er fragte sich, ob sie ihr Mana für ihn verschwendet hatte, so wie es auch Balbir getan hatte. Aber es klafften zu viele Wunden. Niemand konnte sie alle heilen.

Fridas Stirn war schweißüberströmt. Ihr Körper zitterte, und ihre Hände bebten. Es war merkwürdig. Warum litt sie nur so? Sie selbst wies doch keine einzige Verletzung auf, oder zumindest keine, die Jai erkennen konnte. Sie war seelenverbunden, also konnte die Kälte ihr nicht schaden. War sie vielleicht vergiftet worden, so wie Ivar?

»Nein«, flüsterte Frida, die auf die Knie fiel und den gehörnten Kopf des Tiers auf ihren Schoß hob. »Nein, bitte, sei stark, meine Liebe.«

Jai kniete sich neben ihr hin. Er hatte keine Worte, die er hätte sagen können. Er kannte das Band zwischen dieser Zofe und dem Drachen ihrer Herrin nicht.

Aber sie musste das doch nicht allein durchstehen.

Das Tier gab ein langes Seufzen von sich. Seine riesige Seite hob sich einmal und dann … war da nichts mehr. Es war so still in den Tiefen des Waldes. Selbst der Wind schien aufgehört zu haben zu rauschen.

Frida stieß einen langen qualvollen Schrei aus, der niemals zu enden schien.

Aber es war mehr als das. Denn als Jai versuchte, sie zu trösten, wie eine Hand auf der Schulter Trost spenden konnte, brach Frida zusammen.

Ihre Augen starrten, ohne etwas zu sehen, und ihr Mund begann zu schäumen. Ihr Körper verzerrte und verdrehte sich, ihre Fersen hämmerten einen Trommelwirbel auf den Boden. Jai konnte kaum mehr tun, als ihren Kopf ein Stück von der Erde wegzuhalten.

»Frida!«, schrie er und hob sie vom Boden an. Ihre Haut war eiskalt.

Das war keine Vergiftung. Das musste etwas anderes sein. Ihre Pupillen hatten sich so deutlich zu dunklen Zwillingskreisen erweitert, dass er das Blau ihrer Iriden kaum noch ausmachen konnte.

Am schlimmsten von allem war ihr Gesicht. Es war eine eingefrorene Grimasse aus Furcht, befremdlich zu einem stummen Schrei verzerrt, als hätte sie etwas Entsetzliches mitangesehen und könne nicht wegschauen.

Dann, so schnell wie es begonnen hatte, erschlaffte sie. Ihr Gesicht kehrte zu einem Anschein von Frieden zurück, wenn es dabei auch abgespannt und ausgezehrt erschien.

»Frida«, flüsterte Jai und schlug auf die Wange, doch ihr Kopf hing schlaff in seinem Schoß. »Frida!«

Nichts. Erst als er die leere Zunderbüchse an ihre Nasenlöcher hielt und die schwache Bewegung auf ihrer Oberfläche sah, wusste er, dass sie noch am Leben war.

Jai versuchte zu begreifen, was hier überhaupt geschehen sein konnte. Das war zu plötzlich und zu nah an Jormuns Tod passiert, um ein Zufall gewesen zu sein. Es bestand die Möglichkeit, dass sie sich vergiftet hatte, aber inzwischen wusste Jai es besser.

Frida musste mit Jormun seelenverbunden gewesen sein, nicht Erica.

Konnte das bedeuten, dass die Prinzessin nicht seelenverbunden war? Auf eine merkwürdige Art ergab das einen Sinn. Sich mit einem Tier zu verbinden war im besten Fall gefährlich. Vielleicht hatte Ivar beschlossen, um der Tradition willen nicht das Leben seiner Tochter zu riskieren. Vielleicht hatte er stattdessen dafür gesorgt, dass ihre Zofe mit dem Drachen verbunden wurde.

Was auch immer der Fall sein mochte, der Tod des Drachen hatte die junge Frau jedenfalls sowohl körperlich als auch mental verheert. Er hatte keine Ahnung, was jetzt mit ihr passieren würde.

Er wagte es nicht einmal, sie zu bewegen. Jedenfalls nicht, solange sie kaum atmete. Stattdessen machte er sich daran, ein weiteres Feuer zu entzünden, eines, das ihr klammes Fleisch wärmen würde.

Sie wirkte jetzt so viel kleiner als zuvor. Sogar zerbrechlich.

Fridas verschwitztes, dunkles Haar klebte ihr über dem Gesicht, und er strich es weg. Ihre Haut war so bleich wie die Schuppen seines Drachen geworden, und die Schatten des Waldes höhlten die scharfen Züge ihres Gesichts aus und verhärteten es.

Der Faden in seinem Verstand pulsierte. Ein Gefühl von … Sorge. Er konnte den Blick des Schlüpflings auf seinen Nacken wahrnehmen.

»Komm raus«, rief Jai.

Er wusste nicht, warum er das sagte – der Drache konnte bestimmt keine Sprache verstehen. Aber sie verstand die Stimmung dahinter, zumindest ansatzweise.

Jai vernahm das Tappen von Füßen und spürte ein plötzliches Gewicht auf seinen Schultern. Die Schuppen des Schlüpflings fühlten sich heiß an, so wie das warme Porzellan einer Teetasse. Er lehnte seinen Kopf an ihre Seite.

Wegen seiner Aufmerksamkeit grollte sie fröhlich, und der Widerhall entspannte Jais Körper, wenn auch nicht seinen Geist. So viel war gerade passiert, dass er kaum Zeit zum Überlegen gefunden hatte. Was bedeutete Frida überhaupt … für seinen Plan?

Jais Herz raste. Wenn er klug war, ließ er das Mädchen einfach hier. Es war doch nur eine Frage der Zeit, bis die Greifenreiter wegen ihr kamen, oder tatsächlich wegen ihres Drachen. Er vermutete, dass sie nur deswegen so lange überlebt hatte, weil die meisten ihrer Tiere gerade in alle Ecken des Reiches flogen, um Herrscher, Statthalter und Generäle über den bevorstehenden Krieg in Kenntnis zu setzen. Deswegen, und weil sich die Männer gerade durch die Hälfte der Diener und Gefesselten von Latium vergewaltigten und mordeten – sie brachten alle Zeugen der dortigen Gräueltat um.

Legionen würden ausgehoben, Grenzen verstärkt werden. Und das große Ungeheuer, das das sabinische Kaiserreich im umfassenden

Kriegszustand darstellte, war dabei, von seinem Schlummer aufzuwachen.

Wäre Fridas Drache nicht tödlich verwundet gewesen, und wäre sie jemand anders gewesen als eine Dienerin … dann hätten Dutzende Ritter der Greifengarde sie gejagt. Trotzdem hatte sein Jungtier Jormun und Frida nur durch den Geruchssinn gefunden. Ein einzelner Akolyth auf der Jagd nach ihnen konnte sie genauso leicht finden.

Er sollte seinen Schlüpfling nehmen und gehen. Gleich jetzt, während noch niemand nach ihm suchte. Er konnte unter dem gemeinen Volk des Reichs verschwinden. Auf Nebenstraßen bleiben und von der Hand in den Mund leben.

Er konnte sich nach Hause durchschlagen.

Stattdessen nahm er den Drachen in den Arm und begann sich nach Feuerholz umzusehen. Frida hatte Antworten, die er brauchte. Sie konnte ihm beibringen, was es bedeutete, seelenverbunden zu sein, und sich sogar um seinen Drachen kümmern.

Tief in seinem Inneren wusste er jedoch, warum er sie nicht zurückließ. Er hatte es schlichtweg nicht in sich, sie dem Tod zu überlassen. Denn hatte er nicht schon beinahe dasselbe Schicksal erlitten, bevor ihn der kleine Drache gerettet hatte?

Er starrte das blasse, geschwächte Mädchen an. Und hoffte, dass sie die Nacht überstehen würde.

42

»Ash«, sagte Jai.

Er hielt inne, dann kratzte er sich die Stoppeln am Kinn. »Ach nein, das ist eher ein Jungenname.«

Das Feuer knisterte und strafte die Stille, die sich auf den Wald herabgesenkt hatte, Lügen. Die Dämmerung näherte sich, und Jai lenkte sich so gut er konnte ab.

Zweimal hätte er beinahe die Nerven verloren und wäre gegangen. Es beschämte ihn, dass er das wusste. Aber es war auch Scham, die ihn dortbleiben ließ. Die Scham, die er empfände, wenn er Frida allein und hilflos zurücklassen würde, wie sie da reglos neben dem Feuer lag.

Doch auch Neugier hielt ihn zurück. Er wollte mehr über seinen Schlüpfling wissen. Gerade jetzt bedeutete jeder Moment für das kleine Tier eine Entdeckung. Und jede Entdeckung eine Freude.

Ihr Schwanz peitschte vor und zurück, während sie herumhuschte, und als sie vor Begeisterung zirpte, hätte er sie beinahe aufgefordert, still zu sein.

Er konnte mit ihr fühlen, als würde er die Welt zum ersten Mal erfahren. Der Drache war wie ein junger Hund, der über die Lichtung rannte und dem einen oder anderen Geruch nachjagte. Er musste kichern, als sie aufsprang und nach einem vorbeifliegenden Käfer schnappte. Als sie diesen nicht fangen konnte, scharrte sie auf der Erde, um einen Wurm zu verschlingen.

Es war ein so seltsames Gefühl, gleichzeitig hungrig und satt zu sein. Beim Geschmack des Wurms, der sich den Schlund seines Schlüpflings hinabwand, sowohl zu würgen als auch vor Genuss Speichel zu bilden.

Inzwischen hatte er begonnen, ihre Verbindung besser zu verstehen. Er konnte sie fühlen, wenn er seine Augen schloss und zu diesem zunehmend vertrauter werdenden Traumzustand zurückkehrte.

Vor seinem geistigen Auge waren er und der Schlüpfling zwei Kristallgefäße, die in einem Abgrund trieben. Ferne Zwillingsgestirne, verbunden durch ein mächtiges Band, eines, das mit einer solchen Häufigkeit vor und zurück pulsierte, dass es ein beinahe beständiges Summen war.

Wenn er seinem Geist freien Lauf ließ, wurde der gefühlsmäßige Lärm ihrer Verbindung geradezu ohrenbetäubend. Wenn das passierte, konnte er kaum unterscheiden, was sich vor seinen eigenen Augen anspielte. Er musste sich stark konzentrieren, um ihn auf das absolute Minimum herunterzufiltern.

In Wahrheit war es ein Wunder, dass er es in der letzten Nacht überhaupt geschafft hatte, Schlaf zu finden, wenn er auch annahm, dass das Summen zu einem leisen Murmeln verklungen sein musste, als der Schlüpfling eingeschlafen war. Ganz zu schweigen davon, dass das, was er erlebt hatte, mehr der Bewusstlosigkeit als dem Schlaf geglichen hatte.

Dem kleinen Wesen einen Namen zu geben war seine hauptsächliche Ablenkung für diesen frühen Abend. Er hatte schon ein ganzes Dutzend Namen ausprobiert, aber nur wenige schienen zu passen.

Der Drache war ein fröhliches, unbeholfenes Ding, das war richtig. Aber wenn sie auf ihren Hinterbacken saß und ihn mit ihren großen blauen Augen anstarrte, nahm er da Erhabenheit wahr. Dies schien ein edles Tier zu sein, und keines, von dem man eines Tages als von dem großen Drachen »Schneeball« sprechen würde.

Allerdings gab es einen Namen, zu dem Jai sich hingezogen fühlte. Denn der Drache war in ihm geboren worden. In ihm mit ihm verschmolzen worden. Winter.

Eine kalte, stählerne Schönheit lag in diesem Namen.

Winter. Das war es.

Ein leises Schluchzen riss Jai aus seinen Überlegungen.

Frida rührte sich. Ihre Lider öffneten sich, und jetzt blickte sie Jai mit glasigen Augen an. Als könne sie seine Beklommenheit spüren, verschwand Winter hinter dem Hügel von Jormuns Körper und spähte zwischen den großen Dornen seines Rückens hindurch, während sich das Mädchen aufsetzte.

Einen Augenblick lang starrte sie einfach nur ins Feuer und ignorierte Jai völlig. In diesem Moment wirkte sie trotz ihrer großen Stärke so zerbrechlich. Nein … sondern bereits gebrochen.

»Du bist mit Jormun seelenverbunden«, sagte Jai. »Das stimmt doch, oder?«

Die Worte entfielen ihm ungebeten, und angesichts ihrer Unbeholfenheit schreckte er zurück. Aber falls Frida ebenso empfand, zeigte sie es nicht.

»Ich habe seinen Tod gefühlt«, wisperte sie. »Es ist … unaussprechlich. Beinahe dachte ich, dass ich ihm folgen würde.«

»Du bist mit diesem Drachen verbunden gewesen«, sagte Jai ein weiteres Mal, da er noch etwas weiter drängen wollte. »Hat Titus gewusst, dass er keine seelenverbundene Prinzessin heiraten würde? Dass Ericas Zofe diejenige war, die den Drachen kontrollierte?«

Frida blinzelte langsam, dann schüttelte sie den Kopf und kam schwankend auf die Beine.

»Spielt das denn jetzt noch eine Rolle?«, fragte sie dumpf. »Jormun ist tot. Und wir … werden das auch bald sein.«

Sie zog ihr Kleid enger um ihre Schultern zusammen. »Sie werden um die Wette rennen, um uns zu finden«, sagte sie. »Würden sie den Geruch eines Drachen gut genug kennen, wären wir doch schon längst tot. Ich sollte jetzt das Seelenjuwel entnehmen – und es zerstören, bevor sie es in die Hände bekommen.«

Jai runzelte die Stirn. »Seelenjuwel?«, fragte er.

Frida nickte zu Jormuns Brust. »Wenn ein Totem stirbt, dann stirbt sein Kern mit ihm und wird zu einem Seelenjuwel. Wenn es jemand entnimmt, kann es auf vielerlei Art verwendet werden. Als Zutat in Pillen und Tränken … oder direkt eingenommen.«

Ihre Stimme klang so monoton, als wäre sie ein Kind, das die Worte eines Lehrers aus dem Gedächtnis wiederholt. Und ihre Worte waren auch rätselhaft, aber Jai nahm jeden Krümel Information so gierig in sich auf, wie Winter die Käfer des Waldes verschlungen hatte.

Jai zog den Dolch, mit dem sie ihn zuvor bedroht hatte, aus seiner Gürtelschlaufe. Es war ein schönes Ding aus hellem Metall. Nicht viel mehr als ein Brieföffner vielleicht, aber doch scharf genug. Da er ihre beinahe leeren Satteltaschen durchsucht hatte, wusste er, dass es die einzige Klinge war, die sie besaß.

»Ich kann es für dich tun«, bot er ihr an.

Sie rümpfte die Nase und schüttelte den Kopf. »Nein. Ein Schmiedeschnitt mit einer Iridiumklinge … das geht schneller.«

Frida streckte die Hand aus. Jai zögerte, dann reichte er sie ihr. Er mochte seelenverbunden sein, aber Frida war es ebenfalls, und zudem war sie in den Künsten der Magick trainiert. Ihr Tier war gestorben, aber er wusste, dass der größte Teil ihrer Kraft dennoch erhalten blieb. Wenn sie ihn verletzen wollte, dann konnte sie das in jedem Fall tun, ob er ihr die Klinge gab oder nicht.

Ihre Finger umfassten den dünnen Griff der Klinge fester. Schon bald hing ein Summen in der Luft, und die Klinge begann erst orange, dann weiß zu glühen.

»Ich hoffe, ich habe genug Zeit«, flüsterte sie und schnitt dem Tier so schnell in die Seite, dass es zischte. Die Farbe der Klinge verblasste bereits wieder, verwandelte sich zurück zu Orange, aber das Mädchen arbeitete rasch und sägte ein kreisrundes Loch in das Fleisch.

Ihre Hand tauchte in Jormuns Seite ein und kam als geballte, rot verklumpte Faust zurück. Ehe Jai sehen konnte, was sich darin befand, steckte sie sie mit Blut und allem anderen in ihr Mieder. Sie stieß einen tiefen Atemzug aus und ließ sich wieder in die Hocke fallen.

»Das hat den größten Teil meines Manas verbraucht«, flüsterte sie. »Aber wenigstens ist es nun erledigt.«

Jetzt begriff Jai auch, worum es sich bei dem gezackten Riss in der Brust von Winters Mutter gehandelt hatte. Magnus würde Jormuns Seelenjuwel in seine Hände bekommen wollen, vom Rest der Greifengarde ganz zu schweigen. Das Chaos eines unerwarteten Krieges hatte ihnen eine kleine Verschnaufpause gewährt, aber der Gestank des verwesenden Drachenleichnams würde ebenso viele Fliegen wie Reiter anziehen.

»Bist du kräftig genug, um zu reisen?«, fragte Jai und erhob sich.

Hinter dem Tierkadaver ertönte ein leises aufgeregtes Zirpen.

Wild dreinblickend sprang Frida auf. Sie starrte auf Winter herab, die diesen Moment nutzte, um ein nervöses Rülpsen auszustoßen.

»Bei der Allmutter!«, keuchte Frida.

43

Mit erhobener Klinge fuhr Frida zu ihm herum. »Wer hat dich geschickt?«, zischte sie.

Jai wich zurück und hob flehend die Hände. »Ich kann es dir erklären. Ich …«

»Die Prinzessin muss also doch tot sein«, zischte sie, wobei sie seine Worte mit einem anklagenden Stoß ihres Dolchs abschnitt. »Du bist Titus' Kreatur. Er hat dich geschickt, um zu lernen, wie man sich mit diesem Schlüpfling verbindet. Oder …« Verwirrt zuckte ihr Blick von ihm zu Winter. »Nein … du musst diesen verräterischen Nordländern dienen. Wie hast du …«

Wieder brach sie ab und starrte mit panischen Atemzügen vor sich hin. Ihre Verwirrung war regelrecht mit Händen zu greifen.

Hinter ihr sah Jai, wie Winter sich sträubte. Ihre Augen waren auf den Dolch gerichtet. Innerhalb weniger Augenblicke würde sie springen.

»Nein«, flüsterte ihr Jai zu.

Winter ignorierte seinen Gedanken und stieß ein tiefes Knurren aus. Sie war ein kleines Tier, das zum Beschützen neigte.

Langsam streckte Jai die Hand aus und drückte Fridas Klinge nach unten. Das Messer fühlte sich glühend heiß an, und er zuckte schon zusammen … aber es war nur unangenehm.

Frida musste es bemerkt haben, denn ihre Augen weiteten sich bei dem Anblick.

»Du bist seelenverbunden«, flüsterte sie. »Bist … bist du einer aus der Greifengarde?«

Jai, dem es schwerfiel, Worte für eine Erklärung zu finden, schüttelte den Kopf. Winter dagegen sah das anders. Sie sprang auf und krallte ihre kleinen Klauen in seine Tunika, dann glitt sie lässig auf seine Schulter. Sie zirpte fröhlich, und Jai wusste, dass sie dies aus Freude darüber tat, dass die Klinge gesenkt worden war.

Fridas Mund stand offen, und ihr entkam ein ersticktes Keuchen.

»Was ist das?«, krächzte sie.

»Ich bin … äh … wir sind seelenverbunden«, stotterte Jai.

Wild dreinblickend starrte ihn Frida an. Jai, der seine zuvor sorgfältig geübten Sätze schlagartig vergessen hatte, vermochte sich nur dürftig durch seine Erklärung zu stolpern.

»Der schwarze Drache … er hatte ein Ei. Und ich wäre beinahe vor Kälte erfroren, und es war warm. Also hab ich es dicht an mich gepresst, weißt du? Es war keine Absicht. Es ist einfach irgendwie … passiert.«

Die danskische Zofe schwankte auf ihren Beinen. Dann brach sie in schallendes, aufgelöstes Gelächter aus.

»Du?«, stieß sie hervor.

Es war ein irrsinniges Lachen, eines, das den Tränen nahe war. Sie schlug sich ins Gesicht.

»Wach auf«, stöhnte sie.

Jai konnte nur auf seine Füße starren. Er fühlte sich merkwürdig schuldig, als wäre er ein Dieb.

»Es tut mir leid«, sagte er. »Es war nicht meine Absicht. Winter … sie hat mich gerettet.«

Frida wischte seine Entschuldigung mit einer Handbewegung fort. »Du hast sie vor diesen sabinischen Scheißkerlen gerettet. Für den Augenblick jedenfalls.«

Sie schniefte. Dann streckte sie die Hand aus, ohne sich um das protestierende Knurren des Drachen zu kümmern. Missbilligend schnalzte sie mit der Zunge und kratzte das kleine Tier unter dem Kinn. Jai lief rot an, als er fühlte, wie Wellen an Genuss über ihn hinwegliefen. Frida ertappte sich bei dem, was sie tat, als Jai ein unfreiwilliges Grunzen entkam, und zog ihre Hand zurück.

»Du lügst also nicht«, sagte sie. »Du bist gut verbunden. Und Winter ist ein passender Name. Allerdings nicht in der Tradition der Dansken. Es wäre besser, sie nach ihrer Mutter zu benennen. Aber trotzdem, der Name ist gut.«

Winter stieß ein tiefes Grollen aus, als Frida ihre Hand zurückzog, und versuchte, sie mit einem stolzen Strecken ihres Halses zurückzulocken. Jedoch vergeblich.

»Sie ist eine Weiße«, sagte Frida, die sich näher heranbeugte. »Auch klein. Zu früh geschlüpft.«

Ihr Elend war zumindest für den Moment von Neugier überwältigt worden.

»Ist weiß selten?«, fragte Jai.

Frida kaute auf ihrer Lippe und schloss halb die Lider, als versuchte sie sich an etwas zu erinnern.

»Das ist es«, war alles, was sie herausbrachte. »Die meisten sterben tot geboren in ihren Eiern.«

Jai nickte, als wäre dies die normalste Sache der Welt, über die man sich unterhalten konnte.

»Spielen ihre Farben eine Rolle?«, wollte er wissen.

Frida zuckte mit den Schultern. »So heißt es zumindest. Obwohl ich keine Unterschiede gesehen habe, und eine Farbe kann ebenso leicht eine andere hervorbringen wie die eigene. Jormun …«

Ihr stockte die Stimme.

»Jormun war jung, darum kann ich nicht sicher sein. Aber er hat nie einen Unterschied zu Winters Mutter Lind aufgewiesen. Und Lind war ein schwarzer Drache – der häufigste von allen.«

Sie seufzte. »Die Wahrheit ist aber, ich weiß es nicht. Die danskische Königsfamilie macht keine Aufzeichnungen, so wie die Greifengarde. Es gibt nur Geschichten und ein paar alte Briefe, die Ivar mir gegeben hat. Das meiste habe ich von ihm gelernt, und er war ganz zufrieden damit, die Vergangenheit dort zu lassen, wo sie war.«

Jai fluchte leise. Er wünschte sich, es gäbe mehr, was sie ihm erzählen konnte.

»Wir sollten uns allmählich auf den Weg machen. Wenn sie von einem lebenden Drachen Wind bekommen, werden sie uns bis zu den entlegensten Ecken des Kontinents jagen. Titus war über seinen goldenen Schlüpfling fast schon am Sabbern. Er wird glücklich darüber sein, dem einen weiteren für seine Kinder hinzuzufügen … für den Fall, dass irgendeine Frau die Brut dieses Ungeheuers austrägt.«

Was das Verschwinden betraf, so war Jai völlig ihrer Meinung. Es fühlte sich an, als hätte er jetzt schon seit Tagen versucht, das zu tun. Das Tageslicht nahm bereits ab, und das Blau des Winterhimmels begann sich zu verdunkeln.

»Ich bin bereit«, sagte er.

»Lass mich meine Sachen aufsammeln«, sagte Frida, die ihre Nase rümpfte.

Sie brauchte nur einen Augenblick, um ihre Satteltaschen durchzugehen und deren Inhalt in einen einfachen Sack zu stopfen. Offensichtlich waren die meisten der Taschen für die Zeremonie geleert worden.

Jai war beinahe beleidigt, als er bemerkte, wie wenig sie auf den Verrat vorbereitet gewesen waren. Hatte er sie denn etwa nicht gewarnt? Aber andererseits, wer hätte schon denken können, dass Titus etwas so … Irrsinniges tun würde? Offenbar nur er.

»Hast du Geld?«, fragte er.

Dies würden sie auf der Straße, die vor ihnen lag, nämlich brauchen. Besonders, wenn Jai sich neue Kleidung kaufen wollte.

Frida seufzte. Sie war erschöpft. »Ich dachte nicht, dass danskische Währung im Reich viel wert wäre. Ich habe nur wenig von Wert, außer dieser Klinge. Und von der werde ich mich nicht trennen. Die hat mir meine Mutter gegeben.«

Jai runzelte die Stirn.

»Ist sie auch seelenverbunden gewesen?«

Ehe Frida antworten konnte, drehte sich der Wind. Es war nur eine plötzliche Bö, aber sie trug einen Gestank mit sich. Blut. Und den Klang von Schreien, die sich mit der Brise mischten.

Frida wartete nicht auf ihn. Sie hielt nicht einmal an, um das Feuer zu löschen. Stattdessen rannte sie los.

Sie war schneller, als Jai es für möglich gehalten hatte. Sogar so schnell, dass sie beinahe außer Sichtweite war, als er Erde über das Feuer getreten und sich umgewandt hatte, um ihr zu folgen. Am schlimmsten war aber: Sie rannte auf den Geruch und die Geräusche zu.

Ohne nachzudenken traf Jai seine Entscheidung.

Er folgte ihr und fühlte wieder die große Freude beim Rennen. Wenn er nämlich rannte, empfand Jai eine Freiheit wie keine andere. Er hatte davon geträumt zu fliegen. Und nun, nach so vielen Jahren … wagte er zu hoffen, womöglich zu erleben, wie er es tat?

Es fühlte sich wie … Fliegen an. Den Wind durch sein Haar rauschen zu hören und dabei zu sehen, wie die Bäume im Vorbeirennen verschwammen. Auch unter dem großen Baumkronendach des Waldes konnte er erkennen, wie der Winterhimmel hindurchschien. Er konnte den Raum der weiten Welt fühlen und ihn genießen.

Doch er konnte sich nicht von seinem Hochgefühl ablenken lassen, denn Frida war bereits schneller als er. Wo sie rannte, vernahm er das ferne Knacken von Zweigen, aber es war schwer, dessen Richtung genau zu bestimmen. Die Welt war so laut. Es war, wie sich auf jemanden zu konzentrieren, der ihm über einen überfüllten Raum hinweg etwas zurief, nur dass der Rest der Menschenmenge gleichzeitig nach seiner Aufmerksamkeit verlangte.

Nach ein paar Minuten wurde er langsamer und lauschte.

Erst als Winter, die auf seiner Schulter geritten war, von ihm herabsprang und ihm vorauslief, war er auch wieder in der Lage, Geschwindigkeit aufzunehmen. Offenbar war der kleine Schlüpfling um einiges versierter darin, den Ansturm an Lärm auszublenden als er.

Und die ganze Zeit über nahmen die Kampfgeräusche und Schreie zu.

Wie lange er gerannt war, wusste Jai nicht. Nur die länger einfallenden Sonnenstrahlen, die von Dämmerung zu Dunkelheit übergingen, gaben ihm einen Hinweis. Doch Winter machte unermüdlich weiter, selbst als Frida außer Hörweite geriet und der kleine Schlüpfling gezwungen war, sich ganz auf seinen Geruchssinn zu verlassen.

So war es ein Schock, als er Frida beinahe auf den Rücken gesprungen wäre.

Wieder konnte er den allzu vertrauten Geruch wahrnehmen. Diesen Kupfergeruch von Blut, der dem Wind so schwer anhaftete. Aber jetzt war das noch keineswegs alles. Dies war auch der Geruch einer Schlacht. Es roch nach Hosen, die mit Pisse und Scheiße gefüllt waren und sowohl zu den Lebenden als auch zu den Toten gehörten. Nach frisch aufgewühltem Schlamm und Blut roch es auch, und nach Körperausdünstungen und Schweiß.

Sie waren schon ganz nahe am Waldrand, wenn auch immer noch in Schatten gehüllt. Hier mussten Männer gewesen sein. Viele, so viele sogar, dass der Waldboden beinahe zu einem Morast zertreten schien.

Das war es, was Titus im Schwarzen Wald versteckt hatte. Eine ganze Armee.

Denn genau darum ging es doch, draußen auf den Feldern ... jenseits davon. Eine Legion, die sich mitten in der Schlacht befand.

Nein, nicht in einer Schlacht. In einem Massaker.

Angesichts all dessen schwieg Frida. Sie gab kein Schluchzen von sich, nicht einmal ein Wimmern. Nur Tränen strömten ihr das verhärmte Gesicht hinab, als sie auf das große Abschlachten ihres Volkes blickte.

Durch die schwache Neigung und die Weitsicht, die ihnen der Waldrand gewährte, konnte Jai recht gut erkennen, welches Schicksal die Dansken ereilt hatte. Seine seelenverbundenen Augen sahen nun weiter, und jede Farbe war so lebendig, wie man dies von den Wandmalereien in Latiums großer Kathedrale kannte. Doch in diesem Augenblick wünschte er sich, sie wären es nicht.

Zwei Legionen hatten das danskische Heer eingekesselt. Zwillingshalbmonde von Soldaten in scharlachroten Umhängen, die einen sich abmühenden Knoten an Männern in der Mitte umkreisten. Dies war das gefürchtete Manöver, das Leonid seine erste Schlacht hatte gewinnen lassen. Die Zangen des Carcinus, wie er es genannt hatte.

Jai konnte sagen, was geschehen war. Oder zumindest, er konnte es erraten.

Die Sabiner hatten bis zum Sonnenuntergang gewartet, wenn die Dansken ihre göttliche Allmutter verehrt hatten. Sie hatten sich genähert und dabei die Deckung des Waldes und der Weizenfelder zu beiden Seiten genutzt. Dann aber, als das Tageslicht verblasst war, hatten sich die Sabiner auf die betenden Krieger gestürzt.

Nur eine danskische Legion sollte sich jemals in der Nähe des Palastes aufhalten. Das war eine Bedingung der Heirat gewesen, zumindest hatte Leonid dies gesagt. Denn darunter befand sich Ivars persönliche Leibwache, und mit ihr die Elite der Krieger aus dem gesamten Königreich. Ein Zeichen von Stärke, aber auch anfällig für Verrat.

Damit hatten sie natürlich recht gehabt.

An einem guten Tag hätten die Besten der Dansken womöglich eine einzelne sabinische Legion schlagen können. Aber zwei? Jai war überrascht, dass sie so lange durchgehalten hatten. Es war ein Zeugnis für die danskische Entschlossenheit.

»Wir müssen nicht bleiben«, flüsterte Jai. »Bei einigen Dingen ist es besser, über sie Bescheid zu wissen, anstatt sie zu sehen.«

Fridas Lippen bewegten sich kaum, aber er hörte sie dennoch sprechen.

»Ich sehe es mit an, damit ich es nicht vergesse.«

Er nahm Frida ihre Entschlossenheit, bis zum bitteren Ende zuzusehen, nicht übel. Hatte er nicht dasselbe getan, als man seine eigene Familie abgeschlachtet hatte?

Der Wind frischte auf und brachte die Schreie der Mörder und der Sterbenden mit sich – das war ein nervenzermürbender Chor, der zu einem Crescendo anschwoll. Aber inmitten dieser entsetzlichen Belastung lenkte ein leises Zirpen Jais Blick auf Winter.

Der Drache scharrte an Fridas Kleid, und auch Jai spürte, wie es ihm bei der plötzlichen Empfindung von Mitleid den Magen zusammenzog. So seltsam war es, das Bewusstsein eines anderen Wesens zu fühlen.

Einen Augenblick lang sah Frida – unempfänglich für den Charme der Kreatur – auf sie herab. Als Winter dem Mädchen dann aber auf den Arm sprang, hatte das Jungtier sie sofort für sich gewonnen.

Frida zog Winter dicht an ihre Brust und presste ihre Wange gegen die porzellanfarbene Schnauze des Drachen. Dann schluchzte sie sanft, während die Dunkelheit anbrach und das Wehklagen seine lange langsame Reise in die Stille antrat.

44

Als das Töten zu Ende war, war es Frida, die als Erste das Wort ergriff.

»Wir sollten hier nicht bleiben.«

Ihre Stimme klang angespannt, und Jai hatte keine Lust, dagegen zu argumentieren – er hatte dasselbe schon seit dem Augenblick empfunden, in dem die Sonne hinter dem Horizont versunken war.

»Wohin also?«, fragte Jai.

Frida erwiderte nichts darauf. Tatsächlich schien sie auf die Frage hin sogar beinahe zu schrumpfen. Die Entschlossenheit in ihr verblasste so schnell, wie sie hervorgerufen worden war. Ebenso wie Jai hatte sie eindeutig nicht so weit voraus gedacht.

Jai stand auf und versuchte, das merkwürdige Gefühl von Zufriedenheit und Wärme in sich mit der tiefen Kälte in Einklang zu bringen. Aber das war natürlich nur Winter. Sie wusste nicht, in welch eine schreckliche Welt sie hineingeboren worden war. Sie war in jeder Hinsicht eine Unschuldige.

Ihn überkam ein Verlangen danach, sie zu beschützen, und damit ein Hauch von Verlegenheit, ein solches Gefühl offen zu zeigen. Denn es war ihm, als sei das Zentrum seines Wesens von innen nach außen gekehrt worden, und Winter könne es nicht nur sehen, sondern es auch fühlen, es sogar schmecken.

Es war eine Intimität, die Jai nie mit irgendjemandem geteilt hatte.

Tatsächlich war die engste Beziehung, die er jemals zu jemandem gehabt hatte, die zu Leonid gewesen, so tragisch das auch klang. Und natürlich hatte der alte Mann niemals Jais innerste Gedanken gekannt. Jetzt wurden sie bloßgelegt.

Winter schien mit der ganzen Sache gut fertig zu werden. Aber er vermutete, dass es eben alles war, was das kleine Tier je gekannt hatte. Ein anderes Bewusstsein in ihrem Verstand zu haben, war für sie normal.

Womöglich hätte er gedacht, dass dies eben das Geheimnis war, wie man sich mit Drachen verband, nämlich: es zu tun, während sie noch im Ei waren. Aber der goldene Drache, mit dem sich Titus verbinden sollte, war beinahe ein Heranwachsender, falls ein Vergleich zu Winter irgendein Anhaltspunkt war.

»Ich weiß es nicht«, brach Frida schließlich ihr langes Schweigen. »Wohin bist du auf dem Weg gewesen, als Winter mich gefunden hat?«

Bei der Erwähnung ihres Namens rührte sich Winter. Sie war ein schlaues kleines Ding, und so hatte sie die Bedeutung des Wortes bereits gelernt. Er fragte sich, ob sie auch noch andere Worte lernen würde. Wer wusste um die wahre Intelligenz eines Drachen? Von ihnen beiden gewiss nur Frida.

Dies war eine Erinnerung daran, wieso er seinen Wagen an ihren gehängt hatte. Jetzt musste er sie davon überzeugen, dasselbe zu tun.

»Ich wollte das Land durchqueren«, sagte Jai. »Durch die Wildnis reisen. Mich meinem Volk wieder anschließen. Ich bin mir sicher, wenn du mit mir kommst, werden sie dir helfen, in die Nördliche Tundra zurückzukehren.«

Darüber rümpfte Frida die Nase.

»In den letzten Jahren haben wir das Steppenvolk beinahe so häufig wie die Sabiner überfallen – deine Leute hegen keine Liebe für uns. Jeder Stamm, der uns findet, würde mich eher in der Wildnis zurücklassen, als mich nach Hause begleiten. Oder noch Schlimmeres. Unter allen Völkern leben schlechte Menschen.«

Jai dachte darüber nach … und eine Erkenntnis traf ihn so hart, dass alle anderen Gedanken aus seinem Verstand vertrieben wurden. Winter, die von der plötzlichen Gefühlsaufwallung durchgeschüttelt wurde, gab ein besorgtes Zirpen von sich.

»Jetzt, da meine Brüder tot sind, bin ich der Letzte aus Rohans Linie«, sagte Jai schwer und schnell atmend. »Mein Onkel hat seit über einem Jahrzehnt den Thron für Arjun gehalten. Mit dem Tod meiner Brüder bin ich sicher der Nächste in der Erblinie. Ich kann dich also beschützen.«

Erst jetzt hatte er dies wirklich begriffen. Zum ersten Mal in seinem Leben war er also mehr als nur dem Namen nach ein Prinz.

Frida verschränkte mit verächtlich verzogenen Lippen die Arme. Unter dieser kalten Schönheit schien eine gewisse Härte zu liegen.

»Du bist der Erbe von einem unter einem Dutzend Stämmen, von denen viele seit Jahrhunderten miteinander im Krieg liegen. Wer sagt dir denn, dass wir auf deinen Stamm zuerst treffen? Viel wahrscheinlicher ist es, dass man dich gegen Lösegeld an deinen Onkel verkaufen wird, oder sogar an die Sabiner … und dass man mich als Geisel hält.«

Angesichts dieser Worte ließ Jais jähe Begeisterung nach. Natürlich. Er hatte die Dinge nicht durchdacht.

Tatsächlich wusste er nur ganz wenig von seinem Volk und dessen Politik. Dies war ein Thema, das Leonid immer penibel gemieden hatte. Und fast schien es so, als wisse Frida mehr über sein eigenes Volk als er selbst. Das fühlte sich seltsam an.

Trotzdem. Er brauchte sie als Begleitung. Ohne sie … er erkannte, dass er beinahe nichts über die Welt wusste.

»Dasselbe könnte ich von den Dansken behaupten«, erklärte Jai. »Eine Dienerin wird am danskischen Hof wenig Einfluss haben, seelenverbunden hin oder her.«

Frida biss sich auf die Lippe und blickte Jai forschend an. Dann nickte sie langsam.

»Es gibt einen Ort, etwas nördlich von der Kaschmirstraße, wo die östlichste Grenze der nördlichen Tundra auf den westlichen Rand der

Großen Steppe trifft. Das Petrusgebirge beschützt diese Grenze des sabinischen Reichs, und mit direkteren Routen in unsere beiden Länder ist es unwahrscheinlich, dass der Krieg dort geführt wird, es sei denn, Titus hält sich für schlau. Wir können uns am Grenzübergang trennen und zu unseren jeweiligen Leuten reisen.«

Da horchte Jai auf. »Das ist großartig!«, sagte er.

Frida schüttelte den Kopf und sprach mit leisem Murmeln, beinahe so, als würde sie mit sich selbst reden. »Es ist eine viel längere Reise, aber das ist nicht unser größtes Problem. Es gibt wenige Passwege durch die Berge, und die meisten werden von sabinischen Festungen und Besatzungen beschützt. Ich weiß, dass man in Friedenszeiten Händler hindurchlässt, aber jetzt werden sie fester verschlossen sein als der Hintern …«

Angesichts Jais erhobener Augenbraue hielt sie inne.

»… die Hände einer betenden Nonne. Aber es könnte einen Weg hindurch geben, vielleicht existieren Pfade, auf denen einige wenige reisen können, wohingegen das vielen anderen nicht möglich ist.«

»Woher weißt du das alles?«, fragte Jai.

»Erica und Ivar haben die Grenzen des Reichs seit Jahren überfallen. Ich habe ein paar Dinge aufgeschnappt, weil ich ihnen als Zofe so nahe gekommen bin.«

Langsam nickte Jai. Er war sich nicht sicher, ob er die gleiche Wahl getroffen hätte. Er war ihr von geringem Nutzen, abgesehen davon, dass er seelenverbunden war. Aber jedes Misstrauen gegenüber ihren Absichten wurde von seiner Angst, allein zu sein, weggewischt. Davon und von seiner Sehnsucht danach, alles über seinen Schlüpfling zu lernen, was er nur konnte.

»Für den Augenblick kann ich uns noch führen, aber dazu muss ich die Sterne sehen können. Also reisen wir bei Nacht und rasten am Tag. Das garantiert uns ein geringeres Risiko, gesehen zu werden.«

»Einverstanden«, sagte Jai, obwohl er in Wahrheit schon so weit war, sich zusammenzurollen und zu schlafen, anstatt die Nacht damit zu verbringen, durch den Wald zu stapfen.

»Ich habe eine Bedingung«, gab Frida zurück. »Wenn du nicht zustimmst, trennen sich unsere Wege jetzt.«

Jai biss die Zähne zusammen.

Bestimmt wollte sie nicht …

»Wenn du Winter haben willst, das ist unmöglich«, schnappte er.

Frida hob ihre Hände. »So etwas würde ich niemals verlangen, selbst wenn es möglich wäre. Nein, es ist eine Frage der Zeit. Ich kann nicht Monate damit verschwenden, das Reich in seiner Länge und Breite zu Fuß zu bereisen. Meine Leute brauchen mich.«

Jai war verwirrt.

»Was für eine andere Wahl haben wir denn?«, fragte er.

Frida stieß ein bitteres Lachen aus. »Dieselbe, die jeder andere hat, der nach Osten reisen möchte«, antwortete sie. »Wir nehmen die Kaschmirstraße.«

45

Die Tinte tropfte in den Schnee, der vom Mond erleuchtet wurde, und das Schwarz breitete sich aus wie ein Bluterguss. Jai träufelte mehr in Fridas Haar und wandte dann den Blick ab, um nicht auf die sanfte Neigung ihrer bloßen Schultern zu schauen.

Sie hatte ihr Kleid halb heruntergezogen, damit es keine Flecken abbekam, wenn es auch zu diesem Zeitpunkt so zerrissen und zerlumpt war, dass er sich nicht sicher war, ob so etwas irgendjemandem noch auffallen würde.

»Das reicht«, sagte Frida. »Heb noch etwas für das nächste Mal auf.«

Jai schlurfte zurück und ließ sie damit weitermachen, die Farbe in ihre Locken zu reiben. Ihr hellblondes Haar war ein verräterisches Anzeichen für ihre danskische Herkunft – selten genug im Reich, um Aufmerksamkeit auf sich zu ziehen.

Sie hatte Glück gehabt, in ihren Satteltaschen ein Tintenfass zu finden.

Jai war unsicher gewesen, ob sie auf einer Lichtung anhalten sollten, wo ein vorbeikommender Greifenreiter sie von irgendwo weiter oben ausmachen konnte. Besonders deswegen, weil sie jetzt, da der erste richtige Schnee des Winters gefallen war, noch sichtbarer sein würden.

Doch Frida hatte gesagt, sie müsse noch einmal die Sterne sehen, um sich zu orientieren, ehe sie ihre Reise fortsetzten – Frida nahm an, dass sie ungefähr zwei Monate dafür brauchen würden.

Da die Sternbilder von Wolken verdunkelt wurden, nahm sie die Gelegenheit wahr, ihre Tarnung anzulegen, während am Boden immer noch Schnee schmolz. Die Tinte zu verdünnen war die einzige Möglichkeit, sie länger vorhalten zu lassen.

Während Jai wartete, nahm er die Gelegenheit wahr, Leonids Tagebuch in ihren Sack zu stopfen, zusammen mit der Geldbörse, der Zunderbüchse, dem Schlageisen und dem Feuerstein. Dort würden sie sicherer sein. Leonids Tagebuch war sogar noch zerfledderter und blutbefleckter als zuvor, sofern das überhaupt möglich war.

Frida hatte den Inhalt ihrer Tasche auf einem verrotteten Baumstumpf ausgeleert, und Jai begann diese Dinge ebenfalls wegzulegen. Eine Schreibfeder, einen Bleigriffel, einen Flaschenkürbis für Wasser, den sie mit Schnee aufgefüllt hatten. Und ein Buch.

Geistesabwesend blätterte Jai darin und fragte sich, wie danskische Buchstaben aussehen mochten. Zu seiner Überraschung waren keine Niederschriften darin, sondern nur Zeichnungen. Eigentlich Skizzen.

Aber sie waren wunderschön. Fragmente dessen, was sie im Flug gesehen hatte. Auf der einen Seite ein gewölbtes Fenster, auf der anderen ein Vogel im Flug. Er sah die Silhouette des Palastes und die rollenden Hügel jenseits davon.

Er blickte auf und fühlte sich schuldig. Auf nicht zu entziffernde danskische Runen zu blicken, war eine Sache, aber dies hier fühlte sich an, als hätte er ihr Vertrauen missbraucht. Zum Glück war Frida immer noch beschäftigt und hielt mehrere Handvoll ihres Haars ins Mondlicht hoch, um zu sehen, ob ihr Plan glückte.

Ein vorwurfsvoller Blick von Winter, die ihm gegenüber hockte, erinnerte ihn daran, das Buch zu schließen. Das war eine eigenartige Sache. Er konnte wahrnehmen, dass der Drache nicht begriff, was er tat oder warum es falsch war, dass er einen Blick darauf geworfen hatte. Aber sein Schuldempfinden hatte für sie ausgereicht, um ein Urteil zu fällen.

»Wer braucht ein Gewissen, wenn er dich hat, Winter, was?«, murmelte er und blätterte bis zum Ende vor.

Jai war schon dabei, das Buch wegzulegen, als etwas anderes seine Aufmerksamkeit erregte. Ein Gesicht, das eine der letzten benutzten Seiten ausfüllte. Er hätte es womöglich ignoriert, hätte er es nicht wiedererkannt.

Es war er selbst. Die Augen geschlossen, mit hochgezogener Schulter, die den Anblick seines geschwollenen Unterkiefers größtenteils verdeckte.

Es war das erste Mal, dass er sich selbst gesehen hatte, abgesehen von einer einfachen Reflexion, und sie hatte sein Abbild gut eingefangen.

Seine langen Wimpern und die dichten Augenbrauen darüber. Die ersten dünnen Bartstoppeln, die wie Staub auf seinen hohlen Wangen aussahen, und dazu diese vollen Lippen, die ihn von den dünnlippigen Sabinern unterschieden.

Und doch kannte er sich kaum wieder. Denn er wirkte … friedlich. Sie musste ihn gezeichnet haben, während er geschlafen hatte.

Leise und mit klopfendem Herzen legte Jai das Buch zurück. Das war auch gut so, denn als er ein weiteres Mal hochsah, blickte Frida zu ihm zurück.

Ihr Plan war einigermaßen aufgegangen. Das helle, glänzende Haar hatte jetzt einen dreckigen grauschwarzen Ton, wenn er auch an manchen Stellen sehen konnte, wo die Tinte Flecken auf ihrer Haut hinterlassen hatte. Außerdem waren die Haarwurzeln nahe der Kopfhaut wesentlich heller. Aus dem Abstand gesehen würde es ausreichen. Ein Schal mochte eine noch bessere Idee sein. Und ihre blauen Augen waren unter den Dansken so verbreitet, dass sie sie jedem verraten würden, der allzu genau hinsah.

»Ich werde warten, bis sich diese Wolken verziehen«, sagte sie und schrak angesichts von Jais zweifelnder Miene halb zusammen. »Dann können wir weiterziehen.«

Sie wandte ihm wieder den Rücken zu.

Jai wünschte nur, es würde nicht schneien. Es stimmte zwar, dass er besser mit der Kälte umgehen konnte, aber der matschige Schnee hatte seine leichten Schuhe durchweicht, bis sie kaum noch wert waren, getragen zu werden. Einen Vorteil hatte der Schnee jedoch, und diesen nutzte er nun.

»Ich bin gleich zurück«, sagte er.

Er eilte in die Düsternis des Waldes davon, bis er ganz sicher war, dass Frida ihn nicht länger sehen konnte. Winter folgte ihm. Sie war neugierig. Und eben auch ein wenig beschützerisch.

Zufrieden zog sich Jai aus, bis er barfuß im Schnee stand und das stinkende Bündel Lumpen hielt, das seine Kleidung war.

Aus dem, was er hatte, machte Jai das Beste. Er weichte die Kleider in dem nassen Schneematsch ein und wrang sie so stramm aus, dass sie beinahe rissen.

Aber noch war er nicht fertig. Er kam sich vor, als sei er schon seit einer Ewigkeit nicht mehr sauber gewesen, und wenn auch die Kleider den Hauptanteil der Sauerei aufgefangen hatten, war er immer noch von Kopf bis Fuß mit Blut und Innereien bedeckt.

Er nahm eine Handvoll Schnee und begann sich damit über das Gesicht zu reiben. Blut rann in Rinnsalen an ihm hinab, ausreichen viel, um allein mit dem, was in seinen Haaren gewesen war, den Schnee zu seinen Füßen rot zu färben.

Schon bald packte er mehrere Handvoll Blätter und rieb sie über seinen Körper und sein Haar. Alles nur, um den fauligen Gestank und das verkrustete Blut loszuwerden.

Es dauerte nicht lange, bis er das kleine Waldstück in etwas verwandelt hatte, das mit dem blutigen Matsch, der ihn umgab, wie der Ort eines Massakers aussah.

Endlich war er in der Lage, sich mit den Fingern durch die Haare zu fahren, ohne sich dabei in einem geronnenen Klumpen zu verheddern. Seine nackte Haut zu berühren, anstatt eine schmutzige Kruste.

Er fühlte sich beinahe wie neugeboren. Eine Minute lang sprang er im Schnee auf und ab, in dem Versuch, sich zu wärmen. In Wahrheit fror er aber nicht viel mehr, als er es bekleidet getan hatte. Wäre Frida nicht gewesen, hätte er auch gut nackt weitermachen können.

Er zog nur seine Hose an und ließ das Hemd an einem Zweig hängen. Die Schuhe schleuderte er ins Gebüsch.

Als er zurückkehrte, gönnte ihm Frida ein seltenes Lächeln.

»Du siehst wieder ganz wie du selbst aus«, sagte sie. »Aber ich glaube, diese Kleider musst du loswerden, sobald wir frische finden können.«

Jai, der froh war, dass die Spannung zwischen ihnen endlich abnahm, grinste.

»Na, solltest du mich jemals in diesen Wäldern verlieren, kannst du mich wenigstens erschnüffeln«, gab er zurück.

Frida, die ihn kaum hörte, schüttelte den Kopf. Ihr Verstand war längst woanders. »Komm schon«, sagte sie. »Es sind nur noch ein paar Stunden Nacht übrig.«

46

Du hast Glück«, sagte Frida. »Mach schon. Ich brauche nicht die Nase einer Seelenverbundenen, um zu wissen, dass du dich waschen musst.«

Jai beäugte das träge grüne Wasser des Baches, den sie gefunden hatten, und hockte sich daneben. Sie hatten vor Sonnenaufgang angehalten und unter der weiträumigen Deckung einer uralten Trauerweide Zuflucht gesucht.

Die herabhängenden Äste waren so dick, dass es beinahe so schien, als befänden sie sich innerhalb einer Hütte mit Laubwänden. Einer mit einem eigenen Bad in der Ecke.

»Ich weiß nicht …«, sagte er und tauchte einen Finger durch die Eiskruste an seinem Rand. »Könnte gefährlich sei…«

Wasser spritzte ihm ins Gesicht, als Winter mit Anlauf eintauchte. Jai prustete und wischte sich das Gesicht ab, während Frida ein seltenes Lachen ausstieß.

»Sei nicht so zimperlich«, sagte sie. Der Rand ihrer Lippe zuckte. »Rein mit dir. Ich koche etwas Wasser auf und schaue, was ich für uns zum Essen finden kann.«

Jai beobachtete, wie Winter einen trägen Kreis zog und in den Algen am Wasserrand schwamm. Das bleiche Porzellan ihrer Schuppen und das Türkis ihrer Augen hoben sich deutlich und schön von dem strahlenden Grün ab.

Sie starrte ihn an und stieß wegen seines Zögerns ein verstimmtes Trillern aus.

»Hast du Angst, du könntest dir dein feines Gewand ruinieren?«, fragte Frida amüsiert. »Keine Sorge, ich bin mir sicher, beim Waschen wird sich alles klären.«

Eine Begleiterin, die ihn aufzog, war schlimm genug. Aber zwei waren einfach demütigend.

Mit an die Brust gedrückten Knien sprang Jai hinein. Er ließ sich auf den Grund sinken, während er sich an das winterkalte Wasser gewöhnte und die Kälte auf seiner Haut genoss. Er packte das Unkraut am Bachbett und öffnete die Augen, um in eine grün getönte Welt zu blicken.

Früher wäre der Kälteschock beinahe schmerzhaft gewesen. Jetzt war er einfach eine Tatsache. Sein gerade erst seelenverbundener Körper konnte damit umgehen.

Jai starrte in der kühlen dunklen Welt des Bachbetts zur Oberfläche hinauf. Hier unten war es so friedlich. Eine andere Welt. Still und sicher.

Er war in das Grün eines Unterwassergartens eingesponnen, wo silberne Fische in Schwärmen umherflitzten, so wie Stare über den Himmel jenseits des Palastes strömten.

Die Sekunden verstrichen, und Jai sah staunend mit an, wie Winter durch das Wasser glitt. Ihr Schwanz hob und senkte sich, und ihre kleinen Flügel pulsierten. Wieder und wieder umkreiste sie ihn mit einer so greifbaren Freude, dass Jai vor Erregung fast weinen wollte.

Sie flog. Beinahe.

Es musste schon eine Minute vergangen sein, doch Jai verspürte noch kein Bedürfnis, zur Oberfläche zu schwimmen. Er wollte es auch gar nicht, denn das eisige Wasser streifte ihm den Schmutz wie eine zweite Haut ab. Flink drehte er sich im Wasser. Er fühlte sich … wiedergeboren. Wiederhergestellt von den wilden Wassern am Rand der Zivilisation.

Als eine weitere Minute verging, und dann noch eine, begann Jai gerade erst eine Anspannung in seinen Lungen zu verspüren. Das war also noch etwas Neues. Seelenverbindung. Was für andere Tricks verbarg sie außerdem? Begeisterung entzündete sich in ihm.

Und dann … geschah es. Ein Krampf, tief in seiner Brust, als hätte eine Faust sein Herz ergriffen.

Alarmiert stieß Winter einen Strom von Luftblasen aus, als Jai fühlte, wie sein Körper zu zucken begann und ihn mit dem Gesicht voran in das Schlammbett stieß. Einen Augenblick lang dachte er, dass er vergiftet worden sei. Er hustete einen Strom Luftblasen heraus, die an die Oberfläche trieben.

Dann brach eine schwarze Flüssigkeit aus seinem Mund hervor, die das Wasser dunkel trübte. Seine Haut brannte, als noch mehr ätzend und heiß aus seinen Poren austrat.

Ungebeten öffnete sich Jais innere Welt. Und … er konnte sehen.

Er sah die Pfade seines Körpers pulsieren. Dunklen Ruß, der an jedem Teil von ihm klebte und von heraussickerndem goldenen Licht fortgestoßen wurde.

Und dann war es einfach so vorbei. Jai stieß sich zur Oberfläche hoch. Das … das war wirklich etwas Neues.

Jai brach aus dem Wasser hervor und stieß nach einem langen, keuchenden Atemzug einen Freudenschrei aus. Am Rand des Bachs drehte sich Winter in einem engen Kreis und zirpte fröhlich über seine Rückkehr. Er atmete schwer, wischte Algen von seinen Armen und schüttelte den Kopf.

»Sie ist ein Naturtalent«, sagte Frida, die kaum von dem Feuer aufblickte, das sie angezündet hatte. Es waren nur Momente vergangen, und über der Wasseroberfläche hatte sie nichts bemerkt. »Schau, was sie uns gebracht hat.«

Jai starrte den halb aufgegessenen Fisch an, den sie vor ihm baumeln ließ.

»Sie hat uns den Kopf übrig gelassen«, sagte sie. »Ich werde ihn braten.«

Die Normalität, die aus all dem sprach, war einfach zu viel für ihn. Jai verzog das Gesicht, und sie schnaubte.

»Nimm es als ein großes Kompliment von einem Jungtier. Wenn dir ein Drache eine Leber gibt, Nieren, einen Kopf oder ein Herz, dann scheinst du etwas richtig gemacht zu haben. Eigentlich ist es mit jedem Jäger so. Ihr Sabiner esst die Muskeln eurer Tiere und werft die besten Teile weg. Für uns ist das Irrsinn.«

Jai fühlte, wie die Freude und die Überraschungen, die er beim Schwimmen erlebt hatte, abebbten, und dass das dunkle Grauen seiner Realität zurückzusickern begann.

»Nenn mich noch mal einen Sabiner, und es wird das Letzte sein, das du von mir siehst«, murmelte er.

Er sah von ihr weg und nahm Winter in den Arm. Sie maunzte, da sie die plötzliche Veränderung in seiner Stimmung bemerkte. Eine nasse, nach Fisch riechende Zunge schleckte über sein Gesicht, und er stöhnte auf und ließ sie fallen wie einen Beutel mit heißem Erbrochenen.

In diesem Augenblick, als er sich wieder halb dem Feuer zuwandte, sah er es. Er sah Fridas ausgezehrtes Gesicht und den bitteren Ärger in ihren Augen.

Sie war nicht sein Feind. Die Sabiner waren es. Er konnte ihr einen Versprecher verzeihen.

»Es tut mir leid«, flüsterte er so leise, dass nur seine seelenverbundenen Ohren es hören konnten.

Jai drängte Winter zu Frida und gestattete sich ein Lächeln, als das Mädchen das kleine Tier verhätschelte. Es war schwer, die Anhimmelung des kleinen Drachen ihr gegenüber von seinen eigenen verwirrten Gefühlen zu trennen.

Er räusperte sich und näherte sich Fridas kleinem Feuer. Sie hatte sogar ein paar alte Stämme herübergezogen, während er unter Wasser gewesen war, und so setzte er sich schwerfällig hin und starrte in die Flammen.

Einen Augenblick lang war alles still, bis auf das Knistern der Flammen und das Rinnen des Wassers. Dann brach ein Gähnen von Winter das Schweigen.

»Du musst eine Menge über Drachen wissen«, sagte Jai.

Frida schnaubte mit abgewandtem Kopf.

»Hast du … wie hast du dich mit deinem Drachen verbunden?«

»Jormun«, murmelte Frida.

»Tut mir leid. Jormun«, sagte Jai.

Frida starrte in die Flammen, und erst jetzt fielen ihm die Furchen auf, die vergangene Tränen im Schmutz ihres Gesichts hinterlassen hatten – sie musste vorhin geweint haben. In diesem zerlumpten smaragdfarbenen Kleid gab sie eine elende Figur ab.

»Meine Mutter … sie war diejenige, die Drachen kannte. Sie kannte sie besser als jeder andere. Als sie starb – unerwartet – verschwand das meiste ihres Wissens mit ihr. Ich hatte noch so viel mehr zu lernen.«

Sie hielt inne, um zu schniefen, aber Jai sagte nichts. Sie dachte nach. Wog ihn ab.

»In meiner Kultur darf jeder, der von edlem Geblüt ist, den König darum bitten, eine Verbindung mit einem Drachen zu versuchen. Ich werde dir nichts von meiner Herkunft oder der Abstammung meiner Familie erzählen, für den Fall, dass man uns gefangen nimmt – sie können es sich nicht leisten, ein Lösegeld zu bezahlen, besonders jetzt nicht, da wir im Krieg sind.«

Jai nickte und versuchte, sich seine Wissbegierde nicht anmerken zu lassen.

»Wenige unternehmen den Versuch, denn es ist gefährlich, sogar noch mehr als für einen Knappen der Greifengarde, eine Verbindung mit einem Küken einzugehen. Und der Tradition nach müssen wir es allein tun, normalerweise bevor einem Jungen die Stimme bricht oder ein Mädchen zum ersten Mal geblutet hat. Was bedeutet: Wenn wir versagen … dann sterben wir.«

Es schien, dass sogar Winter gespannt zuhörte, obwohl Jai wusste, dass sie ihn nur widerspiegelte. Sie mühte sich ebenfalls ab, ihre geteilten Empfindungen zu erfassen.

»König Ivar wollte nicht, dass die Prinzessin ein solches Risiko eingeht, denn er hat nur eine Tochter. Hatte.«

Sie biss die Zähne zusammen und schüttelte den Kopf wie ein Hund, als wollte sie die Trauer wegrütteln.

»Als Königin Astrid starb, schwor Ivar, dass er niemals eine andere zur Frau nehmen würde. Wäre Erica also gestorben, während sie die Seelenverbindung einging … dann hätte seine Stammlinie geendet. Viele Mal versuchte sie, sich davonzustehlen und es selbst zu versuchen. Einmal schaffte sie es sogar bis zu den Nistplätzen, hoch in den Bergen. Aber ich bin ihr gefolgt.«

Endlich lächelte Frida, als erinnerte sie sich an etwas Schönes. Er hatte denselben Ausdruck viele Male auf Leonids Gesicht gesehen.

»Mit dieser Schande konnte Erica nicht leben. Also wurde ich ihr zugewiesen. Auf die Art konnte sie reiten, wie es ihre Vorfahren getan hatten. Sie konnte von ihrem Volk geliebt werden.«

Sie verstummte. Was auch immer die jähe Flut von Geständnissen herbeigeführt hatte, es war einmal mehr durch Trauer ersetzt worden.

»Wie?«, fragte Jai.

Frida blickte ihn an. »Wie ich die Seelenverbindung eingegangen bin?« Sie warf ihm einen resoluten Blick zu. Dann legte sie ihren Kopf in die Hände. »Die Dansken haben das Geheimnis, wie man sich mit Drachen verbindet, über Jahrhunderte hinweg geheim gehalten. Denkst du, ich würde es dir tief im Territorium unseres größten Feindes erzählen, wo wir jeden Augenblick gefangen genommen werden könnten? Ein ausgebildeter Seelenverbundener kann der Folter widerstehen. Aber du … du würdest es innerhalb einer Sekunde preisgeben.«

Jai ärgerte sich ein wenig darüber, wenn sie auch wahrscheinlich recht hatte.

»Kann ich es dann raten?«, sagte er. »Ich wäre dahinten beinahe erfroren. Und dein Volk, es stammt aus einem Land, in dem fast dauernd Winter herrscht. Beides ist miteinander verbunden.«

Frida warf ihm einen kurzen Blick zu, danach ließ sie den Kopf sinken.

In dem weichen Schein des Feuers sah sie herrlich aus. Jai fand es schwer, sie nicht anzustarren, als sie ihre rosa Lippen schürzte, und ihre Augen schienen beinahe blau zu glühen, als sie hoch zuckten, um seinen Blick einzufangen.

»Du weißt es schon, und jetzt wissen es die Sabiner auch. Die Prinzessin wird es ihnen erzählten, wenn ihre Folterer sich an die Arbeit machen. Das Geheimnis ist gelüftet.«

Sie stieß die Flammen mit einem Stock an. Bei der Erwähnung ihrer gefangenen Herrin war ihr Gesicht düster geworden.

»Wirst du mit einem anderen Tier eine Verbindung eingehen?«, fragte Jai. »Vielleicht ist es klug, mit …«

Fridas Blick schoss zu ihm hinüber, und er sah den Ärger in ihren Augen.

»Wie kannst du mich so etwas fragen?«, sagte sie mit bitterer Stimme.

Jai hielt seine Hände hoch. »Es tut mir leid«, sagte er. »Das ist alles neu für mich.«

»Bist du jetzt zufrieden?«, fragte Frida. »Jetzt, wo du unser Geheimnis kennst?«

Jai zuckte mit den Schultern. »Es wird mir ja nichts nützen. Ich werde mich mit keinem anderen Drachen verbinden. Gibt es eigentlich noch viele mehr, mit denen man das tun kann?«

Fridas Gesicht wurde noch düsterer. »Es sind nur noch ein paar Dutzend Drachen übrig, und noch weniger sind in dem Alter, in dem man eine Verbindung mit ihnen eingehen kann. Mit dem Tod von Jormun und Lind ist keines der danskischen Drachentotems fruchtbar – es gibt nur noch zwei andere. Drachen sind eine aussterbende Rasse, so viel wir auch versuchen, ihnen zu helfen.«

Darüber empfand Jai große Traurigkeit.

»Wie ist das möglich?«, fragte er. »Wie können diese Drachentotems so alt sein, dass sie unfruchtbar sind, wenn sie schon als Schlüpflinge eine Verbindung eingegangen sein müssen?«

Beinahe schien es, als sei sie beeindruckt. Auf seine Frage hin hob Frida eine Augenbraue. »Es gibt eine Ausnahme«, sagte sie. »Wenn ein Drache zuvor mit einer Person verbunden war, dann können sie leichter mit der nächsten eine Verbindung eingehen. Und Drachen leben über hundert Jahre lang. Lind gehörte einmal Ivars Mutter, und vor ihr deren Vater. Schlüpflinge … sind selten – ein Drachenweibchen behält ein Gelege an Eiern vielleicht ein Jahrzehnt lang in ihrem Bauch, bevor sie sie legt, aber nur wenige von ihnen schlüpfen. Das Zeitalter der Drachen geht zu Ende.«

Jai, der sich jetzt wünschte, er hätte Papier, um alles niederzuschreiben, saugte dieses Wissen geradezu in sich auf. Nichts in Leonids Tagebüchern hatte jemals darauf angespielt. Genau genommen erwähnten sie Drachen kaum – das war ein Ergebnis dessen, dass er niemals in das danskische Königreich eingefallen war.

»Euer Geschenk an Titus. Es war wirklich die Mitgift eines Königreichs wert.«

»Und noch dazu ein goldener Drache. Selbst in den Zeiten meiner Mutter hatten wir keinen von denen gesehen. Meine Güte, wenn ich Jormun nicht so geliebt hätte, dann hätte ich ganz bestimmt darum gebettelt, ihn zu bekommen. Wenn er voll ausgewachsen ist, könnte er es am Himmel mit fünf Greifen aufnehmen und gewinnen. Jormun konnte gerade so mit dreien fertigwerden.«

»Ist es seine Farbe, die ihn so besonders macht?«, fragte Jai.

»Es heißt, dass goldene Drachen beinahe zweimal so groß sind wie der Rest, und er ist ein erstklassiges Exemplar, mit dicken Knochen und Schuppen und wunderbar proportioniert. Winter dagegen, so hübsch wie sie sein mag … nun, ein weißer Drache ist seltener als ein goldener, aber sie ist ein Kümmerling, das brauchen wir nicht zu beschönigen.«

Sie wackelte mit ihren Fingern zu Winter hinüber, die ihr begeistert zukläffte.

»Wer ist ein kleiner Kümmerling?«, gurrte sie. »Du bist es. Du bist es!«

Jai ließ Winter zu ihr hinhuschen und ignorierte den selbstzufriedenen Ausdruck auf dem Gesicht des kleinen Drachen, als Frida ihn an ihre Brust zog.

In dieser Nacht würde er die beiden zueinander lassen.

47

Mit dem Tageslicht kam eine willkommene Wärme, aber trotz ihrer Erschöpfung drängten sie weiter. Sowohl er als auch Frida waren völlig ausgehungert, und auf leerem Magen zu schlafen schien unmöglich.

Es war eine Erleichterung, als sie den Waldrand erreichten und in ein weitläufiges, abgeerntetes Maisfeld eintauchten.

»Was ist das?«, fragte Frida.

Sie riss den Strunk einer Maispflanze mit seinem Inhalt ab – einen der wenigen Kolben, die der Bauer übersehen haben musste, da die Ernte schon seit Wochen vorbei war – und beäugte misstrauisch die haarigen gelben Körner. Der Kolben war alt und beinahe verdorben, aber im Augenblick sah er wie das Wohlschmeckendste aus, das er jemals erblickt hatte.

»Hallo?«

Jai bemerkte, wie sich ihre schönen Augenbrauen zusammenzogen, und erinnerte sich daran, dass in der Nördlichen Tundra kaum etwas wuchs.

»Es ist Mais«, erklärte Jai. »Wenn ich dran denke, wie viel davon ich in den Küchen schälen musste, wenn Leonid mich bestrafen wollte … du ziehst die Blätter ab, und zwar so weit, bis nur noch das Gelbe übrig ist.«

Fasziniert von dem Ausdruck des Erstaunens auf ihrem Gesicht führte Jai es ihr vor. Sie riss ihm den Kolben aus der Hand und biss ein hartes Stück ab. Sie kaute … einmal. Dann spuckte sie aus und betastete ihre Zunge. Jai widerstand dem Drang, angesichts ihrer enttäuschten Miene zu lachen.

»Ja, ich hätte es sagen sollen, normalerweise kochen wir ihn und essen ihn mit Butter, aber … diesen hier müssen wir wahrscheinlich rösten.«

Frida rümpfte die Nase.

»Kaninchenfraß.«

Jai ignorierte sie und griff stattdessen in ihren Beutel, um seine Gerätschaften fürs Feuermachen herauszuholen. Zuvor hatte er etwas Zunder gesammelt und eine Blume mit einer flaumigen Blüte, die auch als »Greisenbart« bekannt war, in seine Tasche gesteckt. Balbir hatte ihn über sie belehrt.

Frida wirkte beinahe beeindruckt, als er sich am Boden hinhockte und seinen Feuerstein auf den Stahl schlug, um Funken in den Klumpen aus Zunder zu schleudern.

Nein … nicht beeindruckt. Amüsiert.

Denn nachdem Jai eine gute Minute damit verbracht hatte, den kleinen Haufen zu verfluchen, den er anzuzünden versuchte, schoss ein Flammenstrahl über seine Schulter hinweg.

Frida lächelte ihn an und wackelte mit den Fingern.

»Hast es vergessen, was?«

»Okay, du musst mir beibringen, wie du das machst.«

Frida schüttelte den Kopf und gab Jai einen nur leicht herablassenden Klaps auf die Schulter.

»Du kannst das noch nicht machen. Dazu ist Übung nötig. Du könntest vielleicht einen Funken hinbekommen – aber das ist kaum ein Vorteil, sollte man uns fangen.«

Jai grummelte leise und fügte seinem frisch entzündeten Feuer ein paar Zweige hinzu.

»Hättest du mir nicht helfen können?«, fragte er Winter.

Der kleine Drache hatte den letzten Teil der Reise damit verbracht, auf seiner Schulter zu schlafen. Ihren glatten Porzellankopf hatte Winter unter Jais Kinn gesteckt. Jetzt ließ sie sich auf den Boden fallen und streckte sich.

»Dafür ist es auch zu früh«, sagte Frida. »Wenn sie es überhaupt kann. Einige Drachen schaffen es nie, Feuer zu spucken. Und es wird auch eine ganze Weile dauern, bis sie fliegen kann.«

Bei diesen Worten stöhnte Jai auf.

Diese Sache mit der Seelenverbindung ist gar nicht so großartig, wie sie klingt.

»Schau, ich muss dieses Zeug lernen«, erklärte Jai. »Gibt es irgendeine Magick, die du mir beibringen kannst?«

Jai hatte gehofft, dass sie sich genau darüber bereits unterhalten hätten – aber sie hatten an diesem Tag kaum gesprochen. Die danskische Zofe gehörte nicht zu den gesprächigsten Menschen. Andererseits hatte sie aber gerade so viel verloren, dass sie kaum in der Stimmung für Geplauder sein würde. Und er vermutete, dass Frida eine Menge Zeit damit zugebracht hatte, die Tätigkeiten der Prinzessin schweigend zu beobachten, während sie über ihre Herrin wachte.

Bei seinen Worten taxierte ihn Frida mit einem zögernden Blick, ehe sie langsam nickte.

»Es könnte da etwas geben«, sagte sie. »Aber erst, wenn wir gegessen haben.«

Jai hatte es genossen, die Grenzen seines neuen Körpers zu entdecken, als er herausfand, dass er den größten Teil des Morgens über einen schnellen Lauf mit nur wenigen Pausen beibehalten konnte. Frida hingegen musste für ihn langsamer werden. Sie war schneller und stärker als er, das stand fest. Vielleicht hatte es etwas damit zu tun, »aufgestiegen« zu sein. Er hatte den Begriff ein- oder zweimal gehört, wenn er Knappen Getränke serviert hatte, wusste aber kaum mehr darüber.

Ihr Essen, wenn man sechs dürftig gekochte Maiskolben so beschreiben konnte, war inzwischen vorüber. Jetzt ließ Frida ihn in der

Mitte eines Maisfelds, wo sie eine Stelle platt getreten hatten, im Schneidersitz auf dem Boden vor ihr Platz nehmen.

»Nimm Winter in die Arme«, sagte sie. »Ihr müsst euch berühren. Ohne dies ist Seelenatmung viel schwerer und langsamer. Wenige können ohne sie auf dem Pfad voranschreiten.«

Seelenatmung. Jais Herz schlug bei der Erwähnung des Wortes ein wenig schneller.

»Der Pfad?«, fragte er.

»Weißt du wirklich so wenig über die Seelenverbindung?«, fragte sie. »Was ist mit eurer Greifengarde? Halten sie ihre Praktiken derart geheim?«

Jai nickte.

»Ich habe jedes Buch in Leonids Regalen gelesen, aber nur wenige gehen über die Greifengarde ins Detail. Er hat sogar seine Tagebücher umschreiben lassen, um ihre Namen zu entfernen.«

Reumütig seufzte er, dann beeilte er sich, weiterzuerzählen, als Frida ungeduldig auf ihrer Lippe kaute.

»Leonid behauptet, er hätte sie hauptsächlich als Kundschafter und Boten benutzt. Es ist beinahe so, als hätte er nicht gewollt, dass sie das Verdienst für seinen Erfolg für sich verbucht haben. Aber ihr großer Turm erzählt eine andere Geschichte.«

Frida nickte höflich, doch er konnte sehen, dass es nicht das war, was sie meinte. Sie sprach langsam, wie zu einem Kind. »Was wir den Pfad nennen, ist der Fortschritt von Seelenverbundenen durch ihre Stufen der Macht. Im Augenblick bist du wahrscheinlich ein Seelenverbundener der ersten Stufe. Die ist auch als Stufe der Körperreinigung bekannt.«

Jai blickte an seiner schmutzigen Kleidung hinab.

»Ja, ist vielleicht nicht die beste Zeit dafür.«

Frida schnippte mit den Fingern, um seine Aufmerksamkeit erneut zu bekommen.

»Nein, nicht das Äußere deines Körpers ist gemeint. Sondern das Innere.«

Jetzt war Jai wirklich verwirrt.

»Inzwischen hat dein Körper doch bestimmt damit angefangen, die Unreinheiten in dir auszuscheiden?«

Jai traf die Erkenntnis. Natürlich. Das war es, was unter Wasser passiert sein musste. Die schwarze Flüssigkeit.

»Was … ist es?«, fragte er.

»Verfall«, hörte er Fridas Stimme sagen. »Wir alle sind damit geboren, und er nimmt zu, während wir älter werden. Er ist in der Luft, die wir einatmen, in der Nahrung, die wir zu uns nehmen. Nur das Mana von Seelenverbundenen ist dazu fähig, ihn zu entfernen.«

Jai wusste nicht, was er darauf erwidern sollte. Das war neu für ihn.

»Also heißt es, dass die Seelenverbundenen schöner sind. Das ist der Grund dafür«, sagte Frida. »Deine Sehkraft wird sich verbessern, deine Haut wird makellos werden, und deine Stärke wird zunehmen. Du wirst bereits von einigem gereinigt worden sein, als du dich mit Winter verbunden hast – vielleicht ist es dir nicht aufgefallen, so schmutzig, wie du gewesen bist. Inzwischen wirst du viel von dem Rest ausgestoßen haben.«

Jai, der froh war, dass das Schlimmste vorüber war, atmete aus. Es war nicht … angenehm gewesen.

»Ich glaube, damit bin ich jetzt fertig«, sagte er.

»Dann bist du ein Seelenverbundener der zweiten Stufe, oder jedenfalls nahe genug daran.«

»Stufe …«, sagte Jai. Er ließ die unausgesprochene Frage in der Luft hängen. Er hatte eine Vorstellung davon, was der Begriff bedeutete, denn er hatte gehört, wie die Greifengarde ihn verwendete, als er sie bedient hatte. Aber nicht mehr als das.

Frida hob eine Augenbraue.

»Ich nehme an, du hast keinen Grund, es zu wissen. Ich werde es dir beibringen, um Winters Willen.«

Jai fühlte, wie ihm das Blut in die Wangen stieg. War er es denn ansonsten nicht wert, eine Lektion zu bekommen, nach allem, was er für sie getan hatte? Nur seine Neugier und das Mitleid ließen ihn den Mund halten.

»Die Stufen sind eine Kurzform dafür, wie mächtig du als Seelenverbundener bist, und wie weit dein Fortschritt auf dem Pfad ist. Ein Seelenverbundener der dritten Stufe ist mächtiger als einer der zweiten Stufe. Einfach genug?«

»Klar«, sagte Jai.

»Du hast den ersten Level durchlaufen – die Reinigung des Körpers. Das bedeutet, dein Körper ist in ausgezeichneter Form. Du wirst stärker und schneller sein und bessere Sinne haben als je zuvor. Du wirst auch schneller heilen und niemals in deinem Leben ein Augenglas brauchen. Aber du wirst nicht die wahre Stärke und Geschwindigkeit von Seelenverbundenen haben, ohne ständig Mana zu verbrauchen. Nur wenn du aufsteigst, werden deine Stärke und deine Geschwindigkeit dauerhaft sein – dann benutzt du Mana nur noch, um sie weiter zu erhöhen.«

Jai, der gespannt zuhörte, legte jetzt den Kopf schief.

»Auf der zweiten Stufe wirst du von selbst Mana verbrauchen. Dein Kern wird dir Mana senden, wenn er denkt, dass es gebraucht wird, und es wird deine Stärke und deine Sinne erhöhen. Macht Spaß, solange es andauert, ist jedoch nicht von großem Nutzen, wenn es dir ausgeht.«

Jai erinnerte sich an die anfänglichen Stunden, als er sich zum ersten Mal mit Winter verbunden hatte. Wie schnell er gerannt war, wie mächtig seine Sinne gewesen waren.

»Du musst lernen, deinen Körper davon abzuhalten, alles zu verbrauchen. Es ist nicht leicht zu lehren. Wenn du lernst, wie du deinen Kern versiegelst, und Mana nur benutzt, wenn du es wirklich willst … dann erreichst du die dritte Stufe.«

»Und wie erreiche ich die vierte?«, fragte Jai.

Nachdenklich schürzte Frida die Lippen.

»Das ist der Moment, in dem du aufsteigst. Im Augenblick ist dein Kern nur ein kleines Korn. Du musst ihn erweitern, damit er mehr als nur einen Fingerhut voll Mana speichern kann. Indem du deinen Kern bis zu seinen Grenzen anfüllst und dann darüber hinaus vorstößt, dehnst du ihn. Es mag schmerzhaft sein, ist aber notwendig.«

Sie runzelte die Stirn, als erinnerte sie sich gerade an ihre eigenen Experimente, bei denen sie genau so vorgegangen war.

»Wenn er seine Größe verdoppelt, werden seine Wände so lange stärker werden, bis sie ganz undurchsichtig sind. Erst dann wird dein Körper aufsteigen. Es ist das erste wahre Zeichen eines Seelenverbundenen, wenn auch noch sehr früh auf dem Pfad.«

Jai nickte langsam. Er wusste, dass die Akolythen der Greifengarde erst Knappen wurden, wenn sie aufgestiegen waren.

Es war seltsam, denn das Ziel des Aufsteigens schien noch in so weiter Ferne zu liegen. Und doch war es nur der erste richtige Schritt dahin, ein seelenverbundener Krieger zu werden.

»Ich kann's kaum erwarten«, flüsterte Jai.

Frida stieß ein leises Kichern aus.

»Tut mir leid«, sagte sie, und Jai sah, wie sie vielleicht zum dritten Mal lächelte, seitdem sie sich getroffen hatten. »Ich … ich dachte nur, du würdest schon mehr wissen. Wenn Ivar wüsste, was aus seinem wertvollen Drachenei geworden ist, würde er so laut lach…«

Sie hielt inne und fing sich wieder. Ihr Lächeln verblasste, und sie senkte den Blick.

Es war leicht zu vergessen, dass sie nicht nur ihren Drachen betrauerte, sondern auch ihren König und die Blüte des danskischen Adels.

Jai konnte sehen, dass Frida selbst in ihrer Trauer noch die Lektion genoss. Er vermutete, dass sie nicht oft dazu kam, sich über diese Dinge zu unterhalten, da sie hatte vorgeben müssen, ihr Drache gehörte Erica.

Und Jai hatte noch mehr Fragen.

»Also, wie lange dauert es, bis ich aufsteigen kann?«, fragte er.

Frida hatte den Anstand, ein Lachen zurückzuhalten, wenn auch nicht genug, um dies vor Jai zu verbergen.

»Du bist wohl ein ganz Eifriger, was? Aber du solltest die richtige Zeit dafür abwarten. Es ist eine gefährliche Sache. Du darfst niemals versuchen, allein aufzusteigen, damit du dir nicht die Zunge verletzt oder so hart zubeißt, dass deine Zähne brechen. Es ist eine brutale, ganz schmerzhafte Angelegenheit. Nicht jeder überlebt diesen Vorgang.«

»Na, dann sollte ich zumindest lernen, wie man seelenatmet. Bestimmt kommen wir schneller voran, wenn ich mein Mana wieder auffrischen kann.«

Allem Anschein nach ganz begierig darauf weiterzukommen, blickte Frida über das Maisfeld hinweg. Dann nickte sie. »Du hast recht. Wenn nicht, wird dir bald das Mana ausgehen.«

Jai rief nach Winter. Zirpend vor Begeisterung, die sie in ihm wahrnahm, kam sie zu ihm herübergehuscht. Er nahm sie auf den Arm und drückte sie an seine Brust, wo sich die kühlen Schuppen wie Balsam anfühlten.

»Schließ deine Augen«, sagte Frida mit nur einem Anflug von Ungeduld. »Auf diese Art wird es dir leichter vorkommen.«

Er tat es, und instinktiv wusste er, dass er diesen eigenartigen selbstbeobachtenden Zustand suchen musste.

»Atme langsam«, sagte Frida. »Hör nur auf den Klang meiner Stimme. Schau nach innen und such das Licht.«

Er atmete mehrere Male tief ein und aus und ließ alle flüchtigen Gedanken verblassen. Vor seinem inneren Auge konnte er das Licht sehen, wie es wie eine verkleinerte Sonne durch die tiefsten Winkel seines Verstandes schnitt.

»Ich sehe meinen Kern«, sagte Jai.

Fridas Stimme klang jetzt, während sie abermals sprach, nicht nur weit entfernt, sondern auch langsam … Ihre Worte schleppten sich ein wenig und hallten schwach in seinem Geist wider.

»Das ist gut. Schneller als die meisten. Ein paar brauchen viele Tage, um ihren Verstand zu entriegeln und ihr inneres Dasein zu betrachten.«

Darüber fühlte sich Jai ein wenig selbstzufrieden, aber dann verlor er seinen Kern augenblicklich aus den Augen. Er ächzte und runzelte die Stirn. Ergriff ein weiteres Mal die Perspektive.

So viel dazu.

»Wenn sich die Seelenverbindung ereignet, werden sowohl deine Seele als auch die deines Tiers hohl. Ihr Inneres entwirrt sich, um den Faden zu bilden, der euch verbindet, und schafft Platz für das Mana, das sich darin ansammelt. Dein Kern ist Teil deiner Seele. Beschütz ihn, denn er ist ein zerbrechliches Ding.«

Jai konzentrierte sich stärker. Er sah die Kristallstruktur des Gefäßes und die leuchtende reine Flüssigkeit darin. Er konnte sich zwar nicht sicher sein, aber es schien ihm, als hätte dessen Menge beträchtlich abgenommen, seitdem er sie das letzte Mal gesehen hatte.

Mana.

Natürlich! Das war es, was diese Flüssigkeit darstellte.

»Jetzt schau genauer hin. Sieh die Dunkelheit, nicht das Licht.«

Jai tat, wie sie gesagt hatte. Er starrte in den schwarzen Abgrund hinaus, der seinen Kern umgab.

Nur, dass es gar kein Abgrund war. Als er genauer hinsah, konnte er erkennen, dass sich der Kern tief in einer formlosen schwarzen Kammer befand. Und es gab da einen Fluss, ein rhythmisches Pulsieren, wie das Schlagen eines Herzens.

Nein, es war sein Herz. Er konnte die großen Arterien sehen, schwarze Tunnel vor schwarzen Wänden. Er betrachtete seine Organe. Sein Kern lag genau im Zentrum seines Herzens.

Natürlich.

Er ließ seinen Verstand sich ausdehnen, als blickte er aus großer Höhe herab. Jetzt konnte er jenseits der Organe auch das Gewirr von Verbindungen erkennen.

»Ich sehe … Durchgänge«, beschrieb er. »Hunderte von ihnen.«

»Das sind deine Kanäle. Geisterhafte Durchgänge, die dem gleichen Pfad folgen wie dein Blut. Gerade diese Kanäle sind es, durch die das Mana passieren und gefiltert werden muss, bis es deinen Kern erreicht.«

»Aber wie?«, fragte Jai.

»Du hast nach innen geschaut. Jetzt wirf einen Blick nach außen.«

Jai brauchte ein paar Minuten, um sein Bewusstsein zu erweitern. Um über die dunklen Begrenzungen seines Körpers hinaus und die helle Welt jenseits davon zu sehen.

Diese Welt bestand nicht aus Maisfeldern, silbergrauem Himmel und Wintersonnenlicht. Nein, sie entsprach einem Ozean. Einem Ozean aus winzigen Sternen.

»Sieh, wie das Mana fließt. Es ist in der Luft, in der Erde. Es ist überall. Es kommt aus allem Leben. Selbst aus dir und mir.«

Er sah es. Ströme, Wirbel und große Verwehungen von Mana, die wie feiner glitzernder Staub schwebten. Beinahe konnte er wahrnehmen, wie es um Winter und Frida floss, deren Umrisse sich inmitten des Tumults abzeichneten.

Und Winter, die liebe Winter, sie war von dem Staub umgeben. Eine goldene Aura wirbelte um sie herum, Mana, das langsam in sie hineingezogen wurde. Sie war in der Tat ein Totem.

»Du musst jetzt seelenatmen, Jai«, flüsterte Frida. »Wie es nur die Seelenverbundenen tun können. Atme. Lass deine Lungen sich füllen wie die Segel eines Langschiffs.«

Jai schnappte tief nach Luft, und jetzt fühlte er, wie der goldene Staub in ihn eindrang. Wie er erst in ihn hineinsickerte und sich dann an den inneren Wänden seines Wesens niederließ.

»Lass die Leere deines Kerns das Mana hindurchziehen.«

Jai hatte keine Ahnung, was das bedeutete.

»Zieh es hinein«, drängte Frida. »Zwing es, wenn es sein muss. Drück es in deinen Kern … ganz sanft.«

Jai richtete seine Aufmerksamkeit wieder auf seine Herzkammer. Da war sein Kern am Schweben, ein dünner Faden zog sich von seiner Seite zu einem anderen, fernen Licht. Einem, das er dabei beobachten konnte, wie es durch die Wände seines Wesens drang.

»Dein Kern«, erinnerte ihn Frida mit sanfter Stimme. »Schau auf deinen Kern.«

Jai schaute.

Sein Kern war ein Teil von ihm. Er war mehr als der Rest seines Körpers. Er konnte ihn genauso fühlen wie die Nase in seinem Gesicht.

Jetzt … atmete er … mit seinem Kern ein.

Es war eine Tortur. Ein Druck lastete auf seinem Herzen, als hätte sich sein gesamtes inneres Denken wie eine Faust zusammengeballt.

Und in seinen Lungen drang das Mana träge in das dünne Netzwerk aus Kapillaren durch und verwandelte sich aus Gas in etwas Flüssiges. Das goldene, flüssige Licht wusch durch die Kanäle und löste die letzten Überreste des Drecks, der sich dort einmal befunden hatte.

Es war wie kühles, kristallklares Wasser, das eine ausgetrocknete Kehle hinabfloss. Glättend, reinigend und lösend. Es war … sauber. Beinahe eine Erleichterung, als hätte er eine verstopfte Nase freibekommen.

Jai sah mit an, wie die ersten Mana-Partikel seinen Kern erreichten, er sah auch, wie einer auf seiner Oberfläche landete. Und entlang der goldenen Schnur, die ihn mit seinem Totem verband, pulsierten noch mehr hindurch und sickerten wie Quellwasser in seinen Kern.

Er konnte Winters Verstand so deutlich spüren. Er war wunderschön. Und unschuldig. Er wünschte sich, er könnte die Hand ausstrecken und sie berühren. Selbst während er die Qual der Seelenatmung verspürte, schickte er ihr noch alle Liebe in seinem Herzen und konnte fühlen, wie sie doppelt erwidert wurde.

Und dann bewegte sich Winter, indem sie dichter an seine Brust rückte. Es reichte aus, um die Trance zu brechen und Jai ruckartig zu dem Dunkel hinter seinen Lidern zurückzuschicken.

Jai öffnete die Augen und atmete tief aus.

»Fühlst du dich gut?«, fragte Frida.

Jai seufzte. Das tat er zwar, aber etwas störte ihn. Er fühlte sich … klebrig.

»Was ist …«, begann er, nur um das Schwarz auf seiner Haut zu sehen. Kleine Punkte, die aus seinen Poren drangen. Er roch an ihnen und war froh, dass er keinen Geruch wahrnehmen konnte.

»Wahrscheinlich war das das Letzte für dich.«

Jai seufzte auf.

»Es ist ein Wunder, dass die Seelenverbundenen nicht für ihren Gestank bekannt sind.«

»Was glaubst du, warum die Greifengarde da oben dieses Becken hingebaut hat? Ihre Akolythen baden sich, nachdem sie ihre Kanäle gereinigt haben. Mit einem Chamrosch dauert es ein paar Wochen, denn sie sind schwächer als Drachen und Greifen.«

»Warum habe ich überhaupt Mana?«, fragte Jai. »Ich habe doch nie zuvor seelengeatmet.«

»Als du und Winter euch verbunden habt, gab sie dir etwas von ihrem Mana. Jedes Mal, wenn du deine Stärke oder Geschwindigkeit über das hinaus benutzt, was deine gereinigten Muskeln erreichen können, zehrt es ein wenig von dem auf, was du besitzt. Wenn es ganz fort ist, wirst du wegen deines gereinigten Körpers stärker sein, als du zuvor gewesen bist.«

Verärgert über sich selbst biss Jai die Zähne zusammen. Dann fragte er sich, wie er nur eine solche Menge hatte verbrauchen können?

»Eigentlich kannst du nicht besonders viel übrighaben. Auf jeden Fall solltest du vorsichtig damit sein, es so großzügig zu verwenden.«

»Was?«, brach es aus Jai heraus.

Frida deutete auf ihn.

»Du bist pausenlos gerannt, beinahe ohne Essen oder Schlaf, und das … wie lange? Zwei Tage inzwischen? Denkst du, dass dich das kein Mana kostet? Du hast Glück, wenn Winter noch genug übrig hat, um es dir zu geben. Das Mana eines Tiers kommt nämlich als ein langsames, beständiges Rinnsal, ohne es direkt zu kultivieren. Insofern haben sie kaum je genug davon übrig.«

Jai verzog das Gesicht, dann nahm er Winter in den Arm und drückte das Tier an seine Brust. Sie war ganz gewiss ein Wunder.

»Wie soll ich seelenatmen, wenn wir kaum jemals anhalten, um eine Pause zu machen?«

Frida zuckte mit den Achseln.

»Das finden wir schon heraus. Fürs Erste müssen wir zur Kaschmirstraße kommen.«

48

Die große befestigte Straße, die durch das Herz des Kaiserreichs schnitt und dann weiter in das geheimnisvolle Phönix-Imperium führte, war einfach genug zu finden. Auf die eine oder andere Weise führte beinahe jeder Pfad dorthin.

Inzwischen waren sie weit genug vom Palast entfernt, um sich ein wenig zu entspannen – wahrscheinlich würde die Greifengarde zwar die Wälder und Felder absuchen, aber nicht die Straße. Dennoch war Jai besorgt, dass sie von jemandem gesehen wurden.

Sie mochten nicht mehr länger als ein entflohener Prinz und eine Dienerin gejagt werden. Aber als Danskin und Steppenmann … wenn man den Kriegszustand zwischen ihren Völkern und dem sabinischen Reich bedachte, würden sie dennoch unter Verdacht stehen.

Jetzt, als sich die Sonne dem Ende ihrer Reise zum Horizont näherte, blickten sie über einen Höhenkamm einen sanft verlaufenden, grasbewachsenen Hang hinab, der zu der zweibahnigen gepflasterten Straße führte. Der Weg war mit von Eseln gezogenen Karren, handgezogenen Rikschas und ein paar vereinzelten Wanderern gespickt, und es gab gar keine Möglichkeit, weit zu reisen, ohne auf jemanden zu treffen, so wie Jai es gehofft hatte.

Zu beiden Seiten der Straße waren Maisfelder zu sehen, auch Dornensträucher und felsige, unebene Hänge. Jai wusste, dass sie nicht einfach zu Fuß an ihren Rändern entlanggehen konnten, denn das würde sie erheblich verlangsamen … und wahrscheinlich würden sie sogar noch mehr Verdacht erregen, wenn man sie dabei erblickte. Sich ihren Weg im Dunkel der Nacht durch dorniges Gebüsch zu kämpfen, schien irgendwie auch nicht schneller zu sein.

»Was jetzt?«, fragte Jai. »Sobald ich auf der Straße dort bin, werden sie mich erkennen. Zweifellos werden wir ein verdächtiges Paar abgeben.«

Frida musterte ihn nachdenklich von oben bis unten.

»Du bist kein reiner Steppenmann. Irgendwie siehst du anders aus. Einen Anflug von Steppe gibt es aber schon, das ist wahr. Doch für diejenigen, die es nicht besser wissen, könntest du wie ein Mann von gemischter Abstammung aus einer anderen Gegend aussehen. Vielleicht aus der Nambischen Wüste?«

Jai biss sich auf die Lippe. Es stimmte, dass er nicht immer für einen Steppenmann gehalten wurde – es war nur die Seltenheit von ihm und seinen Brüdern als einem »freien« Steppenvolk in Latium, die ihn auffallen ließ. Abgesehen von einem gelegentlichen Diener und den Gefesselten waren die meisten Bewohner der Stadt Sabiner. Nur die Kaufleute, die zu Besuch kamen, bildeten eine Ausnahme, und sie blieben auf den Marktplätzen – niemals betraten sie das Palastgelände.

Als sie die Vorübergehenden auf der Straße beäugten, sahen sie nur wenige typisch rotgesichtige Sabiner. Einige besaßen sogar den schwarzen Hautton der Shambalai-Region, der äußersten südlichen Ausläufer des Reichs.

»Du könntest recht haben«, sagte Jai. »Ich habe nicht ihren Akzent, und ich lasse auch nicht mein Haar wachsen, um es zu flechten, so wie es das Steppenvolk macht.«

»Wenn sie fragen, sagen wir ihnen, dass du ein halber Nambier bist«, sagte Frida. »Du wirst schon klarkommen.«

»Und was ist mit dir?«, fragte Jai.

Frida deutete auf ihr Haar und machte ein Gesicht, das sagte: »Ist das nicht offensichtlich?«

Als Antwort rollte Jai die Augen. »Du solltest dir besser einen Schal nehmen«, sagte er. »Dein Haar sieht aus, als hätte dir jemand Lampenöl über den Kopf gegossen.«

Frida sträubte sich, aber Jai pflügte dennoch voran. »Hast du mal in einen Spiegel geschaut?«

Ihre sträubende Haltung nahm ein wenig ab.

»Und vielleicht hältst du den Blick besser gesenkt«, sagte er. »Deine blauen Augen konnte ich schon aus einer Meile Entfernung sehen.«

Fridas Lippen zuckten bei seinen Worten, wenn Jai auch Mühe hatte, ihre Miene zu deuten. Aber sie tat, worum er sie gebeten hatte, und riss ein breites Stück Stoff von dem unteren Ende ihres Kleides ab, als wäre es nicht mehr als Reispapier, und wickelte es sich um ihren Kopf.

»Sonst noch was?«, fragte sie.

Jai zuckte die Achseln. »Oh, du weißt ja. Nur der Drache, den wir bei uns haben.«

Fridas Augen weiteten sich – als hätte sie vergessen, was für ein ungewöhnlicher Anblick Winter sein würde.

»Sie wird uns am Straßenrand folgen müssen, bis wir etwas kaufen können, um sie darin zu verstecken. Sie ist schnell genug, um mit uns Schritt zu halten.«

Einen Augenblick lang dachte Jai nach, dann nickte er. Sie hatten tatsächlich keine andere Wahl.

Er wandte sich dem kleinen Tier zu und hob sie zu sich hoch. Sie zirpte und versuchte, an seinem Gesicht zu schnüffeln.

»Jetzt hör mal zu, Mädchen. Du musst uns folgen … aber du darfst nicht gesehen werden. So als würdest du ein Eichhörnchen jagen, verstanden?«

Während er sprach, versuchte er Winter die Bedeutung seiner Worte zu vermitteln. Er hätte sich allerdings gar keine Sorgen machen müssen. Das kleine Tier wand sich flink wieder frei und flitzte den Hang hinab, um Beute zu erschnüffeln. Sie war ebenfalls hungrig, denn sie hatte auf den Maiskolben hin nur die Nase gerümpft, wenn

Frida auch bestätigt hatte, dass Drachen andere Nahrung als Fleisch fraßen … im äußersten Notfall.

Jai war sich sicher, dass sie begriffen hatte. Jedenfalls ziemlich sicher.

Jetzt kam der Augenblick, vor dem sich Jai schon gefürchtet hatte. Es war keine Zeit zu zögern, denn Frida stapfte bereits den Hang hinab auf die windgepeitschte Straße zu.

Keiner der anderen Leute achtete auf sie. Sie hielten ihre Blicke auf die Straße gerichtet und trotteten immer weiter. Ein Heuwagen rollte vorbei. Der Esel, der ihn zog, drehte ihnen, als er sie passierte, den Kopf zu. Die Frau, die ihn fuhr, tat dasselbe, es war eine Matrone, die sich in die Nasenspitze kniff.

Von jemandem mitgenommen zu werden, würde schwieriger werden, als er gedacht hatte. Oder zumindest, bis er nicht mehr wie ein dreckiger, barfüßiger Landstreicher aussah.

»Also, Jai«, sagte Frida, der offenbar der gleiche Gedanke gekommen war. »Wir haben eine lange Reise vor uns, ob Kaschmirstraße oder nicht. Ich glaube kaum, dass zerlumpte Hosen und bloße Füße uns weit bringen werden, oder?«

Jai zog eine Grimasse. »Ich bezweifle, dass ein Händler für uns anhält«, sagte er.

Frida nickte langsam, während ihre Blicke nach links und rechts schossen. Ihre ungezwungene Art hatte sich angesichts so vieler vorbeiziehender Reisender verflüchtigt.

Da fiel ihm etwas Seltsames auf. Ein Mann hatte sie überholt. Das an sich war noch nicht ungewöhnlich – schließlich reisten sie nicht schnell und hatten ihr Tempo nur auf einen zügigen Gang beschränkt.

Aber das war ein buckliger, altersschwacher Mann gewesen. Und vor ihnen war nichts Besonderes in Sicht. Auf was eilte er denn nur zu?

Jai reckte den Hals und fragte sich, ob er vielleicht versuchte, die Fahrerin des Heuwagens um eine Mitfahrgelegenheit zu bitten. Doch der Mann wandte immer wieder den Kopf und sah sich um.

Jetzt wurden sie schon wieder überholt, diesmal von einer ganzen Familie, die sich an den Händen hielt. Jai drehte sich um und starrte nach vorn.

»Wir sollten uns besser beeilen«, flüsterte er. »Von denen wollen wir nicht erwischt werden.«

Frida wandte sich um. Beim Anblick der Staubwolke am Horizont und der Männer in den leuchtend roten Umhängen weiteten sich ihre Augen. Also waren die Legionen auf dem Marsch.

49

Die Kaschmirstraße war mit mehr Dörfern gespickt, als auf einer einzelnen Landkarte benannt werden konnten.

Frida und Jai hatten das erste erreicht, ein kleines Dorf, das als Elvetham bekannt war. Nun standen sie an seinen Toren und waren froh, dass sie noch vor Sonnenuntergang dort angekommen waren. Wenn sie auch geplant hatten, nachts zu reisen, forderte das Hungergefühl in ihren Bäuchen seinen Tribut, und sie hatten sich darauf geeinigt, eine Nacht in einem gemieteten Zimmer zu verbringen, Essen eingeschlossen. Jai hoffte, dass sie genügend Geld dafür hatten.

Die Legionen, die hinter ihnen reisten, hatten bereits angehalten, um ein Lager aufzuschlagen, also waren sie für den Moment in Sicherheit. Sie mussten einfach nur bei Sonnenaufgang aufbrechen.

»Nennt euer Anliegen«, sagte eine Stimme.

Jai wandte sich um und sah einen grauhaarigen Torwächter, der bereits weit über seine besten Jahre hinaus war. Er war so alt, dass er sich auf den Speer stützte, den er mit sich führte, und seine Rüstung wirkte so verrostet, dass Jai nicht überrascht gewesen wäre zu erfahren, dass der Mann ein Veteran aus Leonids Kriegen war.

»Ein Zimmer für die Nacht und neue Kleider«, sagte Jai, der begriff, dass es ihre befremdliche Erscheinung war, die seine Aufmerksamkeit geweckt hatte. »Wir sind auf unseren Reisen von Banditen überfallen worden.«

Der Wachmann kratzte sein stoppeliges Kinn und blickte sie mit leichter Neugier an. Jai hätte auch irgendein Landstreicher auf der Straße sein können, der um Almosen bettelte. Aber Frida sah in ihrem zerrissenen grünen Kleid tatsächlich wie ein wehrloses Opfer aus.

»Auf dem Teil der Straße hier treiben sich eigentlich nicht viele Banditen rum«, sagte er. »Nicht, wenn eine Legion so nah ist.«

Frida schenkte dem alten Mann ein Lächeln und berührte sanft seinen gepanzerten Ellbogen. »Wir haben für ein Picknick angehalten und den Weg verlassen. Ach, wenn du nur dagewesen wärst, um uns zu beschützen.«

Daraufhin wurde der alte Mann munter und erwiderte ihr Lächeln mit einem Grinsen voller Zahnstummel.

»Tut mir wirklich leid, aber der Mantikor ist heute Abend schon voll«, sagte er. »Zurzeit sind mehr als genug Leute auf der Straße unterwegs. Da drüben braut sich Ärger zusammen, und wenige haben Lust, ihn abzukriegen.«

Jai fluchte leise. Der Traum von einem heißen Bad und richtigem Essen im Magen verblasste schnell.

»Sie werden euch sowieso nicht reinlassen«, sagte der Mann, ehe er hochzog und zur Seite ausspuckte. »Also … habt ihr Geld?«

Jai dachte darüber nach.

»Ein wenig«, wagte er zu sagen.

»Ich geb dir ein Hemd«, sagte der Mann. »Ein Denarius.«

Jai zögerte, und der Mann spuckte erneut aus und begann sich zu entfernen.

»Abgemacht«, sagte Jai.

Mit einem Grinsen auf dem Gesicht drehte sich der alte Mann um. »Na gut«, sagte er.

Er zog sich das Kettenhemd über den Kopf und entledigte sich dann seines Hemds. Es war ein raues, selbstgesponnenes Ding aus Sackleinen, aber Jai nahm es dankbar an, und wenn auch nur, um die mitleidigen Blicke jedes Vorübergehenden einzudämmen. Am liebsten hätte er es gehabt, wenn ihn überhaupt niemand betrachtet hätte.

Der Wachmann legte wieder sein Kettenhemd an und wollte in dem Augenblick schon davongehen, als Jai in seinem Geldbeutel herumfischte und ihn nach der Silbermünze greifen ließ.

»Mein Herr«, rief Jai, »wenn der Mantikor voll ist, gibt es dann vielleicht noch eine andere Taverne oder einen Gasthof, der ein Zimmer haben könnte?«

Widerstrebend drehte sich der Mann um, als brenne er darauf zu verschwinden. Jai begann zu vermuten, dass er viel zu viel für das Hemd bezahlt hatte und der Mann sich Sorgen machte, Jai würde das herausfinden.

»Ja, da gibt's noch einen anderen Ort, einen halben Tag entfernt von hier die Straße weiter, aber bis ihr den erreicht, ist es Morgen. Wenn ihr allerdings die Straße verlasst, dann gibt's sogar ein paar Orte. Die gehören dem gleichen Besitzer wie dies hier.«

»Könnt Ihr …«

Doch der alte Mann war bereits davongeeilt. Das Paar stand einen Moment lang da, dann zog Jai das Hemd über den Kopf. Trotz seiner bloßen Füße begann er sich wieder menschlich zu fühlen.

»Denkst du, ich hab zu viel für das hier bezahlt?«, fragte Jai.

Frida zuckte die Achseln. »Das fragst du mich? Ich hab noch nie eine sabinische Münze auch nur angefasst. Denkst du, dass du zu viel bezahlt hast?«

Jai zuckte zusammen und gestand sich etwas ein, von dem er bis zu diesem Augenblick nicht realisiert hatte, wie seltsam es war. »Das war der erste Kauf, den ich je gemacht habe«, sagte er.

Entsetzt starrte Frida ihn an. »Was?«

»Der Schatzmeister des Palastes kümmert sich immer um alles. Wenn Leonid etwas gebraucht hat, verlangte er es einfach, und es wurde gebracht. Wenn ich etwas brauchte … na ja, dann machte er es genauso. Aber er hat nicht gedacht, dass ich viel brauchen würde.«

Frida stupste seinen Geldbeutel an, den er immer noch mit seiner Faust umklammert hielt. »Und wo ist das hier hergekommen?«

Jai seufzte. »Das sind Münzen, die ich über die Jahre hinweg gefunden habe. Meistens, wenn ich die Fußböden der Kantine geschrubbt oder Botengänge erledigt habe. Ich weiß nicht mal, wie viel es eigentlich ist.«

Er ging den Inhalt der Tasche durch und zählte ihn. Neugierig sah Frida zu. Irgendwie musste das hier den ganzen Weg bis zum Rand des Kaiserreichs reichen. Und er hatte gerade seine wertvollste Münze für ein Hemd am Leib hergegeben.

»Ich habe zehn Semis, drei kupferne As und einen Sesterius«, sagte Jai. »Das war mein einziger Denarius.«

Frida sah ihn verständnislos an.

»Ein Semi ist die kleinste Münze. Zwei Semis sind ein As, vier As ein Sesterius. Ein Silberdenarius ist vier Sesterii oder sechzehn As wert.«

Sie kaute auf ihrer Lippe.

»Du bist beklaut worden«, sagte sie. »Aber es gibt einen Vorteil, wenn man ein Ausgestoßener ist. Du kannst auch selbst stehlen.«

Sie grinste und ließ die Silbermünze in ihrer Handfläche aufblitzen, ehe sie sie verstohlen zurück in seinen Geldbeutel fallen ließ.

Jai überfiel Angst, dass man ihnen auf die Schliche kommen und sie fangen würde.

»Wir ziehen besser weiter, bevor er es merkt«, sagte Frida etwas beiläufiger, als es Jai gefiel. Er machte einen Schritt auf die Straße zu, aber eine weiche Hand auf seiner Schulter hielt ihn auf.

Sie nickte zu einem Marktstand hinüber, dessen Eigentümer gerade den Inhalt an Früchten, Gemüse und Trockenfleisch auf einen Handwagen verlud. »Aber kaufen wir erst etwas zu essen.« Sie nahm ihm den Geldbeutel aus der Hand. »Und diesmal lass mich das Verhandeln übernehmen.«

50

Hier in der Gegend gibt es gar nichts«, sagte die Schankfrau, die ihre Stimme erhob, damit man sie über den Lärm des Wirtshauses hinweg vernahm.

Sie waren im Mantikor, um herauszufinden, ob der Wachmann ihnen die Wahrheit gesagt hatte. Aber schon beim Betreten war die Antwort offensichtlich gewesen. An diesem Ort brodelte es vor Gästen – von Wand zu Wand war der Eintrittsbereich mit Reisenden aller Art gefüllt. Viele von ihnen müssten heute Nacht wahrscheinlich auf den Straßen schlafen.

»Der Wachmann meinte, es gäbe noch andere Tavernen«, sagte Jai. »Die demselben Eigentümer gehören?«

Die Schankfrau rollte mit den Augen und blickte demonstrativ die anderen Gäste an, die auf ein Getränk warteten. Sie begann sich die Theke entlangzubewegen, als Frida ihr eine Münze zeigte. Mit einem schlauen Grinsen drehte sich die Frau sofort um.

»Wie ich schon gesagt hab: nichts«, meinte sie und streckte ihre Hand nach der Münze aus. »Aber kauft mir was zu trinken ab, und ich denk drüber nach. Ein Krug kostet euch allerdings mehr als das.«

Fridas Hand schoss vor und zog die Frau zu sich heran.

»Hör zu, Mädchen. Ich kann dir einen heißen Schlag oder diese kalte Münze anbieten. Was soll's sein?«

Die Schankfrau wirkte unerschrocken, denn sie war doppelt so breit wie Frida, mit Händen so groß wie Stiefelsohlen und auch noch rauer. Aber als sie vergebens an den festgekrallten Fingern zog, die ihre Schürze gepackt hielten, seufzte sie und deutete jenseits der Türen in Richtung Süden.

»Da hinten gibt's zwei Gasthöfe, mein Schatz«, sagte sie. »Den Ziegenpfad entlang. Am nächsten dran ist die Chimäre an der linken Abzweigung, die andere ist der Rasselbock an der rechten.«

Frida ließ sie los und gab ihr dieselbe Münze, die sie schon hatte aufblitzen lassen. Die Schankfrau wirkte überrascht, vielleicht darüber, dass Frida ihre Abmachung eingehalten hatte. Als sie auf dem Weg nach draußen waren, rief ihnen die Schankfrau noch etwas nach.

»Wenn die voll sind, solltet ihr's im Phönix versuchen. Der ist noch ne Weile weiter die Kaschmirstraße entlang, und dann Richtung Norden, genau vor der Schranke.«

Jai wandte sich ihr zu, um ihr zu danken, aber Frida schob ihn weiter. Sie traten durch die Türen und gingen wieder in die kalte Nacht hinaus.

Er konnte Winter fühlen, die auf etwas herumkaute, das ihr bei Weitem köstlicher schmeckte, als es das Jais Ansicht nach hätte tun sollen. Er konnte beinahe das Knirschen von Knorpeln und Knochen im eigenen Mund spüren.

»Winter ist in der Nähe«, sagte Jai. »Sie wird uns abseits des Wegs folgen. Sie ist besser darin, zu erspüren, wo ich bin, als umgekehrt, das merke ich schon.«

Frida nickte. »So ist es immer, bei jedem Tier. Sie verstehen unsere Absichten besser als wir ihre. Vielleicht, weil sie keine eigenen Worte haben. Aber du wirst noch besser darin werden, das verspreche ich. Es braucht einfach Zeit und Übung.«

Vage deutete Jai auf ihre Umgebung. »Dafür haben wir ja noch jede Menge Möglichkeiten, solange wir auf der Flucht sind, oder?«

Frida verzog das Gesicht, nickte aber. »Wir sollten lieber bald einen

Platz zum Rasten finden. Ich habe so wenig Mana, dass ich kaum einen Funken hervorrufen kann, um ein Feuer anzuzünden. Ich muss seelenatmen.«

Jai, der begierig war, sein eigenes Mana zu kultivieren, war ganz ihrer Meinung.

»Na, nachdem ich die vollgepackte Taverne gesehen habe, frage ich mich, ob der Umweg es wert ist«, überlegte er. »Wenn wir langsam sind, wird uns die Legion einholen. Und ich glaube nicht, dass wir versuchen wollen, neben ihnen herzulaufen, gefärbtes Haar hin oder her.«

Frida runzelte die Stirn. »Es wird für sie doch nicht wahrscheinlicher sein, uns als das zu erkennen, was wir sind, als für jeden anderen Reisenden?«, fragte sie.

»Die meisten Bürger des Reichs wollen einfach nur ihr Leben leben und Ärger aus dem Weg gehen«, überlegte Jai laut, während er sich an die vielen Prügel erinnerte, die er von den Wachen im Palast hatte erdulden müssen. »Aber die Legionäre … die haben einen lang gehegten Hass auf die Dansken und das Steppenvolk, von allen anderen außerhalb des Kaiserreichs ganz zu schweigen. Den jungen Kerlen hat man eine Kost aus Kriegsgeschichten und Abscheu eingetrichtert, jedenfalls wenn sie aus den Städten stammen. Es braucht nur einen Einzigen, der einen Verdacht schöpft.«

Leicht schwankend kaute Frida auf ihrer Lippe. Die Erschöpfung nahm allmählich zu. Und da sich ihrer beider Mana-Reserven dem Ende näherten, stand ihnen eine harte Nacht bevor.

Er blickte über die immer noch offenen Tore hinaus, wo das letzte dürftige Sonnenlicht den Anblick des schroffen Ziegenpfads jenseits des Straßenpflasters erkennen ließ.

»Komm schon«, sagte Jai. »Wir machen uns lieber auf den Weg. Sonnenuntergang ist hier im Winter früh, aber wir müssen lange vor Sonnenaufgang wach werden, wenn wir die Legion schlagen wollen. Eine sabinische Legion kann mehr als fünfzehn Meilen am Tag marschieren. Und die werden ebenfalls bei Tagesanbruch aufgestanden sein.«

Frida rümpfte die Nase. »Mit ein wenig Mana könnte ich das vor dem Mittagessen schaffen«, sagte sie.

»Na … ich nicht«, schnappte Jai. »Es sei denn, du meldest dich freiwillig, um mich zu tragen. Also lass uns zur Chimäre aufbrechen. Jede Sekunde, die wir hier vergeuden, ist eine, die wir nicht schlafen oder seelenatmen.«

Einen Moment lang sah Frida aus, als wäre sie wegen seines Tons beleidigt, doch dann, als Jai sich erschöpft gegen die Tavernenwand lehnte, lenkte sie ein.

»In Ordnung«, sagte sie. »Wir riskieren es. Hoffen wir, dass da immer noch Räume frei sind. Schau, andere sind auch auf dem Weg dorthin.«

Sie hatte recht. Eine Handvoll Reisender war auf den Pfad eingebogen. Einige von ihnen blickten nicht einmal in die Richtung des kleinen Dorfs. Ein paar mochten sich auf dem Weg nach Hause befinden, aber die meisten hatten das Aussehen von erfahrenen Reisenden. Sie trugen breitkrempige Hüte und hielten Wanderstäbe in den Händen.

»Was denkst du?«, fragte sie. »Mit der Gruppe allein sind doch schon ein Dutzend Räume belegt. Vielleicht hat dieser Phönix, den sie zuletzt erwähnt hat, eher einen Platz für uns.«

Das Wort brachte etwas in Jais Erinnerung zum Klingen. Er hatte die Schankfrau zuvor kaum gehört, aber jetzt erinnerte er sich an die Worte des sterbenden Leonid, die er für wirres Gerede gehalten hatte. Leonid hatte einen Phönix erwähnt. Oder war es der Phönix?

»Der … Suffkopf«, murmelte Jai, der sich die Augen rieb, während er versuchte, sich die genauen Worte ins Gedächtnis zurückzurufen.

Frida blickte ihn stirnrunzelnd an.

»Dann machen wir uns auf dem Weg zum Phönix«, sagte er. »Ich habe ein gutes Gefühl, was den betrifft.«

Die danskische Zofe warf ihm einen harten Blick zu. »Kein Saufgelage«, bat sie. »Kann ja sein, dass du den größten Teil deines Lebens eingesperrt in einem staubigen Raum verbracht hast, aber heute heißt es schlafen oder seelenatmen, hörst du?«

Geistesabwesend nickte Jai. Er versuchte immer noch, sich daran zu erinnern, was der alte Mann gesagt hatte.

So oder so, jetzt gingen sie dorthin. Leonid hatte ihn schon einmal gerettet. Vielleicht würde er es wieder tun.

51

Es wurde spät, und immer noch gab es kein Zeichen einer Schranke. Das Einzige, was ihnen etwas Hoffnung machte, war der Umstand, dass jetzt weniger Reisende unterwegs waren. Die Kaschmirstraße wurde zwar von Contubernia patrouilliert, Trupps von zehn Legionären, die für Frieden sorgten und Banditen aufspürten, aber auch sie hörten bei Sonnenuntergang damit auf, um ein Lager aufzuschlagen.

Banditen machten im Dunkel der Nacht Jagd auf die Verspäteten und die Dummen. Wer auch immer in dieser Nacht im Phönix blieb, würde inzwischen dort angekommen sein. Da es Jais und Fridas Plan war, bei Nacht zu reisen, waren die Würfel bereits gefallen.

»Wenn uns diese Schankfrau angelogen hat, laufe ich zurück und verpasse ihr die Prügel ihres Lebens«, grollte Frida.

Jai erwiderte nichts. Er hatte große Lust, genau dasselbe zu tun. In diesem Augenblick stahl sich Winter die Böschung entlang. Ihr voller Bauch war am Ende nicht der stärkste Widerspruch zu Jais eigenem, da er sich über die armseligen Vorräte hergemacht hatte, die sie sich mit ihrer kleinen Ansammlung von Münzen hatten leisten können.

Die Hälfte davon hatten sie sich für ihre heutige Übernachtung zurückgelegt, aber den Rest hatten sie dazu benutzt, um sich einen Sack voll Gemüse zu kaufen. Jetzt kaute er an einer Karotte herum, wobei er sich immer noch wünschte, etwas Warmes in den Bauch zu bekommen.

»Ist das die Schranke?«, fragte Jai.

Er konnte die flackernden Lichter von etwas erkennen, das eine Reihe von brennenden Fackeln sein mochte. Sie gingen weiter und starrten in die vor ihnen liegende Dunkelheit.

Endlich kam die Schranke selbst in Sicht. Über der Straße war ein großes Torhaus gebaut worden, auf dem kaiserliche Wachen stationiert waren. Wanderer konnten einfach um seine Ecken herumgehen, aber alles, was größer als ein Handwagen war, würde Schwierigkeiten haben, mit dem rauen Gelände zu beiden Seiten klarzukommen und gezwungen sein, den Tribut zu bezahlen, um das Torhaus zu passieren.

Zum Glück hatten sie das nicht nötig, denn der Weg nach Norden war ebenfalls im Mondlicht sichtbar – ein schmaler Pfad, der von Dornengestrüpp flankiert wurde. Jai hätte ihn wahrscheinlich nicht einmal in Erwägung gezogen, hätte man nicht ein gesplittertes Schild an einen jungen Baum genagelt, auf dessen Oberfläche das verblichene Wort Phönix eingeritzt war.

Es war ein schlecht ausgeleuchteter Pfad, bei jedem Schritt wurden sie von Zweigen und abgestorbenem Holz behindert. Durch die dichte Vegetation drang nur wenig Mondlicht, wenn Jais Augen auch aufgrund seines frisch gereinigten Körpers besser sahen als früher.

Er dachte ohnehin nicht, dass dies ein Etablissement erster Klasse sein würde. Das passte ihm jedoch ganz gut. Er brauchte bloß ein Bett und ein Bad, keine schöne Einrichtung. Und die konnten sie sich in der Tat nicht leisten.

»Winter!«, rief Jai.

Bei dem Gedanken, den Pfad zu verlassen, fühlte er sich unwohl. Es war besser, sie nahe bei sich zu behalten.

Die kleine Kreatur flitzte auf seinen Ruf hin schnell durch das Unterholz und zirpte begeistert, als sie ihm in die Arme sprang.

Er hielt Winter fest und spürte die Wärme ihrer porzellanartigen

Schuppen auf seiner Haut. Irgendwie hatte er sie in der kurzen Zeit, die sie getrennt gewesen waren, bereits zu vermissen begonnen. Und das, obwohl er sie die ganze Zeit über hatte wahrnehmen können.

»Hat sie etwas gefressen?«, fragte Frida, als sie sich dem Pfad zuwandten.

»Ja«, sagte Jai, der das kleine Tier unter dem Kinn kratzte. »Mehr als nur … etwas.«

Frida schnaubte. »Gut«, sagte sie. »Winter ist noch so klein. Viel kleiner als jeder andere Drache, den ich je gesehen habe. Sie muss zu früh geschlüpft sein, da bin ich mir sicher.«

Bei ihren Worten fühlte Jai einen Anflug von schlechtem Gewissen. Aber es war nicht seine Schuld. Und Kümmerling oder nicht, sie war dennoch das Beste, was ihm jemals passiert war. Da kümmerte es ihn kein bisschen, ob sie kleiner als andere Drachen war.

»Beeilen wir uns«, sagte Frida.

Jetzt war Jai für seine erweiterten Sinne dankbar, wenn sie mit dem Zusammenbruch seiner Mana-Reserven auch spürbar schwanden. Inzwischen hatte er kaum noch ein paar Tröpfchen übrig, die sich am Grund seines frischgebackenen Kerns ansammelten.

Er war sogar noch dankbarer dafür, vor allem wegen dieses tückischen Pfads, der mit scharfen Steinen und Löchern übersät war, die die Beine eines Packtiers leicht brechen konnten, wenn nicht sogar seine eigenen. Jai wunderte sich darüber – dies schloss aus, dass sich der Phönix in einem gut besuchten Dorf befand oder sogar an einem Anlaufpunkt, den man für die Mehrheit der Reisenden entlang der Kaschmirstraße errichtet hatte. Was also war dieser Ort?

Tatsächlich schien es ihm ungewöhnlich, dass auch der Wachmann ihn nicht erwähnt hatte. Nur das Hinweisschild und das Vorhandensein des Pfads gaben ihm das Vertrauen, dass sie überhaupt irgendwo hin unterwegs waren.

Eine halbe Stunde verging, ehe Frida sagte, dass sie die Lichter von Fackeln sehen und den rauen Lärm von Festlichkeit hören konnte, was ihnen verriet, dass sie auf dem richtigen Weg unterwegs waren.

Jai musste sich konzentrieren, um überhaupt eine Ahnung davon zu bekommen. Sein Mana war jetzt wirklich restlos verbraucht.

Er fühlte Winters Aufregung ein wenig zunehmen – und es reichte aus, um ihn innehalten zu lassen. Doch er konnte die Sinne des kleinen Tiers nicht so lesen, wie er das wollte. Er wusste nur, dass vor ihnen etwas liegen musste, das den Drachen beunruhigte.

»Da ist …«

»Ich rieche sie auch«, sagte Frida. »Es ist mehr als nur einer, schätze ich. Sie bewegen sich nicht, und da ist kein Feuer. Das ist verdächtig.«

Jai erschnüffelte die Luft und lauschte angestrengt. Aber sein Mana war so erschöpft, dass ihm inzwischen selbst die Kälte zusetzte. Er hätte genauso gut wieder sein altes Selbst sein können. Für einen Kampf verhieß das ganz gewiss nichts Gutes.

»Ich höre sie. Sie wissen, dass wir kommen.«

Andererseits wussten die anderen sicher nicht, dass sie beide nur eine einzige Waffe besaßen. Die und einen Babydrachen.

»Winter, folg uns mit etwas Abstand«, zischte er. »Komm nicht, bevor ich dich nicht rufe, hörst du?«

Der kleine Drache verschwendete keine Zeit, sondern huschte so schnell in die Dunkelheit davon, dass sogar Jai ihn sofort aus den Augen verlor. Er mochte den Anflug von Gefühlsregung nicht, den er bei Winter angesichts seiner Worte empfunden hatte. Aber außer dem Schmerz war da auch noch … etwas Eigensinniges.

»Was ist der Plan?«, fragte Jai.

Frida ging nun schneller. Den Dolch hielt sie hinter ihrem Rücken fest. Ihr Selbstvertrauen trug kaum dazu bei, Jais Besorgnis zu vermindern. Sie liefen gezielt auf einen Hinterhalt zu.

»Folg meinem Beispiel«, sagte Frida. »Wenn wir wegrennen, werden sie uns verfolgen, und wir können es uns nicht leisten, sie zu bekämpfen. Wir müssen sie denken lassen, dass wir es nicht wert sind.«

Jai sah sie, ehe er sie roch. Wie es schien, versuchten sie gar nicht, sich zu verstecken, sondern standen stattdessen deutlich sichtbar nicht weit von dem Pfad entfernt. Es waren vier, drei Männer und eine Frau, und alle hatten irgendeine Waffe in Händen.

Zum Glück hielt nur die Frau ein Schwert – die anderen hatten Knüppel aus rohen Ästen gepackt. Und sie stanken, jeder Einzelne von ihnen. Sie waren eher wie Landstreicher gekleidet, nicht wie organisierte Banditen. Selbst in der Düsternis konnte er den Hunger in ihren Augen sehen, einen kranken, verzweifelten Hunger, der alles andere überstieg.

»Das ist wirklich freundlich vom Phönix, ein Begrüßungskomitee zu schicken«, rief Frida.

Lässig näherte sie sich ihnen und winkte sogar den Männern zu, als sie ihre Knüppel in die Handflächen klatschen ließen.

»O ja«, entgegnete die Frau, die ihr Schwert anhob und es in ihre Richtung stieß. »Wir sind hier, um euch durchs Dunkel zu eskortieren. Man kann ja nie wissen, was für fragwürdigen Gestalten man womöglich mitten in der Nacht begegnet.«

Sie drückte sich besser aus, als Jai es bei dem Zustand ihrer Gefährten erwartet hatte. Tatsächlich trug sie sogar – im Gegensatz zu dem zerschlissenen Sackleinen der anderen – einen ledernen Brustharnisch. Offenbar war sie deren Anführerin.

Frida lächelte über die Worte der Banditin, und Jai war beeindruckt, wie entspannt sie schien. Seine eigenen Handflächen schwitzten stark, und er sah sich bereits zu seinen Füßen nach irgendetwas um, das er als Waffe benutzen konnte.

»Dann wartet ihr besser auf die nächste Gruppe«, sagte Frida. »Wir brauchen keinen Schutz.«

Die Frau lachte trocken.

»Oh, wir bestehen aber darauf. Meine Schwester hat euch zum Phönix geschickt, oder lüge ich etwa? Sie schickt nur Leute, die … unserer Dienste benötigen.«

Jai sank das Herz, als er begriff, was tatsächlich passiert war. Offenbar hatte die Schankfrau ihnen gar nicht helfen wollen. Sie mit Unverschämtheit statt Silber zu bezahlen, mochte ein Fehler gewesen sein.

»Gibt es überhaupt einen solchen Ort?«, fragte Jai.

Seine Stimme klang jetzt schrill, und er räusperte sich.

»Oh ja«, sagte die Frau, während sie über ihre Schulter blickte. »Aber ihr werdet wieder auf den Weg, den ihr hergekommen seid, zurückgeleitet. Der Phönix ist nichts für Leute wie euch.«

Frida hob eine Hand und deutete auf sie. »Es heißt, die Seelenverbundenen können ein Dutzend Männer mit einer einzigen Geste töten«, sagte sie. »Aber ich habe nie mehr als drei geschafft.«

»Oooooh«, sagte die Anführerin und hob in gespielter Angst eine Hand. Die anderen Männer kicherten.

Und dann begann Fridas Finger zu glühen. Ein Funke erschien, der sich in der Luft erst wand und dann verdrehte. Er warf ein ätherisch goldenes Licht auf ihr Gesicht.

»Tretet zur Seite«, sagte sie. »Und wir werden vergessen, dass wir euch je gesehen haben.«

Der Funke trieb von ihr weg und überquerte langsam die Lücke zwischen ihnen. Bald schon konnte Jai jeden einzelnen der heruntergekommenen Banditentruppe sehen. Das waren Männer, die kaum besser als er selbst gekleidet waren, bärtig und verschmutzt. Ihre Augen lagen tief in den Höhlen, ihre Wangen waren eingefallen. Nur wenige sahen aus, als hätten sie in den letzten Wochen eine anständige Mahlzeit abbekommen. Beinahe bemitleidete er sie.

Der Funke schien den Männern Angst eingejagt zu haben, denn sie tauschten Blicke aus und schätzten das Paar ein. Frida ließ die andere Hand hinter ihrem Rücken fallen und zeigte den Dolch.

Jai trat vor und stellte sich neben seine Freundin. Er hob die Hände an und ballte sie zu Fäusten. Seine Erfahrung mit Faustschlägen hatte sich immer darauf beschränkt, sie abzubekommen, aber zumindest wusste er, wie man eine Kampfposition einnahm. Er hatte zu viele Küchenjungen sich prügeln sehen, um damit nicht vertraut zu sein.

»Wo ist dein Tier?«, fragte die Anführerin. »Sie wäre doch hier, wenn du schlau wärst. Oder vielleicht bist du mit einer Maus verbunden.«

Sie wies mit ihrer Klinge auf sie, und ihre Kumpane veränderten ihre Haltung, wie um sich auf den Angriff vorzubereiten.

Jai schloss die Augen und nahm mit einem sanften Griff die Verbindung zu dem Schlüpfling auf.

»Winter«, flüsterte Jai halb zu sich selbst. »Jetzt – zeig dich.«

In der Dunkelheit links von Jai ertönte ein Knurren. Es war ein wildes, kehliges Geräusch, von dem Jai niemals gedacht hätte, dass sie es gewesen wäre, wenn er sie nicht darum gebeten hätte.

Immer noch blieben die Männer an Ort und Stelle.

Ein Schatten schoss hinter die Bande, und nun schrie einer der Männer auf. Er senkte seine Hand zu seinem Oberschenkel und streckte eine blutige Handfläche aus. Jai spürte Winters Ärger und versuchte das Tier anzuweisen, dort zu bleiben, wo es war. Doch was er empfing, war nichts als wütende Uneinigkeit.

»Letzte Chance«, schnappte Frida. »Meine Maus hat jetzt deinen Geschmack abbekommen. Ich werde sie nicht mehr viel länger zurückhalten können.«

Die Anführerin warf einen Blick zur Seite, als das Gebüsch bei Winters Bewegungen raschelte. Ein weiteres Knurren ertönte, sogar noch lauter als zuvor.

»Ihr habt zehn Sekunden«, sagte sie.

Die Anführerin hob ihr Schwert an. »Schnappt sie euch!«, schrie sie.

Fridas Hand schoss hoch. Ihr gesamter Körper schnellte mit einem tiefen Ausfallschritt nach vorn. Jai hörte ein Surren in der Luft, und die Frau schwankte. Einen Augenblick lang begriff Jai nicht, was geschehen war.

Dann umklammerte die Banditin ihre Brust. Sie fiel auf die Knie, und Jai sah, wie die Frau den Dolchgriff umklammert hielt.

Ein Jaulen in der Dunkelheit durchfuhr Jai bis ins Mark, während Frida ihre Hand verdrehte. Ihr Finger glühte schon wieder.

»Ich würde mein Mana lieber nicht verschwenden«, schnaubte sie und blickte ihre glühende Fingerspitze an, als würde sie ihre Fingernägel begutachten. »Aber schließt euch ruhig eurer Freundin an.«

In der Finsternis heulte Winter erneut auf.

Die übrigen Banditen sagten nicht einmal ein Wort. Sie drehten sich wie ein Mann um und rannten in die Dunkelheit davon.

Jai bemerkte, dass er den Atem angehalten hatte.

»Frida, ich …«

Das Mädchen hielt eine Hand hoch und brachte Jai zum Schweigen. Erst als die Männer außer Hörweite waren, schritt sie vor und zog ihre Klinge aus der Brust der immer noch zuckenden Frau. Blut spritzte hervor, und die sterbende Banditin griff mit unverständlichem Gemurmel nach dem Saum ihres Kleides. Frida rollte sie mit dem Fuß auf den Rücken und begann ihre Taschen zu durchsuchen.

»Nimm ihre Stiefel und ihre Hose«, sagte sie, während sie den Gürtel und die Schwertscheide der Banditin löste. »Aber mach sie erst unten herum frei, bevor sie alles vollblutet.«

52

Als sie zu der Taverne trotteten, hatte Jai noch immer gewaltigen Respekt vor Frida. Er hatte gewusst, dass das Leben unter den Dansken hart war, aber … sie war keine verhätschelte königliche Bedienstete. Diese Dienerin wusste, wie sie zurechtkam.

Der Phönix war das schäbigste Gebäude, das Jai je gesehen hatte, ein einzelnes Bauwerk am Ende des Pfades, konstruiert aus etwas, das aussah, als sei es einmal eine Schäferhütte gewesen, mit morschen Anbauten, die man schlicht daran gezimmert hatte.

Das war kein Rückzugsort für müde Reisende, noch nicht einmal einer für die örtliche Bevölkerung. Der Ort hatte eher das Aussehen eines Unterschlupfs für die Missliebigen der Kaschmirstraße. Jai wäre nicht einmal überrascht gewesen, wenn die Banditen hier ihr Nachtlager aufgeschlagen hätten, nachdem sie sie wie geplant ausgeraubt hatten.

Der Wind hatte zu vorgerückter Stunde weiter zugenommen, und Jai war umso froher über die neue Kleidung. Die Äste der Bäume, die um sie herumstanden, knarrten bereits und ließen Blätter durch die Luft wirbeln. Er schlang die Arme um den Körper und biss sich auf die Zähne, um dem Drang zu frösteln zu widerstehen.

»Vielleicht sollten wir doch lieber umkehren«, flüsterte er. »Ich habe jetzt eine Hose und Stiefel an, außerdem verfügen wir über ein Schwert und ein paar Münzen. Wir sollten einfach unseren Gewinn nehmen und draußen beim Torhaus kampieren. Wir können auch erst morgen mit einem Dach über dem Kopf schlafen.«

»Ich halte sicher nicht noch eine weitere Nacht auf der Straße aus«, hielt Frida dagegen. »Es ist einfach zu kalt, sogar für uns. Wir brauchen Zeit, um zu rasten – um seelenzuatmen.«

»Gut, dann gehen wir rein«, sagte Jai. »Du bist seelenverbunden. Wir beide sind es. Mit deiner Magick können wir diesen Ort bis auf die Grundmauern niederbrennen, falls uns jemand Ärger macht.«

Frida schnaubte. »Ich hatte kaum noch genug Mana, um dieses Schimmerlicht zu erzeugen. Und ich hatte schon nicht mehr genug für das zweite. Das meiste von dem, was noch übrig war, hab ich dann in diesen Wurf gesteckt. Ich bin … jetzt völlig erledigt.«

Bei ihren Worten erbleichte Jai, und sein Herz begann schneller zu schlagen. Bis zu diesem Augenblick hatte er nicht realisiert, wie viel seines schwachen Gefühls von Sicherheit mit Fridas Schutz zusammenhing. Ohne Mana war sie einfach nur eine kräftige Kriegerin mit einem Dolch.

Er betrachtete sie. Ihr grünes Kleid würde fehl am Platz wirken, das stimmte. Das Material war zu ausgefallen und viel zu farbenfroh.

»Ich würde da drin wahrscheinlich aussehen, als passte ich hinein«, sagte Jai. »Aber dein Kleid …«

Darüber rümpfte Frida die Nase. Sie blickte an ihrem Körper herab und zuckte mit den Schultern.

»Kennst du den Unterschied zwischen einer Adligen und einer Kurtisane?«, fragte sie.

Sie hob eine Hand und riss an dem Kleid, bis ihre Schultern entblößt waren. Dann nahm sie den geschnürten tiefen Ausschnitt, der in die Richtung ihres Dekolletés abfiel, und riss ihn noch weiter auf, sodass die Wölbung ihrer Brüste sichtbar wurde.

»Kleidung«, sagte sie triumphierend.

Jai wandte den Blick ab, aber er hatte auch schon genug gesehen. Ihre Rocklänge war bereits kurz, seitdem sie sich den Schal gemacht hatte, aber diese Veränderungen waren jetzt noch … freizügiger. Sie sah wie die Damen aus, die er in den frühen Morgenstunden an Latiums Straßenecken herumlungern gesehen hatte. Der Schmutz auf ihrem Kleid und die durch ihre Reise entstandene Abnutzung verstärkten noch Fridas Erscheinung einer Frau von niedriger Geburt. Sie sah wirklich gar nicht mehr wie eine Adlige aus.

Jai war beinahe zu erschöpft, um nachzudenken. Ein kalter Windstoß, der durch sein dünnes Hemd fuhr, ließ ihn sich entscheiden. Ohne Mana würde eine Nacht im Freien eine Zeit mit schneidendem Wind auf einem kalten, feuchten Erdboden bedeuten.

»In Ordnung«, sagte Jai, der jetzt auf seinen Füßen schwankte. »Gehen wir rein. Wir nehmen ein Zimmer – welches auch immer sie zur Verfügung haben, und gehen direkt hin. Winter kann draußen Wache halten, falls die Banditen zurückkommen, während wir schlafen. Wir können sie dann morgen in dem Sack mit dem Gemüse tragen, damit sie tagsüber schlafen kann.«

Frida antwortete nicht. Stattdessen stürmte sie durch die Türen der Taverne und ließ Jai keine andere Wahl, als ihr zu folgen.

Drinnen traf er auf eine feste Mauer aus warmer, stinkender Luft.

»Mach die Tür zu!«, rief eine Stimme – und sofort gehorchte Jai.

Das Innere der Taverne wirkte überraschend leer. Tatsächlich war kaum jemand darin, abgesehen von einer Handvoll Männer, die auf einem Tisch mit Knochen würfelten – das war die Quelle des tumultartigen Lärms gewesen, den Frida zuvor gehört hatte.

Hinter dem Tresen beäugte sie ein Mann, der mit einem dreckigen Geschirrtuch über ein noch dreckigeres Trinkhorn rieb. Ein Schild über seinem Kopf zeigte Jai die begrenzte Auswahl.

Wein: 1 Semi

Neben dem Barmann befanden sich eine Schöpfkelle und ein Fass mit einer Flüssigkeit, auf deren Oberfläche Schaum schwamm. Was auch immer hier für »Wein« im Angebot sein mochte, es bestand wohl nicht aus Trauben. Jai wusste nur, dass er wie Essig roch.

Frida stieß Jai vorwärts, und er begriff, dass er seine Rolle spielen musste. Er kniff die Augen fest zusammen und versuchte sich aufzuwecken, dann stolzierte er nach vorn, wobei seine Hand den Knauf des Schwerts in der Scheide an seiner Hüfte leicht berührte.

»Wirt«, sagte er, indem er versuchte, den Ton eines Mannes von niedriger Geburt anzunehmen. »Ich brauch ein Zimmer, um es mit dem Weib da zu treiben. Schnell, wenn's geht. Sie bezahlt mich pro Stunde.«

Der Schankwirt blickte kaum zu ihm auf, sondern deutete mit dem Kopf zum anderen Ende des Raums. Jai sah, dass der hintere Teil der Hütte zerschlissene Vorhänge aufwies, die von der Decke herabhingen und teilweise einen Bereich mit strohgefüllten Matratzen und Kissen verdeckten. Man konnte sehen, dass dort ein paar Männer lagen. In einer Ecke krümmten sich rhythmisch zwei nackte Körper, unbeeindruckt von ein paar Zuschauern, die ausgestreckt daneben lagen und ihre Hände fest in den Hosen vergraben hatten.

Hier gab es weder Wände noch Türen oder Fenster. Soviel zu ihrem Plan, Winter Wache halten zu lassen.

»Ein Bett macht zwei As«, sagte der Mann, der endlich aufblickte. »Nimm, was auch immer frei ist. Nach hinten raus gibt's einen Brunnen. Wenn du Wertsachen hast, bewahr' ich sie sicher auf.«

Er schenkte Jai ein fast zahnloses Grinsen und streckte die Hand aus. Jai war froh, dass Frida ihm das Schwert und den Sack überlassen hatte – sich wegen Geld an seine angebliche Begleitdame zu wenden, hätte vielleicht ein wenig verdächtig gewirkt.

Nachdem Jai dem Mann zwei As in die Hand gedrückt hatte, drehte er sich zu Frida um, die mit den Fingern in seine Richtung deutete, dann zwinkerte und ihm einen Kuss zuwarf. Er bedeutete ihr, sich ihm anzuschließen, und wählte ein Bett in der hinteren Ecke. Es war weiter von der Feuerstelle entfernt, an der sich die meisten anderen Gäste versammelt hatten, aber zumindest hatten sie zwei Wände im Rücken.

Jais Feldbett in Leonids Garderobe mochte zwar klein gewesen sein, aber es war dennoch bequem, da es mit Leonids alten Kissen aus Entendaunen hergerichtet worden war. Doch als sich Jai auf das niederließ, was kaum mehr als ein mit Stroh gefüllter Sack war, fühlte es sich jetzt an, als strecke er sich auf einer Wolke aus.

Frida beschäftigte sich damit, die Vorhänge so umzuordnen, dass sie ihnen ein Mindestmaß an Zurückgezogenheit gewährten und ihrem vorgeblichen Plan, miteinander zu schlafen, Gewicht verliehen. Dies rief bei den Zuschauern nicht wenig enttäuschtes Seufzen hervor. Allerdings hielt dies nicht lange an, denn ihre Aufmerksamkeit richtete sich sofort wieder auf das kopulierende Paar in der anderen Ecke, deren Stöhnen sich einem Crescendo näherte.

Über ihnen konnte Jai das Geräusch des Windes hören, dann – als es zu regnen begann – ein leises Prasseln. Irgendwie sorgte es dafür, dass sich ihre kleine Nische sicherer anfühlte.

»Frida«, flüsterte Jai, der die rostige Schwertklinge aus seiner Scheide zog, »ich übernehme die erste Wache. Willst du schlafen oder seelenatmen?«

Ein leises Schnarchen hinter ihm gab ihm Antwort.

53

Angesichts der fragwürdigen Gemütlichkeit im Inneren des Phönix wurden Jais Augen schwerer, aber für den Augenblick zwang er sich dazu, wach zu bleiben. So gerne er sich auch Frida angeschlossen hätte, er wusste doch, dass ihr Schlaf wichtiger als seiner war. Schließlich konnte sie richtig seelenatmen, während sie wach war. Er war dazu nicht in der Lage.

Als die Nacht voranschritt, senkte sich zum Glück Stille über den Gasthof. Der Schankwirt verschwand in einem rückwärtigen Raum, und die verbleibenden Gäste bezahlten ihre Rechnungen und legten sich ebenfalls schlafen.

Es war eine gewisse Erleichterung, sich auf den staubigen Kissen niederzulassen und sich die sackleinene Bettdecke über den Schoß zu ziehen. Zwei Nächte Schlaf auf dem feuchten Boden waren schlimm genug gewesen, seelenverbunden oder nicht. Vor seinem geistigen Auge nahm Jai auch Winter wahr. Sie hatte sich tief in einen Haufen toter Blätter geschmiegt und fand es offensichtlich gemütlicher als er.

Aber sie vermisste ihn.

Er versuchte zu überlegen, wie er sie bei sich behalten konnte, aber sein müder Verstand hatte schon Schwierigkeiten, überhaupt nur seine Gedanken zu sammeln.

Ein Zucken von Frida stimmte ihn nachdenklich. Sie lag da wie ein verängstigtes Kind, die Knie bis zur Brust hochgezogen. Ihre Lippen hatten sich geöffnet, und sie stieß ein leises Stöhnen aus.

Er wünschte, er könnte sie aus ihrem Alptraum aufwecken – aber schließlich brauchte sie diesen Schlaf. Und sie musste trauern, und sei es im Traum. Er vermutete, dass er das ebenfalls tun musste. Doch wenn er die Augen schloss, sah er sofort Samars Augen. Er sah, wie die Klinge Arjuns Kehle durchschnitt, er fühlte, wie Samar das Herz brach, er spürte Arjuns Unglauben und die plötzliche Qual, und dann den Moment, wie das Licht in seinen Augen erlosch.

Es war zu schmerzhaft, darüber nachzudenken. Die Erinnerung erfüllte ihn mit einer Wut, die er kaum zu kontrollieren wusste, und die ihn am Ende völlig machtlos zurückließ.

Rache. Sie schien nun unmöglich.

Er verfluchte sich selbst dafür, nicht in dieser Kammer geblieben zu sein. Dafür, nicht versucht zu haben, Titus zu töten, als er die Gelegenheit dazu gehabt hatte.

War er denn ein Feigling gewesen? In diesem Augenblick hatte er sich gesagt, dass zu überleben die beste Rache sei.

Er und Frida konnten von Glück reden, wenn sie die Grenze erreichten. Er konnte noch froher sein, wenn er es bis zu seinem Stamm zurückschaffte. Aber das würde er. Er hatte es geschworen, bei der Erinnerung an seine Brüder, an seinen Vater. Nicht nur zu überleben, sondern zu herrschen. Sein Geburtsrecht einzufordern.

Nichts davon war möglich, wenn er machtlos war. Also musste er mächtiger werden.

Jai schloss die Augen.

Er bereitete sich darauf vor, sich selbst ein weiteres Mal zu erforschen, und war froh darüber, dass die Vorhänge die anderen Gäste davon abhielten zu sehen, dass seine Augen geschlossen waren.

Jais Einschätzung nach war jeder einzelne der Gäste im Gasthof irgendein Bandit, Halsabschneider oder Schurke. Er hoffte nur, dass er einschüchternd genug wirkte, um sie davon abzuhalten, ihn als leichte Beute einzuschätzen. Irgendwie … bezweifelte er es aber.

Da Jai wusste, dass dies für eine Weile die einzige Zeit sein würde, in der er nicht unterwegs war, versuchte er auch ohne Winters Hilfe seelenzuatmen. Er schloss die Augen und atmete mehrmals tief ein und aus, wobei er es seinem Geist erlaubte, in diesen seltsamen traumartigen Zustand dahinzutreiben, in dem das Mana der Welt sichtbar wurde.

Es war ein mühevoller Prozess, aber dieses Mal nahm sich Jai Fridas Worte zu Herzen. Er ließ es zu, dass sein Geist das Netzwerk an Durchflüssen zwischen seinem Atem und seinem Kern erforschte. Er fand eine direkte Route. Und dann atmete er.

Der Schmerz, seinen Kern zu pressen und Mana durch seine frisch gereinigten Kanäle zu ziehen, half ihm dabei, wach zu bleiben. Genauso war es mit der gelegentlichen Blase aus Gefühlen, die er von Winter wahrnahm, die gerade davon träumte, Eichhörnchen zu jagen.

Langsam trieben die Mana-Partikel durch seine Kanäle, allerdings so langsam, dass er kaum sehen konnte, wie sie sich überhaupt bewegten. Wieder und wieder drückte er seinen Kern, und es fühlte sich an, als hätte eine Faust sein Herz gepackt.

Er hielt durch und beobachtete, wie die Partikel wie Öl in einer heißen Pfanne zusammenflossen. Als hätte sich der Staub in Flüssigkeit verwandelt, die Tropfen für Tropfen in die Kammer floss, die seinen Kern hielt.

Schließlich erreichte das erste Rinnsal den kristallenen Kern, schmolz in seine Wände und drang hindurch. Als es weiter durch seine Hülle gefiltert wurde, verwandelte sich das Mana von einem matten Gold in goldenes Licht.

Doch noch im selben Augenblick, in dem es eintrat, floss das gereinigte Mana abermals heraus, diesmal so schnell, als hätte es einen eigenen Antrieb. Es sickerte in sein Fleisch ein, um seinen kalten Körper zu wärmen, und brachte die Schnitte und Schrammen des Tages zum Kribbeln, während es seine Heilung beschleunigte.

Binnen kurzer Zeit war alles fort.

Jai biss die Zähne zusammen … und begann von Neuem.

Eine Zeit lang, die ihm wie eine Ewigkeit vorkam, boxte er sich durch die Tortur des Seelenatmens, aber er vermutete auch, dass es wahrscheinlich nicht länger als eine Stunde dauern würde. Beinahe wirkte es schon therapeutisch, allein zuzusehen, wie dieses dünne Rinnsal seinen Kern erreichte. Doch es war kaum mehr als ein Bodensatz am Grund dieses winzigen Kerns übrig, der sein Innerstes war, als er wieder aufhörte.

Kein Wunder, dass Frida kein Mana mehr besaß, obwohl er wusste, dass er sich mit einem größeren Kern und mehr Übung noch steigern würde.

Wieder und wieder strengte er sich an, selbst als sich die winzige Reserve, die er bereits aufgebaut hatte, in seinem Körper auflöste wie kaltes Wasser in einer staubtrockenen Kehle.

Mittlerweile schmerzte sein Kern, denn schließlich hatte er eine schwache Hülle zusammengepresst. Jai blickte Fridas schlafende Gestalt an, sah den Schmerz dort, der sogar in ihrem unruhigen Schlaf sichtbar wurde.

Das war ein Schmerz, der jetzt auch im Hintergrund seines Geistes lebte. Die Erinnerung an seine toten Brüder hatte sich seiner Seele eingeprägt. Ihre Gesichter, als Titus' Klinge ihr Werk getan hatte.

Die sabinischen Bastarde hatten sie ihm genommen.

Jai schloss die Augen und atmete tief ein.

Wut.

Sie konnte ein mächtiger Anreiz sein.

Jai zwang sich zur Seelenatmung, bis er es nicht mehr länger aushalten konnte. Dann fühlte sich jeder Atemzug an, als atmete er zerriebenes Glas ein und zwänge es durch seine Venen. Nun erst untersuchte er sein Werk.

Jai freute sich, als er das tat. Er hatte eine kleine Reserve aufgebaut, wenn sie auch nur ein Bruchteil von dem war, was er gesehen hatte, als er sich zum ersten Mal mit Winter verbunden hatte.

Trotzdem, ein paar weitere Nächte mit Seelenatmung, und er würde es womöglich gerade so schaffen, seinen Kern teilweise zu füllen und das zu ersetzen, was von dem Mana übrig war, das Winter zu ihm hingeleitet hatte.

Als er fertig war, war bis auf das Schnaufen und Schnarchen der schlafenden Vagabunden im Phönix endlich Ruhe eingekehrt. Er konnte nicht sagen, wie spät es sein mochte, aber er war sich sicher, dass seine Wachschicht schon längst eine Pause nötig hatte.

Einen Augenblick lang war er versucht, sich in Leonids Tagebuch zu vertiefen. Aber in Wahrheit fürchtete er sich immer noch davor, es zu lesen. Die letzten Augenblicke im Leben seines Vaters zu kennen. Wie sein Volk besiegt worden war. Unterjocht.

Schlaf war wichtiger.

Frida schlief auch noch immer. Ihr dunkel gefärbtes Haar breitete sich auf der Matratze aus, und ihr makelloses Gesicht hatte sich endlich beruhigt, als sie in einen traumlosen Schlaf gefallen war. Jai hatte fast nicht das Herz, sie aufzuwecken.

Aber er wusste, dass sie ebenfalls seelenatmen musste, um mehr als nur einen Bluff mit einem solchen … Schimmerlicht hinzubekommen, wenn sie wieder in einen Hinterhalt gerieten. Angesichts ihres Plans, in der Dunkelheit zu reisen, und ihrer Erfahrung der ersten Nacht auf der Kaschmirstraße, hatte Jai keine andere Wahl, als sie sachte wachzurütteln.

Man musste Frida zugutehalten, dass sie sich nicht beschwerte. Stattdessen nickte sie Jai zu und bedankte sich flüsternd, ehe sie sich ähnlich wie er in den Schneidersitz begab und rhythmisch zu atmen begann.

Jai war versucht, sofort zu schlafen. Er versuchte es sogar ein paar Minuten lang, rollte sich auf den Kissen zusammen und nutzte ihren Gemüsesack als Kopfkissen. Aber nach der langen Tageswanderung durch den Wald war er klebrig vor Schweiß und Dreck, und seine Fingernägel waren blutig, weil er zuvor die getötete Banditin ausgezogen hatte, ganz abgesehen von dem letzten Schmutz, der nach der Körperreinigung noch übrig geblieben war.

Er wusste, dass sie keine Zeit haben würden, sich zu waschen, wenn es Morgen wurde. Ihnen würde auch eine ganze Zeit lang kein Wasser zur Verfügung stehen.

Er stand auf und wankte so erschöpft, dass ihm schwindlig wurde, zur Vordertür. Nur ein schneller Schock kalten Wassers aus dem Brunnen, sich etwas mit dem schimmligen Sackleinen abzureiben, das er mitgenommen hatte, und er würde in der Lage sein zu schlafen. Oder zumindest war es das, was er sich einredete.

Als Jai die Tür entriegelte, fühlte er Blicke auf sich. Oder vielleicht nahm er auch den stockenden, ungleichmäßigen Atem eines Betrunkenen wahr, und das Schmatzen seiner Lippen, als er mehr Wein die Kehle hinabstürzte.

Jai wandte sich ihm mit so viel Selbstvertrauen zu, wie er überhaupt aufbringen konnte. Er sah einem Mann in die Augen, der ihn finster aus einer Ecke heraus anstarrte. Es war ein stämmiger, zur Glatze neigender Mann mit einem von silbernen Strähnen durchsetzten roten Bart, der auf seinem umfangreichen Bauch ruhte. Er hielt einen Humpen in seiner Hand und setzte ihn ohne zu Blinzeln mit zurückgelegtem Kopf an den Mund, wobei er das Silber in seinem roten Bart mit dem Getränk braun färbte.

Jai hob das Kinn an, wie er es Männer schon so oft hatte tun sehen, wenn sie mit einem möglichen Gegner konfrontiert wurden. Daraufhin grinste der Mann nur und hob sein Getränk an.

»Vergiss nicht die Stelle hinter den Ohren«, knurrte er. Dann rülpste er und warf Jai einen Kuss zu.

Jai verzog das Gesicht und drängte sich in die kalte Nachtluft hinaus, auf der Suche nach dem Brunnen, von dem ihm der Schankwirt erzählt hatte. Er war leicht genug zu finden, neben einem morschen Plumpsklo, das zum Himmel stank.

Jai war froh, dass der Regen aufgehört hatte, aber der Wind war immer noch bitterkalt.

Innerhalb von wenigen Minuten tauchte er seinen Kopf in einen Eimer mit Brunnenwasser, das so kalt war, dass er den Eimer zuvor mit einem Stoß zu Boden werfen musste, um die Eisschicht zu brechen, die sich auf seiner Oberfläche gebildet hatte.

Irgendwie wirkte es eher wie eine Erleichterung, und nicht wie ein Schock, als er sich mit dem Sackleinen abrieb und den Dreck der letzten paar Tage auf den Boden beim Brunnen auswrang. Er vermutete, dass er sich beim Seelenatmen aufgewärmt hatte, und dass seine Mana-Reserven gerade noch ausreichten, um ihn davon abzuhalten, mehr als nur ein wenig zu frösteln.

Dann hörte er es. Oder genauer gesagt, Winter, die vor Beunruhigung pulsierte, hörte es. Schon bald vernahm er es dann aber auch selbst. Es waren Männer, die durch die Dunkelheit stolperten.

Jai duckte sich hinter den Brunnen und lauschte angespannt. Er konnte sie gerade so hören.

»... schmiss das Messer und hat sie getötet.«

»Denkst du, es kümmert mich, ob Tullia tot ist? Ich hab der Schlampe Geld geschuldet.«

Die zweite Stimme war weiblich und klang gebildet, sogar mehr noch als die Banditin, die Frida getötet hatte. Sie redete jetzt weiter, während Füße auf den gefrorenen Boden stapften und schlurften. Diese Männer froren und hatten keine Geduld.

»Also, Jungs, habe ich mich heute Abend um euch gekümmert oder nicht?«

Ein zustimmender Chor ertönte. Es waren mehr als zuvor. Jai spähte um den Rand des Brunnens und fühlte, wie sich ihm vor Schreck der Magen zusammenzog. Da waren beinahe ein Dutzend Männer.

Allesamt hungrige, hagere Männer. Er konnte sie riechen, er hatte den frischen Fusel ihres Atems in der Nase. Wer auch immer diese Neuankömmlinge sein mochten, den Alkohol hatte sie ihnen wahrscheinlich als Bezahlung gegeben. Jai fürchtete sich davor zu raten, für welchen Dienst.

»Es ist mir vollkommen egal, was ihr mit diesem danskischen Miststück anstellen wollt«, erklärte die Frau. »Oder mit ihrem Barbarendiener … aber ich schlage vor, dass ihr sie für die Belohnung ausliefert. Ich würde sogar sagen, das ist doch ganz schön großzügig von mir, schließlich ist das hier meine Taverne.«

Was nun folgte, waren noch mehr zustimmende Worte. Diese Frau war also auch die Eigentümerin der anderen Tavernen. Eine wohlhabende Dame … was konnte sie von ihresgleichen wollen?

Jai verlagerte den Griff um sein Schwert und versuchte sich daran zu erinnern, wie viel Mana in ihm verblieben war. Würde ihm dieser letzte Bodensatz die Stärke geben, um sich zu wehren?

»Also, Jungs, als Gegenleistung verlange ich nur eine einzige Sache. Ich brauche den weißen Dolch, der die arme Tullia getötet hat. Ihr habt doch gesagt, dass sie seelenverbunden war, und ihrem Akzent nach soll sie eine Danskin sein, nicht wahr?«

»Jawohl«, kam sofort die begeisterte Antwort des ersten Sprechers.

»Dann ist das alles, was ich brauche. Ihren Dolch. Und den Körper von welchem kleinen Tier auch immer, mit dem sie verbunden ist. Wenn es klein war, dann ist es bestimmt nur ein Jungtier.«

Jemand räusperte sich, und dann sah Jai, wie sich einer von ihnen an die Spitze der Gruppe schob.

»Camilla, bitte … sie hat uns ihre Magick gezeigt. Lichter im Dunkel. Und sie … wie er schon gesagt hat, sie hat Tullia getötet.«

Camilla seufzte.

Von seinem Versteck hinter dem Brunnen aus blickte Jai sie an.

Sie machte einen wohlhabenden Eindruck, wenn sie auch Hosen trug, und nicht den traditionellen Kittel oder den Rock einer sabinischen Frau. Und sie war gewiss älter, als sie sich anhörte, denn ihr dunkles Haar war mit Grau bestäubt. Sie wirkte fehl am Platz, wie sie da vor der Meute an Landstreichern stand.

Trotzdem redete sie mit ihnen, als sei dies etwas Tägliches für sie.

Jai zweifelte nicht daran, wer in dieser Gegend die Banditen beschäftigte. Und sie waren geradewegs in ihre Taverne hineingelaufen.

Camilla hob einen Finger und stieß ihn in die Richtung, aus der sie gekommen waren. »Denkt ihr, eine Danskin würde sich einen Dreck darum scheren, die Leben von ein paar Banditen zu verschonen, wenn sie sie töten könnte, sobald sie sie ansieht?«

Ihre Frage blieb in der Luft stehen, und sie seufzte erneut angesichts des Schweigens der Männer.

»Wenn sie eine Danskin mit schicken Kleidern ist, dann bedeutet das, dass sie eine Adlige auf der Flucht vor dem Massaker im Palast sein wird. Und wenn sie es auch wirklich zugelassen hat, dass ihr sie gesehen und es auch noch überlebt habt, dann bedeutete das doch wohl, dass sie nicht stark genug gewesen sein kann, um euch vier umzubringen und euch das Maul zu stopfen.«

Schweigen.

»Eine Adlige bedeutet Geld, Jungs. Und ihr könnt alles davon behalten.«

Das überzeugte sie doch. Die zehn Männer begannen untereinander zu tuscheln. Einige klatschten sich gegenseitig auf die Schultern, während andere leise murmelten und sich anspornten.

Jai hatte nur noch eine Karte übrig, die er ausspielen konnte.

»Winter«, flüsterte er. »Ich brauche dich.«

54

Mit donnernden Schritten, aber ohne ein einziges Wort zu sprechen, stürmten sie in die Taverne. Offensichtlich wollten sie ihre Opfer im Schlaf überwältigen.

Hinter ihnen schoss Jai halb geduckt vorwärts und ließ dabei Winter auf seine Schulter klettern.

Er streckte eine Hand aus, hielt die Tür fest, ehe sie zuschlug, und schlüpfte nach ihnen hinein. Er hätte sich jedoch gar nicht zu beeilen brauchen.

Zehn Männer sowie Camilla standen unschlüssig in der Dunkelheit der Taverne und hielten eine Ansammlung von Knüppeln, Keulen und Messern vor sich.

»Vorwärts«, zischte Camilla. »Findet sie.«

Wieder wurde ein Bandit nach vorn geschoben, ein zitternder Mensch, nicht älter als Jai. Er war auf eine zerbrechliche Art hübsch, die Auswirkungen eines Lebens in Armut hatten seine Wangen noch nicht ausgehöhlt. Seine Waffe, nicht mehr als ein rostiger Speer, zitterte in seinen Händen, als er näher an den Irrgarten aus Vorhängen am anderen Ende des Raums schlich.

»Mach schon, Junge«, flüsterte einer der Banditen. »Schneid ihr die Kehle durch, und du kannst den doppelten Anteil haben.«

Der Junge zögerte, dann atmete er knapp und schnell ein und duckte sich unter einem herabhängenden Laken hindurch. Sekunden vergingen, während die anderen Banditen in den stillen, mit Vorhängen verhüllten Innenraum starrten.

Immer noch im Windschatten der Tür kauernd hielt Jai den Atem an. Die Männer schritten nun zögernd – Schritt für Schritt – voran. Und oben in den Dachsparren sprang eine geschmeidige Gestalt von Balken zu Balken.

Jai spürte, wie Winter Frida erreichte. Fühlte erst einen Blitz aus Besorgnis, aber dann Triumph. Die Zofe war wach … und sie würde wissen, dass etwas nicht stimmte, wenn Winter da war.

»Feiglinge«, murrte Camilla leise. »Ihr solltet euch doch auf die Schlampe stürzen.«

Sie war Jai so nahe, dass er die Hände hätte ausstrecken und der Frau die Schnürsenkel hätte binden können. Stattdessen richtete er sich ganz langsam auf, wartete ab und …

Der Schrei eines Jungen hallte durch die Luft. Männer fuhren aus dem Schlaf hoch und stießen verwirrte Schrei aus.

Jetzt.

Jai stürzte vorwärts, presste Camilla eine Hand auf den Mund und schlug die flache Klinge so hart gegen die Kehle der Tavernenbesitzerin, dass sie durch seine Finger hindurch würgen musste.

»Also gut!«, schrie Jai.

Eine Handvoll der Banditen fuhr herum, und Jai riss Camilla den Kopf zurück, genauso wie Frida es zuvor mit ihm gemacht hatte. Winter pulste vor Erleichterung, und Jai wusste, dass Frida bereits in Sicherheit war.

»Ihr denkt, dass ihr es mit einer Seelenverbundenen zu tun habt«, knurrte Jai, der Camilla zwang, tiefer ins Dunkel zu treten. »Aber ihr habt es mit zweien zu tun.«

Mehr Banditen drehten sich jetzt um, und verwirrte Schläfer stolperten mit gezogenen Waffen ins Freie. Frida blieb irgendwo in der Dunkelheit hinter ihnen.

»Frida! Ist alles gut?«, brüllte Jai.

Es herrschte Stille. Und dann brach der Körper des Jungen aus dem

Schlafbereich hervor, verheddert in einem Durcheinander aus Wäscheleine und zerlumpten Laken. Zu Füßen der aufgereihten Banditen schlitterte er, um zu anzuhalten.

»Mir geht's nicht gut«, rief Frida, die nun sichtbar wurde, als noch mehr Vorhänge herabfielen. »Ich bin sauer.«

Camilla zuckte in Jais Griff, und er presste seine Lippen dicht an ihr Ohr.

»Probier's ruhig«, zischte er mit einer Stimme, in die er so viel Wahnsinn zu legen versuchte, wie er überhaupt in der Lage war. »Wärm meine Hände mit deinem Blut.«

Das Zucken hörte auf. Jai schloss seine Augen, um Winter außer Gefahr zu schicken, und drängte sie erneut auf die Dachsparren. Sie nahm seine Eindringlichkeit wahr und tat, wie er verlangte.

»Ihr habt euch verschätzt«, rief Jai, der nach der Angst in den Augen seiner Gegner suchte – und sie auch fand. »Also, wir machen jetzt Folgendes: Ihr werdet euch alle an der Theke aufstellen. Meine Freundin dort wird zu mir treten. Sobald wir sicher fort sind, werden unsere Tiere nachkommen. Denkt nicht mal daran, uns zu verfolgen. Wir würden euch alle auf der Stelle umbringen, aber ihr seid das verschwendete Mana nicht wert.«

Er schloss die Augen und gab Winter eine gedankliche Aufforderung. Über ihnen brachte ein kehliges Knurren die Banditen zum Herumfahren. Ihre Waffen wiesen nach oben in die Dunkelheit.

»Klingt das wie eine Maus oder ein Welpe für euch?«, fragte Jai.

Er atmete übertrieben ungeduldig aus und schob Camilla einen Schritt vorwärts, wobei er die Schwertklinge herumgleiten ließ, bis sie gegen ihren Halsansatz drückte.

»Bewegt euch«, sagte er. »Oder eure Anführerin atmet durch ihre Kehle. Wer bezahlt dann eure Getränke?«

Ein paar der Banditen schenkten ihm Beachtung, aber sie warfen sich noch immer unentschlossene Blicke zu. Ohne Camilla mangelte es ihnen an einer Anführerin.

Also gut, Jai würde ihnen eine sehr motivierte Anführerin liefern.

Er lockerte den Druck der Klinge um ein Winziges.

»Rede!«, zischte er.

Camilla kam der Aufforderung nur allzu gerne nach.

»Bewegt euch«, war alles, was sie sagte. »Ganz schnell!«

In wütendem Schweigen schlurften die Banditen zur Seite, ebenso wie die Tavernengäste. Frida machte ein paar vorsichtige Schritte vorwärts und wartete darauf, dass der Weg zur Tür frei wurde.

Aus der Richtung des Kamins ertönte ein Klatschen. Dann ein weiteres und noch eines. Jais Blick schoss zur Seite und sah den glatzköpfigen, rundlichen Mann, der zuvor einen Krug auf ihn erhoben hatte.

»Schöne Vorstellung«, lachte der Mann, dessen Worte etwas undeutlich klangen. »Also, im Colosseum von Latium hab ich auch nichts Besseres gesehen.«

Jai ignorierte ihn und drückte die Spitze der Klinge tiefer in Camillas Hals.

»Macht, was der Junge sagt«, schnappte Camilla. »Achtet nicht auf den besoffenen Wichser.«

»Na, na«, sagte der glatzköpfige Mann in einem breiten samarischen Akzent. »Schau, du hattest doch von Anfang an recht, Camilla. Das danskische Mädel da drüben hatte kaum genug Mana, um den armen toten Jungen durch den Raum zu werfen. Niemand seelenatmet um diese nächtliche Zeit, wenn er nicht verzweifelt ist.«

»Halt's Maul!«, stieß Jai hervor. »Oder mein Tier reißt dir ein zweites Arschloch!«

Ein Knurren über ihm unterstrich seine Worte. Der Mann blickte amüsiert nach oben.

»Das ist keine Maus«, sagte der Mann. »Aber ich schätze, es wird gerade mal die gleiche Größe haben.«

»Rufus, da ist ein verdammtes Schwert an meinem Hals«, knurrte Camilla den Mann an, ehe sie sich wieder an ihre Komplizen wandte. Jai mochte es nicht, dass das Paar sich namentlich kannte.

»Jungs, ich bezahle euch alle für eure Arbeit heute Nacht«, bat Camilla. »Tretet einfach zur Seite. Lasst das Miststück jetzt durch.«

Rufus kam schwankend auf die Beine, während die Banditen taten, worum sie gebeten worden waren, und deutlich widerstrebend zur Theke schlichen.

Der Mann deutete mit unsicherem Finger auf Jai.

»Was den Jungen da angeht, na, der hat dich in eine ganz schön peinliche Lage gebracht. Und er lügt auch nicht, wenn er sagt, dass er seelenverbunden ist. Aber so, wie er vorhin gezittert hat, hat er wahrscheinlich auch kein Mana mehr.«

Bei den letzten Worten horchte Camilla auf.

»Also, selbst wenn er den Schneid hätte, dir das rostige alte Ding durch die Kehle zu ziehen, würde er ziemlich schnell in Stücke gehauen werden, nehme ich an. Und die Dame da drüben, na also, sie würde es auch nicht lebendig hier rausschaffen. Erst recht nicht, wenn die Jungs da drüben auf deiner Seite stehen.«

Die gerade erst aufgewachten Gäste hörten aufmerksam zu. Jai mochte nicht, in welche Richtung dies hier ging. Er schluckte hart.

»Wir haben kaum Geld«, rief er mit so viel Selbstvertrauen, wie er in seine Stimme legen konnte. »Zeig es ihnen, Frida.«

Frida war schnell dabei, den Geldbeutel aus ihrem Sack zu ziehen und etwas von seinem Inhalt in ihre Hand fallen zu lassen. Sie warf die Münzen in den Raum, wo sie über die Bodenbretter fielen.

»Kupfer und Messing«, sagte sie.

»Ach, du bist doch hinter ihrer Iridiumklinge her, Camilla, oder lieg ich vielleicht falsch?«, fuhr der glatzköpfige Mann fort.

Jai sank der Mut. Die Klinge … sie hatte tatsächlich Wert. Und Rufus hatte es der ganzen Taverne mitgeteilt.

Camilla nickte schwach, dann stieß sie ein Wimmern aus, als Jai hart genug mit dem Schwert zustach, um sie bluten zu lassen.

»Da habt ihr es, Jungs. Der echte Preis ist nicht ihre Gefangennahme. Und auch nicht ihr Geld. Es ist der Dolch da. Eine Weißklinge. Aus Iridium gefertigt und so selten, dass es nur eine Handvoll davon im ganzen Reich gibt. Verdammt, einer von der Greifengarde würde seine Mutter in den Hintern vögeln, nur um einen Splitter davon in die Finger zu kriegen.«

Die Männer in der Taverne lauschten jedem Wort, das er sagte. Und nach und nach wandten sich die Blicke der Klinge in Fridas Hand zu. Eine einfache, kurze Klinge war das, die aus hellem Metall bestand. Selbst in dem trüben Fackellicht war sie beinahe so perlmuttartig wie Winters Schuppen. Sie erschien ohne jeden Zweifel ungewöhnlich, wenn Jai auch nicht wusste, ob Rufus die Wahrheit sprach. Fridas Schweigen sagte ihm, dass dem vielleicht so war. Sicher war er nicht der Einzige, der dasselbe dachte.

»Mal mir doch ein Szenario, bei dem ich hier lebend herauskomme, Rufus«, zischte Camilla den glatzköpfigen Mann an.

»Es gibt keines«, knurrte Jai zurück. »Nicht, solange Frida nicht unverletzt rausmarschiert ist.«

Er packte die Frau bei ihrem langen Haar, was ihm ein weiteres Wimmern einbrachte. Frida trat ein paar Schritte in den Raum vor. Ihre Hand war bedrohlich erhoben, als sei sie dabei, eine Art Zauber zu wirken.

Rufus ignorierte sie jedoch und schlenderte sogar bis vor ihre deutenden Finger.

»Also, ich erzähl euch all das, weil ich euch allen etwas anbieten möchte. Meine Dienste. Schaut, man kann mich nämlich ... anheuern.«

Rufus breitete die Arme aus. Er war ein großer Mann, breitschultrig und so hochgewachsen, dass er bis auf ein paar Zentimeter an die niedrigen Deckbalken reichte. Wenn da nicht sein enormer Bauch und die hochrote Gesichtsfarbe gewesen wären, hätte Jai ihn sogar für einen Soldaten halten können. Aber in seinem Zustand? Er war überrascht, dass die Banditen ihn überhaupt so lange anhörten.

Rufus ließ eine Hand an seiner Seite herabfallen und schlug gegen eine kurze Schwertscheide an seiner Hüfte. Sie war ungewöhnlich dünn, beinahe wie zu einem Degen gehörend, aber immerhin breit genug, um eine Waffe mit einer Scheide zu halten.

»Für Söldnerrr … dienste«, sagte er halb lallend, halb rülpsend, und fasste dann schwungvoll nach dem Griff seiner Klinge.

Einen Augenblick lang herrschte Stille.

Dann brach Lachen aus. Zuerst nur vereinzeltes Glucksen, dann aber brüllendes Gelächter von den Gästen wie auch von den Banditen. Nur Jai, Frida und Camilla blieben schmallippig, denn es waren ihre Leben, die hier noch immer in Gefahr schwebten.

Doch auch der Mann blieb still und schien die Heiterkeit um ihn herum gar nicht zu bemerken. Er stand abseits vom Rest, näher am Eingang, während sich die Banditen noch an der Theke drängten und die Gäste von dem verhängten Schlafbereich aus in den Raum starrten.

»Eröffnungsangebot?«, fragte Rufus und streckte die Handfläche aus.

Mehr Gelächter. Das Gesicht des Mannes blieb unbewegt, aber Jai fand nichts davon lustig. Der alte Säufer hatte Jais Plan auf den Kopf gestellt. Mit einer Klinge in Fridas Hand, die offenbar ein Vermögen wert war, gab es kaum eine Chance, dass sie damit verschwinden konnten. Und dem Ausdruck auf Fridas Gesicht nach zu schließen war sie ebenfalls nicht bereit, sich von ihr zu trennen.

»Überlass uns den Dolch, Mädchen«, rief Camilla. »Und du hast einen Handel.«

»Und du lässt uns gehen, oder was?«, spie Frida als Entgegnung.

Einer der Banditen hob eine Hand und wandte sich an seine Kameraden.

»Hört mal, Jungs«, rief er. »Sieht ganz so aus, als ob nicht Camilla diejenige ist, die hier verhandeln sollte. Scheint mir eher, als ob wir's sind, die zwischen ihr und der Tür stehen.«

Er stieß einen dreckigen Finger in Richtung Camilla.

»Kein Anteil für dich, du alte Frevlerin.«

Camilla spuckte ihm einen Fluch entgegen, während Jai sich noch den Schweiß aus den Augen blinzelte. Irgendwie war ihre Geisel auf einmal wertlos geworden.

»Nur wenn wir einen Anteil kriegen«, schlug einer der Gäste vor. Mehr Waffen wurden gezogen, als eine große Gruppe von denen, die in der Taverne übernachteten, sich zu erheben begann.

»Hey!«, brüllte Rufus. »Ich hab gefragt, wer mich anheuern wird.«

Einer der Banditen war nur ein paar Fuß von Rufus entfernt. Jetzt stapfte er auf den alten Mann zu.

»Halt deine hässliche Kauleiste«, sagte er und neigte seinen Kopf nahe an ihn heran. »Wir machen hier nämlich gerade ein Geschäft.«

Rufus grinste breit und scharrte seine Füße in eine Kampfstellung. Der große Mann lehnte sich zurück, und jetzt sah Jai, dass die Spitze der Scheide glühte.

»Bring mich dazu.«

55

Der Bandit schlug zu … aber seine Faust traf nie.

Rufus' Klinge surrte einmal, während sie hell aufflammte. Es gab nicht einmal Blut. Nur den dampfenden Stumpf des Mannes und den fleischigen Aufschlag, als sein Arm auf den Boden fiel. Rufus trat aus und ließ den Mann mit einem Knacken, das von gebrochenen Rippen herrührte, über den Boden schlittern.

»Also«, sagte er. »Wer hat ein Eröffnungsgebot?«

Rufus steckte sein Schwert wieder in die Scheide zurück und hob die Handflächen, während im Phönix ein wildes Durcheinander ausbrach. Männer drängelten sich von ihm weg, während Banditen an die Seite ihres gestürzten Kameraden eilten.

Der verstümmelte Mann starrte benommen auf seinen Stumpf und schnaufte eine Mundvoll Blut aus. Jai sah mit einer berauschenden Mischung aus Entsetzen und Verblüffung, dass die Wunde mit diesem einzelnen weißglühenden Schlag vollkommen kauterisiert worden war.

»Schaut her, ich könnte mir die Klinge dort einfach nehmen«, rief Rufus. »Aber ich bin kein Dieb. Ich bin hier, um meine Lieblingstaverne davor zu retten, dass ihr sie einreißt, während ihr es unter euch ausmacht. Es sei denn … dass noch jemand anderes eine Kostprobe haben möchte?«

Er sprach langsam und laut. Seine Stimme klang trotz des plötzlichen Tumults von Stimmen und Füßen durchdringend.

»Du überraschst mich, Rufus«, würgte Camilla laut hervor. »Was für Geheimnisse hältst du noch verborgen?«

Jai konnte nur starren. Sein Verstand war nicht in der Lage, das zu verarbeiten, was er da gerade gesehen hatte. Rufus war also … seelenverbunden? Und er besaß eine eigene Weißklinge?

Der untersetzte Mann ignorierte Camilla und wiederholte stattdessen seine Forderung. »Eröffnungsgebot.«

»Zehn Denarii«, rief ein Tavernengast. Er war gezwungen, seine Stimme über das gurgelnde Stöhnen des sterbenden Banditen zu erheben.

»Fünfzig«, sagte sofort ein Bandit, der das Interesse an seinem röchelnden Kameraden auf einmal völlig verloren zu haben schien.

Rufus spaltete seinen silberroten Bart mit tabakbraunen Zähnen zu einem breiten Grinsen.

»Bezahlung kommt zuerst«, sagte er und nickte dem Banditen zu, der als Letzter gesprochen hatte. »Ihr Idioten solltet also besser die Münzen bei euch haben. Das Gleiche gilt für dich, danskisches Mädel.«

Der Ausdruck auf dem Gesicht des Banditen war beinahe derselbe wie der auf dem von Frida. Jai glaubte nicht, dass der schmuddelige Haufen mehr als nur einen mickrigen Semi besaß. Aber er und Frida waren kaum besser gestellt. Und Rufus wusste das.

»Woher sollen wir wissen, dass du dein Wort halten wirst?«, rief einer der Tavernengäste.

Rufus starrte den Mann finster an, dann zog er sein Hemd hoch und zeigte auf eine Tätowierung darunter. Das Zeichen eines echten, gesalbten Samariers. Das waren Wahrheitssprecher, wenn sie nicht im Höllenfeuer schmoren wollten. Rufus stieß einen Finger in Camillas Richtung. »Sag's ihnen, Camilla. Du lässt mich ja schließlich hier Tag für Tag trinken. Hab ich jemals eine Schuld nicht beglichen oder die Hausregeln gebrochen?«

Camilla zögerte, dann nickte sie, soweit Jais Klinge es ihr erlaubte. »Nein«, gab sie zu. »Deinem Wort kann man vertrauen, wozu auch immer das gut sein mag. Es ist ja klar, dass ich dich überhaupt nicht kenne.«

»Also, fünfzig Denarii«, sagte Rufus. »Das ist weniger, als ich erwartet hatte. Aber die nehme ich, es sei denn …«

Er ließ seine Worte verklingen und wartete. Dann zog er sein Schwert.

»Du kannst aufs Haus trinken«, schnappte Camilla. »Ein Jahr lang.«

Rufus' Grinsen wurde breiter. »Hört sich schon besser an«, sagte er. »Jetzt wird's interessant. Das schlägt fünfzig Denarii.«

»So wie du säufst, schlägt es eher hundert«, murmelte Camilla.

Nur um überhaupt etwas zu tun, stach Jai sie mit der Klinge. Er konnte keinen klaren Gedanken mehr fassen. Ein Seelenverbundener? Hier?

Rufus' Gegenwart machte ihn wahnsinnig. Gerade in dem Augenblick, als er so kurz davor gewesen war zu entkommen, befand er sich plötzlich offenkundig in einer Art Bieterwettstreit um sein eigenes Leben – einen, für den sie alle schlecht gerüstet waren. Würde Rufus sie verfolgen, wenn sie jetzt die Flucht ergriffen? Die anderen würden es bestimmt tun.

Jai fühlte, dass sie keine andere Wahl hatten, er wusste nur nicht, ob er dafür Camilla auch mit dem Schwert durchbohren wollte. Wäre der schwache Vorteil, den ihnen das einbringen würde, einen weiteren Tod auf seinem Gewissen wert? Vielleicht war es nur diese innere Debatte, die ihn noch davon abhielt, Frida zuzubrüllen, ihm zu folgen und aus der Tür zu stürmen.

Diese panischen Gedanken waren alles, was Jai durch den Kopf ging, abgesehen von dem Gefühl, dass Winter sich genau oberhalb von ihm zu den Dachsparren bewegte. Wenn sie davonrannten, würde sie sich bereithalten.

Aber würde Frida ebenfalls bereit sein? Das Mädchen hatte sich kaum bewegt, stattdessen starrte sie stirnrunzelnd Rufus an.

Tief in der Taverne, halb verborgen von den zerlumpten Vorhängen, war die größte Gruppe der Übernachtenden in fieberhafte Gespräche vertieft. Das Klimpern von Münzen war zu vernehmen, und Frida verlagerte ihre Beine, wobei sie ihre Augen weiterhin auf Rufus gerichtet hatte. Der Mann befand sich zwischen ihr und dem Eingang. Er wartete geduldig und summte eine kleine Melodie.

»Fünfhundert Sesterii«, sagte der Tavernengast triumphierend. Er hielt einen schweren Sack hoch und brachte seinen Inhalt zum Klimpern.

Rufus schloss die Augen, als rechnete er im Kopf.

»In Ordnung«, murmelte er. »Das ist viel mehr als ein Jahr wert.«

»Drei Jahre«, schnappte Camilla. »Und einhundert Sesterii. Morgen.«

Der Tavernengast warf die Hände hoch. Rufus nickte langsam zur Bestätigung und schürzte die Lippen, als würde er das Angebot gebührend erwägen.

»Gut«, sagte er. »Ich werde …«

Frida fluchte so laut und so ausführlich, dass sogar der betrunkene Rufus zu sprechen aufhörte. Zumindest nahm Jai an, dass sie fluchte. Es war auf danskisch.

»Die Weißklinge«, sagte sie mit zusammengebissenen Zähnen. »Du kannst sie haben.«

Mit einem Ausdruck gespielter Überraschung wandte Rufus sich ihr zu.

»O ja?«, sagte er, »einfach so?«

Frida nickte langsam. »Wir haben keine andere Wahl.«

Jetzt bemerkte Jai die List in Rufus' Worten. Natürlich, genau dies war von Anfang an sein Plan gewesen. Dies wäre ein unblutiger, leichter Sieg für ihn. Frida würde ihm die Klinge direkt übergeben. Und irgendwie hatte der Bastard das dann sogar hinbekommen, ohne sich die Mühe zu machen, sie zu stehlen.

»Denk darüber nach, Rufus«, knurrte Camilla. »Wenn du das machst, wirst du hier niemals mehr trinken.«

Rufus schwankte auf seinen Füßen. »Nach heute Nacht … kann ich hier sowieso nie mehr trinken.«

Frida stapfte vorwärts und warf die Klinge mit geübter Hand herum, ehe sie sie mit dem Griff voran Rufus darbot.

»Warte!«, rief jetzt Jai.

Frida warf ihm nur einen kurzen Blick zu, zog aber die Klinge zurück, ehe Rufus sie nehmen konnte.

»Du sagst doch, dass diese Klinge unbezahlbar ist, oder?«, sagte Jai.

Rufus grinste und nickte. »Jepp, das ist sie, Junge.«

»Wie lange würdest du für uns arbeiten?«, fragte Jai.

Rufus runzelte die Stirn. Diese Frage hatte er nicht erwartet.

»Eine Woche«, sagte Jai, ehe der betrunkene Mann antworten konnte. »Du beschützt uns eine Woche lang, und du kannst die Klinge haben.«

Der Mann schwieg, aber hinter seinem starren, scheinbar betrunkenen Blick erkannte Jai eine wilde Schlauheit. Berechnung. List.

»Nein«, sagte der Mann. »Die Verkäuferin bestimmt den Preis. Welche andere Wahl habt ihr?«

»Gar keine«, sagte Jai. »Weil wir so gut wie tot oder gefangen sind, ob wir es hier herausschaffen oder nicht. Wenn wir diesen Ort mit nur einem Schwert verlassen, werden uns diese Bastarde Tag und Nacht jagen. Verdammt, ich glaube sogar, diese hier würde nur für das Vorrecht bezahlen, mich persönlich ausweiden zu dürfen.«

»Worauf du dich verlassen kannst, Junge«, knurrte Camilla sofort.

Jai weigerte sich, seine Erleichterung offen zu zeigen. Er hatte nämlich gehofft, dass die Frau genau diese Worte sagen würde.

»Also, wenn sie wissen, dass du uns eine Woche lang beschützt«, erklärte Jai, »dann lassen sie uns in Ruhe.«

Rufus knurrte abschätzig. »Ihr könnt euch verpissen.«

»Dann bring mich um«, zischte Frida. Sie riss an ihrem Kleid und entblößte ihr Brustbein. »Schneid mir das Herz heraus. Denn wenn du uns keinen anderen Dienst erweist, als uns durch diese Tür gehen zu lassen, könntest du uns genauso gut töten. Die werden uns einholen, lange bevor ich genug Mana kultivieren kann, um uns zu beschützen.«

Dieses Mal sagte Rufus nichts, sondern starrte sie mit offensichtlicher Verärgerung an.

Es war so, als hätte sich der kahl werdende Mann davon überzeugt, eine gute Tat zu tun, oder als ob er zumindest dachte, er würde keine schlechte begehen.

Jai starrte den Mann an. Und er machte sich Gedanken.

»Ich habe noch etwas anderes«, sagte er. »Eine Botschaft an dich von einem alten Freund.«

Darüber lachte Rufus.

»Du bist ein dreister kleiner Barbar, das muss ich dir lassen«, sagte er. »Aber für heute Nacht hast du genug geblufft. Ich kenn dich nicht, und du mich auch nicht. Sogar unsere freundliche Gastgeberin weiß nicht mehr über mich als meinen Namen.«

Jai hob das Kinn. Was er sagen wollte, konnte bloß aufgrund einer Vermutung formulieren, mehr war es nicht. Aber er war nun schon den ganzen Weg hierhergekommen. Er hatte sogar diesen Ort ausfindig gemacht. Und wenn irgendjemand in diesem Raum der Suffkopf war, dann konnte es nur dieser geheimnisvolle seelenverbundene Mann mit einer Klinge sein, die ein Vermögen wert war.

Aber er durfte es nicht laut sagen. Jede Erwähnung von Leonids Namen musste die Gerüchteküche in Aufruhr versetzen, und sie hatten sich ohnehin schon auffällig genug gemacht. Oder jedenfalls würde es mehr Klatsch und Tratsch aufwirbeln als bisher bereits. Doch es gab durchaus etwas, das er sagen konnte. Etwas, das nur die Leute aus Latium wiedererkennen würden.

»Die Botschaft stammt vom Roten Löwen«, sagte Jai, der hoffte, dass die berühmte Taverne die wahre Bedeutung seiner Worte verbergen würde. »Ich bringe die Worte eines Sterbenden.«

Zuerst reagierte Rufus nicht. Dann verfinsterte sich sein Gesicht, seine Haut lief rot an. Das kam unerwartet. Das war … Wut.

Rufus machte einen Schritt auf ihn zu, dann noch einen. Seine Hand ruhte auf dem Knauf seines Schwerts.

Jai schloss die Augen und wartete darauf, dass der Mann durch ihn hindurchfegte, als wäre er Reispapier. Stattdessen sprach Rufus mit langsamer, bedächtiger Stimme.

»Also gut, Junge«, sagte er. »Wir sind im Geschäft.«

56

Jai trat weniger durch die Tür, als dass er von Rufus gewaltsam durch sie hindurch gezerrt wurde. Die empört kreischende Camilla wurde einfach beiseite geworfen.

»Erzähl mir, was dieser Bastard gesagt hat«, forderte Rufus ihn auf.

Seine Stimme war leise und drängend. Jetzt war kaum noch etwas von dem belustigten Betrunkenen an ihm, den Jai zuvor gesehen hatte. Dies hier war jemand völlig anderes.

»Ich … er …« Jai war über die plötzliche Veränderung von Temperatur und Licht verwirrt, während er über die aufgeweichte Erde zurück stolperte.

Der Mann türmte sich vor ihn auf. Seine bärenartige Gestalt hielt das Licht ab, das aus dem offenen Eingang fiel. Der saure Biergestank seines Atems war überwältigend, und Jai zupfte vergeblich an den Wurstfingern, die sein Hemd gepackt hatten.

Winter donnerte durch die zuschwingende Tür hinter ihnen und knurrte mit einer Wildheit, die Jai bisher noch nicht an ihr gesehen hatte. Rufus fuhr herum und hob einen beschlagenen Stiefel an, erstarrte aber, als Jai aufschrie.

»Halt!«

Das kleine Tier wich aus und verspritzte dabei durchnässte Erde, ehe es herumschlitterte und mit einem Wirbeln an Schwingen und

Krallen Jai auf die Schulter sprang. Sie schnappte nach der Hand des Mannes, bis Rufus sie überrascht knurrend zurückzog.

Hinter ihm trat Frida ebenfalls durch die Tür, und Jai erhaschte einen Blick auf Männer, die zu ihnen hinausstarrten. Niemand hatte es gewagt, sie zu verfolgen. Nur Camilla schrie noch Unflätigkeiten, ehe Frida ihr die Tür vor der Nase zuschlug.

Jai begann eine Antwort zu stammeln, aber Rufus hielt einen dicken, bebenden Finger in die Höhe. Der glatzköpfige Mann starrte Winter erst schockiert an, dann auf eine … etwas andere Art. Da lag ein schmerzerfüllter Ausdruck in seinen Augen.

»Na gut«, knurrte Rufus. »Sieht ganz so aus, als ob hier jemand nicht geschwindelt hat.«

Er drehte sich um und stapfte davon, scheinbar in die Wildnis. Es gab in der Tat keinen Pfad, den Jai erkennen konnte. Aber Frida folgte ihm, ohne eine Frage zu stellen, und Jai hatte keine Wahl, als dasselbe zu tun. Dieser Berg von einem Mann war schließlich alles, was zwischen ihnen und einer nächtlichen Verfolgungsjagd durch ein Dutzend Raufbolde stand.

Ein paar Minuten lang konnte Jai nichts anderes tun, als über den unebenen Boden zu stolpern und Zweigen auszuweichen, als Rufus sich durch Dornensträucher und Hecken drängte und wie ein großer rotbärtiger Bär durch den Wald stürmte. Mittlerweile konnte Jai auch schon die ersten Anzeichen von Sonnenlicht erkennen, das den Horizont erreichte. Er vermochte sich nicht vorzustellen, noch einen weiteren Tag ohne Schlaf zu verbringen.

Sie hatten einen alten Säufer dafür bezahlt, sie zu beschützen. Einen, der womöglich seelenverbunden war und eine Weißklinge führte, aber dennoch einen Säufer. Jai begann zu befürchten, dass sie ziellos umherwanderten.

»Können wir wenigstens ein Schimmerlicht nutzen?«, fragte Frida. »Mein Kleid hängt in Fetzen, und ich habe nichts anderes.«

»Du solltest es am besten bald loswerden«, sagte Rufus. »Es ist eine armselige Verkleidung. Und nein: kein Licht. Wir werden jetzt gejagt.«

Darüber spottete Frida.

»Mädel, wenn du glaubst, dass diese Drecksäcke euch gehen lassen, dann denk lieber noch mal drüber nach«, erwiderte Rufus. »Ihr habt euch einen Tag erkauft, nicht mehr. Diese Camilla ist nicht ohne eine ordentliche Portion Verstand die Inhaberin von drei Tavernen geworden.«

»Was meinst du damit?«, fragte Jai.

»Wird nicht lange dauern, bis den Kerlen aufgeht, dass ein Dutzend gut bewaffneter Männer es mit einen seelenverbundenen Krieger ganz gut aufnehmen kann, sofern alles nach Plan läuft. Und die betrachten mich und Fräulein Rüschenrock hier nicht mal als Krieger, und dich schon gar nicht. Wir haben einfach bloß Glück, dass Camilla heute Nacht nur einen Haufen Landstreicher zusammentrommeln konnte. Aber gebt ihr ein paar Tage Zeit und etwas Geld, und wir haben eine richtige Bande Halsabschneider auf den Fersen. Vielleicht sogar ein paar seelenverbundene Söldner, wenn sie bereit ist, dafür zu bezahlen.«

Jai fühlte, wie sich ihm der Magen zusammenzog. Gejagt zu werden … richtig gejagt zu werden. Das würde ihre Aussichten nicht verbessern.

»Wahrscheinlich trifft sie mit dem Rest der Taverne jetzt gerade eine Verabredung«, fuhr Rufus fort. »Ich könnte es natürlich mit ihnen aufnehmen. Aber das wissen die nicht.«

»Dann geht doch zurück«, schlug Frida vor. »Bring sie für uns um. Du arbeitest doch jetzt für uns, stimmt's?«

Rufus lachte grimmig.

»O ja. Lassen wir gut vierzig Leute mit einer Weißklinge in Stücke geschnitten in einer Taverne zurück. Wird bestimmt nicht die Aufmerksamkeit der Greifengarde wecken. Das Einzige, was euch vor der beschützen kann, ist die Gier dieser Wichser im Phönix. Die, und dass sie nicht gerade … Freunde der Obrigkeit sind.«

»Schön«, knurrte Frida. »Dann lass sie uns jagen. Dafür bist du hier.«

»So wie dein Drache aussieht, Mädel, hab ich das Gefühl, ihr seid eher nicht nach noch mehr Aufmerksamkeit aus«, brummte Rufus. »Ich hab das Gefühl, ich könnte euch und das Tier für mehr als eine Weißklinge verkaufen. Zum Glück für euch hab ich aber keine Lust, mit den Sabinern oder ihrer Bande Geschäfte zu machen.«

Bei der Erwähnung der kaiserlichen Familie spuckte er verächtlich aus. Es reichte, um Frida zum Schweigen zu bringen.

Schweigend gingen sie weiter, bis Jai zu denken begann, dass sie in eine Falle gelockt worden waren. Er ließ es erst wieder zu, sich ein wenig zu entspannen, als er ihr Ziel sah. Zuerst dachte er, es sei ein Heuhaufen oder ein kleiner Hügel. Aber als sie sich ihm näherten, stellte er fest, dass es eine baufällige Hütte war.

Sie schien ihm … ungewöhnlich. Selbst im Mondlicht sah sie aus, als würde sie hier nicht hingehören, errichtet auf unebenem Boden im Schatten eines knorrigen Baums. Sie war von Pflanzenwuchs umgeben, und sogar auf ihren Wänden und dem Dach wuchs Moos. Das war ein verlorener, sogar vergessener Ort. Und offenbar war es Rufus' Zuhause.

»Macht schon«, brummte Rufus, als Jai das Rasseln von Schlüsseln hörte. »Sie kennen diesen Ort nicht. Wir tauchen hier heute Nacht unter. Macht euch bereit für wo auch immer ihr hinwollt. Nach Osten, nehme ich an?«

»Die Kaschmirstraße«, war alles, was Frida erwiderte.

Rufus zuckte mit den Achseln und trat die Tür auf. Jai fand, dass das Innere wie eine Bärenhöhle roch … sofern der Bär eine Vorliebe für schalen Alkohol und ungewaschene Eier gehabt hätte.

Trotzdem war es warm, und Jais Lider waren so schwer, dass er sich an den Türeingang lehnen musste, um auf den Beinen zu bleiben.

Rufus bückte sich und warf einige Holzscheite auf die Feuerstelle. Dann machte er eine Geste mit der Hand, und es gab einen Strahl von orangefarbenem Licht. Jai hörte ein Knistern, und der Raum wurde in den warmen Schein von Feuer getaucht.

In dem Innenraum gab es wenig Bemerkenswertes. Ein Feldbett, eine Feuerstelle, dazu ein Stuhl, eine Bank und ein Tisch. Alles sah wie von Hand gefertigt aus, aus knotigen Bäumen und unebenem Stein grob zusammengezimmert. Sogar die Möbel schienen von Hand gebaut, als wäre Rufus ein wilder Mann aus dem Wald.

Noch eigenartiger war, dass kein Tier zu sehen war. Ungewöhnlich für einen Seelenverbundenen.

Dann fühlte Jai Rufus' Blick auf sich. Schwarze Kügelchen unter vorstehenden Brauen, die mit einer unausgesprochenen Gefühlsregung finster dreinblickten. Sie standen in der Mitte des einzelnen Raums, der viel kleiner wirkte, weil der enorme Mann sich drinnen duckte.

Frida setzte sich auf den einzigen Stuhl, schon darum, weil sie sonst kaum Platz füreinander hatten.

»Also, Junge«, sagte Rufus. »Du erzählst mir jetzt, wie ein Steppenjunge und eine danskische Adlige in einer Zeit wie dieser hier im Phönix gelandet sind. Und mit einer Botschaft von einem Mann, der erst seit so Kurzem tot ist, dass er noch im Leichenhaus abkühlt. Du erzählst es mir, Junge, und du überzeugst mich. Oder ich schneide so lange Stücke von dir ab, bis du es tust.«

Frida fuhr bei seinen Worten zornig auf, aber Jai hielt eine Hand hoch. Irgendwie war Winter weniger besorgt zu sein, auch wenn er wusste, dass sie die Aggression hinter Rufus' Worten ausmachen konnte.

Aber aus irgendeinem Grund hatte der kleine Drache die Antipathie für den alten Schurken offenbar ganz verloren. Stattdessen schien Winter ihn sogar mit Neugier zu betrachten.

Nicht dass es eine Rolle gespielt hätte. Jai glaubte ihm zur Genüge. Der Mann schuldete ihm nichts, und es machte den Eindruck, als ob nur ein verschrobener Sinn für Humor Rufus dazu gebracht hatte, sich an seine Abmachung zu halten.

»Wie wir hierhergekommen sind, kann ich dir noch auf der Straße erzählen«, begann Jai. »Aber ich werde dir sagen, wer ich bin. Ich war die meiste Zeit meines Lebens über Leonids persönlicher Bediensteter.

Ich habe nie gehört, dass er deinen Namen genannt hätte, und ich wusste auch nichts von deiner …«

Rufus stürzte auf ihn zu, und Jai stieß einen erschrockenen Schrei aus. Aber ehe er reagieren konnte, fühlte er sich in eine Umarmung gezogen, und eine große Schwarte von einer Hand hämmerte ihm auf den Rücken und raubte ihm den Atem.

»Du!«, schrie Rufus. »Du hast den alten Scheißkerl umgebracht. Rohans Bastard! Nie hätte ich gedacht …« Seine Stimme verklang, als seine Worte ein weiteres Mal in Lachen übergingen, was seine rosige Trinkernase noch röter werden ließ. Jai würgte und prustete, bis Rufus ihn losließ.

»Ich hab ihn nicht …«, stotterte Jai. »Ich … du hast von mir gehört?«

Rufus schmunzelte. »Wir haben alle von dem Steppenjungen gehört, der den alten Leonid ermordet hat. Und von dem danskischen König, der Constantin vergiftete. Das halbe Reich weiß es inzwischen, dafür hat diese Schlange Titus gesorgt. Und die andere Hälfte weiß es jetzt, da die Legionen auf dem Marsch sind.«

Mit Händen, die klebrig von Bier waren, zerzauste Rufus Jai das Haar. »Wenn ich das gewusst hätte, dann hätte ich euch umsonst da rausgeschafft.« Er zwinkerte Frida zu. »Aber ein Geschäft ist ein Geschäft.«

Jai räusperte sich, bevor Frida etwas erwidern konnte. Sie sah so schlecht gelaunt aus wie noch nie zuvor.

»Wie ich schon gesagt habe, ich habe keine Ahnung, warum Leonid wollte, dass ich dich finde. Aber seine letzten Gedanken galten dir.«

Er zögerte. Rufus zu erzählen, dass Titus seinen eigenen Vater und seinen Großvater ermordet hatte, und das alles nur, um vor seiner Zeit den Thron zu besteigen und für seinen persönlichen Ruhm einen Krieg zu beginnen, klang vielleicht nicht überzeugend. Außerdem war er sich ganz und gar nicht sicher, ob er überhaupt wollte, dass das bekannt wurde. Rufus schien ihnen gegenüber sicherlich zugänglicher, wenn er dachte, dass Jai den alten Kaiser selbst ermordet hatte.

»Na gut«, knurrte Rufus und nahm auf dem Feldbett Platz. »Was hatte der alte Bastard zu sagen?«

Jai schloss die Augen und dachte an diese letzten Worte zurück. Er konnte sich nicht mehr genau an sie erinnern, aber …

»Er bat um deine Vergebung«, sagte er. »Und um einen Gefallen, für mich.«

Rufus sagte nichts. Auf einmal wirkte sein Gesicht ausdruckslos.

Jai fuhr fort. »Er hat mir sogar geholfen zu entkommen … ich nehme an, damit ich zu dir kommen konnte. Bevor ich … du weißt schon.«

Rufus kaute die Ränder seines Schnurrbarts. Dann richtete er sich auf und schlug sich auf die Knie.

»Ich schaue nach, ob uns niemand gefolgt ist. Ihr rastet hier ein paar Stunden – morgen werden wir den ganzen Tag unterwegs sein.« Er drängte sich durch die Tür und hinaus in die Nacht.

Jai hatte Rufus' Warnung keineswegs gebraucht. Er wollte auch nicht einmal das Feldbett haben. Stattdessen ließ er sich neben dem Feuer am Boden nieder und rollte sich auf einem dünnen Teppich aus Hirschleder zusammen. Winter schlüpfte ihm unter das Hemd und zu seinem Bauch, wo sie ihre warmen Schuppen gegen seine Haut drückte. Das allein fühlte sich schon himmlisch an.

Rufus konnte zurückkommen und sie im Schlaf umbringen. Oder vielleicht schlüpften die Banditen auch an Rufus vorbei und taten dasselbe. Nichts davon schien jetzt jedenfalls eine Rolle zu spielen. Für nur eine Stunde Schlaf hätte Jai sein Leben auf den Wurf einer Münze gesetzt.

57

Jai meinte, er hätte kaum die Augen geschlossen, als Rufus ihm ins Gesicht schlug, um ihn aufzuwecken. Es war, als würde er von einem Bären hochgehoben und durchgeschüttelt.

»Wir brechen jetzt auf«, murmelte Rufus und ließ Jai auf die Füße fallen, sobald sich flatternd dessen Lider öffneten.

Winter war bereits wach, nach Jais Einschätzung hockte sie irgendwo auf dem Dach. Und Frida war draußen. Er konnte durch den offenen Eingang sehen, wie sie im morgendlichen Sonnenlicht ihr Haar kämmte. Die Tinte war im Nieselregen der vorigen Nacht beinahe ausgelaufen, aber der schimmernde Glanz, der sie als eine Danskin kenntlich machte, war noch nicht zurückgekehrt.

Sonnenlicht. Das bedeutete Morgen.

»Wir hätten schon vor Stunden aufbrechen sollen«, flüsterte Jai.

»Das haben wir auch versucht«, knurrte Rufus. »War aber so, als müsste man die Toten aufwecken. Und deinem Tierchen gefiel's gar nicht, dass ich dich angerührt hab. Ich glaube allerdings, sogar sie hatte das Warten irgendwann satt, also hat sie mich diesmal in deine Nähe gelassen. Ist eine wilde Kleine, was?«

Der Geruch von gekochtem Speck hing in der Luft, doch alles, was Jai sah, war eine leere Pfanne und eine dicke rote Zunge, die gerade über den Bart leckte, der sie umgab. Soviel zur Gastfreundschaft.

Rufus stand auf und berührte seine Knie. »Hat dich der alte Bastard den ganzen Tag verschlafen lassen?«

»Er hat selbst kaum sein Bett verlassen«, murmelte Jai und rieb sich den Schlaf aus den Augen.

Rufus' Hand schob ihn in die Wärme der Sonne hinaus.

Frida saß auf der Lichtung vor dem Haus auf einem Felsen.

»Hast ja lange genug gebraucht«, brummte sie.

»Tut mir leid. Wenn ich bei Besinnung gewesen wäre, hätte ich … mich selbst aufgeweckt«, gab Jai wenig überzeugend zurück.

Sie zuckte die Schultern. Ihre schlanken Finger kümmerten sich schnell um ihr Haar und flochten es zu einem lockeren Zopf.

»So hatte ich wenigstens Zeit, um zu seelenatmen. Das ist nämlich das letzte Mal gewesen … jetzt lasse ich nicht mehr zu, dass wir so gefangen werden. Es war einfach dumm. Wir waren so dumm.«

Jai kratzte sich am Kinn und empfand das plötzliche Gefühl zu fallen, ehe er spürte, wie Winter auf seinen Schultern landete. Ihre Schwingen flatterten einmal, dann legten sie sich zusammen.

Er grinste. Das war ein gutes Zeichen.

»Also«, sagte Rufus, der seine Hände laut genug zusammenschlug, dass Jai zusammenzuckte. »Wohin jetzt, meine ehemaligen Dienstherren?«

Jai wusste nicht, was er sagen sollte. Irgendwie hatte er erwartet, dass am ehesten Rufus wüsste, wohin sie als Nächstes gehen sollten. Zweifellos hatte Frida dasselbe gedacht, denn die schnelle Retourkutsche, die Jai von ihr erwartet hatte, kam nicht. Rufus starrte sie beide an und strich sich den roten Bart. »Sollen wir eine Woche lang glückliche Familie spielen? Oder vielleicht möchte Ihre königliche Hoheit einen schönen Spaziergang zurück machen – auf dem Weg, den wir gekommen sind?«

Frida starrte ihn finster an. »Nenn mich nicht so.«

Rufus kicherte. »Ich meine gar nicht dich, meine Dame. Ich hab zu König Jai gesprochen, dem Ersten seines Namens. Du solltest einen Knicks vor ihm machen. Was für eine Ehre das sein muss.«

Frida knurrte und schlug zu. Ihre Hand bewegte sich so schnell, dass Jai zusammenzuckte.

Das Klatschen von Fleisch auf Fleisch war zu hören, und Jai spürte beinahe, wie die Luft bei dem Aufprall erbebte. Aber er sah auch, dass ihre Knöchel von Rufus' fleischiger Handfläche begraben wurden, und wie seine Finger um sie zusammen schnappten.

»War doch alles zu erwarten«, erwiderte Rufus beinahe freundlich, während Frida in plötzlichem Schmerz aufschrie. »Du bist eine Seelenverbundene. Und auch keine schlechte. Du bist nicht zu glücklich über die Vereinbarung, die dir Umstände aufgezwungen haben. Nicht ich, verstehst du? Umstände waren das. Sag es, Mädel.«

»Umstände«, brachte Frida mit zusammengebissenen Zähnen hervor. Jai sah, wie ihre Hand zu der Weißklinge an ihrer Hüfte schoss, aber Rufus war längst weggetreten.

Augenblicklich brach sie am Boden zusammen und strich sich ihre Hand.

»Nichts gebrochen«, sagte Rufus fröhlich. »Wollte das nur jetzt aus dem Weg haben, bevor wir aufbrechen.«

Jai kniete sich neben Frida hin, und Winter hüpfte von seiner Schulter auf ihre, um an ihrer Wange zu schnüffeln. Sie hob ihre unverletzte Hand und kratzte das kleine Tier unter dem Kinn.

»Es geht mir gut«, sagte sie mehr zu Winter als zu Jai. »Du bist kein gewöhnlicher Seelenverbundener, oder?«

»Nein, Mädel«, antwortete Rufus. »Ganz bestimmt nicht. Du bist aufgestiegen, das stimmt, aber bestenfalls bist du gerade mal eine Seelenverbundene der fünften Stufe, wenn du überhaupt weißt, was das bedeutet. Ich kann mich noch dran erinnern, wie ich auf deiner Stufe war. Da waren mir noch nicht die Eier in den Sack gerutscht.«

Leise stieß Frida einen bitteren Fluch aus. Rufus lehnte sich vor und lauschte mit einer Hand, die er um sein muschelförmiges Ohr hielt, was sie gesagt haben mochte.

»Oh, da hab ich mir noch nie zuvor was reingesteckt«, kicherte er. »Aber ich bin bereit, wenn du's bist.«

Scharf blickte Frida ihn an.

»Sprichst du danskisch?«, fragte sie.

Er blinzelte und streckte seine Hand aus. Sie starrte sie einen Moment lang an, dann hob sie ihren Arm und wackelte mit den Fingern. Widerstrebend nahm sie seine Hilfe an, und er riss sie auf die Füße.

»So, damit ihr seht, dass ich auf eurer Seite bin, zeig ich euch, dass ich inzwischen auch was getan hab. Klar, ich weiß, dass er nicht so schön wie dein Kleid ist, und der Schöpfer weiß, er ist zu klein für dich, aber ich hab was gefunden, das ein wenig mehr … na, schau selbst.«

Er duckte sich und trat in die Hütte, ehe er mit einem Kleidungsstück herauskam. Es war … ein Kittel. Und zwar die Art von Kittel, die von alten Frauen oder Witwen getragen wurde. Er stellte einen krassen Kontrast zu dem bestickten Kleid dar, das inzwischen so zerrissen und voller Flecken war, dass es aussah, als hätte ein Säbelzahntiger es in den Krallen gehabt.

»Hatte es knapp zehn Jahre lang oben in den Dachsparren, um einen Durchzug zu verstopfen. Und hier …«

Er warf Jai ein Paar dicker wollener Socken zu und dann ein Paar Stiefel, die dieser prompt fallen ließ.

»Hab die einem Mann abgenommen, der gedacht hat, er könnte meine Geduld mit einem kleinen Überfall auf die Probe stellen, als ich eines Nachts auf dem Heimweg war. Die Probe hab ich dann auch nicht bestanden. Und er hat bestimmt Spaß gehabt, wie er da im Phönix mit Zweig und Beeren im Freien aufgetaucht ist.«

Er nickte in die Richtung von Jais bloßen Füßen.

»Hab deine Größe nachgesehen, als du geschlafen hast.«

Jai konnte nicht anders, als zu grinsen. Doch als ihm ein muffiger Geruch in die Nase stieg, hielt er die Socken auf Armlänge von sich weg.

»Die Socken sind aber meine«, kicherte Rufus. »Mein anderes Paar. Wirst sie brauchen, wenn du willst, dass die Stiefel dir passen.«

Er wandte sich Frida zu und ließ den Kittel verlockend baumeln, wobei er ihn an seine eigene Brust hielt und seine Hüften wiegte.

»Du ziehst dich an, und ich hab mal eben einen Schwatz mit Seiner Majestät hier.«

Frida blickte Jai abwägend an.

»Mir wird schon nichts passieren«, sagte Jai. »Ich wette, du kannst es gar nicht erwarten, aus diesem Stück da rauszukommen. Mach schon, du bist in Rufweite, falls er etwas versucht.«

Darüber rollte Rufus die Augen.

»Oh ja. Da bin ich, unbedingt scharf drauf, euch zu ermorden, während ich euch beiden in meinem Zuhause beim Schnarchen zuschaue. Und ich denk so bei mir, klar, am besten wecke ich sie auf, zieh sie an und dann mach ich mich ans Umbringen. Jetzt habt ihr mich erwischt!«

Frida spuckte zur Seite aus, dann stapfte sie los und schnappte sich im Vorübergehen den Kittel aus Rufus' Hand.

»Gutes Mädel«, sagte dieser und konnte kaum ein Grinsen verbergen.

Dann wandte er sich Jai zu, und sein Lächeln verblasste.

»Also, Eure Eminenz. Du hast gesagt, du würdest mir den Rest auf der Straße erzählen. Na, und ich sage, die Straße beginnt hier. Also, fang an zu reden.«

58

Die Geschichte war in überraschend kurzer Zeit erzählt. Es wirkte seltsam, sein Leben in einer Handvoll Atemzüge zusammenzufassen, aber genau das tat er.

Er log nicht. Er schmückte auch nichts aus. Das hätte sich doch irgendwie falsch angefühlt. Trotz Rufus' zweifelhafter Herkunft hatte Leonid diesem Mann offensichtlich ein tiefes Unrecht zugefügt. Tief genug, um ein Trinker zu werden, der ungeachtet seiner Macht seine Tage in dem heruntergekommensten Gasthof des ganzen Landes verbrachte. Rufus beim Schildern eines Lebens, das so mit seinem eigenen verwoben war, anzulügen, hätte sich bestimmt … schmutzig angefühlt.

Die Worte strömten aus ihm heraus wie die Tränen, die über seine Wangen liefen, überstürzt und ungeplant. Es war, als hätte er die Geschichte so straff gespannt wie eine Stahlfeder … und die ganze Zeit über in sich festgehalten.

Man musste Rufus zugutehalten, dass er zuhörte, ohne ihn zu unterbrechen, nicht einmal, um Jai darauf aufmerksam zu machen, wenn dessen Worte ihre Richtung verloren, und auch dann nicht, wenn dieser murmelte oder innehielt.

Nur als Jai die Ermordung seiner Brüder erwähnte, rührte sich Rufus. Es war bloß eine einfache Geste, er schloss die Augen und senkte den Kopf. Doch für Jai war es genug, um zu wissen, dass in diesem Mann etwas Gutes steckte.

Rufus schnaubte laut, als Jai seine Geschichte beendete, indem er zugab, dass er Leonid doch nicht getötet hatte. Die Worte gingen ihm zur Neige wie der Bodensatz einer umgedrehten Flasche. Und wie eine solche Flasche fühlte er sich leer und ziellos.

»Ich dachte, ich hätte dich irgendwie durchschaut, Junge. An sich hab ich gar nicht falsch gelegen. Aber richtig auch nicht. Ich schlag dir einen Handel vor. Und den zwing ich dir sicher nicht auf. Lehn ihn ab, und ich respektier deine Entscheidung.«

Jai blickte zu ihm hoch. Seine Augen brannten von vergossenen Tränen.

»Du hast gesagt, dass du jedes Buch in Leonids Bücherregalen gelesen hast. Aber du kennst meinen Namen nicht … oder irgendeinen, der ihm ähnlich ist.«

Langsam nickte Jai.

»Das Buch in deinem Sack da. Du sagst, es ist von Leonids eigener Hand. Über den Steppenkrieg, bevor er dich und die Priester alles abschreiben ließ?«

Wieder nickte Jai bedächtig.

»Dann schlage ich für dieses Buch einen Handel vor. Nur für diese eine Woche wohlgemerkt – ich weiß, dass du geplant hast, es selbst zu lesen. Ich geb es dir zurück, wenn wir getrennte Wege gehen.«

Das kam unerwartet. Jai fragte sich, woher dieser Mann Leonid bloß gekannt haben mochte. Vielleicht hatte er früher einmal zur Greifengarde gehört. Nach der Hinrichtung dieser zehn verräterischen Ritter hatte Leonid den Namen jedes einzelnen Mitglieds aus den Geschichtsbüchern tilgen lassen. Vielleicht waren sie Rufus' Freunde gewesen.

Oder stand er vielleicht in irgendeiner Verbindung zu dem merkwürdigen Damenzimmer, über das er gestolpert war? Vielleicht waren die Frau oder das Kind Rufus' Ehefrau oder Tochter gewesen.

Jai blickte zu dem Sack, den Frida kurzerhand neben der Tür fallen gelassen hatte. Er wusste, dass er das Tagebuch lesen musste. Aber im Augenblick gab es viel zu viel, womit er fertigwerden musste. Es war schon schwer genug, die Gesichter seiner Brüder davon abzuhalten, seine Gedanken ständig heimzusuchen.

Hätte Rufus nicht danach gefragt, hätte er es womöglich einen weiteren Monat lang nicht angesehen. Er würde es für eine warme Mahlzeit verleihen, ganz zu schweigen von was auch immer Rufus ihm geben mochte, wenn er sicher war, es zurückzubekommen.

Trotzdem schien es ihm am besten, Rufus zuerst erzählen zu lassen, was er anzubieten hatte. Jai wusste kaum, wonach mehr er noch fragen konnte – außer nach Essen, Kleidung oder einem einfachen Angebot. Oder ... Waffen.

»Ich tausche es für Fridas Waffe ein«, sagte Jai, von einer plötzlichen Eingebung ergriffen.

Rufus lachte trocken auf. »Nein, Junge, dieser Dolch soll mein Ruhestand sein. Der erspart es mir, diese Schönheit zu verkaufen.«

Er trat einen Schritt zurück, zog die Waffe an seiner Seite und hielt sie nach oben ins Licht. Es war eine schlanke Klinge mit einer einzigen Schneide, die vollständig aus einem soliden Metallstück geschaffen war – das Heft eingeschlossen. Das Schwert war noch in anderer Hinsicht ungewöhnlich, und es bestätigte Jais Verdacht hinsichtlich Rufus' Herkunft. Das Heft hatte die Form eines Greifenkopfs, mit seinen ausgebreiteten Schwingen, die sich in seine Parierstange aufweiteten. Jai wusste, dass es ein Vermögen gekostet haben musste, es zu schmieden.

»Manchmal fühlt es sich an, als hätte ich das hier länger als meinen eigenen Schwanz getragen ... und auch noch mehr damit rumgespielt.« Rufus zwinkerte Jai zu und steckte es in seine einfache Scheide zurück.

Zu Jais Überraschung bückte er sich, hob etwas Dreck vom Boden auf und beschmutzte den freiliegenden Griff.

»Man kann nie wissen, wer das Metall womöglich erkennt«, sagte er und zog noch einmal seinen Umhang darüber. »Wenn ich gewusst hätte, dass Camilla von ihnen gehört hatte, wär ich vorsichtiger gewesen. Sind seltene Dinge.«

Ein wenig enttäuscht kaute Jai auf seiner Lippe. Trotzdem musste er etwas bekommen. Er war sich nicht sicher, ob Rufus' Sinn für Ehre seiner Neugier nachgeben mochte, wenn er ein paar Getränke intus hatte. Vielleicht würde der alte Krieger das Tagebuch in jedem Fall lesen.

»Also, was dann?«, fragte Jai. »Noch eine weitere Woche Schutz? Damit kommen wir nur halb bis zur Grenze.«

Er streckte die Hand aus und kratzte Winter geistesabwesend unter dem Kinn. Sie war hungrig. Er ging zu dem Sack, um ihr eine weitere Karotte zu holen.

Rufus beäugte ihn bedächtig.

»Du besitzt einiges an Wissen«, bemerkte er. »Du hättest es nicht hinbekommen können, wie man seelenatmet, wenn Frida dir nicht ein paar Hinweise gesteckt hätte. Na, lass mich dir was sagen, Junge. Ich hab ein langes Leben gelebt. Hab mehr Männer getötet, als dass ich mich an sie erinnern könnte, und dann noch ein paar zusätzlich. Du kannst bessere Salontricks und noch mehr von anderen Sekten da draußen lernen. Aber niemand wird dir das Töten so gut beibringen, wie ich das kann.«

Wer war dieser Mann bloß? Sein Akzent klang ungewöhnlich, jetzt, da Jai darüber nachdachte. Er erkannte ihn als Samarisch wieder, von den nördlichen Bereichen an der Grenze, wo Fridas Heimatland auf den nördlichsten Rand des Kaiserreichs traf.

Aber noch merkwürdiger erschien ihm die Art und Weise, wie er sprach. Die meiste Zeit über hörte er sich geradezu wie ein einfacher Mann an. Aber zu anderen Zeiten schien seine Sprache darüber hinauszureichen. Als sei er irgendwie arm geboren und dann über Wohlstand und Erziehung gestolpert. Und wenn er die Wahrheit sprach – was seine samarische Tätowierung bestätigte – dann musste er ein ausgebildeter Totschläger sein.

Mit vorgetäuschter Lässigkeit warf Jai eine Karotte über seinen Kopf und hörte das Zuschnappen von Winters Maul. Der Impuls von Abscheu nur Augenblicke später schien so tief zu sitzen, dass er sich beinahe mit der Hand über die eigene Zunge gefahren wäre. Die Botschaft war angekommen. Karotten gehörten nicht zu den Favoriten des kleinen Tiers.

»Nehmen wir an, ich glaube dir«, sagte Jai, der wegen des seltsamen Nachgeschmacks im Maul seines Drachen das Gesicht verzog. »Worum soll es gehen?«

Rufus breitete die Hände aus, dann schlug er sie auf seine Brust. »Ich trainiere dich, Junge. Und noch mehr als das.«

Jai musste sich zwingen, nicht in begeisterte Zustimmung auszubrechen. »Eine Woche Anleitung in Seelenatmung?«, sagte er beiläufig, ließ sich auf einem Haufen mit Feuerholz nieder und zupfte an den etwas zu großen Stiefeln. »Ich glaube, ich komme auch so zurecht.«

Kapitulierend hob Rufus die Hände. »Da wird's noch um mehr gehen als nur das. Weisheit, die sogar deine Frida nicht teilen kann. Sie ist eine Seelenverbundene der fünften Stufe, großzügig geschätzt.«

Jai dachte über den Vorschlag nach. Rufus hielt Jais Schweigen für Verwirrung und fuhr fort: »Sie ist zwar noch jung, aber sie sollte schon etwas besser sein. Außerdem, diese Dansken haben sich immer auf die Stärke ihrer Drachen verlassen. Die kennen die einfacheren Zauber und Amulette und haben ein Wissen, über das sogar die kleinsten Sekten verfügen. Viel mehr aber nicht.«

Jai musste sich keinen Zweifel ins Gesicht zwingen. Er hätte das vielleicht von Ivar angenommen, aber Frida war kein ungebildeter Rohling. Sie hätte jedes Bruchstück an Wissen, das sie erlangen konnte, aufgespürt, wenn es ihr geholfen hätte, ihr Volk besser zu beschützen.

Doch er glaubte durchaus, dass da vielleicht noch ein paar Reste zu lernen übrig waren. Und er war gerade dabei, eine Woche Schutz angeboten zu bekommen.

Bevor Jai akzeptieren konnte, sprach Rufus schon weiter. »Denk mal darüber nach«, sagte er. »Lass dir den Tag über Zeit.«

Jai öffnete den Mund, und jetzt erklang Fridas Stimme von drinnen.

»Drei Wochen«, rief sie. »Du beschützt uns für drei Wochen. Fünfzig Sesterii dazu, und Lektionen für mich. Dann stimmen wir zu.«

Sie stapfte durch die Tür und warf Jai einen Blick zu, der ihm verriet, dass jegliche Kommentare über ihren Kittel eine bisher ungeahnte Gewalt nach sich ziehen würden.

Jai war nur ein wenig verärgert, dass sie in seinem Namen verhandelt hatte, besonders wegen etwas, das ihm so wichtig war. Aber er hatte den Eindruck, dass er im Gasthof etwas Ähnliches getan hatte. Sie hatte mehr verlangt, als er sich überlegt hatte. Ein in Fülle, aber ohne Geldmünzen verbrachtes Leben arbeitete gegen ihn.

»Wir haben ein Geschäft«, äußerte Rufus vielleicht ein wenig zu schnell.

Er hatte bereits seine Hand ausgestreckt. Jai machte einen Handschlag daraus und ergriff ihn am Handgelenk.

»Zuerst Geld und einen sicheren Schlafplatz für heute Nacht«, sagte Frida, als Rufus schon wieder die Hand nach dem Buch ausstreckte. »Nur um sicherzugehen, dass du nicht abgelenkt wirst. Unser erster Tag wird unser gefährlichster sein.«

Rufus grollte.

»Verlasst euch nicht drauf«, sagte er.

59

Sie begaben sich nicht auf direktem Weg zur Kaschmirstraße – auch deswegen, weil sie wussten, dass die Legion ihnen inzwischen voraus sein würde. Stattdessen führte Rufus sie über Wege, die nur Ziegenhirten, Banditen und dergleichen bekannt waren, durchs Hinterland.

Sie würden länger brauchen, aber sie konnten die Legion überholen, wenn sie in der Nacht marschierten. Im Kriegszustand errichtete die Legion selbst auf heimatlichem Territorium jede Nacht eine kleine Palisade, was bedeutete, dass sie vor Sonnenuntergang anhielten, um in der sie umgebenden Vegetation Bäume für Pfähle zu fällen.

Die gepflegten rechteckigen Felder mit Feldfrüchten, die das Erscheinungsbild des westlichen Kaiserreichs ausmachten, nahmen bereits an Häufigkeit ab und wurden von Buschland und felsigem Boden ersetzt. Zu Jais Überraschung drückte Frida ihre Traurigkeit über die Veränderung in der Landschaft aus. Sie hatte an den Maisresten, die sie ergattert hatten, Gefallen gefunden, und dieses Gebiet hatte nur Überreste von ährenlosen Weizenstengeln zu bieten.

Sehr zu Jais Verdruss gingen die vier schweigend weiter, aber er beschwerte sich nicht. Rufus hatte ihnen für diese Nacht einen sicheren Schlafplatz versprochen, sowie eine Möglichkeit, die Legion zu überholen – das reichte ihm. Sein Schlaf in der Nacht zuvor hatte sich nicht wie Schlaf angefühlt, sondern so, als hätte er eine Sekunde lang die Augen geschlossen – und dann hätte sich die Zeit vorwärts bewegt, als er gerade nicht hingesehen hatte.

Dennoch war er wach genug, um einen Fuß vor den anderen zu setzen, bis sie sich gegen Mittag auf einem Baumstamm neben dem überwachsenen Pfad niederließen und sich die Zeit nahmen, etwas zu essen.

Rohes Gemüse zu kauen war ziemlich unbefriedigend, und umso mehr wegen Rufus' eigener Mahlzeit, die aus mit Butter bestrichenem Brot und gesalzenem Schweinefleisch bestand. Er grinste über ihre ausgehungerten Blicke, als er sich das Fett von den Fingern leckte.

Nur Winter erntete etwas Mitleid von ihm und schlang die Fettschwarte hinunter, die er von dem Fleisch abgeschnitten und ihr zugeworfen hatte. Sie hatte sie auch nötig, denn die Karotten der letzten Tage lehnte sie inzwischen rundheraus ab und streunte seitlich immer weiter weg, während sie wanderten, um in dem Dornengestrüpp, das sie umgab, nach Feldmäusen zu suchen.

»Morgen früh bekommen wir Vorräte. Und eine Beförderung. Verdammt, Jai, du kriegst vielleicht sogar die Gelegenheit zum Seelenatmen.«

Jai horchte auf.

»Wirst du mir etwas beibringen?«, fragte er.

Rufus schnaubte. »Sobald du mir das Tagebuch gibst.«

Jai seufzte und nahm das Tagebuch aus Fridas Bündel. Er reichte es ihm hin, hielt es aber noch zurück, als Rufus seine Hand ausstreckte.

»Ich möchte es zurückhaben, falls du uns etwas beibringen solltest, was Frida bereits weiß. Es muss unbedingt etwas Gutes sein.«

»Es war gut genug für den halben Greifenhorst«, knurrte Rufus zur Antwort. »Dann wird es für einen kleinen Emporkömmling wie ...« Er unterbrach sich und nickte. »Gut«, sagte er. »Behalt es noch bis zum Abend. Ich werde euch was beibringen.«

»Du hast im Greifenhorst gelehrt?«

Rufus starrte ihn an. »Jawohl«, sagte er, »das hab ich.« Er blickte erst Jai an, dann Frida. »Schätze, es schadet nicht, wenn ich euch das erzähle. Ist ja nicht so, dass ihr gleich zu den Sabinern rennt und ihnen erzählt, wo ich mich rumtreibe. Schließlich seid ihr ja die Feinde meiner Feinde, stimmt's?«

Jai nickte, wenn der Mann auch hauptsächlich mit sich selbst redete.

»Ich habe einmal zur Greifengarde gehört. Das ist aber schon lange Zeit her.«

Jai riss die Augen auf, als er das hörte, wenn er es auch schon vermutet hatte. »Ich habe nie von dir gehört«, sagte er. »Selbst wenn du ein abgelehnter Akolyth gewesen wärst …«

Rufus unterbrach ihn mit einem Lachen. »Sowas wie Ausschuss gibt's da nicht. Die Greifengarde ist fürs Leben, ob du ein Diener bist oder ein Krieger. Das musst du wissen.«

Jai rümpfte die Nase. Er hatte ihn getestet.

»Du bist also entkommen. Darum lebst du im Verborgenen.«

Rufus blickte ihn offen an.

»Sozusagen, Junge. Also, willst du jetzt was lernen oder nicht?«

Jai nickte und verkniff sich die vielen Fragen, die ihm im Kopf herumschwirrten.

»Na schön«, brummte Frida. »Bisher war der Lehrstoff ein wenig dünn. Vielleicht sollten wir auf hundert Sesterii erhöhen.«

Rufus klatschte in die Hände, was Winter dazu brachte, Jais Hemd hinunterzukrabbeln.

»So! Also, ich weiß, dass du den Trancezustand von selbst erreichen kannst. Das ist gut. Manche Akolythen brauchen nämlich Monate, um das zu meistern.«

Jai erlaubte es sich, ein wenig stolz auf sich zu sein.

»Jetzt vergiss, was du bisher gemacht hast. Lange, tiefe Atemzüge, stimmt's?«

Zögernd nickte Jai ein zweites Mal.

»Nein, Junge. Du bist ein Krieger, kein Tintengesicht, das auf Schriftrollen schielt. Kurze, angespannte Atemzüge. Du trittst in eine Halbtrance ein. Du kannst gehen, reiten, du kannst es sogar tun, wenn du Magick ausübst. Die ist dann weniger wirkungsvoll, und du kannst sie nicht lenken. Ab es bedeutet, dass du in Bewegung bleiben kannst. Du lässt das Mana reisen, wohin es will – am Ende wird es deinen Kern erreichen. Versuch es einfach, Junge. Mach schon. Wir haben noch ein gutes Stück Weg vor uns.«

Nun merkte sogar Frida auf.

»Und für die höheren Stufen?«, fragte sie. »Kommt genügend Mana dabei herum, dass es sich lohnt?«

Rufus nickte. »Nicht annähernd so viel, als wenn du ordentlich seelenatmen würdest. Aber schon genug, um dich aufzustocken, wenn der Kampf am heftigsten tobt und Zeit ein Luxus ist.«

Während er noch sprach, ging er bereits los.

Ein paar Minuten lang trottete Jai hinter ihm her und versuchte einfach nur, sich daran zu erinnern, wie es war, sich in die sogenannte Trance zu versetzen. Es zu tun, während er saß und lange, ruhige Atemzüge machte, war die eine Sache. Aber mit dem Wind, dem unebenen Boden, sogar mit den einfachen Bewegungen seiner Beine schien es unmöglich, schnelle Atemzüge hin oder her.

»Bist du sicher, dass das funktioniert?«, fragte Jai.

Rufus schnaubte. »Es ist eine fortgeschrittene Technik – wir nennen sie den Kolibri. Wir bringen sie nur Rittern bei, weil die Knappen besser dran sind, wenn sie's auf die übliche Weise machen. Manchen fällt's leicht, für andere ist es schwerer. Hör zu.«

Jai tat es und vernahm kurze, schnelle Atemzüge, die mehr mit dem Hecheln eines Hundes zu tun hatten als mit gewöhnlichem menschlichem Atmen. Trotzdem: Er bezahlte für diesen Unterricht. Vielleicht tat er das mit Münzen, von denen er sich nicht sicher war, ob er sie jemals ausgeben würde, aber es war trotzdem eine Bezahlung.

Also atmete er.

60

Während Jai am Rand der Halbtrance entlang tanzte, verging ihre Reise wie im Flug. Dazu war eine eigenartige Form von Doppeldenken nötig, sich sowohl zu konzentrieren, als auch gleichzeitig den Verstand zu leeren.

Ein paar Mal erhaschte er flüchtige Blicke auf die Halbtrance. Die Ränder der Dinge um ihn herum schienen sich zu verschieben, und Wirbel aus goldenem Licht kamen in Sichtweite, nur um wieder zu verblassen.

Zu Jais Überraschung war es Winter, die ihm schließlich zum Durchbruch verhalf. In der Abenddämmerung, als entlang der Kaschmirstraße die Fackeln von dem sichtbar wurden, was man sich als Zivilisation vorstellen konnte, war der Drache mit vollem Bauch zurückgekehrt. Winter nahm ihren üblichen Platz auf seiner Schulter ein. Ihr schwingender Schwanz kitzelte ihn tief am Rücken.

In einem dieser seltenen Momente, in denen sich seine Kolibri-Atmung in einen halbwegs behaglichen Rhythmus einschwang, schaffte er es wieder, einen Blick auf diese Welt zu erhaschen. Und in diesem Augenblick, gerade als er sich seinem geistigen Zugriff entzog, pulsierte ein Ruck von hartnäckiger Emotion ihre Verbindung entlang.

Es war verwirrend genug, seine Umgebung von seinem Verstand auszublenden, während er sich gleichzeitig auf seinen Kern und ihre

Verbindung konzentrierte. Und für ein paar Sekunden fand er die geistige Einstellung.

Er fühlte, wie das Mana in seinen Lungen wirbelte, und er fühlte sogar, wie sich sein Kern gemeinsam mit seinen Atemzügen zusammenzog und ausdehnte … er ließ dieses richtungslose Mana durch seine Lungen filtern. Ein goldenes, reinigendes Licht, das sein Wesen durchdrang.

Seine Umgebung erschien ihm wie geisterhaft. Trüb und verschwommen, als könnte er einfach durch sie hindurchgehen. Und die ganze Zeit über schwebte um ihn herum ein goldener Staub, der wie ein feiner, trockener Nebel in der Luft hing.

Dann war dieser Gefühlszustand verschwunden. Aber nachdem er ihn zum ersten Mal erreicht hatte, war es einigermaßen leicht, wieder in ihn einzutauchen – es wurde ihm leichter gemacht, indem er den Launen von Winters Gefühlen lauschte. Sie kommunizierte nur sporadisch mit ihm, aber wenn er ihr eines seiner eigenen Gefühle sandte, fand er, dass sie es in gleicher Weise erwiderte. Meistens war sie besorgt.

Dabei war sie gar nicht wegen etwas Besonderem beunruhigt. Es war mehr so, dass ihre Gefühle eine Widerspiegelung seiner eigenen waren. Irgendwie fiel es leichter, sich selbst aus ihrer Perspektive zu begreifen. Er hatte dieses Gefühl von drohendem Grauen ignoriert – hatte es in seinem Geist abgespalten. Doch nicht mehr länger. Jetzt stellte er sich ihm. Bekämpfte es. Und wurde dadurch stärker. Er fand, dass es mehr in ihm gab als nur Verzweiflung. Sein Leben, das bisher darauf begrenzt gewesen war, sich um einen alternden Gott zu kümmern, war weitergegangen. Seine Welt war nicht mehr länger auf eine Kleiderkammer beschränkt, oder auf ein Gemach oder einen Palast. Die wenigen Kostproben, die er beim Laufen durch die Straßen der Stadt gehabt hatte, waren nichts im Vergleich zu den sich unermesslich ausdehnenden Möglichkeiten, die vor ihm lagen.

Dies war eine Freiheit, von der er nicht einmal gewusst hatte, dass sie ihm verwehrt gewesen war. Durch ein ungezähmtes Land zu wandern, jeder Schritt eine Entdeckung, jeder Moment so reif und lebendig wie der erste Biss von einer neuen Frucht. Darin schwelgte er.

Im Gehen praktizierte Jai die Halbtrance. Es war seltsam mitanzusehen, wie das goldene Gefüge durch die Welt wusch, zusätzlich zu dem, was er in der Düsternis erkennen konnte. Die Umrisse der Bäume auszumachen, der Felsen, des Geländes selbst, wo die schwebenden Lichtpartikel nicht waren. Es schien, als würde man Felsen in einem rauschenden Strom betrachten.

Zugleich war es hart. Mit jedem geschnapptem Atemzug reichte das Mana kaum jenseits seines Kerns, sondern folgte nur den natürlichen Wirbeln seiner Kanäle. Ganz zu schweigen davon, dass diese Art zu atmen ihm den Atem raubte und seine Kehle austrocknete.

Aber es war nützlich. Abends, wenn er in die volle Trance gehen konnte, pflegte er eine Reserve aufzubauen. Tagsüber füllte er sein Mana ganz langsam mit der Kolibri-Methode auf, selbst wenn es sich nach den Launen seines Körpers wieder entleerte.

Als Rufus sie schließlich zu den Toren einer Stadt führte, war Jai darüber froh. Seine Kleidung war inzwischen wieder zerlumpt und voller Schweißflecken, und außerdem hatte er die meisten Teile davon einer Leiche abgenommen – wenn auch einer frischen.

Ehe sie durch die Tore traten, drehte sich Jai für einen Blick auf die lange, gepflasterte Straße um, die die Kaschmirstraße bildete. Die Legion befand sich dicht hinter ihnen. Tatsächlich so dicht, dass er nicht überrascht gewesen wäre, in der Taverne ein paar Offiziere zu sehen. Die Lichter ihres Feldlagers waren nicht mehr als einen flotten Spaziergang entfernt auszumachen.

Irgendwo in der Wildnis hinter ihnen konnte Jai Winter wahrnehmen, die einen Unterschlupf gefunden hatte und zu dösen anfing.

»Also«, brummte Rufus, »ich hab einen Freund, der mir noch einen Gefallen schuldet. Er ist ein Händler, aber er reist nicht oft auf der Straße. Kauft nur Waren von anderen Händlern, die zurück nach Osten wollen, und verkauft sie an diejenigen, die das nicht wollen. Für einen höheren Preis natürlich. Ihr Turteltäubchen bleibt hier.«

Fridas Schrei, der fast ein Entrüstungsschrei gewesen war, verbeulte Jais Ego nur schwach. Er gab ihm jedoch den Antrieb, sich außerhalb der Stadttore neben einem hilfreichen Trog mit Regenwasser hinzukauern und sich mit nassem Stroh abzuschrubben.

Irgendwie wirkte es befreiend, ein wilder Mann zu sein, der fern von der Routine und Schinderei seiner früheren Existenz wie ein ungewaschener Bandit umherwanderte. Die Romantik all dessen verblasste nur gelegentlich vor der Realität. Aber jetzt war einer dieser Momente.

»Glaubst du, er ist der, der er zu sein behauptet?«, fragte Frida.

Jai blickte von der Handvoll Stroh auf, mit der er sich gerade den Hals geschrubbt hatte. Ein Maultier, das weiter unten am Trog Wasser nippte, wieherte erst und trat dann zurück, wobei es seinen Halfter so weit streckte, wie es möglich war. Er seufzte, warf das Stroh weg und gab sich geschlagen.

»Er wird in Leonids Büchern nicht erwähnt – aber es stimmt, dass Leonid die Namen eines jeden Ritters der Greifengarde aus ihnen streichen ließ, nachdem …«

Seine Gedanken kamen in halb geformten Ausbrüchen hervor. Er war so sehr auf das Seelenatmen konzentriert gewesen, dass er kaum über Rufus' Geschichte nachgedacht hatte. Das war tatsächlich dumm gewesen.

Nun hielt er inne und dachte über das nach, was er bereits wusste.

»Einige ihrer Ritter sind hingerichtet worden, schon vor mehr als zehn Jahren. Das war gerade geschehen, bevor ich in Leonids Dienste getreten bin. Vielleicht hat Rufus sie damals verlassen?«

Frida schnaubte. Ihre Augen waren auf das Fackellicht des Feldlagers der Legion hinter ihnen fixiert.

»Auf jeden Fall sind wir sicherer, wenn er die Sabiner hasst«, sagte sie. »Doch es ist seltsam. Er hat uns in eine tödliche Gefahr gebracht. Mehrere Male hat er uns ausgetrickst. Aber trotzdem … ich vertraue ihm. Er ist ein ehrenhafter Mann, der sich … allerdings so benimmt, als sei er es nicht.«

Jai versuchte noch zu erfassen, was sie damit meinen mochte, gab es aber auf, als seine Erschöpfung einsetzte. In diesem Augenblick tauchte Rufus auf, der sie aufforderte, ihnen zu folgen, und dazu gesellte sich noch ein beleibter Mann mit einer Brille, der nervös hinter Rufus massiger Gestalt hervorblickte.

»Ehrenhaft oder nicht«, sagte Jai. »Er ist alles, was wir haben.«

61

In dieser Nacht blieben sie in einem Stall, der Rufus' Kontakt in der Stadt gehörte. Jai schlief nahe der Türen, weiter entfernt von dem dunklen Inneren, wo ganz hinten der animalische Gestank von Tieren herrschte.

Das Bettzeug aus Stroh wurde zu Jais Freund. Wenn es auch kratzig war, so erlaubte es ihm doch, beinahe die ganze Nacht durchzuschlafen, bis auf eine kurze Unterbrechung, die durch Seelenatmung entstand, als er aufgewacht war, um sich zu erleichtern.

Er fand es schwieriger seelenzuatmen, während Winter schlief, und die Menge an Mana, die er hervorbrachte, schien weit geringer, als ihm möglich war, wenn sie ihn berührte. Dennoch machte er zuverlässig Fortschritte und baute sogar eine kleine Reserve auf, von der er hoffte, dass er sie während des Tages behalten mochte. Er dankte den Himmeln, dass Rufus ihm das beigebracht hatte. Früher an diesem Tag war er darüber ins Schwärmen geraten, was dazu geführt hatte, dass Rufus behauptete, er hätte die Methode erfunden, obwohl ein Schnauben von Frida Jai deutlich machte, dass sie ausgerechnet das nicht glaubte.

Jai war sich da nicht so sicher. Zumindest hatte ihr der alte Gardist einen Namen gegeben.

Jetzt döste er eingerollt unter einem Kartoffelsack in der relativen Wärme des Wintermorgens. Gedankenverloren lauschte er der lauten

Betriebsamkeit draußen. Er wünschte nur, Winter wäre hier, um mit ihm schmusen zu können.

Er hätte auch nichts dagegen gehabt, wenn Frida kommen würde, um mit ihm zu schmusen. Er konnte beinahe fühlen, wie ihre weichen Lippen sein Ohr liebkosten. Ihr heißer Atem … ihre … Zunge?

Mit einem Aufschrei fuhr Jai hoch, und eine große, pelzige Gestalt richtete sich gerade vor ihm auf und blökte überrascht. Das Tier krachte dann rückwärts, seine Hufe donnerten Abdrücke auf den Boden. Binnen Kurzem war es in den Schatten verschwunden.

Jai hörte Gelächter und sah Frida, die mit in den Nacken geworfenem Kopf auf einem Heuballen saß.

»Sah ganz so aus, als hättest du das genossen«, kicherte sie.

Jai lief rot an und war über die Weite seiner Hosen froh. Ehe er etwas sagen konnte, wurden die Stalltüren aufgestoßen und Rufus kam nach drinnen gestapft, sein Gesicht war ein Abbild von Verschmitztheit.

»Ich seh schon, ihr habt unser neues Reittier getroffen. Sie mag zwar ein altes Mädchen sein, aber sie ist noch ganz sicher auf den Beinen und die Straße gewohnt. Komm her, Schätzchen.«

Er schnalzte mit der Zunge und hielt eine verrunzelte Zwiebel in der ausgestreckten Hand. Aus dem düsteren Inneren des Stalls erklang ein schwermütiges Schnuppern, und dann sah Jai mit an, wie ein Khiro ins Licht der Morgendämmerung stampfte.

Jai staunte. Im Westen waren Khiroi selten, denn man kannte sie dafür, dass sie nur schwer zu zähmen waren, besonders die männlichen. Außerdem fraßen sie täglich die Hälfte ihres Gewichts in Gras, was sie in der Haltung zu kostspieligen Tieren machte, solange sie fern von ihrem heimischen Grasland waren.

Für ihren jetzigen Eigentümer schien das kein Problem darzustellen. Selbst durch die Lagen von zotteligem, drahtigem Fell waren die Umrisse ihrer Rippen so deutlich zu sehen wie die Spieren eines Schiffs.

Sie war anders als das große Tier, dem er in den sabinischen Jagdgründen den Gnadentod gegeben hatte. Kleiner und mit einem Horn, das nicht wie der große Mast erschien, den er an seiner verendeten Jagdbeute gesehen hatte, sondern so kurz und stumpf, dass es beinahe schon dekorativ wirkte. Es befand sich über breiten, hervortretenden Nasenlöchern und war von zwei muschelförmigen Ohren eingerahmt. Hier handelte es sich um ein grau werdendes, älteres Exemplar, aber sie hatte dennoch die Hufe mit den drei Zehen, einen Bauch wie ein Fass und die gedrungene Gestalt, die ihre Art zu unschätzbaren Lasttieren der Großen Steppe machte.

Das Khiro machte einen großen Bogen um Jai, als es an der Zwiebel roch, und dann schleckte eine lange, ledrige Zunge sie aus Rufus' Hand, als würde ein Hund einen Leckerbissen verschlingen. Obwohl seine Augen klein waren, strahlten sie vor Klugheit, und es beäugte ihn wachsam, während es das penetrant riechende Gemüse zermalmte, als sei es die dekadenteste Süßigkeit auf der ganzen Welt.

»Da hast du's, Navi«, sagte Rufus.

»Ich dachte, ihre Hörner wären größer«, sagte Frida.

»Sie ist ein Weibchen«, sagte Rufus. »Größer werden ihre nicht. Aber ein Männchen … das ist noch mal was völlig anderes. Größer, bösartiger … aber das Prinzchen hier wird dir alles darüber erzählen können.«

Jai war klar, dass er das nicht konnte, denn das Wenige, was er über sie wusste, war ihm von Balbir erzählt worden, als er noch klein gewesen war. Trotzdem gab es da etwas an dem Tier, das ihn anzog. Nicht zuletzt die Halsberge aus Damantinerstahl, die er auf der Brust trug, und die dessen wildes männliches Gegenstück aufwies.

Rufus kratzte Navis Schnauze, und sie trompetete vergnügt, beugte sich näher zu ihm hin und drehte dabei den Kopf. Jetzt, da Jai genauer hinsah, fielen ihm auch die Narben auf ihrem Gesicht auf, seltsame Linien, die sich um ihre Ohren und Wangen wanden. Zorn regte sich in ihm, als er begriff, dass es das Werk einer Peitsche oder eines Stocks gewesen sein musste. Er mochte gar nicht daran denken, was für andere alte Wunden sich womöglich noch unter den Zotteln ihres Fells verbargen.

»Wo ist ihr früherer Besitzer?«, fragte Jai.

Rufus wandte den Blick ab.

»Sagen wir einfach … er hatte den Gefallen vergessen, den er mir noch schuldete. Dachte, es würde reichen, euch in seinen Ställen pennen zu lassen. Musste ihn erst … überzeugen, sie herzugeben. Nur ein bisschen nachdrücklich halt. Aber am besten machen wir uns bald auf den Weg.«

Jai gestattete sich ein Grinsen. Dass ein Tier, das so sehr misshandelt worden war, immer noch derart viel Vertrauen besaß, um Essen aus der Hand eines großen Mannes wie Rufus anzunehmen, war ein Zeugnis für sein gutes Herz. Er wünschte nur, er könnte einen Streit mit seinem früheren Besitzer riskieren. Es waren nicht unbedingt … Worte, die er mit ihm austauschen wollte.

Aber die Auseinandersetzung im Phönix hatte Jai seine Lektion gelehrt. Eine Gruppe, die sie jagte, war ihm genug. Sie den Händen dieses Mannes zu entreißen, würde reichen müssen.

»Denkst du nicht, dass ein Khiro Jai mehr … nach Steppe aussehen lassen wird?«, fragte Frida.

Rufus zuckte mit den Achsen.

»Vielleicht. Aber es ist nun mal alles, was vorhanden ist, und ein Khiro wird den ganzen Tag und die Nacht durch laufen und dann noch mehr laufen wollen. Sie wird euch über rauen und weichen Grund schleppen, egal ob das eine Straße ist oder ein Trampelpfad. Ein besseres Arbeitstier kann man sich gar nicht wünschen. Wir müssen nur dafür sorgen, dass wir sie füttern.«

Jai machte einen zögernden Schritt auf Navi zu. Noch vor ein paar Tagen hätte es ihn in Angst versetzt, sich einem solchen Tier zu nähern. Jetzt aber … hatte er mehr Angst, dass er sie erschrecken würde.

»Es ist in Ordnung«, flüsterte Jai. »Ich bin nicht hier, um dich zu verletzen.«

Er streckte seine Hand aus und fuhr mit einem Finger sanft unter ihr Kinn. In seinem Geist fühlte er einen Anflug von Eifersucht, der von Winter herrührte.

»Keine Sorge, Winter«, flüsterte Jai, der leicht in sich hinein lächelte. »In meinem Leben ist für mehr als nur eine Dame Platz.«

Fridas leises Lachen darüber war nur eine Spur verletzend.

»Jetzt, da ihr euch einander vorgestellt habt, kommt mit raus«, sagte Rufus. »Seht euch an, was euch eure Sesterii eingebracht haben.«

Er warf die Türen auf und ignorierte Fridas verwirrte Empörung darüber, dass er offenbar das Geld ausgegeben hatte, das er ihnen schuldete.

Aber ihre Proteste verstummten bei dem Anblick des Wagens draußen.

»Hast du den im Straßengraben gefunden?«, brummte sie.

Es war ein heruntergekommenes Ding, in jeder Weise Navis Gegenstück, ramponiert, alt und verschrammt. Die Plane aus groben Leinen, die sein Holzgestänge bedeckte, war so zerrissen, dass Jai an einigen Stellen ausgezeichnet hindurchsehen konnte.

»Der ist grundsolide«, sagte Rufus, stapfte vorwärts und schlug auf eines der Räder. »Eisenholzgestell, Eisenholzräder. Es gibt nichts Schlimmeres als einen zusammengebrochenen Wagen, wenn man auf der Straße unterwegs ist, darum ist es das, worauf's ankommt. Ist egal, ob er eine Tonne wiegt, wenn du ein Khiro hast, das ihn zieht. Wir flicken ihn zusammen, wenn wir heute Nacht kampieren. Keine Ställe jetzt mehr für euch. Oder Tavernen, was das angeht.«

Er teilte den offenen Spalt an der Vorderseite und zeigte ihnen das Innere. Darin lag eine dicke Schicht von frischem Stroh, wie auch ein enormer Sack, von dem Jai vermutete, dass er noch mehr Gemüse enthielt. Sonst gab es nicht viel anderes, lediglich eine Schnur mit Knoblauchknollen und eine dicke gesalzene Schweinekeule, die von den Weidensparren herabhingen. So viel, dass es notfalls für die ganze Reise reichte.

»Ist noch etwas übrig?«, wollte Frida wissen. »Oder hast du alles ausgegeben?«

Rufus murrte und streckte seine Schwarte von einer Faust aus, um eine Handvoll Münzen in ihre Hand fallen zu lassen.

»Für das Geschäft, das ihr gemacht habt, solltet ihr eigentlich mich bezahlen. Ein Khiro und ein Wagen müssten das Doppelte von dem kosten, was ich ausgegeben hab.«

Frida hingegen blieb unbeeindruckt. Sie steckte die Sesterii in ihren Geldbeutel und betrachtete ihre Umgebung. Das Dorf war klein, kaum mehr als ein umfriedeter Marktplatz mit baufälligen Hütten entlang der Mauern. Aber es gab Waren zum Verkauf. Nicht nur Essen, sondern auch Leder, Felle, Gewürze, sogar Werkzeuge.

»Nach dem heutigen Tag«, sagte sie, »würde ich die Dörfer lieber vermeiden. Also kaufen wir hier, was wir brauchen. Und zwar alles.«

Rufus rollte die Augen, gewährte ihnen aber schließlich ein knappes Nicken.

»Ist euer Geld. Aber wir brechen am besten bald auf. Die Legion wird innerhalb einer Stunde unterwegs sein, und sie sind nicht weit weg.«

Frida hatte Jai bereits am Arm gepackt. Es sah ganz so aus, als würden sie einkaufen gehen.

62

Frida war in einer merkwürdig guten Stimmung, während sie über den Marktplatz schlenderten und von Stand zu Stand, von Laden zu Laden blickten. Da sie genug Gemüse und Fleisch hatten, um sich auf absehbare Zeit auf den Beinen zu halten, umgingen sie die etwas überfüllten Essensstände und gingen zu den Läden.

In Jais Augen wirkte die Zofe viel zu entspannt, wenn sie ihr tintenbeflecktes Haar auch bedeckt hielt. Selbst in ihrem matronenhaften Kittel zog sie die Blicke von anderen auf sich. Das Kleid war zu eng für sie und kaschierte kaum ihre schlanke, feminine Gestalt, und auch der Schal verdeckte ihre markanten Gesichtszüge nicht. Ihre natürliche Schönheit war schwer zu verbergen.

Er selbst hatte kaum etwas, um seine eigene Erscheinung zu tarnen, aber er hielt den Kopf gesenkt und seine Stirnfransen über den Augen. Das würde reichen müssen. Er vermutete, dass sein allgemeiner Zustand die meisten Leute dazu brachte, einen weiten Bogen um ihn zu machen.

»Der da«, sagte Frida. »Schnell jetzt.«

Sie deutete auf einen niedrigen Ladeneingang. Seltsamerweise wies er kein Symbol oder Schild auf, um anzuzeigen, welche Waren er im Inneren anbot, denn er hatte keine Fenster. Sein einziges vorstechendes Merkmal war, dass niemand darin – oder auch nur in seiner Nähe – zu sein schien. Tatsächlich war Jai sich nicht einmal sicher, ob es überhaupt ein Laden war, und das sagte er auch.

»Schau mal da«, sagte Frida und wies mit einem Nicken zum Türsturz. »Siehst du das Symbol?«

Jai schaute genauer hin und konnte dort einen Handabdruck ausmachen. Er sah kaum nach etwas Besonderem aus, beinahe wie die Fingermalerei eines Kindes.

»Was ist das?«, fragte er.

»Es bedeutet, dass dieser Laden Dinge für die Seelenverbundenen verkauft«, sagte Frida. »Es ist ein Salbentopf. Ein kleiner zwar, aber der wird das haben, was wir brauchen.«

Jai runzelte die Stirn. »In Latium habe ich nie einen gesehen.«

Frida lachte. »So etwas würdest du auch nicht zu sehen bekommen. Die Greifengarde verfügt in ihrem Hauptquartier bestimmt über alles, was man sich nur wünschen kann.«

»Warum diese Heimlichkeit?«, fragte er. »Warum einen Salbentopf verbergen?«

Frida schüttelte den Kopf und warf Jai einen mitleidigen Blick zu, der nur leicht bevormundend war.

»Ein gutes Seelenjuwel ist mehr wert als das Zuhause der meisten Leute. Die mit ihnen handeln, bevorzugen es, verborgen zu bleiben – es hält die Banditen von ihren Türen fern. Nicht dass irgendjemand, der auch nur halb bei Verstand ist, einen Salbentopf ausrauben würde. Normalerweise gehören sie seelenverbundenen Kriegern im Ruhestand, die dann endlich die Waren verkaufen, die sie im Lauf ihrer Karrieren angesammelt haben.«

Jai bekam keine Gelegenheit, Frida zu antworten, denn sie verschwand bereits in die dunklen Räumlichkeiten des Ladens, ehe er auch nur verarbeiten konnte, was sie gerade gesagt hatte. Er folgte ihr jedoch gespannt. Das hier war etwas Neues.

Im Inneren des Ladens fiel Jai sofort der Kräutergeruch auf. Mit seinem sich langsam erschöpfenden Mana, das seine Sinne verstärkte, war er überwältigend.

Der Platz im Inneren war klein, und er wagte es kaum, sich zu bewegen, da er fürchtete, etwas umzuwerfen. Eine Theke mit einem von einem Vorhang verhängten Durchgang nahm den größten Teil des Raums ein. Frida lehnte sich dagegen und klopfte mit ihren Knöcheln auf das Holz.

Jai war nicht in Eile und drehte sich mit großen Augen langsam um. Die Wände waren bis an die Dachsparren mit Flaschen, Kisten und Schachteln vollgepackt, die unsicher auf schiefen Regalen balancierten. Blätter, Wurzeln, Rinden, Blütenblätter und Samen waren in Körben verstaut oder hingen in Girlanden von der Decke.

Überall waren verkorkte Glasflaschen und Krüge zu sehen, angefüllt mit Flüssigkeiten, Tinkturen, Harzen und Salben, wenn auf den Etiketten, die sie zierten, die Wahrheit stand. Am seltsamsten aber schienen ihm die Pillen zu sein.

Jai hatte auch zuvor schon Pillen gesehen, denn Leonids Gebrechen, tatsächliche und eingebildete, hatten gelegentlich ihren Einsatz gefordert. Selbst Constantin sollte den Gerüchten nach fragwürdige aphrodisierende Pillen genommen haben, sodass sie den Spitznamen »kleine Kaiser« erhalten hatten.

Aber diese hier … sie faszinierten ihn aufgrund ihrer Menge und ihrer Farben.

Einige waren harte, kreidige Kügelchen, die von Hand geformt waren und in Körben voller Sägemehl aufbewahrt wurden. Andere kamen in seltsamen, in Reispapier eingewickelten Kapseln, die in ihren Gläsern und Urnen hoch aufgehäuft waren.

Fridas Knöchel klopften noch einmal auf die Theke, und schließlich hörte Jai von oben das Geräusch von Bewegung. Sie drehte sich um und lächelte ihm gezwungen zu.

»Es mag nicht der am besten bestückte Laden sein, aber er wird bestimmt das haben, was wir brauchen.«

Jai konnte sich nicht vorstellen, wie ein gut bestückter Salbentopf aussehen mochte, wenn dies keiner war. Noch konnte er sich vorstellen, was für einen Gegenstand Frida haben wollte. Als er genauer hinsah, konnte er sogar Körperteile von Tieren sehen, die auf den Regalen in gelbgrünen Flüssigkeiten eingelegt waren.

»Was wollt ihr denn?«, fragte eine zittrige Stimme aus dem mit einem Vorhang verhängten Hinterraum.

»Wir haben jede Menge Denarii und auch die Absicht, sie alle auszugeben«, rief Frida zurück.

Ein verärgertes Grummeln ertönte, dann teilten sich die Vorhänge. Eine kleine, runzlige Frau kam hervor. Sie war so klein und vornübergebeugt, dass ihre winzigen schwarzen Augen kaum über die Theke blicken konnten. Es war jedoch nicht die Frau, die Jais Aufmerksamkeit weckte, sondern das Tier, das sich von den Dachsparren auf ihrer Schulter niederließ.

In mancherlei Hinsicht ähnelte es einem Affen, versehen mit zupackenden Händen, einem flachen Gesicht und aufgeweckten, intelligenten Augen. Ansonsten sah es aber wie ein Eichhörnchen aus, mit einem unglaublich langen und flauschigen Schwanz, der über seinen büscheligen Ohren hin und her peitschte, wobei er es irgendwie schaffte, nichts umzuwerfen.

Die Frau erfasste sie mit einem einzigen Blick, dann kaute sie auf ihrer Lippe.

»Salbentöpfe schlagen sich auf keine Seite«, bemerkte sie. »Und wahre Samarier erzählen keine Lügen. Aber eine Danskin und ein Steppenmann … das bedeutet gewiss Ärger.«

Jai wollte schon protestieren, doch Frida zog seinen Blick auf sich und schüttelte den Kopf.

»Wenn du uns ablehnst, dann ist das so, als würdest du dich auf die Seite der Sabiner schlagen«, sagte sie. »Du bist eine Ladenbesitzerin. Also führ deinen Laden.«

Die alte Frau sagte nichts, bis Frida ihren Geldbeutel auf die Theke entleerte. Eine Münze rollte auf den Rand zu, und die alte Frau schlug ihre Hand auf sie. Sie hob sie wieder auf und hielt sie ihrem Tier hin.

Es schnüffelte daran, dann biss es hinein, ehe es ein lebhaftes Geplapper ausstieß. Die alte Frau starrte sie einen weiteren Augenblick lang an, dann nickte sie knapp.

»Wenn ihr erwischt werdet, seid ihr nie hier gewesen. Verstanden?«

Plötzlich merkte Jai, dass sein Mund zu trocken zum Sprechen war, also nickte er zur Antwort.

»Mein Pithecus hier wird euch holen, was ihr wollt, wenn es außer Reichweite ist. Zeigt einfach darauf, und er bringt es zur Theke.«

Die Verkäuferin unterstrich dies mit einem Ächzen, als sie sich auf einem großen Stuhl niederließ. Der Pithecus schnatterte aufgeregt und sprang auf die Dachsparren, um sie genau zu beobachten. Es schien so, als stünde Stehlen außer Frage. Nicht dass Jai versucht gewesen wäre.

»Wir brauchen Pillen für die Seelenatmung«, sagte Frida auf ihre übliche unverblümte Art.

Die alte Frau lächelte.

»Das habe ich mir schon gedacht. Der alten Kenna entgeht nichts.«

Dann zwinkerte sie Jai zu und wedelte mit ihrer knotigen Hand.

»Ich habe Pillen für schnellere Reinigung. Pillen, um leichter in Trance zu gelangen. Pillen, um sie länger andauern zu lassen. Pillen, um dir das Atmen zu erleichtern. Ich habe sogar Pillen, die dich mit Mana füllen, aber die kosten mehr, als ihr habt.«

Neugierig blickte Jai sie an. Kennas Akzent glich dem von Rufus – also war das noch jemand aus den Samarischen Landen. Frida beachtete sie gar nicht. Sie durchstöberte bereits die Regale des Ladens und hob Dinge an das dürftige Licht des einzigen Oberlichts, um sie besser in Augenschein nehmen zu können.

Jai stand verlegen da und mühte sich ein Lächeln ab. Die alte Dame lächelte freundlich zurück.

»Dein Tier … ich habe noch nie zuvor ein solches Tier gesehen«, sagte Jai und zuckte zusammen, als – infolge von Fridas Suche – der Deckel eines Topfes über den gepflasterten Boden rollte.

»Oh, er ist auch eine Seltenheit. Kommt aus einem Land jenseits der Silbernen Meere und obendrein noch weit darüber hinaus. Hat mich meinen halben Laden gekostet, um die Wahrheit zu sagen. Aber als mein Schreckenswolf starb, konnte ich einfach nicht ohne einen Gefährten bleiben.«

Von Schreckenswölfen hatte Jai gehört. Da sie größer und stärker als ihre gewöhnlicheren Wolfs- und Hundevettern waren, gaben sie hervorragende Totems ab.

»Wo ist dein Khiro?«, fragte Kenna. »Das dort draußen scheint ein wenig alt für dich zu sein.«

Sie bemerkte seinen überraschten Ausdruck.

»Ich kann es an euch beiden riechen«, sagte sie. »Ich weiß, dass es nicht weit entfernt ist.«

Jai verharrte einen Augenblick und dachte über sie nach. Konnte er ihr anvertrauen, dass er einen Drachen besaß?

»Du sagst, dass du eine Samarierin bist«, begann er. »Und du hast auch einen Akzent, der dazu passt. Aber ich habe gehört, dass heutzutage kaum jemand von euch noch religiös sein soll.«

Sie lächelte, dann legte sie den Kopf schief und hob das Haar hinter ihrem Ohr an. Dort sah er, in Schwarz tätowiert, das Symbol des offenen Auges. Das gleiche Symbol also, das auch Rufus aufwies. Sie ließ ihr Haar herabfallen.

»Eine Lüge, und meine Seele geht direkt ins Höllenfeuer. Unser Wort gilt. Inzwischen ist es eine aussterbende Religion. Aber diejenigen, die ihr anhängen, gedeihen trotzdem.«

Jai nickte höflich, aber ihre Zusicherung trug nur wenig dazu bei, seine Sorgen zu zerstreuen. Soweit er wusste, war es möglich, dass sie gerade jetzt log.

»Ich brauche einen Ranzen«, sagte Jai. »Ich weiß, es ist nicht gerade das, was du hier verkaufst, aber ich werde einen angemessenen Preis bezahlen, wenn du einen übrig hast.«

Ein Lächeln brach auf ihrem Gesicht aus.

»Ich habe sogar genau das Richtige. Es ist allerdings nicht billig.«

Sie verschwand wieder hinter dem Vorhang, und Jai höre sie langsam die Treppen hinaufstapfen.

Über ihnen ließ sich der Pithecus an seinem Schwanz herunter. Sein schwarzweiß gestreiftes Fell war gesträubt, als er ihn mit großen sanften Augen anstarrte.

»Frida«, zischte Jai, den sein Starren verunsicherte. »Wonach suchst du überhaupt?«

Immer noch kramte Frida herum.

»Sie hat genügend Zutaten, aber die vorgefertigten Pillen, die sie anbietet, sind es kaum wert, sie zu schlucken. Ist etwas für Akolythen, die sich noch selbst reinigen.«

»Das ergibt Sinn«, sagte Jai.

Wegen des Geruchs der Kräuter, Gewürze und was da auch immer auf den Regalen vor sich hin schimmelte, begann Jai schlecht zu werden. Kein Wunder, dass die Ladenbesitzerin es vorzog, sich im Obergeschoss aufzuhalten.

Er hörte das Klimpern der Vorhangringe auf ihrer Stange und drehte sich zu Kenna um, die einen ledernen Tornister hochhielt. Es war ungefähr so einer wie die, die auch die Legionäre trugen. Auf seine zweifelnde Miene hin öffnete sie ihn jedoch wortlos und zeigte ihm das Innere, wo sie Taschen und Netze hinzugefügt hatte, um noch andere Gegenstände aufzubewahren. Am besten von allem war, dass genügend Platz für Winter war, wenn der kleine Drache auch innerhalb weniger Tage um über zwei Zentimeter gewachsen war. Bald würde es nicht mehr so einfach sein, sie außer Sichtweite zu halten.

»Fünf Sesterii«, sagte sie. »Und bevor du nach einem Nachlass fragst, das ist ein anständiger Preis.«

Seltsamerweise hielt Frida auch gar nicht dagegen. Sie zählte die Münzen ab und schob jede mit einem Finger über die Theke.

»Dann brauche ich …«, begann sie, aber die Ladenbesitzerin hatte bereits eine einzelne goldfarbene Pille auf den Tisch gelegt. Sogar im Dämmerlicht des Ladens schien sie zu glühen.

»Ist es das, wonach du suchst?«

Frida sah aus, als würde ihr bei dem Anblick geradezu das Wasser im Mund zusammenlaufen.

»Es ist eine Lustrationspille. Eine dritten Grades, bevor du dich zu sehr freust«, sagte Kenna. »Aber Qualität ersten Grades könntet ihr euch ohnehin nicht leisten. Das wird die Geschwindigkeit deiner

Seelenatmung verdoppeln und eine Weile auch dein Mana reinigen. Sie könnte dir vielleicht sogar helfen, zur nächsten Stufe voranzuschreiten. Ich nehme zehn Sesterii dafür. Und bevor du nochmal fragst, ich denke, dass auch das ein guter Preis ist.«

»In Ordnung«, sagte Frida.

Jai stieß ein leises protestierendes Grummeln aus, doch über dem Klingeln der Münzen, als Frida sie abzählte, war es kaum hörbar. Währenddessen schaute er hungrig auf die Pillen im Laden.

Es war nicht so sehr der Umstand, dass sie wohlschmeckend aussahen – das taten sie eindeutig nicht, besonders da er die etwas grausigeren Zutaten, die vermutlich in ihnen verarbeitet waren, auch neben ihnen auf dem Regal sehen konnte.

Dennoch hoffte er, dass er mit dem dürftigen Überrest ihrer Münzen zumindest etwas kaufen konnte, was seinem eigenen Training eines Seelenverbundenen helfen mochte. Kenna grinste über seinen Gesichtsausdruck, und ihr Pithecus schwang sich zu einem Regal und wieder zurück. Eine kleine schwarze Hand öffnete sich vor Jais Gesicht und zeigte ihm ein Trio von schwarzen, verkapselten Pillen.

»Seelenatmungspillen. Vom Grad her ist das Ramsch. Ein Sesterii. Ist ein gutes Geschäft für dich. Ich kann nämlich sehen, dass du sie brauchst.«

63

Jai starrte an die schwankende Decke aus Zeltplane und versuchte sich daran zu gewöhnen, dass der hölzerne Boden ratterte und rumpelte. Sie ließen sich nicht sehen, denn Rufus hatte ein paar berittene Kundschafter der Legion vorbeirasen sehen, die dabei waren, Vorräte für das herankommende Heer zu arrangieren. Diese Männer gehörten zu den Wohlhabenderen in der Armee und wurden gut bezahlt, um sich um ihre Pferde zu kümmern, aber sie würden dennoch nicht zögern, sie auszurauben, selbst wenn sie nicht wussten, dass sie Flüchtlinge waren.

Der Wagen schützte sie natürlich vor den Blicken vorbeikommender Legionäre und bedeutete nachts einen Unterschlupf, aber er brachte auch seine eigenen Gefahren mit sich. Da waren die gefürchteten Zoll- und Steuerbeamten des Kaiserreichs, kleine Männer mit klebrigen Fingern, die die Straße mit Legionären im Schlepptau abgingen. Das hieß … zumindest hatte Leonid sie so beschrieben. Jetzt, da sich Jai und Frida in einem Fahrzeug befanden, bestand eben auch die Möglichkeit, dass man sie auf der Straße durchsuchte, oder an einem der vielen Schlagbäume, die vor ihnen lagen.

Inzwischen waren sechs Nächte vergangen, seitdem er und Frida dem Massaker entkommen waren. Auf diesem belebten Abschnitt würde es einige zusätzliche Wochen dauern, um den Punkt auf der Kaschmirstraße zu erreichen, an dem sie sich nach Norden wenden und die unbefestigten Wege nehmen würden, bis diese ebenfalls enden und sie gezwungen sein würden, zu Fuß weiterzugehen. Im Ganzen mochten sie für die Reise ungefähr zwei Monate brauchen. Alles Mögliche konnte da noch passieren.

Der Wagen war recht eng, kaum größer als ein Obstkarren mit in Dampf gebogenen Sparren und einer Zeltplane darüber. Er und Frida passten gerade so hinein, wenn sie Seite an Seite lagen, natürlich der Länge nach. In dieser Position gab es noch genug zusätzlichen Platz für eine einzelne Person, die im Schneidersitz am Eingang des Wagens sitzen konnte, selbst wenn sie so groß wie Rufus war … doch dann musste sie auch mit Knoblauchgirlanden vorliebnehmen, die ihr ins Gesicht hingen.

Da jemand die Nacht durchwachen musste, schien diese Einteilung gut zu funktionieren, und Jai war schon froh gewesen, als er gesehen hatte, dass Rufus auch Zubehör eingekauft hatte, das ihnen die Reise behaglicher machen sollte. Es umfasste einen verbeulten Schmortopf, Wasserflaschen, eine kleine Laterne zum Aufhängen und sogar ein paar Decken aus Rosshaar.

Jai bemerkte, dass sich das morgendliche Nickerchen, das er so sehr ersehnte, nicht einstellen wollte. Daher setzte er sich auf. Er kramte in seinem neuen Rucksack und lächelte in sich hinein. Winter hatte keine Zeit verloren, sich in dem warmen, fellgefütterten Fach darin einzuleben, wenn sie auch ihre Schnauzenspitze für frische Luft hinausragen ließ, soweit sie die in dem modrigen Inneren des Wagens überhaupt bekommen konnte.

Neben ihm saß Frida im Schneidersitz in der Ecke. Die goldene Pille lag in der Mitte ihrer Handfläche. Sie starrte sie stirnrunzelnd an.

»Denkst du, sie ist vergiftet?«, witzelte Jai. »Sie ist eine praktizierende Samarierin, weißt du. Du brauchst dir keine Sorgen zu machen.«

Er sagte das nur, um sie zu ermutigen, aber Frida warf ihm einen vernichtenden Blick aus blauen Augen zu, voller Geringschätzung und Mitleid.

»Samarier erzählen keine Lügen … wenn sie wahre Anhänger des Glaubens sind. Die Tätowierung hat echt ausgesehen, aber manche täuschen sie auch nur vor. Wenn allerdings ein echter Samarier so jemanden erwischt, erlaubt es ihm seine Religion, den Schwindler kaltblütig umzubringen. Für manche Schurken ist es das Risiko wert.«

Jai war verwirrt. »Warum würde irgendjemand so etwas vorspielen?«

Frida schüttelte den Kopf. »Du weißt so wenig von dieser Welt, Jai. Es gibt nur ganz wenige echte Samarier, aber sogar in der Tundra sind sie als vertrauenswürdige Abgesandte und Boten bekannt. Und auch als gute Händler. Du kannst dich auf die Qualität der Waren und Preise eines gesalbten Samariers verlassen, meistens jedenfalls. Aber ein Betrüger könnte die Tätowierung benutzen, um dich reinzulegen.«

»Meistens jedenfalls?«, fragte Jai.

Tatsächlich hatte er bisher – abgesehen von Rufus – nur wenige gesalbte Samarier getroffen, denn die kaiserliche Familie verachtete ihre Religion. Wenn die paar Abgesandten, auf die er getroffen war, zu ihnen gehört hatten, dann hatten sie es nicht bekannt gemacht.

»Ja. Selbst ein echter Samarier kann Wege finden, um die Wahrheit zu verdrehen. Kenna könnte mir zum Beispiel erzählen, dass diese Pille einen fairen Preis hat. Aber was, wenn sie sich nur von dieser Tatsache überzeugt hat, indem sie den Wert der Pille in ihrem Verstand … etwas aufgebläht hat? Samarier lernen es, sich selbst anzulügen, damit sie das dann auch bei anderen hinbekommen. Trotzdem, sie kann uns nicht allzu offensichtlich übers Ohr hauen, denn nicht einmal sie wird das sich selbst gegenüber verheimlichen können. Und wir hatten keine andere Wahl. Diese Salbentöpfe sind so selten. Und wenn ich mein Mana nicht schnell wieder auffülle, haben wir kaum einen Schutz, sobald Rufus uns verlässt. Nichts für ungut.«

Jai war zuerst ein wenig betroffen darüber, aber dann begriff er, dass er wenig getan hatte, um sie vom Gegenteil zu überzeugen. Dennoch dachte er, dass seine kleine Pattsituation im Phönix ziemlich gut gelaufen war, bis sich Rufus eingeschaltet hatte.

»Dann nimm sie«, sagte er. »Die Zeit zu zweifeln hat es im Salbentopf gegeben, aber nicht jetzt.«

Frida rümpfte die Nase und steckte die Pille ein.

»Pillen wie diese sind selten, und eine von einem so niedrigen Grad wird sicher nur ein paar Stunden lang wirken. Ich sollte erst unter ihrem Einfluss seelenatmen, wenn wir uns für die Nacht niedergelassen haben und die Ablenkungen der Straße vergessen sind. Ich schlage vor, du machst es genauso.«

Jai konnte geradezu fühlen, wie ihm die drei Pillen ein Loch in seine Tasche brannten, aber er verstand ihre Logik.

»Jetzt betreib entweder Seelenatmung oder geh schlafen, aber lass mich bitte in Ruhe. Ich brauche Zeit, um … nachzudenken.«

»Jai«, rief Rufus. »Komm hier hoch, Junge. Ich werde nicht die ganze Woche über euer Kutscher sein, und danach auch nicht. Am besten lernst du jetzt, wie du mit ihr umgehst, bevor die Straße tückisch wird.«

Jai schlugen die Zähne aufeinander, als er auf die Beine kam und dabei wegen des ruckelnden Wagens leicht schwankte. Er fragte sich, ob Rufus sie wohl belauscht hatte, und war sich dann auch beinahe sicher. Der Mann hörte wahrscheinlich sogar die Unterhaltungen in dem Wagen mit, der sich drei Dutzend Fuß vor ihnen befand. Das war einer der Vorteile, wenn man seelenverbunden war. Kein Wunder, dass Leonid so viele Schutz- und Abwehrzauber in den Wänden seines Gemachs platziert hatte.

Außerhalb des Wagens war es kalt, daher legte sich Jai eine der kratzigen Decken aus Rosshaar um, als er sich zu Rufus auf dem Kutschbock gesellte. Er blinzelte in das blaugraue Licht des Wintermorgens und starrte auf die Wildnis, die sie umgab.

So viel Land gab es dort. Ungezähmt, aber reich an Bäumen und fruchtbarer Erde. Es schien ausgeschlossen, dass die Sabiner mehr und immer noch mehr wollten. Nehmen um des Nehmens willen, um dann Linien auf einer Landkarte zu verrücken. Eigentlich brauchten sie das Ackerland der Hudditen gar nicht. Hier hatten sie genug

Land, um ihre Bevölkerung zu verdreifachen, wenn sie es nur nutzbar machten. Allerdings waren die Bauernhöfe der Hudditen eben schon vorhanden.

Jetzt würden die Legionen tief ins Kerngebiet von Jais Volk vorstoßen. Und wofür? Das Steppenvolk hortete wenige Schätze und tauschte mehr, als Münzen zu verwenden – so viel wusste er bereits. Mit dem Abschlachten seiner Leute waren keine Reichtümer zu gewinnen. Nur Gefesselte … und vermeintlicher Ruhm. Und davon hatten die Sabiner ebenfalls mehr als genug übrig.

»Ich wette, du bist froh, dass du da nicht durchwaten musst, was, Junge?«, fragte Rufus und riss Jai damit aus seinen Gedanken.

Der bärtige alte Krieger schnalzte erst mit der Zunge und zuckte dann an den Zügeln. Vor ihnen bugsierte Navi sie unter ihrem Joch nach rechts und vermied ein großes Schlagloch auf der Straße.

»Schnipp die Zügel, um sie losgehen zu lassen und zieh an ihnen, um sie zu verlangsamen. Zerr an ihnen, damit sie anhält. Zieh sie nach rechts, damit sie nach rechts geht … und zieh sie nach links, damit …«

Er ließ die Worte in der Luft hängen.

»Damit sie nach links geht«, sagte Jai.

»Und das ist schon alles, Junge.« Rufus lachte ausgiebig und schlug dann Jai auf den Rücken. »Du bist wirklich ein Naturtalent. Also Reiten ist nicht viel anders, abgesehen davon, oben zu bleiben natürlich. Ich sag dir, da hinten im Phönix gibt's ein paar Huren, die könnten ein bockendes Pferd zähm…«

Ein Räuspern innerhalb des Wagens schnitt ihm das Wort ab.

»Später zeig ich dir dann, wie du sie anschirrst und vor den Wagen spannst. Khiroi mögen es herumzuwandern. Ist in ihrem Blut, ein wenig wie bei euch Steppenleuten, oder? Magst du's, unterwegs zu sein?«

Jai grinste und bemerkte plötzlich Rufus' flache Atemzüge. Der Mann kultivierte Mana mit einer solchen Leichtigkeit, dass er gleichzeitig sprechen konnte.

»Hast du das Tagebuch gelesen?«, fragte Jai.

Rufus starrte schweigend auf die Straße vor ihnen. Es gab wenig zu betrachten, und nach einer Weile dachte Jai, der Mann würde gar nicht mehr antworten. Aber endlich sprach er doch.

»Ich hab damit angefangen. Aber … ich hab Schlaf gebraucht.«

Aus der Innentasche seiner Jacke zog der Mann eine Metallflasche heraus und nahm einen Schluck. Jai brauchte kein Seelenverbundener zu sein, um den Geruch von hartem Alkohol zu riechen. Diesmal war das kein Wein, sondern irgendetwas Stärkeres.

Rufus, der Jais Blick bemerkte, räusperte sich und bot ihm dann mit einem irgendwie schuldbewussten Ausdruck die Flasche an.

»Lässt dir Haare auf der Brust wachsen«, sagte er.

»Da müsste noch eine ganze Menge kommen, wenn ich von meinen älteren Brüdern ausgehe«, erwiderte Jai. Er nahm einen Schluck und verzog das Gesicht, ehe er ihm die Flasche zurückgab, als sei sie ein heißes Stück Kohle.

Der stechende Schmerz des Verlustes durchfuhr ihn, als er sich an seine Brüder erinnerte, und plötzlich hatte er den jähen Drang zu weinen. Er ließ auch eine Träne zu, zwang den Rest aber zurück. Nicht aus Scham, sondern weil ihm seine Abmachung mit Rufus einfiel. Er hatte eine Menge hergegeben, um sich diese Ausbildung zu erlauben. Allmählich wurde es Zeit, daraus einen Nutzen zu ziehen.

64

Frida wollte während der Mittagszeit weiterfahren und machte im Inneren des Wagens in einem Kochtopf ein Feuer. Aber Rufus bestand darauf, dass sie am Straßenrand anhielten, um sich ihr Mittagessen zu kochen. Er behauptete, er müsse sich die Beine vertreten.

Jai störte die Unterbrechung nicht, denn während Frida in den Kohlen herumstocherte und darauf wartete, dass das Essen Blasen warf, führte Rufus ihn weiter vom Weg fort. Er bewaffnete sich mit einem langen Stecken und lehrte Jai die Kunst des Gehens.

Jai verlor noch immer beinahe so viel Mana, wie er durch die Seelenatmung gewann, selbst mit der Kolibri-Methode. Es war bestimmt nicht genug Mana, um es auf irgendeine andere Art zu verbrauchen, als seine seelenverbundenen und geschärften Sinne zu benutzen. Bis er lernen würde, genug davon zu speichern, um es als Waffe einzusetzen, konnte etwas Geschick mit einer Klinge nicht verkehrt sein. Ganz davon abgesehen, dass es bestimmt nicht schaden würde, wenn Frida sah, dass er in der Lage war, ein Schwert zu schwingen. Vielleicht half es sogar.

»Mach dich bereit, Junge«, sagte Rufus. »Ich bin im Vorteil.«

Darüber spottete Jai ein wenig. Rufus mochte ein mächtiger, seelenverbundener Krieger sein, aber der Stecken, den er vor sich hielt, war mehr eine Reitgerte als ein Knüppel. Jai andererseits hielt sein rostiges Schwert in den Händen. Rostig war es, aber scharf genug, um ohne großen Aufwand durch eine Karotte zu schneiden. Die Haut eines Seelenverbundenen mochte vielleicht zäh sein, aber wenn er nicht vorsichtig war, konnte er Rufus damit aufspießen.

»Ich versuche, dich nicht zu verletzen«, sagte er.

Fridas Kichern verletzte seine Gefühle nur leicht. Er drehte sich um und sah, wie sie ihre Pille hinunterschluckte. Jetzt gab es kein Zurück mehr.

»Hast du Mana, Junge?«, fragte Rufus. »Auch ein kleiner Rest wird reichen.«

Jai kniff die Augen halb zusammen und atmete schneller. Er glitt in die Halbtrance hinüber, was der Welt eine vage Einblendung seines Kerns hinzufügte. Jeden Tag konnte er mehr und mehr davon sehen. Er schien so klein zu sein, wie er da gleich einem Samenkorn in der Leere seiner Mitte zu hängen schien.

Ein Samenkorn mit einem winzigen Tröpfchen Mana darin. Aber das war alles, was er an diesem Morgen hatte sammeln können ... und mehr.

»Ich habe Mana«, sagte Jai. »Nur ... da ist mehr, als ich eigentlich haben dürfte ...«

Rufus nickte. »Du hast ein gutes Tier, ja, das hast du«, sagte er. »Für verbundene Tiere ist es natürlich, dass sie dir ihr Mana geben, aber es kommt kaum vor, wenn sie so jung sind, und selten ist es dann so viel. Sie bekommen ohnehin nur wenig, weil sie nicht selbst seelenatmen können. Es tröpfelt langsam in sie rein – also muss sie den ganzen Morgen damit zugebracht haben, es in deine Richtung zu schieben. Anfangs brauchen sie eine ganze Weile, um es hinzubekommen, besonders wenn du weit entfernt bist. Winter wird gefühlt haben, dass du es mehr brauchst als sie. Schlaues Mädchen.«

Er kicherte, obwohl Jai den Witz daran nicht verstand.

Dennoch sandte er seinem Tier ein Pulsieren aus Dankbarkeit und fühlte im Gegenzug ihre schläfrige Anerkennung. Er wurde auch immer geschickter darin, sich mit ihr zu verständigen. Diese ... Übertragung von Gefühlen, es war wie eine andere Sprache.

»Also wenn du weit entfernt von deinem Tier bist …«

»Junge, ich verschwende es ungern aufs Training, aber ich kann dir natürlich schlecht beibringen, mit deinem Mana umzugehen, wenn du keines hast. Das Kultivieren ist ein langwieriger Prozess, und wenn deine Mana-Reserven niedrig sind, brauchst du andere Möglichkeiten, um dich zu schützen, als externe Magick.«

Jai hörte aufmerksam zu. Jede Sekte, die Greifengarde eingeschlossen, lehrte ihren Akolythen diese Lektionen, oft über Jahre hinweg. Er aber würde alles in eine einzige Woche packen müssen. Selbst die Theorie einer Fähigkeit zu lernen, auch wenn er sie noch nicht ausführen konnte, würde ihm etwas geben, auf das er hinarbeiten konnte, wenn er endlich aufstieg.

»Amulette und Zaubersprüche mögen gut und schön sein, aber innerliche Magick ist noch wirksamer. Also, bevor du aufsteigst, verbraucht dein Körper jede Menge Mana von selbst – darum bist du beinahe leer. Du nutzt Mana, wenn du über deine natürliche Fähigkeit hinaus rennst oder einen Schlag härter ausführst, als deine Muskeln es von alleine zulassen würden. Sogar deine geschärften Sinne kommen mit einem Preis. Aber das ereignet sich alles irgendwie unbewusst. Wenn du dein Mana bündelst, es dahin schickst, wo es gebraucht wird, dann kannst du noch schneller rennen, wenn du das willst. Kannst härter zuschlagen. Sogar besser riechen und weiter sehen.«

Jai machte sofort große Augen. Das war es, wofür er bezahlt hatte.

»Sollte Frida sich das nicht auch anhören?«, fragte er. Sie waren ein ganzes Stück von ihr entfernt, wo der Boden etwas ebener war.

Rufus grinste. »Das wird sogar sie wissen, obwohl es nicht viel heißen muss. Diese Dansken, die haben nie eine Sekte gebildet. Haben ihre Drachen inmitten ihrer Königsfamilie gehalten und so. Oh, sie wissen schon ein paar Sachen. Geteiltes Wissen, von Eltern an ihre Kinder weitergegeben. Aber sie haben sich immer viel zu sehr auf die Stärken ihrer Tiere verlassen, auf Höhlenbären, Schreckenswölfe und dergleichen. Außer den Mammuten der weiten Steppe gehören Drachen zu den größten Tieren, mit denen man sich verbinden kann.«

Jai zuckte die Achseln. »Das habe ich auch schon gehört. Aber Frida …«

Er bremste sich. Er hatte Rufus so wenig er konnte über Frida erzählt, denn schließlich war es nicht an ihm, ihre Geheimnisse zu teilen. Doch Rufus schien zu wissen, dass sie einmal mit einem Drachen verbunden gewesen war.

Rufus missverstand ihn. »Einige aus dem danskischen Adel reiten auch Drachen, das ist schon wahr. Zweitgeborene Söhne und Töchter von früheren Generationen der Königsfamilie, meistens sind das diejenigen, die in den Adel eingeheiratet haben und die Tradition weitertragen. Die junge Frida hat höchstwahrscheinlich irgendeinen vagen Anspruch auf den Thron.«

Jai nickte langsam. Für die Tochter einer Familie aus dem niederen Adel wäre es keineswegs ungewöhnlich, als Bedienstete einer Prinzessin zu dienen. Jai wollte sie unbedingt danach fragen. Für den Augenblick allerdings musste er noch mehr wissen.

»Wie kann denn überhaupt jemand sicher … aufsteigen?«, erkundigte er sich.

Mit hochgezogenen Augenbrauen blickte ihn Rufus an. »Du weißt wirklich nicht viel, Junge, oder?«, fragte er.

Jai verzog das Gesicht und nickte. »In Latium hat die Greifengarde ihre Methoden geheim gehalten. Es war, als gäbe ihnen ihr Wissen um die Magick ein Druckmittel über die kaiserliche Familie. Was ich weiß, das weiß ich alles von der Amah aus meiner Kindheit. Meiner Kinderfrau. Das, und dazu noch mitgehörte Unterhaltungen sowie das Wenige, das Leonid über sie geschrieben hat. Oder die alten Gardisten, wenn sie über vergangene Kriege redeten. Fragmente eben.«

Rufus zerzauste Jai das Haar.

»Na, Junge, der Aufstieg ist nicht wirklich was, über das du dir Gedanken machen musst.«

»Oh?«, fragte Jai.

»Liegt daran, dass es nichts gibt, was man dagegen tun kann«, sagte Rufus grinsend. »Wenn dein Kern einmal gewachsen und dick genug ist, wird es von selbst passieren. Kann sein, dass du's überlebst, kann aber auch sein, dass nicht. Manche Leute können die Belastung nicht aushalten.«

Entsetzt starrte Jai ihn an.

»Ich hab einen Mann gesehen, der in dem Augenblick aufgestiegen ist, als er grad im Ozean schwamm. Hab zugesehen, wie er dabei ertrunken ist. Ich hab gesehen, wie ein paar mitten in einer Schlacht aufgestiegen sind und ihre Kehlen durchgeschnitten bekommen haben. Hab sogar von einer Frau gehört, die zwischen den Beinen ihres Liebhabers aufgestiegen ist.«

Er schlug Jai auf den Rücken. »Musst einfach ein starkes Herz haben. Oder zu stur zum Sterben sein. Ich denk mal, du hast zumindest die letztere Eigenschaft.«

Jai atmete tief die frische Luft ein.

»Also, du hast gesagt, ich kann schneller zuschlagen?«

Rufus verschwamm auf der Stelle. Er bewegte sich so schnell, dass Jai den Schlag kaum kommen sah. Stattdessen fühlte er das rote Aufflammen von Schmerz auf den Schultern.

Der große Mann tanzte zurück und ließ ein Grinsen aufblitzen, mit dem er Jai meinte. »Das war, um dich … ordentlich anzuspornen.«

Jai biss die Zähne zusammen und hob sein Schwert an. Das Ding war so verrostet und stumpf, dass er es bei mehr als einer Gelegenheit an der Schneide hochgehoben hatte.

Es ist nicht so scharf, stimmt's?

Er stürzte vorwärts und fühlte praktisch, wie das Mana aus seinem Kern sickerte, als er mit dem Schwert einen wilden Schlag ausführte. Ein schneller Klaps von Rufus' Stock bohrte es in den Boden, und Jai fand sich dabei wieder, wie er an dem Mann mittleren Alters vorbeistolperte. Der schnelle Stoß, der darauf folgte, schickte ihn mit dem Gesicht voran zu Boden.

»An deiner Technik arbeiten wir ein andermal. Für Erste lass mich dir beibringen, wie du diesen Schlag lenkst. Beim ersten Mal ist es am schwersten. Ich will, dass du dich auf deinen Kern konzentrierst, wenn du deinen Körper über deine natürlichen Fähigkeiten hinaus antreibst, egal ob es um einen Sprint oder Schlag geht.«

Jai wischte sich ab und verdrängte seinen Ärger. Er erinnerte sich daran, dass es ihm egal gewesen wäre, wenn Frida nicht zugesehen hätte.

Tatsächlich, jetzt, da er zu ihr hinübersah, blickte sie nicht mehr her. Stattdessen saß sie im Schneidersitz auf dem Kutschbock des Wagens. Sie sah seltsam aus … tatsächlich stand ihr das Haar praktisch zu Berge, es fuhr leicht um sie herum auf, als hätte sie ihre Füße an einem wollenen Teppich gerieben. Was auch immer die Lustrationspille anstellte, sie schien es ganz schön in sich zu haben.

Jai hob sein Schwert auf und packte es mit beiden Händen.

»Ich habe kaum noch Mana übrig«, sagte er. »Also muss der hier zählen. Was mache ich, wenn ich zuschlage?«

Rufus stieß den Stock gegen Jais Brust.

»Du presst deinen Kern, während das Mana ihn verlässt. Drückst mehr hindurch. Es wird dem gleichen Weg zu welchem Körperglied auch immer folgen, das du benutzt, es wird nur mehr davon geben.«

Jai schloss die Augen.

»Wird dir nicht viel nützen, wenn du die Augen zumachen musst, um es zu tun«, sagte Rufus.

»Das werde ich später herausfinden«, murmelte Jai. »Zuerst möchte ich lernen, wie ich es überhaupt hinbekomme. Aber jetzt lass mich. Ich muss mich konzentrieren.«

»Wird dir auch nicht viel nützen, wenn du Stille brauch…«, kicherte Rufus, dann hielt er friedlich die Hände hoch, da Jai ihm einen finsteren Blick zuwarf.

Einmal mehr schloss Jai die Augen. Trieb in den Trancezustand. Sah seinen Kern, wie er in diesem Abyss schwebte. Das kostbare Mana, das Winter ihm gegeben hatte, wollte er nur ungern verschwenden. Aber das hier musste er lernen.

Er konzentrierte sich auf die Bewegung, die er gleich ausführen würde. Rufus war genau vor ihm und stand ein wenig zur Linken. Er musste einen einzelnen Schritt machen und in einem schnellen, kurzen Hieb zur Seite schneiden. Er konnte das vorwegnehmende Zucken seiner Muskeln spüren. Wusste, wo das Mana hingehen würde.

Trotzdem wartete er. Er ließ seinen Verstand zu seinem Kern hintreiben. Jetzt konnte er beinahe dessen Wände fühlen. Sie waren ebenso ein Teil von ihm wie das Herz, in dem sie sich befanden.

Wenn er seelenatmete, weitete er sich, dehnte sich aus, um einzuatmen.

Jetzt ... er presste den Kern, um hinauszudrücken. Als stieße er eine große Menge Luft aus, die sich in ihm aufgestaut hatte.

Er ließ das Mana so durch seinen Körper rauschen, dass es durch ihn hindurchfuhr wie ein Feuer durch seine Venen, wirbelnd und darauf wartend, wohin er es mit seinem Willen lenken würde. Im gleichen Augenblick führte er seine Bewegung aus.

Die Luft surrte mit der Geschwindigkeit des Schlags, und Jai fühlte dabei, wie er sich drehte, als seine Klinge nichts weiter traf als diese Luft. Er hatte keine solche Wucht erwartet, und seine Rückenmuskeln spannten sich aufgrund der plötzlichen Drehung seines Körpers hart an. Als sein Schwert ein dickes Grasbüschel aus dem Boden hackte, gab es einen dumpfen Schlag.

Jai sah, dass Rufus ein paar Schritte weit entfernt von ihm stand und sein Gesicht betastete.

»Hättest mir beinahe den Bart gestutzt«, kicherte der beleibte alte Mann. »Du lernst schnell, das muss man dir lassen. Aber was für eine scheußliche, scheußliche Technik du hast. Jetzt stell dich mal hin. Wird Zeit, dir zu zeigen, wie richtiger Schwertkampf ...«

Jai ließ ihm keine Zeit zu reagieren und schlug noch einmal mit dem Rest seines Manas zu. Rufus' Hand schoss vorwärts und legte sich wie ein Schraubstock um sein Handgelenk. Er riss einmal daran und stieß seinen Kopf vorwärts. Jai fühlte den harten Knall von Rufus' Stirn, und dass seine Nase wie eine überreife Frucht zerdrückt wurde.

Schmerz.

Er bemerkte nicht, dass er am Boden lag, bis die Welt wieder in sein Blickfeld schwamm. Er schnaubte, und ein Strom von warmem Blut floss ihm das Gesicht herab und ins Ohr hinein.

»Hier gibt's kein feines Getue«, lachte Rufus. »Kämpfen ist kein Sport. Es ist auch kein Tanz. Es ist eine Schlägerei, und das heißt, du setzt nicht nur deine Klinge ein.«

Jai lallte zusammenhangslos und spuckte das Blut von seiner aufgeplatzten Lippe. Rufus stieß ihn mit dem Fuß an.

»Auf die Beine. Nochmal!«

65

Jai schluckte so viel von dem Eintopf hinunter, wie er konnte. Genussvoll stöhnte er angesichts des dicken Nahrungsbreis, den sein Körper so dringend benötigte. Während der Tage, ehe sie Rufus getroffen hatten, etwas verschrumpeltes rohes Gemüse zu nagen, hatte ihm nichts genützt.

Er sorgte dafür, einen letzten Rest für Winter übrig zu lassen, die ihn wie ein Jungvogel hinunterschlang – indem sie die Schnauze zum sich gerade verdunkelnden Himmel richtete.

Jai zuckte zusammen, als er die Schale weglegte. Sein Körper war eine Masse aus Beulen und blauen Flecken, von den verschiedenen Muskeln, die er sich gezerrt hatte, ganz zu schweigen. Rufus war bei ihrem Kampftraining nicht zimperlich mit ihm umgegangen. Allerdings musste man ihm zugutehalten, dass er nicht schneller zugeschlagen und pariert hatte oder ausgewichen war als ein ganz gewöhnlicher Mann.

Mit dem Schwert zu kämpfen war, wie Jai nun feststellte, bei Weitem komplizierter, als er gedacht hatte. Es gab viel zu viel, um es auf einmal im Kopf zu behalten. Die Stellung seiner Füße – etwas, wovon er niemals gedacht hätte, dass das überhaupt eine Bedeutung haben könnte – schien alles zu sein, worüber Rufus sprach. Darüber und über seine Balance, und wie er sein Gewicht verteilt hatte. Es erinnerte ihn an den ersten Versuch seiner Brüder, ihm das Reiten auf einem

Pferd beizubringen – alles erschien ihm vollkommen fremdartig, doch der Lehrer ließ es irgendwie mühelos aussehen.

Kaum hatte er seine Klinge erhoben, als Rufus ihm schon eine Predigt über die eine oder andere Sache hielt. Und selbst wenn er es richtig hinbekam, wurden die nächsten hundert Sachen aufgezeigt: die Position seines Gegners, die Haltung seines Gegners, die Länge der Klinge seines Gegners sowie die Länge seiner eigenen. Und all das ehe er überhaupt begonnen hatte, über das Zuschlagen nachzudenken.

Schon bald hatte er es aufgegeben, die Dinge möglichst präzise hinzubekommen, und versuchte stattdessen, Rufus' Grinsen von seinem Gesicht zu wischen. In mancher Hinsicht hatte er sich die Prügel selbst zuzuschreiben.

»Kopf hoch, Junge«, sagte Rufus. »Könnte vielleicht nie passieren.«

»Was könnte vielleicht nie passieren?«, murmelte Jai.

Rufus lachte leise. »Ist nur so eine Redensart. Aber deine finstere Miene sagt mir, dass du sie hören musstest.«

Frida hatte gegessen, während sie miteinander gekämpft hatten, und nun saß sie auf dem Kutschbock und kultivierte Mana. Das zumindest verschaffte Jai ein wenig Erleichterung. Seine Lektion mit Rufus mochte vieles gewesen sein, beeindruckend aber nicht.

»Ich werde nie lernen, so zu kämpfen wie du«, sagte Jai. »Ich kann nicht alles auf einmal im Kopf behalten.«

Bedauernd schüttelte Rufus den Kopf.

»Du bist kein langsamerer Schüler als die meisten, das geb ich zu. Aber ich hab auch stumpfsinnige, brutale Kerle gesehen, die besser als die meisten gekämpft haben. Mit einer Klinge zu trainieren, lernt man nicht aus Büchern. Man lernt es auch nicht mit Hirnschmalz. Es ist einfach Übung. Du übst, damit sich dein Körper erinnert, nicht dein Verstand. Bald wird es dir in Fleisch und Blut übergehen. Wie tanzen. Oder vögeln.«

Jai rieb sich ein blutunterlaufenes Schienbein.

»Mein Körper wird das hier nicht so schnell vergessen.«

Rufus lachte.

Eine kleine, weiße Schnauze stupste gegen Jais Ellbogen, und er schaffte Platz für Winter, damit sie auf seinen Schoß springen konnte. Sie blickte ihn aus großen blauen Augen an und leckte eine seiner Schrammen.

»Gutes Mädchen«, sagte Jai und kratzte sie unter dem Kinn. Sie schnurrte und vergrub sich tiefer, ehe sie ihren Bauch zum Streicheln bloßlegte. Er wies einen Anflug von Rosa auf, ganz so wie der eines Welpen. Jai konnte nicht anders, als ihr den Gefallen zu tun.

»Also, Junge«, sagte Rufus. »Was hast du getan, um unsere ansässige Adlige davon zu überzeugen, dass du diesen Schlüpfling behalten durftest? Oder dich sogar mit ihm verbinden konntest? Die Greifengarde hat seit Jahrzehnten versucht, einen zu ergattern …«

Jai hatte nicht die Absicht, sein Wissen mit dem alten Ritter der Greifengarde zu teilen, egal, ob Titus das Geheimnis schon wusste oder nicht. Rufus hatte seine Geheimnisse. Jai würde seine eigenen ebenfalls für sich behalten.

»Das hat sie gar nicht«, sagte er. »Ich hab es selbst getan. Es ist … einfach passiert.«

Rufus beugte sich näher vor und warf Frida einen Blick zu. Sie schürzte ihre Lippen, wenn ihre Augen auch geschlossen blieben.

»Erzähl weiter«, drängte Rufus.

»Sag noch ein einziges Wort, Jai, und diese Klapse von Rufus, die du da ständig hinnimmst, werden sich wie sanfte Küsse anfühlen, wenn ich erst mit dir fertig bin.«

Fridas Stimme brachte Jai um die Gelegenheit, ihn abzuweisen, und erschreckte Winter mit ihrer Lautstärke.

»Ich hab nichts …«

»Noch. Ein. Wort«, schnappte Frida.

Das Mädchen verblieb mit geschlossenen Augen im Schneidersitz. Obwohl Jai nicht in der Lage war, ihrem Blick zu begegnen, spürte er ihre Wut.

»Na schön«, murrte Rufus. »Behaltet eure Geheimnisse.«

Sie saßen schweigend da und warteten darauf, dass die Spannung um sie herum abnahm. Jai fummelte an seinem Schwert herum und prüfte die Schneide. Er zog seinen Daumen fort. Es war immer noch scharf genug, um zu schneiden.

»Hier«, sagte Rufus. »Gib es her.«

Jai tat es, und der ergraute Krieger betrachtete es, kippte es erst in die eine und dann in die andere Richtung, ehe er es mit ein paar schnellen Stichen in die Luft ausprobierte.

»Das hast du Tullia abgenommen, stimmt's?«, fragte er.

Jai nickte und streckte die Hand nach der Klinge aus. Winter schnurrte und leckte mit einer weichen, nassen Zunge seine Handfläche.

»Ist ein feines Schwert. Gut ausbalanciert. Sieht wie kräftiger Stahl aus, wahrscheinlich eine damantinische Mischung, und vor Ort geschmiedet. Muss das von ihrem Vater gewesen sein, bevor er ihr Anwesen mit Alkohol und teuren Vorlieben in den Ruin getrieben hat.«

Jai sah nicht überzeugt aus.

»Hier«, sagte Rufus. »Schau her.«

Auf allen vieren scharrend suchte er die Lichtung ab. Völlig verwirrt sah Jai zu. Schon bald kehrte Rufus mit einer Handvoll Kieselsteine zurück.

»Sich um seine Klinge zu kümmern, das ist ausgesprochen wichtig. Eine Weißklinge hält sich zwar besser als jeder Stahl, aber du musst sie trotzdem ölen, auch die Scheide. Ich leih dir was von meinem. Aber diese hier … die muss geschärft werden.«

Er hielt einen Stein hoch.

»Es gibt Besseres als den da, aber der muss reichen. Quarz ist kein schlechter Schleifstein. Schau her, du brauchst einen flachen. Du nimmst ihn, und du …«

Rufus steckte seine Zunge zwischen die Zähne, während er am Rand der Klinge entlang schabte. Rost fiel herunter wie Bartstoppeln von einer Rasierklinge, während Rufus den Stein über die volle Länge des Schwertes zog.

»Sieh mal her, so machst du das jetzt die halbe Nacht lang, und am

Ende wirst du ein Schwert haben, das einem Löwenzahn den Kopf abschlagen kann. Wenn du nicht weiter mit mir trainierst, ist das natürlich alles, was du damit abschlagen wirst. Also, wir üben jeden Mittag, bis du den Bogen raushast. Abgemacht?«

Jai atmete tief aus und zuckte dann wegen der Schmerzen zusammen, die von den Prellungen entlang seiner Rippen herrührten.

»Abgemacht«, sagte er.

Er war schon jetzt überzeugt, dass er es irgendwann bereuen würde.

66

Eine Hand legte sich über Jais Mund und brachte seinen unfreiwilligen Schrei zum Schweigen. Rufus' bärtiges Gesicht füllte sein Blickfeld, ein Finger war auf seine Lippen gepresst.

Flehend hob Jai die Hände und wurde langsam freigelassen. Er setzte sich auf. Sein Herz hämmerte, von dem plötzlichen Adrenalinrausch war ihm schwindlig, und ihn verwirrte die Flut an Angst, die von Winter ausging.

Frida kauerte neben ihm und blickte aus dem Wagen hinaus, den Kopf zum Himmel gewandt.

Rufus beugte sich so nah zu ihm, dass seine Schnurrbarthaare Jais Ohren kitzelten.

»Die Greifengarde«, flüsterte er. »Auf der Jagd. Sie …«

Er hielt inne und richtete sein Ohr zum Himmel, während seine Finger über sein Ohrläppchen tanzten. Seine Augen blitzten weiß auf.

»Sie suchen ein danskisches Mädchen.«

Jai wagte kaum zu atmen. Winter raschelte im Stroh, und er drängte sie mit einem einzigen Gedanken zur Stille.

Also hatten sie Fridas Drachen gefunden. Sie hatten gesehen, dass ihm das Seelenjuwel aus der Brust geschnitten worden war, mit nichts Geringerem als einer Weißklinge. Sie wussten, dass sie am Leben und seelenverbunden war. Auf der Flucht, mit vollem Wissen über den Putsch im Palast.

Natürlich waren sie hinter ihr her. Wie konnten sie das auch nicht sein?

Rufus zog Frida vom Eingang zurück und schleuderte sie so gut wie ins Innere des Wagens. Er stieß einen lauten Fluch aus.

»Beweg deine faulen Knochen, Junge«, schnappte er. »Wir haben Gäste.«

Jai starrte noch, als Rufus schon in seinen Taschen herumkramte und eine Handschelle hervorzog. Ehe Jai ein Wort sagen konnte, hatte der große Mann sie um sein Handgelenk schnappen lassen, dann klopfte er auf Jais Halsberge. Er nickte zum Eingang hin, bevor er eine Flasche Schnaps aus seinen Taschen zog.

Frida runzelte die Stirn, als er sie entkorkte, aber anstatt einen Schluck zu nehmen, kippte er das meiste über sie und auch über Winter. Sofort füllte der scharfe Geruch von Alkohol den Wagen, und Rufus spritzte sich gleichermaßen großzügig etwas davon in seinen Bart.

Jai hatte kaum Zeit, das Rüstungsstück seines Vaters auszuziehen, als er schon am Hemdkragen hochgerissen und gewaltsam ins Freie geschoben wurde.

Draußen hockte ein Mann neben den Kohlen ihres Lagerfeuers, und selbst im schwachen Licht des Halbmonds konnte Jai seine goldene Rüstung glitzern sehen.

Unsicher darüber, was er sagen sollte, öffnete und schloss er bloß den Mund. Hinter dem ersten Mann strich ein Greifenpaar vor und zurück. Gelbe Adleraugen waren fest auf ihn gerichtet. Beide waren so groß wie Navi, und das Khiro wieherte nervös von seinem Platz neben dem Wagen aus, wo es festgebunden war.

Ein zweiter Mann stieg ab und tätschelte sein Totem. Dann gesellte er sich zu dem ersten. Beide blickten Jai offensichtlich belustigt an. Danach wurde Jai zur Seite geschoben, als Rufus aus dem Wagen auftauchte und sich die Augen rieb. Sein Hemd war aufgeknöpft, sodass die samarische Tätowierung unter seinem Schlüsselbein zum Vorschein kam.

»Entschuldigt meinen Jungen«, murmelte Rufus, wobei er seine Worte etwas verschliff. »Er ist noch neu. Man könnte sogar sagen, er ist so dumm wie ein Stein und zweimal so langsam.«

Mit einem Schnippen ließ der am nächsten stehende Greifenwächter ein Glitzerlicht aufflammen, das die Lichtung in einen ätherischen Schein tauchte. Sie befanden sich ein gutes Stück abseits der Straße im Schatten des Waldes. Wie waren sie entdeckt worden?

Der Mann, der näher bei ihnen stand, hatte rabenschwarzes Haar und wirkte schlanker als die meisten Greifenwächter. Sein Kamerad war das genaue Gegenteil, blond und so breit wie Magnus, wenn auch untersetzt und mit einem runden Gesicht.

»Dein Khiro«, sagte der Wächter. »Das ist ein seltenes Tier in dieser Gegend. Da dachten wir, dass wir mal nachsehen, wer ihr seid. Schließlich sind in diesen dunklen Zeiten eine Menge Steppenspione unterwegs. Darum haben wir einige ihrer Händler angehalten, während sie zu dem Ödland zurückgeflohen sind, das sie ihr Zuhause nennen… Das war … einigermaßen aufschlussreich.«

Der größere Mann stieß ein leises gutturales Lachen aus, ein hur hur hur, das Jai den Magen verdrehte.

»Aye«, sagte Rufus, während er sich den Bart kratzte. »Ich dachte, ein Steppenmann wüsste vielleicht mehr als ich darüber, wie man sie abrichtet. Umso mehr ist es um den da schade.«

Und jetzt begriff Jai.

Rufus konnte nicht lügen. Nicht direkt jedenfalls. Er war ein Samarier.

Jai fühlte, wie ihm das Blut aus dem Gesicht wich, während er Winter den Befehl sandte, still zu sein. Diese Männer … sie mochten durchaus das Stroh rascheln hören, wenn sie das Paar nicht zuerst rochen. Das mit dem Schnaps war geistesgegenwärtig gewesen. Doch jetzt bewegten sie sich auf Messers Schneide.

Der Mann zog eine dünne Augenbraue hoch, und das Glitzerlicht schwebte mit einem Zucken seiner Finger zu Navi hinüber.

»Die hat ordentlich was abbekommen«, knurrte Rufus und stieß Navi an. »Kennt ihren Platz.«

Der dunkelhaarige Mann ließ seinen Blick über Navis dünne Gestalt gleiten und betrachtete die vielen Narben, die kreuz und quer über ihr Fell verliefen. Sein Blick blieb auf Rufus' Brust hängen, und er schien sich beim Anblick der Tätowierung zu entspannen, denn seine Schultern senkten sich ein wenig.

Rufus stolperte vorwärts, bot ihnen seinen Flachmann an und stieß einen unfreiwilligen Rülpser aus.

»Trinkt etwas. So feine Krieger wie ihr ... müsst doch ein paar Geschichten zu erzählen haben.«

Der Mann hob seine Handflächen und rümpfte die Nase.

»Nichts für uns. Aber wir lassen unsere Totems eine Weile rasten, denn sie waren schon die ganze Nacht über in der Luft. Komm, setz dich zu uns ans Feuer. Ist eine Weile her, dass ich mit einem echten Samarier gesprochen habe. Ich bin Septimus, und das ist Bolat.«

»Ru-uufus«, sagte Rufus, während er ein weiteres Mal rülpste.

Falls Rufus gehofft hatte, sie mit seiner offenbaren Betrunkenheit weiterzuschicken, war das nach hinten losgegangen. Allem Anschein nach würden diese Soldaten gegenüber jedem aufschneiden, sogar einem Trunkenbold wie Rufus.

Septimus und sein Kamerad ließen sich auf einem der verrotteten Baumstämme am Feuer nieder, wo Jai und seine Begleiter nur ein paar Stunden zuvor gegessen hatten. Rufus hatte keine andere Wahl, als sich ihnen gegenüber hinzusetzen. Jai hielt sich verlegen im Hintergrund, bis sich sein »Herr« ihm zuwandte.

»Hol meinen Gästen etwas Proviant, Schlauberger. Oder ich gerb dir und deinem Vieh das Fell.«

Jai sprang auf, um ihm zu gehorchen, und kletterte in den Wagen zurück. Er war froh darüber, dass der Einstieg so ausgerichtet war, dass die Neuankömmlinge nicht hineinblicken konnten.

Drinnen machte sich Jai auf die Suche nach ihrem Topf, in dem das Gemüse und das Fleisch darauf warteten, für ihr morgendliches Frühstück gekocht zu werden.

Eine Hand tauchte aus dem Stroh auf und schob ihn zu ihm hin. Frida spähte aus der Ecke heraus, in die sie sich verkrochen hatte, und neben ihr sah er Winters Schwanz hervorragen.

Sie tauschten einen angsterfüllten Blick, aber als sich Jai umdrehte, um zurückzugehen, ergriff sie sein Handgelenk. Ihre Hand verschwand im Stroh, dann tauchte sie mit einer Handvoll Salz wieder auf. Das war ihr kompletter Vorrat für den Rest der Reise.

Sie warf es in den Topf. Jai kroch hinaus, ehe die anderen misstrauisch wurden.

»... gebettelt. Aber Borat hat so seine Art, die Wahrheit aus ihnen rauszuquetschen. Natürlich, bevor er ihnen die Hälse umdreht.«

Rufus lachte brüllend auf, überlang und laut. Sogar Septimus zuckte zusammen und rückte von dessen versprühtem Speichel weg. Bolat stierte nur finster. Sein Blick war beinahe hungrig. Er hatte ihn nicht von Jai abgewandt, seitdem dieser zurück war.

Jai beeilte sich, die Brühe zu verteilen und reichte jedem der beiden Männer eine Schale. Septimus roch ausgiebig daran, dann berührte er die Flüssigkeit mit seiner Zunge. Er verzog das Gesicht und stellte die Schale wieder weg. Bolat spuckte einfach aus und ignorierte Jais ausgestreckte Hand.

Schlechte Gesellschaft und noch schlechteres Essen. Was wäre sonst noch nötig, damit sich diese Männer wieder davonmachten?

»Aber genug von uns«, sagte jetzt Septimus. »Erzähl uns doch mal, was einen Samarier so weit weg von seiner Heimat bringt.«

Rufus nahm einen Schluck aus seiner Flasche und schmatzte laut.

»Wein«, rülpste er. »Frauen. Krieg. Gibt es sonst noch etwas Wertvolles auf der Welt?«

Er zog die Augenbrauen hoch, aber seine vage Antwort schien den Wächter nicht zu befriedigen.

»Krieg?«, fragte Septimus.

Rufus zuckte die Achseln. »Ich hab's mit Handel. Krieg bringt immer Gelegenheiten. Ein Unternehmen, das Dansken wie Steppenvolk bescheißt.«

»Oh?«, fragte Septimus, dessen Augen sofort aufleuchteten.

»Jawohl«, sagte Rufus, der wieder einen Zug aus seiner Flasche nahm. Jai hoffte nur, sie bemerkten nicht, dass sie bereits leer war.

Septimus rückte näher, und Jai geriet in Panik.

»Herr«, murmelte er und schlurfte heran, »wenn das Essen nicht nach Eurem Geschmack ist, kann ich Euch auch etwas anderes machen.«

Jai sah nicht einmal, wie sich die Hand des Mannes bewegte – er fühlte nur, wie ein Schlag über sein Gesicht peitschte und ihn in den Dreck wirbeln ließ. Septimus schnaubte und schüttete die Brühe so beiläufig über Jai aus, als würde er einen Nachttopf leeren.

»Den hier hat du schlecht erzogen«, sagte er. »Ein Gefesselter sollte nicht reden, es sei denn, er wird angesprochen, hörst du?«

Die letzten Worte hatte er an Jai gerichtet, ehe er sich wieder zu Rufus umdrehte.

»Eine strenge Hand ist alles, was ein Steppenmann je versteht.«

Jai kroch auf dem Bauch davon, nur um von einem genagelten Stiefel in den Schlamm gedrückt zu werden.

»Wir können ihn dir abnehmen«, knurrte Bolat, der seinen Fuß so lange auf ihn presste, bis Jai wimmerte. »Lassen wir die Greifen ihren Spaß mit ihm haben. Gute Sache, wenn sie sich an den Geschmack von einem frischen Steppenmann gewöhnen.«

Rufus schnaubte. »Er ist ein lausiger Koch und ein noch lausigerer Diener«, gab er zu. »Aber ich kann den Bengel noch gebrauchen. Jetzt bitte ich darum, dass du ihn wieder freilässt, damit er sich morgen nicht von seinen Diensten drückt.«

Bolat zog seinen Fuß zurück, und Jai hielt sich hustend und spuckend die Brust. Seelenverbunden oder nicht, es hatte sich eben so angefühlt, als würde ihm gleich der Brustkorb zerbrechen.

»Ist eine Schande«, knurrte Bolat.

Hinter ihm stieß der Greif des Mannes einen klagenden Schrei aus. Offenbar war er wegen der Mahlzeit, die ihm entgangen war, enttäuscht.

»Vielleicht …«, begann Bolat.

»Wie läuft der Krieg?«, fragte Rufus. »Die Legionen sind auf dem Marsch. Nehmen wir zuerst die Tundra ein, oder die Steppe?«

Septimus zog seine Augenbrauen hoch. »Was du wissen willst, ist nur dem Kaiser bekannt«, antwortete er. »Warum so neugierig?«

Rufus hob die Hände an. »Ich geh bis zur Grenze und nicht weiter. Ich will nur wissen, wie sicher es ist, oder ob ich früher umkehren sollte.«

Septimus stieß ein trockenes Lachen aus und bedeutete Rufus, seine Hände sinken zu lassen.

»Du musst doch mitbekommen haben, dass dir die Legion im Nacken sitzt. Frisch vom Abschlachten der danskischen Verräter – alles Patrioten. Keiner von denen wird dich behelligen, wenn du in ihrer Nähe bleibst.«

Rufus nickte dankend und starrte in die Flammen. Jai keuchte und versuchte weiterzukriechen, bis ein Tritt von Bolat dafür sorgte, dass er sich zusammenkrümmte. Jai umklammerte seinen Bauch, sein Mund öffnete und schloss sich, weil er keine Luft bekam, so wie der eines gestrandeten Fischs.

Falls Rufus es bemerkte, ließ er es sich nicht anmerken. Stattdessen blinzelte er ein paar Mal und ließ seine Augen halb zufallen. Septimus schnippte seine Finger vor Rufus' Gesicht, bis der alte Samarier den Kopf hob.

»War ein langer Tag«, murmelte er. »Tut mir leid.«

Septimus seufzte, ehe er sich auf die Knie schlug und sich aufrichtete. »Das war ein Fehler«, sagte er. »Komm, Bolat. Die Legion wird uns besser bewirten.«

»Bitte«, sagte Rufus, »bleibt doch noch etwas. Ich hab irgendwo was Selbstgebrautes, vielleicht …«

Septimus hielt eine Hand hoch, um ihn zum Schweigen zu bringen.

Die Greifen, die offenbar mit einem Gedanken herbeigerufen worden waren, strichen näher, und Septimus und Bolat waren schon aufgesessen, bevor Rufus die Zeit hatte, auf die Füße zu kommen.

»Oh, ehe wir weiterfliegen«, sagte Septimus und ergriff die Zügel seines Greifen, »können wir genauso gut auch dich fragen. Hast du hier in der Gegend ein danskisches Mädchen gesehen?«

Rufus schwankte auf den Beinen. »Warum wollt ihr das wissen?«, lallte er. »Ist sie eine Hübsche?«

Bolats Greif breitete die Schwingen aus, aber Septimus hielt eine Faust hoch, was ihn abrupt anhielt.

»Antworte mir, du besoffener Ochse. Hast du auf deinen Reisen hier ein danskisches Mädchen gesehen?«

Einen Moment lang stand die Zeit still. Jai lag keuchend da und versuchte, sein Mana heraufzubeschwören, sich auf einen Kampf vorzubereiten, von dem er sicher war, dass sie ihn nicht gewinnen konnten.

Rufus starrte Septimus an, aber der Krieger blinzelte nicht einmal.

Dann seufzte Rufus. »Nein, Herr, das habe ich nicht. Habt eine sichere Reise, ihr Krieger.«

Erst als die Greifen längst verschwunden waren, wagte es Jai, auszuatmen. Rufus saß beim Feuer und starrte tief in die Flammen.

Er kroch zu ihm hinüber und presste stöhnend vor Schmerzen seinen Rücken gegen den Baumstamm. Sich zu bewegen war eine Qual.

»Es tut mir so leid, Rufus«, hustete Jai. »Du …«

Er wusste nicht, was er sagen sollte.

Rufus rümpfte die Nase, sagte aber nichts. Jai ließ die Stille sich noch ein wenig länger ausdehnen, selbst als Frida und Winter aus dem Wagen geklettert kamen.

»Du gerissener alter Hund«, sagte Frida schließlich. Sie spähte zum Himmel empor. »Die samarische Tätowierung … die sieht vollkommen echt aus.«

Rufus schnaubte. »Das ist sie auch.«

Verwirrt starrte Frida ihn an. »Aber dann …«

»Ich bin ein Samarier«, sagte Rufus. »Durch Blut wie durch Glauben. Zu lügen, das bedeutet, mich zum Höllenfeuer zu verdammen.«

Jai begriff nicht. Bestimmt … bestimmt glaubte Rufus das nicht wirklich?

»Aber du hast gelogen …«, sagte er.

Es gab doch keine andere Möglichkeit, Rufus' Antwort zu verstehen.

Rufus blieb bewegungslos.

»Ich weiß bereits, wohin ich gehe«, flüsterte er. »Für meine Sünden gibt's kein Vergeben.«

Für einen Augenblick glaubte Jai den Glanz einer Träne auf Rufus' Gesicht zu sehen.

»Alle ins Bett«, sagte Rufus und wandte den Kopf ab. »Wir werden nicht mehr darüber reden.«

Und damit war der Mann auf den Füßen und schritt in die Dunkelheit davon. Jai wäre ihm vielleicht gefolgt, wäre er in der Lage gewesen, überhaupt nur zu stehen. Stattdessen nahm er Winter in die Arme und drückte sie so fest, wie er es nur wagte, an seine Brust.

Winter maunzte mitfühlend und leckte an seiner Brust, als könne sie irgendwie den Schmerz darin lindern.

Das Knirschen von Kies ertönte. Frida ließ sich neben Jai nieder und stieß einen Zweig ins Feuer.

»Der Mann ist mehr, als er zu sein scheint«, erklärte sie. »Gerade, wenn ich denke, dass ich ihn verstehe …«

Sie seufzte, und dann tanzten ihre Finger und liefen Jais Rückgrat entlang. Er spürte, wie ihn eine Wärme erfüllte, und fing Fridas strahlenden Blick auf, als sie ihre heilende Hand wieder fallen ließ. Seine Rippenschmerzen ließen so weit nach, dass er sich in eine sitzende Haltung hoch bewegen konnte.

Einen Augenblick lang saßen sie zusammen da.

»Morgen dann«, sagte Frida.

Jai blieb allein mit Winter zurück. Irgendwo hinter ihnen schlummerte eine Legion. Drüben erstreckte sich ihr Weg, ohne dass ein Ende in Sicht kam.

Und über ihnen … über ihnen waren Männer auf der Jagd.

67

Rufus hielt sein Versprechen, und in den folgenden Tagen wurde sein Training noch schmerzhafter. Jais Begeisterung darüber, von einem so fähigen Krieger ausgebildet zu werden, hatte zusammen mit den blauen Flecken in seinem Gesicht nachgelassen, die dank seines heilenden Manas bereits zu verblassen begannen.

Dennoch hielt es ihn nicht davon ab, sein frisch geschärftes Schwert zu erheben und Rufus alles zu geben, was er hatte.

Nach und nach machte er Fortschritte. Oder zumindest war es das, was Rufus sagte. Schmerz war ein mächtiger Anreiz, und an diesem Tag war Jais Frustration durch eine gesunde Angst vor dem schwindelerregend schnellen Zweig des alten Kriegers ersetzt worden. Doch am Ende der Kampfrunde blieb Rufus unverletzt. Inzwischen hatte Jai neue Striemen auf seinen heilenden Striemen, und ein paar frische Schnitte kamen auch noch dazu.

Um das Ganze noch schlimmer zu machen, hatte Rufus den Rest des Tages damit zugebracht, eben diesen Stock mit einem Messer in Form zu bringen und zu polieren, wobei er Jai fragte, ob der eine oder der andere Splitter von einem Schlag auf seine Rübe herrühre.

Wenn sich Rufus darüber Sorgen machte, was mit der Greifengarde passiert war, so erwähnte er es jedenfalls nicht. Ausschließlich die flüchtigen Blicke des Mannes zum Himmel machten deutlich, dass er das Ereignis nicht ganz vergessen hatte.

Jetzt, etwa zwei Wochen, nachdem sie den Phönix verlassen hatten, fühlte sich alles beinahe wie Routine an. Die drei hatten endlich für die Nacht angehalten. Jai zuckte zusammen, als er sich am Feuer niederließ. Frida seelenatmete still neben ihm, während Rufus die Kohlen aufschichtete und im Topf herumrührte.

»Alles in Ordnung, Junge?«, fragte Rufus leise. »Hast kaum ein Wort gesagt.«

Verwirrt blickte Jai auf. Er hatte in die Flammen gestarrt, sein Geist war leer vor Erschöpfung.

»Du lernst schneller als zuvor«, sagte Rufus. »Wenn du so weitermachst, könnte aus dir irgendwann sogar ein halbwegs anständiger Krieger werden.«

Jai merkte, wie ihm angesichts des seltenen Kompliments die Wangen rot wurden, und stammelte ein Dankeschön. Bis zu diesem Augenblick hatte er nicht gewusst, wie viel ihm das widerwillige Lob des Mannes bedeutet hatte.

»Ich ...«

Er hielt inne und versuchte, die Frage höflich zu stellen.

»Ich weiß das Training mit der Klinge wirklich zu schätzen. Aber ich werde nie ein richtiger Krieger werden, wenn ich mein Mana nicht speichern kann. Ich verbrauche es immer ganz und gar, ob ich will oder nicht.«

Rufus grinste ihn an. »Stimmt, so sieht's aus.«

»Also, wie kriege ich das hin?«, fragte er.

Rufus stieß einen langen Seufzer aus, dann rührte er ein letztes Mal den Topf um und nahm ihn von den Kohlen, um ihn abzukühlen.

»Schließ deine Augen.«

Jai tat es und versuchte, seine Aufregung nicht zu sehr anwachsen zu lassen. Er atmete lange und tief ein und ließ seinen Geist zu dem ätherischen Zustand treiben, in dem sich die Welt in Geister und Gold verwandelte und sein inneres Wesen sich vor ihm selbst offenlegte.

Da war ein tiefer Puls in ihm. Der schwere Schlag seines Herzens.

Blut, das rauschte. Und diese Leere in seiner Mitte, wo sich seine innerste Seele, sein Kern befand.

Er war dort und schwebte, leer, bis auf ein winziges bisschen Mana auf seinem Grund.

»Bring Mana herein«, sagte Rufus.

Seine Stimme war leise … und sie schien beinahe widerzuhallen. Jai ergab sich seiner Anweisung und sog tief die Atemluft ein. Dann noch ein weiteres Mal, und ein weiteres.

Langsam, Staubkorn für Staubkorn filterte das Mana durch ihn hindurch. Es folgte den Pfaden, teilte sich und schmolz durch ihn in einem Taumel aus goldenem Licht, verwandelte sich in Flüssigkeit, die ihn beruhigte, während sie floss.

»Finde einen Rhythmus«, dröhnte Rufus' Stimme. »Schnapp nicht nach Luft. Atme tief, langsam und gleichmäßig. Weite deinen Kern mit jedem Atemzug.«

Jai tat, wie ihm geheißen und verlor vor Verblüffung darüber, dass das Mana schneller floss, beinahe die Konzentration. Eine so einfache Sache. Er lauschte Rufus' Stimme, als wäre sie die der Götter, und sehnte sich nach mehr.

Die ersten Tropfen Mana spritzten auf seinen Kern und sickerten durch die durchscheinende kristalline Hülle. Als sie vorbeizogen, wurde ihr Licht reiner, perlte zu Nadelstichen zusammen und rann die Innenwände hinab, um sich am Boden des Kerns anzusammeln.

»Jetzt … konzentrier dich. Brich nicht die Trance.«

Jai drehte auf der Stelle beinahe durch. Der Rat hörte sich so leicht, so offensichtlich an. Dann … Schmerz. Ein scharfer, brennender Schmerz, der seinen Unterarm hinauf flammte. Rufus … tat ihm weh.

Die Welt veränderte sich, und Jai kämpfte damit, seine Fassung wiederzuerlangen. Gerade bevor er sie komplett verlor, nahm das Brennen ab und ließ an seiner Stelle ein Stechen zurück.

Und in seinem Inneren … sickerte Jais Mana aus seinem Kern, Ranken davon schnellten fort und eilten auf seinen Arm zu.

»Versuch es aufzuhalten.«

Rufus' Anleitung war wie eine Heilsbotschaft, doch so sehr Jai es auch versuchte, er konnte nichts tun. Ihm blieb allein zuzusehen, wie mehr und mehr davon seinen Kern verließ.

»Ist so, als würdest du deinen Atem anhalten«, flüsterte Rufus. »Komm schon. Probier es.«

Jai konzentrierte sich. Inzwischen konnte er seinen Kern ohne zu große Anstrengung lenken. Er konnte ihn erweitern und zusammenziehen, als würde er einen Schwamm zusammenpressen und wieder loslassen. Aber wie hielt man den Schwamm davon ab, auszulaufen?

Dennoch probierte er es. Der Versuch, eine Wirkung auf die leuchtende Kugel in seinem Inneren auszuüben, überstieg sein Vorstellungsvermögen. Sie war wie ein Phantomglied – er konnte sie am äußersten Rand seiner Kontrolle fühlen.

»Mach schon!«, knurrte Rufus mit einer Stimme, die wie ein Peitschenhieb klang.

Jai biss die Zähne zusammen und wollte mit aller Kraft, dass sich sein Kern verschloss.

Nichts.

»Stell es dir vor«, erklang Fridas Stimme, und irgendwie beruhigten ihn ihre Worte. Verlangsamten sein Denken. »Stell dir vor, wie der Kern sich selbst verschließt. Betrachte es in allen Einzelheiten. Lass es zu allem werden, was du erkennen kannst.«

Jai verlangsamte seine Atmung noch mehr. Ließ das Mana sich stetig abschwächen. Eine Weile war es alles, was er tat. Er atmete. Konzentrierte sich nur darauf.

Und dann … vergaß er es wieder. Er ließ seinen Körper das Atmen übernehmen. Leerte seinen Geist von allem.

Der Kern. Ein Glitzern im Dunkeln, ein Denarius auf dem Grund eines Brunnens.

Näher.

Jetzt war es ein schimmerndes Juwel. Und dieser dünne Faden, der es mit Winter verband, war der Faden einer Spinne, verloren in der Düsternis.

Näher.

Der Kern füllte sein Blickfeld. Und Jai sah. Er sah die Membrane darin, so transparent wie die juwelenbesetzte Oberfläche, die sie dahinter verbarg. Er sah, wie sie sich mit jedem Atemzug bog. Und dann die Flüssigkeit, die hindurchlief. Die auf dem Kristall perlte.

Er ergriff die Membran. Und zog sie zusammen.

Etwas veränderte sich. Etwas … versiegelte sich.

Und für einen Augenblick … oder nicht einmal so lange … hielt der Manafluss an. Der Schmerz in seinem Arm … flammte auf.

Jai verlor die Kontrolle, sobald er sie hatte, da der jähe Schmerz ihn aus seiner Trance riss. Aber als er die Augen öffnete, wusste er, dass er es wieder tun konnte.

Rufus grinste ihn an, und Jai merkte, dass er ebenfalls grinste.

»Ich hatte den Kern«, flüsterte er. »Bei den Göttern, ich hab ihn versiegelt.«

»Ein Gott bin ich nicht«, sagte Rufus. »Nur ein guter Lehrer.«

Frida schnaubte, was ihr einen finsteren Blick von Seiten des rotbärtigen Mannes einbrachte.

»Gut gemacht«, sagte sie, und Jai fiel sogleich ihr Zwinkern auf. »Du hast gelernt, es zu halten. Wie ein Kind zur Schlafenszeit.«

Sie hielt Jai eine Schale mit Essen hin, und er lächelte dankbar.

»Wirklich«, sagte sie, »gut gemacht. Du bist jetzt ein Seelenverbundener der dritten Stufe. Nicht viele schaffen es bei ihrem ersten Versuch.«

Sie seufzte und griff in ihre Tasche, um Rufus einen Sesterii zu reichen.

»Hab's dir doch gesagt«, meinte Rufus.

Er überlegte einen Moment lang, dann schnippte er die Münze Jai zu.

»Kauf dir was Schönes«, sagte er.

Jai versuchte, sich dadurch nicht die gute Laune verderben zu lassen. Noch immer bebte er vor Begeisterung. Wenn er es einmal tun konnte … dann würde er es auch wieder schaffen.

Er aß einen Löffel voll und bemerkte, dass die Brühe lauwarm war. War wirklich so viel Zeit vergangen?

»Wie lange bin ich weggetreten gewesen?«, fragte er.

»Länger als eine halbe Stunde«, sagte Rufus. »Ich wusste, du würdest es schaffen, so lange, wie du drangeblieben bist.«

»Was kommt als Nächstes?«, fragte Jai. »Wenn ich lerne, ihn richtig zu versiegeln.«

Rufus tippte sich an die Nase. »Du füllst den Kern bis zum Rand«, sagte er. »Dann füllst du ihn noch etwas mehr. Und dann noch etwas mehr. Tut verflucht weh, aber es wird ihn vergrößern, ihn ausdehnen. Wird ein Jahr dauern oder länger, mit dem Schmerz klarzukommen.«

Jai biss die Kiefer aufeinander. Dann aß er einen weiteren Löffel von der kalt werdenden Fleischbrühe. Schmerz. Ein Preis, der es wert war, ihn zu bezahlen.

68

Die Kaschmirstraße dehnte sich endlos vor ihnen aus, mäanderte, wand sich manchmal sogar über die Konturen des Landes hinweg und zu sich selbst zurück, führte aber unaufhaltsam weiter auf die östlichen Ausläufer des Kaiserreichs zu und darüber hinaus.

Es war nun schon drei Wochen her, seit sie aus dem Palast geflüchtet waren, und ihre Zeit mit Rufus näherte sich allmählich dem Ende. Tatsächlich waren sie in eine Art Wiederholungsschleife geraten. Jeden Abend zogen sie ihren Wagen von der Straße, um ihn meist im Windschatten eines Baums unterzustellen, und wechselten sich regelmäßig damit ab, die Nacht über Wache zu halten.

Frida hatte angefangen, draußen bei Navi zu schlafen, wo sie sich wie ein Ferkel an ihren Bauch schmiegte. Jai hatte sich erst darüber gewundert, dann aber musste er sich an Jormun erinnern. So wie Winter sich nachts an seine Brust kuschelte, hatte das Frida gewiss auch mit ihrem Drachen getan.

Er blickte in die türkisfarbenen Augen des kleinen Tiers, beruhigt durch das winzige Gewicht auf seiner Brust. Er konnte sich kaum vorstellen, dass sie groß genug sein würde, um auf ihr zu schlafen. Und trotz seiner Träume vom Fliegen wollte er, dass sie noch eine Weile klein blieb.

Sie wurde jeden Tag schwerer, was nicht überraschend war, da sie jeden freien Augenblick damit zubrachte, die kleinwüchsige Tierwelt ihrer Umgebung zu verschlingen. Sie war geschickt darin geworden, zu der Sicherheit ihres Wagens zurückzukehren oder im Verborgenen zu bleiben, wann immer sie an anderen Reisenden vorbeikamen.

Sie war nicht mehr so groß wie eine Hauskatze, sondern glich eher einem kleinwüchsigen Hund. Wenn er die Augen halb zusammenkniff und etwas freizügig war, hätte er geschätzt, dass sie es sogar mit einem Chamrosch aufnehmen konnte.

Rufus und Jai schliefen Seite an Seite, bis Fridas Wache vorüber war. Dann pflegte Jai bis nach Mitternacht wach zu bleiben und seelenzuatmen, wobei sich Winter an seine Brust drückte.

Rufus löste ihn meistens für den Rest der Nacht ab und schlief dann den Morgen über, während Jai Navi anschirrte und den Wagen auf Kurs brachte. Mehr spielte kaum eine Rolle. Jai legte sich eine Decke aus Rosshaar um, riss an den Zügeln, wenn Navi auf ein Schlagloch zuhielt, und sammelte mittels der Kolibri-Methode Mana an, bis Rufus übernahm.

Die Mittagszeit wurde mit Training verbracht. Üblicherweise war es Schwertkampf, aber manchmal erzählte Rufus auch von der seltenen Magick und Techniken, die nur die Greifengarde kannte, und sogar Frida pflegte zuzuhören, wenn auch mit schlecht geheucheltem Desinteresse. Oft grillte Frida den Mann bis nach Mitternacht. Vieles von dem, worüber sie sich unterhielten, ging über Jais Horizont, und so verschlief er das meiste. Er war froh, dass Frida lernte, damit sie wiederum ihn ausbilden konnte, wenn die Zeit kam.

Was das Versiegeln seines Kerns betraf, ging es nur langsam voran. Ihn im Trancezustand zu versiegeln war einfach genug. Ihn während des Tages versiegelt zu halten … nun ja, daran arbeitete er noch. Gerade wenn er dachte, er hätte es gemeistert, sein Mana davon abzuhalten, von seinem Körper aufgebraucht zu werden, überprüfte er seinen Kern und sah, dass er viel von dem Mana verloren hatte, das wegen der Prellungen, die von seinem Training mit Rufus stammten, völlig aufgebraucht worden war. Es schien, als könnte er seine Fehlschläge anhand der Geschwindigkeit nachvollziehen, mit der die schwarzgelben Blüten auf seinem Fleisch verblassten.

Dennoch verbesserte er sich jeden Tag, bis er irgendwann endlich – und verlässlich – mehr Mana behalten konnte, als er verbrauchte.

Er hatte auch zwei seiner drei Pillen genommen. Sie waren von Nutzen und verdoppelten beinahe die Mana-Menge, die er jeden Tag sammeln konnte. Wenn er sie nahm, war alles einfach ein kleines bisschen leichter … sein Geist wurde klarer, die Kontrolle über seinen Kern besser. Sogar das Mana floss durch seine Venen, als würde es zu seinem Zentrum hingezogen werden. Er hätte vielleicht gedacht, dass er es sich nur eingebildet hatte, wenn er nicht am Ende des Tages doppelt so viel Mana gehabt hätte.

Der einzige Nachteil war, dass sich die Pillen verheerend auf seinen Magen auswirkten und ihn am nächsten Morgen mit einem sauren, verkaterten Geschmack im Mund aufwachen ließen. Aber trotzdem waren sie es durchaus wert. Sein Kern war inzwischen beinahe voll.

Als die Tage vergingen, wurde die Kaschmirstraße wilder und enger. Die kleinen Ortschaften und Dörfer wurden seltener, und heute hatten sie noch gar nichts außer einem kleinen Gasthof gesehen. Dafür waren sie an Dutzenden von Reisenden vorübergekommen, die am Straßenrand kampierten.

Diese Reisenden wirkten ebenfalls anders. Sie waren mehr zusammen in Wohnwagen unterwegs, und viel weniger von ihnen gingen zu Fuß. Hier, wo sich Banditen herumtrieben, Legionäre patrouillierten und Steuereintreiber auf der Lauer lagen, um Händler auszunehmen, begann die Kaschmirstraße erst richtig. Es gingen sogar Gerüchte über Rudel von Schreckenswölfen und anderen seltenen und gefährlichen Kreaturen um.

Doch mit der Staubwolke der Legion auf ihren Fersen gehörten diese angeblichen Bestien zu den geringsten von Jais Sorgen.

Navi war auch weiterhin ein Geschenk des Himmels. Sie ließ die Legion niemals näher heran und kam gut auf der Straße weiter. Rufus hatte recht gehabt, was Khiroi betraf. Sie war unermüdlich, und solange man sie fütterte und ihr gut den Rücken kratzte, war sie vollkommen glücklich darüber, in einem selbstgemachten Staubbad zu schlafen. Nur wenn es regnete, sah sie elend aus und brachte die Hälfte dieser Abende damit zu, ihren Kopf in den Wagen zu stecken. Niemand missgönnte ihr das.

Heute regnete es wieder. Oder vielmehr, es stürmte, und dies so stark, dass Frida Jais Schwert neben ihrem Wagen in den Boden rammte, um das Einschlagen von Blitzen abzulenken. Offenbar waren Blitzschläge bei Seelenverbundenen, die auf geflügelten Tieren ritten, eine keineswegs ungewöhnliche Todesursache.

Heute Nacht ging Jai mit einer kläffenden Winter im Schlepptau in den Aufruhr hinaus. Es war die Art von Regen, die einem ins Gesicht schlug, die herunterhämmerte, als wollte der Himmel selbst einen wieder nach drinnen stoßen. Aber es gab noch etwas, das er tun musste. Er drängte voran, kämpfte sich seinen Weg durch den Sturm und fühlte, wie sein Mana langsam fortsickerte, während es ihn vor der eisigen Kälte schützte. Er versiegelte es mit nicht wenig Mühe, wobei er über Steine und Äste stolperte, während sein Verstand versuchte, zwei Dinge gleichzeitig zu tun. Augenblicklich fror sein Körper bis auf die Knochen.

Jai machte sich zu einem Hügel inmitten von Farnkraut und Sträuchern auf, erklomm ihn, bis er auf seiner Kuppe stand, und blickte über die Landschaft hinweg. Winter, so voller Kraft, wie er sie nie zuvor gesehen hatte, saß auf seiner Schulter und kläffte den Himmel an. Und ihr Namensvetter antwortete diesem Ruf.

Der eisige Wind beutelte ihn, und die Himmel gossen eine ganze See auf das wilde Land um ihn herum aus. Er stand im Schein des Vollmonds und schrie wortlos in den wirbelnden Sturm. Die Kälte würde sein Gradmesser sein. Solange er sie fühlte, wusste er, dass sein Siegel stark war. Und das würde es auch sein müssen, wenn er seinen Kern erweitern wollte.

Denn heute Nacht würde er ihn bis zum Überfluss füllen. Ihn aufblasen wie einen Ball aus einer verschnürten Schweinsblase.

Das Wasser reinigte ihn. Es wusch die Angst fort, das Bedauern und auch die Vergangenheit. Wer brauchte denn die Wärme und Behaglichkeit von Leonids Gemach, oder das Essen, das nur ein Glockenläuten weit entfernt war? Er hatte das Gefühl, als würde ihn die Wildnis beschützen, solange er sie liebte.

Dies war Freiheit. In die Welt hinauszugehen und zu leben.

Heute Nacht war eine besondere Nacht. Es war das erste Mal, dass er versuchen wollte, seinen Kern zu erweitern, denn dieser Kern war jetzt bis zum Rand angefüllt. Heute Nacht würde er nicht mehr länger in seiner Hast, ihn zu füllen, von Winter nehmen müssen, denn sie hatte wenig genug für sich selbst.

»Bist du bereit, Winter?«, fragte Jai.

Das kleine Tier zirpte ermutigend, und Jai ließ sich im Schneidersitz auf dem durchgeweichten Boden nieder. Er suchte den Trancezustand auf und beobachtete, wie das Mana über die Landschaft floss – ein dauerhaft gegenwärtiger Dunst.

Es war seltsam, denn das Mana trieb von selbst dahin, als würde es durch den Tumult kaum gestört werden. Ein goldener Nebel, der aus so vielen glitzernden Staubkörnern bestand, wie es Sterne am Himmel gab.

Er wehte wie von einer sanften Brise getrieben über die Landschaft. Es war, als würden die beiden Existenzebenen einander nur streifen und er könne bloß einen flüchtigen Blick darauf erhaschen, wo sie sich überlappten.

Dann schloss er die Augen und ließ seinen Geist seinen Kern aufsuchen.

Er schimmerte hell wie eine schwebende Sonne. In den letzten paar Tagen hatte er ihn mithilfe der Pillen bis zum Rand angefüllt.

Jetzt würde er gleich seine erste Gelegenheit haben, ihn auszudehnen.

Vor seinem inneren Auge sog Jai tiefe Atemzüge voll Mana ein und ließ die Substanz seine Lungen bedecken. Er stemmte sich gegen seinen jungen Kern und fühlte, wie dessen Wände sich erweiterten.

Nach so vielen Tagen von beständigem Seelenatmen war der Schmerz beinahe nicht mehr auszuhalten. Kein Wunder, dass manche Seelenverbundene ganze Jahre brauchten, um aufzusteigen.

Das Mana reiste seine Kanäle entlang, und noch mehr tröpfelte durch seine Verbindung mit Winter. Der Druck auf den Kern wuchs mit jedem Tröpfchen an, wie der auf einen Damm, der beim kleinsten Riss … Jai hoffte, er würde nicht brechen.

Langsam, ganz langsam ließ er das Mana in seinen Kern übergehen.

Schmerz.

Jai ächzte vor Anstrengung. Beinahe wurde er aus der Trance gerissen, als eine frische Regenflut auf ihn einhämmerte. Tief in ihm pulsierte Winters Band und führte ihn in die Trance zurück. Er zwang sich weiter und biss trotz des Schmerzes die Zähne zusammen.

Er schnappte nach Luft, denn der tiefe Zug seines Kerns fühlte sich an, als hielte er den Atem an. Jai drängte durch all das weiter voran. Er war kein Mann auf einem Hügel. Seine Welt war dieses dunkle Labyrinth in seinem Inneren und das goldene Licht, das es flutete.

Der Sturm war sein Freund. Er betäubte seinen Körper – diese endlose Ablenkung durch Gefühl und Wahrnehmung. Bald konnte er den Regen oder die Kälte nicht mehr fühlen. Er fühlte nur noch das Mana, das durch seine Kanäle strömte und abebbte. Und dann den sich aufbauenden Druck. Er konnte beinahe spüren, wie sein Kern unter der Belastung ächzte. Mana sammelte sich auf seiner Oberfläche und bemühte sich, durch sein unter Druck stehendes Inneres zu dringen.

Er würde an diesem Tag Erfolg haben, oder der Sturm würde ihn holen. Das Mana brannte, und Jai schrie in einem letzten trotzigen Aufbäumen seines Kerns.

Und dann … spürte er eine Veränderung. Ein Freilassen, als der Druck nachließ.

Zuerst dachte Jai, er hätte ihn zerspringen lassen, denn nie zuvor hatte er einen derartigen Schmerz empfunden. Tausend und abertausend Nadeln stachen auf ihn ein. Er war umgefallen, lag auf der Seite und schnappte wie ein gestrandeter Fisch nach Luft.

Jais Kern hatte sich verkrampft, aber er kümmerte sich nicht darum. Er hatte es geschafft.

Sein Mana war völlig verschwunden, aber der Kern war ein wenig größer. Kaum der Unterschied zwischen einer Limette und einer Zitrone, aber genug.

Noch nie zuvor hatte Jai eine solche Erschöpfung erlebt. Doch er wusste, dass er sich nicht von Bewusstlosigkeit übermannen lassen durfte, nicht wenn sein Körper rasch zu erfrieren begann. Seine Atemzüge fühlten sich bereits angestrengt und flach an.

Mit jeder Faser seines Seins packte er seinen Kern und zwang ihn dazu, einmal mehr das Mana anzuziehen. Er bewegte sich kaum, und die Handlung war so schmerzvoll, dass Jai beinahe im gleichen Augenblick ohnmächtig wurde. Nach allem, was er ihm angetan hatte, war er zerbrechlich geworden. Er wagte nicht, ihn jetzt auch noch bersten zu lassen.

Aber es reichte aus. Es reichte, dass das erste Staubkorn aus Mana die Oberfläche seines Kerns streifte. Und wie eine Schneeflocke auf einer Zunge löste es sich in Flüssigkeit auf und durchdrang die kristalline Hülle. Dann kam noch eins, und noch eins.

Er ließ alle Kontrolle über seinen Kern los, ließ sein Mana gehen, wohin es wollte, und augenblicklich flammte das goldene Tröpfchen in seinem Inneren auf und ging aus. Eine Flut aus Wärme rollte über ihn hinweg, so plötzlich, als sei er in ein Bad geworfen worden.

Nachdem er sein Mana so lange zurückgehalten hatte, löste der Effekt beinahe Euphorie aus. Das Glücksgefühl vermischte sich mit seinem Triumph.

Sein ganzes Leben lang hatte er nie gedacht, dass er in irgendetwas wirklich gut war. Aber das … das hier konnte er tun.

Für ihn als einfacher Mann war die Vergeltung für seine Brüder nichts weiter als ein Traum gewesen. Doch als mächtiger Seelenverbündeter …

Jai öffnete die Augen.

Er stand im Sturm, während Dampf von ihm aufstieg, als seien es große Schwaden von Drachenatem. Seine Haut zischte praktisch, und auf einmal konnte er wieder atmen.

Jai warf die Arme hoch und erhob seine Stimme, um in Winters Siegesheulen einzustimmen. Gemeinsam brüllten sie ihren Widerstandswillen über die Wildnis hinaus.

Der Sturm tobte. Und sie tobten mit ihm.

69

In dieser Nacht schlief Jai im Wagen tief und fest, zusammengerollt am Eingang und nur mit einer Rosshaardecke bedeckt. Er zitterte zwar, doch er hatte kein Verlangen danach, sein kostbares Mana zu vergeuden, indem er sich die Nacht über warmhielt.

Am nächsten Tag füllte er vor dem Mittagessen mit langsamer, konzentrierter Anstrengung – und auch mit Qual – in nicht unerheblicher Höhe seinen zarten Kern auf etwa ein Zwanzigstel seines neuen Fassungsvermögens. Dabei kam er sich vor, als könnte er die ganze Woche lang seelenatmen und ihn dennoch nicht füllen.

Fürs Erste wärmte er seine Hände am Feuer. Winter hatte ihren üblichen Platz eingenommen und sich dicht bei den Flammen eingerollt – und zwar so dicht, dass Jai beim ersten Mal, als sie das getan hatte, sicher gewesen war, sie werde sich verbrennen. Er vermutete, dass Drachen für ihre Vorliebe für extreme Kälte oder Hitze bekannt waren.

Während er aß, beobachtete ihn Winter beschützend, wie sie es bei jedem Essen tat.

»Komm schon, Mädchen«, sagte Jai. »Ich weiß, dass du satt bist. Ich kann nichts essen, wenn du mich so anstarrst.«

Frida kicherte.

»Gibt nicht viele Männer, die sich beschweren würden, dass ihr liebstes Mädchen sie bewundernd angafft«, sagte sie. »Mein Jormun hat zur Essenzeit dasselbe gemacht. Dann, und wenn ...«

Sie lief rot an, und Jai unterdrückte ein Grinsen. Endlich hatte er einmal die Oberhand. Er wusste, was sie hatte sagen wollen, denn Winter hatte dieselbe Angewohnheit.

»Und wenn du gehst, um … äh … das Aquädukt zu entleeren?«, fragte er.

Verwirrt blickte Frida ihn an.

»Du weißt schon … das Bein zu heben? Die Blumen zu wässern?«

Frida stieß ein lautes Lachen aus.

Es war eine Wonne, sie so froh zu sehen. Ihre kalte, harte Schönheit löste sich innerhalb eines Herzschlags in Freude auf. Der harte Strich ihres Mundes wurde durch ein warmes Lächeln weicher, und Röte erschien auf dem Porzellan ihrer frisch mit Grübchen versehenen Wangen.

Normalerweise erhaschte er nicht mehr als einen flüchtigen Blick auf ihre weichere Seite, wenn sie mit Winter spielte. Doch selbst dann war sie zurückhaltend, denn sie wusste, dass Jai alles fühlen konnte. Den Rest der Zeit über hatte sie eine harte Fassade aufgebaut, und zwar eine, der sogar Rufus' ständige Neckereien kaum eine Delle hatten verpassen können.

»Sie macht das also genauso? Ich dachte, das wäre Jormuns seltsame Eigenart gewesen!«, lachte sie und warf ihr Haar zurück. Inzwischen war die Tinte längst ganz ausgewaschen, und Jai konnte nicht anders als sich zu wünschen, dass er sich nicht entschieden hätte, heute Nacht so weit entfernt von ihr zu sitzen.

»Ich habe den Eindruck, du weißt noch nicht alles über Drachen«, sagte er.

Ihre Blicke trafen sich.

Und dann tauchte Rufus auf und stürzte mit einem Ächzen zwischen ihnen nieder.

»Ich bin so hungrig wie ein ganzer Schwarm Greifen«, rief er und kratzte sich den buschigen Bart. »Danke fürs Kochen, Frida.«

Frida grummelte etwas und schlürfte die Suppe.

»Charmant.«

Jais Magen begann zu knurren, aber so, wie Balbir es ihm beigebracht hatte, wartete er darauf, dass der Ältere zu essen anfing.

»Also, Junge«, sagte Rufus und stocherte mit dem Trainingsstab im Feuer herum. »Du hast deinen Kern anwachsen lassen. Und das in weniger als ein paar Wochen. Die meisten Akolythen brauchen ein halbes Jahr, bevor sie das schaffen. Einige bringen ihre Kerne natürlich zum Bersten, wenn sie es zu früh versuchen.«

»Ich hätte ihn also auch bersten lassen können?«, fragte Jai ungläubig.

»Na ja … das gilt nur für diejenigen, denen das Talent dafür fehlt.«

Jai, der sich ein wenig stolz fühlte, lächelte ihn widerstrebend an.

»Aber sie sind auch mit Chamroschen verbunden. Ihre anfänglichen Kerne werden kleiner als deiner gewesen sein, Jai, mit dünneren Wänden.«

Jai blickte zu ihm auf.

»Oh?«

Rufus, der über die Löcher in Jais Wissen einmal mehr aufgebracht war, fuhr sich mit der Hand durch seinen roten Bart.

»Die Größe deines anfänglichen Kerns hängt ganz von deinem Totem ab. Der von einem Drachen ist größer und robuster als der von einem Greifen, klar? Der von einem Greifen ist aber größer und robuster als der von einem Chamrosch, und so weiter. Und die Größe des anfänglichen Kerns, also des Samenkerns, wie manche ihn auch nennen, den ihre Seelenverbundenen kriegen, richtet sich genau danach. Ein größerer, dickerer Kern kann mehr Mana ansammeln und schneller Mana anziehen. Du wirst nicht viele mächtige Seelenverbundene mit schwachen Totems finden. Mit einem Drachen … da hast du einen Vorteil.«

Jai fühlte sich aus diesem Grund nur ein wenig ernüchtert.

»Ich hab einen Monat gebraucht«, murmelte Frida mit vollem Mund. »Ich hab nicht so viel trainiert wie er, aber er hat es schneller geschafft, als ich gedacht hätte. Das musst du ihm lassen.«

Rufus grinste und wandte sich ihr zu, was Jai erlaubte, sein eigenes Grinsen zu verbergen. Das war ein seltenes Lob.

»Hilft niemals, wenn du einen Schüler mit einem großen Kopf hast, aber deiner hat kleiner angefangen als die meisten, also lassen wir ihm seinen Erfolg.«

Rufus hatte es sich angewöhnt, den Holzstock, den er benutzte, wenn er mit Jai trainierte, mit sich in den Wagen zu bringen, angeblich für den Fall, dass sie ein Gebiet erreichten, in dem es keine Stöcke in der richtigen Größe gab. Wenn man bedachte, dass sie gerade durch einen Wald reisten, war Jai sich allerdings sicher, dass es vor allem eine Mahnung war. Als wäre die Menge an frischen Striemen auf seinem Körper nicht Mahnung genug gewesen.

Jetzt warf Rufus den Stock ins Feuer.

»Also, Junge. Wir haben noch ein paar Tage, um dir die echten Tricks des Handwerks beizubringen. Ich verlasse dich und die junge Frida hier mit ein paar Zaubern, Formeln und etwas Abwehrmagick, die sogar die Greifengarde nicht kennt. Oder jedenfalls vergessen hat.«

Jai ging nicht auf den Köder ein. Rufus liebte es, diese geheimen Techniken der Magick vor seiner Nase baumeln zu lassen und ihm dann zu erzählen, er sei noch nicht bereit dafür. Inzwischen ging dieses Getue sogar Frida auf die Nerven.

»Du bist noch nicht bereit«, sagte er, genau wie aufs Stichwort. »Aber du kannst die Grundlagen lernen. Wie du einen Zauber formst. Wie du ihn wirkst. Die Prinzipien sind die gleichen, ob du nun ein paar Reiskörner bewegst oder ein angreifendes Mammut anhältst.«

Rufus bemerkte Jais erstaunten Gesichtsausdruck.

»War das erste Mal, dass ich gesehen hab, wie ein Mammutreiter flog«, sagte er mit einem Zwinkern. »Einer vom Mahmut-Stamm. Hoffentlich war er kein Freund von dir.«

Er lachte über seinen eigenen Witz und stopfte sich noch einen Löffel voll in den Mund.

Trotz seiner Neckerei rückte Jai näher.

»Also«, sagte Rufus, »alle lernen Feuer als ihren ersten Zauber. Sogar die Dansken, stimmt's?«

Frida nickte geistesabwesend. Sie hörte Rufus' Lektionen selten zu, es sei denn, es ging um etwas ausgesprochen Fortgeschrittenes.

»Gut, dann machen wir ein kleines Experiment«, fuhr Rufus fort. »Jai hier wird unser Feuer wieder anzünden.«

Er streckte einen Fuß aus und begann Erde über die Kohlen zu treten.

»Hey!«, protestierte Frida. »Ich hab mich gerade erst aufgewärmt.«

Rufus wischte ihren Einwand weg. »Sei ernst, Mädchen, die Kälte macht dir doch nichts aus, ob seelenverbunden oder nicht. Ich bin in eurem Königreich gewesen. Ich würde lieber meine Eier ins Maul von einem Schreckenswolf hängen als nochmal eine Nacht dort draußen zu kampieren.«

Sogar Jai verzog jetzt das Gesicht.

»Na los«, sagte er. »Zeig mir, wie's geht. Das Mittagessen wird kalt.«

70

Winter setzte sich auf, denn sie bemerkte Jais Aufregung und die Abwechslung von dem Stumpfsinn, den es bedeutete, Rufus dabei zuzusehen, wie er auf ihren Meister einschlug. Die vier saßen um das rauchende Feuer herum, und Rufus häufte an seinem Rand etwas Stroh auf.

»Hier ist dein Ziel«, sagte er.

Rufus streckte eine Hand aus und verdrehte seine Finger. Er presste vier Fingerspitzen zusammen, jede leicht gekrümmt, während der ebenfalls gekrümmte Daumen auf der Handfläche ruhte.

»Die Feuergeste«, sagte er. »Je mehr Mana du hindurchdrückst, desto mehr Flammen bekommst du.«

Jai hob eine Hand an und verdrehte sie, wie Rufus es getan hatte.

»Schließ deine Augen«, sagte Rufus. »Hilft beim ersten Mal immer.«

Jai tat, wie ihm geheißen und holte tief Atem. Er verfiel in Trance und öffnete seine innere Welt. Wie immer begann er beim Kern.

Er konnte Winters Bewusstsein wahrnehmen, wie es sich bewegte und entlang des langen Strangs widerhallte, der ihre Seelen miteinander verband. Ihre Gegenwart fokussierte ihn, wie sie das immer tat.

»Wenn Mana in den Kern eintritt, muss es sich durch die Kanäle bewegen – das sind Pfade, die entlang deiner Venen und Arterien verlaufen. Auf dem gleichen Weg geht es auch wieder hinaus.«

Rufus' Worte erklangen von weit entfernt.

»Jetzt … willst du das Mana aus deiner Hand drücken. Lenk es mit deinem Willen dorthin, während du deinen Kern zusammendrückst. Und dann hindurch.«

Jai presste seinen fragilen Kern zusammen und sah, wie die Flüssigkeit durch die kristallinen Wände sickerte, als sei es empfindungsfähiges Gold, das aus seiner Herzkammer floss. Nur Augenblicke später fühlte er eine Wärme entlang seiner rechten Hand und ein statisches Summen über seiner Haut.

»Kannst du den Widerstand spüren?«

Jai konnte das Mana zwischen seinen Fingern wahrnehmen, heiß und zischend, aber nicht in der Lage, zu passieren. Etwas blieb hängen … wie ein Kamm in verfilztem Haar.

»Ja«, flüsterte Jai.

»Justier deine Finger«, sagte Rufus.

Jai tat dies und machte dabei ganz vorsichtige Bewegungen. Als er die Finger in eine Richtung bewegte, ließ der Widerstand nach. In die andere Richtung, und er nahm exponentiell zu.

»Mach weiter«, hörte er nun Fridas Stimme. »Bis es sich richtig anfühlt.«

Jai tat es so gut er konnte, öffnete die Augen und stellte schließlich fest, dass er den Zauber immer noch bereithalten konnte.

»Jetzt drück das Mana bis zu deinem Finger«, flüsterte Rufus. »Nicht mit deinem Kern, es sei denn, du willst noch mehr Mana benutzen. Drück mit deinem Verstand.«

Jai biss die Zähne aufeinander … und drückte.

Am Ende seines Fingers entstand eine winzige Flammenkugel. Jai drehte seine Hand und betrachtete sie. Er konnte die Hitze auf seinem Gesicht fühlen … und die Wärme und die statische Aufladung, die aus seinen Händen sickerte.

Sie drehte sich träge in der Luft wie eine flackernde Miniatursonne, doch noch während er sie bewunderte, flimmerte und schrumpfte sie, denn das dürftige Mana, das er ihr gegeben hatte, begann schon zu verblassen.

Jai konnte nun fühlen, dass sie noch immer so mit seinem Finger verbunden war, als hielte er sie an einer unsichtbaren Schnur.

»Jetzt«, sagte Rufus. »Drück ihn ans Feuer. Da gibt's keinen Weg, dir das beizubringen. Du musst den Weg selbst finden ... in deinem Geist.«

Jai deutete mit seinem Finger, mühte sich ab und zuckte, während er versuchte, irgendwie etwas zu bewegen, das nicht mit seinem Körper verbunden war. Die Flamme blieb hartnäckig an Ort und Stelle.

Innerhalb von Augenblicken war sie fort und mit ihr beinahe alles Mana, das Jai besessen hatte. Wenn er ausreichend seelenatmete, um seinen gesamten Kern anzufüllen, mochte er gerade noch genug haben, um sich tatsächlich verteidigen zu können.

»All das Mana«, sagte Jai. »Nur um für ein paar Momente eine Flamme zu haben?«

Rufus kicherte. »Hab dir ja gesagt, interne Magick ist effektiver. Ist besser, einen Mann mit ein paar Tropfen Mana in zwei Hälften zu hauen, als ihm mit dem gleichen Aufwand ein wenig den Bart zu rösten.«

Jai war enttäuscht. Heimlich hatte er gehofft, dass seine Flamme viel länger andauern würde. Rufus musste seine Miene bemerkt haben.

»Schau nicht so trübsinnig. Zauber wie diese hier sind nützlich, besonders die vier Schlüsselsteine. Blitz, Flamme, Eis, Luft, die verbrauchen weniger Mana als die meisten anderen. Und auch in unterschiedlichen Formen. Blitzeinschläge, Windstöße, sogar Wellen, wenn du ein Händchen dafür hast. Ich kannte mal ein Mädel, das konnte dir ein Porträt aus Flammen in der Luft zeichnen. Die meisten Seelenverbundenen, mit denen du kämpfen wirst, werden irgendeine Kombination von diesen vieren verwenden, wenn sie das Mana und die Übung haben.«

Jai seufzte. Es war alles so verlockend nah. Doch das Mana, das er auf die Flamme verwendet hatte, hätte ihn eine Stunde lang auf Höchstleistung laufen lassen können. Und zu üben stand außer Frage, bis sie wussten, dass sie in Sicherheit waren oder zumindest sein Kern beinahe voll war.

»Warte einfach, bis du Schutzzauber lernst«, sagte Frida, die einen Finger hob und das Feuer mit einem Flammenstrahl wieder zum Leben entfachte.

»Leonids Gemach hatte so viele Schutzzauber unter der Farbe, dass man sie beinahe summen hören konnte, wenn der Wind sich einmal legte«, sagte Jai. »Das muss der am besten geschützte Ort im ganzen Reich gewesen sein.«

Rufus schnaubte. »Denk mal an den Greifenhorst«, sagte er. »Das Ding ist nicht mit Mörtel erbaut worden. Auf dieser Welt gibts gar kein Material, das all das Wasser und den Marmor tragen könnte, egal wie sehr sich Leonids Baumeister auch die Haare raufen würden.«

Darüber hatte sich Jai immer schon gewundert. Es ergab auch einen Sinn, denn der Turm der Greifengarde erstreckte sich höher als sogar der Kirchturm von Constantins großer Kathedrale.

»Weißt du, es gibt doch eigentlich nichts, was dich davon abhalten könnte, uns diese sogenannten seltenen Zauber jetzt beizubringen«, sagte Jai. »Du musst nicht bis zum letzten Tag damit warten.«

Rufus brummte in seinen Bart. Jai war sich sicher, dass die Lektion kommen würde, und dass sich Rufus dafür nur noch in Stimmung bringen musste.

»Ich sag dir was«, seufzte Rufus. »Ich bring euch jetzt einen bei.«

Er streckte seine Hand aus und verdrehte sie in eine Art Knoten von sich überlappenden Fingern. Dieses Mal beugte sich auch Frida vor und streckte sogar ihre Hand aus, um seine überlappenden Finger mit ihrer Hand nachzuziehen.

Dann zog er seine Hand weg und deutete auf Jais Stiefel. Es gab einen Ansturm von … etwas. Ein Zittern in der Luft. Ein Flimmern.

Und Jais Schnürsenkel zogen sich zusammen. Verknoteten sich.

»Der Festhaltezauber«, sagte er. »Gut für deinen Sattel, wenn du reitest. Für Rüstungsriemen, und ja, natürlich auch für Schnürbänder. Wenn jemand sie mit einem Messer bearbeitet oder das Seil oder den Gürtel zerreißt, lösen sie sich genauso auf wie alle anderen. Aber der Knoten ist fester verschnürt als der Geldbeutel eines sabinischen Priesters.«

Jai verzog das Gesicht. Das war nicht gerade der epische Kampfzauber, nach dem er gesucht hatte.

»In diesem Sinne«, sagte er, »ich geh jetzt seelenatmen.«

71

Heute blieb Jai nicht wie sonst innerhalb des Wagens, um seelenzuatmen, denn der Abendhimmel war klar, und das tiefe, von Bäumen gesäumte Tal, in dem sie für die Nacht angehalten hatten, schien gegenüber der bitteren Winterkälte immun zu sein.

Jai saß im Schneidersitz, wie er es schon bei Rufus und Frida gesehen hatte. Er hatte sich in der Tiefe zwischen den Bäumen ein Nest gebaut. Der Duft der Fichten lag stark in der Luft, und ihre Nadeln bildeten eine weiche Sitzfläche. Die Äste der Bäume über ihm schufen eine lockere, wenn auch irgendwie durchlässige Decke, und das ihn umgebende Unterholz war so dicht, dass er so gut wie eingeschlossen war, von dem Pfad abgesehen, den er sich durch die Dornbüsche gehackt hatte.

Er hatte vor, hier zu schlafen, bis Winter ihn aufwecken würde, weil er an der Reihe war, Wache zu halten. Es fühlte sich nämlich … richtig an. Er hatte niemals gewusst, wie abgestanden die Luft in Latium gewesen war. Hier konnte er die Erde riechen. Das elektrische Summen spüren. Echte Stille hören, nicht dieses schwere staubige Schweigen in Leonids Gemach.

Die Luft war ruhig und still. Nicht einmal das Rauschen der Brise störte ihn. Als er in Trance fiel, sah er, wie die Welt golden aufleuchtete. Hier inmitten der Vegetation war die Luft lebendig – vor Mana. Und darüber ergoss es sich in den Himmel, erstreckte sich hoch in eine Säule aus Licht.

Lebende Dinge mussten eine Quelle für Mana sein. Es wogte auf seine seltsame Art in die Welt. Sammelte sich an und floss wie Flüssigkeit, stieg aber auf und trieb wie Luft. Und dazwischen gab es diese winzigen Flocken aus glitzerndem Staub. Er wünschte, er könnte seine Zunge ausstrecken und sie schmecken.

Wenn es je einen Platz gegeben hatte, an dem es möglich war seelenzuatmen, dann hier. Kein Wunder, dass so viele Seelenverbundene Sekten mieden und Einsiedler wurden, um in der Wildnis zu leben und sich auszubilden. An diesem Ort konnte er so leicht verloren gehen.

Hier – das war Schönheit. Sogar ein Leben.

Da begriff er es. Er war wirklich frei.

Bisher hatte er nur immer an sein Überleben gedacht, und an das von Winter. Doch in diesen letzten friedlichen Tagen war er endlich zu Atem gekommen. Er hatte Zeit nachzudenken. Zu verstehen, was aus ihm geworden war.

Er nahm Winter in die Arme und fuhr die stumpfen Höcker ihrer Hörner mit seinen Fingern nach. In der letzten Zeit war sie größer geworden, er schätzte, schon so groß wie ein Chamrosch. Es sah aus, als sagte eine Kost aus Eichhörnchen und Käfern dem jungen Schlüpfling zu.

»Ist das der richtige Weg, Mädchen?«, fragte Jai.

Er hatte jetzt keinen Herrn. Sein Leben … es gehörte ihm. Es gab keinen Leonid mehr, dem er diente. Keine Wachen, vor denen er sich fürchten musste, keine Hierarchie, die es zu vermeiden galt. Er wählte, was ihm etwas bedeutete, und was nicht.

Schuldete er dem Onkel, der ihre Leben verpfändet hatte, Loyalität? Einem Volk, das er kaum kannte? Dort draußen in der Großen Steppe wartete niemand auf ihn. Nur Gefahr.

In der Wildnis würde niemand nach ihm suchen. Nicht in diesem Kiefernwäldchen, eine halbe Meile entfernt von einem unbelebten Abschnitt der Kaschmirstraße. Er hatte sein ganzes Leben in einem Zimmer verbracht. Wäre es nicht ein Segen, in der Natur zu leben, unter dem offenen Himmel? Er konnte doch ein paar Jahre hier verbringen und mitansehen, wie Winter heranwuchs. Den Krieg abwarten, bis er auf Winter fliegen konnte, wohin auch immer ihr Wille sie führen mochte.

Einen Augenblick lang ließ Jai diese Fantasie zu. Erst als Samars Gesicht in seinem Geist aufblitzte, verbannte er sie aus seinen Gedanken. Stattdessen dachte er an Arjun. An Balbir. An ihren Mut im Angesicht des Todes.

Er ließ seinen Entschluss stärker werden. Sein Volk lebte unter einem Himmel, der so weit und offen war wie kein anderer, in einer viel größeren Wildnis als irgendeiner hier. Er würde nicht still in Bedeutungslosigkeit verschwinden. Das schuldete er seinen Brüdern. Er schuldete es Balbir, die ihr Volk mit ganzem Herzen geliebt hatte. Er schuldete es auch sich selbst.

Er würde sein Geburtsrecht einfordern. Egal wie weit er zu reisen hatte, egal wie viel Elend er erdulden musste. Er war Rohans Sohn. Er war der rechtmäßige Erbe des Kidara-Stamms, nicht irgendein wilder Eremit, der sich von Flussfischen und Eichhörnchen ernährte.

Und der erste Schritt dazu war, mächtiger zu werden. Aufzusteigen und die erste echte Bewegung als seelenverbundener Krieger zu machen.

Jai schloss die Augen und begann rhythmisch zu atmen.

Mana zu kultivieren war für ihn immer noch so, als versuchte er zu rennen, während er gleichzeitig durch einen Strohhalm atmete. Er hatte von Seelenverbundenen gehört, die seelenatmeten, während sie auf Nagelbetten saßen, und er hatte sie für ziemlich verrückt gehalten. Doch jetzt verstand er sie irgendwie.

Die Zeit verstrich fürchterlich langsam, während jeder Tropfen Gold in seinen Kern filtrierte. Als sein Kern den Druck dann nicht mehr länger aushalten konnte, war das wenige Sonnenlicht, das er bislang noch wahrgenommen hatte, längst verschwunden.

Der ganze Prozess hatte ihn erschöpft, und er hatte kaum mehr vorzuweisen, als dass er das wiedererlangt hatte, was er an diesem Nachmittag verloren hatte.

Der Mond stand hoch am Himmel, und die Überreste von etwas, das wohl schon wieder Eintopf sein musste, warteten im Lager auf ihn, während Jai bereit war zurückzugehen. Da hörte er etwas.

Das Knacken von Zweigen. Leise, vorsichtige Schritte.

Aber er wusste, wer es war. Winter konnte sie riechen. Es musste Frida sein.

Jai wartete in den Schatten und fragte sich, ob sie nach ihm suchte oder auf ihrer eigenen Nachtwanderung war. Als sie mit eingezogenem Kopf in seine Höhle trat, grüßte er sie nur zögernd, denn ihr Gesicht schien ihm finster und unheilverkündend.

»Was ist los?«, fragte er, als Frida ihm bedeutete sitzen zu bleiben und sich im Schneidersitz vor ihm niederließ. Einen Augenblick lang lauschte sie nun angespannt, und Jai konnte erkennen, dass sie dabei Mana verbrauchte.

»Er schnarcht«, sagte sie. »Wir können reden.«

»Wer?«, fragte Jai. »Rufus? Was kümmert's dich, ob er zuhört?«

Frida kaute ihre Unterlippe und musterte Jai. Sie begann schon fast zu sprechen, dann aber zögerte sie und kaute etwas mehr auf ihrer Lippe herum.

»Ich meine, wir sollten jetzt aufbrechen«, sagte sie schließlich.

Verwirrt starrte Jai sie an. »Was, jetzt gleich? Hat uns die Legion eingeholt? Oder sind ihre Späher schon wieder unterwegs?«

Frida schüttelte den Kopf. »Nein, nichts dergleichen. Hör zu …« Sie hielt wieder inne. »Ich … ich kann ihm nicht meine Klinge geben«, stammelte sie, wobei sie es vermied, ihn anzusehen. »Sie ist alles, was ich noch von meiner Mutter habe. Und du hast ihn doch heute gehört. Er wird uns nie irgendetwas Nützliches beibringen. In zwei Tagen verlässt er uns, und dann nimmt er meine Weißklinge mit.«

Einen Augenblick lang wusste Jai wirklich nicht, was er sagen sollte.

Dann meinte er: »Nehmen wir an, wir gehen mit Navi und Winter weiter, während er schläft. Er würde uns doch innerhalb von Minuten einholen, nachdem er aufgewacht ist. Er ist seelenverbunden.«

»Also verlassen wir die Straße«, sagte Frida und verschränkte ihre Arme.

»Dann brauchen wir doppelt so lange«, widersprach Jai.

»Nein«, erwiderte Frida. »In ein paar Tagen verlassen wir die Straße ohnehin und halten in Richtung Nordwesten auf den Gebirgspass zu, wo die Grenzen unserer Länder aufeinandertreffen. Es kostet uns vielleicht ein paar Tage, aber den größten Teil unserer Reise haben wir auf den Kaschmirstraße hinter uns gebracht.«

Jai starrte sie an. Er sah ihre zusammengepressten Kiefer und ihre Augen, hart wie Feuerstein.

Das war … er hatte nicht einmal darüber nachgedacht, einfach so zu verschwinden.

»Wir haben eine Abmachung getroffen«, sprach er langsam seine Gedanken aus.

»Erinnerst du dich noch daran, wie diese Abmachung zustande kam?«, knurrte Frida. »Wenn er nicht den Mund aufgemacht hätte, wären wir entkommen.«

»Und Camillas Bande von Halsabschneidern hätte uns bis ans Ende der Welt verfolgt«, gab Jai zurück.

»Haben sie uns denn schon eingeholt?«, fragte Frida herausfordernd. »Eine Nacht Seelenatmen, und ich hätte es mit jedem aufnehmen können, den sie uns hinterhergeschickt hätten.«

»Sogar mit einem anderen Seelenverbundenen?«, fragte Jai. »Mit einem eigenen Totem? Sie wissen, dass Rufus bei uns ist, und vielleicht ist das der einzige Grund, weshalb sie uns nicht gefolgt sind. Wenn sie uns tatsächlich nicht folgen.«

Frida knetete ihre Hände, und Jai sah Tränen aus Zorn auf ihren Wangen glänzen.

»Ich kann ihm den Dolch nicht geben«, flüsterte sie und ergriff seine Hand. »Ich werde es nicht tun. Komm mit mir, Jai. Ich kann das nicht alleine machen.«

»Schau, selbst wenn wir ihn verlassen, wird er doch unsere Spur durch den Wald verfolgen«, hielt Jai dagegen. »Ich hab ihn noch nie wütend gesehen, und so sehr ich den Mann auch mag, ich glaube nicht, dass ich das will. Jetzt gib diese verrückte Idee auf, und sei es um Winters willen. Das Schicksal hat uns ein beschissenes Blatt ausgeteilt. Wir müssen lernen, damit zurechtzukommen, bis wir die Chancen zu unserem Vorteil ändern können.«

Frida spuckte verächtlich aus und schüttelte seine Hand ab.

»Du bist ein Feigling«, sagte sie und stand ruckartig auf. »Ich hätte es wissen müssen.«

Und damit … war sie verschwunden.

72

Als Jai in den frühen Morgenstunden zurückkehrte, um seine Wache zu übernehmen, war Rufus gerade am Einschlafen und ließ kaum mehr als ein bestätigendes Brummen hören, ehe er hinten im Wagen verschwand. Jai konnte sehen, dass Frida vor ihm zurückgekehrt sein musste und drinnen lag. Ihre Schultern waren hochgezogen, und sie hatte ihr Gesicht vom Eingang abgewandt.

Am nächsten Tag wirkte Jai etwas verlegen, als er neben ihr auf dem Kutschbock zu sitzen kam.

Nur … unfreundlich war sie ihm gegenüber nicht. Mit etwas Sanftmut in der Stimme fragte sie ihn, wie er geschlafen habe, und machte ihm sogar einen Tee. Er konnte in ihren Augen sehen, dass es ihr leidtat, wie sie gestern mit ihm gesprochen hatte.

Als sie nach dem Tee ihre Reise fortsetzten, lehnte sie sich zurück, und nach einem tiefen Atemzug begann sie zu sprechen.

Sie redete mehr, als sie es je zuvor getan hatte. Die Worte flossen nur so aus ihr heraus, als hätte sie sich in ihrem Inneren aufgestaut. Und als sei diesen Teil von sich zu zeigen ihre Art, ihn um Verzeihung zu bitten.

Sie erzählte von Zuhause. Von der Musik und den Liedern der danskischen Skalden, reisenden Barden, die Geschichten über das vortrugen, was das Jahr über geschehen war. Sie pflegte sich aus dem Palast und zu den Methallen zu schleichen, nur um sie zu hören.

Das musste sie tun, denn selbst in den ungehobelten Hallen des danskischen Königreichs, wo Königinnen so mächtig wie Könige waren und Schildmaiden Seite an Seite mit ihren Ehemännern kämpften, war es einer Prinzessin und ihrer Begleitung nicht erlaubt, sich die derben Geschichten anzuhören, die so oft die beliebtesten waren.

Vor allem erfuhr Jai, dass Frida verliebt war. Natürlich nicht in ihn, und eigentlich auch nicht in irgendjemand anderen, sondern eher in ihr Volk.

Sie dachte ständig über ihre Leute nach. Es war, als fühlte sie sich verantwortlich. Jai konnte nicht begreifen, warum sie sich dieses große Gewicht auflud. Er vermutete, dass er ihr gar nicht so unähnlich war, aber er hatte ein Geburtsrecht, das mit dieser Pflicht einherging.

Noch deutlicher war, dass Frida trauerte. Die Beziehung, die sie zu dem König und seiner Tochter gehabt hatte, war ein Thema, das sie vermied, aber sie trauerte um sie ebenso sehr wie um Jormun.

Jai wartete gerne damit, das Thema anzusprechen, angesichts ihrer jungen … Freundschaft?

Er wusste nicht, was sie füreinander waren, nur dass sie von ihm wegrückte, als Rufus endlich aus dem Wagen auftauchte und sich seinen kahlen Schädel kratzte.

Da fühlte er … etwas, das beinahe Verärgerung gleichkam. Was kümmerte es sie denn, was der alte Säufer dachte? Er lenkte sich damit ab, indem er weiter Mana kultivierte und seinen Kern ein wenig mehr anfüllte. Er war beinahe zu einem Zehntel gefüllt – mit ein wenig Übung mochte er es gerade hinbekommen, sich zufällig selbst in Brand zu stecken.

Als sie ihr Lager für den Abend aufschlugen, wurde Jai nervös.

Seit allem, was sie ihm an diesem Morgen erzählt hatte, war Frida kaum ein Wort über die Lippen gekommen, abgesehen von ihrem üblichen freundlichen Schlagabtausch. Bereute sie, was sie ihm erzählt hatte? Allein der Gedanke brannte in ihm, und er musste ihn aus dem Kopf bekommen.

Jetzt saßen sie um ein Lagerfeuer herum und kochten etwas mehr

Eintopf auf. Irgendwie war Jai diesen Fraß noch immer nicht leid geworden, nur Winter rümpfte die Nase darüber und zog es vor, bis in die frühen Morgenstunden in der Wildnis zu jagen.

Rufus trank. Er hatte den geringen Schlaf, den er in der Nacht zuvor gefunden hatte, damit verbracht, sich hin und her zu wälzen, und den ganzen Morgen über unruhig geschlafen. Dann war Jai aufgefallen, dass der alte Mann nach dem Mittagessen endlich Leonids Tagebuch gelesen hatte.

»Bisschen mehr?«, fragte Rufus und hielt ihnen seine Schale hin. »Zu meiner Zeit hätte ich nicht gefragt. Hätte nicht fragen müssen. Zu meiner Zeit. Meiner verdammten Zeit.«

Er verschliff die Worte beim Reden, und Eintopf schwappte über den Rand der Schale. Frida hatte Jai erzählt, dass man viel mehr Alkohol brauchte, um einen Seelenverbundenen betrunken zu machen, als einen gewöhnlichen Mann. Jai war sich nicht sicher, wo im Wagen Rufus seinen Alkohol aufbewahrte, aber er musste mehr in sich hineingeschüttet haben, als sein Flachmann fassen konnte.

»Willst es wissen, was?«, brummte er. »Ist ja schließlich die letzte Nacht und so.«

Er deutete mit einem Finger in Jais Richtung.

»Wie du mir, so ich dir. Hat Leonid immer gesagt. Ein Kaiserreich für seine Freundschaft. Das hab ich ihm eingehandelt. Und er hat drauf gespuckt … hat drauf gepisst … gepisst …«

Er sackte noch tiefer auf dem Baumstamm zusammen, auf dem er saß. Seine Finger schwankten in der Luft. Einen Augenblick lang ließ sein Schimpfen nach, als er in die Flammen starrte.

Frida sah jetzt besonders besorgt aus. Jai rückte nahe an sie heran und wartete, bis Rufus damit beschäftigt war, den Boden seiner Schale auszukratzen.

»Morgen wird es ihm wieder gutgehen. Wir werden nicht langsamer.«

Frida schüttelte den Kopf. »Ivar wurde früher auch so. Er wurde …

bösartig. Und du willst wirklich nicht wissen, wozu ein betrunkener, bösartiger Seelenverbundener fähig ist.«

Jai zuckte bei ihren Worten zusammen, denn er sah die Wahrheit in ihnen.

»Eine Verschwörung!«, verkündete Rufus und hielt einen Finger hoch. »Ihr heckt sie aus. Ich kann es hören. Seht ihr?«

Er richtete sich auf, als ihn ein frischer Ausbruch bitterer Wut aus seiner Benommenheit riss.

»So … so haben sie's genannt. Sie war bloß ein Mädchen, wisst ihr.«

Er stieß einen langen, rasselnden Atemzug aus. »Ich hätte es wissen müssen«, flüsterte er. »Hätt' es wissen müssen, hätt' es wissen sollen.«

Nervös kratzte er sich den Bart, während seine Blicke umhertanzten. Es war alles so schnell passiert, als hätte der Mann gerade ein halbes Fass voll Bier heruntergestürzt.

»Schierling«, fluchte Frida. »Der Dummkopf! Er hat sein Getränk damit versetzt, sodass er betrunken werden kann, ohne dass das Mana den Alkohol verbrennt. Ivar war es gewohnt, vor Tagesanbruch ein volles Fass Bier zu trinken, und Rufus kann nicht so viel versteckt haben. Er wird uns morgen nicht von Nutzen sein.«

»Damit … ich … vergessen kann«, lallte Rufus und hielt indigniert einen Finger hoch.

Die Gefühle des Mannes waren völlig durcheinandergeraten. Doch Jai konnte nicht anders, das Bedürfnis, mehr zu erfahren, riss ihm beinahe an der Zunge.

»Damit du was vergessen kannst, Rufus?«, wollte er wissen.

Die Frage war ihm einfach herausgerutscht. Er wusste, sie würde nichts verändern, er wusste, dass sie den betrunkenen Mann nur noch mehr aufwühlen würde.

Wenigstens hatte Rufus' Selbstvergiftung seine Kraft unterdrückt. So bald würde er sie nicht in Stücke sprengen.

Doch wenn der Mann Jais Frage gehört hatte, reagierte er nicht auf sie. Stattdessen rutschte er ganz zu Boden und schob seine Füße zum Feuer hin.

Ein leises Schnarchen folgte. Dann ein lauteres.

Frida schnaubte. »Ich hab gesehen, was Trinken mit Menschen anstellt. Was auch immer ihm zugestoßen ist, er hat den Schierling seit einiger Zeit eingenommen. Ist die einzige Art, auf die Seelenverbundene stockbetrunken werden können.«

Jai schwieg und betrachtete das zerrüttete Gesicht des älteren Mannes. Er fragte sich, wie alt er wohl sein mochte. Jeder wusste, dass Seelenverbundene länger lebten als andere, da sie seltener krank wurden. Aber Rufus … er schien sein ganzes Leben lang ein mächtiger Praktizierender gewesen zu sein. So zerfurcht auszusehen, so heruntergewirtschaftet zu sein vom Verschleiß der Jahre … in diesem Augenblick hätte er älter als Leonid sein können.

Doch Rufus hatte endlich etwas aus seiner Vergangenheit preisgegeben. Konnte das Mädchen, das er erwähnt hatte, dasselbe sein wie jenes in Leonids geheimen Gemach?

»Kanntest du Ivar als Kind?«, fragte Jai, der seine Stimme ruhig hielt.

Einen Moment lang war nichts als das Knistern der Flammen zu vernehmen. Dann aber seufzte Frida und sprach ein einziges Wort.

»Ja.«

»Also …«

»Darüber musst du nichts wissen«, sagte sie und schüttelte den Kopf. »Ich … ich habe nachgedacht. Ich habe zu viel geredet. Alles, was ich dir erzähle, ist etwas mehr als das, was die Folterknechte der Sabiner hören werden, wenn man uns fängt. Ich bin aufgestiegen – ich kann ihre Folter aushalten. Aber du? Du würdest daran zerbrechen.«

»Eher sterbe ich«, erwiderte Jai empört.

»Wirklich?«, fragte Frida. »Du würdest tatsächlich sterben, um Ivars große Liebe zum Bier geheim zu halten?«

»Also … nein«, gab Jai zu.

»So fängt es an«, sagte Frida. »Dann sagst du ein wenig mehr, dann noch mehr und noch mehr.«

»Aber …«

Er kam nicht dazu, seinen Gedanken zu beenden. Denn eine andere Stimme unterbrach ihn. Sie ertönte aus der Richtung der Bäume hinter ihnen.

»Wir werden es geheim halten, darüber macht euch keine Sorgen.«

Jai fuhr so schnell herum, dass er sich beinahe das Genick gebrochen hätte.

Zwei Männer standen knapp hinter der Baumgrenze. Nein ... zwei Jungen, die in Schatten gehüllt waren. Sie waren jünger als er, einer nur etwa ein Jahr, der andere musste kaum aus dem Kindesalter heraus sein, wenn man seine heisere Stimme als Hinweis nahm.

»Wie seid ihr ...«

Jai verstummte, als er die Tiere sah, die neben ihnen umherstreiften. Selbst noch in der Dunkelheit konnte er erkennen, was sie waren.

Chamroschen.

73

Das ist vielleicht die einfachste Nummer, die wir je hatten«, sagte der ältere Junge.

»Verlass dich nicht drauf«, fauchte Frida.

Unbeholfen stand sie in ihrem Kittel aus Sackleinen da, eine Hand dicht an ihrer Seite.

»Oh, zieh ruhig deine Klinge, Danskenmädchen«, sagte der Jüngere. »Wir wissen, dass du eine Weißklinge hast.«

Jai konnte die Wut, die Frida verströmte, beinahe spüren. Sie riss ihren Dolch heraus, und sofort wurde ihre Umgebung vom Glühen der Waffe erhellt.

»Oooh«, sagte der ältere Junge, der in gespieltem Schrecken die Hände hochhielt. »Das Danskenmädchen hat ein schickes Spielzeug.«

Zu seinem Schrecken erkannte Jai ihn. Es war derselbe Junge, der die kaiserliche Jagdgesellschaft zu dem Khiro geführt hatte. Silas.

Frida fluchte leise, dann trat sie Rufus. Der Mann grunzte, und ein Tropfen Erbrochenes fiel von seinen Lippen. Sonst geschah gar nichts.

Jai griff in seine Tasche und schluckte die letzte Pille, die er aufgespart hatte, wenn er auch vermutete, dass sie jetzt nicht viel helfen würde. So oder so … dies sah böse aus. Wenn die beiden Jungen auch nicht die Uniform von Knappen oder Akolythen der Greifengarde trugen, so waren die Chamroschen neben ihn doch vielsagend.

»Wenn ihr meine Klinge kennt, dann hat Camilla euch angeheuert«, stieß Frida hervor. »Kommt, holt euch das, weswegen ihr gekommen seid. Ich wollte schon immer mal einen von der Greifengarde umbringen.«

Der Jüngere der beiden grinste über ihre Worte. Dann tat er etwas Seltsames. Er verbeugte sich.

»Camilla ist ein feiges Miststück. Man kann ihr nicht mehr trauen als einem gewöhnlichen Dieb. Wir dagegen sind heute Gildenmänner. Also müssen wir … leider … unser Wort halten.«

Frida fluchte noch mehr.

Gildenmänner. Jai empfand nur geringe Erleichterung. Er wusste ein wenig über diese Gruppe, nicht zuletzt, weil Constantin sich zu mehr als einer Gelegenheit bei Leonid über ihre Existenz beschwert hatte.

Die Gildenmänner waren eine Söldnersekte, die innerhalb und außerhalb der Grenzen des Reichs vorkam. Sie verdingten sich Kleinkönigen und Kriegsherren, schlossen sich Heeren als Kundschafter, Spione und mehr an. Da Constantin die Greifengarde auf Abruf zur Verfügung stand, brauchte er ihre Dienste nicht. Nur seine Feinde brauchten sie.

Davon abgesehen wusste Jai allerdings nur wenig von ihren Praktiken. Er hatte bloß erfahren, dass die Greifengarde es ihren Akolythen und Knappen erlaubte, sie für ein Jahr ihrer Wahl zu verlassen. Viele verdingten sich während dieser Zeit bei der Gilde. Es war eine Art Übergangsritus, der es jungen Mitgliedern der Garde erlaubte, neue Techniken zu lernen und etwas eigenes Geld zu verdienen. Die meisten tendierten dazu, über die Grenzen des Kaiserreichs hinaus zu reisen, um bei ihrer Rückkehr mühelos das Blut von ihren Händen waschen zu können.

»Ihr gehört also zur Greifengarde«, sagte Jai unverblümt und ließ seine Hand zu dem Schwert an seiner Hüfte wandern. »Eure Sekte ist im Krieg. Zurzeit habt ihr kein Recht, für die Gilde zu arbeiten.«

Der jüngere Junge grinste, sagte aber nichts. Wahrscheinlich war er ein Akolyth, immer noch grün hinter den Ohren. Aber Silas … der war ein Knappe. Wenn stimmte, was Rufus ihm erzählt hatte, dann war er aufgestiegen und vielleicht sogar ein hochrangiger Seelenverbundener.

Sein Chamrosch neben ihm stieß ein leises Glucken aus. Er war ein junges Tier, aber dennoch um einige Zentimeter größer als Winter. Mit durchdringenden gelben Augen starrte es sie an.

Was den anderen Chamrosch betraf, so schritt er hinter dem seelenverbundenen Paar hin und her und beschützte ihre Rücken. Trotz ihrer beiläufigen Vorstellung täuschte sich Jai nicht über sie. Diese Jungen waren gewiss zu einem Kampf bereit.

Irgendwo im Inneren des Wagens rührte sich Winter. Jai zwang eine Nachricht zu ihr hindurch, eine mit genug Gefühl, damit sie zuhören würde. Sie sollte dort bleiben, wo sie war. Wenn die Jungen sie sahen, würde sie damit alle in eine weitaus größere Gefahr versetzen.

Bisher dachten sie vermutlich, dass Frida eine entkommene danskische Adlige und er ihr Leibeigener oder Gefesselter war. In Silas' Augen hatte es kein Aufblitzen von Erinnerung gegeben. Ohne Zweifel hatte er Jai oder seinen Brüdern keine große Aufmerksamkeit gewidmet.

»Macht schon!«, brach es aus Frida heraus. »Bringen wir es hinter uns. Ich hab einen vollen Kern und kann's kaum abwarten.«

Der ältere Junge schnaubte nur darüber.

»Wir haben keine Lust zu kämpfen. Wenn wir das hätten tun wollen, hätten wir euch überfallen. Nein, du wirst friedlich mitkommen, du und dein Steppenmann.«

Frida schnaubte verächtlich. Aber da geschah etwas Merkwürdiges. Das Glühen ihrer Klinge begann schwächer zu werden. Ihr Licht flackerte und verblasste zu ihrem gewöhnlichen weißen Glanz.

Einmal mehr war ihre Umgebung in Dunkelheit getaucht, und Jai ließ es zu, dass etwas Mana aus seinem kostbaren Vorrat sickerte, damit seine Augen in der Dunkelheit besser sehen konnten.

Der Akolyth sog durch seine Zähne hindurch, griff dann in seine Tasche und übergab dem Älteren irgendetwas. Jai hörte Münzen klingeln.

»Früh«, brummte er. »Ziemlich früh.«

Der Knappe zuckte die Achseln. »Der Bauch verarbeitet es unterwegs schneller«, sagte er. »Ich hab gehört, bei dem Probedurchlauf für die Hochzeit hat es eine gute Stunde gedauert.«

Frida war ungewöhnlich still. Die Augen traten ihr aus dem Kopf. Das war mehr als nur Zorn.

Und jetzt fühlte auch Jai sich seltsam. Da entstand ein Aufruhr in seinem Bauch, der sich mit dem Hämmern seines Herzens messen konnte.

Neben ihm erbrach sich Frida.

»Gift«, stöhnte sie. »Lauf. Lauf!«

Jai rannte los.

Es blieb keine Zeit zurückzuschauen, noch nicht einmal, um Winter an seine Seite zu rufen. Er hetzte bereits durch den Wald und zwang seine Beine weiterzumachen.

Er wusste, was passiert war. Er hatte es auch zuvor schon gesehen, erst vor ein paar Wochen. Es sah ganz so aus, als hätte sich die Nachricht von den Vergiftungen bei der Hochzeitsprobe herumgesprochen. Als hätte sie gewisse Ideen hervorgebracht.

Er fühlte sich bereits schwächer. Seine Beine wollten ihm nicht gehorchen, und zweimal stolperte er über seine eigenen Füße. Er hatte genauso viel gegessen wie Frida, ein paar Löffel voll, ehe Rufus' Gefasel sie abgelenkt hatte. Im Augenblick konnte er sich noch bewegen, aber er wusste schon, dass das nicht andauern würde. Seine einzige Chance war, sich zu verstecken.

Im Laufen ging er in die Halbtrance über und sah das Gift vor seinem geistigen Auge. Es war wie ein roter Blutegel in seinem Bauch, der das Mana aussaugte, das herbeieilte, um das Gift im Zaum zu halten.

Nur … etwas Mana blieb immer noch. Der Einfluss des Schierlings kämpfte mit dem Mana, das er herausgelassen hatte, um seinen Körper zu durchfluten. Es breitete sich dort langsamer aus, wo es auf das zirkulierende goldene Licht traf. Und auch die Pille wirkte dagegen an, ihre sprudelnde Gegenwart in seinem Magen verlangsamte den Einfluss des Gifts.

Mana sickerte aus seinem Kern, egal ob er versuchte, ihn zu versiegeln oder nicht, trieb seine Kanäle hinab, um den Schierling zu bekämpfen. Es mochte langsam geschehen, aber der Prozess war deutlich. Bald würde er nichts mehr haben, das er verwenden konnte.

Hinter sich hörte Jai das Knacken von Zweigen. Er hielt an, denn er wusste, dass er keine Chance mehr hatte, sich zu verstecken. Stattdessen zog er seine Klinge und wandte sich dem Pfad zu, den er gekommen war. Augenblicke später tauchte der Akolyth auf, und sein Chamrosch folgte ihm.

Wie ein Stier zischte und scharrte er mit den Beinen auf dem Boden. Der Schnabel mit seiner schwarzen Spitze war gebogen und scharf, während sein muskulöser Hundekörper schlaksig und mit einer dichten Mischung aus Fell und Federn bedeckt war.

»Komm schon«, lachte der Junge. »Du kannst keinen Seelenverbundenen besiegen, besonders nicht, wenn du so vergiftet bist. Allenfalls kannst du dein Leben behalten, wenn du die Nacht überstehst – ich will es ja verkaufen, nicht es beenden.«

Sein engelsgleiches Gesicht bildete eine Unschuld und Jugend ab, die zusammen mit seinem Lächeln diese grausamen Worte Lügen straften.

Aber der Junge hatte einen Fehler gemacht. Er wusste nicht, dass Jai seelenverbunden war. Vielleicht hatte Camilla in diesem Punkt gelogen, um den Preis der beiden zu senken. Oder aber Camilla hatte auch gedacht, dass Jai nur bluffte.

Es spielte keine Rolle. In ein paar Minuten mochte Jai genauso leicht nicht mehr seelenverbunden sein. Er musste sein Mana benutzen, und das schnell.

Er hob seine Klinge an und straffte sich.

»Komm doch und hol's dir.«

74

Der Akolyth lachte. Er machte sich nicht einmal die Mühe, das Schwert an seiner Hüfte zu ziehen. Stattdessen hob er drohend die Hand.

Jai ignorierte sie. In seinem Alter war dieser Junge ebenso wenig zu ernsthafter Magick fähig wie er selbst.

»Bring mich nicht dazu, dich zu verbrennen, du Wilder«, sagte der Junge höhnisch.

»Brenn, soviel du willst«, knurrte Jai ihn an und presste seinen Kern zusammen.

Er schlug zu, mit aller Schnelligkeit und allem Mana, das er aufbringen konnte, und trieb es in einem Rausch von Schrecken durch seinen Körper.

Sein Arm schnellte vorwärts, so wie Rufus es ihm gezeigt hatte. Doch der Akolyth wirbelte mit unerwarteter Geschwindigkeit davon.

Die Klinge streifte ihn oberhalb der Hüfte. In einer Explosion von Splittern brach sie durch einen Baum. Dann stürzte sich der Chamrosch in einer Gischt aus Geifer und Wut auf ihn.

Jai konnte nur zurückspringen. Er taumelte durch Dornen und Gestrüpp. Das Tier war unerbittlich, es schnappte und fauchte, sein Schnabel schnitt seinen Arm in Fetzen, während sein nächster Schlag danebenging.

Vor Schmerzen schluchzend schaffte Jai es, seine Klinge zwischen ihn und seinen vorschnellenden Schnabel zu zwingen. Er hielt ihn sich von seinem Gesicht fern, während er auf ihn sabberte. Speichel tropfte ihm in die Augen, und dann trat er in einem von Mana durchdrungenen Ausbruch an Verzweiflung aus.

Der Chamrosch schoss mit aufgeplusterten Federn in die Luft, aber schon nach wenigen Augenblicken fegte er in einem Wirbel aus kratzenden Pfoten und hackendem Schnabel wieder zurück. Die Klinge war fort – Jai hatte nicht einmal mitbekommen, dass er sie fallengelassen hatte.

Er konnte das Tier nur beim Hals packen. Langsam versickerte sein Mana, während die Kreatur kreischte und geiferte. Seine Pfoten kratzen an seiner Brust, als könnte es sich seinen Weg zu seinem Herz graben.

Mit jeder Sekunde rückte der Chamrosch näher an sein Gesicht heran, und Jai konnte seinen tierischen Atem riechen. Blut tröpfelte ihm von den Armen und bedeckte seine zerrissenen Ärmel mit Blut.

Irgendwo in der Nähe war ein Kreischen zu hören, und der Chamrosch krachte zur Seite, als ihn ein weißer Blitz aus wirbelnden Klauen ins Unterholz stieß. Das war Winter.

Jai schluchzte angesichts ihrer Schmerzen, als die beiden sich gegenseitig zerfetzten, aber es blieb keine Zeit, ihr zu helfen. In dem Wirbel von treibenden Federn stürmte der Junge mit hoch erhobener Klinge auf ihn zu.

Zweimal, als das Schwert abwärts hieb, stürzte Jai zur Seite, ohne darüber nachzudenken, wohin die Bewegung ihn brachte. Schon bald fand er sich mit dem Rücken zu einem Dickicht wieder, dessen Dornen an seinem Hemd rissen.

Sein Instinkt übernahm die Kontrolle, als der dritte Schlag danebenging. Er trat in die Deckung des Jungen und war ihm zu nah, als dass der Schlag hätte treffen können.

Einen Moment lang standen sie sich von Angesicht zu Angesicht gegenüber und drängten aufeinander ein. Jai konnte die Angst des Akolythen riechen, als sie jeweils die Klinge über ihren Köpfen gepackt hatten, miteinander rangen und sich langsam vor und zurück bewegten.

Vor seinem inneren Auge konnte er wahrnehmen, wie sich die letzten Reste seines Manas aufzehrten. Er hatte nur noch Sekunden, um etwas zu unternehmen.

Ihre Blicke trafen sich, und Jai stieß seinen Kopf vorwärts. Sah Sterne.

Benommen taumelte er zurück, die Welt war ein verschwommener Fleck. Jeden Augenblick erwartete er, dass ihm ein Schwert die Brust durchstieß. Stattdessen war da … nichts. Nur die verzweifelte Qual von Winters Kampf, irgendwo außer Sichtweite.

Der Akolyth zuckte vor Jai bewusstlos am Boden, seine Klinge war vergessen.

Jai sprang zu der Waffe und schnappte sie hektisch. Immer noch benommen, hob er sie an und stach einmal zu. Dann nochmal.

Dann wieder und wieder, schreiend vor Wut und Angst. Er sah sich nicht an, was er tat. Er schloss sogar die Augen und zwang sich dazu, so lange hinein zu hacken, bis das Gurgeln aufhörte.

Er vernahm das Knacken eines Zweigs und fuhr herum, nur um Winter zu sehen, die wimmerte. Sie humpelte zu ihm und leckte seine verwundeten Arme und Handgelenke.

»Komm her, Mädchen«, flüsterte Jai und nahm sie in die Arme.

Er konnte ihren Schmerz fühlen. Er spürte sogar, wo er saß, wo der Chamrosch tief in ihren Hals und ihre Schulter gebissen hatte. Sie war verletzt … und zwar schwer. Er musste ihr helfen.

Erst durchsuchte er die Taschen des Jungen. Er trug nur wenig Kleidung und hatte seine Wertsachen bestimmt nicht von dem Ort mit herübergebracht, an dem sie ihr Lager aufgeschlagen hatten. Da war nichts außer dem Schwert und einem Beutel mit Tabakblättern und Papier. Jai konnte nicht mehr tun, als Streifen von dem Hemdsaum des Leichnams zu reißen und Winter so gut wie möglich zu bandagieren. Dasselbe tat er mit seinen Handgelenken. Er war froh, dass die Schnitte größtenteils oberflächlich waren.

Als er fertig war, war der Ort unheimlich still.

Jai lauschte, aber sein Mana war vollständig aufgebraucht. Dennoch wusste er, wenn Frida gefangen genommen worden war, dann würde sie in der Nähe sein. Wahrscheinlich auf dem Weg, auf dem sie gekommen waren. Er blickte sich um, wobei er es vermied, den toten Jungen anzusehen, und erblickte nur den toten Chamrosch.

Er lag am Boden. Die Zunge hing ihm aus dem Schnabel, und ein tiefer Riss war in seinem Hals zu erkennen, dort wo Winter ihm die Kehle herausgerissen hatte. Sie mochte noch klein sein, aber es gab einen Grund, warum die Dansken ihre Drachen so gut bewachten. Sogar als Jungtier konnte sie einen Chamrosch besiegen.

Da kam ihm eine Erkenntnis.

Auf Händen und Füßen kroch Jai zu seiner Klinge, die er fallengelassen hatte. Er nahm sie und bewegte sich zu dem Kadaver des Chamrosch.

Aus der Nähe konnte er ihn riechen, sogar ohne das Mana, das seine Sinne schärfte. Es war ein schwerer Tiergeruch mit einem kupferartigen Anflug von Blut.

Jai hatte keine Zeit zu zögern. Er stieß abwärts, ließ die Klinge durch Gefieder und Rippen gleiten und begann dann, in die Brust des Tiers zu sägen.

Ohne die Hilfe von Mana war das harte Arbeit. Zweimal zwang ihn die Panik dazu, anzuhalten und in den stillen Walt hinaus zu lauschen, während ihm sein Herz in den Ohren hämmerte. Aber nichts geschah, und bald schon hatte er einen tiefen Riss in die Brusthöhle des Tiers geschnitten und suchte nach dem seltsamen Stein, den Frida vor einer Weile ihrem Drachen entnommen hatte.

Zuerst fand er nur heiße Innereien, aber dann fühlte er, wie sich seine Hand um etwas schloss, von dem er dachte, dass es das Herz des Tiers sein musste. Es war groß und gummiartig, doch er konnte etwas Hartes darin spüren, als er es befühlte. Nach einigem unbeholfenen Herumstochern schaffte er es, ein Loch hineinzuschneiden und darin herumzuwühlen.

Jai riss seine Hand frei und hielt sie ins Mondlicht, während er den Klumpen geronnenen Bluts in seiner Handfläche durchsuchte. Etwas … glühte da.

Das Seelenjuwel sah für jedermann wie eine große Murmel aus, aber wie eine, die hohl und mit einem flüssigen Licht gefüllt war. So sah der Kern aus. Oder zumindest war es das, wozu der Kern wurde, wenn das Totem gestorben war.

Jai würgte. Übelkeit begann ihn zu übermannen. Ob es das Adrenalin war, das Gift, der Anblick des Bluts oder seine eigene Erschöpfung, wusste er nicht. Wer konnte schon sagen, wie viel Schierling er zu sich genommen hatte? Genug davon würde ihn töten, ob seelenverbunden oder nicht, und was auch immer das Mana getan hatte, um ihn zu beschützen, war inzwischen abgeklungen.

Er fühlte, wie sich eine Taubheit in ihm ausbreitete. Das Atmen wurde schwieriger. Er brauchte Mana.

Jai konnte sich kaum noch daran erinnern, was Frida über Seelenjuwelen gesagt hatte, aber immerhin wusste er, dass es ihm irgendwie helfen würde. Als seine letzte Kraft seinen Körper zu verlassen begann, schob Jai es sich zwischen die Lippen und zwang sich zu schlucken.

Es war auch keinen Augenblick zu früh, denn schon sackte er nach vorn, das Gesicht halb im Mulch vergraben. Er konnte fühlen, wie Winter verzweifelt versuchte, ihm Mana zu schicken. Aber ihre Verbindung war jetzt zu schwach, und ihre eigenes Mana war beinahe gänzlich aufgebraucht.

Das Licht der Welt verblasste … und Jai war fort.

75

Es gab keine Welt jenseits der einen in seinem Inneren. Und die eine in seinem Inneren lag im Krieg.

Er konnte das Gift wie eine rote, ätzende Infektion spüren, die sich in ihm ausbreitete. Doch in seinem Mittelpunkt befand sich das Seelenjuwel, das in seinem brennenden Bauch perlte.

Jai versuchte seelenzuatmen. Versuchte, seine Lungen dazu zu zwingen, ihm zu gehorchen. Aber dazu war es schon zu spät. Seine Lungen reagierten nicht mehr auf ihn. Nichts reagierte mehr.

Er war ein Gefangener in der Hülle seines eigenen Körpers. Ein Beobachter seines eigenen Untergangs.

Und dann … war da ein Licht, das im Mittelpunkt seines Seins hervorbrach.

Zuerst war es nur ein Flackern, ein Funken in einer sich ausbreitenden See aus Rot. Aber bald strömte mehr davon hervor. Es mochte nicht viel sein, aber das Rot schien sich bei dessen Berührung aufzulösen. Als säuberte das Mana seinen Körper von dem Gift, so wie es ihn von den Blockaden in seinen Kanälen gesäubert hatte.

Das goldene Licht verbreitete sich, wütete wie ein Lauffeuer durch seinen Bauch. Und dann … war es fort. Aufgebraucht wie ein Streichholz.

Das Rot blieb, aber jetzt war es ein langsamer Schmerz, der sich entlang seiner Extremitäten ausbreitete.

Er holte tief Luft. Stöhnte.

Eine warme Hand lag auf seiner Stirn. Das musste jetzt … irgendwo anders sein. Aber gleichgültig was er tat, er konnte weder seine Augen öffnen, noch etwas hören.

Er hing in einem Abgrund, gefangen zwischen seiner inneren Welt und derjenigen außerhalb. Fragmente von Gefühlen pulsierten, sonst aber nichts.

Jai bog sich durch und fühlte, wie sein Körper zu zucken begann, als das Gift ihm abermals zusetzte.

Er musste seelenatmen.

Jai zwang sich zu einem weiteren Atemzug, den er beinahe hinunterschluckte. Dann zu noch einem, und noch einem.

DIE LUNGEN, DER BLASEBALG.
DAS HERZ, DER HERD.
DER MAGEN, DER KESSEL.
DAS BLUT, DER FILTER.
DER KERN, DER GUSS.

Balbirs Mantra hallte durch seinen Geist, als er seine wie erstarrten Lungen zum Arbeiten anhielt. Winzige Überreste an Mana durchdrangen ihn, traten in den Kern ein und verließen ihn beinahe im selben Augenblick wieder. Sein Körper schickte Mana dorthin, wo es gebraucht wurde.

Mit jedem festen Halt, den das Gift zu bekommen schien, stieß das Mana es zurück. Es glich einem Zermürbungskrieg, endlos und erschöpfend.

Doch Jai hielt durch. Zwang sich zu jedem Atemzug, wieder und wieder. Er wusste nicht, ob die Zeit sein Feind oder sein Verbündeter war. Er wusste nur eines. Er musste seelenatmen.

◆ ◆ ◆

Und wieder vermochte Jai die Grenzen seines Körpers zu spüren. Er war … warm. Er lag auf etwas Hartem – nicht mehr länger auf dem Waldboden.

Einen Moment zuvor hatte er noch geträumt. Aber es war schon wieder halb vergessen. Vorstellungen vom Greifenhorst. Davon, in ihrem Tempel zu meditieren. Von Kampfübungen auf dem marmornen Dammweg.

So seltsam. Er schob die Bilder aus seinem Geist.

Es war ein langsames Aufwachen. Eine Ebbe und Flut an Bewusstsein aus Fragmenten von Empfindungen, Gerüchen und Klängen. Er wusste nicht, wie viele Tage so vergingen. Alles verschmolz zu einem einzigen Tag.

Ein kühler Finger hob sein Augenlid an und senkte es wieder, und dann sah er den verschwommenen Fleck von Fridas Gesicht, der tief in Schatten lag. Dann war da ihre Stimme, und noch eine andere konnte er hören. Wasser wurde mit einem Schwamm in seinen Mund geträufelt. Dann folgte der Geruch von kochendem Essen. Und die Scham beim Fühlen von kalter Luft auf seinen Genitalien, als er ausgezogen, abgewischt und wieder angezogen wurde.

Der Kampf gegen das Gift in ihm schien gar kein Ende nehmen zu wollen. Es gab Zeiten, in denen er dachte, es würde ihn überwältigen, in denen er schlief und dann beim Aufwachen merkte, dass das Gift seine Lungen erneut verkrampfte. Nur Winter, das liebe, treu ergebene Wesen, bewahrte ihn vor dem Tod. Denn er wusste, dass sie ihn, während er schlief, weiter mit dem wenigen Mana versorgte, über das sie selbst verfügte. Er konnte fühlen, wie es ihm Kraft gab. Wie es ihn am Leben hielt.

Ein paar Mal dachte er, er hätte das Gift jetzt völlig besiegt. Es waren Zeiten, in denen er meinte, dass es nur noch ein wenig länger dauerte, bis er wieder gesund wäre – nur um zu spüren, wie sich die rote Infektion abermals von seinen Eingeweiden aus ausbreitete. Doch jedes Mal schienen ihre Wurzeln zu verkümmern. Mit jedem Wiederaufflammen kam sie etwas weniger stark zurück.

Es war ein Schmerz, der ihn aufweckte. Das schwindelerregende Gefühl im Magen, zu fallen, und der harte Aufprall seines Körpers auf einen Steinboden.

Dies, und der Schock von kaltem Wasser, das ihm ins Gesicht spritzte und ihn auf den Boden zurückwarf, als er versuchte aufzusitzen.

»Wach auf, Söhnchen«, sagte eine raue Stimme.

Jai erschauderte, als er seine Augen öffnete. Der Boden unter ihm war kalt wie Eis.

Er befand sich in einem feuchten steinernen Raum, einem mit Gittern vor dem einzigen Fenster. Er war kaum größer als seine Garderobe im Palast.

Benommen drehte er sich um, aber es blieb keine Zeit, seinen Entführer zu sehen. Die dicke, vergitterte Tür war bereits zugeschlagen worden.

»Der simuliert nur«, kicherte die Stimme. »Hab's dir doch gesagt.«

Der Laut war zwar schwach, aber ein kleiner Überrest Mana erlaubte es Jai, sie zu hören, wenn er angestrengt lauschte.

»Gib mir einfach mein Geld, und ich mach mich davon.«

Die zweite Stimme kam ihm bekannt vor. Es musste der ältere Gildenmann sein. Silas.

Die Erkenntnis traf Jai so hart, dass er beinahe wieder das Bewusstsein verlor. In den letzten Tagen hatte er sich … doch schon sicher gefühlt. Umsorgt. Und die ganze Zeit über war er in den Fängen dieses Bastards gewesen. Jai wurde schlecht.

»Wie viel haben wir gesagt, Silas?«, fragte die Stimme. »Zehn für den Jungen, hundert für das Mädchen?«

»Zweihundert für das Mädchen«, sagte Silas. »Und wenn du das nochmal versuchst, Aurelius, sind es dreihundert.«

»Hast du eigentlich eine Ahnung, wie viel ich riskiere, sie hier zu behalten?«, schnappte Aurelius. »Wir haben schon erfahren, dass ein Kopfgeld für eine junge danskische Frau ausgesetzt wurde, die aus dem Palast entkommen ist. Sie könnte diejenige sein, nach der sie suchen.«

»Und hast du eine Ahnung, wie viel sie wert ist, wenn du sie brechen kannst?«, gab Silas zurück. »Darum hat die Gilde sie zu dir geschickt – das hier ist der geeignete Ort, um es zu versuchen. Sie ist eine Adlige. Noch dazu eine mit einem Drachen, wenn ich raten müsste. Denk daran, was sie wissen könnte. Vielleicht das Geheimnis, wie man sich mit Drachen verbindet.«

»Hundertfünfzig.«

»Ich hab meinen Partner verloren, du dummer Dreckskerl!«, schnappte Silas.

»Hundertfünfzig.«

»Wenn du ein Geschäft mit der Gilde nicht einhalten willst, nur zu. Die schicken eine Bande her, die dich allein aus Prinzip verprügelt.«

»Verdammte Gilde«, stöhnte Aurelius. »Eigentlich sollte ich ihr Geschäftspartner sein.«

»Du hast Glück, dass ich in Angelegenheiten der Gilde hier bin«, brummte Silas. »Wäre ich noch bei der Greifengarde, würde sie direkt zurück zu den Sabinern geschickt werden. Vergiss bloß nicht, wenn du sie brichst, kommst du zuerst zur Gilde. Das ist die Abmachung.«

»Ihr habt doch schon ein gutes Geschäft gemacht«, schnappte Aurelius. »Die ist die reichste Sekte auf der ganzen Welt. Was sind schon fünfzig Denarii mehr für die.«

Jai konnte fühlen, wie die letzten Reste an Wärme aus ihm heraus und in den kalten Steinboden flossen, also zwang er sich, sich zu bewegen. Mit einem Stöhnen setzte er sich auf und strengte sich an, im Dunkeln zu sehen. Doch er konnte sehr wenig wahrnehmen, er roch nur feuchtes Stroh irgendwo im Raum.

Unbedingt musste er herausfinden, wo Frida jetzt war. Er versuchte zu sprechen, aber alles, was aus ihm herauskam, war ein Keuchen.

»Ich erinnere dich daran, dass ich nicht mehr als ein Jahr bei der

Gilde bin. Nichts hält mich davon ab, hierher zurückzukommen, wenn ich mich wieder der Greifengarde angeschlossen habe, falls du meine Geduld noch weiter auf die Probe stellst.«

Ein Seufzen war zu vernehmen, und dann das Klimpern von Münzen. Jai hatte keine Ahnung, wie es kam, dass er noch am Leben sein konnte. War es wirklich zehn Sesterii wert gewesen, ihm den Mord an dem Akolythen zu vergeben, zusätzlich zu all der Mühe, ihn hierherzubringen?

»Gib der Danskenschlampe eine Tasse Schierlingstee pro Tag zu trinken, und sie wird so gefügig sein wie ein Lamm«, sagte Silas. »Gerade genug, um sie daran zu hindern, ihren Kern aufzufüllen, während sie das Gift bekämpft.«

»Schierling«, stieß Aurelius verächtlich hervor. »Damit würde ich sie eher umbringen. Mein Vater hat damit auch versucht, die Seelenverbundenen gefügsam zu halten, damals, als er hier der Anführer war. Hat die meisten von ihnen erledigt.«

»Was glaubst du, wie ich sie geschnappt hab?«, fuhr Silas ihn an. »Eines unserer Tiere hat von oben einen Ball mit Blättern in ihren Eintopf fallen lassen. Das ist der älteste Trick, den es gibt. Dieser Wilde hat noch Glück, dass er am Leben ist – hat bestimmt nur einen halben Löffel davon gehabt.«

»Du hast bestimmt recht«, brummte Aurelius. »Sie hat halbtot ausgesehen, als du sie hergebracht hast. Der Junge genauso.«

»Und wenn nicht?« Silas lachte bitter. »Willst du deine Schläger auf mich hetzen? War nicht meine erste Wahl, sie hierherzubringen, aber die Gilde will das Geheimnis kennen, wie man sich mit Drachen verbindet. Außerdem haben sie nichts für die Sabiner übrig. Sind die Einzigen, die sie nicht anheuern wollen, also warum sollten sie den kaiserlichen Drecksäcken helfen?«

»Und ich verkauf es ihnen. Wenn der Preis stimmt.«

Darüber lachte Silas.

»Die Gilde weiß, dass es ein Schuss ins Blaue ist. Vielleicht hat sie ja gar keinen Drachen.«

»Ich dachte, du hättest gesagt, sie hätte wohl einen Drachen«, sagte Aurelius.

»Das war, bevor ich das Geld in der Hand hatte«, erwiderte Silas.

Aurelius fluchte lange und heftig.

»Wenn sie es weiß, dann quetsche ich es aus ihr raus«, sagte er dann wenig überzeugend.

»Viel Glück«, lachte Silas. »Seelenverbundene können sich in sich selbst zurückziehen und es sogar zulassen, dass man ihren Körper übel zurichtet, und spüren trotzdem nichts. Man hat es auch schon früher versucht. Du solltest das eigentlich wissen – immerhin hat dein Vater ein Gefängnis für Seelenverbundene niedriger Stufen geleitet.« Er klimperte mit den Münzen. »Aber zu spät, um jetzt einen Rückzieher zu machen«, lachte er.

»Es gibt andere Wege«, sagte Aurelius.

Jai hörte Silas ausspucken. Dann Schritte und den Klang einer Tür, die zuschlug.

»Verfluchter Seelenverbundener«, murmelte Aurelius.

Fröstelnd holte Jai Atem und unternahm eine gewaltige Anstrengung, sich wieder zu rühren. Seine Arme bewegten sich träge, doch genug, um seine Nägel in die grob gehauene Wand zu graben und sich auf die Füße zu ziehen. Die Welt drehte sich, und er wäre beinahe zusammengebrochen, aber dann schaffte er es, näher an die Tür heranzuwanken. Als er nach Atem rang, begannen sich die Schritte zu entfernen.

»Warte!«, krächzte Jai. »Sag mir, wo ich bin.«

Die Schritte hielten an. Dann gingen sie weiter.

Er war allein.

76

Jai war am Verhungern, aber in dem Raum gab es abgesehen von der Abflussrinne, die sein Abort war, nichts außer einem Eimer mit Wasser in der Ecke.

Dorthin kroch er und tauchte sein Gesicht unter die Oberfläche. Das Wasser war kalt, und er durchbrach eine dünne Eisschicht an seinem Rand, aber dies war nur ein geringer Preis für die Sinnesempfindung, die er endlich wieder verspürte.

Es musste Tage her gewesen sein, dass er in seinem Körper gefangen gewesen war und einen persönlichen Krieg gegen das Gift geführt hatte. Wieder etwas zu fühlen, das sich außerhalb von ihm befand, und sei es dieser eisige Schock, war ein plötzlicher Segen.

Sein Verstand raste, selbst dann noch, als er das Wasser schluckte und einen brennenden Durst stillte, dessen er sich bis zu diesem Augenblick gar nicht richtig bewusst gewesen war.

Es fühlte sich wie eine ganze Minute an, ehe er wieder auftauchte und nach Luft rang, während Wasser in seinem Bauch schwappte. Für den Moment war sein Magen gesättigt, wenn auch … auf die falsche Art. Er warf den Kopf zurück und ließ keuchend Wasser von seinem Haar herabrinnen.

»Frida!«, brüllte er.

Doch niemand antwortete. Sie war hier, das wusste er zumindest.

Silas musste auf seinen toten Kameraden gestoßen sein und gesehen haben, was Jai mit ihm angestellt hatte. Er hatte den toten Chamrosch mit seiner herausgerissenen Kehle gesehen und gedacht, dass Fridas Tier noch am Leben war und hinter ihm her sein musste.

Silas hatte dann wahrscheinlich Fridas und seinen gelähmten Körper ergriffen und eine verletzte Winter und einen bewusstlosen Rufus zurückgelassen. Jai bezweifelte, dass der alte Säufer in der Lage gewesen war, ihre Spur zu finden, wenn er schließlich aufgewacht war, denn bestimmt hatte sich Rufus in einem ebenso üblen Zustand wie Jai befunden. Wenn er sie überhaupt hatte retten wollen.

Schließlich musste es Frida gewesen sein, die sich um Jai gekümmert hatte, noch während sie selbst vom Schierling geschwächt gewesen war. Wegen der Bandagen an seinen Armen wusste er, dass man ihn nicht einfach auf einen Karren geworfen und den ganzen Weg bis hierher vor sich hinfaulen gelassen hatte.

Und jetzt würde Frida wegen des Geheimnisses um die Seelenverbindung mit Drachen gefoltert werden. Da ihr Schierling verabreicht wurde, musste sie ebenso wie er im eigenen Körper gefangen sein. Die ganze Zeit über hatte sie aus Furcht vor Gefangenschaft und Folter ihr Wissen vor ihm zurückgehalten. Und er hatte es ihr verübelt. Was für ein Idiot er doch gewesen war. Sie hatte von Anfang an recht gehabt.

Was würde sie an diesem grausamen, sterilen Ort ertragen müssen? Schmerzen? Oder noch Schlimmeres?

Wut erfasste ihn. Wut über die Ungerechtigkeit von allem. Es so weit geschafft zu haben … nur um … Er stieß ein zorniges Schluchzen aus und schlug mit der Faust auf den Boden. Es tat so weh.

Und als er sich zum ersten Mal untersuchte, reichte es, um sich aus seiner Benommenheit zu reißen.

Jai löste das grob gesponnene Tuch, das eng um seine Handgelenke gelegt war, und sah dort tiefe schwarze Krusten. Einige hatten sich sogar abgelöst und eine rosafarbene Haut hinterlassen. Jais Augen weiteten sich. Er musste tagelang bewusstlos gewesen sein. Entweder das, oder er hatte genügend Mana übrig, um sich zu heilen, was jedoch unwahrscheinlich war.

Wo war Winter? Er schloss die Augen und suchte nach ihr. Dann konnte er sie wahrnehmen. Das war gut – sie war immer noch am Leben. Aber sie … schlief. Und ihre Verbindung fühlte sich verblasst an. Fern.

Hinweise auf ihren Aufenthaltsort gab es nicht. Warum schlief sie?

Jai blickte zu dem kleinen vergitterten Fenster empor und sah das verdrießliche blaue Licht des frühen Morgens. Draußen konnte er Vögel hören, aber das Fenster war zu hoch, um es zu erreichen.

Es schien tief in die Mauer eingelassen zu sein. Die Wände sahen in der Tat massiv aus, sie waren aus großen, schweren Steinen zusammengefügt. Nicht einmal Mörtel befand sich zwischen ihnen, nur ihr großes Gewicht hielt sie an Ort und Stelle. Selbst mit einem Kern voller Mana konnte er wenig tun, um hier herauszukommen.

Nein, er würde sich bestimmt nicht aus diesem Ort herausgraben. Sein einziger Ausgang war die vergitterte Tür. Jai blickte auf seine Fäuste hinab, dann auf den Eimer. Er konnte die Tür auf keinen Fall einrennen, ob seelenverbunden oder nicht. Dem blauen Schimmer nach zu urteilen bestand sie aus Eisenholz und Damantinerstahl.

Er würde hierbleiben, bis jemand wegen ihm kam. Es gab nichts anderes zu tun, außer zu trinken, zu pissen und zu scheißen. Und seelenzuatmen.

Im Schneidersitz ließ sich Jai auf dem kalten Boden nieder. Er begab sich in Trance. Es war so einfach, als würde er in ein warmes Bad gleiten. Sein inneres Wesen war ihm in den letzten Tagen des Trainings vertraut geworden. Sein Körper fühlte sich an wie … ein Freund.

Er konnte so viel klarer sehen. Jeder Kanal, jedes Organ, jede Kluft seines Wesens. Es lag in all seiner pulsierenden, gurgelnden Harmonie offen vor ihm da.

Das Seelenjuwel hatte seine Arbeit getan, indem es das Gift zurückgehalten hatte. Aber darüber hinaus schien sein beständiges Seelenatmen während der letzten Wochen tatsächlich seinen Kern gestärkt zu haben. Als hätte er die Membran gefestigt, die es ihm erlaubte, seinen Kern wie einen Muskel zu dehnen.

Sogar seine Kanäle kamen ihm rosafarbener, weiter und flexibler vor. Er konnte sich nur vorstellen, dass eine Kombination aus Praxis, dem Seelenjuwel und der Pille ihn weitaus geschickter im Seelenatmen gemacht hatten, als er noch vor ein paar Wochen gewesen war.

Es war eine Schande, dass das Juwel von einem so jungen Tier hergestammt hatte, und zwar von einem, das so klein und relativ schwach gewesen war.

Er holte tief Luft und ließ das Mana seine Lungen füllen. Wieder fühlte es sich einfach an. Offenbar lag es an diesen vielen Stunden des Kultivierens, um sein eigenes Leben zu retten – Mana durch gelähmte Lungen zu drücken, es dorthin zu zwingen, wo es gebraucht wurde. Es hätte ihn beinahe umgebracht, aber deswegen war er letztlich viel stärker geworden.

Silas' Annahme, dass er nicht seelenverbunden sein könnte, hatte ihn einmal gerettet und ihm erlaubt, den Akolythen zu besiegen. Vielleicht würde sie das wieder tun. Tatsächlich war das Geheimnis an diesem gottverlassenen Ort vermutlich sein einziger Vorteil.

Dennoch war es besser, jetzt nicht etwa selbstzufrieden zu sein, so ermahnte er sich. Immerhin war ein jeder Tag, an dem Frida hierblieb, ein weiterer Tag, an dem sie gefoltert werden konnte.

Allein der Gedanke daran machte ihn schon krank. Schließlich kannte er die Grausamkeit, zu der schlechte Menschen fähig waren, und er wusste, was viele von ihnen mit einer schönen jungen Frau wie Frida womöglich anstellen würden. Es kostete ihn große Mühe, sein Mana nicht zu verschwenden, indem er versuchte, die Tür mit den letzten Überresten davon niederzubrennen.

Trotzdem – das, was Silas gesagt hatte, traf doch zu. Oder zumindest galt dies für das, was er gesagt hatte, nachdem sich das Geld in seiner Tasche befunden hatte. Seelenverbundene zu brechen fiel keineswegs leicht, wenn das Geheimnis, das sie zu hüten hatten, eines war, das sie mit ins Grab nehmen wollten. Und Frida war bestimmt stur genug, was das betraf – da war er sich sicher. Doch der Knappe lag auch falsch. Frida mochte nur von niederem Adel sein, aber sie kannte dennoch das Geheimnis, das ihr Volk so lange gehütet hatte.

Drachen waren vielleicht nicht gerade das, was die Sabiner von ihrer Tür fernhielt, gewiss aber wären sie in der Lage, konkurrierende Sekten aus ihrem Himmel herauszuhalten. Da die arme Erica das Geheimnis ihrer Verbindung vermutlich preisgegeben hatte, kannten es Titus und Magnus wahrscheinlich bereits.

Aber sie würden dieses Geheimnis für sich selbst behalten. Wenn die Gilde es ebenfalls herausfand … dann würden Hunderte ihrer Mitglieder in die Nördliche Tundra eindringen, um ihre eigenen Drachen zu suchen.

Jai würde seine Zeit allein in diesem Raum jedoch auf keinen Fall vergeuden – vielmehr hatte er vor, seinen Kern anzufüllen. Im Augenblick war das der einzige Vorteil, den er besaß.

Er biss die Zähne zusammen und ließ sich auf dem kalten Steinboden nieder. Anstatt sich hinzusetzen, legte er sich lieber auf das Lager, für den Fall, dass jemand einen Blick durch den vergitterten oberen Sehschlitz warf. In Wahrheit wollte er schlafen. Seine letzten paar Tage waren so gut wie schlaflos gewesen, denn jede Minute, in der er geschlafen hatte, war eine gewesen, in der er aufgehört hatte, Mana zu kultivieren, und in der das Gift sich hatte frei ausbreiten können.

Sowohl sein Geist als auch sein Körper waren erschöpft. Aber er wusste nicht, was auf ihn zukam, oder was für eine Gelegenheit sich ergeben würde, wenn sie ihn aus seiner Gefängniszelle verlegten.

Er musste bereit sein.

77

Beim Knarren der sich öffnenden Tür wachte Jai auf. Er konnte sich nicht daran erinnern, eingeschlafen zu sein.

Benommen blinzelnd starrte er die Frau im Türrahmen an. Erst musterte sie ihn neugierig, dann roch sie in die Luft.

»Die haben nicht falsch gelegen. Ihr Wilden stinkt schlimmer als die Hudditen.«

Jai fühlte, wie ihm der Kamm schwoll. Die Aufseherin war eine Frau mit Pockennarben in ihrem Teiggesicht und langem, fettigem, grauen Haar. Sie hatte vorstehende Zähne und tiefliegende, dunkel umrandete Augen. An der aufgerollten Peitsche in ihrer Hand erkannte er, dass sie auch grausam sein konnte.

»Sprichst du das Kaiserliche?«, fragte sie und schnippte mit ihren Fingern in Jais Richtung.

Jai schwieg und starrte sie so stumpfsinnig an, wie er konnte.

»Begriffsstutzige Säcke sind sie auch noch«, murmelte die Aufseherin.

Sie bedeutete Jai aufzustehen, und er tat es. Dabei warf er einen Blick auf die Peitsche. Ob seelenverbunden oder nicht, diese Waffe konnte einem ein Auge ausschlagen.

»Ja, was das ist, weißt du, stimmt's?«, sagte sie mit einem Grinsen. »Jetzt beweg deinen Arsch, bevor ich den Fetzen durchschneide, der ihn verdeckt.«

Sie betonte ihre letzten Worte mit einem Schütteln ihrer aufgerollten Peitsche.

Jai beeilte sich zu gehorchen, wenn auch nur, um aus dem eiskalten Raum herauszukommen. Um den Effekt von Schwäche zu erzielen, rieb er seine Hände aneinander, obwohl sein Mana – so wenig er auch davon haben mochte – ihn den Tag über warm gehalten hatte.

Außerhalb des Raums sah Jai, dass er aus einer von vielen Türen in einem langen, niedrigen Gang gekommen war. Hier gab es kein natürliches Licht, bis auf eine einzelne Quelle am anderen Ende des Gangs.

Er fragte sich, ob Frida wohl in einer der Zellen steckte, aber als er sich bewegte, um sich diese genauer anzusehen, packte eine Hand seinen Kragen und riss ihn zurück.

»Komm schon«, sagte die Frau. »Folg der alten Beverlai. Das ist ein guter Junge.«

Sie redete mit Jai wie mit einem Hund oder einem kleinen Kind. Unterschätzt zu werden war aber eine gute Sache. Jai kniete sich hinein.

»Dansk?«, fragte er. »Hier?«

Beverlai grinste.

»Oh, ich wette, du hast dir bei dem Gedanken an die Wildkatze deinen Pimmel wundgerieben. Der kannst du schon mal Lebewohl sagen. Die wird nämlich auf keinen Fall lange durchhalten, wenn Aurelius sie bearbeitet, obwohl sie Feuer hat.«

Sie hielt an, dann presste sie Jai gegen die Wand.

»Du nicht über die Danskin reden. Kapiert, du Wilder?«

Für eine so alte Frau schien sie ihm ungewöhnlich stark. Konnte sie seelenverbunden sein? Oder war er so schwächlich geworden?

Beverlai hob einen Finger an ihre Lippen.

»Nicht reden«, wiederholte Jai. »Nicht reden Danskin.«

Beverlai schlug ihm hart ins Gesicht. Doch er hatte noch Glück, dass er es hatte kommen sehen. Schnell lockerte er seine Halsmuskeln und ließ sich zu Boden fallen. Er rieb sich die Wange – der Schlag hatte geschmerzt.

»Guter Junge«, schnappte Beverlai. »Los jetzt. Mein Bett wartet auf mich.«

Sie trat Jai vorwärts und stieß ihn mit ihrem Stiefel den Gang entlang, bis er zu einer Treppe mit einem Tor am Ende gekrochen war. Licht strömte durch seine verrosteten Gitter, und Jai konnte die frische Luft beinahe schon schmecken.

Beverlai pfiff, und eine Hand streckte sich aus, um die Tore zu öffnen. Jai kletterte ins Licht und sog tief die Luft ein. Er hatte nie Angst vor engen Räumen gehabt, aber dem Ort hinter ihm hatte spürbar eine schlechte Stimmung angehaftet. Selbst hier draußen war es nicht viel besser.

Der Boden war mit Kies bedeckt. Nicht einmal Gras wuchs hier, es gab nur Pfützen, die nach und nach von dem feinen Nieselregen aus dem dunklen Himmel über ihm gefüllt wurden. Hinter ihm und vor ihm warfen tiefe Bergschluchten lange Schatten über das Gefängnislager und hielten sogar das Mondlicht ab. Die Zellen waren geradewegs in die Felswand gehauen.

»Hoch mit dir jetzt«, befahl Beverlai und riss Jai auf die Beine.

Es waren noch andere Aufseher da, Männer mit Lederhelmen und in Rüstungen, mit langen Speeren und Peitschen an ihren Hüften. Einige gingen auf den Mauern, die die Schlucht zu beiden Seiten von ihm halbierten. Sie bestanden aus einfachem Geröll und Mörtel, waren aber die höchsten und stärksten, die Jai je gesehen hatte, bis auf die von Latium selbst.

Jai erwartete halb, auf eines der großen Metalltore zugestoßen zu werden, die in die Wände eingelassen waren, wurde stattdessen aber die Felswand entlanggeführt.

Die Klippe war hoch und steil, nicht unähnlich der, die zu den Pestgruben abfiel. Der Unterschied hier bestand darin, dass die Felswand so übersät mit Höhlen war wie Beverlais Gesicht mit Pockennarben.

Diese Höhlen waren ebenfalls mit Gittertüren aus rostigem Metall versehen. Aber im Gegensatz zu der, aus der Jai herausgekommen war, pressten sich hier Männer gegen die Stangen. Gesichter – mehr als hineinpassen sollten – blickten ihn aus diesen Höhlen an, und ein ganzer Wald von Händen streckte Schalen aus, mit denen sie versuchten, den Regen aufzufangen. Beverlai stieß Jai mit einem Fuß auf die Knie, und er gehorchte bereitwillig. Selbst mit dem wenigen Mana, das er noch hatte, gab es im Augenblick keine Chance zu entkommen.

»Erzähl mir doch, mein Junge«, sagte Beverlai mit plötzlich freundlicher Stimme, »wer ist das Mädchen?«

Jai zögerte und drehte sich mit erhobenen Händen um. Beverlai hörte auf, ihn zu bearbeiten, und kauerte sich stattdessen hin, um Jais Blick zu begegnen.

»Was verbirgt Aurelius?«, wollte sie wissen, wobei sie die Frage halb an sich selbst richtete.

Jai starrte sie an und behielt den stumpfsinnigen, kuhäugigen Ausdruck bei, den Beverlai von ihm erwartete.

Drohend hob Beverlai ihre Hand, und Jai scheute vor ihr zurück.

»Ich verschwende meine Zeit mit dir. Kriech jetzt, du, verstanden?«

Sie trat Jai weiter, und nun hatte er wirklich keine andere Wahl, als sich auf Händen und Knien fortzubewegen. Sowohl von den Gefangenen als auch von den Wachen konnte er Hohngelächter hören.

Schon bald war er am Eingang zu einer der Zellen und stolperte auf seinem Weg den Pass entlang an zwei anderen vorbei.

Denn genau das war es, ein Gebirgspass. Doch dies schien ihm eigenartig. Es gab nur wenige Bergregionen im Kaiserreich, das seine Rivalen wegen seiner hügeligen, fruchtbaren Ländereien beneideten. Wie weit war er gereist, während er das Gift bekämpft hatte?

»Zurück mit euch, zurück mit euch!«, knurrte Beverlai und entrollte ihre Peitsche.

Die Männer in der Höhle wichen von den Gittern zurück, und Beverlai zog einen rostigen Schlüssel hervor. Schon bald hatte sich die Tür mit einem Quietschen geöffnet.

»Hier, Junge«, kicherte Beverlai.

Sie warf Jai etwas aus ihrer Tasche zu. Es war ein Stück Brot, kaum größer als eine Faust. Jai wartete nicht einmal, bis er ganz drinnen war, ehe er etwas davon mit den Zähnen abriss.

»Rein mit dir.«

Ein weiterer Tritt in den Rücken schickte Jai der Länge nach in die Zelle. Das Tor krachte hinter ihm zu, und Jai blieb liegen. Er wartete darauf zu hören, wie sich Beverlai entfernte. Doch das geschah nicht. Jai blickte hinter sich und sah, das ihn Beverlai mit einem grausamen Lächeln auf ihrem Gesicht beobachtete.

Und dann kamen sie. Eine Masse von reißenden, packenden Händen, die seinen Kopf zu Boden rammten. Finger packten seine geschlossene Faust und öffneten sie gewaltsam, um das Brot darin an sich zu nehmen.

Sogar sein Mund wurde geplündert, obwohl er es schaffte, etwas hinunterzuschlucken, bevor ihm ein Finger den Rest aus dem Mund zog.

Jai konnte nichts tun. Er konnte nur die Prügel ertragen, aus Furcht, sich zu verraten. Die Schläge schienen kein Ende zu nehmen, seine Taschen wurden ihm am Saum abgerissen, und man zog ihm die Schuhe aus. Er hatte Glück, dass er das dreckige Hemd am Leib behielt.

Erst als sich der Kampf um das Brot tiefer in die Höhle verlagerte und ihn benommen in dem dürftigen Licht von draußen zurückließ, stellte sich endlich Erleichterung ein.

Jai kroch auf die Gittertür zu, wenn auch nur, um sich auf die Füße zu ziehen. Ein Klumpen Spucke traf sein Gesicht, als seine Hände die erste Quersprosse fanden. Beverlai kicherte und wischte sich den Mund ab.

»Willkommen in Porticus.«

78

Zusammengekauert lag Jai neben der Gittertür und rang nach Luft. Er war allein in der Dunkelheit, gegen die Feuchtigkeit gepresst, wo der Regen hindurchgesickert war. Für den Augenblick zumindest hatten ihm die Gefangenen alles abgenommen, was sie von ihm hatten haben wollen.

Sein Körper war eine Masse an Beulen und Schrammen, und ein Auge war zugeschwollen, nachdem ein Fingernagel daran gekratzt hatte. Er litt unter starken Schmerzen, seine Lippen waren an so vielen Stellen aufgeplatzt, dass es wehtat, wenn er seinen Mund öffnete, um zu stöhnen.

Jai hatte schon viele Prügel von den Palastwachen erduldet, aber die waren nichts im Vergleich dazu gewesen. Dies hier war ein verzweifelter, brutaler Ort.

Das Innere der Zelle sah anders aus als der lange Gang, aus dem er nur Augenblicke zuvor herausgekommen war. Diese Wände waren rau und uneben, ein langer Tunnel, der direkt in den Fels gehauen in der Dunkelheit verschwand. Jai ließ etwas Mana heraussickern, sodass er bis zum anderen Ende in den tiefsten Winkeln der Höhle sehen konnte.

Männer, die so hager wie Rechen waren, drängten sich auf einem dünnen Haufen von Holzspänen zusammen. Sie waren etwa zwanzig oder mehr an der Zahl, zusammengepfercht in einem Raum, der nicht größer war als Leonids Gemach. Alle Männer waren bärtig, und sie hatten noch dunklere Haut als Jai. Weder waren sie Steppenvolk noch Dansken.

»Es war mal eine Mine«, sagte jemand. »Falls du dich das fragst. Dann ein Gefängnis.«

Ein barbrüstiger Mann saß ein paar Schritte von Jai entfernt im Schneidersitz. Er hatte dunkle Augen und einen schwarzen Bart. Drahtiges Haar bedeckte seinen Torso wie einen Pelz. Selbst von hier aus konnte Jai noch die tiefen Schnittwunden auf dem Rücken des Mannes sehen, und einen Umschlag, mit dem sie bedeckt waren. Er war ebenfalls geschlagen worden, und das erst kürzlich. Sein Gesicht war ein Chaos an gelblichen Striemen.

Jai versuchte zu sprechen, bekam aber nur ein schmerzerfülltes Krächzen heraus.

»Mit der Zeit wirst du ihnen vergeben«, sagte der Mann. »Sie haben seit Tagen nichts gegessen. Hättest du ihnen das Brot schneller überlassen, dann hätten sie dich auch in Ruhe gelassen.«

Jai wusste nicht, was er sagen sollte. Er war gerade nicht in besonders versöhnlicher Stimmung.

»Die Bastarde von Aufsehern werden uns bald noch verhungern lassen«, sagte der Mann halb zu sich selbst.

Jai nahm an, dass selbst Wasser hier knapp war, wenn er nach den Schalen urteilte, die die Männer zuvor durch die Gitterstäbe gehalten hatten, um den Nieselregen aufzufangen. Er konnte froh sein, wenn er diesen Ort überhaupt überlebte, von Entkommen ganz zu schweigen.

Es brachte ihn dazu, sich über Frida Sorgen zu machen. Wenn ihre Kerkermeister ihre Gefesselten auf diese Art behandelten … wie würden sie dann mit ihr umgehen? Würden sie ihr überhaupt zu essen geben? Oder sie bekleiden?

»Wo sind wir … hier?«, fragte Jai.

Seine Worte kamen schwerfällig und undeutlich heraus, aber der Mann verstand ihn ohne Weiteres.

»Wir sind in den Petrusbergen, mein Junge.«

Jai musste schlucken. Er war durch das halbe Kaiserreich gereist, während er das Gift bekämpft hatte, und das vielleicht gute zwei Wochen lang. Zumindest schien er also in der richtigen Richtung vorangekommen zu sein.

»Hier gibt's nichts außer Wildnis, Tundra und der Großen Steppe«, fuhr der Mann fort. »Schlag dir Flucht aus dem Kopf. Ich weiß, dass du dran denkst. Das tun wir alle.«

Jai stieß eine Frage hervor.

»Warum?«

»Der Schreckenswolf kriegt dich, wenn Beverlai dich nicht zuerst in ihren Fängen hat.«

Jai starrte ihn an.

Der Mann blickte mit müden Augen vor sich hin.

»Sie ist mit einem Schreckenswolf seelenverbunden. Nur wenige sind abgehauen, ohne dass dieses geifernde Biest sie sofort zurückgeschleift hat.«

Erst jetzt begriff Jai, wie viel Glück er gehabt haben musste, seine Kräfte verbergen zu können. Wäre das nicht so gewesen, hätte man ihn wahrscheinlich ebenfalls wegen der Geheimnisse, die er womöglich kannte, gefoltert. Stattdessen hielten sie ihn für einen stumpfsinnigen Gefesselten oder Diener, verletzlich und auf der Flucht, wie es so viele seines Volks sein mussten.

»Das Höchste, was jemand geschafft hat, waren ein paar Tage«, redete der Mann weiter. »Ist natürlich besser, auf der Flucht zu sterben, als …«

Er nickte zum Gittertor hin und darüber hinaus, und Jai, der sich nicht von der Stelle fortbewegen wollte, wo er sich zusammengekauert hatte, spähte durch den Nieselregen. Einen Moment lang starrte er nur und ließ seine Augen sich an die Düsternis gewöhnen.

Keuchend atmete er aus. Außerhalb ihrer Zelle waren dicke Pfähle in sauberen Reihen entlang der gegenüberliegenden Felswand aufgerichtet. Er hatte sie für ein Baugerüst oder die Überreste eines alten Gebäudes gehalten. Aber das waren sie nicht.

Ganz oben waren Männer festgebunden, die an ihren Handgelenken hingen und beständig den Elementen ausgeliefert waren. Er konnte nicht sagen, ob einige von ihnen noch immer am Leben waren, denn sie bewegten sich nicht und hatten ihre Köpfe vor Wind und Regen gesenkt. Der Rest von ihnen war eindeutig tot – bloße Skelette, die lediglich von widerspenstigen Sehnen und Stoff zusammengehalten wurden. Jai konnte sogar die Fäulnis riechen. Mit all dem Gestank der Höhle und der Männer, die in ihr gefangen waren, hätte er sie beinahe nicht bemerkt.

»Sie halten einen Tag lang aus, vielleicht zwei«, flüsterte der Mann. »Ertrinken in ihrer eigenen Lungenflüssigkeit, wenn sie so hängen. Wenn die Kälte sie nicht schon vorher erledigt.«

»Alles Flüchtlinge?«, brachte Jai heraus.

»Nur ein paar«, sagte der Mann. »Andere sind verraten worden.«

Er bedeutete Jai, näher zu kommen, dann überlegte er es sich anders und schlurfte selbst zu ihm.

»Sie haben hier Spione. Feiglinge und Verzweifelte, die das Leben eines Freundes für einen Brocken Essen verkaufen. Trau niemandem von denen.«

»Nicht einmal dir?«, fragte Jai und zwang ein trockenes Lächeln auf sein Gesicht, das er sofort – als sich der frische Schorf auf seinen Lippen erneut öffnete – wieder bereute.

»Ich bin Milkar«, sagte der Mann, der ihm seine Hand anbot. »Sohn des Baal. Wie heißt du?«

Jai zögerte. Sein erster Name war unter dem Steppenvolk ziemlich verbreitet.

»Jai«, sagte er und ergriff die Hand des Mannes. »Bist du ein … ein Huddit?«, fragte er, da er den Namen wiedererkannt hatte.

Der Mann sah nämlich wie einer aus, dunkelhäutig und bärtig, mit einer dunklen Hautfarbe, die seiner eigenen nicht unähnlich war.

Milkar nickte. »Das bin ich. Wir alle sind Hudditen. Nach dieser … zweiten Niederlage haben sie uns durchs halbe Reich marschieren lassen.«

Er klang verbittert.

»Seit unserer Kapitulation reparieren wir die Mauern da draußen. Mit dem Erledigen einer sinnlosen Aufgabe lassen sie uns zu Tode schuften.«

Jai konnte es kaum glauben. Dies waren einige der Hudditen aus der Schlacht, deren Zeuge er gewesen war. Das Volk, das sich geweigert hatte, sich unter das sabinische Joch zu beugen. Und jetzt waren sie zu … dem hier reduziert.

»Das ist nicht sinnlos«, erwiderte Jai. »Habt ihr es nicht gehört?«

Milkar beugte sich näher. »Was gehört?«

»Sie sind im Krieg«, sagte Jai. »Mit dem Steppenvolk und den Dansken.«

Milkar schloss die Augen. »Unsere Lande waren ihnen also nicht genug. Die Sabiner sind ein Krebsgeschwür.« Er lehnte sich zurück gegen die Wand, wie um zu schlafen. Es schien, als kümmerte sich der Mann kaum um das, was jenseits dieses üblen Orts vorging. Vielleicht sollte Jai das ebenfalls nicht tun. Eine weitere Woche zu überleben, würde schon Herausforderung genug sein.

Was aber noch schlimmer war: An diesem Ort mit dem beengten Raum und den verzweifelten Spionen seelenzuatmen, würde riskant sein. Was würde mit ihm passieren, wenn man ihn erwischte?

Man würde ihn für zu gefährlich halten, um ihn bei den anderen zu lassen. Im besten Fall würde man ihn in Einzelhaft werfen, gefesselt mit Damantinerstahl und eingesperrt hinter einer Tür, die nicht einmal Magnus leicht aufbrechen konnte. Falls es zum Schlimmsten käme, würde man ihn zu den anderen an die Pfähle hängen.

War das auch Fridas Schicksal, wenn sie ihnen weiter Widerstand leistete? An den Pfählen dem Verrotten überlassen zu werden oder ihre Geheimnisse preiszugeben? Vielleicht wäre es der letzte Ausweg für sie beide.

Jai hatte keine andere Wahl, als wieder einmal abzuwarten. Er setzte sich auf und lehnte seinen Rücken gegen die Steinwand. Dann schloss er die Augen.

Er konnte bereits fühlen, wie das Mana durch seinen Körper sickerte und seine Verletzungen heilen half. Für den Augenblick würde er es zulassen, aber er würde ein wachsames Auge darauf haben müssen. Wenn er zu schnell heilte, mochte es jemandem auffallen. Zum Glück war der größte Teil seiner Verletzungen von seiner Kleidung verdeckt.

In der Eile, in seiner Zelle seelenzuatmen, hatte Jai es sich nicht erlaubt, etwas zu empfinden. Über diese neuen Umstände nachzudenken, oder über seine Gefühle. Als er seinen Kopf gegen die raue Wand drückte, fühlte er, wie ihm die erste Träne heiß die Wange hinabrann. Dann folgte eine weitere, und noch eine.

Nur mit Mühe konnte er es verhindern, zu schluchzen. Hier war keine Frida, keine Winter, noch nicht einmal Rufus oder Navi. Nur er und diese Männer, die auf ihre grundlegendsten Bedürfnisse reduziert waren.

Seine Freunde waren verloren … in Gefahr. Und er konnte nichts tun, um ihnen zu helfen. Er konnte ja kaum sich selbst helfen.

Winter. Wo mochte sie sein? In Sicherheit?

In Gedanken versuchte Jai, seinen Kern zu erreichen, und erkundete vorsichtig die Nabelschnur zwischen ihm und Winter. Er schickte ihr einen zögerlichen, besorgten Ruck. So viel war schon passiert, und er hatte noch gar keine Gelegenheit gehabt, um herauszufinden, ob sie aufgewacht war, seitdem er ihre Verbindung das letzte Mal untersucht hatte.

Wirklich, sie war wach. Aber etwas war anders. Fern. Die Gefühle, die er von ihr empfing, wirkten verstümmelt, als hätten sie beim Widerhallen entlang der Nabelschnur ihre Bedeutung verloren.

Er fühlte, dass sie um ihn besorgt war, aber keine Angst um sich selbst hatte. Selbst über ihre verworrene Verbindung hinweg nahm er schwache Impulse von Freude wahr. Freude, dass er wach und ausreichend bei Bewusstsein war, um ihr eigene Empfindungen zukommen zu lassen.

Das gab ihm Hoffnung. Plötzlich war er nicht mehr allein. Wenn er auch nicht mit Winter sprechen konnte und nicht wusste, wo sie sich aufhielt, so war sie doch für ihn da, sandte ihm Ermutigung und Liebe.

Er musste zu Frida hinkommen.

79

Sie kamen am Morgen. Aufseher mit Lederhelmen, die ihre Gesichter verbargen. Nicht dass Jai sie sehen musste. Er war viel mehr auf die Ansammlung von Speerspitzen konzentriert, die ihn und die anderen Gefangenen auf das westliche Tor zutrieben.

Es schien, als wäre das Gefängnis zwischen zwei Mauern eingeklemmt, die die Schlucht halbierten, wobei die westliche Mauer, die zurück zum Kaiserreich führte, noch gar nicht fertiggestellt war.

Vielleicht sollte sie die Gefesselten davon abhalten zu entkommen, oder man hatte mit ihrem Bau begonnen, um sich gegen einen rückwärtigen Angriff zu verteidigen, damals, als die Lande der Hudditen nur ein paar Tagesritte Richtung Westen entfernt gewesen waren. Was auch immer der Grund sein mochte, sie war noch nicht fertig erbaut. Jai konnte das Loch in der Felswand der Schlucht erkennen, wo man Felsen freigehauen und daneben aufgehäuft hatte.

Einen Augenblick lang war Jai aufgeregt, denn es wirkte wie eine einfache Fluchtroute. Doch dieser Weg führte ins Reich. Er wollte in die andere Richtung gehen.

Jai wandte sich der östlichen Mauer zu, aber dort war nichts von seinem Heimatland zu sehen, wenn es auch verlockend nah war. Nur die großen Höhen der Schlucht, die im Nebel verblassten, und die breite Barriere, die ihm die Sicht versperrte.

Jenseits dieser Mauer lag die Freiheit. Für die Sabiner war das

Feindesgebiet. Vielleicht würden sie ihm wegen all ihrer Angst vor seinen sogenannten »wilden« Brüdern gar nicht dorthin folgen.

Doch er konnte nicht fort. Jedenfalls nicht ohne Frida. Und im Augenblick wusste er noch nicht einmal, wo sie war. Er konnte so lange nicht an Flucht denken, bis er wusste, wie er sie mitnehmen konnte. Was Winter betraf … ihm blieb nur zu hoffen, dass sie durch den Pass schleichen und zu ihnen aufholen würde. Zumindest war der kleine Drache in Sicherheit … für den Augenblick.

Eine Speerspitze stach Jai von hinten und stieß ihn voran. Er war am Ende der Ansammlung von Männern, aber vor sich konnte er Hudditen aus den anderen Zellen sehen, die Steine schleppten und in Gruben Mörtel mischten. Andere hockten auf unsicheren Gestellen aus Holz und Seilen und schichteten die Mauern auf.

Jai und seine Gruppe wurden jedoch nicht zum anderen Ende der Westmauer geführt, wo noch immer die Lücke offen war und die Arbeit fortgesetzt wurde. Stattdessen brachte man sie zu dem schwarzen Tor in der Mitte der unfertigen Mauer.

Bald gingen sie unter einem großen Fallgitter hindurch und blickten den steinigen Weg entlang, der von ihm fortführte. Der Ort lag nicht an der Kaschmirstraße. Wenn Jai sich richtig erinnerte, breitete sich das Petrusgebirge über den Nordosten aus und schuf eine natürliche Grenze zwischen der Großen Steppe und dem Kaiserreich.

Weiter im Westen und im Norden endeten die Berge an den entferntesten Ausläufern der Nördlichen Tundra, deren Grenze mehr von ihrem Wetter als von irgendetwas anderem bestimmt wurde. Manche sagten, man wüsste nur dann, dass man auf danskischem Gebiet war, wenn die eigene Pisse gefror, bevor sie auf dem Boden landete.

Der Gedanke erinnerte ihn an Frida. Jai fluchte leise und starrte die Gittertüren in der Felswand an, aus denen ihn Beverlai herausgeholt hatte. Er war sich sicher, dass Frida irgendwo dort drinnen feststeckte.

Draußen waren noch mehr Gefesselte bei der Arbeit. Das waren alles Hudditen in Lendenschürzen, die Äste von gefällten Bäumen entfernten. Jais Gruppe wurde an den arbeitenden Männern vorbei weiter den Weg entlang und tiefer in den Wald hineingeführt.

Dann hielten sie plötzlich an.

»Äxte!«, rief ein Aufseher.

Einer der in Leder gekleideten Männer ließ ein mit Stoff umwickeltes Bündel fallen und riss es auf, um die Werkzeuge darin freizulegen. Jais Augen weiteten sich bei dem Anblick, denn hier waren mehr Hudditen, um diese provisorischen Waffen zu schwingen, als es Aufseher gab – zwei für je einen. Aber die Gefesselten nahmen sie ausdruckslos auf, und Jai folgte ihrem Beispiel.

Dann erregte ein Pfiff seine Aufmerksamkeit. Beverlai tauchte aus dem Wald auf und winkte ihnen zu, ihr zu folgen. Und neben ihr … das war ihr Schreckenswolf.

Jai hätte gewusst, dass es ein Schreckenswolf war, selbst wenn Milkar ihm nicht von ihm erzählt hätte. Das konnte kein gewöhnlicher Hund sein. Dieses Tier, das doppelt so groß wie selbst Titus' größte Jagdhunde war, hätte einem Mann die Kehle herausreißen können, ohne einen Satz machen zu müssen. Sein Kopf befand sich auf der gleichen Höhe wie Jais Brustbein.

Der Schreckenswolf hatte Pfoten, die so groß waren wie die eines Löwen, und die dazu passenden Zähne. Er hätte Winter mit einem Bissen verschlingen können und noch Platz für einen zweiten gehabt.

Kein Wunder, dass die Hudditen nicht zu fliehen versuchten, geschweige denn, dass sie probierten, die Kontrolle über das Gefängnis zu übernehmen. Die Vorstellung, wie dieses Ungeheuer durch das Blattwerk hinter ihnen rasen mochte, war Bedrohung genug.

Sie alle folgten Beverlai gehorsam unter den wachsamen Augen des großen Wolfs. In seiner Gegenwart schien die Wachsamkeit der Aufseher nachzulassen. Viele hoben ihre Speere oder hielten an, um Tonpfeifen zu rauchen.

»Also gut«, verkündigte Beverlai, »weil wir einen Neuankömmling haben, erinnere ich euch an die Regeln. Ich erwarte, dass bis zum Einbruch der Dämmerung zehn Eisenholzbäume gefällt sind. Die nächste

Gruppe wird sie morgen zur Verarbeitung herausholen. Arbeitet zu zweit, arbeitet zu zehnt, mir ist das vollkommen egal. Zehn Bäume, und ihr bekommt heute Abend zu essen.«

Die Hudditen bewegten sich mit eingeübter Zielstrebigkeit. Die meisten teilten sich in Paare auf und ließen Jai allein. Nur Milkar blieb zurück und betrachtete ihn mit etwas wie Hoffnung in seinen Augen.

»Ein Baum?«, fragte er.

Jai nickte und folgte dem Mann tiefer in den Wald. Die Aufseher blieben auf dem Pfad. Einige von ihnen machten sogar ein Feuer und holten Kochutensilien aus ihren Rucksäcken. Wie eine Königin ging Beverlai unter ihnen umher, während ihr Schreckenswolf sich etwas weiter den Weg entlang niederließ und sie alle aus seinen gelben Augen beobachtete. Jai war froh, sie hinter sich zu lassen, als er und Milkar sich ihren Weg durchs Unterholz bahnten.

Hier waren die Bäume zwar kleinwüchsiger als im Schwarzen Wald, aber nicht weniger einschüchternd. Es waren immer noch Eisenholzbäume, nur jüngere. Der Wald roch nach Kiefern und dem beruhigenden Aroma herabgefallener Blätter, und Jai schnupperte intensiv die Luft, um sein rasendes Herz zu beruhigen.

»Wofür brauchen sie wohl die Bäume?«, fragte er. »Für die Mauer?«

Milkar schüttelte den Kopf und gab Jai ein Zeichen, ihm zu folgen.

»Sie lassen uns Holz auf der anderen Seite der Außenmauer stapeln«, sagte er. »Wir wissen nicht, warum. Aber wenn es Krieg gibt … dann muss es kriegswichtig sein.«

Jai biss sich auf die Lippe und dachte darüber nach. In dem alten Krieg zwischen Jais Vater und den Sabinern war das Gefängnis wahrscheinlich einmal ein Außenposten gewesen, denn Leonid hatte, als der Steppenkrieg begonnen hatte, sämtliche Gebirgspässe besetzt. Seit dem Sieg der Sabiner hatte man es dann wahrscheinlich zu einem Lager für Gefesselte umfunktioniert.

Und obwohl die beiden Territorien weiter im Süden Hunderte von Meilen an offenem Land teilten, war dieser Gebirgspass einer von einer Handvoll, die eine leichte Überquerung der nördlichsten

Grenze erlaubten. Tatsächlich lag sogar der östliche Rand der danskischen Grenze wahrscheinlich nicht weiter als einen Tagesritt jenseits der Nordmauer des Gefängnisses entfernt. Auch ein paar mutige danskische Plünderer mochten diesen Weg ebenfalls nehmen.

Entweder sollten die Stämme die Ostmauer verstärken oder tiefer in die Große Steppe geschickt werden. Es spielte keine Rolle. Jais Magen hatte sich noch nie so leer angefühlt, und er konnte die erschöpfende Wirkung, die das auf sein Mana hatte, nicht ertragen. Er musste heute Nacht essen, also wurde es Zeit, zu hacken.

Sie befanden sich in einer Art Talkessel, wo sich das Gelände öffnete und von der Schlucht weg abfiel. Die Bergspitzen waren auf keiner Seite mehr sichtbar. Es erstaunte Jai, wie weit sie umherstreifen konnten, ohne von den Aufsehern aufgehalten zu werden. Doch er vermutete, dass dieses Gelände das Gefängnis war. Auf Meilen hinaus gab es kaum Essen oder einen Unterschlupf, und so weit im Norden gefror nachts der Boden. Sie hatten nicht einmal Pferde hier – nur ein paar Packesel, wie es aussah. Denn was nützten ihnen Pferde schon, wenn der Schreckenswolf jeden hetzte, der von diesem Ort flüchtete.

Als Seelenverbundener mochte er eine Chance haben, wenn er genügend Mana für die Reise speicherte. Ohne es … hatte er keine Hoffnung.

Milkar führte Jai zu einem Baum tiefer im Wald, so weit entfernt vom Weg, dass Jai die Stimmen der Aufseher nicht mehr länger hören konnte.

Er musste einen sicheren Ort finden, um seelenzuatmen … und um etwas Wasser zu trinken. Es war die einzige Möglichkeit, eine Chance darauf zu haben, Frida zu retten oder Winter wiederzusehen.

An diesem Morgen hatte er versucht, den kleinen Drachen zu erfühlen. Aber sie hatte geschlafen, und er hatte nicht das Herz oder vielleicht nicht einmal die Kraft gehabt, sie zu wecken. Ihre Verbindung dehnte sich ins Nichts aus, wie die Leine eines Fischers auf hoher See, verloren in einer großen Leere.

»Milkar«, sagte Jai, der versuchte, nicht zu stehen zu bleiben. »Gibt es hier irgendwo einen ungestörten Ort? Irgendwo, wo ich allein sein und wieder zu Kräften kommen kann?«

Milkar sah ihn eigentümlich an. »Wenn du Wasser meinst, die Aufseher haben ein Fass und eine Schöpfkelle. Stell sicher, dass du genügend trinkst, bevor wir zurückkehren, denn in den Zellen gibt's nichts außer einem Loch, um rein zu pissen und zu scheißen.«

Jai nickte. »Ich muss gar nicht trinken. Ich brauche nur allein zu sein.«

Milkar starrte ihn an, als sei er ein Idiot. »Du musst dir noch um viel mehr Sorgen machen, als darüber, ob du allein mit deinen Gedanken sein kannst«, sagte er. »Wenn der Rest unserer Zelle neun Bäume fällt und wir keinen, werden wir die Nacht nicht überleben.«

»Stimmt, das wirst du nicht.«

Jai hatte sie nicht kommen hören. Fünf Hudditen, die ihnen gefolgt waren.

Der Sprecher war der Größte und der Kräftigste von ihnen. Das war der Anführer, wenn Jai hätte raten müssen. Ein dunkelhäutiger und bärtiger Mann mit einem harten Gesicht, so wie der Rest von ihnen.

Sie gingen nicht, sondern schritten lauernd, breiteten sich seitlich von ihnen und in ihrem Rücken aus, mit dem Gewicht auf den Zehen. Umzingelten sie.

»Wir haben das Brot dringender gebraucht als du«, knurrte der Anführer. »Du bist ein fettes Bürschchen. Aber du wirst es bald genug lernen.«

»Hanebal«, sagte Milkar und ließ seine Axt fallen. »Ich bin kein Spion, das schwöre ich.«

Er hob die Hände, und Jai fluchte im Stillen. Die Situation hatte sich von zwei gegen fünf zu eins gegen fünf geändert.

»Zu viele von unseren Freunden sind auf die Pfähle gewandert«, zischte Hanebal. »Und alle, nachdem sie mit dir gesprochen hatten.«

»Wenn ihr uns jetzt umbringt, landet ihr ebenfalls auf den Pfählen«, sagte Jai mit scharfer Stimme.

Seine Worte hatten eine große Wirkung, wenn man den Blicken, die zwischen den Männern fielen, Glauben schenken konnte. Was er gesagt hatte, musste stimmen.

»Vielleicht ist dem Steppenjungen ja die Axt ausgerutscht«, sagte einer der Hudditen. »Hat ihm sauber den Kopf abgeschlagen. Wir haben es alle gesehen.«

Jai stieß einen Finger in Hanebals Richtung. »Warum jetzt?«, wollte er wissen. »Warum habt ihr ihn nicht in der letzten Nacht umgebracht?«

»Wir haben ihn zusehen lassen«, knurrte Hanebal. »Er musste sehen, was er angerichtet hatte. Er hat nicht eine Träne vergossen, als unsere Kameraden unter dem Gewicht ihrer eigenen Körper erstickt sind.«

Milkar rang seine Hände. »Was kann ich tun, um meine Unschuld zu beweisen?«, klagte er.

»Geh aus dem Weg, Junge«, sagte Hanebal. »Das hier ist harte Gerechtigkeit, aber wir haben nichts anders.«

Jai blieb standhaft.

»Heute Abend esse ich«, sagte er. »Und wir fällen nicht genügend Bäume, wenn mein Partner tot ist. Wenn ihr ihn haben wollt, holt ihn euch, wenn ich den Bauch voll habe.«

Hanebal bleckte die Zähne und verlagerte seine Balance auf den hinteren Fuß. Zur Erwiderung hob Jai seine Axt und begegnete dem Blick des Mannes mit seinem eigenen.

»Ich bin niemandes Sündenbock«, knurrte er.

Das Knacken eines Zweiges ertönte hinter ihnen. Es war der Schreckenswolf, der näher herantrottete.

Mehr war nicht nötig. Die Männer bewegten sich bereits tiefer ins Gehölz hinein. Einen Augenblick lang blieb Hanebal stehen. Dann hob er einen bebenden Finger.

»Das hier ist noch nicht vorbei.«

80

Es war nicht sicher, seelenzuatmen – jedenfalls nicht auf die ordentliche Art. Dafür musste er erst den Rest der Welt ausblenden. Deshalb existierte die Kolibri-Technik – um Seelenverbundenen eine Möglichkeit zu geben, Mana zu kultivieren, ohne aus dem Sattel zu fallen oder die Kehle durchgeschnitten zu bekommen.

Und mit Hanebals Männern in der Nähe schien Letzteres durchaus eine Möglichkeit zu sein. Jai hatte keine andere Wahl, als mit Milkar einen Baum zu fällen, während er die Kolibri-Methode benutzte, um so viele Überreste an Mana aufzusaugen, wie er nur konnte.

Während er das tat, zuckte seine Verbindung zu Winter auf. Er konnte sie fühlen. Dann rief er mit seinem Geist nach ihr, soweit es ihm möglich war, und fühlte, wie sie seinen Ruf mit doppelter Dringlichkeit erwiderte. Es war allerdings schwer, viel aus ihm herauszulesen.

Was er jedoch erhielt, war Mana. Staubflocke um Staubflocke trieb ihre Verbindung entlang. Jai konnte sich kaum vorstellen, wie viel Mühe es Winter gekostet haben musste, um es ihm aus so weiter Entfernung zu schicken. Doch sie hatte bestimmt schon Stunden zuvor damit begonnen, es ihm zu senden, damit es ihn jetzt erreichte.

Er tauchte in das Gefühl von Dankbarkeit ein, das in seiner Brust anschwoll, als er daran dachte, wie dringend sie versuchte, ihm zu helfen. Dann schickte er das Gefühl in Winters Richtung. Er wusste nicht, ob sie es spürte.

Das Mana floss so reibungslos wie heiße Butter durch seine Kanäle, und mit jedem Atemzug schien er trotz seiner Trennung von Winter mehr aufzunehmen. Sein Körper war daran gewöhnt. Er verlangte es sogar.

Es war anders gewesen, bevor er vergiftet worden war. Irgendwie hatten diese Wochen, in denen er ständig seelengeatmet hatte, um sich selbst am Leben zu halten – unterstützt von den Pillen und dem Seelenjuwel – seinen Körper auf das Kultivieren von Mana vorbereitet. Sein Kern war klein, aber … er war stolz auf sich selbst.

Und er war froh darüber, dass er eine bessere Chance haben würde, Frida zu retten … oder dies hier überhaupt zu überleben, damit er Winter wiedersehen konnte.

In der Nähe erklang eine Glocke. Er hörte die Stimmen der Aufseher, die ihn zurückriefen.

Die Gefesselten wurden mit Stößen von Speerenden oder auch Spitzen – falls sie nicht schnell genug gingen – zurück zu der unfertigen Mauer geschickt.

Ehe sie durch die Torflügel gingen, wartete Beverlai auf sie.

Ihr Schreckenswolf saß auf seinen Hinterbeinen und schnüffelte an jedem, der vorbeikam. Beverlai hatte einen Haufen mit Schmuggelware in einem Karren neben sich gesammelt, hauptsächlich waren es Beeren, Wurzeln und Nüsse, und zwei Männer knieten daneben.

Jai versuchte, am Rand seiner Gruppe zu bleiben, aber Beverlai schnalzte mit der Zunge und schickte ihr Untier zu ihm. Innerhalb von wenigen Augenblicken schnüffelte es schon an Jais Taschen und Füßen.

Er konnte dessen rohen tierischen Geruch wahrnehmen, eine Mischung aus nassem Hund und Mulch. Er vermochte sogar den Fleischgeruch seines Atems zu riechen. Das Ungeheuer war derart riesig, dass sein Kopf beinahe so groß erschien wie Jais gesamter Oberkörper.

Er versuchte, seinen Herzschlag zu verlangsamen und betete zu jedem Gott, der zuhören mochte, dass die Bestie seine Angst nicht wahrnahm. Er konnte fühlen, wie ihm kalter Schweiß im Nacken ausbrach und sich in der Mulde in seinem Rücken sammelte.

Der Schreckenswolf erstarrte. Dann setzte er sich hin. Seine dicke Schnauze wies auf Jais Brust. Augenblicke später schoben die Aufseher Jai an die Spitze der Gruppe.

»Neuer Fisch«, kicherte Beverlai. »Ist gut, dass du deine Lektion früh lernst. Leer deine Taschen aus.«

Jai tat, wie ihm geheißen. Seine Taschen waren tatsächlich nicht nur leer, sondern nach dem Überfall auf ihn am vorigen Abend auch komplett aus ihren Nähten gerissen. Beverlai schnalzte ungeduldig. Ihre Hände hoben Jais Hemd an, dann zogen sie ihm zu seinem Schrecken die Hose herunter. Immer noch nichts.

»Er hat zwei Beeren und einen Zweig da drin, Beverlai«, lachte einer der Aufseher. »Warum greifst du nicht zu und nimmst dir eine Handvoll?«

Beverlai stieß ein gezwungenes Lachen aus, dann drängte sie Jai weiterzugehen. Er verfing sich in seiner Hose, die zu seinen Fußknöcheln gerutscht war, und fiel hin. Der Schreckenswolf knurrte leise, dann näherte er sich ihm und türmte sich vor ihm auf.

»Er mag dich nicht«, zischte Beverlai auf Jai hinab. »Du riechst verdächtig.«

Sie ging in die Hocke, packte eine Handvoll von Jais Haar und riss ihn nah zu sich heran. Sie schnupperte tief, ihre lange Nase kratzte an Jais Wange.

»Beverlai!«, rief ein Aufseher.

Die Frau ließ Jai los, sodass er zurück auf die feuchte Erde fiel.

»Aurelius will was von dir.«

Beverlai stieß ein frustriertes Seufzen aus. »Der hier kriegt heute Abend nichts.«

Sie schritt davon und ließ Jai im Dreck zurück.

◆ ◆ ◆

Das Innere der Zelle wirkte irgendwie kleiner, als der Schlüssel hinter ihm in seinem Schloss rasselte. Jai ließ sich am Eingang nieder, wenn auch nur, um die Aufseher in Hörweite zu haben und zu verhindern, dass Hanebals Männer ihn umzingelten.

Draußen konnte Jai das Knallen von Beverlais Peitsche hören. Einige ihrer Opfer schrien bei jedem Schlag. Andere jammerten wie Kinder. Doch Beverlai ließ sich nicht erweichen. Sie unterstrich jeden Schlag mit aufgeregten, keuchenden Atemzügen.

Jai bemühte sich, die Ruhe zu bewahren, während die Geräusche von menschlichem Elend durch den Pass widerhallten. Er konnte sich kaum zurückhalten, nicht bei jedem Peitschenschlag zusammenzuzucken.

Mit ihren Armen und Hälsen steckten die Männer in Holzblöcken. In Latium wurden die Pranger benutzt, um Kleinkriminelle zu beschämen. Sie waren so konstruiert, dass sie es erlaubten, die Gefesselten mit faulen Früchten zu bewerfen, während die Wachen belustigt zuschauten. Hier wurden sie benutzt, um die Gefangenen reglos und hilflos zu halten, damit Beverlai die Leinwand ihrer Rücken rot bemalen konnte.

Milkar saß ganz in der Nähe. Seit ihrer Begegnung im Wald war der Mann ängstlich geworden. Er benahm sich, als ob Jais Gegenwart alles sei, was ihn noch vor dem Tod bewahrte, und als könne ein falsches Wort dafür sorgen, dass er dessen Gunst verlor.

Jetzt, innerhalb der Grenzen dieser dunklen Zelle, war Jai nicht mehr so sicher, ob es die richtige Entscheidung gewesen war, Milkar zu beschützen. Die Freundlichkeit, die ihm der Mann entgegengebracht hatte, war ohne Zweifel voller Hintergedanken.

Es stimmte, dass er den Hudditen für Informationen brauchte, aber er hätte Hanebal als Verbündeten haben können, wenn er nicht dazwischengegangen wäre. Doch andererseits hatte Hanebals Plan darin bestanden, Jai den Mord an Milkar in die Schuhe zu schieben, also hatte er kaum eine richtige Wahl gehabt.

Jai hasste es, auf diese kalte, kalkulierende Art zu denken. Aber an einem Ort wie diesem war es die einzige Möglichkeit, zu überleben, ganz davon abgesehen, mit Frida im Schlepptau zu entkommen.

Die Zellen waren so feucht wie in der ersten Nacht, ob nun Regen fiel oder nicht. Es gab hier keine Wärme, es war nur ein grob in den Fels gehauenes Loch voller hungriger Männer mit toten Augen, die kaum die Kraft für etwas anderes hatten, als dazuliegen.

Jai konnte den Gestank von menschlichem Elend riechen.

»Was passiert mit ihnen, wenn sie dich töten?«, fragte er.

Er brauchte gar nicht ins Detail zu gehen, wer sie waren. Es war deutlich, was Milkar durch den Kopf ging.

»Sie werden aufgehängt«, sagte Milkar mit dumpfer Stimme. »Und sie werden ausgepeitscht, wenn sie jemanden so hart schlagen, dass er nicht arbeiten kann.«

Da entspannte sich Jai ein wenig. In Anbetracht der Prügel, die er gestern erhalten hatte, und der gelblichen Blutergüsse auf Milkars Gesicht schien es unwahrscheinlich, dass man ihn noch einmal schlagen würde.

»Aber Beverlai wird dich halbtot prügeln, wenn du sie nur böse anschaust«, fuhr Milkar fort. »Und murmel nicht leise vor dich hin – sie hört alles. Hab's auf die harte Tour gelernt.«

Er deutete auf seinen Rücken, wo sich dunkler Schorf gebildet hatte.

Endlich hatte Jai eine Vorstellung von den Regeln, die hier herrschten, und auch von der Routine. Aber abgesehen von einer riskanten Gelegenheit, um seelenzuatmen, gab es an diesem Ort kaum eine Fluchtmöglichkeit. Also musste er Pläne schmieden und Ränke entwickeln.

»Wie hat der Fluchtplan von … von denen ausgesehen, die an den Pfählen geendet sind?«, fragte er.

Milkar zögerte. Er blickte weiter den Tunnel hinunter, wo sich die Mehrzahl der Hudditen fern von der Zugluft am Gittertor zusammengekauert hatte, um sich zu wärmen.

»Freiheit liegt jenseits der Ostmauer«, flüsterte er. »Im Kaiserreich gibt's keinen Ort, an den ein Huddit fliehen könnte. Wohl auch für dich nicht.«

Jai nickte.

»Die Aufseher haben angefangen, dort Wache zu halten. Sie haben auf der Mauer Wachposten in Stellung gebracht, die über die Steppe hinausblicken – warum, das war mir nicht klar, bis du mir vom Krieg erzählt hast. Sie haben Angst vor deinem Volk, genau wie wir. Das Steppenvolk und die Hudditen haben nichts füreinander übrig. Aber die anderen dachten, wenn sie euren Kriegerscharen und Plünderern aus dem Weg gehen könnten, würden sie vielleicht die Kaschmirstraße erreichen und sich einer Handelskarawane anschließen. Ein neues Leben im Phöniximperium anfangen.«

»Kein schlechter Plan«, sagte Jai. Und er glaubte es auch. Wäre er kein Steppenmann gewesen, hätte er womöglich dasselbe getan. Er wäre damit fortgefahren, ein neues Leben anzufangen, fern von dem Krieg, der den Westen unausweichlich verschlucken würde.

Milkar sagte nichts mehr, und Jai stieß ihn an.

»Sie haben bestimmt nicht nur über Flucht gesprochen. Wie haben sie vorgehabt, es über die Ostmauer hinaus zu schaffen?«

Milkar seufzte und schloss die Augen. »Um über die Ostmauer zu kommen, müssen wir die Mannschaft begleiten, die die Äste von den Baumstämmen hackt und sie zu dem Lagerplatz dort bringt.«

Jai dachte einen Augenblick nach.

»Warum stapeln sie die da?«, fragte er. »Warum nicht innerhalb der Mauer? Wenn eine Kriegerschar kommt, könnten sie das Holz in Brand stecken.«

»Da fragst du den Falschen«, sagte Milkar. »Vielleicht haben sie vor, sie nach Osten zu bringen, in die Steppe.«

Jai verzog das Gesicht, während er darüber nachdachte. Was auch immer der Grund dafür sein mochte, es spielte jetzt keine Rolle. Jai mochte durchaus über die Mauer hinausgelangen, und vielleicht rannte er sogar schnell genug, um dem Schreckenswolf zu entkommen. Aber so wie die Dinge standen, konnte er auf keinen Fall Frida mit sich nehmen.

»Was haben die anderen sonst noch geplant?«, fragte Jai.

»Spielt das denn eine Rolle?«, fragte Milkar. »Wir kommen niemals von diesem Ort weg.«

Er bemerkte Jais Gesichtsausdruck und neigte den Kopf. »Sie haben einen Wachmann bestochen, uns den Baumtransporten zuzuteilen. Dann hatten sie vor, sich zwischen den Vorräten zu verstecken, und der Wachmann würde die Gefangenen falsch zählen, sollte man sie zurückrufen. Dann wären sie in der Nacht abgehauen.«

Jai riss die Augen auf. »Welche Wache?«, wollte er wissen.

Milkar deutete nach draußen auf eine einsame Gestalt, die von einem der Pfähle hing. »Der da.«

81

An diesem Abend fragte Jai Milkar nur wenig. Er fand heraus, dass die nächste Frau – mit Ausnahme der alten Hexe Beverlai – in einem Bordell zu finden sein würde, einen Tagesritt entfernt vom Lager. Offensichtlich hatte Milkar Frida nicht zu Gesicht bekommen.

Aber sie musste hier sein, irgendwo. Wahrscheinlich in einer Zelle, nicht weit entfernt von der, in der er gestern Morgen aufgewacht war, etwas weiter den Gang entlang. Ihr bewachter Eingang war nur einen Steinwurf von Jais eigener Zelle entfernt, und wenn er seinen Kopf an die Gitter des Tors presste, konnte er einen Aufseher sehen, der draußen positioniert war.

Besonders das sagte Jai alles, was er wissen musste. Denn von allen Zellen war es die einzige mit einer Wache. Der Rest wurde abgeschlossen, aber es gab nirgendwo Aufseher zu sehen. Sie waren in den Baracken unter dem Wachhaus der Ostmauer mit Zechen beschäftigt. Jai brauchte kein Mana, um diesen Tumult zu hören.

Der Aufseher mochte dort sein, um Frida an der Flucht zu hindern, aber Jai vermutete, dass er auch da war, um andere Aufseher fernzuhalten.

Die Sabiner würden immer noch hinter ihr her sein, und sie würden dort hinkommen und nachsehen, sobald sie herausfanden, dass hier eine wunderschöne danskische Adlige festgehalten wurde. Das würde Aurelius nicht wollen, wenn man bedachte, dass er doch vorhatte, das Geheimnis der Seelenverbindung mit den Drachen aus ihr herauszupressen und es dann der Gilde zu verkaufen.

Was Winter betraf, so versuchte Jai noch zweimal, einen Kontakt herzustellen. Beide Male war ihre Verbindung auch wirklich stärker als beim letzten Mal. Als wenn sie sich ihm langsam näherte …

Sie konnte seine Schmerzen und sein Elend spüren. Im Gegenzug vermochte aber auch er Leid wahrzunehmen. Doch ihres war ein Echo seines eigenen, das von der Sorge um sein Wohlergehen herrührte. Er konnte spüren, dass sie satt und in Sicherheit war, aber es war ihm nicht möglich, mehr herauszubekommen. Der Abstand zwischen ihnen war zu groß und sorgte dafür, dass alles, was sie übereinander herauszufinden versuchten, nur entstellt und undeutlich war.

Draußen hörte Jai das Trotten von Füßen auf Kies. Er roch sie, ehe er sie sah, eine strenge Mischung aus Körpergeruch und Schreckenswolf. Jai schlurfte, soweit er es wagte, zurück in die Düsternis. Allerdings half es kein bisschen, denn Beverlai presste ihr Gesicht an die Gitterstäbe und schenkte ihm ein Grinsen aus gelben Zähnen.

»Hallo, Söhnchen. Du kommst mit mir.«

Jai kniete außerhalb der Zelle und lauschte so angestrengt, wie er nur konnte. Beverlai stand neben ihm und hatte eine Hand auf seinen Kopf gelegt. Sie hatte ihn dorthin zurückgebracht, wo er an diesem von den Göttern verlassenen Ort zum ersten Mal aufgewacht war. Es war nur etwas tiefer den Gang entlang und etwas weiter entfernt von der Stelle, an dem sich seine eigene Zelle befunden hatte. Sein Atem beschleunigte sich, halb vor Furcht, halb vor Erwartung. Bestimmt war Frida ganz in der Nähe.

»Du wirst aufwachen, verdammt noch mal, oder ich fange damit an, Stücke von dir abzuschneiden!«

Es war ein leises Knurren, doch die Stimme war unverkennbar. Aurelius.

Beverlai schnaubte und beugte sich vor, um mit ihren Knöcheln an die Tür zu klopfen. Aurelius fluchte, dann rief er ihnen zu, einzutreten.

Beverlai rasselte mit dem Schlüssel im Schloss, und die Tür wurde aufgestoßen.

»Schaff ihn rein, bevor ihn jemand sieht«, schnappte Aurelius.

Jai, der den Schlüsselring an Beverlais Gürtel bemerkte, wartete, bis die Frau ihn hineinschob. Die Fassade eines stumpfsinnigen Wilden arbeitete eindeutig zu seinem Vorteil, und er hatte nicht vor preiszugeben, dass er das Hochkaiserliche verstand.

Innerhalb der Zelle sah er zunächst nichts. Dann fiel sein Blick auf sie, in einer Ecke angekettet und auf dem Boden zusammengerollt. Frida.

Er hatte kaum eine Sekunde, um sie anzuschauen, ehe Aurelius' Gesicht sein Blickfeld ausfüllte. Eine Hand riss ihm beim Hemdkragen hoch.

Der Mann hatte wässrige rotgeränderte Augen und ein Gesicht mit Hängebacken, das Jai an einen Kampfhund für Bärenkämpfe erinnerte. Tatsächlich sah er wie ein Mann aus, der einst kräftig gewesen sein musste, nun aber ziemlich fett und vierschrötig geworden war. In vieler Hinsicht wirkte er wie Rufus' Zwilling, vielleicht nicht im Gesicht, aber doch, was die Statur seines Körpers betraf.

»Hier, Junge versuch du's.«

Er wirbelte Jai herum und trat ihn so, dass er der Länge nach neben Frida hinfiel. Jai achtete darauf, so verwirrt wie möglich dreinzuschauen. Er strich Frida das Haar aus dem Gesicht, als hätte er verstanden, dass er sich um sie kümmern sollte.

»Weck sie auf, verflucht noch mal!«, knurrte Aurelius, der Jai einen Tritt versetzte und dabei beinahe das Gleichgewicht verlor.

Jai kroch in die Ecke und zog seine Knie an die Brust.

»Ist sie aufgestiegen, Junge?«, fragte Aurelius mit einem plötzlich falschen Lächeln auf dem Gesicht. Er griff in seine Tasche und zog eine Brotkruste heraus. »Mach schon. Ich tu dir nicht weh.«

»Ich hab's dir doch gesagt«, höhnte Beverlai. »Er spricht kaum ein Wort Hochkaiserlich. Du solltest lieber warten, bis sie wach ist und ihn dann als Druckmittel benutzen. Vielleicht liegt ihr ja was an dem Jungen? Finde es raus und fang schon mal an, ihm Stücke abzuschneiden.«

Jai schaffte es gerade noch, dem blanken Entsetzen, von dem er wusste, dass es beinahe auf seinem Gesicht geschrieben stand, Widerstand zu leisten. Das Leiden hier war abscheulich genug, davon ganz zu schweigen.

Aurelius spuckte neben sich aus, dann ging er mit großer Mühe in die Hocke und packte Fridas Schultern, die er heftig schüttelte. »Schau, Junge. Wach. Mach sie wach.«

Wie in Panik kroch Jai weiter zurück. Er musste nicht viel vortäuschen. Diese beiden … da hing eine dunkle Wolke über ihnen. Als sei dieser kleine Schrecken nur ein Tropfen in dem Meer an Elend, über das sie herrschten. In den Rängen einer Gefesselten-Kolonie wie dieser aufzusteigen, war nur den Herzlosesten möglich, die von Anfang an zum Gesindel gehört hatten.

Aurelius ließ Frida zurück ins Stroh fallen und schnippte Beverlai, ihm auf die Füße zu helfen.

Jai nutzte die Gelegenheit, um Frida zu betrachten. Sie wies keine sichtbaren Anzeichen von Verletzungen auf, aber er wusste, dass sie nicht lange ohne Wasser oder Nahrung überleben konnte. Nur die Seelenverbundenen der höchsten Stufe vermochten allein von Mana zu leben, oder jedenfalls hatte Rufus ihm das erzählt. Er wusste es nur zu gut, denn sein Magen verzehrte sich praktisch selbst.

Jedenfalls war Jai froh, dass sie sich, seit sie hier angekommen waren, in demselben Zustand befand, in dem auch er gewesen war. Er legte eine Hand auf Fridas Bein und wünschte sich, er könnte irgendwie etwas von seinem Mana auf sie übertragen. Sie würde jedes bisschen davon brauchen, um das Gift zu bekämpfen, das sie ihr einflößten.

Vor Schreck zog er beinahe seine Hand zurück. Ihre Haut war eiskalt. So kalt, dass nur das schwache Heben und Senken ihrer Brust ihm verriet, dass sie kein Leichnam war.

Er versuchte, seine Wut zu zügeln, während sich die grausamen

Leuteschinder über ihm zankten. Wenn er nur geübt genug darin wäre, Zauber zu wirken … er mochte vielleicht genug Mana haben, um sie zu überraschen.

»Der Gildenmann hat dich gewarnt«, sagte Beverlai. »Aufgestiegen oder nicht, Seelenverbundene geben schlechte Gefangene ab. Sind schwer festzuhalten und ebenso schwer zu brechen.«

»Denkst du, das weiß ich nicht?«, zischte Aurelius frustriert. »Mein Vater hat das jahrelang gemacht, bevor Leonid sein Schwert an den Nagel hing.«

Jai horchte auf. In diesem Gefängnis waren also einmal seelenverbundene Gefangene untergebracht gewesen. Gefangene aus Leonids verschiedenen Kriegen, wie er sich vorstellte. Kein Wunder, dass einige der Zellen mit Damantinerstahl versperrt waren.

Beverlai grunzte, und das Paar stand eine Weile schweigend da und starrte Frida an, als hofften sie, dass irgendeine Antwort sie anspringen würde.

»Die Sabiner bezahlen dir den größten Teil ihres Preises, wenn du sie benachrichtigen kannst«, sagte Beverlai. »Vielleicht sogar mehr. Die Gilde hat sie dir nur deswegen zuerst verkauft, weil sie keine Geschäfte mit den Sabinern machen. Ich wette, die haben gewusst, dass du sie schließlich weiterverkaufen würdest. Diese sogenannten Geheimnisse waren doch bloß ein Weg, um den Preis in die Höhe zu treiben.«

Aurelius ignorierte sie. »Ich kann ihnen keine beschädigte Ware verkaufen. Aber ich muss sie beschädigen, wenn ich sie brechen will.«

Darauf hatte Beverlai keine Antwort.

Jai war schlecht geworden, und das kam nicht nur von dem Hunger. Frida von diesem Ort zu befreien, schien ihm unmöglich. Es war die letzte Zelle auf dem Gang, und sie hatte nicht einmal ein Fenster. Um sie von seiner eigenen Zelle aus zu erreichen, hätte er durch den einzelnen vergitterten Eingang kommen müssen, im freien Blickfeld der Wachen auf der Ostmauer, von den Aufsehern, die draußen postiert waren, und den anderen Gefangenen ganz zu schweigen.

Und nicht nur das, er hatte auch bloß ein paar Tage Zeit, um das zu tun. Bald schon mochte Aurelius entscheiden, dass das Risiko die Belohnung wert war, und damit anfangen, Frida wehzutun. Entweder das, oder sie würde vor Hunger und Durst sterben.

Aurelius trat Frida in die Seite. Selbst Beverlai zuckte bei diesem plötzlichen Gewaltausbruch zusammen. Die Wucht des Tritts hob Fridas Körper an und ließ ihn wieder fallen, doch sie blieb völlig still.

Jai musste unbedingt hierher zurückgebracht werden. Er musste … hier irgendwie nützlich sein. Wenn er allein an Aurelius herankommen konnte, mochte er ihn vielleicht als Geisel nehmen. Aber was konnte er dann mit Frida machen, die so schlaff und reglos dalag? Sie auf den Rücken nehmen, während er Aurelius ein Messer an die Kehle hielt?

Eine einfache Antwort gab es nicht. Er wusste nur, dass es ein Schritt in die richtige Richtung war, in Fridas Nähe zu sein. Jai beugte sich dicht zu ihr und legte ihren Kopf in seinen Schoß. Ihr Gesicht war ruhig, wenn auch staubig von Stroh und Dreck. Makellos wie immer, bis auf einen blauen Fleck, der auf ihrer von Sommersprossen übersäten Wange blühte.

Er schloss die Augen und begann ein ihm halb in Erinnerung gebliebenes Schlaflied zu singen. Eines, das Balbir all die Jahre zuvor für ihn gesungen hatte. Er kannte nur noch die Melodie, aber das reichte.

Aurelius und Beverlai sagten nichts, und Jai wiegte Frida vor und zurück. Er wollte sie gar nicht aufwecken, ihr nur Trost spenden, tief in ihrem Inneren. Und noch aus einem anderen Grund.

Die ganze Zeit über drückte Jai seine Finger in ihren Rücken und malte dabei die Buchstaben einer Anweisung an sie.

»Z U C K«

Während dieser Momente verging die Zeit nur langsam. Das Lied hallte durch die Kammer, stieg und fiel. Es war ein trällerndes, schwermütiges Lied. Eines, in dem es um Sehnsucht und das Vermissen der Heimat ging, wie Jai sich erinnerte.

»Na gut, dein kleines Lied wirkt offenbar auch nicht, Flachlandwichser«, schnappte Aurelius. »Halt jetzt dein stinkendes Maul.«

Jai hielt inne und blickte ihm mit einem vorgespielten Ausdruck der Verwirrung an.

Erst als Aurelius sich räusperte, um weiterzusprechen, geschah es.

»Sie hat sich bewegt!«, rief Beverlai mit einem schrillen Lachen. »Schau, ihre Hand.«

»Was denn?«, fragte Aurelius zweifelnd. »Ich hab es nicht gesehen.«

»Bei meinem Leben, Aurelius.«

Jai machte sofort weiter. Er sang, wenn er sich an die Worte erinnerte, und ging in ein Summen über, wenn er nicht mehr weiterwusste. Er nahm ihre schlaffe Hand in die seine, als könnte er sie ermutigen, sie wieder zu bewegen. Und innerhalb seiner hohlen Hand tanzte ein Daumen auf seiner Handfläche, zog ein Muster nach.

Jai hatte nur ein paar Momente Zeit, um dies gedanklich sacken zu lassen, ehe ihn ein gebellter Befehl von Aurelius zum Schweigen brachte.

»Das ist mehr, als wir beide aus ihr rausbekommen haben«, sagte Beverlai. »Vielleicht ist der Bengel ja gar nicht ihr Diener. Vielleicht ist er ihr Liebhaber.«

Aurelius zeigte eine verächtliche Miene. »Sogar die Dansken wissen doch, was für Wilde die Flachländer sind, und ganz besonders die Adligen. Die würden sogar lieber einen Ochsen bespringen.«

»Ich würde es ihnen glatt zutrauen«, kicherte Beverlai, dann riss sie an Jais Schulter.

»Komm schon, du Wilder. Wir versuchen es morgen nochmal. Kann dich nicht die ganze Nacht über deine Liebeslieder singen lassen.«

Es war eine Erleichterung zu wissen, dass sie noch bei Bewusstsein war, irgendwo in den Tiefen ihres Geistes. Dies war alles, was er hatte wissen wollen, doch sie hatte ihm sogar noch mehr gegeben.

Jai ließ ihre Hand los und versuchte nun, sich das Muster ins Gedächtnis zu brennen. Er kannte schon die ersten Buchstaben. Später, als man ihn abermals in die Höhle geschoben hatte, fand er auch noch den Rest heraus. Ein einzelnes Wort.

Er musste es wieder und wieder überprüfen, während er die Buchstaben auf seiner Handfläche nachzog. Es ergab einfach keinen Sinn. Was für einen Grund mochte sie bloß haben, das Wort »Mund« zu schreiben?

82

Jai wollte die Nacht hindurch seelenatmen, aber Beverlais Besuch hatte zu viel Aufmerksamkeit erregt. Alle Augen in der Höhle waren auf ihn gerichtet, und er brauchte nicht einmal seine erweiterten Sinne, um zu wissen, dass sie ihn verdächtigten, ein Spion zu sein.

Es überraschte Jai auch gar nicht, dass sich Hanebal an ihn heranmachte. Milkar schlief in der Nähe, aber Hanebal ließ ihn in Ruhe. Offenbar waren die beiden für weitere Prügel noch nicht an der Reihe.

Zuerst saß Hanebal einfach nur da und blickte Jai mit forschendem Blick an. Er war ausgemergelt, aber Jai konnte immer noch sehen, wo der Mann einmal gut aussehend gewesen war, ehe Hunger und Niederlage das Fleisch von seinem Gesicht gesaugt und nichts als Haut und einen ergrauten Bart zurückgelassen hatten.

»Was hat Beverlai von dir gewollt?«

»Sie wollte mich nochmal durchsuchen«, antwortete Jai, dem die Lüge ohne Schwierigkeiten über die Zunge kam. Derzeit wurde er mit Ausflüchten immer besser.

»Nach Nüssen und Beeren?«, wollte Hanebal wissen. »Aber damit würde sie doch nicht ihre Zeit verschwenden.«

Jai zuckte die Achseln. »Ich weiß nur: Der Schreckenswolf wittert, dass etwas mit mir nicht stimmt. Könnte sein, dass er einfach noch nie einen Steppenmann gerochen hat. Vielleicht ist er Hudditen gewohnt.«

Verächtlich verzog Hanebal das Gesicht. »Elend riecht immer gleich, Rasse oder Glauben haben nichts damit zu tun.«

Er blickte zu Milkar hinüber und bemerkte, wie sich die Brust des Mannes leicht hob und senkte. Zufrieden rückte er näher an Jai heran. »Du brauchst nicht zu Beverlai zu gehen – wir werden dir nichts tun. Zugegeben, wir sind heute Morgen ganz schön hart gewesen, aber wenn du zusehen musst, wie ein Kamerad qualvoll sein Leben ausröchelt … sag mir nicht, dass du keine Gerechtigkeit haben wolltest.«

»Gerechtigkeit?«, gab Jai zurück. »Gerechtigkeit, das ist jeder Einzelne von diesen Aufsehern an den Pfählen. Sie bedeutet auch: nicht einen Bruder totzuschlagen, nur weil ihr vermutet, er hätte vielleicht etwas gesagt.«

Hanebal grunzte, doch Jai war sich nicht sicher, ob aus Zustimmung.

»Sie sind unsere Besten gewesen. Alle kämpften an meiner Seite in der Schlacht der Drei Heere. Und in der davor auch.«

Hanebal fing Jais verständnislosen Ausdruck auf und zuckte die Achseln. »War keine besondere Schlacht. Wir wollten bis zum bitteren Ende kämpfen, aber dann tauchten wie aus dem Nichts diese verdammten Dansken mit ihren stinkenden Drachen auf. Der Kampf hatte kaum angefangen, da war er schon wieder vorbei.«

Die Männer waren also auch an jenem Tag auf dem Hügelkamm gewesen, als die Dansken für die Hochzeit eingetroffen waren. Jai hatte sich nämlich schon gefragt, was eigentlich aus ihnen geworden war.

Er blickte aus ihrer Höhle hinaus. Ohne den Regen konnte er die erbärmlichen Überreste der mutmaßlichen Ausbrecher immer noch dort sehen, wie sie zwischen den anderen Leichen verrotteten.

»Hast du jemals daran gedacht, dass Beverlai vielleicht mitgehört hat?«, fragte Jai. »Die Seelenverbundenen können besser hören als andere. Und sogar viel besser, wenn sie sich konzentrieren. Der Geruchssinn nimmt auch zu, und die Sehkraft.«

Hanebal zuckte mit den Schultern. Er starrte die Männer an den

Pfählen ebenfalls an. Es war ein Schicksal, dem sie am Ende alle ins Gesicht sehen mochten.

»Kannst du es riechen, Junge?«, fragte Hanebal. »Beinahe süß, nicht wahr?«

Zuerst dachte Jai, er meinte die fernen Pfähle, aber als Jai sich ihm zuwandte, sah er, wie der lange, dünne Finger des Mannes tiefer in die Höhle deutete.

Er hatte in Leonids Tagebüchern darüber gelesen, in den Berichten des alten Kaisers über die Belagerungen von Städten. Er hatte nie geglaubt, dass, wenn eine Person hungerte und ihr Körper schon anfing, sich selbst aufzuzehren, der Körper einen eklig süßen Duft verströmte. Wie Früchte, die kurz davor waren, schlecht zu werden.

Ihm wurde übel.

»Das ist der Geruch einer Hungersnot. Das kommt vom Verhungern, Junge, wenn der Körper sich selbst aufisst. Dein Atem riecht wie Zucker. Manche sagen auch, wie Erdbeeren. Wir haben ausreichend viel Essen gesammelt, aber die armen Schweine da draußen werden nicht leben, um es zu kosten. Vielleicht kommen wir damit durch den Winter, wenn der Schnee anfängt, liegenzubleiben. Das wird jetzt nicht mehr lange dauern.«

Jai konnte sich keine Vorstellung davon machen, was für eine Disziplin diese Männer haben mussten, um ihre Nahrung, die sie gehamstert hatten, auch noch zu rationieren, während sie am Hungern waren. Hanebal nickte, als hätte er Jais Gedanken gelesen.

»Für uns Hudditen ist das Hungern gar nichts Neues. Das war schon so, bevor die Sabiner uns vom Handel mit dem Rest der Welt abschnitten. Die blockierten unsere einzige Route zur Kaschmirstraße, schickten Patrouillen an unseren Grenzen entlang, um jede Handelskarawane zu vernichten, die es wagte, sich ihrem Erlass zu widersetzen. Wir waren keine Bauern, bis dieses Dreckschwein von Leonid uns dazu gezwungen hat. Tausende stolzer Krieger, die sich auf ihrem Land für eine Brotrinde den Rücken krumm gemacht haben. Bis wir schwach genug waren, um gerupft zu werden.«

Bei Hanebals Worten wurde es Jai übel. An einem Ort wie diesem war es leicht, nur an sich und die eigenen Leute zu denken, wenn das Elend von Fremden über das eigene Gewissen zu gleiten schien wie ein Kiesel über einen gefrorenen See. Er wollte diesen Hudditen helfen.

Zuerst kam aber natürlich Frida. Dennoch schlossen sich diese beiden Ziele nicht aus.

»Würdet ihr eine Flucht riskieren, wenn ihr einen Plan hättet, der funktionieren könnte?«, fragte er.

Hanebal blickte Jai unverwandt an. Seine Augen waren dunkel, aber sie hatten nichts von ihrem Feuer verloren. Da lag eine Intelligenz hinter diesen Augen. Und ein verbissener Mut, falls Jai ein Menschenkenner war.

»Das würden wir alle tun«, sagte er. »Was sind schon ein paar Monate Leben mehr? Das ist doch alles, was wir riskieren. Das und dazu noch ein grausames Ende. Aber ich schneide mir lieber die eigene Kehle durch, bevor ich mich von denen ergreifen lasse.«

Jai glaubte ihm. Er legte den Kopf in den Nacken und ließ die Erschöpfung, die er bisher zurückgehalten hatte, über sich hinweg fluten.

»Die Sabiner liegen mit dem Steppenvolk im Krieg«, sagte er. »Die Dansken auch.«

Hanebal stieß ein bitteres Lachen aus. »Geschieht diesen verräterischen Bastarden recht. Nicht dir, natür…« Er verstummte.

»Wenn wir es zu meinem Volk schaffen, kann ich dich beschützen«, sagte Jai. »Wir haben jetzt einen gemeinsamen Feind.«

Hanebal starrte Jai an. Verständnis dämmerte auf seinem verhärmten Gesicht.

»Wir haben immer gedacht, das Steppenvolk würde uns für etwas Geld zurück an die Sabiner verkaufen. Aber wenn sie mit denen im Krieg liegen …« Er schüttelte den Kopf. »Der Schreckenswolf wird uns lange, bevor wir deine Leute erreichen, erwischen. Selbst wenn du dann für uns bürgen könntest.«

Jai schloss die Augen und flüsterte seine Gedanken laut. »Wir entkommen nicht einzeln und zu zweit. Wir gehen alle – die gesamte Höhle. Soll der Wolf dann ruhig versuchen, uns zurückzubringen – er kann es nicht mit uns allen aufnehmen. Ohne ihn werden sie uns niemals fangen. Schließlich haben sie hier keine Pferde. Wenn wir schnell genug vorankommen und genügend Vorsprung haben, schaffen wir es.«

Hanebal war still.

»Komm mit einem Plan zu mir, Junge, und ich bin ganz Ohr«, sagte er schließlich.

Jai hielt eine Hand hoch, als er hörte, wie der Mann von ihm wegzuschlurfen begann. »Lasst Milkar in Ruhe, dann helfe ich euch auf der anderen Seite. Das ist mein Preis.«

Schweigen. Dann ein Grunzen.

Das würde reichen müssen.

83

Den größten Teil des Abends über starrte Jai die gebrochenen Männer an, die schlaff und bewusstlos in ihren Prangern hingen. Während die Auspeitschung vor sich gegangen war, hatten sich die Wachposten auf der Ostmauer abgewandt, und ein paar hatten sich sogar mit den anderen zu ihren Baracken im Torhaus in der Ostmauer zurückgezogen. Sie mussten grausame Männer sein, um an einem Ort wie diesem zu arbeiten. Doch sogar sie waren von dem Anblick und den Geräuschen, die Beverlais Sadismus hervorbrachte, angewidert.

Jai wusste bereits, dass sie Schlüssel brauchten, um in Fridas Zelle einzubrechen -- selbst wenn er ein vollständig aufgestiegener Seelenverbundener der fünften Stufe gewesen wäre, war die Tür viel zu dick für ihn, um sich gewaltsam Zugang zu verschaffen.

Dasselbe mochte nicht für das Gittertor gelten, das seine Höhle versperrte, und auch nicht für diejenigen am Eingang des Gefängnisses, in dem Frida untergebracht war. Denn sie waren viel älter als diese Türen.

Die Gitterstäbe waren zwar tief eingelassen, aber stark verrostet. Jai war bereits mit seinen Händen ihre Oberfläche entlanggefahren und hatte mit den Fingernägeln an ihnen gekratzt. Ein gewöhnlicher Mann konnte sie niemals brechen oder verbiegen. Aber er wusste zumindest, was jemand von der Greifengarde tun konnte. Er hatte gesehen, wie ihre Mitglieder in Latiums Amphitheater Stärkeproben ausgeführt hatten, um Constantins zehntes Regierungsjahr zu feiern.

Sie hatten mit bloßen Händen Schwerter gebogen und Pferde auf ihre Rücken gehoben, ja sogar Gefangene hingerichtet. Hatten deren Schädel wie überreife Pampelmusen zwischen ihren Händen zerdrückt.

Jai wusste, dass er mit ausreichend viel Mana in der Lage war, die Gitterstäbe zu verbiegen. Die Stäbe waren einfach zu eng, als dass ein Mann seinen Kopf hätte hindurchstecken können. Mit ein wenig Arbeit konnte man das ändern. Das Gleiche galt für die Gittertore, die ihn von Fridas Zelle fernhielten.

Was bedeutete das für sie? Dass sie sich außerhalb der Gittertore befanden, aber vor einer hohen Mauer standen, die sie irgendwie überqueren mussten, und das alles unbeobachtet von den Wachen, die oben auf ihr patrouillieren. Und da war noch Frida, die ebenfalls gerettet werden musste.

Was Essen, Waffen und Vorräte betraf, so kam nichts davon in Betracht – sie konnten nur das mitnehmen, was Hanebals Männer für den Winter gesammelt hatten. Sie würden einfach hoffen müssen, dass sie schnell auf Steppenvolk stießen.

Auch half nichts davon Jai mit Frida. Er musste allein zu Beverlai gelangen. Sie überraschen und ihr die Schlüssel abnehmen. Frida befreien, die Hudditen befreien. Dann die Ostmauer stürmen, den Riegel anheben, der die großen Tore verschlossen hielt … und losrennen.

Was Winter betraf, die würde er später finden müssen.

Er suchte sie in seinem Innern noch einmal auf. Es war seltsam, sie nicht mehr so stark wie früher in seinem Kopf zu haben.

In Wahrheit hatte Jai ein schlechtes Gewissen, dass er trotz all der Schwierigkeiten nicht mehr Zeit für den Versuch aufgewendet hatte, sich mit ihr in Verbindung zu setzen. Allerdings wirkte es ermutigend, dass sie sich ihm näherte. Ihre Gefühle waren zielgerichteter und auch lauter. Sie suchte nach ihm, soviel stand fest. Sie kam ihm näher.

Und sie schien niemals allein zu sein. Sie wirkte warm und gut ernährt. Ihr Kummer rührte nur von seiner Abwesenheit und seinem Elend her.

Die Frage blieb, ob Winter auftauchen würde, um sich Jai bei seiner Flucht anzuschließen und ihm vielleicht sogar zu helfen. Sie konnte das halbe Kaiserreich entfernt sein, oder auch nur einen Tagesritt. Er hatte jetzt keine Zeit mehr, um weiter abzuwarten.

Also schloss Jai die Augen ... und begann.

Wie zuvor sah er seinen Kern. Den ganzen Tag über hatte er mehr Mana angesammelt. Das war ein Resultat von Winters Geschenk – sie hatte ihm jedes bisschen Mana, das sie besaß, im Schlaf zufließen lassen.

Jai hätte so gern etwas davon verwendet, nur um seine Schmerzen zu lindern.

Ja, wenn das nur möglich gewesen wäre. Doch es zu verschwenden war keine Option. Er brauchte jeden Tropfen für den Ausbruch.

Er hatte jetzt schon zwei Tage an diesem Ort verbracht. Er stellte sich vor, dass Frida sich in dem Moment, als sie in dem Gefängnis angekommen war, in sich selbst zurückgezogen hatte. Selbst wenn sie ihre Lippen mit einem nassen Schwamm benetzten, so wie sie es mit ihm gemacht hatten, wagte er es nicht, noch eine weitere Nacht zu riskieren.

Jai wünschte sich, er hätte Zeit aufzusteigen.

Er würde endlich einen Kern haben, der groß genug war, um ihm Kraft für mehr als eine Handvoll Feuerbälle zu geben. Verdammt, er mochte sogar eine echte Chance haben, Beverlai in einem fairen Kampf zu besiegen.

Er biss die Zähne zusammen und holte ein weiteres Mal tief Luft. Heute Abend würde er seinen Kern so weit füllen, wie er nur konnte. Und heute Nacht? Tod – oder Freiheit.

84

Als der Mond sich am Himmel erhob, verfügte Jai über weniger Mana, als er gerne gehabt hätte. Sein Kern war nur zu einem Viertel voll.

An diesem Abend waren zwei der Männer am Pranger gestorben. Ihre Körper waren immer noch da, mit schlaff herabhängenden Köpfen und Zungen, die zwischen ihren blauen Lippen hervortraten. Jai hatte gar nicht geglaubt, dass es möglich war, einen Mann zu Tode zu peitschen.

Aber natürlich war Beverlai eine Seelenverbundene. Jai wusste nicht, ob sie aufgestiegen war oder nicht. Selbst die schwächste Seelenverbundene war in der Lage, einem Mann die Haut vom Rückgrat abzuziehen, sobald sie ihr Mana in den Schlag legte.

Beverlai war in guter Stimmung. Wie ein Seemann auf Urlaub pfiff sie vor sich hin. Sie schien Freude darüber zu empfinden, die Pranger zu überprüfen und ihre Opfer anzustoßen, um zu sehen, ob sie noch am Leben waren.

Es war ein merkwürdiges Gefühl, die Drohung eines grausamen Todes über sich hängen zu haben, und das so dicht, dass er sie beinahe schmecken konnte. Flucht schien zu gleichen Teilen das Letzte zu sein, was jemand von ihnen versuchen sollte … und das Einzige.

Dennoch hatte seine Beobachtung eine entscheidende Information geliefert. Während die ungefähr vierzig Aufseher in dem Gefängnis größtenteils gemeinsam in dem größeren, östlichen Torhaus schliefen, verfügte Beverlai über einen erheblichen Teil des neu errichteten Torhauses an der Westmauer für sich selbst, wobei Aurelius in dessen oberem Stockwerk lebte.

Aurelius' rechte Hand zu sein, ging mit einigen Privilegien einher. Jai vermutete, dass die Gegenwart des Schreckenswolfs, der neben der Tür in einer höhlenartigen Mauernische hauste, ebenfalls etwas damit zu tun hatte, wo Beverlai untergebracht war. So konnte er sie beide beschützen.

Und in dem seltenen Fall eines Aufstands von Gefesselten … nun, es war der einzige Ort, den sie vermeiden würden – es war viel wahrscheinlicher, dass sie die Ostmauer stürmen und in die Große Steppe flüchten würden, als über die im Westen zu setzen und zurück in Feindesgebiet zu drängen. Schließlich gab es dort kein Zuhause mehr, das auf sie wartete.

Heute Nacht bewachten keine Wärter die Zellen, denn die Kälte war bitter. Nur die Wachen auf den Mauern verblieben und blickten in die Steppe hinaus. Jai wünschte sich, die Mauer würde ihm nicht die Sicht versperren. Er fragte sich, wie weit sie noch reisen mussten, bis sie seine Heimat erreichten.

Ein weiterer Tag mit Seelenatmen würde bei Weitem sicherer sein. Winter fühlte sich jetzt schon jede Stunde näher an. Aber Frida … sie konnte sich keine weitere Nacht mehr leisten. Denn selbst wenn es ihm gelang, sie zu befreien, würde das Mädchen gegen den Schierling ankämpfen, den die Bastarde ihr, die am Verdursten und halb verhungert war, zweifellos eintrichterten. Womöglich überlebte sie die Flucht nicht einmal in dieser Nacht, geschweige denn in der nächsten.

Jai presste sich gegen die Gitterstäbe. An diesem Abend war es neblig, man sah gerade genug, um aus den Wachen schemenhafte Gestalten machen zu können, die in seine Sicht trieben und dann wieder verschwanden, während ein kalter Luftzug durch die Schlucht wehte.

So leise er nur konnte, zog er an den Gittern. Biss sich auf die Zähne und ließ das Mana frei fließen.

Schweiß brach ihm vor Anstrengung auf der Stirn aus, und er fühlte, wie sein Körper vor Mana sang. Jeder Muskel in seinem Körper war angespannt wie eine Bogensehne, und Jai zwang die Hälfte seines mageren Vorrats an Mana heraus und trieb seine Muskeln an, sich zu größeren Höhen anzuspannen.

Doch die Gitterstäbe verbogen sich nicht. Sie bewegten sich auch nicht, wo sie tief ins Gestein eingesetzt waren. Selbst als Jai mit einem zischenden Ausatmen einen letzten Versuch unternahm, gelang ihm nicht mehr, als ein Knarren hervorzubringen.

Er brach rückwärts zusammen, ohne sich darum zu kümmern, wer es sah. Seelenverbunden oder nicht, er hatte kaum Eindruck gemacht.

»Damantinerstahl«, sagte eine Stimme. »Nur die Oberfläche ist verrostet. Und sogar die nur wenig. Du wirst da keine Schwachstelle finden, Junge.«

Jai wandte sich zu Hanebal um, der näher kam. Er konnte den Worten des Mannes kaum glauben. »Ich dachte, Damantinerstahl sei für Seelenverbundene«, sagte er. »Warum sollte man ein solches Metall an uns verschwenden?«

Hanebal schnaubte verächtlich. »Was glaubst du, wer diesen Gang gegraben hat?«, erwiderte er. »Gefesselte Seelenverbundene, mit seelenverbundenen Aufsehern, die sie bewachten. Ihre Tiere wurden in Käfigen gehalten, mit Brennholz darunter, um sie jederzeit in Brand stecken zu können. Die armen Schweine haben das hier lange vor dem Steppenkrieg herausgehauen, damals, als die Königreiche Corvin und Blacktree die Handelsroute des Reichs zur Kaschmirstraße blockiert haben. Das sollte Leonids Weg um sie herum sein. Ich schätze, er hat sie bald nach der Fertigstellung besiegt.«

Jai konnte sich nur schwer Seelenverbundene als Gefesselte vorstellen. Aber andererseits … wurde nicht auch er selbst wie einer behandelt?

»Also in dieser Höhle …«, sagte er halb zu sich selbst.

»Hat man sie untergebracht«, ergänzte Hanebal. »Oder jedenfalls die Schwächeren. Die Stärkeren wurden da hinten festgehalten.«

Er nickte zu der gegenüberliegenden Wand, in die Richtung von Fridas Zelle.

Jai versuchte, nicht laut zu fluchen. Kein Wunder, dass man Frida hierhergebracht hatte. Die Gilde hatte mit Aurelius den geeigneten Käufer für sie gefunden. Verdammt, er wäre auch nicht überrascht gewesen, wenn die Sabiner sie ohnehin hierhergeschickt hätten, falls sie diejenigen gewesen wären, die sie gefangen hätten. Vielleicht hätten sie auch ganz auf die Folter verzichtet und sie gleich getötet.

Er hatte geglaubt, seine Stärke könnte vielleicht der Schlüssel zu seiner Flucht sein.

Jetzt wusste er, dass das nicht möglich war.

Aber musste nach draußen gelangen. Jai hatte nur zwei Orte gesehen, an denen man Gefangene draußen bleiben ließ. Die Pfähle … und die Pranger.

85

Können deine Männer heute Nacht zum Aufbruch bereit sein?«, fragte Jai.

Hanebal blickte ihn mit der geringen Belustigung an, die man an einem so düsteren Ort wie diesem überhaupt aufbringen konnte.

»Was steht uns denn zur Verfügung, um bereit zu sein?«, fragte er. »Wir haben zwei Beutel mit Verpflegung und ein einziges Messer. Wenn du uns hier rausschaffst, stürmen wir das Osttor. Wir haben nur auf eine Gelegenheit gewartet. Verschaff uns einfach eine.«

Das war alles, was Jai hören musste.

»Sag ihnen, dass sie sich bereithalten sollen«, sagte Jai und erhob sich. »Heute Nacht verschwinden wir.«

Er wusste, was er zu tun hatte. Er wusste nur nicht, ob er auch den Mut dazu hatte. In den Schatten blickte ihn Milkar aus furchtsamen Augen an.

»Willst du deine Unschuld beweisen?«, fragte Jai.

Milkar nickte demütig.

»Dann sei in vorderster Linie, wenn wir das Osttor stürmen«, sagte Jai. »Zeig deinen Leuten, dass du für sie kämpfst. – Hanebal, garantierst du für seine Sicherheit auf der anderen Seite, wenn er das macht?«

Eine Weile war Hanebal still. Dann nickte er knapp. »So sei es.«

Jai ging zu der vergitterten Tür der Höhle und drückte sein Gesicht gegen das Metall. Er konnte die Gitterstäbe auf seiner Haut spüren, kühl und feucht vom Nebel. Was er vorhatte, würde ihn wahrscheinlich umbringen. Aber der Tod war in Porticus ohnehin garantiert. So konnte er zumindest die Art und Weise wählen.

»Beverlai!«, schrie Jai. »Beverlai! Du nach Wolfpisse stinkende, alte Hexe! Hör auf, das Bein von deinem Vieh zu besteigen und stell dich mir, du Feigling!«

Ein paar versuchten, ihn zum Schweigen zu bringen. Hanebal presste ihm sogar seine Hand auf den Mund. Aber der Schaden war längst angerichtet. Mit ihrem Gehör einer Seelenverbundenen kam die alte Frau bereits aus dem östlichen Torhaus geschritten, ehe die ersten Hudditen es geschafft hatten, Jai zu Boden zu drücken.

Er ließ ihnen ihren Willen. Sie verstreuten sich schon bald, als Beverlais Füße draußen auf dem Kies knirschten.

»Wer hat mich gerufen?«, fragte sie.

Wenn sie verärgert war, zeigte sie es nicht. Eher wirkte sie amüsiert, beinahe sogar begeistert, weil sie eine Entschuldigung für die Gewalttätigkeit hatte, die nun kommen würde.

»Ich war das«, sagte Jai.

Er kümmerte sich inzwischen nicht mehr um seine Pose. Sie hatte ihren Zweck erfüllt.

Überrascht starrte Beverlai ihn an. Einen Augenblick lang runzelte sie argwöhnisch die Stirn, was Jais Herz schneller schlagen ließ. Dann stieß sie ein grausames Lachen aus, das nur ein wenig zu lange andauerte.

»Der Wilde hat also eine Zunge«, kicherte sie. »Du hast die alte Beverlai hinters Licht geführt, das muss ich dir lassen. Oder hat dir einer dieser Hudditenbastarde ein paar neue Worte beigebracht?«

Jai schwieg. Beverlai schien das nicht zu stören, stattdessen öffnete sie mit einem trockenen Lächeln das Gittertor – und gab ihm ein Zeichen, die Höhle zu verlassen.

»Weißt du, was die Bestrafung dafür ist, mich zu beleidigen?«, fragte Beverlai so beiläufig, als mache sie eine Bemerkung über das Wetter.

Jai zuckte die Achseln und trat ins Freie hinaus. Nur einen Augenblick lang spielte er mit dem Gedanken, sich auf Beverlai zu stürzen. Der Schreckenswolf war in der Tat nirgendwo zu sehen, wahrscheinlich strich der durch die Wälder, wie er es nachts zu tun pflegte. Aber einer so grausamen Frau wie Beverlai Beleidigungen an den Kopf zu werfen hatte natürlich längst die Aufmerksamkeit der Wachposten auf sich gezogen. Trotz der Dunkelheit und des Nebels konnte er erkennen, dass sich die Sehschlitze ihrer Helme ihm zugewandt hatten.

Die Entscheidung wurde besiegelt, als Beverlai das Gittertor hinter ihm abschloss. Er würde sich an den Plan halten müssen.

»Wenn du sterben willst, gibt es bessere Wege«, bemerkte Beverlai noch immer so gutgelaunt, wie sie es bereits an diesem Morgen gewesen war. »Ich geb dir eine Chance. Erzähl mir etwas über das Mädchen, das ich an Aurelius weitergeben kann, und du darfst bloß mit der Abreibung deines Lebens wieder nach drinnen gehen. Wenn nicht …«

Sie ließ eine Hand zu ihrer Peitsche herabwandern.

Jai hob sein Kinn an und blickte Beverlai fest an.

»Ich dachte, ich schnappe mal ein wenig Luft«, sagte er. »Da drinnen stinkt es, wenn auch nur ein bisschen schlimmer als du. Und die mögen mich nicht besonders.«

Beverlais Lächeln weitete sich zu einem Grinsen. Jetzt berührte sie Jais Gesicht, wo die blauen Flecken wegen der Prügel um das gestohlene Brot bereits gelblich wurden. Sie heilten etwas schneller, als sie das hätten tun sollen – aber Beverlai wusste nicht, wie übel man ihn zusammengeschlagen hatte.

»Ihr Wilden seid genau so seltsam, wie man es euch nachsagt. Du denkst, es ist sicherer am Pranger als da drin mit denen? Deren Fürsorge wird sich wie die sanften Hände einer Hure anfühlen, wenn ich mit dir fertig bin.«

Sie packte Jai am Nacken, ihre Finger hatten eine Wirkung wie

Stahlklammern. Sie trug Jai praktisch vorwärts. Es war unmöglich zu sagen, ob Beverlai aufgestiegen war, aber allein aufgrund ihrer Stärke vermutete er es. Ein Schreckenswolf war immerhin ein mächtiges Tier, und sie hatte viele Jahre gehabt, um auf diesem Pfad voranzukommen.

Jai ließ es geschehen. Er ergab sich in sein Schicksal, während seine Fersen durch Schlamm und Kiesel geschleift wurden. Es gab keine Möglichkeit, dies zu verhindern. Er konnte es nur aushalten.

Als er seinen Kopf und seine Hände in die offene Hälfte des hölzernen Blocks legte, war er so duldsam wie ein Lamm. Er schrie nicht einmal auf, als der Pranger so fest zugeschlagen wurde, dass er kaum mehr atmen konnte.

Doch als er das ledrige Geräusch hörte, mit dem Beverlai die Peitsche ausschüttelte, zuckte er zusammen. Und als sie ihm das Hemd mit einem einzigen Ruck wie Reispapier vom Rücken riss.

»Tief durchatmen«, zischte Beverlai. »Ich hör' so gern die Schreie.«

Er vernahm den ersten Schlag, bevor er ihn spürte. Ein Surren, das bald darauf zu einem Zischen wurde. Dann kam der Schmerz, als hätte ihn eine glühend heiße Weißklinge von der Hüfte bis zu den Schultern aufgeschnitten.

Jai schrie, bis er keinen Atem mehr in seinen Lungen hatte und krächzte, während ihm saures Erbrochenes vom Mund tropfte. Der nächste Schlag kam, und er konnte nur noch mehr Galle hervorwürgen, wobei er vor Qual röchelte.

Dann kam ein weiterer und noch einer, das Zischen der Peitsche und Beverlais Grunzen waren eine fürchterliche Harmonie an sadistischer Schadenfreude.

Jai wollte sich in sich selbst zurückziehen, wie Frida es getan hatte. Wollte seinen Körper die Hauptlast tragen lassen, während sein Verstand in einer ewigen Welt lebte. Aber selbst wenn man es für Bewusstlosigkeit gehalten hätte, Jai musste den Schmerz ertragen. Denn seine Schreie sorgten dafür, dass sich die Augen der Wachposten abwandten, und hielten die anderen Aufseher in ihren Baracken. Nur wenige Menschen hatten das Verlangen, diesem Grauen zuzusehen.

Die Peitsche knallte erneut. Und wieder, und wieder. Jai schrie, bis er seine Stimme ganz verloren hatte. Schrie, während ihm das Blut die Beine hinablief und die Rippen seines Rückens dem Nachthimmel ausgesetzt waren.

Er schrie so lange, bis ihn die Bewusstlosigkeit übermannte, eine gesegnete Schwärze, aus der er nie wieder erwachen wollte.

86

Jai wusste nicht, wann die Welt wieder in Sicht kam. Nur, dass sie immer noch so dunkel und still war wie ein Grab. Allein ein heller Fleck am Horizont, der von der Sonne herrührte, verriet ihm, dass die Dämmerung nicht mehr fern sein konnte. Die Zeit arbeitete gegen ihn.

Er versetzte sich in die Halbtrance und hätte sich beim Anblick seines Manas beinahe erneut erbrochen. Fast alles war fort, aufgebraucht, um ihn am Leben zu halten, um das Blut zu ersetzen, das seine Hose rot gefärbt hatte.

Inzwischen kannte Jai seinen Körper. Er konnte die großen Risse in seinem Rücken fühlen, die über seinen freigelegten Rippen bereits verschorften. Die Blutung hatte sogar aufgehört.

Jai musste schnell handeln – die Aufseher würden bald die Morgenglocke läuten. Er schloss die Augen und fühlte die Muskeln seiner Schultern und Arme. Er strengte sich an und schickte das letzte Quäntchen Mana, das er noch hatte, zu ihnen.

Holz ächzte unter der Anstrengung, splitterte und knackte … bis sich das verrostete Stahlscharnier aus seiner Verankerung in dem Eisenholz löste. Jai sank auf die Knie und drückte seine Stirn gegen den Pfosten des Prangers.

Er konnte kaum aufrecht stehen. Beverlai hatte vorgehabt, ihn umzubringen. Hatte ihn dem Tod überlassen, damit er in der Nacht erfror. Jai zitterte, der kalte Nebel, der ihn jetzt einhüllte, saugte ihm die Wärme aus den Knochen.

Er hatte all sein Mana und selbst die Haut auf seinem Rücken geopfert, um auf die andere Seite des Tors zu gelangen. Jetzt war er ganz auf sich selbst gestellt. Das war gewiss kein Vorteil, vielmehr war alles, was er hatte, sein erledigter Körper und ein halbgarer Plan.

Die Pranger waren weder weit von dem westlichen Torhaus noch von den Sicherheitszellen entfernt. Aus diesem Grund hatte Jai sich dafür entschieden, an den Pranger gestellt zu werden, anstatt einen Ausbruchsversuch vorzutäuschen und an die Pfähle gehängt zu werden.

Jetzt kroch er auf die in die Mauer eingelassene Tür zu, hinter der er Beverlai zuvor zweimal hatte verschwinden sehen. Jeder Zentimeter, den er sich voranbewegte, war eine Qual. Schmerzen flammten in seinem Rücken und seinen Schultern auf, während er sich über den Schotter zog.

Als er die Tür erreichte, benutzte er den Griff, um sich hochzuziehen, und keuchte erleichtert auf, als sein Gewicht die Tür aufstieß. Dieser Plan war schon immer riskant gewesen. Jai hatte kein Schlüsselloch in der Tür gesehen, aber die Frau mochte sie trotzdem von innen verriegelt haben.

Stolz sollte Beverlais Untergang sein. Welcher Gefesselte würde es wagen, ihre Kammer zu betreten? Das Glück war Jai ebenfalls hold, denn der Schreckenswolf schlief auch nicht in seiner Mauernische. Milkar hatte ihm erzählt, dass er überhaupt selten schlief und nachts meistens durch den westlichen Wald schlich. Dennoch war es ein gefährliches Wagnis gewesen.

Jai zwängte sich durch die Tür und zuckte zusammen, als der Schorf auf seinem Rücken bei der Bewegung ein reißendes Geräusch machte. Die Kammer war dunkel, und irgendwo im Raum konnte er Beverlais leise Atemzüge vernehmen. Ohne Mana vermochte er kaum die Hand vor Augen zu sehen. In der Dunkelheit tastete er herum, doch seine Hände fanden nichts als hölzerne Möbel.

Und dann, nachdem sich seine Augen an die Düsternis gewöhnt hatten, sah er es.

Beverlai hatte sich nicht einmal damit aufgehalten, ihre Kleidung abzulegen. Stattdessen lag sie vollständig angezogen in ihrem Feldbett. Der Raum war klein – Jai konnte praktisch die Hand ausstrecken und sie berühren.

Er zögerte auch nicht. Jede verstreichende Sekunde war eine weitere, in der man ihn womöglich entdeckte. Er kroch auf dem Bauch, dann rollte er unter Beverlais Sichtlinie hindurch und erstickte ein Wimmern, als sich sein wunder Rücken gegen die dreckigen Pflastersteine drückte.

Über sich konnte er das teigige Gesicht der Frau erkennen, die Grausamkeit, die sich wie umgekehrte Lachfalten in ihr Antlitz gegraben hatte. Selbst noch im Schlaf kräuselte ein sardonisches Lächeln die Ränder ihrer Lippen.

Jai streckte eine zitternde Hand aus und löste den Schlüsselring von Beverlais Gürtel.

Die Schlüssel klingelten wie Windspiele, und das leise Atemgeräusch stockte.

Jai hielt den Atem an und wünschte sich mit einem Mal, er könnte ein Messer in dem Raum finden. Wenn er nämlich eines gehabt hätte, dann hätte er den Hals der Frau kaltblütig durchtrennt, wenn er gewiss auch kaum die Kraft besaß, um die Schlüssel so fest zu halten, dass sie nicht klimperten.

Mit einer Hand schleppte er sich wieder aus dem Raum. Übelkeit ergriff seinen Bauch, und er zwang einen Mundvoll Galle hinunter. Adrenalin hatte ihn so weit gebracht, aber es ließ schnell nach.

Sein Herz hämmerte, und der Raum drehte sich um ihn. Er konnte Beverlais heisere Atemzüge hören, und einen Moment lang vergaß er, wo er sich befand. Für einen Augenblick war er wieder einmal in Leonids Schlafgemach und schlief am Fußende von dessen Bett, da der alte Mann krank war. Er lauschte auf seine Atemzüge und zählte die Sekunden bis zum Morgen.

Nur der Schmerz, der durch seinen Körper pulsierte, brachte ihn in die Gegenwart zurück.

Jai zwang seinen Körper voran, in dem Wissen, dass sich jeden Augenblick ein Wachtposten auf der Ostmauer umdrehen und ihn sehen konnte. Er hatte Glück, dass der Nebel, der von den Bergen hereingekommen war, um sich wie Öl auf Wasser dicht in der Schlucht niederzulassen, die Nacht über angehalten hatte.

Er konnte ihre Silhouetten ausmachen, ein halbes Dutzend Männer, die ins Feindesgebiet starrten. Sie trugen ein halbes Dutzend Armbrüste, um ihm in den Rücken zu schießen. Dunkelheit, Nebel und Überraschung würden seine einzige Verteidigung sein … er musste sich bewegen.

Zweimal musste Jai anhalten, um wie ein gestrandeter Fisch nach Atem zu ringen. Er war so schwach wie ein Neugeborenes, kaum in der Lage, sich auf die Ellbogen zu stemmen.

Nach einer gefühlten Ewigkeit und unter enormer Anstrengung erreichte Jai die Tore. Hier war der Schlüssel zumindest einer, den er wiedererkannte – er war nämlich länger und dünner als die anderen. Er rasselte im Schloss, als er seine zitternde Hand ausstreckte, und die anderen Schlüssel klimperten fröhlich dazu. Geräusche pflanzten sich an diesem Ort deutlich hörbar fort, aber Jai schaute nicht über die Schulter, als das Tor aufschwang. Entweder hatten ihn die Wachposten gehört, oder nicht. So oder so lag nur ein Weg vor ihm.

Er ließ sich die Stufen hinunter und in den feuchten Gang gleiten, dabei zischte er vor Schmerzen, als er am Boden aufkam und fühlte, wie das kalte Gestein die Wärme aus seinem Körper saugte.

Als er wieder zu Atem gekommen war, zwang er sich weiter. Fridas Kammer lag ganz am Ende des Gangs. Er zog sich mit den Fingernägeln dorthin, eine Hand nach der anderen, einen Atemzug nach dem anderen. Es fühlte sich wie eine Stunde an, ehe er das Ende der Sackgasse und die letzten versperrten Türen zu beiden Seiten erreicht hatte.

Er hatte kaum noch Kraft, um die Schlüssel ans Schlüsselloch zu heben, davon, sie der Reihe nach auszuprobieren, ganz zu schweigen. Dennoch tat er es und versuchte den ersten Schlüssel an dem Ring. Und dann … schwang die Tür zu Jais Überraschung bei einem leichten Druck des Schlüssels auch schon auf.

Und im Inneren des Raums ertönte ein Knurren.

Da war keine Frida.

Nur ein Schreckenswolf, dem der Speichel von den Lefzen tropfte. Er riss die Tür herum, doch eine Hand packte ihren Rand und hielt sie offen.

Jai würgte ein entsetztes Keuchen hervor, als Aurelius' Gestalt aus der Dunkelheit auftauchte.

»Hallo, Wilder.«

87

Jai lag auf den kalten Steinplatten von Fridas Zelle, gefesselt wie ein Schwein, das gebraten werden sollte. Aurelius' Tritte hatten sein zerschrammtes Gesicht derart anschwellen lassen, dass er kaum noch aus den Augen schauen konnte.

Verzweiflung hatte Jais Herz gepackt und es so schwer wie einen Stein gemacht. Er hatte sich noch nie so elend gefühlt, oder so hoffnungslos. Dabei suchte er nach der Verbindung zu Winter, ergriff sie wie eine Rettungsleine. Vielleicht war sie das … denn er konnte das Blut von den Schnitten auf seinem Rücken spüren, das sich warm unter ihm sammelte.

Der Mann ging neben ihm in die Hocke und befingerte eine Strähne von Jais Haar.

»Es heißt, ein Steppenmann schneidet sich nie das Fell. Du bist aber kein richtiger Wilder, wenn du uns auch reingelegt hast. Du bist zivilisiert. Wer bist du, Junge?«

Jai hatte keine Antwort darauf. Es war schwer genug, durch die eingedrückte Nase zu atmen. Die Zeit schien in den Vordergrund zu rücken und wieder zu verblassen.

Nun war der Tod der einzige Ausweg. Er wünschte sich nur, er hätte genug Mana, um ein paar von denen hier mit sich zu nehmen.

»Ich wollte Milkar schon auspeitschen lassen, weil er mir heute Nacht die Zeit gestohlen hat«, lachte Aurelius. »Aber der Bastard lässt mich nie hängen. Ich war bereits dabei, das Mädchen zu bearbeiten, also musste ich sie nur in die Nachbarzelle schaffen und Ulf auf dich warten lassen. Ist aber schade. Ein Junge mit deinen Talenten … du würdest ein richtiges Arbeitstier abgeben.«

Jai liefen Tränen das Gesicht hinab und schnitten Kanäle durch das Blut, das dort getrocknet war. Natürlich – der Schreckenswolf hatte sich gar nicht draußen herumgetrieben. Er hatte nur Aurelius beschützt, für den Fall, dass Frida aufwachte.

Ein neue Stimme ertönte.

»Was für ein schönes Bild du abgibst«, kicherte Beverlai. »All das Gelb, Violett und Rot. Ich bin gespannt, was für einen Grünton du nach ein paar Tagen an den Pfählen annehmen wirst.«

Jai hatte nicht gehört, wie sie aufgetaucht war. Aber den Schreckenswolf konnte er in der Ecke hecheln hören. Eine Hand schlug Jai ins Gesicht und quetschte seine Lippen. Jai stöhnte, sein Atem entkam ihm stockend, und Beverlai lachte schrill.

»Wie konnte das geschehen … wir haben einfach nicht bemerkt, dass er seelenverbunden ist«, flüsterte Aurelius mit unterdrückter Wut. »Der Gildenmann hat uns ordentlich in den Arsch gekniffen.«

Beverlai schnaubte.

»Ich hätte es wissen müssen, als mein Ulf misstrauisch wurde – er konnte wohl den Gestank von dem Totem des Wilden riechen. Aber schwerlich ist er ein Seelenverbundener. Wahrscheinlich ist er mit einem gewöhnlichen Khiro verbunden. Hat der Gildenmann nicht gesagt, dass sie eines hatten, als sie gefangen wurden?«

»Na, du hast jedenfalls Glück, dass er dich nicht im Schlaf umgebracht hat«, schnappte Aurelius. »Umso bedauerlicher. Milkar hat es erst vor einer Stunde durchs Guckloch geflüstert.«

Jai konnte kaum glauben, was er da hörte. Milkar? Wie recht Hanebal gehabt hatte. Jai hatte keine Kraft mehr für Zorn übrig. Nur für bittere Tränen.

Aurelius stieß ein Grunzen aus, und Jai konnte erkennen, wie sich seine Gestalt vorbeugte.

»Also, Junge. Du hast eine kleine Chance, am Leben zu bleiben. Oh, wir werden dich natürlich bis auf die Knochen prügeln, aber du wirst leben. Du hilfst uns mit dem Mädchen. Was bedeutet sie dir?«

Jai stöhnte und spie Blut auf die Steinplatten. Er hatte noch nie solche Schmerzen erlebt. Er war kaum fähig, einem Gedanken zu folgen.

Ein Schlag hob ihn beinahe vom Boden an und ließ ihn der Länge nach hinfallen.

»Nichtsnutziger Wilder«, knurrte Beverlai. »Du bist in mein Zimmer gekommen. Du hast dich an mir vergriffen.«

Ein weiterer Tritt ließ ihn gegen die Wand prallen, und Jai spürte, wie ihm Rippen brachen. Er würgte trocken, und Beverlai kicherte erneut. »Mit dem da komm ich auf meine Kosten.«

»Wahrscheinlich ist er ihr Diener«, sagte Aurelius. »Einer der Waisen aus dem Steppenkrieg, verbunden mit einem Lasttier, damit er ihr besser dienen kann. Aber zumindest wird er wissen, wer sie ist. Vielleicht, auf welcher Stufe sie seelenverbunden ist.«

Jai fühlte, wie er am Hals angehoben wurde, und dann spürte er Beverlais heißen Atem an seinem geschwollenen Ohr. Sein Bewusstsein war eine launische Sache und entglitt ihm immer wieder, ehe es zurückkehrte.

»Sag es uns, oder ich zieh dir wieder die Haut ab.«

»Warte noch!«, blaffte Aurelius. »Ich werde nicht zulassen, dass mir dieser Junge stirbt. Schließlich ist es ein Wunder, dass er die Nacht überlebt hat. Ich will, dass du es langsam angehst – gib ihm eine Chance, frei von der Leber weg zu reden, wenn er bricht. Ein paar Tage da draußen könnten ihn dazu bringen. Wenn ihn der Schmerz nicht überzeugt, dann vielleicht die Elemente. Ist sowieso immer gut, jemand Lebendigen an den Pfählen zu haben. Da bleiben die Hudditen gefügig.«

Beverlai zog Jai zu sich heran und schnupperte tief.

»Er hat nur überlebt, weil sein Mana ihn geheilt hat. Ich wette, er hat jetzt nicht mehr viel übrig, aber wenn du ihn an die Pfähle hängst, wird er seelenatmen. Dann befreit er sich wieder.«

Aurelius lachte darüber.

»Die Pfähle waren schon hier, lange bevor du zu uns gekommen bist, Beverlai, auch wenn die Pranger noch nicht vorhanden waren. Wir haben schon früher Seelenverbundene an sie dran gehängt, damals, als mein Vater hier noch der Anführer gewesen ist. Es dauert länger, bis sie sterben, aber mit Damantinerstahl an den Handgelenken können sie sich nicht freimachen. Oder zumindest nicht diejenigen, die noch nicht aufgestiegen sind.«

Beverlai ließ ihn los, und Jai brach auf dem Boden zusammen und betastete seinen Hals.

»Ich hol die Handschellen«, sagte Aurelius. »Schaff du ihn an die Pfähle.«

Stammelnd versuchte Jai zu sprechen. Er sah, wie die schemenhafte Silhouette von Aurelius eine Hand hob, Beverlai sollte warten.

»Mil…kar«, war alles, was Jai herausbrachte.

Sogleich stieß Aurelius ein grausames Lachen aus. »Es ist nicht die Feigheit, die Männer dazu bringt, sich gegen ihre Brüder zu wenden. Es ist Liebe. Seine Frau wurde in meinem Bordell unten im Süden zu einer Hure gemacht. Ich hab ihm erzählt, dass ich für jeden Mann, den er verrät … na ja, sie ein paar Monate länger leben lasse. Das Lustige daran ist: Schon eine Woche, nachdem sie da ankam, ist sie gestorben.«

Er lachte wieder, und eine Welle von Übelkeit rollte über Jai hinweg.

»Also … ich hab dir meinen gezeigt. Jetzt zeig mir deinen. Erzähl mir von dem Mädchen.«

Jai lag auf dem Rücken und wünschte sich nichts anderes, als dass der Boden ihn verschlucken möge. Es gab einfach nichts, was er hier mit Reden erreichen konnte. Er war dazu bestimmt, an den Pfählen zu sterben und in seinen eigenen Lungen zu ertrinken.

Ob Aurelius überhaupt eine Antwort erwartet hatte, wusste Jai nicht einmal. In der Tat wartete der Mann nicht, bis er auf ihn spuckte und den Raum verließ. Erst dann spürte er, wie Beverlai eine Handvoll seines Haars packte und ihn aus der Zelle schleifte.

Jai wand sich, wenn auch nur, um Beverlai die Genugtuung zu verweigern, ihn gebrochen zu haben. Die Frau blieb sofort stehen und grinste. Dann rammte sie seinen Kopf gegen die Mauer.

88

Bewusstlosigkeit war inzwischen ein Freund. Jai konnte sich weder daran erinnern, wie man ihn an den Pfahl gehoben hatte, noch wie der Damantinerstahl um seine Hände befestigt worden war.

Sein Körper hing allein an seinen Handgelenken, und Blut rann seine Arme hinab, wo der Stahl sich beinahe bis in die Knochen grub.

Er konnte schon jetzt kaum atmen, denn seine Nase war gebrochen und nicht mehr zu gebrauchen. Nur kurzes Keuchen durch den Mund war ihm möglich.

In gewisser Weise war es auch eine Erleichterung, denn er konnte den Gestank der Körper beinahe schmecken, die ganz in der Nähe verwesten. Sie hingen an ihren Armen wie schlecht gepökeltes Fleisch.

Die Sonne war bereits aufgegangen, wenn ihre Strahlen in den Schatten der Berge auch nur schwach wirkten. Eine Weile lang musste er bewusstlos gewesen sein. Die Hudditen waren am Arbeiten und schwärmten um die Westmauer, während andere die großen Baumstämme zur Ostmauer und auf ihre andere Seite schleppten.

Jai wusste, dass er bald sterben würde, wenn er nicht seelenatmete. Eigentlich hätte er längst tot sein müssen. Doch noch wollte er seinen Entführern nicht die Genugtuung seines Todes geben.

Wut war ein Gefühl, das Jai kaum jemals verspürte. Sein Leben war von Angst geprägt gewesen. Jetzt tobte er. Tobte in hilfloser Hemmungslosigkeit, während er bittere Tränen weinte.

Er hatte gedacht, er hasse Titus, aber das war gar kein Hass gewesen. Das hier war Hass. Er verzehrte ihn sogar. Ein Feuer war in seiner Seele entzündet worden, und er würde es nicht ausgehen lassen, bis er dieses Unrecht wiedergutgemacht hatte.

Es war sein Hass, der seine sich langsam füllenden Lungen dazu zwang, Atemzug für Atemzug herunterzuwürgen. Es war Wut, die sein Herz weiter schlagen ließ.

Jai zwang das Mana in seinen Kern, Tropfen für Tropfen, selbst als mehr Mana – von Winter kommend – zu ihm trieb. Jedes Tröpfchen der flüssigen Energie wurde augenblicklich zu einem anderen Teil seines Körpers fortgerissen. Schon bald hatten sich die Wunden an seinen Handgelenken verkrustet.

Mit jedem Pulsieren seines Manas nahm sein Schmerz Stück für Stück ab. Es ging bei Weitem nicht so schnell wie der Heilungszauber, den Frida vor einer gefühlten Ewigkeit bei ihm angewendet hatte. Selbst wenn man ihn in diesem Augenblick herabgelassen hätte, damit er sich ausruhen konnte, hätte er Tage gebraucht, um sich zu erholen … wenn das überhaupt möglich war. Jai hatte keine Ahnung, in was für einem Zustand sich sein Körper befand. Er wusste nur, dass er innerhalb einer Stunde gestorben wäre, hätte ihn das Mana nicht gerettet.

Jai mochte Schmerzen empfunden haben, aber es war das Atmen, das ihm die meiste Qual bereitete. Auf vielerlei Art war dies die geeignete Methode, um einen Seelenverbundenen hinzurichten, denn es erschwerte das Seelenatmen. Jeder Atemzug war eine Anstrengung, und mit jedem verstreichenden Moment füllten sich seine Lungen mit Flüssigkeit. Es war, als würde man den Boden einer Sanduhr auffüllen, und der Sand der Zeit bewegte sich viel zu schnell.

Das Blubbern in seinen Lungen konnte er bereits hören, und trotz der Agonie seiner gebrochenen Rippen zwang er ein Husten heraus, um sie freizubekommen. Vor Schmerzen verlor er fast das Bewusstsein, aber für ein paar weitere Momente atmete er etwas besser.

Das sollte kein schneller Tod sein. Er würde husten und spucken, bis er nicht mehr konnte. Dann würde er hier hängen, um wie die anderen zu verwesen.

Der schlimmste Schmerz, den er fühlte, entstand in seinen Handgelenken, aber etwas kam ihm nahe. Sein ganzes Gewicht hing an seinen Schultergelenken, und in diesem Augenblick fühlten sie sich an, als würden sie langsam aus ihren Gelenkpfannen gezogen. Nur indem er sich anhob, konnte er ihnen etwas Erleichterung verschaffen.

Er tat das jede Minute – und erlaubte sich, etwas leichter nach Luft zu schöpfen. Diese kleinen Mana-Schübe waren himmlisch und dämpften seine Schmerzen ein klein wenig. Aber das Mana kam und ging wie das Geld eines Verschwenders.

Rettung … war sie überhaupt möglich? Das Wunder einer Kriegerschar von Steppenvolk, die kam, um die Gefangenen zu befreien. Aber Aurelius war schlau gewesen, indem er nur Hudditen gefangen genommen hatte. Es war ziemlich unwahrscheinlich, dass Steppenkrieger ihr eigenes Leben riskierten, um Gefangene aus anderen Völkern zu befreien, besonders die eines Volks, mit dem sie in der Vergangenheit im Krieg gelegen hatten.

Dies war seine einzige Hoffnung. Auch wenn er sich dazu zwang, etwas Mana anzusammeln, würde er doch niemals den damantinischen Stahl brechen. Wenn er nur aufgestiegen wäre, dann hätte er womöglich dazu in der Lage sein können – er konnte den rauen Rost auf den Handschellen fühlen.

Ein Klang riss Jai aus seinen Gedanken. Er schwamm durch das Durcheinander aus Schmerz, Konzentration und Erstickung, und es war so merkwürdig, dass Jai glaubte, er hätte es sich eingebildet. Nein … es war ganz echt.

Er hörte den Klang wieder, und diesmal war er unmissverständlich. Ein blecherner Trompetenschall, der in der Schlucht widerhallte. Jai hätte ihn womöglich schön gefunden, hätte ihn der Klang nicht mit Schrecken erfüllt. Denn er erkannte, was ihn hervorgebracht hatte. Das kaiserliche Cornu, das die Legionen so liebten. Als sie ausgezogen waren, um gegen die Hudditen in die Schlacht zu ziehen, war Jai von genau diesem Geräusch des morgendlichen Wecksignals aufgeweckt worden.

Aber konnte sich denn wirklich draußen vor den Toren eine ganze Legion befinden?

Jai zwang sich, seine verklebten Augen zu öffnen, und starrte zum westlichen Tor, als es sich knarrend öffnete. Reiter kamen herein, ihre scharlachroten Umhänge verrieten sie sogar trotz Jais verschwommener Sicht. Und hinter ihnen … eine Legion.

Männer, die in Leder, in rotes Tuch und polierten Stahl gekleidet waren, marschierten in enger Formation durch die Tore. Sie stellten sich unter den rotgesichtigen Schreien der Zenturione und Optiones auf und ignorierten dabei irgendwie den Speichel, der ihnen ins Gesicht flog.

Das war keine Legion von Veteranen. Das waren junge Kerle mit frischen, verängstigten Gesichtern. Ein neu eingezogenes Heer, dazu herbeigerufen, um dem Steppenvolk den Krieg zu bringen.

Beinahe hätte Jai laut aufgelacht. Wenn sie entkommen wären, dann wäre eine gesamte Legion hinter ihnen her gewesen. Was für einen genialen Plan er gehabt hatte.

In seinem Leben hatte er schon so viel bekommen. Einen eigenen Drachen und das Blut eines Königs. Gute Gesundheit und seine Freiheit. Alles vergeudet. Der Letzte von Rohans Linie, dem Verwesen preisgegeben. Er hatte das Unvermeidliche nur hinausgezögert.

Jai wäre nicht überrascht gewesen, wenn es dieselbe Legion gewesen wäre, die ihnen den ganzen Weg entlang der Kaschmirstraße auf den Fersen gefolgt war. Doch etwas ließ ihn stocken.

Eine vertraute Gestalt, breit wie ein Bär, die wie ein Riese zwischen den Rängen schritt. Einen Augenblick lang dachte Jai, es sei Rufus. Dann drehte sich der mit einem Adler verzierte Helm in seine Richtung … und ihm wurde übel vor Verzweiflung.

Magnus.

89

Jai hatte schon vor Stunden die Hoffnung aufgegeben, dies zu überleben. Verzweiflung hatte ihn übermannt und hing wie eine schwere Wolke über seinem Geist.

Tränen, gegen die sich sein Verstand wehrte, rannen herunter und trockneten.

Alles, was er tun konnte, war zu atmen. Und die Atemzüge zu wiederholen.

Ohnehin war er fast tot. Der Anblick von Magnus … er flößte ihm keine Angst um sich selbst ein. Verdammt, er würde wahrscheinlich sogar noch schneller sterben. Ärger … er war vorhanden, aber ein fernes, verkümmertes Etwas. Stattdessen wandten sich seine Gedanken Frida zu.

Magnus würde sie wiedererkennen. Welche Misshandlungen sie hier auch von Aurelius erfahren hatte, sie wären nichts im Vergleich zu den sabinischen Folterknechten, wenn sie sie in die Finger bekamen.

Jai sah mit an, wie Aurelius vom westlichen Torhaus aus auf Magnus zueilte und mit seinen Händen wedelte wie ein entlaufenes Huhn mit seinen Flügeln. Hinter ihm schlich sich Beverlai näher. Sie schien beinahe verärgert über Magnus' Gegenwart, und Jai war gar nicht überrascht. Die alte Frau war es gewohnt, die gefährlichste Person in dem Gefängnis zu sein, auch wenn Aurelius als dessen Leiter die mächtigere war.

Die drei kamen an der Spitze der Legion zusammen, deren letzte Glieder währenddessen noch nacheinander durch das Westtor marschierten.

Jai versuchte sie zu ignorieren und konzentrierte sich auf seine Atmung. Jeder Fingerhut voll Mana würde ihn ein wenig länger am Leben halten.

Aber er konnte sich nicht in Trance versetzen. Nicht bei all dem, das gerade geschah. Es war, als wäre sein Verstand zu gleichen Teilen von Neugier und Verzweiflung erfasst worden.

Sollte es die Chance gegeben haben, dass eine Kriegerschar aus der Steppe ihn rettete, so war sie jetzt verflogen. Während die Veteranenlegionen für gewöhnlich nur zur Hälfte bemannt waren, weil ihre Anzahl sich über die Jahre hinweg durch Tod und Ruhestand verringert hatte, sah diese hier nach einer vollen Legion aus, wenn sie auch ein wenig grün hinter den Ohren sein mochte. Fünftausend Männer. Sie drängten sich in den Raum zwischen den Mauern, ohne auf die hasserfüllten Blicke der Hudditen zu achten, die sie vom Bruchgestein der Westmauer aus beobachteten.

Jais Herz klopfte bis zum Hals, als er sah, wie Magnus seinen Blick auf ihn richtete. Er senkte den Kopf und war froh, dass sein Gesicht so angeschwollen war, dass er kaum sehen konnte.

Magnus deutete auf etwas und trieb sein Pferd auf die Pfähle zu. Er tat das mit lässigem Auftreten, während die beiden Leuteschinder hinter ihm schwadronierten.

»… Zeichen von auch nur einem einzigen Steppenmann oder irgendeiner Kriegerbande«, sagte Aurelius. »In der unmittelbaren Umgebung habt ihr nichts zu fürchten.«

»Ich habe nur den Verdacht, dass ihr nicht das Material gesammelt habt, das wir für unsere Festung brauchen«, sagte Magnus. »Die Jungs werden leichter schlafen, wenn sie einen Fußbreit Holz zwischen sich und den Wilden haben.«

»Wir haben genug für die größte Festung im ganzen Land«, verkündigte Aurelius.

Magnus hielt sein Pferd unterhalb von Jais Pfahl an. Sein rötliches Gesicht starrte zu ihm hinauf.

»Kein Zeichen von einem Steppenmann, sagst du? Was ist dann das da?«

Jai glaubte, er müsse sich erbrechen, weil er die Grausamkeit des Mannes unter ihm doch so gut kannte. Denn während Beverlai es genoss, Schmerzen zuzufügen, egal ob sie einem Mann, einer Frau oder einem Kind galten, so kannte Jai den Hass, den Magnus Jais Volk gegenüber empfand. Ohne Weiteres würde er ihm mit den Fingernägeln die Haut vom Körper ziehen und jede Sekunde davon genießen.

»Oh, das ist nur ein Schwachkopf«, sagte Beverlai, die Jai warnend anblickte. »Schau, sein Haar ist nicht einmal geflochten wie das der anderen Wilden. Wir haben ihn gefangen, als er versucht hat, die Grenze zu überqueren. Also haben wir ein Exempel an ihm statuiert.«

»Halt!«, bellte Magnus plötzlich.

Beim Klang von Magnus' Stimme zuckte Jai zusammen. Sie war durch Mana verstärkt, denn ihr Echo hallte lauter durch die Schlucht, als es das Cornu getan hatte. Stille herrschte, und nicht ein einziger Legionär bewegte sich, so groß war die Ehrfurcht, die sie für diesen Mann empfanden.

Magnus trat näher und kniff seine Augen etwas zusammen, als er Jai anblickte. Er legte den Kopf schief.

»Er sieht genug nach einem Steppenmann aus.«

Jai dankte den Göttern – welchen auch immer, falls es sie denn geben mochte. Seine Prellungen waren eine so gute Maskierung wie jede andere … falls Magnus überhaupt einen Steppenmann vom anderen unterscheiden konnte. Jai hatte von seinen Brüdern gehört, dass der Mann niemals dazu in der Lage gewesen war, sie auseinander zu halten, wenn er sich ihren Jagden angeschlossen hatte.

Magnus hob eine Hand und gab mit geballter Faust ein Zeichen. Ungefähr fünfzig Männer traten aus der Legion hervor. Männer, die ihren Helmbusch aus Rosshaar quer trugen und deren Rüstungen weit mehr verziert waren.

Zenturionen.

Sie drängten sich zusammen, und Magnus richtete mit leiser Stimme das Wort an sie.

»Lasst die Männer an diesem Wilden vorbeimarschieren, ehe sie das Tor durchqueren. Lasst sie einen mit eigenen Augen sehen. Die meisten unserer Jungs sind grüne Bauernjungen und haben noch nie zuvor einen gesehen. Ich höre, wie sie nachts in ihren Zelten flüstern. Sie fürchten die wilden Männer der Steppe. Sie haben die Gerüchte gehört, von den …«

Er schnippte mit den Fingern, was ihm ein leises Lachen von den versammelten Männern eintrug. Magnus entließ sie zunächst mit einer Handbewegung und wandte seinen Blick dann wieder Jai zu.

»Eine Schande ist das. Mein Greif hat früher so gern die dampfende Leber eines Steppenmanns gegessen. Kann nicht sagen, dass sie frischer war als die. Und schön für sie eingepackt.«

Beverlai kicherte grausam über seine Worte.

Magnus' Blick wandte sich den anderen Pfählen zu, wo die Leichen hingen. Er deutete auf eine von diesen. Zu Jais Überraschung war es eine Frau.

»Sagt mir, ihr habt Hudditen hier, doch da an den Pfählen hängt ein Steppenmann. Haben irgendwelche Dansken versucht, hier durchzukommen? Vielleicht ein Mädchen?«

Aurelius und Beverlai hatten Glück, dass Magnus' Augen gerade nicht auf sie gerichtet waren, denn der Blick, den sie austauschten, sprach Bände.

»Niemand, Lord Kommandant«, sagte Beverlai, der die Lüge glatt von der Zunge kam. »Warum fragst du?«

Magnus grunzte. »Eine der Dansken, die Kaiser Constantin vergiftet haben, muss noch gefunden werden. Jedes Gefängnis und jedes Lager mit Gefesselten im Reich soll nach ihr Ausschau halten – ich bin überrascht, dass ihr noch nichts davon gehört habt. Es gibt schnellere Wege vom Reich zur Grenze, aber wir haben Gerüchte gehört, dass sie auf der Kaschmirstraße gesehen wurde. Solltet ihr sie finden, schickt unverzüglich einen Reiter nach mir aus. Da ist ordentlich Geld für euch drin, ob diejenige, die ihr gefunden habt, nun die Richtige ist oder nicht.«

Jai rang keuchend nach Atem und konnte nicht anders, als bei dem Anblick von Furcht auf den Gesichtern von Aurelius und Beverlai eine gewisse Genugtuung zu empfinden. Sie dachten, er würde Magnus von Frida erzählen. Natürlich wussten sie nicht, dass Jai so etwas niemals tun würde, aber es verschaffte ihm eine gewisse Befriedigung.

»Er hat Glück, dass wir ihm nicht meinem Schreckenswolf überlassen haben«, sagte Beverlai mit Nachdruck. »Gibt dauernd Widerworte. Wenn er das Maul aufreißt, wird er dort enden. In Stücken, in Ulfs Bauch. Hörst du das, du Wilder?«

Jai erwiderte nichts und schloss die Augen. Er konnte kaum atmen, geschweige denn sprechen.

»Wo ist denn dein Tier, Lord Kommandant?«, fragte Aurelius. »Wenn es nicht unhöflich ist, danach zu fragen.«

Magnus seufzte. »Wir lassen jeden Greifen und Chamrosch in der Greifengarde unsere Grenzen und die Gegend darüber hinaus auskundschaften. Wir können nicht in jeder Grenzstadt Truppen stationieren und auch nicht jeden Hafen blockieren. Jetzt, da wir im Krieg sind, werden uns unsere Feinde mit tausend Überfällen angreifen, so wie Rohan es einst getan hat. Aber mit unseren Augen zum Himmel gerichtet … nun, da können wir die richtigen Truppen an die richtigen Stellen bewegen, bevor sie überhaupt in unser Territorium eindringen.«

Er begann sein Pferd mit den Knien herumzulenken und trieb es dann schnalzend weiter auf das Westtor zu.

»Unser junger Kaiser geht mit gutem Beispiel voran, und ich muss dasselbe tun. Darum reite ich dieses Pferd. Also, ich werde ein paar Tage hierbleiben, während die Männer das Lager aufschlagen. Meine Kundschafter werden auch Zimmer brauchen, weil sich ihre Pferde ausruhen müssen. Ich vertraue darauf, dass ihr Erfrischungen vorbereitet habt.«

Aurelius setzte ein Lächeln auf. »Selbstverständlich könnt ihr meine Gemächer bekommen. Und die Kundschafter können die Garnison haben. Ich habe gehört, das Bordell ist nicht zu …«

Jetzt bewegten sie sich außer Hörweite, und Jai atmete tief und zitternd vor Erleichterung aus. Die Zenturionen versammelten bereits ihre Schützlinge und ließen sie in Zehnerreihen an ihm vorbei und durch das Osttor marschieren. Wenige sahen zu ihm hoch.

Es waren Jungen, viele sogar jünger als er selbst. Höchstwahrscheinlich waren das Wehrpflichtige, die nicht einmal die Wahl bekommen hatten, ob sie kämpfen wollten oder nicht. Er hegte ihnen gegenüber keinen Hass in seinem Herzen.

Jai schloss die Augen und erlaubte es sich endlich, in Trance zu fallen, diese schwierigen Atemzüge zu holen und Zeit von dem Mana in seinem Inneren zu borgen.

Während die Minuten zu Stunden wurden, erkämpfte sich Jai genug Mana, um den Schmerz zurückzudrängen und die scharlachroten Blutergüsse, die überall auf seinem Körper blühten, gelb zu tönen. Er war am Verdursten.

Und dann … fühlte er es.

Er hatte so lange nur die verzerrten Echos von Winters Gefühlen vernommen, dass er beinahe die Fähigkeit vervollkommnet hatte, sie zu übergehen. Aber jetzt war es ein Puls von … etwas Deutlicherem.

Jai ließ die Pulsschläge über sich hinweggehen und ergriff die Verbindung zu ihr wie eine Rettungsleine, wenn auch nur, um Lebewohl zu sagen.

Winter war erschöpft, sowohl körperlich als auch seelisch. Sie war allein, kalt und hungrig, und sie bewegte sich mit einer Dringlichkeit, die er zuvor nicht wahrgenommen hatte. Er konnte den Wald riechen … und fühlte die Erschöpfung in ihren Gliedmaßen.

Er konnte all das fühlen, als sei sie nur einen Steinwurf von ihm entfernt, so wie sie es einst zuvor gewesen war.

Jai drängte sie dazu, umzukehren. Er würde längst tot sein, ehe sie irgendetwas tun konnte, um ihm zu helfen. Selbst wenn sie sich an dem herumstreifenden Schreckenswolf vorbeischleichen könnte, wären ihre Zähne nicht dazu in der Lage, damantinischen Stahl zu zerbeißen. Sie würde sich nur selbst in Gefahr bringen.

Wenn sie ihn hörte, nahm sie es nicht zur Kenntnis. Falls das überhaupt zutraf, erhöhte sie ihre Anstrengungen.

Jai konnte nichts tun, um sie aufzuhalten.

90

Jai seelenatmete mit zielstrebiger Konzentration. Er öffnete nicht die Augen, bis die Sonne endlich untergegangen und die gesamte Legion durch das Osttor marschiert war.

Als er die Augen wieder öffnete, war es stiller geworden. Nur die Kundschafter und ihre Pferde verblieben noch im Gefängnis, denn es schien, als hätten sie Porticus übernommen. Jai hörte, wie sich die Aufseher beschwerten, während sie ihre strohgefüllten Matratzen zu den Gefängniszellen hinüberschleppten, wo Frida untergebracht war. Der Rest kampierte im Windschatten der Mauer, ihre Zelte aus Leinen verteilten sich zwischen den aufgehäuften Baumstämmen.

Als Jai seinen Blick über die Männer erhob, die im den Gefängnishof hin und her liefen, bemerkte er, dass er hier oben an den Pfählen endlich sehen konnte, was jenseits der Mauern lag.

Die Schlucht setzte sich nur ein paar hundert Schritte weiter fort, ehe sie sich zur Großen Steppe hin öffnete. Jetzt, als er keuchend vor Schmerzen den Kopf hob, sah Jai sein Heimatland, und dies zu betrachten, fühlte sich für ihn wie zum ersten Mal an.

Ein Ozean von einem Land, das sich über den Horizont hinaus erstreckte, und doch war es flach und ruhig wie ein See. Es lag still da, außer wenn der Wind über die offene Ebene wirbelte und Muster ins Gras tanzte. Er konnte das Grasland riechen. Es war ein schwerer, erdiger Geruch, wie umgegrabener Lehm in den Lustgärten des

Palastes. Er roch nach … Zuhause. Und es rief nach ihm. Es war ihm so nahe, dass es beinahe so schien, als könne er seine Hand ausstrecken und es berühren. Doch jetzt würde er das niemals tun.

In seiner Verzweiflung wandte sich Jai vom Osten ab und blickte nach Westen, zurück zu der beinahe beendeten Mauer und dem abgeholzten Wald, wo der Hang entblößt war. Dorthin zurück, woher er gekommen war.

Sein ganzes Leben lang war er zwischen den beiden Welten gefangen gewesen. Also war es passend, dass er auch zwischen ihnen sterben würde.

In diesem Augenblick geschah es, dass Winter ihn rief. Ein drängender Pulsschlag, der seine Aufmerksamkeit verlangte. Ihn aufforderte, genauer hinzuschauen. Weiter nach unten zu blicken.

Und er sah sie, zusammengekauert wie ein Wasserspeier zwischen den Zinnen der Westmauer, eine verlorene, dürre Gestalt, die ihn aus strahlend blauen Augen anstarrte. Sie bohrten sich in ihn hinein wie Eissplitter, beschienen von wolkenverhangenem Mondlicht.

Bei ihrem Anblick begannen ihm die Tränen zu fließen. Er konnte sich nicht vorstellen, was das kleine Tier erduldet haben mochte, während es die wilden Lande durchquert hatte, um ihn zu erreichen. Und jetzt riskierte sie alles, nur um für ihn da zu sein. Selbst wenn alles umsonst sein würde.

Jai drängte sie dazu, zum Wald zurückzukehren, aber als Antwort empfing er nur eine unnachgiebige Wut. Da fühlte er etwas, das er bisher noch nie an ihr wahrgenommen hatte. Vielleicht, weil es das erste Mal war, dass sie selbst dieses Gefühl empfand.

Scham. Sie schämte sich wegen ihm. Dass er jetzt aufgeben würde, wo sie doch so nah war. Dass er die Hilfe zurückwies, die ihm dargeboten wurde.

Das Gefühl war zwar komplex, doch seine Bedeutung klar. Und trotzdem konnte Jai ihr nicht antworten. Wie konnte er ihr sagen, dass sie nicht in der Lage war, ihm zu helfen? Dass sie die Ketten, die ihn banden, nicht zu sprengen vermochte, und er nicht einmal wusste, wo die Schlüssel für sie lagen. Dass selbst, wenn sie ihn befreien könnte, er sich immer noch halbtot mitten in einem Gefängnis befinden würde, umgeben von einer Legion und zwei Seelenverbundenen, die ihn in Fetzen reißen konnten, ohne auch nur ins Schwitzen zu kommen.

Die einzige Antwort, die er ihr schicken konnte, war eine, die all diese komplexen Einzelheiten in einem Gefühl von Vergeblichkeit zusammenballte, trotz seiner Sehnsucht zu entkommen. Er wusste nicht, ob sie ihn verstanden hatte, aber er sah, wie das kleine Tier die Mauer hinabkletterte und sich an die Flanke der Schlucht schmiegte, bis er sie aus den Augen verlor.

Die Wachposten auf der Ostmauer waren schlafen gegangen, da die Anwesenheit der Legion einen Überfall so gut wie unmöglich machte. Ihr Verschwinden war nur ein dünner Hoffnungsschimmer, aber Jai war dennoch dafür dankbar.

Erst als er das Schaben von Klauen auf Holz vernahm, wusste er, dass sie ihn erreicht hatte und an die Spitze des Pfahls geklettert war. Er fühlte ihre heiße Schnauze an seinen Handgelenken, als sie an den Handschnellen über ihm nagte. Sie hielten seine Hände zusammen und waren mit einem Ring von dem gleichen Stahl verbunden, der auch tief im Holz eingelassen war.

Mit etwas Zeit mochte sie den Ring aus seiner tiefen Verankerung im Pfahl freigelegt haben, aber das würde ihm kaum helfen. Der gleiche Ring war auch an einer Stahlkette befestigt, die bis zu einer Halterung in der Ostmauer reichte. Jai vermutete, dass mächtigere Seelenverbundene als er hier schon festgehalten worden waren. Nur jemand, der aufgestiegen war, konnte hoffen, sich zu befreien. Ansonsten war ein Schlüssel der einzige Ausweg.

Jai wartete, bis Winter aufgegeben hatte. Trotz seiner Tränen lächelte er, als er spürte, wie sie sich auf seiner Schulter niederließ. Sie war schwerer als zuvor.

Der kleine Drache musste in den Tagen und Nächten, die sie getrennt voneinander zugebracht hatten, gewachsen sein. Sie hatte nun die Größe eines Jagdhunds. Sie hätte ihm bis zur Brust gereicht, wenn sie auf ihren Hinterbeinen gestanden hätte, und sie musste ihren weichen, warmen Bauch um seinen Hals und seine Schultern winden, um Platz zu haben.

Er presste seine Wange gegen ihre und kämpfte dagegen an, zu schluchzen. Sie war seine wahrhaftigste Freundin. Vielleicht war sie sogar der einzige Freund, den er jemals gehabt hatte. Und im Augenblick riskierte sie alles, nur um ihm nahe zu sein.

Jai hatte noch nie für ein anderes Lebewesen eine solche Liebe empfunden – vielleicht noch nicht einmal für sich selbst. Er wünschte, er hätte sie in seine Arme nehmen und sich an sie schmiegen können, ihr erzählen können, wie dankbar er für ihre pure Existenz war. Nicht allein zu sein.

Es reichte, um ihm Hoffnung zu geben.

Hier war etwas, das Beverlai und Aurelius nicht geplant hatten. Sie dachten, er sei mit einem weit entfernten Khiro verbunden, nicht mit einem Drachen, der klettern und schleichen konnte. Und natürlich dachten sie nicht, dass sein Tier hier irgendwo in der Nähe war.

Jai versuchte zu überlegen. Für Winter war es nicht sicher, länger bei ihm zu bleiben. Selbst wenn es in dieser Nacht dunkel war, reichte ein einziger Blick von Milkar, einem Aufseher oder irgendeinem anderen Gefesselten, um zu sehen, dass Jai nicht allein an dem Pfahl hing.

Wenn Jai genau aufpasste, konnte er vom Torhaus an der Westmauer das Geräusch weiblicher Stimmen hören. Wahrscheinlich waren es Huren, die man von dem nahe gelegenen Bordell hergebracht hatte. Er hatte gehört, wie Vorbeikommende darüber gesprochen hatten, dass Aurelius, Beverlai und Magnus in dem Gebäude waren, wie auch die Kundschafter und hochrangige Offiziere der Legion.

Es sah aus, als verbrachten sie vor ihrem einsamen Krieg in der leeren Ausdehnung der Großen Steppe noch eine letzte Nacht mit dem schöneren Geschlecht.

Aurelius und Beverlai mochten die Schlüssel für seine Ketten haben, wahrscheinlich aber würden sie die ganze Nacht über wach sein. Keine Chance, dass Winter diese Schlüssel stahl.

Jai musste aufsteigen … irgendwie. Obwohl er seinen Kern kaum vergrößert und auch bloß wenig Magick gewirkt hatte. Er musste einfach.

Aber das Einzige, was seinen Kern auch nur ein wenig hatte wachsen lassen, war das Seelenjuwel gewesen, das er dem Chamrosch aus der Brust gerissen hatte. Wenn er noch eines von ihnen gehabt hätte, dann wäre es ihm vielleicht möglich gewesen, ihn erneut anwachsen zu lassen. Vielleicht genug, um aufzusteigen. Aber er besaß keines. Der einzige andere Gegenstand, der womöglich helfen mochte, war eine dieser goldenen Pillen, die Frida zuvor eingenommen hatte.

Er vermutete, dass es dies war, was Frida mit »Mund« gemeint hatte. Sie hatte die Pille haben wollen, die er im Salbentopf gekauft hatte, aber er hatte sie schon vor seinem Kampf mit dem Akolythen eingenommen. Das war alles, was das bedeuten konnte, nicht wahr?

Oder … vielleicht hatte sie gar nicht gewollt, dass er ihr die Pille in den Mund steckte, sondern vielmehr … dass er ihrem Mund etwas entnahm.

Was konnte es sein? Er wusste, dass sie die Lustrationspille bereits eingenommen hatte.

Dann traf Jai die Erkenntnis mit voller Härte, und einen Augenblick lang schwindelten ihm die Sinne. Es war natürlich gar keine Pille. Es war das Seelenjuwel. Das Seelenjuwel ihres Drachen.

Das war auch kein Juwel von einem frisch verbundenen Chamrosch. Es würde viel wirkungsvoller sein.

Warum Frida das Seelenjuwel noch nicht selbst geschluckt hatte, war Jai ein Rätsel. Es sei denn, dass sie es aus genau diesem Grund zurückgehalten hatte. Denn sie konnte keine Türen durchbrechen, die man dafür geschaffen hatte, aufgestiegene Seelenverbundene festzuhalten. Aber Jai mochte in der Lage sein, sie zu befreien.

Die Möglichkeit bestand, dass sie inzwischen aufgegeben und das

Juwel geschluckt hatte. Aber Aurelius hatte sie in eine Zelle mit einem kleinen Fenster verlegt – zu klein für Winter, um sich hindurchzuquetschen, aber groß genug, dass Frida das Seelenjuwel hindurchreichen konnte. Immerhin war es eine Chance.

Jai wandte sich Winter zu. »Also gut, Mädchen«, flüsterte er. »Du hast mich überzeugt. Wir sind noch nicht tot.«

91

Jai wusste nicht, ob Winter Erfolg gehabt hatte, bis er durch ihre Verbindung den Puls des Triumphs verspürte. Es war hart gewesen, ihr zu erklären, was sie tun sollte, bis er endlich begriff, dass er das Fenster von Fridas Zelle ja sehen konnte.

Es war am weitesten entfernt und lag der Westmauer am nächsten. Er leitete Winter dorthin und wies sie an, laut zu zirpen, damit Frida sie erkannte und ihr das Seelenjuwel geben konnte.

Der gesamte Vorgang hatte beinahe eine Stunde gedauert. Frida war nur langsam aus ihrer Trance erwacht – vielleicht hatte sie geargwöhnt, dass Winters Zirpen eine Falle sei. Er konnte die Situation nur über Winters Gefühle wahrnehmen – ihre Frustration, ihre Angst und schließlich … ihren Triumph.

Während dieser Zeit war der Himmel über ihm dunkler geworden. Er war mit einer Wolkenlandschaft gefüllt, die mit dem Wind zu wirbeln schien, gefangen in dem ungewöhnlichen Trichter der tief eingeschnittenen Schlucht.

Schnee fiel und ließ sich sofort auf der kalten Erde nieder. Die Pferde drängten sich zusammen, um sich zu wärmen, und Jai zitterte und zuckte, als die ersten Schneeflocken die Wärme von seinen Knochen saugten.

Jetzt blieb ihm nichts anderes übrig, als zu hoffen, dass Frida bei Bewusstsein bleiben würde. Er hatte noch keinen konkreten Plan, aber eines wusste er mit Sicherheit: was auch immer passieren würde, es würde sich heute Nacht ereignen.

Und die Chancen standen gegen ihn. Er musste immer noch aufsteigen, die Handschellen sprengen und irgendwie Frida aus einem Gefängnis befreien, das dazu geschaffen war, Seelenverbundene festzuhalten.

Er konnte sehen, wie Winter zurückeilte und dabei dicht an der Mauer entlangschlich. Jai sprang beinahe das Herz aus der Brust, als sie an der Mauernische des Schreckenswolfs vorbeikam, aber die Bestie patrouillierte gerade einmal mehr jenseits der Westmauer.

Schon bald kletterte Winter den Pfahl hinauf, und Jai zuckte zusammen, als ihre Klauen sich in sein misshandeltes Fleisch gruben. Sie hatte keine andere Wahl, als seine Brust hinaufzukrabbeln, um den Stein in seinen Mund fallen zu lassen.

Jai blieb nur eine Sekunde, einen Blick auf ihn zu werfen. Er war wie ein Diamant, oder glich einem unförmigen Parfümfläschchen. Undurchsichtig, mit einer leuchtenden Flüssigkeit darin. Ehe jemand das Licht bemerkte, schloss Jai schnell den Mund.

Es war größer als das letzte Seelenjuwel, beinahe so groß wie eine Mandarine. Und es kostete ihn einige Anstrengung, es im Ganzen herunterzuschlucken. Der Klumpen erwürgte ihn beinahe, als er ihn die Kehle hinunterzwang. Er wagte es nicht, ihn zu zerbeißen, denn er hatte keine Ahnung, ob das seine Wirkung vermindern würde.

Dann drängte er Winter, sich außer Sichtweite zurückzuziehen, doch das kleine Tier weigerte sich. Stattdessen presste sie sich dicht an ihn und pulsierte Mana ihre Verbindung entlang. Sie wusste, dass dies seine letzte Chance war, und es brach ihm beinahe das Herz, als sie tatsächlich alles zu ihm hinüberdrängte, was sie besaß.

Jai versetzte sich in Trance. Er wusste, dass sein Magen die Wände des Seelenjuwels schon gleich aufgelöst haben würde. Bald würde jedoch die Flüssigkeit hindurchfließen – und dann lag es an ihm, das gereinigte Mana durch seine Kanäle und in seinen Kern zu leiten, ehe alles aufgebraucht war.

Als er noch jünger gewesen war, war Jai gezwungen gewesen, die Medizin auszuprobieren, die Leonid verschrieben worden war – wegen dessen Furcht vor Vergiftung oder üblen Nebenwirkungen. Ein Medikament, das Leonid von Unpässlichkeit befreien sollte, hatte ihn berauscht und betrunken gemacht. Zerdrückte Mohnsamen.

Das Gefühl, das Jai überkam, war das gleiche wie beim Kosten der Mohntinktur, ein mächtiger Ansturm von Behagen und Freude, als Mana aus seinem Kern floss und zu seinen Extremitäten strömte, ihn heilte und wiederbelebte, wo immer es auch hinreichte.

Es war so viel davon. Sein Verstand konnte die schiere Menge an Mana kaum fassen, die hervorschoss, als hätte das Gefäß einen rasenden Ozean zusammengedrückt.

Jais Körper reagierte instinktiv und beeilte sich, sein verletztes Fleisch zu heilen. Und er ließ es zu. Prellungen wurden wie mit einem nassen Tuch fortgewischt, und schon bald konnte er spüren, wie seine gebrochenen Rippen wieder zusammenwuchsen.

Das Mana war fast unmöglich einzudämmen, geschweige denn zu kontrollieren. Es ging, wohin es wollte, und hörte erst damit auf, als Jai beinahe seinen Verstand verlor, während er es zwang, sich seinem Willen zu beugen.

Jetzt rückte alles in den Vordergrund, was Jai gelernt hatte, während er das Gift bekämpft hatte. Wo seine Kanäle einmal ein Geheimnis gewesen waren, kannte er sie inzwischen alle wie alte Freunde.

Auch Zeit verlor jede Bedeutung. Es gab nichts anderes mehr außer dem Sturm in ihm, und so schwelgte er darin. Er kämpfte nicht gegen die wilden Fluten in seinem Inneren an, sondern formte und leitete sie vielmehr, indem er einige Durchgänge schloss und andere öffnete.

Und immer noch strömte das Mana hervor. Es reinigte seinen Körper und heilte seine übel zugerichteten Verletzungen.

Es wäre so einfach gewesen, das Mana von alleine wirken zu lassen. Aber Jai wusste, dass er aufsteigen musste. Er musste seinen Kern anwachsen lassen, die Stärke bekommen, um seine Ketten zu sprengen.

Von Zeit zu Zeit war er gezwungen, aus seiner Trance aufzutauchen, um die Flüssigkeit aus seinen Lungen zu husten, wobei er jedes Mal wertvolles Mana verlor. Aber dann beruhigte ihn immer Winters Gegenwart. Sie grollte tiefe Atemzüge in seinen Nacken und verlieh ihm die Stärke, wieder unterzutauchen.

Sein Kern war bereits vollständig gefüllt. Jetzt, da seine schlimmsten Verletzungen verheilt waren, zwang er das Mana, in seinen innersten Kanälen zu bleiben, indem er die Routen zu seinen Extremitäten blockierte. Er brauchte jeden Tropfen Mana.

Und nun überfüllten sich seine Kanäle sogar. Allmählich war es Zeit. Er musste noch mehr in seinen Kern hineinzwingen.

Er holte tief Atem … und presste.

Schmerz.

Doch es war nicht schlimmer als das, was er unter Beverlais Peitsche ertragen hatte. Der Schmerz war beinahe ein alter Freund. Jai mühte sich ab, als sein Kern anschwoll und sich ausdehnte.

Jetzt wurde es zu einer Tortur. Nur mit Mühe konnte er sich davon abhalten, zu schreien. Es war, als ob tausend Nadeln auf seine Seele einstachen, als würden die Wände seines Kerns gedehnt und verzerrt. Aber trotzdem presste er weiter.

Sein Kern wuchs. Und wuchs immer mehr.

Die Wände wurden mit jeder Erweiterung dünner. Auf seiner Oberfläche bildeten sich spinnwebdünne Risse, doch Jai konnte es sich nicht leisten aufzuhören.

Er würde jetzt aufsteigen oder bei dem Versuch umkommen. Sein Kern würde aufsteigen … oder zerbrechen.

In Wahrheit hatte Jai viel von dem Mana vergeudet. Es war einfach zu viel, um es einzulagern, und auch um einiges zu viel, um es zu kontrollieren. Zu große Mengen waren bereits aus seinen Lungen gebrannt und in die Luft entkommen. Wenn er mehr Mana in seinen Kern presste, floss immer noch mehr heraus und in ihn hinein.

Wenn er nicht bald Erfolg hatte, würde er bis zum Morgen leer sein. Und dann … würde er sterben.

Die Hoffnung schwand rasch.

Der Aufstieg befand sich außerhalb seiner Kontrolle, oder jedenfalls hatte Rufus das gesagt. Es konnte jetzt gleich passieren oder Wochen dauern. Sogar Jahre.

Jai versuchte, sich zu konzentrieren. Er drückte seinen Kern zusammen, dann erweiterte er ihn wieder. Er griff seine Verbindung zu Winter auf.

Nichts wirkte.

Und schließlich … ging dem Seelenjuwel das Mana aus. Es löste sich in seinem Bauch zu nichts auf und ließ seine Kanäle mit Mana gefüllt zurück.

Wieder füllte Jai seinen Kern. Er wimmerte, während er mehr Mana durch seine Wände zwang. Und im Inneren manipulierte er die empfindliche Membrane in seinem Kern. Ließ sie so pulsieren, dass sie das Mana darin herumwirbelte, wusch die rissigen Wände seines inneren Seins. Salbte sie … reparierte sie. Schon bald waren die Risse verschwunden.

Doch er hatte seine Konzentration verloren, und die ganze Zeit über trat Mana aus seinen Lungen aus. Eilte zu seinen Verletzungen und wurde vergeudet.

Jai drückte alles, was er noch übrighatte, in seine Kanäle. Er röchelte trotz der Schmerzen, während Winter noch die Tränen von seinem Gesicht leckte. Und sein Kern … wuchs. Die Wände verdickten sich, der Raum im Inneren war weit größer, als er einmal gewesen war.

Aber inzwischen waren seine Lungen so voll, dass er nicht mehr länger dazu in der Lage war, Mana hineinzuziehen. Er konnte nur noch würgen und keuchen und prusten. Winter wimmerte in sein Ohr und kratzte an seiner Brust, bis sie zu bluten begann. Sie versuchte, ihn zum Weiteratmen zu zwingen.

Aber Jais Mana war vollständig aufgebraucht. Er hatte alles getan, was er konnte.

Zeit verging, die sich nur durch das langsame Anfüllen seiner Lungen messen ließ.

Die Ränder seines Gesichtsfelds wurden dunkel, und er konnte nicht mehr länger sprechen. Stattdessen küsste er Winters Hals. Er wollte ihr sagen, dass es nicht ihre Schuld war. Dass sie alles getan hatte, was in ihrer Macht stand, und noch mehr.

Jai holte ein letztes Mal gurgelnd Luft und versetzte sich noch einmal in Trance. Tief in seinem Inneren klammerte er sich an die Schnur, die sie miteinander verband. Er wünschte, er könnte sie trennen, Winter die Agonie des Verlusts ersparen.

Er ergriff ihre Verbindung und schickte ihr, was in seinem Herzen lag. Er ließ den Hass los. Ließ die Wut los. Er wollte, dass sie sich nur auf eine Art an ihn erinnerte.

Mit Liebe.

92

Jais Welt schrumpfte. Kaum fühlte er noch seinen Körper … nicht einmal die Kanäle in seinem Inneren. Er war nichts als ein Funken in seinem Kern, der mit jeder Unze seines Wesens die Schnur des Drachen festhielt.

Das tiefe Pochen in ihm ließ nach. Das Auf und Ab seiner Kammer war nun kaum mehr als ein schwacher Fluss der Gezeiten. Sein Herz hatte beinahe aufgehört zu schlagen.

Irgendwo in ihm verkrampften sich seine Lungen. Sie schienen so fern. Bald würde er sie gar nicht mehr fühlen.

Mit jeder Sekunde, die ihm noch blieb, sagte Jai Winter, wie sehr er sie liebte. Wie gut und treu ergeben sie war, wie stolz er darauf war, dass er ihr verbundener Gefährte gewesen war. Ohne die Ablenkung eines physischen Körpers hatte sich Jai noch nie so verbunden mit ihr gefühlt.

Ihr Geist hatte sich immer wie hinter einem verzerrten Spiegel befunden, hinter einem, der in Rauch gehüllt war. Ihre Gefühle, Gedanken und Sehnsüchte waren ständig auf ihre einfachste Form reduziert gewesen. Jetzt befand sie sich wie hinter einer Glasscheibe. Er konnte die Anmut ihrer Seele sehen. Die Freundlichkeit und den Mut.

Eine solche Schönheit. Wenn das sein letzter Anblick sein sollte, konnte er sich nichts Besseres wünschen.

Dunkelheit.

Sie umhüllte ihn wie eine warme Decke.

Jais Kern verkrampfte sich. War dies der Tod?

Dann kam Schmerz.

Der Kern, der ihn umgab, erbebte. Dehnte sich.

An der kristallinen Wand formte sich eine Struktur. Ein Muster, wie die sich überlappenden Schuppen auf Winters Rücken. Eine Honigwabe, dann folgte die Spirale eines Schneckenhauses, dann die Helix einer Sonnenblume. Eine Schneeflocke, die Blütenblätter einer Rose. Irgendwie schien es aber auch, als sei alles dies gleichzeitig da, und dann nichts mehr.

Tausend Muster, die sich in ihren Rhythmen symphonisch zusammenfügten und wieder auflösten. Die Muster der Geheimsprache, die das Universum regierte. Es war so ähnlich, wie in die Unendlichkeit zu starren, in das Gesicht eines Gottes.

Und dann … Licht. So rein und blendend, dass Jai nicht wusste, wo es anfing und er aufhörte. Er war sein Kern. Er war sein Körper. Er war das Mana, das in seinem Inneren floss, das Fleisch und das Blut und die Kanäle – geisterhaft darunter verborgen.

Qual und Exstase waren in Harmonie, zu einem vermischt. Seine Knochen brachen und verknüpften sich, Haut löste sich ab und verdickte sich. Fleisch, Sehnen, Knorpel. Alle erneuert. Wiedergeboren.

Er konnte fühlen, wie sein Körper wogte. Wie er wurde. Er war am Leben. Heiß und hart wie Glut, pulsierend und brodelnd und in all seiner organischen Pracht auch siedend. Er war er selbst und mehr.

Und dann, sobald es begonnen hatte, schnappte die Welt wieder zurück in den Mittelpunkt. Seine Trance, die vormals alles gewesen war, das er gekannt hatte, endete nun wie ein Schlag ins Gesicht.

In seinem Inneren sah er. Sah seinen Kern, der grau und leer dalag. Aber so viel größer, und seine Wände erschienen so dick und undurchsichtig, dass er kaum hineinblicken konnte. Das war es, was es bedeutete, aufgestiegen zu sein. Das war kein Samenkern.

Jai holte tief Luft. Dann noch einmal und noch einmal. Er wiederholte dies blind so weiter, bis die ersten Staubflocken aus Mana die Oberfläche seines Kerns streiften. Und wie eine Schneeflocke auf einer Zunge lösten sie sich in Flüssigkeit auf und drangen durch die kristalline Hülle.

Jai öffnete die Augen. Die Welt war weiß vor Schnee, aber sein gesamter Körper dampfte. Seine Lungen, einmal gefüllt, erbrachen nun eine Flüssigkeit, die reichlich und schäumend aus seiner Kehle floss. Schwarzer Schmutz tropfte von ihm, kochte aus all seinen Knochen, zischte unter ihm im Schnee, der durch eine fiebrige Hitze schmolz, die das Holz des Pfahls selbst in Brand zu setzen schien.

Jai wollte schreien, in siegreicher Unbekümmertheit zum Himmel brüllen. Stattdessen schluchzte er, ein einziges Mal. Ließ Tränen sein Gesicht hinabfließen, als ihn die pure Erleichterung, überlebt zu haben, überwältigte. Winter schnüffelte an ihm. Ihre Zunge leckte seine Tränen, als wollte sie an seinem Schmerz teilhaben, noch mehr von der Last schultern, als sie bereits getan hatte.

»Geh«, flüsterte Jai. »Du hast geholfen, so gut du konntest.«

Nein.

Jai hörte das Wort nicht. Doch er fühlte seine Bedeutung. Etwas hatte sich zwischen ihnen geändert. Das war nicht mehr länger das geflüsterte Echo eines Gefühls. Dies war jetzt etwas Tieferes.

Noch einmal schloss Jai die Augen. Er zog sich mit solcher Leichtigkeit hoch, als würde sein Körper überhaupt nichts wiegen. Er hielt sich durch die Stärke seiner Arme, die Kette zwischen seinen Handschellen war straff hinter seinem Nacken gespannt. Winter saß auf der Spitze des Pfahls. Ihre Zähne hatten die Kettenglieder umschlossen, wenn das auch kaum helfen mochte.

Doch wenigstens wusste Jai, dass dies keine von Mana durchdrungene Kraft war. Es war allein sein Körper. Seine Muskeln und Sehnen. Er war aufgestiegen.

Jai zog … heftig. Er wimmerte, als sich das kalte Metall in sein Fleisch grub und auf den Knochen drückte. Er hatte sich vorgestellt, einmal aufgestiegen würde er die Kettenglieder platzen lassen wie die einer Kette von Gänseblümchen.

Als der erste Anflug von blasser Dämmerung den westlichen Horizont erröten ließ, wusste Jai, dass er nicht mehr viel Zeit zu verlieren hatte. Er stemmte sich gegen das Metall und schluchzte vor Schmerzen, als der Stahl in sein Fleisch schnitt. Er ergriff die Handschellen so gut er konnte und fühlte, wie das Blut seine Arme hinab und in die Furchen seiner Hüften lief.

»Winter«, krächzte Jai. »Geh.«

Nein. Kämpfe.

Der Gedanke ersetzte das Gefühl. Die Bedeutung ersetzte das Gefühl. Jai wusste jetzt, dass Winter ihre Schicksale aneinandergeknüpft hatte. Und er hatte keine andere Wahl, als seinen Teil dazu beizutragen.

Er biss die Zähne zusammen, versetzte sich in die Halbtrance und ergriff seinen seltsamen neuen Kern. Er war nun größer, gleichmäßiger. Aber er hatte keine Zeit, ihn genauer zu untersuchen. Stattdessen drückte er jeden Tropfen Mana heraus, selbst noch als Winter ihren letzten in seinen Kern pulsieren ließ.

Jai zog.

Er spürte, wie der Stahl ihm das Fleisch abzog und bis zu seinem Knochen hinabschabte. Winter zirpte aufgeregt.

Beinahe.

Sie konnte fühlen, wie sich ein Glied auf ihrer Zunge weit streckte.

Jai schluchzte. Und zog so hart, dass er meinte, ihm würden selbst die Zähne im Mund zerspringen.

Seine Hände flogen auseinander, als ein zerbrochenes Kettenglied frei sprang wie eine fallen gelassene Münze. Er landete mit einem nassen Aufprall, sein Gesicht verdreckt vor Schlamm und Schneematsch.

Die Welt drehte sich, schrumpfte und dehnte sich dann wieder aus, während seine Sicht verschwamm. Blut pulsierte ihm noch aus den Handgelenken, als seine letzten Überreste an Mana herbeieilten, um ihn zu heilen – und doch nur wenig bewirkten. Er konnte nur seine Hände an die Brust drücken, in dem Versuch, den Fluss aufzuhalten.

Winter sprang von oben herab und landete in einer weißen Pulverwolke. Sie wartete nicht auf ihn, sondern flitzte auf die Öffnung in der Westmauer zu.

Jai rief in seinem Geist nach ihr und bat sie, langsamer zu machen. Keine Antwort. Nur Dringlichkeit. Frustration. Sie führte ihn auf etwas zu.

Er stolperte ihr hinterher und holte schluchzend ein ums andere Mal Luft. Er hatte keine Schuhe an, und doch fühlte er die Kälte nicht. Jeden Augenblick erwartete er einen Schrei oder das Läuten einer Glocke. Aber nichts geschah.

Keine Gefesselten sahen von den Gittertoren der Höhlen aus zu. Keine Aufseher bemannten die Mauern oder patrouillierten das Gelände von Porticus. Die Kälte und die Anwesenheit der Legion hatten sein Todesurteil zunächst beschleunigt. Jetzt bedeuteten sie seine Rettung.

Jai beobachtete, wie Winter durch die unfertige Mauer verschwand. Er blickte zu dem Tor hinüber, das Frida in den Zellen im Inneren festhielt. Er wusste, dass er auch mit genügend Mana niemals durch ihre verriegelte Tür dringen können würde, denn sie war dazu geschaffen, selbst die Aufgestiegenen drinnen zu halten.

Er wusste, dass er nicht mit Beverlai um die Schlüssel kämpfen konnte, auch wenn die grausame Frau gerade nur einen Steinwurf entfernt im Torhaus betrunken am Feiern war.

Wenn er jetzt blieb, würde er sterben. Wenn er fortging, war er ein Feigling. Aber wenigstens einer, der am Leben blieb. Einer, der doch noch einen Weg finden mochte, um sie zu befreien. Sein Weg nach Osten war von einer Legion blockiert, die vor ihrem langen Marsch in die Steppe schlief. Im Westen war Winter. Da lagen Wälder, in denen er sich verstecken und nach Nahrung suchen konnte.

Jai hatte keine Wahl. Er rannte los.

Er rannte mit all der Energie, die seine Beine aufbringen konnten, sprang und stürmte aus der Stärke einer Angst heraus, die er in den letzten paar Stunden erst in sich beerdigt hatte.

Er kletterte über Geröll und kümmerte sich nicht um das Blut, das eine scharlachrote Spur zurückließ. Ignorierte die Dornen, die an ihm rissen, während er weiter durch den Wald stürmte und der sich zurückziehenden Gestalt von Winter nachstellte.

Und hinter ihm … ein krachendes, riesiges Etwas. Es holte zu ihm auf, und das mit einer Geschwindigkeit, mit der sich Jai nicht messen konnte. Schlitternd kam er in einem Wirbel aus herabgefallenen Blättern und Erde zum Halten und trat seinem Verfolger entgegen.

Der Verfolger wurde langsamer. Zweige knackten, und eine dunkle Gestalt trat aus der Düsternis. Kein Wolf, sondern ein Mann. Ein hochgewachsener Mann, so breit wie der Baumstamm, hinter dem er hervorgetreten war.

Jai war verzweifelt. Natürlich. Die Ablenkung der Huren hatte nicht ausgereicht. Magnus hatte ihn gehört. Vielleicht hatte irgendein Amulett oder sonstige Magick ihn gewarnt. Wie auch immer, er war ihm bis hierher gefolgt.

»Komm schon«, hustete Jai, der immer noch Flüssigkeit aus seinen Lungen hochzog. »Jetzt bring es … hinter dich.«

Er hob die Fäuste an, und die Gestalt kam schwerfällig näher. Immer noch in Schatten gehüllt hielt sie an.

»Ich hab gesagt, komm schon!«, zischte Jai. »Ich zeig dir, wie ein Steppenmann wirklich stirbt.«

Die Gestalt trat vor und breitete die Hände aus.

»Also nimm die Pfoten lieber runter, Junge«, sagte Rufus. »Am Ende verletzt du noch jemanden.«

93

Jai fühlte, wie er mit den Knien am Boden aufkam. War es Erleichterung, die ihm die Kraft raubte? Oder sein Blut, das den Schnee schmolz?

Arme hoben ihn wie ein Bündel Feuerholz an, und ein plötzlicher Wind zerzauste ihm das Haar, als sie sich schnell bewegten.

Schlaf raubte ihm das Bewusstsein. Diese gesegnete Dunkelheit. Aber Jai trieb nicht nur so dahin. Er träumte.

Bilder tanzten vor seinem inneren Auge – von Schnee und Eis.

Von bärtigen Männern, die ihm zujubelten. Männer mit blonden und roten Bärten, die ihre Äxte zum Himmel hochreckten. Hagere Männer, die in Felle gekleidet waren. Danskische Krieger. Plünderer.

Er sah Langschiffe, deren große, drachenköpfige Buge sich mit dem Wind und den Wellen hoben und senkten. Er sah sie aus der Nähe und von weit oben. Blutverschmierte Männer und Frauen, die an einem überfüllten Dock Korn und Vieh ausluden, während ausgestreckte Hände um einen Anteil an der Beute baten.

Jai konnte den Wind in seinem langen Haar fühlen. Das und die wilde, ekstatische Lust zu fliegen. Die Freiheit zu haben, einfach zu gehen, wo auch immer sein Wille ihn hinführen mochte.

Plötzlich hatte er Ivars Gesicht vor sich. Die rauen Hände des Königs, die sein Kinn umschlossen.

Ein Kuss, väterlich und freundlich, auf Jais weicher Wange. Nein … das war nicht Jais Wange. Fridas.

In diesem Traum war Jai keine Zofe. Denn er trug Juwelen auf schlanken Fingern, sogar während er allein aß oder schlief.

Nein, gar nicht allein. Da war ein Mädchen, rundgesichtig und schüchtern, die seine langen, goldenen Locken auskämmte. Erica? Die Prinzessin trug die feinen, aber einfachen Kleider einer danskischen Dienerin. Die gleichen, die auch Frida schon getragen hatte, als Jai sie zum ersten Mal gesehen hatte.

Er las Bücher bei Tageslicht. Ging auf den Wällen der Burgen, die aus grobem Stein errichtet waren. Winkte zuschauenden Menschenmengen unterhalb von sich zu.

Unter den Bildern, Gerüchen, Klängen und Geschmäckern war auch etwas Größeres. Jai empfand … Verantwortung. Eine größere Pflicht, die so schwer wog, dass sie ihn vielleicht ersticken mochte. Er wollte aus diesem Traum aufwachen.

Stattdessen flog er. Immer weiter, über die Meere, vorbei an Eisbergen und Massen von Eisschollen, die auf dunklen Wassern trieben. Er floh, um dem erdrückenden Gewicht von allem zu entkommen.

Doch er kehrte immer wieder zurück. Immer.

Jai erinnerte sich nicht daran, zusammengebrochen oder eingeschlafen zu sein, auch nicht daran, wie er an diesen Ort gekommen war. Aber als er zum Geräusch eines prasselnden Feuers aufwachte, bezweifelte er das nicht.

Er war am Leben und warm und fühlte sich wohl. Das war Beweis genug dafür, dass er in Sicherheit sein musste. Eine ledrige Zunge leckte über sein Gesicht, und Jai streckte die Hand aus, um Navis vernarbte Schnauze zu streicheln.

Sie war hier, in dieser Höhle. Also war Rufus nicht der einzige Begleiter gewesen, der Winter die ganze Zeit über Gesellschaft geleistet hatte. Darüber war er froh.

Ein Geruch stieg ihm in die Nase und ließ ihm das Wasser im

Mund zusammenlaufen. Beinahe unaufgefordert setzte er sich auf, als hätte sein Körper einen eigenen Willen.

Sie befanden sich in einer feuchten Höhle, die nicht mehr als ein Dutzend Fuß tief war – kaum mehr als ein Riss in der Bergwand. Rufus hatte sich über ein kleines Feuer gebeugt, in einer Bratpfanne brutzelten Würste.

»Du«, sagte Jai.

Beinahe hatte er vergessen, dass er ihn gesehen hatte.

Rufus wich seinem Blick aus, stattdessen schob er die Pfanne tiefer ins Feuer. »Keine Sorge«, sagte er mit einem Nicken zum Höhleneingang hin. »So weit oben steigt der Geruch in die Höhe. Ist der einzige Grund, warum uns der verdammte Schreckenswolf noch nicht gefunden hat.«

Jai kroch ins Freie und streckte vorsichtig den Kopf vor. Unter sich konnte er die weite Waldfläche sehen, die die Westseite der Schlucht umgab. Zu seiner Linken war das Gefangenenlager auszumachen. Es schien in morgendlichen Nebel gehüllt zu sein, aber die Westmauer war unverkennbar. Er hatte keine Ahnung, wie Rufus Navi hier hinaufgeschafft haben konnte. Der einzige Weg zu ihrer Höhle war ein enger Ziegenpfad.

»Du bist die ganze Nacht über weggetreten gewesen«, sagte Rufus. »Hast auf Danskisch phantasiert und wolltest nicht aufwachen, egal, was ich gemacht hab, sogar als ich damit fertig war, dich zu heilen. Bin überrascht, dich jetzt wach zu sehen.«

Jai setzte sich am Boden hin und nahm eine angebotene Wurst. Er kaute sie langsam und genoss es, als das Fett und der Saft auf seine Zunge tropften.

Seine Sinne hatten sich permanent geschärft, den Geschmackssinn eingeschlossen. Obendrein war er halb verhungert. Ohne jeden Zweifel war es die beste Wurst, die Jai je gegessen hatte.

Er blickte auf seine Handgelenke, an denen sich rosafarbene Narben gebildet hatten. Die Handschellen lagen, wie er sah, neben dem Feuer. Sie waren in zwei Teile zerbrochen.

In diesem Augenblick konnte Jai über die wahre Stärke des Mannes dort vor ihm nur staunen. Er hatte zwar schon gewusst, dass er kein niedrigstufiger Seelenverbundener war. Aber Damantinerstahl so sauber durchzubrechen …

»Was ist mit Frida?«, fragte Rufus mit leiser und dumpfer Stimme. Scham schwang darin mit. »Ist sie am Leben?«

»Das ist sie«, erwiderte Jai. »Aber … ich hab geträumt. Ich hab ein Leben gesehen, das nicht mein eigenes war.«

Rufus runzelte die Stirn. »Wie bist du Porticus entkommen, Junge?«, fragte er sachte. »Winter hat uns in deine Richtung geführt, seit ich mich von dem Gift erholt hab. Letzte Nacht, als ich nicht mehr weitergehen konnte, ohne zu schlafen, ist sie mir voraus gerannt. Wir hätten uns fast verlaufen, aber ich dachte mir schon, dass du hier gelandet bist.«

Jai wollte nicht an die letzte Nacht denken. Sein Magen verkrampfte sich bei der Erinnerung an den langsamen Erstickungstod, dem er bis zu genau dem Augenblick seines Aufstiegs ausgesetzt gewesen war. Doch er musste sich erinnern.

Frida hatte ihm die Seele ihres Tiers gegeben. Nur … er war sich nicht mehr so sicher, ob sie wirklich Frida war.

»Das Seelenjuwel von Fridas Drachen«, flüsterte Jai. »Es hat mir geholfen aufzusteigen.«

Rufus nickte langsam. »Das erklärt den Traum. Das Seelenjuwel eines Tiers lässt Spuren von ihm zurück. Manche sagen sogar, ein Fragment seiner Seele. Damit kommen Erinnerungen – die des Tiers und die seines seelenverbundenen Menschen.«

Geschockt saß Jai da, während sich sein schlaftrunkener Geist auf einmal klärte. Die Erkenntnis traf ihn nicht mit Wucht, sondern sickerte vielmehr in seinen Verstand ein und drehte ihm dann den Magen um. Wie hatte er nur so dumm sein können?

Frida war keine Zofe. Sie war die Prinzessin aller Dansken und Erbin des Throns der Nördlichen Tundra.

Sie hatte sich als ihre Zofe verkleidet, um Jai zu besuchen. In den Bädern hatte sie ihrer Dienerin ins Ohr geflüstert. Hatte bei der Hochzeitsprobe aus Furcht vor Jais Warnung mit ihrer Zofe die Plätze getauscht. Es war immer der Drache der Prinzessin gewesen. Frida … war Erica.

Er fühlte sich verraten. Schließlich hatte er ihr sein Herz ausgeschüttet. Hatte ihr in den langen Nächten von seinem Leben am sabinischen Hof erzählt. Sie hatte zugehört und nichts zurückgegeben. Er vermutete, dass ihm das Wissen wenig genützt und sie beide und ihr Volk nur in Gefahr gebracht hätte.

Zumindest dafür konnte er ihr vergeben, wenn es auch nicht half, den Schmerz abzustumpfen.

Und da war sie, eine richtige Königin. Gefangen in einem abgelegenen Gefängnis in der am weitesten entfernten Gegend des sabinischen Kaiserreichs. Sie war ihrem Heimatland so nahe, es war nur einen Tagesritt entfernt.

Immer mehr Erkenntnisse trafen Jai, eine nach der anderen. In ihrem Kummer hatte sie nicht nur um ihren Drachen getrauert. Sie betrauerte auch ihren Vater. Ihre Familie und ihre Freunde. Ihre Armee. Ihr Königreich.

Er wusste nicht, wie sie die Stärke besessen haben konnte weiterzumachen. Ob Titus klar war, dass das Mädchen, dass er gefangen hielt, nur eine Zofe war?

Natürlich. Darum suchte die Greifengarde immer noch nach ihr. Deshalb fragte Magnus nach einem vermissten danskischen Mädchen. Jai wurde schlecht, wenn er daran dachte, was die wirkliche Frida in den Händen des grausamen Herrschers erduldet haben musste.

Er hoffte nur, dass Titus' Worte Prahlerei gewesen waren. Dass man sie in Sicherheit gebracht hatte, um sie als Unterpfand zu verwenden – gegen was auch immer von der danskischen Führung übrig war.

»Ja, das wird es sein«, sagte Rufus, womit er die offenbar peinliche Stille unterbrach. »Je mächtiger ein Tier ist, desto mächtiger ist auch das Juwel. Und dann kommt es noch darauf an, wie lange es verbunden war. Aber für jemanden, der so neu ist, all das Mana zu kultivieren … ich bin beeindruckt.«

Jai zuckte die Achseln. »Das Gift hat mir letzten Endes geholfen. Und sogar das Hängen. Niemand ist mehr motiviert, schwimmen zu lernen, als jemand, der gerade ertrinkt.«

Daraufhin schwieg Rufus. Bis zu diesem Augenblick war Jai ihm dankbar gewesen. Aber jetzt wurde er wütend.

»Du hast ganze Arbeit geleistet, uns zu beschützen, nicht wahr?«, sagte er bitter. »Du hast Glück gehabt, dass dir diese Gildenmänner nicht die Kehle durchgeschnitten haben.«

Rufus räusperte sich. Er blickte auf die Pfanne hinab und nahm sie vom Feuer. »Der Schierling … er hat dafür gesorgt, dass mich der Alkohol betrunken gemacht hat. Und ich hatte genug davon gesoffen, um ein Pferd umzubringen. Dann mit dem Gift in dem Eintopf … es hätte mich fast erledigt.«

»Also warum hat es das nicht?«, fragte Jai. »Umso bedauerlicher.«

»Weil ich jahrelang ein Säufer war. Schlimmer noch als ein Säufer.«

Er sprach mit Scham in seinem Gesicht, und Jai musste seine Entschlossenheit stärken. Mitleid … Vergeben … Vertrauen. All das hatte er Milkar gegeben. Und wohin hatte es ihn geführt?

»Warum bist du zurückgekommen?«, fragte er.

Rufus schloss die Augen. »Du hast jedes Recht, mich zu hassen, Junge. Mehr als die meisten. Aber ich werde dich nicht in Unwissenheit hassen lassen. Ich erzähl dir, wer ich bin. Und was ich war.«

Jai ignorierte ihn und aß stattdessen einen weiteren himmlischen Bissen Wurst – seine aufgestiegene Zunge wie auch seine Kehle konnten sie direkt aus der Pfanne aufnehmen. Was auch immer Rufus sagte, es würde ihn nicht erschüttern. Der Mann hatte sie enttäuscht. Sein Wort gebrochen.

»Hier gibt es keine Weißklinge für dich«, sagte Jai. »Und dort auch nicht. Die Gildenmänner haben sie mitgenommen.«

Rufus zuckte die Achseln. »Ich hab die Klinge ohnehin nie gebraucht, Junge, ich hatte meine eigene. Musste mich auch nicht in eure Leben einmischen. Die Gier hat's getan. Ganz ehrlich, ich war dabei, mich totzusaufen. Hatte das schon ein paar Jahre lang probiert, aber es nie hinbekommen.«

Jai erwiderte nichts. Er hatte nicht die Kraft, um überhaupt an eine Antwort zu denken.

»Als ich dir erzählt hab, dass ich zur Greifengarde gehörte, hab ich die Wahrheit gesagt. Ich war nicht nur einer von ihnen. Ich bin der Erste gewesen. Man hat mich mal unter dem Namen Rufinus gekannt.«

Jai starrte ihn an. »Rufinus …«, flüsterte er. »Ich bin mir sicher, dass Leonid den Namen auch einmal genannt hat.«

Rufus schnaubte. »Da muss er aber der Einzige gewesen sein. Als … es passierte … keinem war es mehr erlaubt, ihn auszusprechen. Alles, was ich getan hatte. Alles, was meine Freunde getan hatten. Ausradiert, einfach so. Namenlose Männer.«

Er klatschte in die Hände, was Jai zusammenzucken ließ.

»Ich hatte zehn Schüler übrig, als die Kriege endlich zu einem Ende kamen. Männer, an deren Seite ich gekämpft hatte. Brüder, in allem, nur nicht vom Blut her. Wir hatten so viele verloren. Damals war unser Turm gerade erst errichtet worden – der Preis unserer Treue. Wir waren glücklich. Frei, um seelenzuatmen, um auf dem Pfad voranzuschreiten. Kein Kämpfen mehr – dafür hatten wir Lehrlinge. Und dann … wurde Constantin erwachsen.«

Jai hatte Desinteresse vortäuschen wollen, aber er konnte nicht widerstehen, sich weiter vorzubeugen. Das … das war etwas Neues.

»Er fand an meiner Nichte Gefallen. Sie hieß Lila. Ein herrliches Mädchen, nicht älter als fünfzehn Jahre. Was für eine Schönheit sie geworden wäre. Als sie aufwuchs, nannte sich mich Onkel Wuff. Konnte damals keine Rs aussprechen. Daran kann ich mich noch erinnern.«

Beinahe frustriert über seine Gefühlsregung rieb sich Rufus die Augen.

»Constantin wollte sie nicht heiraten – wir wussten, was er wirklich wollte. Also hielten wir sie, so gut wir konnten, von ihm fern.

Ich hab ihr sogar versprochen, dass ich sie beschützen würde, als sie das erste Mal zu mir kam. Aber auch unser Bestes war nicht gut genug.«

Tränen rannen Rufus' Gesicht hinab. Zweimal wischte er sie mit seinem Ärmel fort, aber es war, als wolle er die Meeresflut aufhalten.

»In einer Nacht kam sie in meine Gemächer. Blutverschmiert, geschlagen. Ihr Gesicht … ich konnte sie kaum noch wiedererkennen. Sie hatte sich dem Kaiser verweigert, und er hatte ihr Gewalt angetan. Ich war so … wütend.«

Er schniefte und starrte auf seine großen Hände, rang sie wie ein gescholtenes Kind.

»Ich bin mit meinen Männern, die mir am nächsten waren, zu Leonid gegangen. Wir haben ihm erzählt, was geschehen war. Verlangten, dass er sie vor ihm beschützte – dass er ihn zurückrief. Nur ein Kaiser konnte einen anderen aufhalten, es sei denn wir würden selbst die Macht ergreifen. Meine Männer forderten es … in der Hitze des Gefechts. Aber ich hätte Leonid niemals verraten.«

Jai bemerkte, dass er Tränen in den Augen hatte. Sie kamen ungebeten. Porticus hatte sein Herz verhärtet … aber nicht genug, wie es schien.

»Das ereignete sich gar nicht lange nach dem Steppenkrieg. Leonid hatte gerade erst den Thron an seinen Sohn übergeben. Er hatte das Töten allmählich satt. Aber er besaß immer noch Macht. Genug, um das Richtige zu tun. Stattdessen … Ich wachte auf und spürte eine Weißklinge an meiner Kehle. Und die anderen …«

In seiner Stimme lag Wut. »Zehn Brüder starben auf dem Turm. Auf dem Turm, für den sie ihr Leben lang gekämpft hatten. Ihre Tiere wurden vor ihren Augen verbrannt, und man hatte sie mit Drogen so sehr wachgepumpt, dass sie jede Sekunde davon spürten. Und dann, im Augenblick ihrer größten Qual, als ihre Tiere ihre Leben aushauchten, wurden sie von der Spitze hinuntergeworfen.«

Mit jäher Dringlichkeit ergriff er Jais Hand. »Leonid ließ seinen Sohn über unsere Schicksale entscheiden. Und Constantin tat das, indem er mein eigenes Blut gegen mich aufbrachte. Bot ihm die Sekte zum Tausch an. Lilas eigenem Bruder. Meinem Neffen, Magnus.«

Jai konnte sie jetzt fühlen, diese Wut, die unter der Oberfläche siedete. Er hatte sich immer vor Rufus geängstigt. Er hatte seinen Schmerz gesehen. Aber nicht den Zorn. Nicht bis zu diesem Moment.

Jetzt begriff er es. Es schien ihm so offensichtlich, dass er sich beinahe dafür getreten hätte, es nicht früher schon gesehen zu haben. Die beiden sahen sich so ähnlich. Unter all den Kriegern, die Jai in seinem Leben getroffen hatte, stachen Magnus und Rufus hervor. Beide rotgesichtig und mit breitem Brustkorb. Sie wiesen sogar das gleiche vorspringende Kinn auf.

»Im Hochverratsprozess hat Magnus gegen uns ausgesagt«, fuhr Rufus fort, ohne Jais Schock zu bemerken. »Verdammt, er war derjenige, der uns gefangen nahm, uns im Schlaf überwältigte, die Knappen gegen uns aufbrachte. Er schwor, wir hätten ein Komplott gegen den Prinzen geschmiedet und ihn gebeten, daran teilzuhaben. Ich hätte versucht, meine eigene Nichte zu prostituieren, um meine Blutlinie auf den Thron zu bringen. Constantin hätte ihre Avancen zurückgewiesen, und deswegen sei sie gewalttätig geworden. Sie hätte die Prügel verdient. Sie …«

Er verlor den Faden. Jai sah, dass der Mann die Bratpfanne so fest gepackt hielt, dass er den Griff verbog und zusammendrückte.

»Leonid ließ mich am Leben. Das hatten mir meine Jahre in seinem Dienst erkauft. Ich hab ihm ein Reich geschenkt … und er hat mich verraten. Verstehst du jetzt, warum ich ihn hasse?«

Jai wusste, dass Rufus die Wahrheit sprach. Er wusste es in seinen Knochen.

»Und Magnus?«, fragte er. »Hasst du ihn auch?«

Rufus rümpfte die Nase. »Mein Bruder, Magnus' Vater, war einer der sogenannten verräterischen Ritter. Magnus wies mit dem Finger auf seine eigene Familie. Das war es, was seinen Worten so viel Glaubwürdigkeit verlieh. Na klar hasse ich ihn. Aber er war immer ein

Scheißkerl gewesen. Leonid dagegen … Leonid war mein ältester Freund.«

Jai konnte nicht anders. Er legte eine Hand auf Rufus' Handgelenk und drückte es fest.

»Du konntest das nicht wissen.«

Rufus zog seine Hand weg und wischte sich einmal mehr übers Gesicht. Wut war an die Stelle von Kummer getreten. Er zog sein Hemd herunter und stach mit einem Finger auf seine Tätowierung.

»Nachdem sie meinen geliebten Aquila vor meinen Augen verbrannt hatten, war ich ein gebrochener Mann. Sie pumpten mich mit Schierling voll und ließen mich in einer Opiumhöhle im Phöniximperium zurück. Erzählten mir, ich sollte nie wieder zurückkommen. Aber ich kehrte trotzdem in mein Heimatland zurück und schloss mich den Samariern an. Machte jeden Test mit, bis sie mir die Tätowierung gaben. Damit niemand je wieder an meinem Wort zweifelte.«

Erneut brach er in Tränen aus. Jai erkannte jetzt zum ersten Mal, dass er im Atem des Mannes nicht den Gestank von Alkohol riechen konnte. Rufus sah tatsächlich mitgenommen aus, und Schweiß perlte ihm auf der Stirn. Entweder hatte er nichts mehr zu trinken, oder er hatte sich dagegen entschieden. Jai verspürte nicht das Bedürfnis, danach zu fragen.

»Deine Tätowierung ist wertlos«, sagte er mit scharfer Stimme. »Du hast Frida im Stich gelassen. Du hast uns beide im Stich gelassen. Du hattest versprochen, uns zu beschützen. Jetzt verrottet sie in einem Gefängnis. Und es war Winter, die uns gerettet hat, nicht du. Lass das die Last auf deinem Gewissen noch vergrößern.«

Seine Worte waren schroff. Vielleicht schroffer, als er ein Recht hatte, sie klingen zu lassen. Immerhin waren Frida und er es gewesen, die einen bekannten Trinker angeheuert hatten. Und sie waren ebenfalls vergiftet worden, genau wie er.

Aber er brauchte Rufus' Schuldgefühl. Er brauchte einen mächtigen Verbündeten, so krank und anfällig er auch sein mochte. Nur so würde er Frida jemals befreien können.

»Wenn Samarier ihr Wort brechen, ist ihre Seele verwirkt«, sagte Rufus. »Nur durch Wiedergutmachung können wir unser Leben nach dem Tod retten.«

Er wandte sich Jai zu. Sein Blick war wild und unkonzentriert. »Ich bin jetzt dein Lehnsmann. Deiner und der von Frida. Bis ihr beide der Meinung seid, dass meine Schuld beglichen ist.«

Jai dachte einen Augenblick über seine Worte nach. Dann nahm er Rufus sanft die Pfanne aus der Hand.

»Komm schon«, sagte er. »Iss. Wir haben eine Menge zu erledigen, bevor die Nacht anbricht.«

94

Dieser Plan ist verrückter als der, wegen dem du erwischt worden bist«, murrte Rufus.

Jai bedeutete ihm zu schweigen und spähte dabei in den Wald unter ihnen. Ganz weit unten gab es dort eine Lichtung. Da saß eine einsame Gestalt auf einem Baumstamm und blickte nach Westen.

»Sei einfach bereit zu springen«, flüsterte Jai. »Und erinner dich daran, ihn nicht umzubringen. Wir brauchen ihn lebendig.«

Rufus brummelte leise vor sich hin.

Sie hatten den Tag damit zugebracht, sich einen Plan auszudenken und Porticus so gut wie möglich im Auge zu behalten, und außerdem mit Seelenatmung. Jais Mana war niedrig, auch wenn er jetzt eine kleine Reserve hatte, was nicht zuletzt Winter zu verdanken war. Zum Glück hatte Rufus einen vollen Kern und konnte Wache halten, während Jai im Inneren der Höhle seelenatmete. Winter blieb die ganze Zeit über an seiner Seite. Sie verhielt sich aufmerksam wie ein Wachhund, als sei Jai in unmittelbarer Gefahr. Nach der letzten Nacht ging sie offenbar kein Risiko mehr ein.

Es war schwer für ihn, ihre erneuerte Verbindung nicht zu erforschen. Er wünschte, er hätte mehr Zeit. Ihm kam es vor, als hätten sie kaum einen Moment dafür gehabt, seitdem sie geschlüpft war.

Ständig gejagt zu werden. Ständig unterwegs zu sein. Heute Nacht würde sich das ändern.

Jetzt war Jai nicht mehr in der Lage seelenzuatmen, denn ihr Ziel konnte jeden Augenblick auftauchen. Die Nacht brach schnell herein, und alles war still wie ein Grab.

Wenn die Aufseher ausgeschickt worden waren, um nach ihm zu suchen, so gab es jedenfalls kein Anzeichen dafür. Wahrscheinlicher war es, dass sie den Schreckenswolf ausgesandt hatten, um ihn zur Strecke zu bringen. Als ein Seelenverbundener, der nach allem, was sie wussten, so schnell er nur konnte nach Westen lief … nun, der Wolf war das einzige Wesen, das ihn einholen konnte, vielleicht abgesehen von Beverlai selbst. Darauf zählte er.

»Die Legion ist fort«, sagte Rufus. »Genau nach Plan. Müssen vor ein paar Stunden abmarschiert sein.«

Jai spähte in den Nebel hinein und lauschte. Ihm – als einem aufgestiegenen Seelenverbundenen – kosteten die erweiterten Sinne kein Mana. Aber er konnte nichts hören, denn ihre Höhle war mehrere Meilen von Porticus entfernt.

»Schau dir den gelben Dunst dort an«, sagte Rufus und deutete auf den vom Mondlicht erhellten Himmel. »Staubwolken. Sie sind auf dem Marsch.«

Jai kaute seine Unterlippe. Wenn Rufus recht hatte, waren das gute Neuigkeiten. Viel von ihrem Plan hing davon ab, dass die Legion fort war und ihre Fluchtroute jenseits der Ostmauer offenließ. Das – und dass die Selbstzufriedenheit der Wärter wegen der Nähe der Armee noch ein paar Tage andauern würde. Aber wie konnte er sich da sicher sein?

»Glaubst du mir nicht?«, fragte Rufus. »Hier, hör hin.«

Er riss seine Weißklinge aus der Scheide an seiner Seite und pflanzte sie mit einem kurzen, schnellen Stoß in den felsigen Boden. Er presste sein Ohr an den Griff und schnippte mit dem Finger, um Jai zu bedeuten, dasselbe zu tun.

Jai tat es. Rufus' drahtiger Bart kitzelte seine Wange. Ganz schwach konnte er es vernehmen. Ein tiefes Rumpeln nahm er wahr, wie eine Herde wilder Büffel.

»Manche Klänge verbreiten sich in der Erde besser«, sagte Rufus mit einem schiefen Lächeln, das seine Lippen verzerrte. »Oh, das hab ich vergessen. Ich hab was für dich. Halte Wache.«

Er eilte zurück in die Höhle und kehrte zu Jais Überraschung mit seinem Rucksack und seinem Schwert zurück.

»Fridas Weißklinge wurde ihr zwar abgenommen, aber der Scheißkerl hat den Rest zurückgelassen«, sagte Rufus. »Feiger Drecksack, kam ganz erschrocken zurückgerannt und ist mit euch über den Schultern abgehauen. Muss gedacht haben, ein Höhlenbär sei hinter ihm her. – Oh, und deine Rüstung und dein Tagebuch sind auch hier für dich drin.«

Wenn alles wie geplant lief, würde die einzige Klinge, die sie brauchten, diejenige in Rufus' Hand sein. Wenn nicht … nun, das Schwert war gewiss nützlich.

Jai legte sich den Rucksack um, und wenn auch nur, um seinem Rücken etwas vor dem beißenden Wind zu schützen. So hoch oben waren sie beinahe vier Stockwerke über dem Boden, und es gab hier keine Bäume, um die scheinbar endlosen Böen zu verlangsamen, die diesen Ort heimsuchten.

Inzwischen war die Sonne endgültig untergegangen. Also saßen sie da … und warteten darauf, dass ihre Falle zuschnappte.

Jai roch ihn, bevor er ihn hörte. Er roch ihn mit dem Wind, diesen Tiergeruch, der ihm verriet, dass der Schreckenswolf in der Nähe war. Weit unter ihm blieb ihre Beute auf dem Baumstumpf. Eine Gestalt, die nicht bemerkte, was sich ihr näherte.

Weder Rufus noch Jai sprachen, aber ein Blickwechsel zwischen ihnen war alles, was sie brauchten, um zu wissen, dass es an der Zeit war. Jais Schwert war bereits gezogen, und beide hatten ihre Klingen mit Erde beschmutzt, um ihren Glanz zu verdecken.

Jai warf einen Blick auf seinen Kern und sah, dass er beinahe zu einem Zehntel gefüllt war. Genug für einen Kampf, wenn auch nur für einen kurzen. Er hoffte bloß, dass es nicht dazu kommen würde.

Und dann sah er ihn, wie er zwischen den Bäumen herausgeschlichen kam und dabei beinahe auf dem Bauch kroch. Er schoss von einem Baumstumpf zum nächsten. Jagte.

Zum ersten Mal realisierte Jai, was für ein Glück er gehabt hatte, dass Rufus ihn gefunden hatte. Er hätte weiter fliehen und gejagt werden können. Selbst als Aufgestiegener war er der enormen Bestie nicht gewachsen.

Rufus beugte sich über die Felswand hinaus, sein Schwert fest mit einer Hand gepackt, das Seil von Navis Halfter mit der anderen. Unter ihnen war der Wolf nur noch ein Dutzend Schritte von der Gestalt entfernt – von einer Vogelscheuche, die Jais Hemd trug.

Rufus spannte sich an … und der Wolf sprang.

Jai schrie beinahe auf, als der Mann vorwärtsfiel und sein großer Körper wie ein Stein in die Tiefe stürzte. Er vernahm ein Knurren in der Düsternis … und dann gleichzeitig einen dumpfen Schlag und ein ohrenbetäubendes Jaulen.

Stille trat ein.

Eine Weile starrte Jai in die Dunkelheit und lauschte dem Rascheln dort unten.

Dann erklang Rufus' Stimme. »Ist erledigt, Junge! Beeil dich!«

95

Jai kauerte im Dreck und hielt seine Klinge fest an die Kehle des gefesselten Tiers. So dicht bei ihm konnte Jai den Geruch nach nassem Hund kaum aushalten, doch er war nicht in der Lage, etwas anderes tun, als seine zugebundene Schnauze in den Dreck zu drücken, wenn auch nur, um sein Winseln zu dämpfen.

Es gab keinen Grund dafür, Lärm zu machen. Beverlai würde ihren seelenverbundenen Partner bald genug finden, so wie Winter ihren gefunden hatte.

»Bist du dir sicher, dass sie Bescheid weiß? Sie soll doch Frida bringen«, zischte Rufus.

Jai konnte ihn nicht sehen, denn der große Mann war im Dickicht des Waldes versteckt. Wenn Beverlai Frida nicht mitbrachte, würde Rufus Beverlai als Geisel nehmen. Die Frau konnte nicht wissen, dass er hier war.

»Ich könnte mir gar nichts anderes wünschen«, zischte Jai zurück. »Sie wird spüren, dass ihr Tier in Not ist, und sie wird wissen, dass ich geschafft habe, es zu überwältigen. Dass ich es aus einem ganz bestimmten Grund am Leben lasse.«

Selbst von der Stelle aus, wo Rufus sich verborgen hielt, konnte Jai ihn leise vor sich hinmurmeln hören. Der große Mann war von Anfang an gegen den Plan gewesen und hatte stattdessen behauptet, sie könnten Porticus mit einem direkten Angriff einnehmen. Aber es bestand durchaus noch die Möglichkeit, dass Magnus mit den Kundschaftern zurückgeblieben war. Selbst Rufus konnte es nicht mit Magnus und dem Rest der Gefängnisbesatzung aufnehmen. Oder eigentlich – wenn Jai das auch nicht laut sagte – mit Magnus allein.

Am dringendsten von allem war, dass sie wegen Frida nicht warten konnten, bis der Anführer der Greifengarde fortging. Inzwischen würde sie so schwach sein, dass Jai nicht wusste, ob sie überhaupt in der Lage wäre, aufrecht zu stehen. Es musste heute Nacht passieren.

Danach würden sie einen anderen Weg nach Osten finden. Vielleicht würden sie zur Kaschmirstraße zurückkehren und nach Norden abbiegen, sobald sie das Petrusgebirge hinter sich gelassen hatten. Wenn sie Glück hatten, konnten sie es schaffen.

»Das dauert zu lange«, flüsterte Rufus. »Bald ist Sonnenaufgang. Sie muss irgendwas vorhaben. Wenn Magnus kommt …«

»Sie wird Magnus nichts sagen«, schnappte Jai, der so viel Zuversicht in seine Stimme legte, wie er nur aufbringen konnte. »Dann müsste sie ihm von Frida erzählen und zugeben, dass sie ihn angelogen hat.«

Schon als er die Worte aussprach, konnte er sie selbst kaum glauben. Es war die einzige Schwachstelle seines Plans – denn wer konnte sagen, ob Beverlai nicht Aurelius' Geheimnis verraten oder Magnus' Zorn riskieren würde, um ihr Tier zu retten.

Diese Sadistin war ein Unmensch, aber Jai hatte hinter ihren Augen die Fähigkeit gesehen, grausam abzuschätzen. Er hoffte, die Frau würde Vernunft annehmen. Wenn Frida verschwand, würde Aurelius vermuten, dass Jai sie befreit hatte, nicht Beverlai. Auch konnte Aurelius mit Magnus und seinen Spähern, die sich in dem Gefängnis ausruhten, nicht viel Aufhebens deswegen machen.

Wenn die grausame Gefängniswärterin nur gründlich darüber nachdachte, würde sie allein kommen.

»Pass auf deine Rückseite auf«, flüsterte Rufus. »Womöglich versucht sie, sich an dich ranzuschleichen.«

Jai nickte. Winter war gut hundert Schritte hinter ihm und patrouillierte dort aus genau diesem Grund. Navi war bei ihr, wenn auch nur als ein weiteres Paar Augen. Das alte Mädchen schien erschöpft, nachdem sie den Ziegenpfad hinabgestiegen war.

In Richtung Osten knackte ein Zweig.

Jai sprach nicht, denn das war nicht nötig. Er spannte einfach nur seine Handmuskeln an und bereitete sich darauf vor, beim ersten Zeichen eines Hinterhalts zuzuschlagen.

Schon bald konnte er das Rascheln von Blättern unter Füßen hören. Es klang nach einer einzelnen Person, die mit einem schweren Gang einherschritt. Dann tauchte in der Düsternis eine Silhouette auf.

Eine Frau, die ein schweres Bündel trug.

Beverlai.

»Hast dir ganz schön Zeit gelassen«, rief ihr Jai zu. »Ich hatte schon anfangen wollen, ein paar Stücke von ihm abzuschneiden. Ein Wolf braucht seinen Schwanz doch nicht, oder?«

Es war schwer, nicht in doppelter Hinsicht das Messer in der Wunde umzudrehen. Nicht nach dem, was er durchgemacht hatte.

»Halt jetzt«, sagte Beverlai mit hoher, verängstigter Stimme. »Ich hab das Mädchen mitgebracht. Sie willst du doch, stimmt's?«

»Komm näher«, sagte Jai und zog sein Schwert etwas höher. »Zeig sie mir.«

Beverlai tat wie geheißen und zog den Stoff zurück, der das Bündel bedeckte. Im schwachen Mondlicht konnte Jai Fridas goldenes Haar und die Konturen ihres Gesichts ausmachen. Das konnte niemand anderes sein.

Eine Erleichterung durchströmte Jai sofort, aber er schob das Gefühl schnell beiseite. Noch waren sie nicht aus dem Gröbsten heraus.

»Leg sie hin«, sagte er. »Und nimm ihr die Handschellen ab. Ich sehe sie … da.«

Beverlai rührte sich nicht. »Du zuerst«, sagte sie. »Mach meinen Schreckenswolf los.«

Jai zwang sich zu einem Lachen. »Wenn ich dieses Vieh freilasse, reißt es mich in Fetzen, bevor ich überhaupt einen Schritt gemacht habe. Du lässt meine Freundin frei, und dann verschwindest du. Wenn du vor dem Morgen zurückkehrst, schlitze ich Ulf den Hals durch. Komm morgen früh bei Tagesanbruch zurück. Dann kannst du dein Tier selbst befreien.«

Beverlai schwieg, dann ließ sie langsam Fridas Körper auf dem Boden nieder. Jai konnte es kaum glauben. Sie waren tatsächlich beinahe frei. Es lag noch eine lange Straße vor ihnen, aber ihre Tortur in Porticus schien jetzt fast vorüber zu sein.

Und dann fühlte er sie, die scharfe Klinge, die gegen sein Rückgrat gedrückt wurde, und eine große Pranke, die seine Hand umschloss.

»Hallo, Jai«, flüsterte ihm Magnus zu. »Schön, dich hier zu sehen.«

96

Nur der Wind heulte, sonst herrschte Stille.

»Bevor wir anfangen, sollst du wissen, dass diese Dame dort der Grund dafür ist, warum du überhaupt noch atmest«, sagte Magnus. »Sie möchte etwas Spaß mit dir haben, ehe ich dich Titus übergebe. Dich und das Mädchen. Aber nun sieh erst mal zu.«

Als die Hand fester zudrückte, stieß Jai unfreiwillig ein Schluchzen aus. Er spürte, wie die Knochen in seinem Handgelenk knirschten, und das Schwert fiel ihm aus der Hand.

»Also«, sagte Magnus, »du könntest davonlaufen, und dann müsste ich dir nachjagen. Aber zuvor nehme ich dir eine Hand. Dann die andere. Und dann etwas, das dir noch lieber ist. Wirst ihn ohne deine Hände ohnehin nicht brauchen, oder?«

Er kicherte über seinen Witz und riss ihn am Hals auf die Beine. Er hob Jai höher und höher, bis dieser baumelte und unfreiwillig mit den Füßen austrat, während seine Kehle von Magnus' fleischigen Fingern zerdrückt wurde.

»Du warst schon immer ein falscher Hund, Magnus.«

Rufus' Stimme drang aus den Schatten, nicht weit entfernt von dort, wo sie standen. Der Druck auf Jais Hals nahm ab, und würgend rang er nach Atem. Sein Geist war leer. Es gab keine schlauen Worte oder Tricks mehr, die ihn jetzt noch befreien konnten. Er hatte sein Blatt ausgespielt … und verloren.

»Wer hat das gesagt?«, knurrte Magnus.

Rufus stand an Beverlais Stelle, seine Hand war zu einer Geste der Magick verdreht. Jai vernahm einen Atemzug. Plötzlich freigelassen fiel er in den Dreck und lag da wie ein gestrandeter Fisch. Er befühlte seinen gequetschten Hals, während er versuchte, etwas Luft zu holen.

»Deine Augen spielen dir keinen Streich«, sagte Rufus und hob die Weißklinge an. »Oh, dich hier zu sehen, Blut von meinem Blut. Gibt sich mit Fesslern ab, bedroht die Hilflosen. Was für ein armseliger kleiner Wichser du geworden bist.«

Jai blickte auf und sah, dass Magnus' seine andere Hand seinerseits zu einer Geste verdreht hatte. Die beiden Männer starrten einander an. Neffe und Onkel. Der alte Bock und der neue.

Er versuchte, zu Rufus hinüberzukriechen, nur um zu spüren, wie ihn ein Stiefel auf die Erde drückte. Gemächlich wie eine Katze, die mit einer Maus spielte.

»Das ist doch ein billiger Taschenspielertrick«, knurrte Magnus. »Du bist ein toter Mann.«

»Kein Trick, lieber Neffe. Nur … Gerechtigkeit.«

Magnus fletschte die Zähne und beugte sich so weit vor, dass Jai schon glaubte, ihm würde der Rücken brechen.

»Leonid hat es mir geschworen. Er sagte, er schulde dir einen nicht öffentlichen Tod, aber er schwor mir, dass du getötet würdest.«

Rufus lachte grimmig. »Leonid hat in seinem Leben eine Menge Versprechen gebrochen. Also, hier ist eines von mir. Und du kannst mir glauben, dass ich es halten werde.«

Er riss sein Hemd zurück und legte die Tätowierung frei. »Titus mag mir seine Rache an ihm gestohlen haben, also wirst nun eben du dafür herhalten müssen. Ich schwöre auf alles, was in dieser gottverlassenen Welt heilig ist, dass ich dich umbringen werde. Ich schwöre es, bei meiner unsterblichen Seele.«

Einen Augenblick lang war Magnus still. Dann lachte er ebenfalls leise.

»Deine Seele ist so sehr am Arsch wie meine, Rufus. Kein Zeichen, dass dir irgendeine Schlampe auf die Haut geschissen hat, wird dich vor der Verdammnis retten. Und mich zu töten auch nicht. Du verurteilst mich dafür, dass ich mit dieser Frau gemeinsame Sache mache? Warum?«

Er stieß einen Finger in Beverlais Richtung. Sie war taumelnd auf die Füße gekommen. Ihr Schwert war nirgendwo zu sehen, aber sie hatte sich bereits in Bewegung versetzt – und kreiste. Die Frau hatte keine Ahnung, wie mächtig Rufus war. Sie dachte, sie hätte eine Chance.

»Hast du die Tausende vergessen, die du für unseren geliebten Meister getötet hast? War er nicht der größte Fessler von allen? Die Hälfte der Gefesselten im ganzen Reich sind es nur wegen dir geworden. Wegen uns. Keiner von uns beiden hat saubere Hände. Meine sind einfach nur etwas dreckiger als die der meisten.«

Rufus erwiderte nichts, sondern grub seinen Fuß tiefer in den Boden, um sicherer zu stehen. Darüber lachte Magnus.

»Lass mich diesem Wurm das Rückgrat brechen, und dann können wir loslegen.«

Rufus deutete auf Frida. »Wenn du den Jungen umbringst, bringe ich das Mädchen um. Sie ist ein Königreich wert, stimmt's? Oder hat das dein Prinz noch nicht begriffen?«

Jai keuchte kaum hörbar einen Fluch. Rufus wurde leichtsinnig. Doch noch als Jai ihn finster anstarrte, zwinkerte der große Mann. Es war, als hätte er den Verstand verloren.

Magnus war still. Dann nickte er langsam.

»Wir wussten es innerhalb von ein paar Tagen. Die Zofe knickte schon ein, ehe unsere Folterknechte anfingen, ihren Spaß zu haben. Schade eigentlich. Wenn wir gewusst hätten, dass sie nicht seelenverbunden war, hätten wir vielleicht etwas … Unterhaltsameres ausprobiert.«

Jai unternahm den Versuch vorwärtszukriechen, bis ein Fuß neben seinem Kopf auf den Boden krachte und ihn jäh anhielt. Er lag da, während Magnus sein Leben abwog. Es wäre für den riesigen Krieger so einfach gewesen, ihn zu töten. Er hätte Jais Rückgrat durch seinen Bauch treten können, ohne auch nur in Schweiß auszubrechen.

»Fein. Beverlai kann ihn haben.«

Ein Fuß verhakte sich unter Jais Hüfte, und die Welt drehte sich. Dann lag er kopfüber, ein halbes Dutzend Schritte weit entfernt. Benommen kam er auf die Beine.

»Hier?«, fragte Magnus.

Eine Druckwelle schleuderte Magnus zurück in den Wald. Rufus trat mit weiß strahlender Hand vor. Seine Iriden glühten. Mit einem Lächeln auf dem Gesicht wandte er sich Jai zu.

»Warte nicht auf mich. Viel Glück, Junge.«

Und damit war er verschwunden, rannte in die Düsternis. Seine Weißklinge schimmerte hell.

Jai duckte sich und sah Beverlai. Die Frau war ohne Waffe, und er befand sich zwischen ihr und ihrem Wolf. Sie hatte noch nicht bemerkt, dass Jais Schwert ebenfalls fort war. Doch dann trafen sich ihre Blicke.

Beverlai hob ihre Hand und spannte die Finger an. Im nächsten Augenblick verdrehte sie sie und deutete auf Jai.

»Ich weiß schon, dass du ein wenig Kampfgeist besitzt«, knurrte sie. »Schauen wir mal, wie viel.«

97

Jai wartete nicht, bis er Beverlais Hand glühen sah, sondern rannte los, um sein fallen gelassenes Schwert zu holen. Ein Ball aus Flammen peitschte an seinem Kopf vorbei, und Jai tauchte zur Seite und rollte in die nassen Blätter hinein.

Ein weiterer Feuerball loderte an ihm vorbei und setzte die Dornbüsche hinter ihm in Brand. Jai konnte nur weiterrollen und stieß sich tiefer ins Gebüsch, während um ihn herum Feuerbälle am Boden einschlugen.

Er drängte sich hinter einen Baum, gerade als ein Flammenball gegen dessen Vorderseite krachte und ihn beinahe entwurzelte. Er stemmte sich gegen den Stamm und wartete darauf, dass das Leuchten von Beverlais Hand verblasste.

Die Aufseherin kicherte, und Jai hörte, wie sie den Schreckenswolf beruhigte. Er blickte hinter dem Baum hervor und sah, wie Beverlai an Rufus' strammen Knoten riss. Sie fluchte, ehe sie auf der Suche nach Jais Schwert auf dem Waldboden herumwühlte.

»Mach schon«, zischte Beverlai. »Wo hast du es liegen gelassen? Ist eine Weile her, dass Ulf einen Wilden gekostet hat.«

Vor seinem inneren Auge nahm Jai jenseits von ihr Winter wahr, deren kleines Herz ihr beinahe aus der Brust sprang. Sie wartete auf seine Anweisung, und Jai merkte, dass es sie den letzten Rest ihrer Willenskraft kostete, nicht anzugreifen.

Jai presste sich gegen den Baum, in dem Wissen, dass er nur noch Sekunden hatte, ehe Beverlai das Schwert gefunden und den Schreckenswolf befreit hatte. Wenn das geschah, war er erledigt.

Winter war die letzte Karte, die er ausspielen konnte. Beverlai wusste, dass er seelenverbunden war, und auch, dass er aufgestiegen war. Doch sie wusste nicht, dass er mit einem Tier in der Nähe verbunden war, schon gar nicht mit einem Drachen.

Licht flammte auf, strahlend wie die Sonne, dann verblasste es. Irgendwo weiter hinten rüttelte ein tiefer Knall die Äste, gefolgt von einer Windbö, die Jai beinahe umwarf und die Bäume knarren ließ.

Dann gab es noch einen Blitz, und dann einen weiteren. Der Boden selbst bebte so, dass Jai den Baumstamm packen musste, um das Gleichgewicht zu behalten. Was auch immer Magnus und Rufus anstellten, Jai konnte sich nicht vorstellen, dass der Kampf lange andauern würde. Und er vertraute auf keinen Fall darauf, dass Rufus ihn gewinnen würde.

Er musste das hier beenden, und zwar schnell.

In der kurzen Zeit mit Rufus hatte er einige grundlegende Gesten gesehen, aber er hatte sie nicht häufig genug selbst praktiziert.

Ein Feuerball mochte Beverlai überraschen – er wusste, dass er zumindest einen bilden konnte.

Er verdrehte seine Hand und trat in die Halbtrance ein, zwang Mana seine Kanäle entlang. Dann genoss er noch, wie geschwind sich das Mana durch seinen Körper bewegte, doch als es seine Hand erreichte, wirkte es kaum. Es verpuffte, bloße Funken sprühten aus seinen Fingerspitzen.

Jai hatte keine Zeit, die Ausrichtung seiner Finger zu verbessern. Stattdessen tat er das Einzige, wozu er in der Lage war. Er wies Winter an anzugreifen … und hechtete um die Seite des Baums herum.

Beim ersten Anzeichen einer Bewegung schwang Beverlais linke Hand nach oben, und Jai sah, wie die alte Frau mit ihrer Rechten an den Fesseln des Wolfs riss. Er rannte los, gerade als Beverlais Augen zu glühen begannen.

Zwanzig Fuß. Zehn.

An der Spitze von Beverlais Finger bildete sich eine Flammenkugel, die wie eine Miniatursonne um sich selbst wirbelte. Sie stieß einen Schrei aus, und Jai warf sich zur Seite.

Der Feuerball flackerte an seiner Seite vorbei und setzte sein Hemd in Brand. Er rollte sich weiter und immer weiter, als mehr und mehr Flammen um ihn herum aufloderten. Er fühlte Winter springen … und dann hörte er einen verstümmelten Schrei.

Im Handumdrehen war Jai auf den Beinen und ignorierte seine brennenden Kleider. Er griff Beverlai an, die auf das schnappende, kratzende Ding einstach, das sich um ihren Kopf gewunden hatte. Er traf ins Schwarze und riss der Frau die Füße unter ihr weg.

Die drei rollten im Gras. Jai fasste nach Beverlais Händen. Er fand sein Ziel und rang sie zu Boden, presste sie mit all seiner Kraft, um sie davon abzuhalten, Magick auszuüben. Das Schwert musste irgendwo in der Nähe sein, aber Jai wagte es nicht, ihre Hände loszulassen.

Er kommt!

Jai fühlte den plötzlichen Schrecken in Winters Geist und tauchte zur Seite ab. Ein grauer Schemen setzte über ihn hinweg, während ihn pelzige Gliedmaßen von den Knien rissen.

Ulf war frei.

Jai drängte nach der fallen gelassenen Klinge, während Winter sich von Beverlai löste und sich auf den Wolf stürzte. Schmerz und Wut flammten in ihrem Geist auf, als Ulf sie wie ein Wirbelwind aus Fell, Schuppen und Zähnen von vorne angriff.

Jais Handfläche stieß gegen den Schwertgriff, und er wirbelte mit der Klinge herum, stach auf Beverlai ein, die sich gerade das Blut aus dem Gesicht wischte.

Er traf sie, einmal, zweimal, ehe sie blind die Hand hochriss.

Licht.

Dann flog Jai durch die Luft, Agonie ruckte durch ihn, als er gegen einen Baumstamm krachte.

Flammen breiteten sich über seine Brust aus, schälten den Stoff ab, um seine Haut darunter zu rösten. Jai riss sich das Hemd herunter, fuhr herum und griff erneut an.

Nur um einer Flammenwand gegenüberzustehen.

Beverlai steckte den freien Raum vor ihnen in Brand. Ein Inferno an Mana ließ den ganzen Boden in Flammen aufgehen, während sie versuchte, ihr Blickfeld frei von Blut zu bekommen. Jai hob die Hand an, um sein Gesicht vor der Hitze zu beschützen, die auf ihn einhämmerte.

Hinter ihm verlor Winter den Kampf. Sie hatte sich bereits von ihrem Gegner freigemacht und nutzte jetzt das Dornengestrüpp, um sich vor dem geifernden Schreckenswolf zu verstecken. Es blieb keine Zeit mehr.

Jai stolperte in die Flammen, gerade als sie langsam erloschen. Beverlai schwang ihre Hand hin und her und blinzelte durch blutverschmierte Augen. Sie konnte nichts mehr sehen.

Aber sie war weiterhin in der Lage zu hören, und als Jai noch einen Schritt machte, konnte er gerade noch dem Flammenstrahl ausweichen, der in seine Richtung schoss, diesmal jedoch schwächer. Die alte Frau hatte ihr Mana beinahe verbraucht.

»Komm schon, du feiger Scheißkerl!«, knurrte Beverlai und tastete mit ihrer Hand vor sich herum. »Wo bist du?«

Ihre freie Hand hatte sie auf die Stelle an ihrer Schulter gepresst, wo Jai sie verletzt hatte, und Jai sah mit an, wie die Finger der Frau dort einen Zauber wirkten. Die Wunde heilte und verschloss sich vor Jais Augen.

Er tat das Einzige, was er tun konnte. Er warf die Klinge mit aller Kraft.

Das Schwert prallte der Länge nach gegen Beverlais Gesicht und schnitt ihr eine Furche in die Stirn. Sie taumelte und schoss eine Flammenwelle.

Jai tauchte unter ihr hindurch und riss Beverlai von den Beinen. Mana brodelte in Jais Venen. Er pulsierte beinahe alles, was er hatte, hinaus und schlug seine Fäuste wieder und wieder in ihr Gesicht.

Blut spritzte, als ihr die Nase brach, und dann war Jai gezwungen, einmal mehr in einem Handgemenge mit ihr zu ringen. Beverlais Finger waren wie Stahl, und Jai konnte sie nur mit Mühe daran hindern, sie für einen Zauber zu verdrehen.

Gefahr!

Er blickte auf. Sah, wie Ulf auf ihn zugestürmt kam, Winter ihm humpelnd auf den Fersen. Er hatte nur Sekunden.

Das Schwert! Wo war das Schwert?

Jai streckte die Hand aus, fuhr im Dreck herum, wo es zu Boden gefallen war. Gerade als Ulf sprang, fand er den Griff. Sein Blickfeld füllte sich mit einem weit aufgerissenen Rachen.

Eine Mauer aus Fell rammte die Seite der Bestie.

Navi! Das Khiro brüllte, bäumte sich auf und trampelte auf dem Schattenwolf herum, während dieser auf dem nassen Boden um festen Stand kämpfte. Er fuhr herum und stürzte sich auf Navi, klammerte sich an ihre Schnauze und riss sie von einer Seite zur anderen auf.

Jai hob sein Schwert an und hielt es über Beverlais Gesicht. Die grausame Frau hob ihre Hände, ein halb geformtes Wort auf den Lippen. Sie schluchzte, einmal.

Dann stieß Jai seine Klinge herab und durch ihre Augenhöhle. Er drehte sie vor und zurück, schrie seinen Hass heraus und der Aufseherin ins Gesicht.

»Stirb!«, brüllte er und rammte das Schwert so durch den Schädel, dass es sich in die Erde bohrte.

98

Jai sah mit an, wie der Schreckenswolf auf der Lichtung zusammenbrach. Er zuckte und bebte angesichts des Todes seiner Herrin. Navi stieg auf die Hinterbeine und stampfte einmal auf. Zweimal.

Das Zucken endete.

Ein dumpfer Knall hallte durch den Wald und schüttelte die Äste, sodass Blätter aus den Baumkronen über ihnen herabtaumelten. Er war von fern her erklungen, als erstreckte sich das Schlachtfeld von Magnus und Rufus über eine ganze Meile.

Rufus mochte seine Hilfe benötigen, aber Jai wusste gut, dass ihn dies gerade nichts anging. Er hatte eine Verantwortung. Frida.

Oder Erica … Jai schwamm der Kopf. Er wusste nicht, wie er sie nennen sollte.

Jai konnte die Gestalt der Prinzessin ausmachen und sah nach, ob sie sich bewegte. Sie rührte sich zwar, litt aber nicht, wie er es vermutet hatte. Sie wirkte wie betrunken oder schien zumindest in einem Zustand zu sein, der einer Trunkenheit nahekam. Ihre Lippen murmelten Ungereimtheiten, und sie bebte und zuckte. Er würde sie tragen müssen. Oder zumindest Navi.

»Winter«, krächzte Jai.

Er hatte eine große Menge an Flammen und Rauch eingeatmet, weswegen seine Kehle wie zugeschnürt war. Er fühlte sich sowohl von innen wie von außen wie gekocht, denn seine Haut war rosa und wund, wo ihn die Flammen erwischt hatten. Wäre er nicht aufgestiegen, dann wäre er womöglich tot gewesen. So wie die Dinge standen, war sein Mana beinahe aufgebraucht. Die Anstrengung des Kampfes und die Heilung seiner verbrannten Haut saugten es wie ein Blutegel auf.

Winter warf sich in seine Arme, und er drückte sie fest an sich. Sie war zweimal so schwer wie in seiner Erinnerung, doch gleichzeitig fühlte sie sich so leicht wie eine Feder an, denn er war jetzt viel stärker.

Ein paar Herzschläge lang beruhigte er sich. Ihre kühlen Schuppen linderten die Schmerzen seiner heilenden Brust. Dann rappelte er sich auf. Er klopfte auf die Stellen seiner Kleidung, die noch rauchten, während er zu Navi hinüberrannte, und schlang seine Arme um ihren Hals.

»Danke dir«, flüsterte er, als die drei ihre Köpfe zusammensteckten. »Du hast mir das Leben gerettet.«

Das Tier wieherte ihm leise ins Ohr und hätschelte ihn mit ihrer Schnauze. Jai wünschte nur, er könnte sie heilen, denn der Biss dort war tief und blutete.

»Winter«, murmelte Jai. »Mein liebes Mädchen. Dir danke ich auch. Aber ich muss dich heute Nacht um noch viel mehr bitten.«

Der Drache verstand seine Absichten ebenso leicht wie seine Worte. So musste er sie nicht einmal aussprechen. Sie sprang von seinen Armen und humpelte nach Osten davon. Ihr Körper heilte ebenfalls langsam. Doch er konnte wahrnehmen, dass sich das Mana in ihrem winzigen Samenkorn von Kern schnell aufzehrte.

Jai stolperte näher zu Frida hin. Er kniete sich neben sie hin und strich ihr das Haar aus dem Gesicht.

Sie war so dünn. Er dachte beinahe, sie hätten sie mit einem der Mädchen aus dem Bordell vertauscht. Ihre Augen lagen tief in den Höhlen, und ihre Gesichtshaut war so bleich, dass er darunter die Spinnweblinien ihrer blauen Venen erkennen konnte. Als er ihre Haut berührte, war sie trocken und dünn wie Reispapier.

Doch sie war es. Wenn auch weniger von ihr.

»Frida«, flüsterte Jai. Dann: »Erica.«

Sie hielt inne, nur für einen Augenblick, dann murmelte sie weiter vor sich hin. Auf Danskisch, wenn er hätte raten müssen. Sie war gerade nicht hier. Jedenfalls nicht in ihrem Geist.

Jai hob sie hoch und setzte sie behutsam in Navis Sattel. Er schulterte seinen Tornister, dankbar darüber, dass er den Aufprall abgedämpft hatte, als er gegen die Bäume gekracht war.

Jai konnte es sich nicht leisten zu warten. Er musste wissen, ob die Aufseher den Kampflärm gehört hatten. Ob sie kamen. Aufgestiegen oder nicht, er hatte kaum noch Mana übrig, und Frida war nun wirklich nicht in der Lage, ihm zu helfen. Alle vier waren auf irgendeine Art verletzt.

Seine Brust war verbrannt, wenn auch nicht so übel, dass dies seine Bewegung eingeschränkt hätte. Fridas – oder eher Ericas – Delirium bedeutete, dass sie keine Hilfe war. Und Winter … ihr Körper wies an einem Dutzend Stellen Schnitte, Prellungen und Schrammen auf, ihr Schwanz war verbogen und hing am Ende schwach herab.

Jai konnte sich jetzt nicht nach Westen aufmachen. Jedenfalls nicht, solange Magnus sich in dieser Richtung aufhielt. Nicht mit einer Schar berittener Späher, die bereit waren, sie zu jagen, während sie sich weiter bis zur Kaschmirstraße durchschlugen. Er war sich keineswegs sicher, ob er und Frida es mit gut zwanzig trainierten Soldaten aufnehmen konnten, selbst wenn sie noch Zeit hatten, ihr Mana aufzustocken.

Er hatte zwei Möglichkeiten. Die erste bestand darin abzuwarten, um herauszufinden, ob Onkel oder Neffe den Kampf überlebt hatten. Dabei würde er natürlich auf den alten Veteranen zu setzen und hoffen, dass sie sich mit ihm als ihrem Beschützer auf den Weg nach Westen machen könnten, anstatt einen grausamen Tod durch Magnus' Hand zu sterben.

Oder sie konnten durch Porticus nach Osten entkommen, tief ins Territorium des Steppenvolks, wohin keine kleine kaiserliche Streitmacht es wagen würde, ihnen zu folgen. Das war eine ausgedehnte

Gegend, in der sie mit genug Vorsprung vielleicht verschwinden konnten.

Und was sonst? Er begann Panik zu bekommen, denn der Kampflärm war verstummt. Er musste eine Entscheidung treffen. Jetzt sofort.

Jai kehrte zu Beverlais Leiche zurück und riss sein Schwert frei. Nachdem er es an ihrem Hemd abgewischt hatte, steckte er es zurück in seine Scheide. Dann nahm er die Schlüssel an der Hüfte der Frau an sich.

Einen Augenblick lang starrte Jai Frida an. Er wünschte sich, er könnte sie fragen, was sie wollte. Doch im Grunde seines Herzens wusste er, was sie sagen würde.

Wenn sie sich zur Kaschmirstraße oder zu irgendeinem anderen Gebirgspass aufmachten, mochten viele Monate vergehen, ehe sie die danskische Grenze erreichten. Und das auch nur, wenn sie nicht zuerst gefangen wurden. Sie würde es ihm niemals vergeben, wenn er den sichereren, längeren Weg nahm. Sie wollte zu ihrem Volk zurück, um es in ihrer dunkelsten Stunde anzuführen.

Welche Wahl war verrückter, wenn er wirklich darüber nachdachte? Wegzugehen, auch wenn sie bereits so nahe waren? Im Feindesgebiet bleiben und dem Schicksal vertrauen, dass sie allen, die sie verfolgten, davonrennen konnten?

Oder sie konnten das Gefängnis angreifen. Sich ihren Weg hindurch kämpfen … oder schleichen.

Niemand erwartete eine Attacke aus dem Westen. Niemand rechnete mit dem Angriff von einem Seelenverbundenen, wenn er auch schwach und verletzt sein mochte. Und da die Legion noch so nah war, würden die Aufseher selbstgefällig sein.

Welche Wachtposten würden diese bitterkalte Nacht hindurch ihre Pflicht ausüben und die Staubwolken beobachten, die die Legion hinter sich aufwühlte?

Der eine Plan schien ebenso töricht wie der andere. Nach Westen zu gehen, verlängerte das Risiko über viele Tage und mochte sie vielleicht ein wenig länger am Leben halten. Nach Osten zu gehen … nun, es war ein letzter Kampf. Ein Wagnis mehr.

Ganz zu schweigen davon, dass er die Hudditen befreien konnte.

Schließlich war es Winter, die diese Frage entschied. Sie hatte inzwischen einen großen Baum erklommen, der sich eine Meile näher an dem Gefängnis befand – und sah keine Bedrohung. Überhaupt kein Lebenszeichen. Sie teilte ihm mit, dass sie sicher waren.

Jai dankte ihr in Gedanken und bat sie, bei der Westmauer auf ihn zu warten.

Dann sicherte er Frida in Navis Sattel, gerade als ein weiterer Donnerschlag die Bäume um ihn herum zum Schwanken brachte.

»Halt durch, Rufus«, flüsterte Jai.

Angesichts des Tumults wieherte das Khiro leise, und er tätschelte ihren Hals, um sie zu beruhigen.

»Komm schon, Mädchen«, sagte Jai. »Gehen wir nach Hause.«

99

Jai kauerte im Schatten von Porticus' Westmauer. Seine Hand streichelte Navis weiche Schnauze, um sie ruhig zu halten. Sie war groß genug, dass er auf ihren Rücken und von dort auf die Spitze der Mauer klettern konnte. Aber es wäre gewiss einfacher, dort hindurch zu schleichen, wo sie noch Lücken aufwies.

Zu seiner großen Erleichterung sah er, dass keine Wachtposten auf den Mauern standen oder über das Gelände patrouillierten. Auch war der Schnee geschmolzen – es würde schwerer sein, ihre Spur zu verfolgen, wenn sie diesen Ort verlassen hatten.

Aber Jai konnte die Aufseher hören. Er hatte angenommen, sie würden schlafen, doch schien es jetzt, als wären die Damen aus dem Bordell noch für eine weitere Nacht geblieben. Er konnte sie nun alle vernehmen, wie sie in der Garnison über dem Torhaus der Ostmauer lachten und sangen.

In mancherlei Hinsicht war das ein Segen, denn er hatte gedacht, dass sie den Kampflärm gehört haben könnten, wenn er auch fern gewesen war.

»Winter«, hauchte Jai.

Der Schlüpfling huschte immer noch humpelnd an seine Seite. Jai wünschte sich, er wüsste einen Zauber, um sie zu heilen. Oder dass er zumindest die Zeit gehabt hätte, ihre zahlreichen Wunden zu bandagieren. Stattdessen biss er die Zähne zusammen und begann

Schlamm auf ihre Schuppen zu schmieren, um etwas von dem Glanz abzustumpfen. Bald schon wirkte sie beinahe so dunkel, wie ihre Mutter es gewesen war.

»Warte auf mein Signal«, flüsterte Jai. »Geh jetzt.«

Sie ließ sich auf ihren Bauch nieder und begann langsam zum Osttor zu kriechen, indem sie sich dicht an der gegenüberliegenden Felswand hielt, wo sich die Pfähle befanden. Jeder Aufseher, der aus einem Fenster blickte oder um Wasser zu lassen zu den Latrinen hinausging, mochte Jai sehen. Aber Winter … sie würde nicht so leicht leicht zu bemerken sein. Und wenn doch, dann schien sie vielleicht nur ein Fuchs zu sein, der vom Gestank der Leichen angezogen wurde.

Jai blickte zu den Pferden hinüber. Ob die Hudditen sie reiten konnten, wusste er nicht. Aber er wusste, dass die Kundschafter sie vielleicht dennoch ins Feindesgebiet verfolgen konnten, ehe die Furcht vor dem Steppenvolk sie wieder umkehren ließ, wenn sie nicht die Pferde an sich brachten. Vielleicht würden die Späher sie sogar einholen.

Es war besser, das Problem dadurch zu lösen, dass er die Hudditen befreite und sie die Pferde nehmen ließ, um ihre Flucht zu einem Erfolg zu machen.

Aber erst musste er sie aus den Zellen bekommen.

Ihm war klar, dass er eine weitaus bessere Chance auf Flucht besaß, wenn er einfach darauf wartete, dass Winter den Balken der Torflügel am Osttor anhob und er auf Navi mit voller Geschwindigkeit hindurch ritt. Ganz zu schweigen davon, dass ihnen bei einem Ausbruch des kompletten Gefängnisses jeder Aufseher in Porticus hinterherkäme.

Doch ihm war auch klar, dass er die Gefangenen nicht hier zurücklassen konnte. Jai hatte gedacht, er hätte im Palast gewusst, was Not war. Er hatte gedacht, er wüsste, was Leiden bedeutete.

Er hatte nichts gewusst.

Und dann sah Jai ihn.

Der Aufseher war ihm zuvor nicht aufgefallen, denn er war so reglos gewesen. Ein einzelner Mann, der auf der Brustwehr saß und nach Westen blickte.

Er blickte in Jais Richtung.

Warum dieser Aufseher beschlossen hatte, draußen zu bleiben, konnte Jai nicht sagen. Vielleicht hatte Aurelius ihn als Bestrafung dazu gezwungen. Vielleicht hatte auch Jais Flucht dazu geführt, dass ein neuer Posten eingeführt worden war – ein Mann, der ständig das Innere des Gefängnisses im Auge behielt.

Wie auch immer, Jai konnte die Zellen jedenfalls nicht ungesehen erreichen. Und wenn er wegrannte, würden die Aufseher die Mauern bemannen, lange ehe die Hudditen die Pferde erreichten.

Jai wusste, dass die einzige Karte, die er ohne Winter noch ausspielen konnte, sein Mana war. Er kannte einen Zauber, der helfen mochte. Balbirs Schattenzauber. Es war an der Zeit, ihn noch einmal zu probieren.

Geduckt schlich Jai zurück hinter die Lücke in der Westmauer und setzte sich im Schneidersitz in den Schnee. Diesmal versetzte er sich völlig in Trance.

In seinem Inneren sah er, dass sein Kern beinahe leer war. Dennoch schien er inzwischen so viel größer zu sein, dass er begriff: Er besaß beinahe so viel Mana, wie sein Kern vor seinem Aufstieg hatte fassen können. Dies war der Überrest, der nicht während des Kampfs verbraucht worden war oder hinterher bei der langsamen Heilung seiner Brandwunden. Jai fluchte leise. Er musste sich beeilen.

Er nahm diese kleine Reserve und pulsierte sie zum zweiten Mal in dieser Nacht zu seiner verdrehten Hand. Wieder fühlte er sich beinahe siegreich, als das Mana seine Finger erreichte.

Einen Augenblick lang dachte Jai, er hätte Erfolg gehabt, als Mana aus seinen Fingerspitzen herausschoss … aber er sah nichts anderes als goldene Funken.

»Falsch«, krächzte eine Stimme.

Jai fuhr herum. Frida, die kopfüber vom Sattel herabhing, blickte ihn an.

»Frida!«, hauchte Jai.

Bis zu diesem Augenblick hatte er nicht gewusst, wie viel Angst er um sie gehabt hatte, denn Erleichterung durchflutete ihn sogleich wie eine Droge. Sie war immer noch mit Gift vollgepumpt, und als Folge davon erschien sie ihm so schwach wie ein Lamm. Er war in Sorge gewesen, dass sie nie wieder aufwachen würde.

Er half ihr, sich aufzusetzen, da sie so aussah, als hätte sie allein nicht die Kraft zu stehen. Zusammengesunken saß sie da und umklammerte Navis Hals so fest, als befürchtete sie, sonst zu Tode zu stürzen. Ihre Augen waren glasig und ihre Pupillen so erweitert, dass sie ihre Iriden beinahe verbargen. Jai hatte zuvor schon den gleichen Blick gesehen – immer dann, wenn Leonid seine Schmerzmedizin eingenommen hatte. Sie musste bis zum Anschlag unter Drogen gesetzt worden sein.

Die Zeit lief ihnen davon. Er konnte bereits fühlen, dass Winter sich am Tor befand und längst darauf wartete, den schweren Balken anzuheben, der es geschlossen hielt. Er hoffte nur, dass sie auch wirklich die Kraft dazu hatte, wenn die Zeit kam.

»Zeig es mir«, sagte Jai.

Frida zwang ihre dünnen, rissigen Lippen zu einem Lächeln und deutete auf Jais Finger.

»Durch die Finger … nicht zu ihnen.«

Es war so einfach, dass Jai sich hätte treten können. Er schloss die Augen … und drückte hindurch.

Der Auswirkung trat unverzüglich ein. Licht flackerte von seiner Hand auf. Es warf einen matten, grünen Schein … auf was auch immer er sie jetzt richten wollte. Er konnte es beinahe auf seiner Haut fühlen. Tatsächlich konnte er es fühlen. Wo auch immer das Licht ihn berührte, betäubte es ihn, als hätte er die letzte Stunde in einem kalten See verbracht.

Er warf einen Blick auf seinen Arm und sah an seiner Stelle nicht mehr als einen verblichenen Schatten. Es gelang also wirklich!

»Du … du verschwindest ja«, flüsterte Frida, auf deren Gesicht sich nun ein betrunkenes Lächeln ausbreitete. »Du ver…«

Jai hielt sich nicht damit auf, sich mit ihr darüber zu unterhalten. Sein Mana war inzwischen restlos aufgebraucht, und er hatte keine Ahnung, wie lange der Zauber andauern mochte.

Ehe er weiter darüber nachdenken konnte, küsste er Frida einmal sanft auf die Stirn. Und dann rannte er los. Direkt zurück – und nach Porticus hinein.

100

In Windeseile erreichte Jai die Zellentüren. Adrenalin hatte seinen Füßen Flügel verliehen, wenn er auch anschließend gute zehn Sekunden damit verschwendete, auf den Wachposten zu starren und zu hoffen, dass seine Schritte auf dem Kies unbemerkt geblieben waren.

Das war nicht seine eigene Zelle, sondern eine der beiden anderen. Es war bitterkalt, und kein einziger Huddit schien in Sichtweite zu sein. Offensichtlich bevorzugten sie die zweifelhafte Wärme tiefer in der Höhle.

Jai schloss die Zelle so leise auf, wie es ihm möglich war. Er staunte über den Anblick seiner Hände – oder eher über ihre Abwesenheit. Er konnte nur einen Schatten erkennen, ein geisterhaftes halbes Abbild seiner selbst.

Einen Augenblick lang überlegte Jai, ob er die Männer zusammenrufen sollte, damit sie sich für den Ansturm auf die Pferde vorbereiteten. Doch er widerstand dem Drang dazu. Er musste sie alle auf einmal herbeirufen, sobald das Tor entriegelt war. Und er hatte nicht mehr so viel Zeit, bis der Zauber nachließ.

Die nächste Höhle war nicht weit entfernt, aber das Taubheitsgefühl, das seinen Körper durchdrungen hatte, ließ bereits nach. Dieser Zauber kostete ihn bei Weitem mehr, als er erwartet hatte. Als er die nächste Zelle aufgeschlossen hatte, war er beinahe ganz verpufft. Er konnte sich selbst sehen, sowie den Schatten, den er warf.

Jai eilte auf die letzte Zelle zu. Es war diejenige, in der man ihn einst festgehalten hatte. Er presste sich an die Wand, seine Augen waren auf den Wachtposten gerichtet. Der Mann saß schweigend da, und eine winzige Rauchwolke verriet Jai, dass er eine Pfeife rauchte. Jai nutzte seine Abgelenktheit und schaffte es gerade als der Zauber verpuffte zu dem Gittertor.

Er war auf sich selbst gestellt. Die Würfel waren gefallen, und jetzt konnte er nichts anderes tun als beten.

»Jai«, flüsterte eine Stimme.

Jai presste sich gegen die Bergwand und wandte den Kopf. Dort in der Dunkelheit neben ihm … das war Milkar.

Selbst im Schatten der Höhle konnte er sehen, dass der Mann übel zugerichtet war. Er trug keinen einzigen Faden am Leib, und sein Körper war eine Ansammlung von Striemen und blauen Flecken. Offensichtlich durfte er nicht gemeinsam mit dem Rest der Männer schlafen.

»Sei still«, flüsterte Jai. »Geh und hol die anderen. Schnell.«

Milkar schwieg und starrte Jai durch die Gitterstäbe der Zellentür an. »Ich kann hier nicht weg«, sagte er.

Seine Augen waren so leer, als sei ihm das letzte bisschen an Leben entzogen worden, sodass nur eine Hülle zurückgeblieben war.

»Meine Frau …«

Jai brachte ihn schroff zum Schweigen und blickte tiefer in die Höhle hinein. Die Hudditen waren so weit hinten in ihrem Inneren, dass er sie nicht einmal sehen konnte. Doch er wagte es nicht, nach ihnen zu rufen. Jeden Augenblick mochte der Wachmann sie entdecken.

Mit zitternden Händen steckte Jai den Schlüssel ins Schloss.

»Meine Frau ist in der Garnison«, zischte Milkar. »Wir müssen sie retten. Das müssen wir unbedingt!«

Er war laut. Zu laut.

»Das werden wir auch tun«, flüsterte Jai, der versuchte, ihn zu beruhigen. »Ich werde es tun.«

»Bitte«, stieß Milkar hervor, während er auf ihn zugekrochen kam. »Ich flehe dich an. Du bist seelenverbunden. Du kannst …«

»Mit wem tuschelst du da, du Verräter?«, ertönte eine Stimme. »Brauchst du noch eine dritte Lektion?«

Aus den Schatten tauchte eine Gestalt auf. Hanebal.

»Wir müssen das Gefängnis erobern«, stöhnte Milkar und griff durch die Gitterstäbe nach Jai. »Das ist der einzige Weg.«

Hanebal stampfte mit drohend erhobener Hand ins Licht.

»Du …«

Er hielt an, als er Jais Gesicht durch die Gitterstäbe sah.

»Jai …«

»Das Tor ist entriegelt«, stieß Jai hervor. »Sammel deine Männer und nehmt die Pferde. Ich halte das Tor offen, so lange ich kann.«

Er zog sich zurück und blickte in die Richtung, in der Frida und Navi auf ihn warteten.

»Warte!«, schrie Milkar.

Entsetzt wirbelte Jai herum. Der Wachposten auf der Westmauer hatte sich gerade aufgerichtet und musterte das Gefängnis. Selbst im Dunkeln erkannte Jai, wie der Mann zusammenzuckte, als er ihn mitten auf dem Gelände stehen sah. Dann rannte er in die Richtung des Torhauses.

Unter ihm keuchte Winter, und Jai hörte, wie die Stahlstange zu Boden fiel.

»Flieht!«, brüllte Jai. »Flieht jetzt!«

Er rannte und riss die Gittertore weit auf, als er sie passierte, wobei er wie am Spieß schrie, um die schlafenden Männer im Inneren zu wecken. Navi stampfte mit Frida, die auf ihrem Rücken auf und ab hüpfte, durch den Schutt. Jai machte einen Satz und schwang sich in den Sattel, wobei er Frida gerade noch auffangen konnte, die beinahe zu Boden geglitten wäre.

Inzwischen strömten schon die Hudditen aus den Höhlen. Einige von ihnen blockierten ihnen fast den Weg. Aber Jai konnte Navi nicht bremsen, selbst wenn er es gewollt hätte, und Männer wurden zur Seite gedrängt, als sie donnernd zwischen ihnen hindurchlief.

Vor ihnen stolperten Aufseher auf die Ostmauer, viele von ihnen in nacktem Zustand. Frauen schrien.

Jai hörte ein Zischen. Dann noch eines, und schließlich noch eines.

Ein Armbrustbolzen surrte vorbei, und Jai verfluchte Milkar aus voller Kehle. Er konnte sich nur verzweifelt festhalten und Navis rhythmischem Schnauben lauschen, als sie mit voller Kraft auf das Torhaus zu galoppierte.

Jetzt schrien Männer auf, da die Bolzen trafen. Er konnte Pferde wiehern und die Hudditen in einer Sprache schreien hören, die er nicht verstand.

Unter ihm senkte Navi den Kopf und brüllte, als sie auf die Torflügel zustürmte. Jai wappnete sich und packte Frida um die Hüfte. Sie passierten den Schatten des Torhauses, und Jai schloss instinktiv die Augen.

Er fühlte den Ruck des Aufpralls, Splitter flogen ihm ins Gesicht. Dann folgte kühle Luft und der aufregende Geruch von aufgewühltem Schlamm. Sie waren hindurch und galoppierten im Mondlicht.

Jai sprang halb, halb fiel er aus dem Sattel und zog sein Schwert. Navi rannte mithilfe eines Schlags auf den Hintern in die Nacht davon.

Frida … sie war in Sicherheit.

Hinter sich konnte Jai immer noch die Schmerzensschreie von Verwundeten hören, sowie das Klacken und Zischen der Armbrüste. Der Lärm drehte ihm den Magen um, als Erinnerungen an die Hochzeit seinen Geist heimsuchten.

Er stolperte zum Tordurchgang und hob dabei seine Klinge. Zu beiden Seiten hallten bereits Schritte die Treppen hinab. Jai hatte kaum Zeit, Winter an seine Seite zu rufen, ehe die ersten Männer in den Durchgang geströmt kamen.

Jai stürzte sich auf sie und spießte einen Mann von hinten auf. Er trat ihn von der Klinge los und stieß einen weiteren Mann von den Füßen. Jetzt wussten die Aufseher, dass sich ein Feind in ihrer Mitte befand.

Ein Speer stieß auf Jais Körpermitte zu, und er zog den Bauch ein, fühlte den Kuss der Speerspitze, als sie sein Hemd aufriss. Winter machte einen Satz und krallte sich am Gesicht des Bastards fest. Es dauerte gerade mal zwei Sekunden, den Aufseher niederzuhauen. Jais Hieb schlitzte ihn von Hüfte zu Hüfte auf.

Noch mehr Wärter drangen auf ihn ein. In der Dunkelheit blieben ihre Gesichter hinter den geschlossenen Helmen unergründlich. Sie trieben Jai zurück, stießen und fegten mit ihren Speeren.

Winter huschte zwischen den versammelten Männern hin und her und sorgte für Chaos, als sie in dem Wald aus Beinen um sie herum schnappte und biss. Es reichte aus, um einen weiteren Mann niederzustrecken, ehe die Masse an Speeren ihn einmal mehr zurücktrieb.

Zweimal traf ihn eine Speerspitze an der Schulter, dann eine an seinem Oberschenkel. Er zog sich zurück und hielt zwischen den offenen Torflügeln seine Stellung.

Als ein Wärter plötzlich aus dem Haufen der Gegner hervorbrach, riss Jai seine Klinge hoch und schlug die Speerspitze weg, die schon auf seine Brust gezielt hatte. Sie schlitzte dem Mann die Wange bis auf den Knochen auf.

Ein schneller Stich traf die Kehle des Mannes, ehe Jai abermals zurückspringen musste. Jetzt stand er außerhalb des Torhauses und konnte in dem hellen Mondlicht von allen Seiten gesehen werden.

Die Wärter starrten ihn an, als hätten sie einen Geist erblickt. Winter schlitterte ins Freie, wirbelte herum und knurrte, als sie zu Jais Füßen angekommen war. Die Aufseher wichen etwas zurück.

»Ihr wollt einen Seelenverbundenen bekämpfen?«, schrie Jai und hob eine verdrehte Hand. Die vorderen Reihen verbreiteten im Zurückdrängen den Schlamm mit ihren Füßen, während sich Männer hinter ihnen vorwärts schoben.

Und noch weiter hinten erklang der Donner von Hufen.

»Na los doch!«, brüllte Jai und winkte. »Ich bin genau hier!«

Ein Pferd galoppierte in die hinteren Ränge hinein und trat Männer durch die Luft. Es schaffte nur ein paar Fuß, ehe es stöhnend mit einem aus seinem Bauch herausragenden Speer zusammenbrach.

Hanebal sprang von ihm herab, gerade als noch mehr berittene Kämpfer durch die Lücke donnerten, die er geschaffen hatte, und das sterbende Pferd unter ihren Hufen zertrampelten. Hudditen klammerten sich an die Pferde, manchmal zwei an ein einziges Tier.

Dann, als das letzte Pferd durch den Tordurchgang gestürmt war, schlossen sich die Ränge der Aufseher, und Hände packten die großen hölzernen Torflügel.

Hanebal machte einen Satz, doch sie schlugen ihm das Tor vor der Nase zu.

Dahinter hörte Jai Schreie. Das waren Männer, die um Gnade flehten.

Hanebal schlug auf die Torflügel ein und begann zu schluchzen, das Betteln ging nach und nach in Schmerzensschreie über.

»Komm schon«, sagte Jai und zog an ihm. »Es gibt jetzt nichts mehr, was wir für sie tun können.«

Hanebal riss sich frei und scharrte mit seinen Händen an dem Tor.

»Hanebal«, flehte Jai. »Wir müssen gehen.«

Der Gefesselte schluchzte aber weiter und ging in die Knie. Die Geräusche hinter den Torflügeln waren unbeschreiblich.

Jai schlug zu. Er bückte sich und nahm den schlaffen Körper in seine Arme.

Unter ihm zirpte Winter und zog mit den Zähnen an Jais Hose. Jai wandte sich seinem Heimatland zu.

Und rannte.

101

Es blieb keine Zeit für Unterhaltungen, als er auf die armseligen Überreste der Hudditen stieß. Gut dreißig Männer hatten es hinausgeschafft und trotteten mittlerweile ziellos durch den letzten Ausläufer der Schlucht.

Nur die Hälfte der Männer, die er befreit hatte, waren anwesend. Viele waren auch verwundet und kaum in der Lage, sich auf ihren Pferden zu halten.

In gewisser Weise hatte Jai Glück gehabt, denn die unverletzten Hudditen hatten angehalten, um Hilfe zu leisten, sodass er hatte aufholen können.

Jetzt galoppierten sie so schnell voran, wie ihre Verletzungen es ihnen gestatteten. Navi führte den Haufen an. Ihre großen Beine schienen unermüdlich, als der Schlamm, den der Marsch der Legion hinterlassen hatte, allmählich zu niedergetrampeltem Gras wurde. Schon bald öffneten sich die Felswände, und zum ersten Mal stießen sie in die Große Steppe vor.

Es war … eine andere Welt.

Keine Bäume. Keine Gebäude. Auch keine Berge, und nicht einmal Hügel.

Nur ein endloser Ozean aus Gras, silbern im Mondlicht, der sich ausdehnte und zu den Launen des Windes tanzte.

Irgendwo in den Tiefen seines Geistes konnte Jai gerade so den

Rand einer Erinnerung ertasten. Das war der gleiche Anblick. Nur das Gras war ihm damals noch etwas höher erschienen.

Hinter ihnen gab es niemanden mehr, der sie verfolgte. Inzwischen würde Aurelius wissen, dass Frida fort war, und die Aufseher würden ihm von dem seelenverbundenen Steppenmann erzählt haben, der sie bekämpft hatte.

Aurelius würde nicht wissen, dass Jai so wenig Mana besaß. Er selbst konnte diesen aus Mangel an schimmernder Flüssigkeit in seinem Kern kaum erkennen. Der Mann würde es nicht riskieren, dass seine Männer versuchten, ihn wieder einzufangen. Nicht ohne Beverlai oder Ulf.

Und doch war ihre Zeit geborgt. Die Flucht war zu laut gewesen und hatte um einiges zu lange gedauert. Und jetzt, hier draußen im kalten Licht des Mondes, fiel sein Plan auseinander.

Wenn Magnus am Leben geblieben und sogar unverletzt war, würde er sie verfolgen, ob sie nun im Feindesgebiet waren oder nicht. Er war Zeuge der großen Macht geworden, die der Anführer der Greifengarde ausübte. Das war genug, um den Wald selbst zu erschüttern. Sogar eine Gruppe von zwanzig Kriegern aus dem Steppenvolk würde Magnus nicht von seiner Verfolgung abhalten. Nicht, solange sich die rechtmäßige Königin der Dansken in Reichweite befand. Ohne sie als seine Königin konnte Titus den danskischen Thron schließlich nicht für sich beanspruchen.

Verdammt, wenn Magnus jetzt wirklich noch am Leben war, würde es Jai gar nicht überraschen, wenn sich jeder Greif und jeder Chamrosch des Reiches schon bald auf den Weg zu ihnen machte.

Sie mühten sich tiefer in den grünen Ozean vor, und Jai verfluchte den Mond über ihnen.

Er hatte ihn noch nie zuvor so hell strahlen gesehen, voll und schwer genug, um die Steppe in einem silbernen Licht zu baden. Er konnte zu weit um sie herum blicken und wusste, dass ihre Verfolger denselben Vorteil haben würden. Er stellte sich Magnus mit seiner großen Gestalt vor, wie er ihnen hinterher donnerte.

Ihre armselige Gruppe von Flüchtlingen kam inzwischen nur langsam voran. Die Hudditen waren Männer, die man brutal behandelt hatte und die am Verhungern waren. Die meisten waren verwundet, und wenige besaßen Ausdauer für mehr, als sich auf den Rücken ihrer Pferde zu halten. Und noch weniger hatten die Kraft, sich umzusehen.

Frida zumindest erholte sich nach und nach von ihrer Benommenheit. Jetzt rührte sie sich sogar und blickte Jai mit einem sanften Lächeln auf den Lippen aus verschleierten Augen an.

»Wir sind noch nicht in Sicherheit«, sagte Jai, als er ihren Ausdruck bemerkte.

Frida setzte sich vorsichtig aufrecht. Sie zuckte zusammen und griff sich an den Kopf.

»Du hast mich gerettet. Ich weiß nicht, wie ich dir …«

»Du solltest auf jeden Fall davon ausgehen«, gab Jai zurück, »dass den Sabinern klar ist, wer du bist. Magnus hat es so gut wie bestätigt.«

Sie schloss die Augen und senkte den Kopf. »Ist … weißt du, ob meine Zofe … ist Frida am Leben?«

»Ich weiß es nicht. Aber Magnus hat gesagt, sie hätte nichts Nützliches gewusst. Sofern er nicht gelogen hat, scheint euer Geheimnis … die Art, wie ihr euch mit Drachen verbindet, also immer noch gewahrt zu sein.«

Das Mädchen blieb einen Augenblick länger still. Dann glitt sie langsam aus dem Sattel und umfasste Navis Hals. Sie machte ein paar zögernde Schritte.

»Vergib mir«, sagte sie.

Erica, dachte er.

»Ich weiß, warum du deine Identität geheim gehalten hast«, murmelte Jai, der jetzt nicht in der Lage war, ihren Blick zu erwidern. »Aber nun ist es bekannt. Zumindest unseren Feinden. Du musst mich nicht mehr anlügen.«

Erica ergriff seinen Arm, doch Jai zog ihn weg. Er war gar nicht wütend auf sie, wirklich nicht. Nur war er einfach noch nicht soweit, sich damit auseinanderzusetzen.

»Jai … es tut mir so leid.«

Er wandte sich ab und starrte über die Steppe hinweg. Es war, als beruhigte ihn dieser Ort. Denn trotz allem, was sie erduldet hatten, und all dem, was ihnen noch bevorstand, empfand er keine Furcht.

»Jai, bitte.«

Erica zog an Navis Zügeln und hielt sie fest. Sie drehte sich um und blickte ihn an, und Jai merkte, wie ihm bei ihrem Anblick ungebeten Tränen in die Augen stiegen.

Sie zog ihn zu sich. Er fühlte ihren Atem erst auf seinem Mund, dann auf seiner Wange, als ihre Finger die Narben auf seinem Rücken nachfuhren. Und dann schluchzte sie ebenfalls und drückte ihr Gesicht in den verkohlten Stoff auf seiner Schulter.

»Ich hätte dir vertrauen sollen«, flüsterte sie. »Von Anfang an.«

»Du hast es für deine Familie getan«, erwiderte Jai, dem sich die Brust zusammenzog. »Das … das kann ich verzeihen. Ich hätte vielleicht …«

»Wartet!«, erklang die Stimme eines Mannes hinter ihnen. »Wir müssen warten!«

Jai lenkte Navi herum und wartete, während Nachzügler sie einholten.

Hanebal nutzte den Augenblick, sich von Navis Rücken fallen zu lassen, und stolperte benommen ins hohe Gras. Dann fiel er auf die Knie, riss eine Handvoll Pflanzen aus und drehte sie zwischen seinen Fingern. Er zog ihren Geruch tief ein, und Jai sah Tränen in seinen Augen.

»Wir müssen uns aufteilen«, rief ein anderer Mann. »Wir alle! Sie werden den Hufabdrücken unserer Pferde folgen.«

Männer schrien zustimmend, einer riss auch schon sein Pferd herum.

»Die Hälfte dieser Männer wird es niemals alleine schaffen«, krächzte Erica und drückte Jais Taille. »Sie werden verbluten oder an Blutvergiftung sterben, die sie sich durch ihre Wunden zuziehen.«

Jai war ihr dankbar, dass sie ihm die Entschuldigung dafür gab, sie zusammenzuhalten. Wenn der Gedanke auch etwas Selbstsüchtiges hatte, so waren sie doch gemeinsam stärker. Die Legion hatte vielleicht längst schon Patrouillen ausgeschickt, und Jai konnte eine von diesen gewiss nicht allein schlagen.

»Geht jetzt, und die Hälfte von euch wird sterben«, brüllte er. »Wir müssen uns hinter der Legion herbewegen, wo der Boden zertrampelt ist. Das werden sie niemals erwarten. Es wird so sein, als wären wir verschwunden.«

»Was passiert denn, wenn wir auf einen Spähtrupp treffen, oder die Legion einholen?«, fragte ein Huddit. »Das verschafft uns höchstens ein paar Stunden. Und der Boden ist nicht alles, worüber wir uns Sorgen machen müssen. Ihr Wolf wird sie direkt zu uns führen.«

»Der Wolf ist tot«, rief Jai. »Beverlai auch. Was denkt ihr denn, wie ich an die Schlüssel gekommen bin?«

Ungläubig starrten ihn die Männer an. Dann sprang Winter auf Jais Schulter, und die starrenden Augen weiteten sich.

»Aber euer Mann hat recht«, gab Jai zu. »Sie werden uns verfolgen.«

Jai blickte auf den aufgewühlten Erdboden hinunter, wo fünftausend Füße marschiert waren. Unter all diesen Abdrücken würden die der Hufe ihrer Pferde verborgen bleiben. Sogar ihr Geruch würde von den Tausenden an Legionären und ihren Packpferden überlagert werden. Das wären genug, um sogar die Sinne eines Seelenverbundenen zu täuschen. Aber sobald sie abbogen, würde Magnus in der Lage sein, sie aufzuspüren. Selbst von da, wo er saß, verströmten die gut zwanzig Pferde einen strengen Geruch.

»Wir sind schon weit genug gegangen«, sagte Jai. »Unsere einzige Chance ist es jetzt, zu verschwinden. Unsere Pferde haben getan, was sie konnten. Wir müssen sie losmachen.«

»Und was dann?«, fragte der Mann. »Sie werden doch unsere Pferde beim Grasen sehen. Dann wissen sie, wo wir von den Spuren der Legion abgebogen sind. Damit bringst du uns nur schneller um, du dummer Scheißke…«

Der Mann taumelte, als ein Magenschwinger von Hanebal ihn fast von seinem Pferd geworfen hätte. Hanebal deutete mit dem Finger auf ihn, und der Mann verstummte.

Hanebal wandte sich um und starrte in die Richtung zurück, aus der sie gekommen waren.

»Er hat recht«, sagte er so leise, dass es schien, als könne nur Jai ihn hören. »Unsere einzige Hoffnung ist, ihnen davonzureiten.«

Jai fluchte. Er wusste, dass Magnus sie in jedem Fall einholen konnte, ob sie die Pferde nun behielten oder nicht. Sie mochten sich verstecken können, aber sie waren nicht in der Lage davonzurennen.

Doch es gab etwas, das sie tun konnten. Wenn es ihnen schon nicht möglich war, zu flüchten oder sich zu verstecken, dann konnten sie die Gegner vielleicht in die Irre führen.

»Einer von uns muss die Pferde wegbringen«, sagte Jai. »Vom Pfad abbiegen und unsere Verfolger an der Nase herumführen. Das bedeutet … das bedeutet allerdings, einer von uns wird wieder gefangen werden.«

Hanebal runzelte die Stirn, dann blickte er auf seine Hände hinab. »Ich bin zwar kein Reiter«, sagte er. »Aber wenn du mir hilfst, die Pferde zusammenzubinden, dann mach ich es. Mit etwas Glück holen sie mich vielleicht nicht einmal ein.«

»Nein«, sagte Jai.

Er hob Erica aus dem Sattel, und Hände von Hudditen streckten sich sofort aus, um zu helfen. Sie starrte ihn an, ihre Augen waren blind vor Tränen. Jai beugte sich vor und küsste ihre Stirn.

»Gebt auf sie Acht«, flüsterte er.

»Jai«, hauchte sie.

Jai fuhr ihr sanft mit dem Daumen über die Wange, dann sammelte er sich. Er blinzelte Tränen aus den Augen und richtete seinen Blick auf die erste Röte der aufgehenden Sonne.

»Ich muss derjenige sein, der es tut.«

EPILOG

Jai hatte die meisten der Pferde vor Tagesanbruch freigemacht, als die Tiere eines nach dem anderen ihren Wunden oder der Erschöpfung erlagen. Keines konnte mit dem Schritttempo von Navi mithalten, oder sich so leicht wie sie durch das hohe Gras drängen, das sie mit jedem Schritt verlangsamte. Das getreue Khiro war die ganze Nacht hindurch galoppiert, bis ihre Gefährten am Horizont verschwunden waren.

Jetzt hielt Jai an. Er stieg ab, in der Hoffnung, dass ihre Silhouette wie ein wildes Khiro ohne Reiter aussehen möge. Denn in der Ferne hatte er etwas erblickt. Eine Staubwolke. Schatten, die den Horizont durchschnitten.

Und nun … kamen sie näher. Jai fiel auf die Knie und verfluchte den Himmel.

Die Ankömmlinge bewegten sich schnell. Es waren Reiter. Jai ließ die Hand auf den Schwertgriff fallen.

Er konnte sie hören, wie sie andauernd aufgeregt schrien und mit gezogenen Klingen ihre Pferde herumrissen. Sie umzingelten ihn so schnell, dass ihm keine Möglichkeit zur Flucht blieb.

Khiroi. Große, schnaubende Tiere mit Hörnern, die wie die Buge von Schiffen aus ihren Köpfen hervorragten. Eine große, undurchdringliche Mauer aus Fell.

Und auf ihnen … Steppenvolk.

Männer und Frauen, die johlten, während sie ihre Krummschwerter zum Himmel reckten. Ein Mann sprang aus dem Sattel und näherte sich ihm mit gezogener Klinge. Jai hatte noch nie einen Mann wie ihn gesehen.

Sein geflochtenes Haar war so lang, dass es hinter ihm zwischen den Beinen schwang, als er ging. Was seine Kleidung anging, so bestand sie ganz und gar aus Fell und Leder, auch wenn sein Oberkörper nackt war. Nur um die Schultern lag ein einfacher Streifen Khiropelz, um ihn warm zu halten.

Er knurrte und spie Jai Worte entgegen, die er nur halb begriff.

Jai hob sein Kinn an, als die Klinge des Mannes hochfuhr und nur noch ein paar Zentimeter von seinem Hals entfernt schwebte. Der Mann lachte, offenbar beeindruckt von seinem Mut. Dann zuckte er die Achseln und holte mit der Klinge aus, wie um zuzuschlagen.

»Warte!«, rief Jai.

Die Augen des Mannes blitzten auf, als er die Sprache erkannte, und er legte den Kopf schief.

»Wer … wer bist du?«, fragte er.

Jai holte tief Luft und legte langsam seine Hände auf die Überreste seines Hemds. Er ergriff es und riss es ganz fort, um die gravierte Halsberge um seinen Hals freizulegen. Dann erhob er seine Stimme und drehte sich so, dass alle ihn sehen konnten.

»Ich bin Jai, Sohn von Rohan, der Letzte seines Namens und rechtmäßiger Erbe der Kidara. Und ich fordere mein Geburtsrecht ein.«

DANKSAGUNG

Zuallererst gilt mein tief empfundener Dank meinen Lektoren, Vicky Leech und David Pomerico, für ihre unerschütterliche Unterstützung, Geduld und Hingabe an diesen Roman. Die Anleitung, die ihr mir gegeben habt, war unverzichtbar, und ich schätze mich glücklich, dass ich euch während dieser Reise an meiner Seite gehabt habe.

Ich möchte ebenfalls meiner langmütigen Agentin Juliet Mushens meinen Dank aussprechen. Juliet, deine Weisheit und dein Glaube an meine Arbeit haben viel ausgemacht. Für deine Beratung wie auch für deine Beharrlichkeit bin ich dir zutiefst dankbar.

Dem erweiterten Team von Harper Voyager in den USA wie auch in Großbritannien, all den Leuten, die unermüdlich hinter den Kulissen gearbeitet haben, bin ich ebenfalls zu tiefem Dank verpflichtet:

Chloe Gough, Rachel Winterbottom, Kim Young, Natasha Bardon, Hannah Stamp, Robyn Watts, Terence Caven, Holly MacDonald, Roisin O'Shea, Sian Richefond, Sofia Saghir, Alice Gomer, Harriet Williams, Bethan Moore, Mireya Chiriboga, Gregory Plonowski, Michelle Meredith, Jennifer Eck, Jennifer Chung, Richard Aquan, Lara Baez, Catriona Fida, Bastien Lecouffe-Deharme.

Für jedes Buch ist ein ganzes Dorf nötig, und ich bin ungemein dankbar, ein so unglaubliches Team hinter mir gehabt zu haben.

Euer kollektives Talent, eure Hingabe und Leidenschaft haben diesen Roman unauslöschlich geprägt. Ich danke euch allen, dass ihr ein Teil dieser Reise wart und dabei mitgeholfen habt, diese Geschichte zum Leben zu erwecken.